IHRE VAMPIR LEIDENSCHAFT

LESLI RICHARDSON

Übersetzt von
FRANZISKA HUMPHREY

Inhaltsverzeichnis

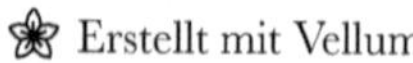 Erstellt mit Vellum

HOLEN SIE SICH IHR KOSTENLOSES BUCH!

Tragen Sie sich in meine E-Mail Liste ein, um als erstes von Neuerscheinungen, kostenlosen Büchern, Sonderpreisen und anderen Zugaben zu erfahren.

https://geni.us/jungfrauunddervampir

DANKSAGUNG

Ein RIESIGES Dankeschön an Lee und Renee, die mich und eine Reihe weiterer talentierter Autoren gebeten haben, diese fantastische Serie mitzuschreiben! Die Bad Boy Alpha-Reihe hat mir wirklich sehr gut gefallen und ich liebe Vampire, sodass ich möglicherweise wie ein riesiger Fan *gequietscht* haben könnte, als sie mich diesbezüglich angesprochen haben!

Für meinen brummigen, kuschligen Lieblingswikinger, der genau weiß, warum.

Bevor ihr fragt: Es wird „Ay-Lee" ausgesprochen. Hey, die Charaktere geben sich ihre Namen selbst.

Ihr könnt außerdem mehr über die Data-X Labore, Garrett Green und die anderen Gestaltwandler von Tucson erfahren, wenn ihr die Bad Boy Alpha-Serie von Lee Savino und Renee Rose lest.

Ein paar Charaktere in diesem Buch betteln geradezu darum, dass ich ihre Geschichte schreibe, also werde ich dies auch tun. Genauso wie ein paar andere, die sich während des Prozesses zu Wort gemeldet haben. Außerdem plane ich eine neue Serie, die von einigen der Charaktere in diesem Buch inspiriert ist. Aber ich möchte noch nicht zu viel verraten, also werdet ihr es abwarten müssen …

1

Dexter

„ICH MUSS SAGEN, es hat mich neugierig gemacht, von dir angerufen zu werden, Dexter.“

Lucius Frangelico, der selbst ernannte ‚Vampirkönig‘ mustert mich mit der Kombination eines sehr geübten Kopfneigens und einem Lächeln, die bei den meisten Leuten eine bestimmte Reaktion hervorrufen würde.

Aber ich gehöre nicht zu den meisten Leuten.

Und er ist nicht *mein* König. Ich habe ihn mit Sicherheit nicht gewählt.

Allerdings habe ich auch nicht das Verlangen, ihm seinen Thron streitig zu machen.

Ja, angeblich besitzt er sogar einen Thron. Aber wenn er glaubt, dass er mich dazu bringen kann, vor ihm auf die Knie zu fallen, irrt er sich.

„Und warum das, Lucius?“ Ich bin mir bewusst, dass ich wahrscheinlich eine der wenigen Personen auf diesem Planeten bin, die weiß, was er ist, und die es sich trotzdem erlauben kann, ihn nicht mit Ehrentiteln anzusprechen und zu siezen.

„Wie viele Einladungen habe ich dir über die Jahre hinweg ausgesprochen, die alle mit Schweigen beantwortet wurden? Und jetzt …" Er lässt seine Worte zwischen uns in der Luft hängen.

Ich lehne mich auf meinem Stuhl zurück und schwenke das Glas Bourbon in meiner Hand, während sich die Stille weiter ausbreitet. Ich werde nicht versuchen, ihm etwas vorzumachen – das wäre nutzlos und dumm. Nur weil wir beide unsterblich sind, bedeutet es nicht, dass ich unsere Zeit verschwenden sollte.

„Unter uns gesagt?", frage ich schließlich.

Er neigt seinen Kopf erneut.

„Offiziell suche ich nach Expansionsmöglichkeiten. Tucson ist ein idealer Standort für ein neues Kasino. Und für Atlantic City bin ich inzwischen ein wenig zu alt." Ich nippe an meinem Getränk und genieße den scharfen Biss des Alkohols. Er bedrängt oder unterbricht mich nicht.

Genau wie ich ist auch er ein geduldiger Mann.

Es ist eine Fähigkeit, die wir über die vielen Jahrhunderte unserer Existenz hinweg verfeinert haben.

Ich nehme noch einen Schluck Bourbon und genieße es. Ich würde Bourbon vermissen. Es ist die eine Sache, die ich seit über tausend Jahren am ehesten mit der Sonne verbinde, nach meinem Verlust von …

Ich unterbreche diesen Gedanken.

Die Sonne ist nicht das Einzige, um das meine Seele zutiefst trauert.

Ich lasse mir den Schnaps einen Moment lang auf der Zunge zergehen, bevor ich ihn hinunterschlucke. Dann formuliere ich schließlich die Worte und lasse sie über meine Lippen weichen.

„Unter uns gesagt, frage ich mich, wie ein Sonnenaufgang in Tucson aussehen würde."

Neben Lucius stößt Selene ein leises Keuchen aus. Sie ist seine Königin und immer an seiner Seite.

Und das nicht nur, weil sie eine Wolfsgestaltwandlerin ist, die er verwandelt hat. Obwohl das ein sehr guter Grund ist.

Sie ist weitaus tödlicher, als Lucius und ich es zusammen wären, und sie ist seine Gefährtin, seine Angetraute …

Und seine Leibwächterin.

Sogar Lucius' gut bezahltes und hoch qualifiziertes Sicherheitsteam fürchtet sich vor ihr. Vampire und Menschen gleichermaßen. Ich habe gesehen, wie seine Männer ihre Köpfe vor ihr neigen und ihre Augen abwenden, wenn sie den Raum betritt. Das hat nichts damit zu tun, dass sie Lucius' Geliebte ist, sondern liegt daran, dass sie Angst vor ihren Fähigkeiten haben.

Ich hatte mit meinen Plänen vielleicht noch ein wenig gehadert, aber zu sehen, wie glücklich Lucius mit seiner Gefährtin ist, erinnert mich an die Leere und Kälte meines eigenen Lebens. Und dass es schon seit …

Nun, seit einer Ewigkeit so war. So kommt es mir zumindest vor.

Vielleicht werde ich mir nach zweitausend Jahren tatsächlich meinen ersten Sonnenaufgang ansehen. Ihn mit offenen Armen begrüßen, anstatt davor wegzulaufen. Was bis vor einigen Monaten nur ein müßiger Gedanke war, ist in letzter Zeit zu einem immer stärkeren Instinkt geworden. Aber vorher brauche ich noch einen letzten geschäftlichen Sieg.

Lucius tadelt mich. „Es wäre eine Schande, wenn du das tätest." Verdammt, er klingt sogar aufrichtig.

Ich grinse ihn über den Rand meines Glases an. „Ach

Onkel, ich wusste nicht, dass ich dir wichtig bin." Mein Schöpfer ist schon seit Ewigkeiten tot – nicht durch meine Hand, vielen Dank – und er und Lucius waren von demselben Vampir erschaffen worden. Mein Schöpfer war ein paar hundert Jahre älter als Lucius.

Also ja. Technisch gesehen ist er mein Onkel. Ich bin jedoch auch nicht so dumm zu glauben, dass Lucius sich wirklich einen Dreck um meine Existenz schert, solange ich ihm keinen Ärger bereite.

„Ich habe dich immer gemocht", sagt Lucius leise. „Du hast Rückgrat und Anstand."

„Außerdem habe ich nie versucht, dich zu töten."

Er erwidert mein Lächeln. „Ich werde nicht leugnen, dass das meine Meinung über dich auf günstige Weise beeinflusst." Er klingt so, als wäre er einem BBC-Tonstudio entsprungen, während ich selbst meinen schottischen Akzent abgelegt habe, als ich in die Staaten gezogen bin. Ich klinge jetzt eher wie jemand aus dem mittleren Westen. „Du bist einer der wenigen, die ich so lange kenne, die nicht versucht haben, mich zu stürzen." Ein finsterer Blick huscht über seine Züge. „Wenn ich es mir recht überlege, bist du der *Einzige,* den ich so lange kenne, der nicht versucht hat, mich zu stürzen."

„Wie viele andere kennst du denn so lange, wie wir uns kennen, Lucius? Es gibt nur wenige, die so alt sind wie wir." Manchmal beneide ich jüngere Vampire um ihre Fähigkeit, ihr genaues Geburtsdatum zu nennen … und das ihrer Wiedergeburt.

Lucius und ich stammen aus einer Zeit, bevor die Kalender um die Geburt und Kreuzigung eines Zimmermanns aus Nazareth herum umgeschrieben wurden. Tatsächlich glaube ich, dass Lucius bereits eine geraume Weile vor diesen Ereignissen existierte.

Er grinst. „Nun, *das* muss es wohl sein. Aber das ändert ja nichts."

„Ich habe kein Interesse an Politik und das weißt du selbst. Das hatte ich nie."

Er verzieht seine Lippen zu einem weiteren Lächeln. „Noch ein Grund mehr, warum ich dich mag."

„Politik ist ein nicht zu gewinnendes Spiel. Ich bevorzuge den Kapitalismus." Ich nippe an meinem Getränk. „Der ist viel blutiger. Und profitabler. Und setzt Politik außerdem außer Kraft. Mit genügend Geld kann man kaufen, was und wen man will."

Er schnaubt tatsächlich. Ich war mir nicht einmal sicher, ob er zu solchem Humor fähig wäre.

Selenes leise Stimme zieht meine Aufmerksamkeit auf sich. „Du hast doch nicht *wirklich* vor, das zu tun, oder? Der Sonne entgegenzutreten?" Sie wurde erst vor kurzer Zeit verwandelt, sodass sie ihre Menschlichkeit – ihr Mitgefühl – noch nicht verloren hat. Einigen Vampiren gelingt es, sich ein Minimum davon zu bewahren – so wie mir.

Andere hingegen sehen Menschen als nichts anderes als Nahrung und Beute, anstatt sie als lebendige, atmende Wesen mit einem Leben und Träumen zu betrachten.

Ich konzentriere mich erneut auf die Flüssigkeit in meinem Glas und schwenke sie sanft, damit ich ihren Duft einatmen kann. „Um ehrlich zu sein, habe ich mich noch nicht entschieden. Die Idee ist mir nicht neu, aber der Gedanke ist nicht verflogen, wie er es normalerweise tut."

„Was du *brauchst*, ist eine Ablenkung", beharrt Lucius. „Du *musst* morgen Abend in den Club kommen. Ich glaube, mich zu erinnern, dass du weißt, wie man eine Reitgerte schwingt." Er lächelt. „Paris, nicht wahr?"

„Mailand." Ich brauche keinen Sex. Das soll jetzt nicht wie ein Arschloch klingen, aber Sex kann ich kriegen, wann immer ich ihn will. Ich habe auch kein Verlangen danach, ihn mir ohne Einverständnis zu nehmen. Aus diesem Unsinn bin ich herausgewachsen, als ich verwandelt wurde.

Ohne mein Einverständnis.

Es war einer meiner jüngeren ‚Brüder‘, der unseren Schöpfer getötet hat. Auch mein Bruder war ohne sein Einverständnis geschaffen worden, aber seine Schöpfung und Abnabelung waren noch grausamer gewesen als meine. Es hatte ihn praktisch wild gemacht und er konnte kaum noch sprechen. Sobald er stark genug gewesen war, tötete er unseren Schöpfer. Am nächsten Tag trat er selbst in die Sonne, weil er sowohl durch das, was er unserem Schöpfer angetan hatte, als auch durch die Auswirkungen seiner Verwandlung in den Wahnsinn getrieben worden war.

Ja, ich habe daneben gestanden und zugesehen, wie es passierte. Ich habe es vielleicht sogar zugelassen.

Das Schicksal in Aktion.

Offensichtlich bin ich viel stärker als die Menschen. Sie zu überlisten oder zu umgarnen, sind Vergnügen, die ich mir nie nehmen würde, ohne dafür zu arbeiten. Ich würde es mir nie erlauben, gegen das Einverständnis eines durchschnittlichen Unschuldigen zu handeln.

„Warum hast du ausgerechnet einen Club eröffnet?“, frage ich. „Und warum ausgerechnet *hier*? Ein Vampir in der Wüste?“ In der kurzen Zeit, seit er geöffnet ist, hat Club Toxic einen Ruf bei verschiedenen Spezies erlangt, vor allem aber bei Vampiren.

Lucius lächelt. „Die Tarnung macht Sinn, wenn man das Gesamtbild betrachtet. Außerdem gefällt mir die Gegend. Und die Situation in L.A. war nicht mehr … haltbar. An mehreren Fronten.“

„Du bist von Gestaltwandlern umzingelt.“ Ich hebe

eine Hand in Selenes Richtung. „Das ist nicht böse gemeint. Ich habe keine Probleme mit Wandlern."

Sie grinst. „Das geht klar. Aber nur, weil du wie Ianto aussiehst, und ich *Torchwood* mag."

Im Ernst jetzt? Ich könnte euch nicht sagen, wie ich aussehe. Es ist über zweitausend Jahre her, seit ich mein eigenes Spiegelbild gesehen habe, und ich bin nicht narzisstisch genug, um mein Porträt malen zu lassen.

Noch bevor ich fragen kann, was Selene meint, spricht Lucius weiter. „Blödsinn. Wir sind nicht umzingelt – es ist einfach eine artenreiche Umgebung." Er lächelt. „Wir haben eine Vereinbarung mit ihnen und wir haben uns gegenseitig geholfen. Wir jagen sie nicht und sie jagen uns nicht. Wenn ein Mensch zufällig ihr Geheimnis aufdeckt, lassen sie es von einem von uns aus dem Gedächtnis dieses Menschen löschen, was bedeutet, dass sie den Menschen nicht töten müssen.

Außerdem sind wir gemeinsam stärker, so unterschiedlich wir auch sein mögen. Die Zusammenarbeit hat allen gezeigt, dass das Überwinden von Differenzen der Vergangenheit ein Segen für alle ist. Besonders im Kampf gegen gemeinsame Feinde. Die Bevölkerung von Tucson ist groß genug, um uns ausreichend und sicher zu ernähren. Ich habe mein Nest fest im Griff und erinnere sie stets daran, dass es in ihrem Interesse liegt, die Gestaltwandler bei Laune zu halten. Und wir helfen den Wandlern, ihr Geheimnis zu bewahren. Im Gegenzug helfen sie uns, unseres zu bewahren."

„Die Wandler sind also glücklich, ‚Blutsauger' in ihrer Mitte zu haben?"

Er lächelt und zuckt mit den Schultern. „Unser Arrangement funktioniert." Sein Lächeln verblasst. „Als Verräter in meiner Mitte unsere Vereinbarung bedrohten, habe ich mich um sie gekümmert und ein Exempel an ihnen statuiert, um den Wandlern zu beweisen, dass man mir trauen kann. Und als wiederum ein abtrünniges Nest versuchte, mich zu entmachten, waren wir Verbündete gegen sie. *Das ist alles, was zählt.*"

„Es scheint mir, verglichen mit allen anderen, ein überaus einzigartiges Arrangement zu sein." Normalerweise meiden Gestaltwandler und Vampire einander. Wenn sie zu lange auf engem Raum zusammenhocken, kommt es unweigerlich zu Blutvergießen. In einem fairen Kampf können Vampire Gestaltwandler normalerweise besiegen.

Aber Wandler haben einen hoch entwickelten Geruchssinn und die Fähigkeit, tagsüber zu jagen, was Vampire verwundbar macht.

„Die Gestaltwandler und ich stimmen in mehr Angelegenheiten überein, als dass wir uns uneinig sind", sagt er. „Ich musste ihnen einfach zeigen, dass ich ein Mann bin, der sein Wort hält. Ich habe zum einen geholfen, einen Blutsklavenring in der Gegend zu zerschlagen. Gestaltwandler wurden dort als Süßblut versteigert. Ich helfe, uns alle vor der Regierung zu schützen. Der Alpha des örtlichen Werwolfrudels hat gesehen, dass ich nicht zögere, diejenigen zu eliminieren, die sich gegen mich oder die Gestaltwandler, mit denen wir verbündet sind, wenden würden. Alle Vampire, die sich nicht an meine Regeln halten wollen, können sich getrost verpissen und woanders hinziehen. Irgendwo außerhalb meines Territoriums, oder sie sterben. Ich erlaube den Wandlern, sich um ihre eigenen Angelegenheiten zu kümmern, solange sie sich nicht in meine … Angelegenheiten einmischen. Und sie tun dasselbe."

Ich riskiere ein Lächeln. „Und lädst du die Wandler zu Kaffee und Kuchen ein?"

Sein Kiefer verkrampft sich, aber er lässt sich nicht ködern. „Nicht wirklich."

Selene kichert. Ich amüsiere sie, was der Grund dafür ist, dass ich jetzt in Lucius' Wohnzimmer sitze. Abgesehen von Sonnenlicht und Pfählen ins Herz hat Lucius nur eine Schwäche – Selene.

Ich beneide ihn um diesen Umstand.

Auch wenn sie mit Abstand die furchterregendste Kreatur auf diesem Planeten ist.

„Wie umgehst du ihre Zimperlichkeit, wenn wir jagen?", frage ich.

„Es ist erstaunlich, wie viele Menschen sich willentlich als Nahrung zur Verfügung stellen, wenn man ihnen einen Orgasmus schenkt." Er lächelt wieder. „Und Geld. Außerdem gibt es auch die … weniger wünschenswerten Bevölkerungsgruppen. Kriminelle. Wusstest du, dass man Informationen über verurteilte Sexualstraftäter direkt im Internet finden kann? Sie sind öffentlich zugänglich und für jeden einsehbar. Niemand beschwert sich, wenn einer von ihnen stirbt. Wir sind vorsichtig, tun es etappenweise und löschen nach jeder Blutentnahme ihre Gedanken."

„Es hat einen doppelten Vorteil", sagt Selene und lässt ihre Reißzähne aufblitzen, während sie lächelt. „In ein paar Jahren wird Tucson eine der sichersten Städte des Landes sein."

„Und noch mehr Leute werden hierherziehen wollen", bemerke ich. Genial.

„Ganz genau", sagt Lucius. „Und es bleibt sicher. Es gibt auch viele Kriminelle auf Bewährung, die Schwierigkeiten haben, eine ehrliche Arbeit zu finden. Wir sind bereit, sie in bar zu bezahlen. Sie müssen nichts anderes tun, als drogenfrei zu bleiben und nicht wieder rückfällig zu werden. Auch das hilft, die Gegend sicherer zu machen. Außerdem habe ich meinen Nachkommen verboten, ohne meine Erlaubnis neue Vampire zu verwandeln. Es gleicht einem Todesurteil, wenn sie es doch tun. Außerdem wissen sie, dass ich den Wandlern erlauben würde, sich um sie zu kümmern, sollten sie eine Spur von Leichen hinterlassen und abtrünnig werden. Sollte es mir nicht selbst gelingen, sie zuerst zu pfählen."

Tatsächlich bin ich der einzige in Atlantic City ansässige Vampir, von dem ich weiß. Ich habe klargestellt, dass es mein Territorium ist, und dass ich Besucher willkommen heiße, die ihren Aufenthalt mit mir absprechen und zustimmen, sich an meine Regeln zu halten – keine Leichen, keine Nachkommen und keine Etablierung eines festen Wohnsitzes. Ich stelle ihnen eine umfangreiche Liste von Freiwilligen zur Verfügung stellen, die gern mit ihnen ,spielen' wollen und von denen sie trinken können. Oder sie können sich ethisch erworbenes Blut von mir kaufen.

Es hat über fünfzig Jahre lang gut für mich funktioniert.

Was ein weiterer Grund ist, warum ich heute Abend hier bin, um dies mit Lucius zu besprechen.

„Um eines klarzustellen", sage ich, „ich möchte ein Resort für Menschen aufbauen, keins für Vampire. Ich leite das Unternehmen, aber niemand bis auf sechs vertrauenswürdige Angestellte, die schon seit Jahrzehnten für mich arbeiten, weiß, dass ich ein Vampir bin. Ich bin nicht darauf aus, dir die Kontrolle über dein Gebiet streitig zu machen. Deshalb bin ich überhaupt hier, um es mit dir zu besprechen." Er weiß genau, was ich nicht sage – ich werde ihm keinen Tribut zollen.

„Was bekomme ich im Gegenzug?"

„Tarnung, Schutz, mehr durchreisende Touristen, von denen man sich nähren kann. Und solange deine Leute nicht töten, werde ich ihnen größeren Zugang durch bezahlte Angestelltenverhältnisse gewähren und außerdem

Gästen empfehlen, deinen Club zu besuchen. Was wiederum bedeutet, mehr Jobs für Vampire, die sich in dieser Region niederlassen wollen. Natürlich nur mit deiner Erlaubnis. In Zusammenarbeit mit dir werde ich auch sehr großzügig zu Kampagnen und Projekten der lokalen Politiker beitragen. Ich werde alle politischen Anliegen unterstützen, die du für deine eigenen Interessen vorantreiben willst, solange keine Unschuldigen zu Schaden kommen. Und ich werde voll hinter dir stehen, wenn jemand versucht, gegen dich zu agieren."

Er nickt langsam. „Das *ist* verlockend."

„Kein Töten oder Erschaffen neuer Vampire auf meinem Grundstück", füge ich hinzu. „Ich will unsere Bevölkerung nicht vergrößern. Und sollte auf meinem Grundstück von einem Menschen getrunken werden, muss dies mit absolutem Einverständnis erfolgen. Für Vampire von außerhalb, die bei mir unterkommen wollen, werde ich ausschließlich von dir gekauftes Blut beziehen." Das wird ihn versöhnlich stimmen.

„Ich dachte, du hättest gesagt, es wäre ein Resort für Menschen?"

„Das wird es auch sein, aber es wäre nachlässig von mir, wenn ich nicht auch einen Bereich einrichten würde, der für eine spezielle Klientel bestimmt ist. Nach Norden ausgerichtete Zimmer mit komplett verschließbaren Fensterläden und extra Sicherheitsvorkehrungen. Speziell geschultes Personal, von dem einige gern bereit sein werden, den Hunger der Gäste zu stillen, falls dies gewünscht ist." Ich habe die Formel dafür in meinem jetzigen Hotel bereits perfektioniert.

„Ich habe positive Berichte über deinen Betrieb in Atlantic City gehört." Aha, natürlich hat er seine Berichterstatter. Ich wäre schockiert gewesen, wenn er keine Spione geschickt hätte. Egal ob Vampire oder Menschen.

„Es gibt einen Grund dafür, warum ich so alt bin, wie ich es bin, ohne ein eigenes Nest zu haben", erinnere ich ihn. „Ich verärgere die Leute nicht und ich kann meine Worte mit Taten untermauern."

„Und die Gestaltwandler? Wirst du mit ihnen auch sprechen?"

„Ich glaube, das werde ich müssen. Ich weiß, dass sie einen Kampfclub in der Stadt betreiben. Ich bin mir sicher, dass sie gern Zugang zu richtig dicken Fischen hätten. Spieler, die die volle Erfahrung von Wetten bei Live-Kämpfen genießen wollen. Mit dem Geld, das ich in die Stadt bringe, kann ich eine Menge Gesetzeshüter und lokale Beamte bestechen. Sie überzeugen, wegzuschauen. Ich bin mir sicher, dass ich die Gestaltwandler dazu überreden kann, einem für beide Seiten vorteilhaften Deal zuzustimmen. Ein weiterer Grund, warum ich es zuerst mit dir besprechen wollte, da du und der Alpha in einem vernünftigen Verhältnis zueinander steht und eine stabile Übereinkunft abgeschlossen habt. Ich zeige dir meinen Respekt, indem ich zuerst zu dir komme und dich um deine Erlaubnis und deinen Segen bitte."

Ich sehe, dass er darum kämpft, sich nicht offen zu brüsten. Ja, ich weiß, wie ich ihn um den kleinen Finger wickeln kann. „Bedeutet das, dass du morgen in meinen Club kommst und deine lächerliche Idee, der Sonne entgegenzutreten, verschiebst?"

Ich neige mein Glas, sodass ich den letzten Schluck des Schnapses austrinken kann und nicke. „Ich schätze, ich sollte noch ein wenig länger verweilen. Sehen, ob sich meine Meinung dauerhaft ändert."

Er schaut Selene an. „Bitte bring uns eine Karaffe des besonders edlen Tröpfchens, meine Liebe. *Un*verdünnt. Drei Gläser."

Sie schaut ihn mit hochgezogener Augenbraue an, erhebt sich jedoch und verlässt den Raum.

„Besonders edles Tröpfchen?", frage ich, als ich mich nach vorn beuge und mein Glas auf den Untersetzer auf dem Couchtisch stelle, der sich zwischen uns befindet.

„Ich möchte nichts weiter verraten, bis du es probiert hast. Aber es ist … *exquisit.*" Seine Augen strahlen förmlich.

„Aber, aber Lucius. Sollte Selene eifersüchtig sein?"

Er grinst, zeigt seine vollen Reißzähne und ist sichtlich amüsiert. „Nicht im Geringsten. Probiere es zuerst. Dann diskutieren wir weiter. Ich glaube tatsächlich, dass du die Lösung für unsere gegenseitige … Situation sein könntest."

Der alte Bastard hat mein Interesse geweckt und er weiß es. Selene schreitet zurück in den Raum und trägt ein Tablett mit drei Kristallweingläsern und einer passenden Kristallkaraffe. Letztere ist mit einer dunkelroten Flüssigkeit gefüllt, von der ich weiß, dass es kein Wein ist. Sie schenkt drei großzügige Gläser ein, ohne einen Tropfen zu verschütten, und bedient zunächst Lucius und dann mich. Sie nimmt sich selbst das letzte Glas und lässt sich wieder auf dem Sofa nieder.

Da ich ein höflicher Gast bin, warte ich, mir das Glas an die Nase zu halten, bis sie sich hingesetzt hat, aber dann …

Heiliges Kanonenrohr!

Ich schließe die Augen. Ein Rausch füllt meinen Kopf und mir läuft das *Wasser* im Mund zusammen.

Lucius lacht. „Aha, ich wusste, dass du es mögen würdest."

Ich habe es noch nicht einmal gekostet, aber ich verspüre jetzt bereits den Wunsch, die Kreatur, deren Adern ein solch berauschendes Bouquet hervorbringen kann, kennenzulernen und mich mit ihr zu verpaaren, unabhängig von ihrem Geschlecht.

„Gestaltwandler?", schaffe ich es, zu fragen und zwinge mich, die Augen zu öffnen.

Er lächelt immer noch und nippt an seinem Glas. „Ganz ehrlich? Ich habe keine Ahnung, was diese Person ist. Was genau der Grund ist, warum sie momentan unter meinem Schutz steht. Koste es, Dexter."

Ich gehorche. Eine leuchtende Vielfalt von Geschmäckern explodiert in meinem Mund wie reife Beeren und süßer Honig.

Mein Gott!

Es reicht aus, um mich an Happy Ends der nicht pornografischen Art glauben zu lassen.

Ich muss einen bestimmten „Blick" im Gesicht haben, denn Lucius grinst. „Ich frage noch einmal, ob ich dich dazu überreden kann, deine alberne Idee, den Sonnenaufgang zu begrüßen, zu verschieben."

Würde mein Herz noch schlagen, würde es jetzt in meiner Brust rasen. Sogar mein Schwanz rührt sich, begierig darauf, mehr zu erfahren. „Nur wenn du mir versprichst, mich dieser Person vorzustellen." Ich weiß, dass er aus einem bestimmten Grund so verschlossen ist. Er versucht, mich zu ködern und an die Angel zu kriegen. „Wie viel Geld wird mich das kosten?"

Er tauscht einen Blick mit Selene aus. „Ich wünschte, ich könnte dir einen Preis nennen, aber das kann ich nicht. Es ist eine eigenständige Person und es ist eine … einzigartige Situation. Sie ist schon bei mir, seit ich den Club eröffnet habe. Ich wünschte auch, ich könnte sagen, dass die Person ein erfahrenes Süßblut ist, aber das ist sie nicht."

„Ach nicht? Das ist *kein* Süßblut?"

„Von diesem Menschen wurde nie direkt getrunken, es

gibt nur … Blutspenden. Er arbeitet nicht nur für mich, sondern ich „beziehe“ das Blut für eine mehr als faire Entschädigung. Normalerweise verdünne ich es, indem ich es mit anderen Blutbeuteln mische. Auf diese Weise kann ich mehr dafür verlangen und es hält länger.“

„Und es ist kein Gestaltwandler?“

Er zuckt mit den Schultern. „Komme morgen in den Club, lerne den Menschen kennen und sage mir selbst, was du denkst.“

Ich schwenke das Glas erneut unter meiner Nase und atme tief ein. Es fühlt sich fast so an, als hätte ich bis zu diesem Moment noch nie Farben gesehen. Oder noch nie die Fähigkeit gehabt, etwas zu riechen.

Zum ersten Mal in viel zu langer Zeit will ich unbedingt einen neuen Tag erleben.

Sozusagen.

Ich bin hin- und hergerissen zwischen dem Wunsch, den Rest des Inhalts in zwei oder drei Schlucken zu verschlingen oder stundenlang langsam zu nippen. Als ich ausgetrunken habe, füllt Selene mein Glas sofort nach und schenkt mir ein, was noch in der Karaffe verbleibt. Ich weiß, dass sie keine Droge hineingemischt hat, denn sie hat alle drei Gläser aus derselben Karaffe gefüllt.

„Womit habe ich diese Gunst von dir verdient, Lucius?“

Ganz ehrlich? Ich fange an, mich ein wenig betrunken zu fühlen. Oder vielleicht ist das ja sein Ziel.

Er zuckt mit den Schultern. „Du gehörst gewissermaßen zur Familie.“ Sein Lächeln verblasst. „Ich habe zu viele verloren. Und wie du schon sagtest, hast du kein Verlangen danach, mich zu stürzen. Du hast kein eigenes Nest.“

„Und?“

Er grinst. „Mein süßes Hündchen hier ist sehr territorial. Wäre ich nicht schon Hals über Kopf in Selene verliebt, ja, dann wäre ich versucht, etwas Dauerhafteres mit … dieser Person zu verfolgen." Er neigt seinen Kopf und deutet auf mein Glas. „Glaube mir, ich habe genauso gefühlt wie du, als ich es das erste Mal probiert habe. Es gibt bestimmte Umstände, warum ich den Menschen nie für mich beansprucht habe, aber das kann und will ich nicht näher erläutern, bevor du ihn nicht persönlich kennengelernt hast." Die Liebe in seinen Augen, wenn er Selene ansieht, bricht mir fast das Herz. „Wir sind nicht dazu bestimmt, für mehr als einen gelegentlichen Schluck zu dritt zu sein, und diese Person verdient jemanden, der sie liebt und beschützt."

Nachdem ich das zweite Glas ausgetrunken habe, fühle ich mich bereits richtig betrunken. Als der Fahrer mich zu meinem Hotel zurückbringt, bin ich in Gedanken versunken.

Ich möchte den Menschen auf jeden Fall treffen, der mir dieses Gefühl gegeben hat.

Was ich danach mit ihm machen will … Ich werde wohl auf ein Wunder hoffen müssen.

Nach der Rückkehr ins Hotel ziehe ich mich in mein Zimmer zurück, wo mir mein Sicherheitschef bereits versichert, dass die Schlafzimmerfenster mehr als ausreichend abgedeckt sind. Ich nehme eine Dusche und denke immer noch an den exquisiten Geschmack, der durch meine Adern strömt.

Während ich unter dem Wasser stehe, packe ich meinen Schwanz mit der Hand und beginne, meine Faust langsam auf und ab zu bewegen. Lucius weiß von Robert und dass ich Liebhaber beider Geschlechter hatte. Ich frage mich, warum er mir nicht verraten will, ob es sich bei diesem Menschen um eine Frau oder um einen Mann handelt.

Als ich mich meinem ersten wirklich erfreulichen Orgasmus in viel zu langer Zeit nähere, wird mir auch klar, dass mich weder das Geschlecht der Person interessiert noch Lucius' Gründe, mir diese Information vorzuenthalten. Das Einzige, was mich interessiert, ist die Tatsache, wie ich mich fühle … *lebendig*. Erste Lusttröpfchen strömen aus meiner Kuppe, während ich meine Hand über meinen Schwanz reibe. Ich wünschte, es wäre ein williger Mund oder eine Muschi – oder ein Arsch – in die ich stoßen könnte, aber ich gebe mich damit zufrieden, weil sich meine Seele so leicht anfühlt.

Eine Empfindung, von der ich noch vor vierundzwanzig Stunden sicher gesagt hätte, dass ich sie nie wieder verspüren würde.

Ich will diesen Menschen halten und necken. Ich will, dass er sein williges Fleisch an mir reibt, während ich alle möglichen herrlich bösen Dinge mit ihm mache. Um der Person so viele Orgasmen zu schenken, wie ich ihr entlocken kann.

Wenn dieses Blut nicht von einem Süßblut stammt …

Verdammt, wie würde es schmecken, wenn ich diesen Menschen in die Tiefen der Besinnungslosigkeit gelockt hätte? Wenn ich ihm den Hintern mit der Hand versohle, bis er rot ist und zuckt–

Das ist der Gedanke, der mich über den Abgrund treibt. Der erste wirklich gute Orgasmus, den ich seit einer beunruhigend langen Zeit verspüre, lässt mich mein Sperma über meine Hand und die Duschwand spritzen, sodass ich ein wenig schwach auf den Beinen werde.

Wie viel besser wird es sich anfühlen, wenn ich in eine Körperöffnung spritze? Denn eines steht fest, ich bin jetzt schon fest entschlossen, diese Person für mich zu gewinnen.

Das *muss* ich einfach.

Selbst eine Stunde nach Sonnenaufgang liege ich noch

hellwach im Bett und starre an die Decke. Was ist dieses Gefühl, das durch mich strömt?

Aufregung. Vorfreude.

Bedürfnis.

Ich glaube, das Letzte macht mir Angst. Zumindest ein wenig.

Und es ist *genau* der Grund, warum ich morgen Abend in den Club Toxic gehen werde.

Denn wer braucht denn nicht ein wenig Terror im Leben, um die Monotonie einer nicht enden wollenden Existenz aufzulockern?

2

Eilidh

Hмм. Heute blau?

Ich streiche meine Haarsträhne hinter das Ohr. Es ist eine kobaltblaue Perücke. Eine Art kinnlanger Pagenschnitt mit geradem Pony, der knapp über meine Augenbrauen reicht. Ich habe sie schon seit einigen Wochen nicht mehr getragen, weil ich irgendwie in einer Stimmung feststeckte. Davor trug ich sie einen Monat lang fast jeden zweiten Tag, bis ich sie satt hatte. Aber es ist eine meiner Lieblingsperücken.

Ich trage immer eine Perücke. Manchmal sehen sie ganz ‚normal‘ aus. Aber meistens sind sie bunt. Die, die ich zur Arbeit im Club Toxic trage, sind fast immer *knallig*.

Pink, grün, lila, regenbogenfarben, silbern, golden.

Ja, ich denke, heute soll es die Blaue sein.

Nachdem ich meine Perücke vor dem Spiegel gestylt habe, nehme ich sie ab und sichere mein Haar. Die Perücke muss während meiner Schicht die ganze Nacht fest auf dem Kopf bleiben. Ich werde keine Zeit haben, sie zurechtzurücken. Niemand auf der Arbeit darf mein echtes Haar sehen.

Niemals.

Tatsächlich sehen nur wenige Leute jemals mein echtes Haar.

Hauptsächlich deshalb, weil es launisch und temperamentvoll ist. Heute ist es ein dunkles, goldenes Blond wie Honig mit Bernstein und rostroten Tönen. Aber ich könnte morgen aufwachen und es könnte tiefschwarz sein. Mit einem dicken Streifen weiß darin.

Oder kastanienbraun. Oder so tief rötlich Orange, dass es schon selbst wie eine Perücke aussieht.

Es gibt keine Logik dahinter. Manchmal bleibt es wochen- oder sogar monatelang in einer Farbe. Dann … *puff*.

Das Einzige, was ich kontrollieren kann, ist das Styling und die Länge, aber ich lasse mir das Haar nur selten beim Friseur schneiden. Ich behalte es immer so lang, dass ich es zu einem Pferdeschwanz binden kann, nicht viel länger als bis über die Schulter.

Das habe ich schon mein ganzes Leben lang so gemacht. Ich glaube manchmal, dass es mit meiner Stimmung zusammenhängt, aber es verändert sich nur, wenn ich schlafe.

Ja, ich habe versucht, es zu filmen, aber die Kamera oder das Telefon oder was auch immer ich verwende, versagt jedes Mal. Schließlich habe ich aufgegeben, weil es zu frustrierend ist, wenn es passiert.

Meine Mutter hat es stets nervös als unbeständige Gene abgetan, die ich höchstwahrscheinlich von der Seite meines Vaters geerbt habe. Von ihm habe ich angeblich auch meine violetten Augen.

Nur dass ich ihn nicht danach fragen kann, weil er tot

ist. Außer seinem richtigen Vornamen und dem Nachnamen Smith habe ich buchstäblich null Informationen über ihn oder seine Familie. Ich war erst acht, als er starb.

Aber dieses Geheimnis wird in der Vergangenheit verborgen bleiben, so wie auch der Rest meiner Geschichte für immer begraben ist, da sie jetzt beide tot sind. Es gibt niemanden mehr, mit dem ich über sie reden kann. Niemanden, der sie kannte, außer einem engen Familienfreund von Dad, dessen vollständigen Namen ich nicht einmal kenne, und den ich seit Dads Tod nicht mehr gesehen habe.

Sobald ich meine Perücke befestigt und zurechtgerückt habe, bürste ich sie. Ich trage ein wenig Schminke auf und drehe mich kurz vor dem Badezimmerspiegel. Ich trage stets eine Radlerhose unter den kurzen schwarzen Röcken, die ich häufig anziehe, wenn ich so wie heute Abend im Club Toxic arbeite. Ich würde auch Jeans tragen, aber es ist Mai in Tucson und jetzt bereits brütend heiß, auch wenn die Temperaturen nach Einbruch der Dunkelheit leicht sinken werden. Die Radlerhose hilft, dass meine üppigen Oberschenkel nicht aneinander reiben, und gibt mir außerdem eine zusätzliche Schutzschicht, falls einer der Kunden etwas zu handgreiflich wird, wenn ich beide Hände voller Getränke habe und mich nicht wehren kann.

Nicht, dass sie mit mir – oder irgendeiner anderen Kellnerin – mehr als einmal handgreiflich werden könnten.

Ich ziehe mir dicke Wollsocken an und schnüre meine schwarzen Doc Martens zu, bevor ich noch einen Blick in den Spiegel werfe. Der bequeme Sport-BH, den ich trage, hilft, meine Möpse unter dem schwarzen Club Toxic T-Shirt nach oben zu drücken. Das Logo in Neonpink sitzt direkt über meinen Brüsten und wird im Schwarzlicht leuchten. Lucius lässt mir in Bezug auf meine Uniform mehr freie Hand als irgendeinem anderen Mitarbeiter. Und das aus gutem Grund.

Ich bringe ihm einen Haufen Geld ein. Mit relativ wenig Aufwand seinerseits. Es ist eine Win-Win-Situation für uns beide.

Außerdem bin ich eng mit seiner Gefährtin Selene befreundet.

Meine Schicht fängt erst um halb sieben an und der Club öffnet sogar erst um sieben. Aber ich habe einen Schlüssel und einen Code für die Alarmanlage. Zu dieser Jahreszeit sorge ich immer dafür, dass ich bereits um halb sechs im Club bin.

Lange bevor die Dämmerung einsetzt.

Ironisch, ich weiß. Ich habe Angst vor der Dunkelheit und doch arbeite ich in einem Club voller Vampire.

Ich meine, es sind offensichtlich nicht die Vampire, vor denen ich Angst habe. Oder die anderen Rassen, die in und um Tucson leben. Es ist an und für sich auch noch nicht einmal die Dunkelheit, die ich fürchte.

Es ist das, was sich manchmal in der Dunkelheit befindet, dem ich mich nicht stellen will. Denn wenn ich nicht aufpasse, habe ich Angst, dass diese Dinge mich eines Tages wiederfinden werden.

Und dass ich beim nächsten Mal, wenn sie es tun, vielleicht nicht entkommen kann.

TECHNISCH GESEHEN, BIN ich die stellvertretende Managerin im Club, obwohl ich Lucius und Selene gesagt habe, dass ich keinen Titel will. Je weniger Aufmerksamkeit ich auf mich ziehe, desto besser. Ich brauche keinen Titel, um meinen Job zu machen und Geld zu verdienen.

Bis jetzt war Tucson für mich länger sicher als

irgendein anderer Ort. Ich weiß aber noch nicht, ob es an der hohen Konzentration von Vampiren, Gestaltwandlern und anderen übernatürlichen Wesen liegt, die die Region zu ihrem Zuhause gemacht haben, oder an einer dem Land innewohnenden Kraft. Oder vielleicht an meiner eigenen extrem rigorosen Vorsicht, was meine persönlichen Gewohnheiten angeht oder an was sonst vielleicht.

Ich weiß es nicht und habe aufgehört, mich darum zu sorgen.

Mir ist nur wichtig, dass ich in Sicherheit bin.

Ich wohne in der Innenstadt in einem Wohnhaus, das Garrett Green gehört. Er ist der Alpha des Tucson-Werwolfrudels und ein ziemlich netter Kerl, auch wenn er verdammt gruselig aussieht. Ich erledige Botengänge für sie und für die Vampire. Sie alle geben mir dafür ihren Schutz und lassen mich in Ruhe. Sie bezahlen mich ebenfalls in bar, was bedeutet, dass ich völlig unter dem Radar fliege.

Nun, ich meine mit allen Annehmlichkeiten, die ich mir wünschen könnte, unter dem Radar, während ich in einer nett ausgestatteten Wohnung in einem Hochhaus in der Mitte von Tucson lebe.

Ich verdiene auch noch etwas extra, indem ich Lucius alle paar Wochen mein Blut verkaufe. Dieser Teil unserer Abmachung ist geheim. Ich möchte nicht, dass jemand erfährt, dass ich die Quelle der sehr beliebten Spezialsorte bin, die er als Spitzenprodukt verkauft, und der Grund, warum er mit diesem Teil seines Geschäfts einen Haufen Geld verdient.

Tatsächlich mischt er mein Blut mit anderen Blutspenden, um sie begehrenswerter zu machen. Ich habe noch nie einen Vampir direkt von mir trinken lassen. Lucius hat sich an unsere Abmachung gehalten und niemandem außer Selene erzählt, wer ich bin. Und da sie das ist, was für mich einer besten Freundin am nächsten kommt, ist das für mich in Ordnung.

Ich glaube, dass es auch daran liegt, dass Lucius genauso wenig wie ich weiß, *was* ich bin. Und das fasziniert ihn. Außerdem fordere ich keinerlei Macht, Ländereien oder Kontrolle ein, also sieht mich auch niemand als Bedrohung an. Zum Teufel, ich würde noch nicht einmal einen gottverdammten Parkplatz von jemandem einfordern. Diese Art von Schwachsinn würde Aufmerksamkeit auf mich lenken.

Das ist das Letzte, was ich brauche.

Keinerlei Aufmerksamkeit zu erregen, ist ebenfalls der Grund, warum die verschiedenen Akteure in der Umgebung mich in Ruhe lassen und meine Boten- und Kurierdienste nutzen. Ich bin neutral.

Ich meine, *völlig* neutral. Einschließlich meines Geruchs, wie es scheint. Lucius und Selene geben zu, dass sie mich riechen können, aber nur in etwa so, wie man Regen riecht oder eine heiße Herdplatte auf einem Elektroherd. Es ist da … Aber gleichzeitig *nicht* da. Garrett Green hat dasselbe gesagt, als ich ihn einmal fragte.

Wenn ich meine monatliche Periode bekomme, die seltsamerweise nur drei Tage dauert und auf den Tag genau alle vier Wochen eintrifft, nehme ich mir mit Lucius' Erlaubnis diese Tage vom Club frei. Das Letzte, was ich brauche, ist Werbung in einem verdammten Vampirclub, nicht wahr? Noch mehr Aufmerksamkeit, die ich weder will noch brauche. Normalerweise gehe ich am Tag vorher einkaufen und setze an diesen Tagen keinen Fuß vor meine Wohnungstür.

Die einzigen Male, bei denen ich in einen Konflikt gerate und riskiere, Aufmerksamkeit auf mich zu lenken, sind dann, wenn jemand versucht, sich mit mir oder einer meiner Kellnerinnen im Club anzulegen. Anscheinend bin ich furchteinflößend, wenn ich den gewöhnlichen Menschen glauben darf, die ebenfalls dort arbeiten. Vor allem, wenn einer der Vampirkunden bei den Menschen oben im Club etwas aufdringlich wird und versucht, sie gegen ihren Willen nach unten ins Verlies zu zwingen. Oder falls jemand seine Vampirkräfte einsetzt, anstatt sich ihr legitimes Einverständnis einzuholen.

Obwohl ich schon länger in Tucson lebe als sonst irgendwo in meinem Erwachsenenleben und so etwas wie Wurzeln hier geschlagen habe, lebe ich doch mit leichtem Gepäck. Es resultiert aus dem Nomadendasein, das ich den größten Teil meines Lebens gelebt habe.

Als ich zum Club fahre, greife ich mit der Hand an die Vorderseite meines T-Shirts und berühre den Ring meines Vaters, der darunter verborgen liegt. Ich trage ihn an der gleichen Silberkette, an der ihn meine Mutter immer trug.

Er ist buchstäblich alles, was ich von ihm habe.

Mazbushka. So haben er und sein Freund Zuzu mich immer genannt. Sie sagten, es bedeutet „süßer kleiner Engel" aber ich muss noch herausfinden in welcher Sprache.

Oder vielleicht haben sie es erfunden. Wer weiß das schon?

Der Ring ist jetzt mein Talisman, nehme ich an. Mein Glücksbringer. Ich berühre ihn die ganze Zeit so, ohne darüber nachzudenken. Ich nehme ihn nur zum Duschen ab. Es ist ein Labradorit-Stein, dunkelgrau mit blauen, grünen, gelben und orangefarbenen Akzenten, je nachdem, wie man ihn ins Licht hält und anwinkelt. Der Ring selbst ist aus Gold, mit geprägten Symbolen auf beiden Seiten und rund um den Stein herum.

Auch nach jahrelanger Recherche habe ich noch nicht entziffern können, was sie bedeuten.

Als ich bei der Arbeit ankomme, parke ich auf dem für

mich reservierten Parkplatz, öffne die Tür zum Hintereingang mit meinem Schlüssel und gehe hinein.

Ich brauche nicht einmal auf die Alarmtafel zu
schauen, um sofort zu wissen, dass ich die Erste und
Einzige hier bin. Die Fähigkeit, Personen um mich herum
zu spüren – egal ob sterblich oder nicht – ist eine dieser
seltsamen kleinen Eigenschaften, die ich habe. Und definitiv eine, von der ich andere *nichts* wissen lasse.

Nur zwei andere menschliche Angestellte haben
Schlüssel und Alarmcodes für den Club, obwohl es fast ein
Dutzend Menschen gibt, die Vollzeit im Club arbeiten.
Und noch ein ganzes Dutzend mehr, die nur Teilzeit hier
sind. Keiner der Vampirangestellten wird vor Einbruch der
Dunkelheit hier eintreffen. Das ist ja klar.

Lucius und Selene werden erscheinen, wann auch
immer es ihm in den Kram passt. Wir alle arbeiten nach
seinem Zeitplan. Sogar der Buchhalter arbeitet nachts.
Theophilus, ein Vampir, der für Lucius arbeitet und zu
seinem inneren Kreis gehört, ist der eigentliche Geschäfts-
führer des Clubs. Aber er ist ein Vampir. Und das bedeutet, dass er tagsüber nicht hier sein kann, wenn
Wartungsarbeiten oder Reparaturen erledigt werden
müssen, während wir geschlossen sind.

Benny ist einer der anderen Menschen, die einen
Schlüssel haben. Aber er arbeitet direkt für Lucius und
nicht für den Club. Obwohl er technisch gesehen kein
Clubangestellter ist, nimmt er häufig Anlieferungen von
Lieferanten entgegen, geht einkaufen und kümmert sich
um Wartungs- und Reparaturarbeiten und solche Dinge.
Manchmal komme ich an einem freien Tag hierher und
erledige diese Aufgaben und nehme mir dafür später in der
Woche einen Abend frei. Aber das hängt vom Dienstplan
ab. Lucius und Theophilus sind sehr darauf bedacht, mir

nicht zu viele Schichten zu geben, da sie von meinem anderen Teilzeitjob wissen.

Ich halte Lucius auch über alle Gerüchte auf dem Laufenden, die ich unter Gestaltwandlern oder anderen Vampiren in der Gegend höre.

Ich gehe die Treppe hinauf in den zweiten Stock und in die Büroräume, die sich dort oben befinden. Ich marschiere an der Sicherheitskonsole mit den Videomonitoren vorbei zu meinem Schreibtisch, der an der gegenüberliegenden Wand hinter einer Trennwand steht, die mir Privatsphäre bietet. Die meisten der menschlichen Mitarbeiter dürfen nicht ohne Begleitung hier hinaufkommen und sind nur zu Beginn und Ende ihrer Schicht hier, um ihre Kassen zu zählen. Ich selbst habe einen richtigen Schreibtisch in einer privaten Nische an einem Ende des Hauptbüros und sogar ein eigenes Sofa.

Ich schließe meine Sachen in meinem Schreibtisch ein und nehme mein Namensschild heraus. Nachdem ich das Klebeband abgezogen habe, auf dem von der letzten Schicht immer noch *PINK* in schwarzen Buchstaben steht, klebe ich ein neues Stück Klebeband darauf und schreibe *BLAU*. Dann stecke ich es direkt über meiner linken Brust an mein T-Shirt. Wenn ich eine meiner blonden Perücken trage, nenne ich mich *Blondie*.

Die Angestellten und Stammkunden wissen, dass sie mich stets mit der Farbe der Perücke ansprechen können, die ich an dem Abend trage. Das Namensschild ist für alle anderen und zu meiner Belustigung, wenn ich Bock darauf habe, Leute zu verarschen. Nur Lucius und Selene kennen meinen richtigen Namen. Sie haben versprochen, ihn nie zu benutzen und zu verhindern, dass ihn jemand anderes erfährt.

Es hilft, dass ich in bar bezahlt werde und einen guten gefälschten Arizona-Führerschein habe, den Lucius für mich besorgt hat. Im Computersystem, für meine Sicherheits-Log-ins und den Alarm, bin ich als Connie Doe bekannt. Derselbe Name wie auf meinem gefälschten Ausweis.

Das hat ein bisschen mehr Schwung als Jane Smith oder mein richtiger Name, Eilidh Connover, der nirgendwo gespeichert ist, wo ich aufgespürt werden könnte. Ich habe jedoch einen Reisepass und einen Ausweis mit diesem Namen, falls ich sie jemals brauchen sollte.

Nachdem das alles erledigt ist, fahre ich den Computerserver hoch, über den das Kassensystem des Clubs läuft, und stelle sicher, dass alles funktioniert. Dann schließe ich das Büro hinter mir ab und gehe die Treppe hinunter in den ersten Stock. Es ist nicht ungewöhnlich, dass ich an meinem freien Abend hier im Büro lande, wenn ich Besorgungen gemacht habe und zu weit von Zuhause entfernt bin, um es vor Einbruch der Dunkelheit dorthin zurückzuschaffen. Schon oft habe ich die Nacht auf meiner Couch zusammengerollt und in eine Decke eingewickelt hier verbracht. Hier habe ich die Gewissheit, dass ich absolut sicher bin.

Lucius hat allen die Anweisung gegeben, mich in Ruhe zu lassen, wenn dies der Fall ist.

Als Nächstes begebe ich mich in die untere Etage, schalte das Licht überall ein, prüfe unsere Vorräte und starrte die Kassenterminals. Dann prüfe ich, dass das Schließpersonal vom Vorabend alles, einschließlich der Toiletten, gereinigt hat. Ich mache mir nicht die Mühe, durch die kleine Küche zu gehen, denn das ist nicht meine Domäne. Ich fülle alles hinter der Bar auf, was vor der Schließung am Vorabend nicht nachgefüllt wurde, und mache Notizen für Lucius und Theophilus. Ich schriebe alles auf, was wir brauchen – und auch die Dinge, um die sich nicht richtig gekümmert wurde. Dann atme ich tief durch, bevor ich ins Verlies hinuntergehe.

Der private BDSM-Clubbereich ist durch eine Art Geheimgang zu erreichen. Eine Treppe, die hinter der Garderobe in der Nähe des Vordereinganges versteckt ist. Nur Vampire und Personal haben Zugang. Menschliche Gäste dürfen ausschließlich in Begleitung eines Vampirs nach unten. Die meisten Menschen wissen nicht einmal, dass es einen Kellerbereich gibt. Gelegentlich gehen auch mal Gestaltwandler dort hinunter. Normalerweise als Gast, den Lucius eingeladen hat, aber das ist extrem selten.

Ab und zu hat Lucius einen Wandler, der für ihn arbeitet oder der ihm einen Gefallen schuldet, und sie tauchen dann im Club auf. Ich mische mich in nichts davon ein, weil mich das alles nichts angeht.

Mich nur um meine eigenen Angelegenheiten zu kümmern, hat mich am Leben gehalten, während ich mit Vampiren arbeite. Und irgendwie möchte ich diesen Trend gern fortsetzen.

Ich schalte die ‚hässlichen Lichter' ein – die hellen Leuchtstoffröhren, die den Raum grell erstrahlen lassen. All die unterschiedlichen Gerätschaften, die abgetrennten privaten Nischen – ich überprüfe alles. Hinter der Bar hier unten sehe ich, dass derjenige, der gestern Abend geschlossen hat, definitiv bei der Sache war. Es gibt nichts, was meiner Aufmerksamkeit bedarf.

Ich arbeite nicht jede Nacht im Kellergeschoss. Tatsächlich ziehe ich es vor, es nicht zu tun. Nicht, dass es mir etwas ausmacht, was hier vor sich geht – sexy BDSM-Spiele, die lustvollen Sex beinhalten können, und Vampire, die sich an ihren willigen Partnern und Unterwürfigen laben.

Was mich stört, ist, dass *ich* nicht daran teilnehmen kann.

Dumm, ich weiß.

Aber ich lasse keinen der Vampire mit mir spielen oder von mir trinken. Nichts Persönliches, aber ich habe Vertrauensprobleme.

Sobald ich zufrieden bin, dass unten alles in Ordnung ist, schalte ich die Arbeitsbeleuchtung aus und die rote Stimmungsbeleuchtung ein, sowie die auf einige der Spielgeräte gerichteten Scheinwerfer, die den Raum beleuchten. Dann kehre ich ins Büro zurück. Ich hole eine der Kassen aus dem Tresor, zähle sie und trage sie nach unten in die Hauptbar des Nachtclubbereichs. In der Stille des Clubs höre ich das verräterische *Piepen* der Hintertür, als sich jemand Zutritt verschafft.

Mein Instinkt sagt mir, wer es ist. „Hey Benny", rufe ich.

Er lacht und kommt in den Hauptraum. „Es ist verdammt gruselig, wenn du das machst … Blau." Das letzte Wort spricht er erst dann aus, nachdem er einen Blick auf meine heutige Perücke geworfen hat.

Ich lächle. „Ich kann nicht anders." Und es stimmt. Es ist ein Segen und ein Fluch.

Aber selbst wenn ich meine besondere kleine Fähigkeit nicht hätte, wäre es einfach logisch gewesen. Craig, der andere Mensch mit einem Schlüssel, hat heute Abend frei und es ist immer noch hell draußen, was bedeutet, dass es keiner der Vampire sein konnte.

Ich schaue auf und sehe, dass Benny genauso elegant gekleidet ist wie immer. Dunkelbraunes Haar, ordentlich frisiert, und er trägt Anzug und Krawatte, so wie Lucius seine Männer am liebsten gekleidet sieht. Ich habe Benny nur zweimal in Jeans gesehen. Und das war zu einem Zeitpunkt, als der Club geschlossen war und er eine Lieferung von einem der Getränkegroßhändler entgegengenommen hat.

Wenn er Lucius nicht so nahestehen würde, wäre ich verdammt versucht, eine Beziehung mit ihm einzugehen.

Aber das Problem ist, dass er zu eng mit Lucius verbunden ist, und seine Loyalität dem Vampirkönig gilt. Was bedeuten würde, dass ich auch ihn zurücklassen müsste, sollte ich jemals gezwungen sein, schnell zu packen und zu verschwinden.

Nein, danke. Ich habe in meinem Leben schon oft genug Abschied genommen. Kein Grund, es mir selbst besonders schwer zu machen.

„Soll ich die Hintertür entriegeln?", fragt er.

„Ja bitte. Alles ist vorbereitet."

„Cool." Er geht zum Hintereingang zurück und stellt das Türschloss ein. Jeder Mitarbeiter hat seinen eigenen Code, um die Hintertür zu öffnen, sobald wir sie ‚entriegelt' haben. Jeder andere, der keinen Schlüssel hat, muss klingeln. Auf diese Weise wissen wir immer, wer durch diesen Eingang kommt und geht. Er lässt sich natürlich von innen öffnen, weil es gleichzeitig auch ein Notausgang ist.

Wir haben gerade ein neues, verbessertes Sicherheitssystem installiert, das Infrarotnachtsicht und einen Wärmekameramodus hat, wodurch wir jetzt auch Vampire erfassen können. Scheißteuer und militärische Ausrüstung, aber Lucius wollte die zusätzliche Sicherheit.

Er hat vor nicht allzu langer Zeit einen Versuch überlebt, gestürzt zu werden. Natürlich fand der große Showdown an meinem freien Abend statt. Wie es eben so ist. Zum Glück hat er jetzt Selene, die ihn beschützt. Dann gab es kürzlich auch noch so eine Sache mit einem abtrünnigen Vampir, Arthur, und seiner fröhlichen kleinen Bande abtrünniger Schläger, die in die Stadt kamen und die Großmutter des Alphas eines örtlichen Kojotenrudels ermordeten. Und auch noch einen Haufen anderer. Das hätte beinahe zu einem massiven Krieg zwischen den Wandlern und Vampiren geführt.

Benny und ich sind nur zwei von einer Handvoll von Menschen, die Zugang zu Lucius' Haus haben. Ich nehme dieses Vertrauen nicht auf die leichte Schulter. Der Grund, warum ich mich sowohl in der Gestaltwandler- als auch der Vampirgemeinschaft bewegen kann, ist der, dass sie mir vertrauen und mich willkommen heißen. Ich habe die Politik zwischen den Rudeln und Vampirnestern gelernt und vermeide es immer, mich in irgendetwas einzumischen, dass mich zu einem Feind der einen oder anderen Seite machen könnte. Obwohl es einzigartig ist, dass Vampire und Gestaltwandler eine so enge Allianz bilden, wie sie es hier in Tucson getan haben.

Ich hoffe, es ist ein Zeichen der Verbesserung der Beziehungen zwischen beiden Fraktionen.

Hey, ein Mädchen darf doch noch träumen.

Genauso wie ich träume, dass ich eines Tages vielleicht jemandem begegne, der mir ein paar solide Antworten darüber geben kann, wer und was ich wirklich bin.

3

Dexter

Ich erwache etwa vier Stunden vor der sicheren Dämmerung und verbringe die Zeit damit, Arbeitsangelegenheiten zu klären, die aufgetreten sind, während ich geschlafen habe. Aufgrund meines Alters schlafe ich nur noch selten von der Morgendämmerung bis zur Abenddämmerung durch, es sei denn, ich bin außergewöhnlich müde. Es ist nicht ungewöhnlich, dass ich lange nach Sonnenaufgang wachbleibe, wenn ich zu Hause bin.

Die Leute, die in New Jersey für mich arbeiten, denken alle, ich hätte eine ‚Sonnenallergie‘.

Nein, im Ernst, so etwas gibt es wirklich. Das könnt ihr ruhig nachschlagen. Nur sechs meiner Leute wissen, dass ich ein Vampir bin. Einer davon ist John, mein Sicherheitschef, und Mark, mein Kammerdiener, die beide mit mir auf dieser Reise sind und in benachbarten Suiten wohnen. Keiner von beiden wird mich heute Abend in den Club Toxic begleiten. Sie sind Menschen und obwohl sie durchaus in der Lage sind, sich selbst – und mich – unter normalen Umständen zu verteidigen, würde ich es vorziehen, wenn sie vorerst wenig Kontakt mit Lucius' Vampiren hätten. Sie sind zu wertvoll für mich, um sie durch ein Missverständnis zu verlieren. Und ich weigere mich, unnötige Risiken für ihr Leben und ihre Sicherheit einzugehen. Es wird noch genügend Zeit für sie geben, sich mit den Verantwortlichen des Vampirnests in Tucson vertraut zu machen, sobald Lucius seinen Leuten unseren Deal öffentlich bekanntgegeben hat. Ich bevorzuge menschliche Angestellte über Vampire, weil sie meiner Erfahrung nach loyaler sind und weniger dazu neigen, selbst ein ‚Imperium aufbauen' zu wollen. Sie lassen sich auch leichter kontrollieren, wenn es sein muss.

Meine Leute, die wissen, dass ich ein Vampir bin, stammen aus Familien, die mir bereits fast vierhundert Jahre lang dienen, und die ich mit mir nach Amerika gebracht habe, als ich nach dem Zweiten Weltkrieg aus Großbritannien ausgewandert bin. Sie haben geschworen, mein Geheimnis zu bewahren. Im Gegenzug sorge ich dafür, dass es ihren Familien an nichts fehlt, indem ich sie großzügig vergüte.

Und nein, ich trinke nie von ihnen.

Nur ein Mitglied jeder Generation kennt mein Geheimnis. Es ist normalerweise der älteste Sohn, obwohl die Mutter meines jetzigen Kammerdieners meine frühere Kammerdienerin war. Sie war das einzige Kind, das ihr Vater – mein Diener vor ihr – gezeugt hatte. Ich bin nicht chauvinistisch. Ich denke nur *praktisch*. Ich würde es wirklich hassen, wenn eine Frau, die für mich arbeitet, nicht in der Lage wäre, mit ihrem Baby oder Kleinkind zu Hause zu bleiben. Und ich möchte sie auf keinen Fall einem größeren Risiko aussetzen, wenn sie schwanger ist.

Ich bin unsterblich, nicht böse.

Als Marks Mutter mit ihm schwanger war, befahl ich ihr, in der Nähe ihres Hauses zu bleiben, und mich nur zu unterstützen, wenn ich im Hotel wohnte. Ich ließ sie nicht mehr mit mir reisen, bis Mark in die Vorschule kam. Als er ein Baby war und sie aus dem Mutterschaftsurlaub zurückkehrte, durfte sie ihn immer mit zur Arbeit bringen. Ich war für ihn immer nur ‚Onkel Dexter‘ und achtete darauf, meine wahre Natur vor ihm zu verbergen, bis er alt genug war, sich selbst zu entscheiden, für mich zu arbeiten. Nachdem er die Uni abgeschlossen hatte. Sobald er ein Teenager war, ließ ich ihn Teilzeit arbeiten, an den Wochenenden und in den Ferien, damit er sich sein eigenes Taschengeld verdienen konnte.

Da ich es vermeide, in illegale Machenschaften verwickelt zu werden, was dazu beiträgt, mich und meine Unternehmensinteressen zu schützen, denken die anderen Mitglieder ihrer Familien, dass einer meiner Vorfahren einen Pakt mit einem ihrer Vorfahren geschlossen hat. Das Versprechen, im Austausch für eine lukrative Bezahlung zu arbeiten, und dass ich diese Schwüre bis heute ernst nehme.

Ja, ich garantiere die Loyalität jeder neuen Generation mit ein paar frühzeitigen mentalen Anstößen, aber ich behandle sie gut und muss sie nie bezirzen, für mich tätig zu sein. Einmal hatte der älteste Sohn einer Generation keine Lust darauf, für mich zu arbeiten. Er dachte, es sei ‚unter seiner Würde‘, mir zu dienen. Er wusste offensichtlich nicht, dass ich ein Vampir bin. Also nahm der zweitälteste Sohn den Job gern an und wurde so in das Geheimnis eingeweiht.

Heute Abend brauche ich keine eigenen Sicherheitsleute. Lucius weiß es besser, als mir etwas passieren zu lassen, während ich in seinem Territorium bin. Genauso wie ich ihn mit meinem Leben beschützen würde, wenn er in angekündigter Angelegenheit zu mir käme. Ich hege ein freundschaftliches Verhältnis zu ihm, weil ich es mir leisten kann. Er hat vielleicht die Männer, aber ich habe das Geld und eine Unternehmensmaschinerie mit vielen Sicherheitsvorkehrungen hinter mir, die ihn – und viele andere Vampire – ruinieren könnte, sollte er jemals versuchen, sich mit mir anzulegen.

Was ein weiterer Grund ist, warum ich mich in den letzten Jahren von Lucius ferngehalten habe. Er neigt in letzter Zeit dazu, die Aufmerksamkeit der Strafverfolgungsbehörden auf sich zu ziehen, da er in einige illegale Unterfangen verwickelt war. Ich möchte keinerlei ähnliche Aufmerksamkeit auf mich und meine Geschäftsinteressen lenken. Es würde sich als lästig erweisen.

Es ist ohnehin schon schwierig genug, dafür zu sorgen, dass niemand Fotos von mir schießt. Ich habe drei Körperdoubles, die ich Vollzeit beschäftige, um öffentliche Auftritte für mich durchzuführen. Keiner von ihnen weiß, dass ich ein Vampir bin. Videokameras sind in den Aufzügen, die ich benutze, und auf der Etage, in der sich meine Suite befindet, grundsätzlich verboten. Wir setzen stattdessen Infrarot- und Wärmebildkameras zur Sicherheit ein. Auf diese Weise sieht das Sicherheitsteam nie, dass ich auf normalen Kameras nicht zu sehen bin.

Ja, das Personal, das die Videos überwacht, hat ebenfalls kleine mentale Anstöße bekommen, nicht weiter darüber nachzudenken, warum ich auf keinem Video auftauche. So ist es einfacher.

Aber Lucius ist das, was einem Familienmitglied für mich am nächsten kommt. Ich bevorzuge eine Welt, in der es ihn gibt, also kommen wir miteinander aus, auch wenn wir dazu neigen, bei bestimmten Themen verschiedener Meinung zu sein. Besonders in Bezug auf Menschen. Auch neigt er dazu, mit seinen Nachkommen übermäßig nachsichtig zu sein, wenn sie rebellieren und versuchen, ihn zu stürzen.

Ein weiterer Grund, warum ich nicht versucht habe, mehr Menschen zu verwandeln. Es ist so schon schwer genug, ein normales Leben zu führen. Aber jemanden heranzuziehen, der mich möglicherweise irgendwann stürzen will?

Nein, danke.

Ich hingegen neige dazu, Menschen als Handelsware zu betrachten – nicht als Nahrung, obwohl sie das sind – sondern als Einkommensmöglichkeit. Ich bin schon so lange allein, dass ich gar nicht wüsste, wie ich anders leben sollte, um ehrlich zu sein.

Aber Lucius will unbedingt *nicht* allein sein, glaube ich. Ich verstehe es, denn es ist schmerzhaft zuzusehen, wie sich die Welt weiterdreht. Menschen vergehen und wenn man niemanden hat, mit dem man diese gewichtigen Emotionen teilen kann, ist es verständlich das viele, die so sind wie wir, eine eher gleichgültige Haltung den Menschen gegenüber einnehmen. Ich meine, man trauert ja normalerweise auch nicht um Milchkühe, es sei denn, man hat eine bestimmte Kuh als Haustier, die einem besonders ans Herz gewachsen ist. Menschen neigen dazu, miteinander zu verschwimmen, ohne sich zu sehr voneinander zu unterscheiden.

Ich habe mich darauf konzentriert, Reichtum anzuhäufen. Lucius hingegen konzentrierte sich darauf, eine Art Familie zu gründen und Familienmitglieder anzuhäufen.

Dysfunktional und bissig, aber wer bin ich schon, darüber zu urteilen.

Ich weiß nicht, warum ich mich von Lucius überreden lassen habe, heute Abend in seinen Club zu gehen. Der Mann ist wirklich ein scharfzüngiger Teufel.

Oh, Moment. Ich *weiß*, warum.

Es ist derselbe Grund, warum ich heute Schwierigkeiten hatte, mich bei der Arbeit zu konzentrieren – der mysteriöse Lieferant der köstlichsten Ambrosia, die ich je gekostet habe.

Ich muss denjenigen treffen, von dem Lucius dieses Blut bezieht. Wenn auch aus keinem anderen Grund, als dass ich mich mit der Person zusammensetzen, mit ihr reden und sie kennenlernen will.

Den Menschen kennenlernen, der meine Sinne so erweckt hat. Mein Schwanz zuckt schon wieder, wenn ich nur daran denke. Ich widerstehe dem Drang, mich bis zur Befriedigung zu rubbeln, wie ich es letzte Nacht getan habe.

Es sind die ersten derartigen Reaktionen, die ich seit … einer viel zu verdammt langen Zeit erlebt habe. Das nächste Pendant, das ich dazu habe, ist das, was ich für Robert empfand, als ich ihn kennenlernte und zum ersten Mal von ihm trank.

Als ich mir am heutigen Abend ein großes Glas gekauftes Blut aus dem Vorrat, den Mark für mich in meine Suite gebracht hat, einschenke, schmeckt es abgestanden und fad. Ich ertappe mich dabei, wie ich mich nach dem Getränk von letzter Nacht sehne, was ein weiterer Grund dafür ist, mich *jetzt* zu sättigen.

Nur für alle Fälle.

Ich *muss* die Kontrolle behalten.

Ich warte bis kurz vor zehn, um mit dem gemieteten Geländewagen zum Club Toxic zu fahren. Ja, ich fahre mich heute selbst. Blutclubs sind mir nicht unbekannt und ich habe die besten auf der ganzen Welt besucht. Allerdings wollte ich nie selbst einen betreiben.

Sie ziehen zu viele der falschen Leute an.

Menschen und andere Spezies.

Ich ziehe es vor, mir das Blut für meine regelmäßige Nahrungsaufnahme zu kaufen. Wenn ich mit jemandem schlafe, trinke ich von der Person und sie denkt, dass ich beim Sex einfach ein wenig gebissen habe. Ich lasse mir jedoch die Erlaubnis zum Beißen, für Blutspiele und andere ‚versaute Spielchen' stets geben. Ich trinke nie mehr als ein wenig, wenn ich mich an ihnen labe.

Natürlich kann ich ihnen nicht sagen, dass ich ein Vampir bin. Seid ihr verrückt geworden? Ich mag es nicht, Gedanken öfter als nötig auslöschen zu müssen. Ich stelle immer sicher, dass ich mich vorher sattgetrunken habe, bevor ich mit jemandem zusammen bin, mit dem ich spielen will. Sodass ich nicht hungrig bin. Ich lehne es ab, Fehler zu machen.

Habe ich Menschen getötet?

Unzählige.

Ich wünschte, das wäre ein Scherz.

Die meisten von ihnen im Kampf, oder Menschen, die es verdient hatten, getötet zu werden – die schlimmsten der Menschheit.

Obwohl ich mir sicher bin, dass ich am Anfang den Tod von Unschuldigen auf dem Gewissen hatte, habe ich doch in den letzten sieben- oder achthundert Jahren niemanden ohne triftigen Grund getötet.

Oder in manchen Fällen, um sie von ihrem Elend zu befreien. Im Zweiten Weltkrieg gab es einige, die in diese Kategorie fielen. Sie waren tödlich verwundet und litten. Ich habe ihren Tod beschleunigt, während ich ihnen dabei Vergnügen bereitete.

Im Gegensatz zu einigen anderen Vampiren weigere ich mich, Menschen nur zum Spaß zu töten.

Aber ich erwarte, dass meine Sexualpartner meine Perversionen teilen. Selbst wenn ich ihnen nur den Hintern versohle und sie hart ficke. Blümchensex reicht für mich eben einfach nicht mehr. Dafür lebe ich schon zu lange. Die Missionarsstellung wird nach einer Weile furchtbar langweilig.

Ich war schon in vielen BDSM-Clubs auf der ganzen Welt und habe im Privatbereich sogar noch viel mehr gemacht. Ich habe eine besondere Vorliebe für Shibari. Einen Partner mit komplizierten Seilmustern zu unterwerfen, ohne dass ich meine Kräfte überhaupt an ihm anwenden muss, um ihn in den Wahnsinn zu treiben und sein Blut zu versüßen – *das* ist berauschend.

Meine Fähigkeiten mit anderen Utensilien sind ebenso versiert.

Ich hatte eine Menge Zeit, um zu üben.

Lucius hat beschlossen, einen Blutclub mit einem BDSM-Club zu kombinieren, um seinem speziellen Klientel ein besseres Preis-*Beiß*-Verhältnis zu geben, entschuldigt diesen Ausdruck. Sie sind bereit, für den Zugriff auf ‚Süßblut' zu bezahlen – Menschen, die von der Lust berauscht sind, und in deren Adern nicht nur Blut fließt, sondern auch Endorphine, Dopamin und Adrenalin, zusammen mit all den anderen wundervollen, natürlichen Chemikalien, die meine Art berauschen.

Genial. Es ist ein Wunder, dass es nicht mehr Vampir BDSM-Clubs gibt. Im Zuge der populären Fiktion, die das *Fifty Shades*-Phänomen vor einen Massenmarkt gebracht hat, sollte man meinen, dass diese Art von Kassenschlager für unsere Art attraktiv wäre. Ein lukratives Geschäft kombiniert mit nahezu unbegrenzten Trinkmöglichkeiten.

Ich fahre zunächst am Club vorbei, um die Lage einzuschätzen, und sehe eine lange Schlange für den Einlass, die sich um den halben Block schlängelt. Lucius hat mir gesagt, ich solle einfach auf den Türsteher zugehen, der mich sofort einlassen würde. Vampire müssen sich nicht anstellen. Aber ich solle auch meinen Namen nennen und einer seiner Männer würde mich herumführen.

Nachtclubs sind normalerweise nicht mein bevorzugtes Jagdrevier, aber dies ist meine einzige Chance, mehr über die Quelle des speziellen, edlen Tröpfchens zu erfahren, mit dem Lucius mich gestern Abend geködert hat.

Also bin ich heute Abend hier …

Ich suche mir einen Häuserblock entfernt einen Parkplatz für meinen Audi Q3 und gehe dann zu Fuß zurück. Ich habe mich entschieden, heute Abend einen Anzug und Blazer zu tragen, und der Kragen und der oberste Knopf meines Hemdes stehen offen. Als ich zum Eingang gehe, wirft mir der Vampir, der die Tür bewacht, kaum einen Blick zu, bevor das Samtband geöffnet wird und ich hereingewunken werde.

„Dexter Van Sussex", sage ich zu einem anderen Vampir in einem Anzug, von dem ich annehme, dass er ein Türsteher ist, und der am Eingang zur Garderobe steht.

„Ja, Sir. Sie werden erwartet. Bitte folgen Sie mir." Ich hatte angenommen, er würde mich die Treppe hinunter ins Verlies führen, aber das tut er nicht. Stattdessen führt er mich in den Hauptbereich und vorbei an der Tanzfläche, auf der es von Menschen nur so wimmelt. Sie wissen nicht, dass sich mehrere Vampire unter ihnen tummeln. Der DJ lässt sie herumspringen und die Luft ist dick von Schweiß gemischt mit Alkohol, Verlangen und Begierde. Wir gehen weiter und vorbei an einem Tresen, wo sich eine blauhaarige Kellnerin, die nicht so gekleidet ist wie der Rest der Angestellten, gerade um die Kunden kümmert, in einen hinteren Flur.

Dort tippt er einen Code ein, um eine Tür zum Treppenhaus zu öffnen, und ich werde nach oben geführt. Er schließt eine weitere Tür auf und lotst mich in ein Büro. Ein schwacher, angenehmer Duft kitzelt meine Nase, aber ich habe keine Zeit, innezuhalten und ihn zu genießen, bevor ich durch einen weiteren Flur und noch eine Tür in ein anderes Zimmer geführt werde.

Der Vampirkönig besitzt natürlich das größte Büro.

„Aha, da ist er ja." Lucius steht auf und umrundet den Schreibtisch, hinter dem er saß, um mir die Hand zu schütteln. Es ist auch kein billiger IKEA-Schreibtisch. Diese brobdingnagische Monstrosität ist genau wie Lucius. Der Tisch ist gut zwei Meter breit und aus kunstvoll geschnitztem Mahagoni, das luxuriös auf Hochglanz poliert wurde. Er ist zu groß, um durch das Treppenhaus gepasst zu haben, durch das ich gerade hinaufgekommen bin.

„Wie zur Hölle hast du den überhaupt hier hinaufbekommen?"

Er lächelt stolz. „Gefällt er dir?"

„Er … passt zu dir."

Lucius grinst. „Sie haben das Büro um den Tisch herum gebaut. Buchstäblich. Er wurde hier hinaufgebracht und erst danach wurde das Treppenhaus geschlossen und die Wände errichtet."

„Du hast schon immer gern eine Show abgezogen." Die Wände sind mit einer aufwendigen Holzvertäfelung verkleidet und mit eingebauten Bücherregalen versehen, sodass es eher wie ein Arbeitszimmer aussieht, das in eine Villa gehört, als ein Nachtclubbüro.

„Was nützt mir ein langes Leben und das viele Geld, wenn ich nicht gelegentlich damit angeben kann?"

Ich ziehe es vor, meinen Luxus subtiler auszudrücken und weniger Aufmerksamkeit zu erregen. „Also gut, ich bin hier. Wie verabredet." Ich will nicht, dass er zu abgelenkt wird. „Und du weißt verdammt gut, warum."

Er grinst. „Du hast den ganzen Tag darüber nachgedacht, nicht wahr?"

„Wenn ich sofort zugebe, dass du recht hast, stellst du mich dann früher vor?"

„Vielleicht." Die Bürotür öffnet sich und Selene tritt ein. „Ah, meine Liebe. Ist alles bereit?"

„Ja." Sie lächelt ebenfalls.

Wäre dies ein anderer Vampir als Lucius, würde ich eine Falle erwarten, einen Verrat. „Warum bist du so begierig darauf, dass ich die Quelle kennenlerne?"

Sein Lächeln verblasst. „Die Zeit und die kürzliche Veränderung meiner Umstände haben mich die Dinge so sehen lassen, wie ich sie schon Jahrhunderte lang nicht mehr gesehen habe. Vielleicht bist du gar nicht so einfältig in Bezug auf die Menschen, wie ich es einst dachte. Und ich meine damit die Wahrhaftigkeit deiner Gefühle ihnen gegenüber. Vielleicht hattest du recht damit."

Er streckt Selene eine Hand entgegen und sie schreitet zu ihm hinüber, wo sie sich an seine Seite schmiegt. Die unverhohlene Liebe, die ich zwischen diesen beiden sehe, ist nichts, was ein Vampir vortäuschen könnte.

Sie ist auch etwas, um das ich ihn in diesem Moment auf schmerzhafte Weise beneide.

„Die Liebe verändert einen Mann", fährt er fort. „Hättest du nicht gesagt, dass du daran denkst, in die Sonne zu treten, hätte ich unser kleines Geheimnis wahrscheinlich für mich behalten. Aber selbst ich weiß, wenn es Dinge gibt, die mein Wissen, meine Erfahrung und meine Fähigkeiten übersteigen." Er seufzt. „Vielleicht bin ich einfach nur ein Romantiker und es wird keinerlei Anziehungskraft zwischen euch beiden geben. Aber … ich kann hoffen. Es besteht zwar keine unmittelbare Gefahr, aber wir beide werden uns später unterhalten. Ich möchte, dass du die Person zuerst kennenlernst."

„Sie ist … in Gefahr?"

Dieser Gedanke löst auf ganz irrationale Weise etwas stark Beschützendes in mir aus.

„Ich weiß es nicht. Und nein", fügt er schnell hinzu, „ich bin nicht absichtlich verschwiegen. Es gibt eine Geschichte, von der ich mir sicher bin, dass ich nicht alle Fakten kenne." Er schlingt seinen Arm um Selenes Taille und zieht sie näher an sich heran. „Hast du schon jemals von einem *Gwyllgi* gehört?"

Ich nicke und die Art, wie er das fragt, regt etwas in meinen tiefsten, dunkelsten Erinnerungen. „Sprechen wir … wieder von Wandlern?"

Er schüttelt langsam den Kopf. „Behalte es einfach für später im Hinterkopf. Ich könnte mich irren, aber das ist es, woran ich gedacht habe. Andererseits kenne auch ich nicht alle Details. Vielleicht gibt es mehr Fakten, die dieses Mysterium umgeben, als mir bewusst ist." Er lässt Selene los und tritt vor. „Komm mit. Lass uns einfach sehen, was passiert."

Wir gehen die Treppe hinunter ins Erdgeschoss zurück, wo sich der Nachtclub befindet. Ich folge Lucius und Selene, während wir uns auf der gegenüberliegenden Seite des Tresens unseren Weg am Rand der Tanzfläche entlangbahnen. Unser Ziel ist die Sitzecke in der Lounge, wo einer seiner Männer einen Tisch für uns freihält. Mir ist das Kribbeln in meinem Mund schmerzlich bewusst. Die Erinnerung an das Getränk von gestern Abend und ich kämpfe gegen den Drang an, Lucius zu bitten, mit den Spielchen aufzuhören und mich endlich vorzustellen.

Wir lassen uns an dem Tisch nieder und eine seiner menschlichen Angestellten eilt herbei, um unsere Bestellung aufzunehmen. Die Frau trägt kurze schwarze Hot Pants, eine perfekt gebügelte Bluse mit Knöpfen und ein schwarzes Halsband.

Lucius beugt sich vor und gibt unsere Bestellung auf.

Alkoholische Getränke, keine ‚Hausspezialitäten‘. Sie eilt in Richtung Tresen davon. Sie ist nicht das edle Tröpfchen – so viel kann ich schon sagen. Von ihr wurde bereits Blut entnommen, mit Zähnen, nicht mit einer Nadel. Die begierige Lust, die sie ausgestrahlt hat, als sie mich ansah, hat es mir verraten. Ich bin mir ziemlich sicher, dass ich eine Vielzahl alter Reißzahnspuren an ihrem Hals finden würde, wenn ich das schwarze Band löste.

Ich spüre Lucius' Blick auf mir und beobachte die Kellnerin, die sich über den Tresen beugt und mit der blauhaarigen Frau dahinter spricht.

Im Gegensatz zu den anderen Kellnerinnen trägt die blauhaarige Schönheit ein schwarzes Club Toxic T-Shirt mit einem neonpinken Logo. Es spannt sich über ihre runden Brüste und strahlt unter den hier und da verstreuten Schwarzlichtleuchten.

Sie trägt kein Band um ihren Hals, kein Anzeichen früherer Bisse.

Der Art und Weise nach zu urteilen, wie die beiden zu unserem Tisch hinüberschauen, weiß ich, dass die Bedienung der Barkeeperin mitgeteilt hat, für wen die Bestellung ist. Die Barkeeperin macht sich daran, unsere Getränke zu mixen.

Lucius beugt sich vor. „Übrigens geht alles, was du hier bestellst, auf meine Rechnung. Ich werde dafür sorgen, dass das Personal Bescheid weiß."

„Vielen Dank", sage ich beiläufig und konzentriere mich immer noch auf die blauhaarige Frau hinter dem Tresen. „Das weiß ich zu schätzen."

„Spar dir deinen Dank für später, Dexter." Er lächelt. „Ich hasse es, einen Mann zu zwingen, sich zu wiederholen."

$$4$$

Eilidh

Es ist ein hektischer Abend, aber alle Nächte im Club Toxic sind in gewisser Weise geschäftig. Sogar dienstags, wie heute Abend. Wir öffnen um sieben und bis ca. acht Uhr passiert nicht viel. Dann füllt sich die Tanzfläche langsam mit eifrig tanzenden, halb betrunkenen, zweibeinigen Mahlzeiten und schon bald wird es eine Schlange von Leuten geben, die sich um den Häuserblock schlängelt, und darauf wartet, hereingelassen zu werden.

Ich fange damit an, die Tische in der Lounge zu bedienen, und laufe mit Getränkebestellungen zwischen ihnen und der Bar hin und her. Es macht mir nichts aus, denn einige der Vampire geben wirklich gutes Trinkgeld und jeder Dollar zählt.

Vor allem, weil ich mein Trinkgeld nicht teilen muss. Eines der besonderen Zugeständnisse, die Lucius mir macht.

Kurz nach neun habe ich gerade Getränke an einen

Tisch in der Lounge gebracht, als Augustus mit einem Vampir im Schlepptau, den ich noch nie zuvor gesehen habe, in meine Richtung geschlendert kommt. Der neue Typ ist rothaarig, etwas hager und ungefähr einen Meter achtzig groß. Er sieht so aus, als wäre er Ende vierzig verwandelt worden. Wäre er ein Mensch, würde ich sagen, dass seine Ausstrahlung der eines reichen Typs gleicht, der es gewohnt ist, seinen Willen durchzusetzen. Einer der Sorte, die seine Sekretärin auf dem Schreibtisch fickt und dann nach Hause zu seiner Trophäenfrau und den Kindern geht, an deren Namen er sich kaum erinnern kann.

Ich mag ihn auf Anhieb nicht, habe aber auch keine Angst vor ihm. Er ist nicht annähernd so gut gekleidet wie Lucius' Männer.

Augustus beugt sich vor. „Das ist Dagwood", sagt er.

Ich rolle mit den Augen und schüttele langsam den Kopf. „Im Ernst?"

Augustus grinst. „Der Name ist so gut wie jeder andere. Er wollte dich kennenlernen."

Der Typ hat grüne Augen und ich starre direkt in sie hinein. „Hallöchen", sage ich und strecke ihm meine Hand entgegen. „Schön, Sie kennenzulernen …" Ich warte darauf, dass er mir seinen richtigen Namen nennt.

Er braucht einen Moment. „Darren", sagt er und ist bereits aus dem Konzept gebracht. Er zögert, bevor er endlich meine Hand schüttelt.

Augustus steht mit vor der Brust verschränkten Armen da, grinst und wartet darauf, dass die Show beginnt.

Darren kneift die Augen zusammen, während er mich studiert. „Sie sind … ein Mensch?"

„Das sagen mir alle." Ich drücke mein Tablett an mich, um meine Brüste zu verstecken. Macht der Gewohnheit, auch wenn er mir direkt in die Augen sieht und meine Möpse nicht beäugt. „Was kann ich für Sie tun, Darren?"

Er wirft einen Blick auf mein Namensschild. „Ihr Name ist *Blue*?"

Tiberius gesellt sich zu uns. „Hat sie es schon gemacht?"

„Noch nicht", sagt Augustus. Hinter ihm taucht ein weiterer Mann auf, Maximus, um ebenfalls zuzuhören. Außerdem gesellen sich ein paar der menschlichen Stammgäste dazu. Sie haben spontan einen Kreis um uns gebildet. Ich stehe mit dem Rücken zur Wand und Darren steht dicht vor mir. Aber nicht so nah, dass es unangenehm ist.

Ich greife nach oben und streiche über meine blauen Strähnen. „Heute Abend ist mein Name Blue."

„Also … ist es nicht Ihr *wirklicher* Name?"

Er kann seinen Blick jetzt nicht mehr von meinen Augen abwenden und es muss ihn zumindest ein wenig nervös machen. „Was ist ein Name überhaupt?", frage ich leise. „Wie alt *sind* Sie? *Wirklich*?" Während ich das frage, mache ich mein Ding – das heißt, ich dränge die Gedanken auch in seinen Kopf, während ich sie laut ausspreche.

Ich bezirze *ihn*.

„Einhundertvierunddreißig", flüstert er, ohne zu zögern zurück. Ich weiß sofort, dass ich ihn in der Tasche habe. Bei manchen funktioniert es besser als bei anderen, aber dieser Typ ist nicht sehr stark. Sein Schöpfer war wahrscheinlich auch noch sehr jung. Ich bin zwar gegen den Bann von Vampiren immun, aber ich kann nicht alle auf diese Weise manipulieren, obwohl ich noch nie einen Menschen getroffen habe, bei dem ich nicht zumindest ein wenig meines Charmes einsetzen konnte.

Bei der lauten Musik und mit den Vampirtürstehern, die die Menge um uns herum kontrollieren, weiß ich, dass die anwesenden Menschen, nur „Vierunddreißig" gehört haben.

Oh ja, das wird diesem armen Vampir später Angst einflößen, wenn er Zeit hat, darüber nachzudenken.

Ich kneife die Augen zusammen. „Wie sehr möchten Sie meinen Namen wissen?"

Eine unserer menschlichen Angestellten kichert. Sie sollte eigentlich Kunden bedienen, aber sie wird auch sofort weitererzählen, dass ich das Namensspiel gespielt habe, und es wird meiner Glaubwürdigkeit hier nur guttun.

„Ich würde … alles tun, um ihn zu erfahren."

„Wollen Sie eine Wette eingehen?"

Er nickt.

„Ich wette, Sie würden mich *unbedingt* gern mit nach unten nehmen, nicht wahr?"

„Ich würde unheimlich gern mit Ihnen nach unten gehen."

Natürlich würde er das, der arme Trottel. „Haben Sie einen Hunderter dabei?"

Er nickte erneut eifrig und kramt seine Brieftasche hervor. Wenn er denkt, dass er so leicht davonkommt, dann hat er sich geschnitten. Aber wenigstens hat er Bargeld dabei.

Super. Damit ist meine Handyrechnung für diesen Monat bezahlt.

„Hier sind die Regeln: Ich werde Ihnen die Rückseite meines Namensschildes zeigen. Darauf steht mein richtiger Name. Wenn Sie ihn beim *ersten* Versuch richtig aussprechen können, gehe ich mit Ihnen nach unten. Wenn Sie es nicht können, bekomme ich den Hunderter. Sie bekomme nie wieder eine Chance, dieses Spiel zu spielen – nur dieses eine Mal. Sie dürfen auch *niemals* jemandem verraten, was auf dem Namensschild steht. Abgemacht?"

„Abgemacht!"

„Und noch etwas. Wenn Sie versuchen, den Namen auszusprechen, flüstern Sie." Ich wünschte, ich könnte sagen, dass ich genau weiß, was ich mit ihnen mache, aber das tue ich nicht. Ich weiß nur, dass es funktioniert. Seine Pupillen haben sich vollständig geweitet, sodass seine grünen Augen in diesem Licht fast schwarz aussehen. Es ist ein ziemlich cooler Partytrick.

Ihr wisst schon, in einer so bissigen Menge.

„Okay."

Ich hebe meine linke Hand an die Kante meines Namensschilds. Dann halte ich das Tablett so hoch, dass es sowohl unsere Gesichter als auch mein Namensschild vor den um uns herum versammelten Personen verdeckt und neige mein Namensschild so weit nach vorn, dass die Schrift auf der Rückseite sichtbar wird. Aber ich schaue ihm immer noch in die Augen und er schaut nicht weg.

„Versuchen Sie es ruhig", sage ich, während ich ihm Gedanken zusende, dass er keine Ahnung hat, wie er es aussprechen soll.

Nicht, dass die meisten Leute auch nur einen Schimmer hätten. Ich habe noch nie jemanden getroffen, der meinen Namen aussprechen konnte.

Er wirft einen Blick darauf und sieht mir dann sofort wieder in die Augen. „Ich … ähm …" Ich lasse mein Namensschild los und senke das Tablett, während er mir weiter in die Augen starrt. „Ähm … ich … es ist …" Er schluckt und ich greife nach dem Hunderter in seinen Fingern.

„Vielen Dank fürs Spielen", sage ich sanft. Ich schenke ihm ein Lächeln, während die Zuschauer jubeln und lachen.

Der Typ sieht benommen aus, als ich meinen Gewinn in meinen Sport-BH stopfe. Augustus klopft dem Kerl auf den Rücken und schlägt ihn zwischen die Schulterblätter. Darren sieht immer noch fassungslos aus und wird es wahrscheinlich auch noch ein paar Minuten lang bleiben. Zumindest war es in der Vergangenheit oft der Fall.

„Komm mit, Kumpel", sagt Augustus. „Ich kaufe dir einen Drink."

„Ich … ähm …"

Als ich zum Tresen zurückgehe, überrascht es mich nicht, als Maximus sich zu mir gesellt. „Eines Tages, meine Liebe, wirst du mir erzählen müssen, wie du diesen Trick machst."

„Aber das würde ihn verderben", erinnere ich ihn.

Was ich nicht zugeben will − und was nur Selene und Lucius wissen −, ist die Tatsache, dass ich keinen *Schimmer* habe, wie ich es mache.

Überhaupt *nicht*.

Als Mensch, der einem Vampir in die Augen sieht, sollte ich völlig unter ihrem Bann stehen. Aber … das tue ich nicht. Tatsächlich ist das Gegenteil der Fall.

Ich kann zwar keinen Vampir oder Mensch komplett manipulieren, wie es ein Vampir könnte, aber jeder, der mir so in die Augen starrt, endet für gewöhnlich …

Wie Darren. Ihr Verstand gerät zumindest für einen Moment aus dem Gleichgewicht. Ich weiß nicht, ob es daran liegt, dass ich selbst Kräfte habe, oder ob ich ihre Kräfte nehme und sie gegen sie verwende.

Oh ja, in ein paar Minuten wird es ihm wieder gut gehen, aber er wird keine verdammte Ahnung haben, was auf meinem Namensschild stand, und sich auch nicht daran erinnern können.

Wie ich schon sagte, ich weiß nicht, wie ich es mache. Ich … *kann* es einfach. Lucius erfuhr fast im ersten

Moment, als wir uns kennenlernten und anfingen miteinander zu reden, von meiner Immunität gegen den vampirischen Bann. Ich schätze, er hat mir nicht geglaubt, als ich ihm davon erzählte. Ich entdeckte mein geheimes Talent zufällig, als ich das erste Mal in einer Vampir-Kneipe in Toronto arbeitete. Ich war damals neunzehn Jahre alt. Zu diesem Zeitpunkt wusste ich durch die Randgruppen, in denen Mom und ich lebten und arbeiteten, als sie noch am Leben war, zwar, dass Vampire und Wandler angeblich existieren, aber ich wusste nicht, dass sie ... *echt* sind.

Der Besitzer der Kneipe, ein Vampir namens Neimus, mochte mich, weil er sich keine Sorgen um die anderen Vampire machen mussten, die versuchen könnten, mich anzubaggern oder kostenlose Getränke von mir zu ergaunern. Von der Sekunde an, in der ich ihn traf, wusste ich sofort genau, was er war. Er versuchte, mich zu bezirzen und scheiterte.

Zum Glück hat mich meine Dummheit – „Oh mein *Gott*! Du *bist* ein Vampir!" – nicht umgebracht, als ich ihn anschaute und versehentlich diese Sache mit ihm machte. Neimus half mir, zu erkennen, wie sehr ich mich in Bezug auf meine Fähigkeiten von anderen Menschen unterscheide. Er half mir zu lernen, wie man sich sicher in einer Schattenwelt bewegt, die nur wenige Menschen betreten dürfen. Und in der noch viel wenigere überleben und gedeihen.

Ich liebte diesen Job und meinen Boss. Ich war fast zwei Jahre dort, bevor ich wieder auf die Flucht gehen musste.

Dort entwickelte ich auch das Spiel mit den Namensschildern. Obwohl ich mich damals einfach nur Blondie nannte, egal, welche Perücke ich gerade trug. Damals hatte ich nur drei zur Auswahl, zwei davon waren blond und eine schwarz. Und ich nahm noch einen Zwanziger anstatt einen Hunderter von meinen Opfern.

Ich bin in der Welt aufgestiegen.

Und nein, ich benutze meine Kraft nicht gegen Lucius oder Selene, nachdem ich sie einmal demonstriert hatte. Ich bin doch nicht dumm. Das wäre respektlos. Ich versuche auch, sie an keinem seiner Männer anzuwenden, denn auch das zeugt von Respekt. Da ich unter Lucius' und Selenes Schutz stehe, würden sie mir niemals ein Haar krümmen. Sie würden auch nicht zulassen, dass mir etwas zustößt. Dies würde jedermanns Todesurteil gleichen und sie wissen es.

Aber Menschen und andere Vampire?

Verdammt ja, mit denen mache ich es.

Es funktioniert auch bei einigen Wandlern, ein wenig, und bei anderen gar nicht. Ich übertreibe es auch nicht wirklich. Ich will nicht, dass die Wandler wissen, dass ich es kann. So wie es ist, ist die Situation gut ausbalanciert. Ich möchte nicht, dass sie denken, ich würde mehr auf der Seite der Vampire als auf ihrer stehen. Garrett Green und seine Gefährtin, Amber, wissen, dass ich immun gegen den Bann bin. Aber sie kennen das Ausmaß dessen nicht, was ich selbst tun kann. Auch sie haben versprochen, es geheim zu halten.

Sollte Amber in einer ihrer Visionen gesehen haben, was ich kann, hat sie es mir gegenüber noch nie erwähnt.

Um kurz nach zehn übernehme ich für eine Weile die Bar im Hauptbereich, als ich zweimal hinschauen muss. Denn es sieht so aus, als würde Tiberius den Schauspieler Gareth David-Lloyd durch den Club in die Richtung des hinteren Flurs führen.

Haloooo, mein Süßer.

Ich meine, ja, wir hatten schon öfter VIPs hier und sogar ein paar echte Promis. Ironischerweise will Lucius nicht, dass zu viele von ihnen diesen Club besuchen. Er möchte zwar, dass der Laden jede Nacht gut besucht ist, aber auf lokaler Ebene und ohne Paparazzi oder verrückte Menschenmassen anzuziehen. Er will bescheidenen, stetigen Erfolg, der nachhaltig ist und keine negative Aufmerksamkeit erregt.

Außerdem möchte Lucius auch nicht, dass ein Prominenter versehentlich zu Schaden kommt, während er hier ist oder unmittelbar danach. Normalerweise kümmert er sich persönlich um sie und bevor sie gehen, bekommen sie einen sanften mentalen Hinweis, nicht zurückzukommen oder mit anderen Leuten über den Club zu sprechen. Er löscht keine Gedanken, denn im Falle einer Berühmtheit könnte dies mehr Fragen aufwerfen, als man leicht abtun kann.

Aber *verdammt* noch mal – Ianto Jones?

Mein Herz springt ein wenig. *Torchwood* ist eine meiner Lieblingsserien. Normalerweise bleibe ich immer ruhig, aber diesen Mann *muss* ich kennenlernen, bevor er heute Abend wieder geht. Egal, ob Schauspieler oder nicht.

Ich verliere sie schnell aus den Augen, weil ich ein paar Bestellungen aufnehme und anfange, Getränke zu mixen.

Während ich mich konzentriere, zucke ich zusammen, als Selene mir plötzlich ins Ohr flüstert.

„Spiel dein Namensspiel noch mal. *Er* will sich amüsieren."

Wer „er" ist, der sich amüsieren will, muss nicht erklärt werden – ihr König. Ich mache mir auch nicht die Mühe, mich umzudrehen. Ich weiß, dass sie mich genau hören kann, als ich flüsternd antworte: „Mit wem?"

„Das weißt du dann schon." Als ich mich umdrehe, ist sie kaum mehr als ein weißhaariger Fleck, der auf den hinteren Flur zusteuert.

Ich schaudere. *Heilige Scheiße*, ich werde den *verdammten* Ianto Jones kennenlernen!

Und vielleicht auch noch genug dazu verdienen, um meine Autoversicherung frühzeitig zu bezahlen.

Oder vielleicht kann ich mir den Hunderter, den ich von ihm gewinnen werde, signieren lassen und ihn dann einrahmen.

Das wäre es wert!

Obwohl ich versuche, aufmerksam zu bleiben und den Gang zum Flur im Auge zu behalten, trifft ein Junggesellinnenabschied ein und ich verbringe die nächsten fünfzehn Minuten damit, Getränke für bereits betrunkene Frauen zu mixen. Mehrere Vampire scharen sich um sie, weil sie leichte Beute wittern. Es gelingt mir kaum, nicht mit den Augen zu rollen.

Lucius hat eine strenge Regel – im Club dürfen Menschen nicht zu Schaden kommen und es darf keine Todesfälle geben. Es sei denn, sie geschehen durch seine Hand oder auf seinen Befehl hin natürlich.

Aber keine *menschlichen* Todesfälle auf seinem Grundstück. Und vorzugsweise auch keine Wandler. Jedenfalls keine, die von Vampiren verursacht werden. Todesfälle lenken fast immer die Aufmerksamkeit der Polizei auf sich und das ist aus verschiedenen Gründen schlecht fürs Geschäft.

Nachdem die betrunkene Junggesellinnen-Runde ihre ersten Getränke hat und zufrieden ist, bemerke ich, dass ich beobachtet werde. Das ist an und für sich nichts Ungewöhnliches, denn ich werde mehrfach pro Abend angebaggert. Meistens von Menschen, aber auch von dem ein oder anderen Vampir, der mich nicht kennt.

Aber das hier fühlt sich ... *anders* an. Wie ein kribbelndes Gefühl zwischen meinen Schulterblättern.

Ich drehe mich um und wische den Tresen ab, obwohl

ich in Wirklichkeit den Raum mit meinem Blick überfliege. Die Tanzfläche tobt. Die Leute an der Bar sind im Moment alle zufrieden. Die Lounge …

Dort. Ich entdecke Lucius und Selene – und Ianto ist bei ihnen. Ich habe vorher nicht ganz genau hingesehen. Das kann doch nicht *wirklich* der Schauspieler sein.

Oder doch?

Ich werde ihn einfach Ianto nennen, bis ich seinen richtigen Namen erfahre, und vielleicht sogar danach auch noch.

Je mehr ich mich auf ihn konzentriere, desto größer wird meine Enttäuschung. Er kann wahrscheinlich nicht der Schauspieler sein, weil er ein Vampir ist. So viel weiß ich jetzt. Denn der Art und Weise nach zu urteilen, wie er sich zuvor durch den Raum bewegt hat, und wenn ich mich jetzt, dort wo er sitzt, auf ihn konzentriere, kann ich ihn isolieren.

Kein Herzschlag und er atmet nicht, wenn er spricht. Ich war zuvor zu verblüfft, um meinen gesunden Menschenverstand walten zu lassen.

Diese ganze Sache mit dem Isolieren ist ein weiteres nicht menschliches Talent, das ich besitze. Aber ich bin kein Vampir und ich bin auch kein Wandler.

Vielleicht bin ich das Resultat eines militärischen Mutantenforschungsprojekts, das in einem Data-X Labor entwickelt wurde und irgendwie ausgebrochen ist. Vielleicht liegt es auch an meinem Dad. Ich hatte immer das Gefühl, dass meine Mutter mir vieles über Dads Vergangenheit verschwiegen hat. Entweder weil sie dachte, sie würde mich dadurch beschützen, oder weil sie nicht wollte, dass ich es weiß.

Oder vielleicht wusste sie es auch selbst nicht.

Iantos Hunger lässt alles andere um mich herum verblassen. Und das sogar, als ich mich umdrehe, um einen

Gin und Tonic für eine der nuttigen Hausflittchen, wie ich unsere Angestellten manchmal nenne, zu mixen, den sie zu einem Kunden bringen will.

Hier, nimm auch ein Kondom mit, Standgebläse.

Lucius ist der mächtigste und einflussreichste Vampir, für den ich je gearbeitet habe. Es gibt noch andere dort draußen, die mächtiger sind als er, aber ich meide Nester, in denen die Vampire mehr an der Jagd als am friedlichen Zusammenleben interessiert sind. Lucius und Selene haben beide geschworen, mich und mein Geheimnis zu schützen. Er ist der Erste, dem ich jemals Blut verkauft habe, sodass ich nicht wusste, wie anders ich wirklich bin, bis er und Selene das erste Mal von der Testampulle probiert haben, die sie mir entnommen haben.

Normalerweise müsste jemand einen ernsthaften Blut-fetisch haben oder völlig verrückt sein, um sich so mit Vampiren zu umgeben, wie ich es tue. Aber ich habe mich unter ihnen und Wandlern immer am sichersten gefühlt, weil die meisten Vampire einen ausgeprägten Selbsterhal-tungssinn haben und sich nicht gern mit Dingen anlegen, die stärker sind als sie. Besonders nicht mit Dingen, die Tagwandler sind.

Und ich bin kein Durchschnittsmensch. Könnte mir einer von ihnen das Genick brechen, bevor ich überhaupt bemerken würde, dass sie hinter mir stehen? Ja, auf jeden Fall.

Deshalb spiele ich meine Stärke aus, eine Kuriosität, ein Rätsel zu sein. Dass ich sie beeinflussen kann und immun gegen ihren Bann bin, hat vielleicht auch ein wenig geholfen.

Vielen Dank, Neimus, mein Vampir-Sensei. Er hat mir mit seinen Lehren möglicherweise das Leben gerettet.

Lucius ist auch der erste Vampir, dem ich so viel wie möglich von meinem Hintergrund erzählt habe. Und das liegt an Selene. Denn wenn Lucius sich in eine Gestaltwandlerin verliebt und sich mit ihr verpaart hat, kann er nicht seelenlos und böse sein.

Bis jetzt hat er mich nie im Stich gelassen.

Deshalb bin ich ein wenig sauer, dass mich dieser seltsame Vampir – ob nun Ianto-Doppelgänger oder nicht – mit solch gierigen Blicken ansieht.

Er sitzt immer noch da und spricht mit Selene und Lucius, aber sein Blick verlässt mich nicht. Wenn andere Vampire oder männliche Menschen an die Bar kommen, um etwas zu bestellen, fühlt es sich so an, als würde mich eine Welle besitzergreifender Energie von ihm überschwemmen. Ja, den ganzen Weg vom anderen Ende des Raumes.

Verdammt.

Ich erschaudere und sogar mein Geschlecht rekelt und streckt sich ein wenig.

Nein. Ich werde nicht mit einem Vampir schlafen. Denn Sex mit ihnen führt dazu, dass man zu ihrem Abendessen wird. Ich bin nicht so dumm, das mit mir machen zu lassen. Besonders jetzt nicht, da ich weiß, wie begehrenswert mein Blut ist. Ich darf mich nicht davon abhängig machen und zu einem Süßblut werden. Ich stehe unter Lucius' Schutz und es gleicht einem Todesurteil, sich ohne meine Zustimmung an mir zu vergehen.

Versteht mich nicht falsch, es ist nicht so, dass ich frigide bin oder so. Jeder der Reißzähne hier, die für Lucius arbeiten, hat mir gegenüber ganz klar ausgedrückt, dass sie mir gern den Hintern versohlen und mich ficken würden, auch ohne Blut von mir zu entnehmen. Aber ich werde meine Freiheit nicht auf diese Weise aufs Spiel setzen. Auch wenn ich gerne einen eigenen Dom hätte, der mir den Rücken freihält.

Die Vampire *sind* größtenteils gut aussehend. Ja, ich

habe vielleicht einen Anzugfetisch. Lucius weiß, was er in der Marketingabteilung tut. Es ist nicht ungewöhnlich, dass Vampire, die zum ersten Mal hierherkommen, bei ihren Folgebesuchen ein viel hochwertigeres Outfit tragen, nachdem sie gesehen haben, dass Lucius' Männer all die erstklassigen Muschis wegschnappen.

Es ist allerdings schon eine Weile her, dass ich mit jemandem geschlafen habe. Der letzte Kerl war vor zwei Jahren, ein Geparden-Gestaltwandler. Chad. Er war auf der Durchreise durch Tucson und hat für ein paar Tage seinen Cousin besucht. Ich habe ihn im Gestaltwandler-Kampfclub kennengelernt, als ich dort einen Auftrag für Garrett Green erledigt habe. Er hatte kein Interesse an einer Gefährtin, also wusste ich, dass er kein Arschloch sein und versuchen würde, mich mit einem Paarungsbiss zu markieren.

Er war gut. Schnell, aber gut. Ausgezeichnete Erholungszeit und Langzeitausdauer, also konnte ich mich nicht beschweren.

Als der flotte Mr. Möchtegern-Ianto vom Tisch aufsteht und sich langsam seinen Weg zu mir bahnt, während Selene und Lucius ihm folgen, weiß ich, dass ich das Namensschildspiel gleich noch einmal spielen werde. Er sieht wie ein Vampir aus, der es nicht gewohnt ist, ein *Nein* als Antwort zu hören, geschweige denn, es als Antwort zu akzeptieren.

Oh, toll. Das wird interessant werden.

5

Dexter

Ich fühle mich, als wollte ich aus meiner verdammten Haut fahren, wenn ich andere mit ihr reden sehe. Besonders andere Vampire.

Ich möchte diejenigen pfählen, die sie zum Lächeln bringen. Vor allem, weil ich das Verlangen dieser Vampire spüren kann und weiß, wie sehr sie sich danach sehnen, der Erste zu sein, der in ihre makellose Kehle beißt.

Lucius beugt sich vor und senkt seine Stimme, sodass nur Selene und ich ihn hören können. „Regel Nummer eins − nichts in meinem Club wird gegen das Einverständnis der anderen Person getan. Regel Nummer zwei − du fügst *keinem* Menschen auf meinem Grundstück Schaden zu. Regel Nummer drei − *diese* Frau steht unter *meinem* Schutz. Ihr etwas anzutun, ist ein automatisches Todesurteil, und jeder meiner Männer wird es sofort vollstrecken, wenn Selene oder ich ihnen nicht zuvorkommen. Habe ich mich klar ausgedrückt?"

„Glasklar." Ich kippe mir den Rest meines Bourbons hinunter und rutsche aus der Sitzecke heraus, damit ich zur Bar hinübergehen kann. Ich steuere auf das hintere Ende zu, wo sich die Wand befindet, damit ich ein hoffentlich privates Gespräch mit der Frau führen kann.

Mir ist bewusst, dass Lucius und Selene mir folgen, aber das ist mir egal. Ich interessiere mich nur für die Erinnerung an ihren Geschmack. Ein Geschmack, der sogar jetzt noch meine Sinne erfüllt.

Noch bevor ich den Raum halb durchquert habe, wird mir bewusst, dass sie mich beobachtet. Sie hat mich bemerkt. Ob es daran liegt, dass ich mit Lucius und Selene zusammengesessen habe oder ob sie mich zufällig bemerkt hat, weiß ich nicht.

Ich widerstehe dem Drang, mich aufzuplustern, und bahne mir meinen Weg zum Ende des Tresens. Sie füllt gerade eine andere Bestellung und sobald sie abkassiert hat, kommt sie zu mir hinüber.

„Was kann ich Ihnen bringen, Fremder?"

Auf ihrem handgeschriebenen Namensschild steht *Blue* und ihr Haar ist offensichtlich eine Perücke. Ein hinreißender, leuchtend blauer Pagenschnitt, der bis zu ihrem Kiefer reicht. Und ich frage mich, wie ihre natürliche Haarfarbe aussieht.

Aber …

Als ich schnuppere, wird mir bewusst, dass ich *sie* nicht riechen kann.

Normalerweise enthält das Blut einer Person zumindest einen Teil ihres Geruchs. Zum Teufel, Menschen bestehen zu drei Vierteln aus Wasser, also macht es Sinn.

Aber …

Ich werfe Lucius einen Blick zu, der mir eine Hand auf die Schulter legt. „Blue, meine Liebe, das ist mein Neffe. Alles, was er bestellt, geht auf meine Rechnung."

Sie stemmt die Hände an ihre wohlgeformte, rundliche Hüfte. Sie ist etwa einen Meter fünfundsechzig groß und hat einen verdammt prächtigen Hintern, den ich gern versohlen möchte. „Ianto Jones ist dein Neffe, was? Wer hätte das gedacht?" Aber sie grinst und Selene kichert hinter mir.

Schließlich übersteigt meine Irritation die Faszination und Anziehung. „Okay, kann mir bitte jemand sagen, wer zum Teufel dieser Ianto-Typ ist?"

Selene und „Blue" lachen beide. „Aus einer Fernsehserie", sagt Selene. „*Torchwood*. Ein *Doctor Who* Spin-off. Hast du noch nie davon gehört?"

„Nein. Ich schaue nicht viel fern. Ich nehme an, Ianto ist ein Schauspieler?"

„Charakter", sagen Selene und Blue gleichzeitig, was beide Frauen zum Lachen bringt. „Gareth David-Lloyd ist der Schauspieler", fügt Blue hinzu.

In dem Moment merke ich, dass sie mir direkt in die Augen schaut.

Und ich meine, *direkt* in die Augen.

Und sie ist nicht …

Wow.

Ich lehne mich buchstäblich zurück.

„Gibt es ein Problem?", fragt Lucius leise. Aber er klingt amüsiert dabei.

Ich schüttele langsam den Kopf, während ich weiter in ihre wunderschönen violetten Augen starre. Augen, von denen ich genau weiß, dass sie natürlich sind. Keine Kontaktlinsen, nicht unecht, wie ihr Haar.

Violette Augen.

Augen in einem so tiefen, satten Violett, wie sie kein Mensch hat.

Betörende Augen.

Ihr Grinsen wird spielerisch, ja sogar sexy. „Hallo, Süßer“, sagt sie mit einem aufgesetzten britischen Akzent.

„Die Anspielung würde er auch nicht verstehen“, sagt Selene.

Aber ich kann den Blick nicht von Blues Augen abwenden. „Sie sind kein Vampir?“

Sie wirft das Handtuch in ihrer Hand über ihre rechte Schulter. „Nein.“

„Auch kein Wandler?“

Sie schüttelt den Kopf.

Als ich versuche, sie zu bezirzen, damit sie mir sagt, was sie ist, wird mir klar, wie nutzlos es ist. Inzwischen habe ich jedoch das Gefühl, dass *ich* darum kämpfe, nicht in den Tiefen *ihres* Blicks zu versinken und mich völlig darin zu verlieren. „Dexter Van Sussex“, schaffe ich schließlich, zu sagen, und strecke meine Hand über die Theke aus.

Sie neigt den Kopf und sieht mich einen Moment lang abschätzend an, bevor sie meine Hand schüttelt. „Blue.“

Lucius *schnaubt*.

Er.

Schnaubt.

Verdammt noch mal.

Dies ist ein unglaublich abgekartetes Spiel und ich bin mir nicht sicher, warum.

Mir ist völlig klar, dass ihr Name nicht wirklich *Blue* ist. „Und wie kann ich Sie nennen …?“

Mit einer kleinen Geste zeigt sie auf ihr handgeschriebenes Namensschild, das sie als Blue ausweist.

„Was muss ich tun, um Ihren richtigen Namen zu erfahren?“ Ich bin … *verzweifelt*, ihn zu erfahren.

Und ich muss an dieser Stelle klarstellen, dass ich *niemals* verzweifelt bin.

Wegen *nichts*.

Sie neigt ihren Kopf zur anderen Seite. „Warum ist Ihnen das so wichtig?"

„Das weiß ich nicht", antworte ich ehrlich. Es ist, als könnte ich nicht lügen, selbst wenn mir jemand einen Pfahl gegen die Brust drücken würde.

Ich beobachte, wie sie ihren Blick über mich schweifen lässt, und spüre, wie mein Schwanz als Reaktion darauf schmerzlich zuckt. Sie zieht die rechte Augenbraue mit einem Hauch von Dreistigkeit nach oben. Diese Frau ist es gewohnt, die Bedingungen für ihre Interaktionen selbst zu bestimmen, und das macht mich sogar noch mehr an.

Ich wäre gern derjenige, der endlich gewinnt und sie zähmt.

Sie befeuchtet ihre Lippen mit ihrer Zunge und ich komme fast zum Höhepunkt. „Vielleicht sollten wir ein kleines Spiel spielen, wenn Sie sich überlegt haben, warum."

„Ein Spiel?"

Sie ist die Einzige hinter der Bar und am hinteren anderen Ende treten vier Personen an die Theke, die offensichtlich Bestellungen aufgeben wollen.

Blue wirft erst ihnen und dann Lucius einen Blick zu.

Er neigt dezent den Kopf und deutet ihr an, sich um sie zu kümmern. Als sie weggeht, möchte ich diesen Menschen am liebsten die Kehle herausreißen, weil sie uns gestört haben …

Dieses schockierende Bild reißt mich aus meinen Gedanken.

Heilige Scheiße.

Das ist ungelogen eine neue Reaktion für mich. Meine Kontrolle wurde noch *nie* auf solche Weise auf die Probe gestellt.

Nicht seit knapp zweitausend Jahren.

Lucius tätschelt meine Schulter. „Lass mich dir das

Untergeschoss zeigen, Dexter. Dann kannst du wieder hier hinaufkommen und es noch einmal versuchen."

Ich versuche, sie immer noch im Blick zu behalten, selbst als ich zurücktrete, um Lucius zu folgen. Ihre umwerfende, runde Hüfte lässt den Rock und ihr Haar bei jedem Schritt schwingen. Ich dachte immer, Stöckelschuhe wären sexy, aber sie ist unglaublich heiß in ihren Doc Martens. Und ihr unterschwelliges Selbstvertrauen ist atemberaubend.

Verdammt.

Niemand hatte je eine solche Wirkung auf mich.

Noch nie.

Nicht einmal Robert.

Ich drehe mich schließlich um und folge Lucius und Selene in die Richtung des Vordereingangs. Aber wir biegen beim Garderobenbereich ab, wo eine versteckte Tür zu einem Treppenhaus führt, das uns in den Keller bringt.

„Und hier haben wir das versteckte Juwel des Club Toxic", sagt Lucius mit all dem unnötigen Donner und Brimborium, für das er berüchtigt ist. Er fährt fort, über verschiedene Vampire zu schwafeln, nennt mir seine Gründe für die Wahl bestimmter Ausrüstungsgegenstände und ihrer Platzierung und weist auf einige der perversen Szenen hin, die sich abspielen. Zum Beispiel auf ein Pärchen aus einem weiblichen und männlichen Vampir, die einen menschlichen Mann zwischen sich haben. Sie reitet seinen Schwanz, während der Schwanz des männlichen Vampirs im Arsch des Mannes steckt und sie beide von ihm trinken.

Der Raum ist schummrig mit roter Stimmungsbeleuchtung und Scheinwerfern, die auf diverse Ausrüstungsge-genstände des Verlieses strahlen, auf nackte Menschen, die perversen Sex haben, blablabla …

Ja ja, ich hab es *kapiert*. Es ist ein BDSM-Club für Vampire.

In diesem Moment wäre es mir egal, wenn es sich um eine Highschool-Cafeteria auf dem verdammten Mond handeln würde, die Alien-Tatar als Angebot des Tages serviert. „Wie heißt sie?", frage ich Lucius. Ich folge ihm und Selene in die Richtung von zwei – oh, da sind sie ja – *buchstäblichen* verfluchten Thronen in der Mitte des Verlieses.

„Selene und ich haben geschworen, ihren Namen nicht zu verraten. Wenn du ihn wissen willst, wirst du sie fragen müssen."

Ich greife nach seinem Arm. „Aber das … ist *sie* doch. Oder?"

Er lächelt. „Ich bin mir sicher, dass du *hier* nicht *darüber* sprechen möchtest, nicht wahr, Dexter?" Er schaut sich um. Es sind mindestens fünfzehn andere Vampire anwesend, seine Mitarbeiter nicht miteinbegriffen.

Nervtötend. Das ist er wirklich. „Du wirfst mir also diesen Knochen vor und willst mir jetzt nicht das Steak geben?" Wie grausam ist er denn?

Er saugt einen Moment lang an seiner Lippe und lächelt dann. „Geh wieder hinauf und frage sie, ob sie dich hierher begleiten möchte."

„Und wenn sie nein sagt, soll ich sie mir dann schnappen und hier hinuntertragen?" Ich weiß bereits, dass es nicht funktionieren wird, sie zu bezirzen.

„Ich versichere dir, das wird nicht nötig sein." Er winkt einen seiner Männer heran, flüstert ihm etwas zu und der Kerl geht die Treppe hinauf.

„Befiehlst du ihr, hierherzukommen?"

„Nein."

Eine Verzweiflung, wie ich sie noch nie zuvor verspürt

habe, strömt durch meinen Körper. „Dann gib mir doch bitte einen Tipp."

„Sie wird in ein oder zwei Augenblicken jemand anderen an der Bar haben, der für sie übernehmen kann. Geh wieder hoch. *Frage* sie." Sein Lächeln wird breiter.

Es trifft mich wie der Schlag. „Das ist mehr als ein abgekartetes Spiel." Ein Hauch gesunden Menschenverstandes versucht, meinen gierigen Schwanz und meine schmerzenden Reißzähne zu zügeln. „Was ist nur los mit dir? Warum treibst du solche Spielchen mit mir?"

„Dexter, mein Neffe. Gestern hast du mir etwas ziemlich … Beunruhigendes über deine möglichen Zukunftspläne enthüllt." Sein Lächeln verblasst. „Ich habe im Laufe der Zeit einfach zu viele verloren. Ich würde es vorziehen, dich nicht auch zu verlieren. Aber sie muss ihre Geschichte selbst erzählen, nicht ich. Wenn mich mein Instinkt nicht täuscht, glaube ich, dass ihr beide euch prächtig verstehen werdet. Solange du diesen Teil nicht vermasselst." Er zeigt mit dem Finger auf mich, als wollte er mich hinaufscheuchen. „Geh und gewinne deinen Preis. Und beweise mir, dass ich mit meinem Vertrauen in dich nicht falsch liege."

Ich kämpfe gegen den Drang an, verschwimmend schnell nach oben zu rasen. Aber ich beeile mich. Getreu seinem Wort steht nun ein zweiter Barkeeper mit Blue hinter der Bar. Ich starre zwei viel zu junge und übermäßig betrunkene menschliche Frauen an, die jetzt dort stehen, wo ich vorher war, und sie huschen schnell weg.

Blue entdeckt mich, aber sie bedient gerade ein Pärchen. Ich beobachte sie, während ich gegen meine Reißzähne ankämpfe. Es fühlt sich wie ein verlorener Krieg an. Ich weiß, dass Blue mich wahrgenommen hat, denn selbst inmitten des Lärms und der Ablenkung durch die anderen Gäste höre ich, wie sich ihr Puls jedes Mal beschleunigt, wenn sie in meine Richtung schaut. Ihr wunderschöner, glatter Hals lockt mich an und lässt mir das Wasser im Mund zusammenlaufen. Ich stelle mir vor, wie meine Lippen an ihrem Fleisch auf und ab wandern und wie warm sie sich anfühlen wird. Die sexy Schreie, die ich ihr entlocken werde, wenn ich sie mit den Fingern zwischen ihren Beinen erkunde.

Es fühlt sich wie eine Ewigkeit an, bevor sie wieder zu mir hinüberkommt.

„Was kann ich für Sie tun, nicht-Ianto?" Sie lächelt.

„Für den Anfang wüsste ich gern Ihren Namen." Bei den Göttern, wenn ich in ihre Augen schaue … Es fühlt sich so an, als könnte ich die Hand ausstrecken und den Kosmos berühren.

Sie blickt auf ihr Namensschild hinunter und dann wieder zu mir auf.

„Ihren *echten* Namen. Kommen Sie mit mir nach unten, damit wir uns unterhalten können. *Bitte?*"

Irgendwie habe ich das Gefühl, dass ich gerade in eine Falle getappt bin, aus der ich mich nicht selbst befreien kann. Ihr Lächeln wird raubtierhaft und sie zieht erneut eine Augenbraue hoch. „Sie möchten, dass ich mit Ihnen nach unten gehe?"

Ich nicke und bin mir der Erektion überaus bewusst, die hartnäckig gegen die Vorderseite meiner Hose drückt. Zum Glück verbirgt der Tresen dies vor ihr.

„Ich spiele nicht und tue auch keine … anderen Dinge. Besonders nicht hier."

Ich hatte recht – ihr Hals ist makellos. Sicher, es ist möglich, dass sie anderswo Spuren trägt, aber Lucius hat gesagt, es hätte noch niemand von ihr getrunken. „*Nur* zum Reden. Ich gebe Ihnen mein Wort." Ich weiß zwar nicht, wie ich dieses Versprechen einhalten soll, aber ich werde es versuchen.

„Oh, ich weiß, es wäre nur zum Reden. Denn wenn Sie

etwas versuchen würden, würde ich schreien, und Lucius oder einer seiner Männer würde Ihnen den Kopf von den Schultern reißen, bevor ich den Mund geschlossen hätte. Falls ich Sie bis dahin nicht schon selbst gepfählt hätte." Sie sagt dies in einem fröhlichen, verspielten Ton, der mich umso mehr erschaudern lässt, von dem mir aber auch das Wasser im Munde zusammenläuft.

Ich hebe meine Hände. „Nur zum Reden. Ich würde dafür bezahlen, mich mit Ihnen zu unterhalten."

Sie tut so, als würde sie mich abschätzen, aber mir ist schon bewusst, dass ich in diese wie auch immer geartete Falle getappt bin.

Schockierenderweise will ich mich nicht daraus befreien.

„Wollen Sie Geld darauf setzen? Eine kleine Wette?"

Ich beuge mich vor und halb über die Theke. „Alles, was Sie wollen."

„Haben Sie einen Hunderter dabei?"

Meine Brieftasche ist bereits in meiner Hand und ich ziehe nicht einen, sondern fünf Hundert-Dollar-Scheine heraus und halte sie hoch. „Hier." Wenn das alles ist, gebe ich ihr meine ganze verdammte Brieftasche.

Sie starrt die Scheine einen Moment lang an, denn ich bin anscheinend irgendwie vom Protokoll abgewichen.

„Okaaaay." Sie sieht mir mit ihrem violetten Blick erneut in die Augen und ich spüre … etwas.

Mein praller, schmerzhaft harter Schwanz pocht und verlangt danach, in sie gestoßen zu werden.

Sie schnappt sich eines der Serviertabletts und stellt es seitlich auf die Bar zu ihrer Rechten, sodass sie die Sicht der anderen Gäste auf uns versperrt. Die Wand befindet sich zu ihrer Linken. Es raubt mir auf gute Art die Nerven, dass sie mir in die Augen schaut, während sie spricht, und doch bin ich nicht in der Lage, sie zu bezirzen.

„Lassen Sie uns ein Spiel spielen. Hier sind die Regeln: Mein richtiger Name steht auf der Rückseite meines Namensschildes. Ich werde ihn Ihnen zeigen und Sie haben nur *einen* Versuch, ihn richtig auszusprechen. Sie sprechen so leise, dass niemand es hören kann. Sie verraten *niemandem*, was dort steht, egal, ob Sie gewinnen oder verlieren. Wenn ich gewinne? Dann gehört die Kohle mir. Wenn Sie gewinnen? Gehe ich mit Ihnen nach unten, *nur* zum Reden. *Nichts* anderes. Sie bekommen *nie* wieder eine Chance, dieses Spiel zu spielen."

„Tun Sie es."

Ihre rechte Hand verdeckt ihr Namensschild. „Sind Sie sich sicher?"

Ich nicke.

Ich kann jetzt schon sagen, dass dieses Spiel noch nie irgendjemand gewonnen hat. Sogar bevor ich Lucius direkt hinter mir sprechen höre. „Ich *liebe* dieses Spiel so sehr."

„Bereit?", fragt sie.

Ich versuche, nicht zu sabbern, während ich daran denke, wie das Glas ihres Blutes gestern Abend geschmeckt hat. Aber ich nicke.

Sie beugt sich vor und ein Siegerlächeln verzieht bereits ihre hinreißenden Lippen. Sie winkelt ihr Namensschild an und dreht es um, damit ich die Rückseite lesen kann. Ich wende meinen Blick nur lange genug von ihren wunderschönen violetten Augen ab, um das Wort zu lesen, das dort in schwarzen Buchstaben geschrieben steht.

Eilidh

Der Triumph bringt mich dazu, vor Freude gackern zu wollen, aber ich bewahre meine Fassung.

Vielleicht bin ich doch noch nicht so bereit, dem Sonnenaufgang gegenüberzutreten, wie ich es dachte.

„Hallo, Ay-lee", flüstere ich. „Es ist mir ein Vergnügen, Ihre Bekanntschaft zu machen."

Ich lächle, als sie die Augen weit aufreißt und ihre Kinnlade aufklappt. Hinter mir brüllt Lucius vor Lachen und klopft mir auf die Schulter.

6

Eilidh

Scheißkerl.

Fassungslos stehe ich da und bin bereit, Lucius zu verprügeln. Verdammter Vampirkönig oder nicht, er hat dem Kerl die Antwort gesagt.

Lucius streckt seine Hände hoch. „Ich habe es ihm nicht verraten. Ich schwöre es. Und Selene auch nicht."

Nicht-Ianto lächelt und sein amerikanischer Akzent verwandelt sich zu einem sexy schottischen Knurren, das meine Weiblichkeit dazu bringt, seinen Dudelsack spielen zu wollen. „Er hats mir ned gesagt, holdes Mädel. Ned seene Schuld, dass ich in diesem Teil der Welt aufgewachsen bi." Sein Lächeln verblasst, ebenso wie sein Akzent, und er senkt seine Stimme erneut zu einem Flüstern. „Meine Schwägerin hieß Eilidh. Es bedeutet „Sonne" oder „Strahlende", je nachdem, wen Sie fragen."

Verdammt noch mal. Das erklärt es.

„Nimm dir den Rest der Nacht frei, wenn du willst", sagt Lucius. „*Bezahlt.*"

Dexter fängt meine Hand sanft ein, bevor ich sie zurückziehen kann, faltet die fünf Hunderter in der Mitte und drückt mir das Bündel in die Handfläche, wobei er meine Finger darum schließt. „Ich möchte trotzdem, dass Sie die bekommen."

Ich kämpfe gegen eine Welle der Wut an. „Ich bin keine Hure", knirsche ich durch zusammengebissene Zähne.

„Ich habe auch nicht gesagt, dass Sie eine sind. Ich möchte nur mit Ihnen reden – *das* war die Wette. Ich erwarte nichts weiter. Aber ich kann es mir leisten, ein großzügiger Gewinner zu sein. Bitte?"

„Dexter ist geradezu nervtötend ritterlich", meldet sich Lucius zu Wort. „Auf sein Wort ist Verlass." Er senkt seine Stimme und wendet sich an Dexter. „Sprich ihren richtigen Namen unter diesem Dach *nie* wieder ohne ihre Erlaubnis aus."

Ich verstehe nicht, warum Dexters strahlend blaue Augen mich auf eine Weise zu bewegen scheinen, wie es nie ein anderer Vampir getan hat. „Verstanden." Ich meine damit nicht, dass er mich bezirzt, ich meine …

Sie sind einfach umwerfend. Er ist ein hinreißender Mann. Nicht auf die künstliche Art hübsch, wie so viele andere Vampire. Eher wie in der echten Welt attraktiv, als wäre er noch nicht so weit von der menschlichen Rasse entfernt, dass er sich nicht daran erinnern kann, wie es war, selbst einer zu sein.

Es gibt einen winzigen, aber lautstarken Teil in meiner Seele, der mich anfleht, mich von Dexter über eine Prügel-bank beugen und es mir von ihm besorgen zu lassen.

Der Rest von mir sperrt diesen Teil schnell in eine hintere mentale Schublade. Es ist mir egal, wie attraktiv oder ritterlich er ist. Er ist ein *Vampir*. Ich scheiße nicht da, wo ich esse. Oder in diesem Fall, lasse ich ihn nicht dort essen, wo ich esse, um es so auszudrücken.

Ich muss stark bleiben.

Oder nicht?

Außerdem würde er wahrscheinlich über alle Berge laufen, *wenn* er mehr über mich wüsste. Und ich kann es mir nicht leisten, mein Herz an einen gut aussehenden Kerl zu verlieren, der an nichts anderem interessiert ist, als ein paar Liter von mir zu trinken und mir an die Wäsche zu gehen, um seinen S in mich zu stecken.

Ich lege das Tablett zurück an seinen Platz und stopfe die Scheine in meinen Sport-BH. Zu den anderen hundert, die ich vorhin schon verdient habe. Okay, ich habe also heute Abend bereits sechshundert verdient, in bar, und zusätzlich zu den anderen Trinkgeldern und meinem Lohn. Das ist gar keine so schlechte Nacht. Es bedeutet, dass ich endlich neue Reifen auf meinen Geländewagen aufziehen lassen kann, was ich schon lange vor mir hergeschoben habe.

Und alles, was ich dafür tun muss, ist, mit Nicht-Ianto zu reden?

Ich denke, man könnte mich als Realistin bezeichnen. Ich nehme an, dass es das wert ist.

Auch wenn dieser nun in mir eingeschlossene Teil gegen die Seiten der Schublade hämmert und mich anfleht, Dexter eine Chance zu geben.

Ich sage Carl, dem anderen Barkeeper, dass Lucius mich unten braucht. Das bedeutet, Carl wird nicht irritiert sein, dass ich einfach abhaue. Was auch immer Lucius will, bekommt er auch. Ich spüre Dexters schweren Blick auf mir, als ich zum anderen Ende und um den Tresen der Bar herumgehe. Würde ich versuchen, zu flüchten, würde er vermutlich einfach verschwimmen und direkt vor mir auftauchen.

Das ist es nicht wert, mich oder Lucius so zu blamieren. Ich werde eine graziöse Verliererin sein, auch wenn ich das Namensschildspiel noch nie verloren habe.

Ich gehe zu Dexter hinüber und warte.

Dexter Van Sussex ist attraktiv, halleluja.

Und die Tatsache, dass ich halb erwarte, dass Captain Jack Harkness aus einer nahe gelegenen Türöffnung auftaucht und ihm einen sexy Kuss auf den Mund drückt, schadet auch nicht.

Er bietet mir seinen Arm an und ich hacke mich darin ein. Ich bin mir nicht sicher, was ich von der Tatsache halten soll, dass er mich so leicht in meinem eigenen Spiel geschlagen hat, und nicht das geringste Interesse daran zu haben scheint, Kapital aus der Wette zu schlagen, wie es jeder andere Vampir wahrscheinlich getan hätte.

Er will nur mit mir reden und mich nicht wie ein wandelndes Fruchtsaftpäckchen aufreißen. Das ist tatsächlich ein echtes Novum. Jeder andere Vampir, der das Spiel jemals gespielt hat, wollte mit mir nach unten gehen, um mir den Hintern zu versohlen und sich dann an mir zu laben.

Dexter scheint von mir auch nicht verunsichert zu sein, obwohl er weiß, dass er mich nicht so kontrollieren kann, wie Vampire andere Menschen oder sogar schwächere Wandler kontrollieren können.

Ich spüre, dass er sehr alt ist. Vielleicht nicht ganz so alt wie Lucius, aber mindestens genauso mächtig. Das wird noch dadurch verstärkt, dass alle anderen Vampire außer Lucius und Selene sich ihm gegenüber anders verhalten, und ihre Köpfe neigen, wenn wir an ihnen vorbeigehen.

Meine Brustwarzen werden hart, als ich meinen Arm durch seinen schiebe. Ich spüre kühle, feste Muskeln unter dem Stoff seines Blazers und Hemdes. Er ist etwa einen Meter neunzig groß, wiegt vielleicht einhundert Kilogramm und hat breite Schultern.

Auf was zum Teufel *habe ich mich nur eingelassen?*

Und was würde es schaden, wenn ich ihn …

NEIN. Definitiv nicht. Vampire auf Distanz zu halten, hat mich am Leben und ungebissen gehalten, auch wenn es mich permanent frustriert und mehr als nur ein bisschen neidisch auf das eine oder andere Süßblut macht.

Als wir den Raum durchqueren, bin ich mir der hungrigen Blicke der Vampire durchaus bewusst, die uns beim Weggehen beobachten. Es ist mehr als nur ein wenig Neid dabei, weil ich sie alle schon einmal abgewiesen habe – oder sie haben gesehen, wie ich andere abgewiesen habe – und hier ist der Neuling Dexter, an dessen Arm ich nun hänge.

Nicht, dass sie wissen, dass es zwischen uns nicht mehr als ein Gespräch geben wird.

Wenn man dann auch noch die bösen Blicke der überwiegend weiblichen Gäste und einiger Männer dazuzählt, dass Dexter *mich* ausgewählt hat und nicht sie, bin ich bei so ziemlich jedem in der Hauptbar unten durch. Sie alle hassen mich.

Wunderbar.

Wir folgen Lucius die Treppe hinunter. Oh ja, jetzt erinnere ich mich wieder an den Hauptgrund, warum ich nicht gern öfter als nötig hier hinunterkomme, wenn wir geöffnet haben. Weil mir die Endorphinsuppe wie ein warmer feuchter Handschuh ins Gesicht schlägt und versucht, mir ein paar Finger in die Muschi zu stecken, als wir die letzten Treppenstufen hinuntergehen. Ich schätze, dass ich in gewisser Weise empathisch bin und dass es für mich immer zu überwältigend ist. Dazu kommt die Tatsache, dass ich selbst keinen perversen Spaß haben darf, und *ja* … Ich *hasse* es.

Lucius schnippt mit den Fingern und einer der menschlichen Angestellten tritt vor. „Sorge dafür, dass die verfügbare Suite bereit ist."

„*Moment*", werfe ich ein. „Ich habe Nicht-Ianto hier gesagt, dass ich *nur* zum Reden hierherkomme."

Der Hausmensch zögert und schaut von mir zur Lucius. Alle menschlichen Mitarbeiter, außer vielleicht Benny, haben Angst vor mir, weil sie gesehen haben, wie ich mich durchsetzen kann. Sogar das Vampirpersonal ist von meinen Fähigkeiten beeindruckt – von meinem Partytrick und weil sie wissen, dass ich immer ein paar Holzstifte bei mir trage. Eines Abends hätte ich beinahe einen Vampir auf der Tanzfläche gepfählt, der sich mit einem der menschlichen Angestellten angelegt hat.

Lucius sieht mich mit hochgezogener Augenbraue an. „Die Nischen haben nur Vorhänge. Willst du *wirklich* ein Privatgespräch führen, wo euch jeder andere belauschen könnte? Als Dexter gestern Abend bei uns zu Hause war, habe ich ihm erlaubt, unser edelstes Tröpfchen zu probieren." Es dreht mir den Magen um, aber Lucius fährt fort. „Ich garantiere persönlich dafür, dass Dexter *nichts* anderes tun wird, als mit dir zu reden. Es sei denn, du kommst zuerst hierher und sagst mir, dass du mehr mit ihm machen willst. Ansonsten wird er dieses Gebäude nicht lebend verlassen." Er schaut Dexter an. „Nicht wahr?"

Dexters Blick brennt praktisch Löcher in mich hinein und lässt meine Klitoris auf eine Weise pulsieren, wie es sonst nicht einmal bei Captain Jack und Ianto beim Knutschen auf dem Bildschirm passiert. „Ich schwöre es."

Im roten Licht hier unten sehen Dexters blaue Augen eher rötlich-grau aus. Intensiv, aber auch beherrscht.

Ja, *das* ist es, was ich spüre. Beherrschung. Er ist kein

wilder, frisch verwandelter Trottel ohne einen Funken Willenskraft. Dieser Typ ist alt, kalt und kontrolliert.

„Also gut, in Ordnung." Ich zeige auf Lucius. „Weil *er* sich für Sie verbürgt."

Unser Hausmensch huscht davon und ich konzentriere mich auf Selene.

Sie sieht hoffnungsvoll aus. „Dein Urteil?", frage ich sie.

Ihr Lächeln ist wunderschön. „Ich mag ihn wirklich, Blue." Sie schaut Dexter an. „Sei ehrlich zu ihr und sag ihr, was du uns gestern Abend erzählt hast."

Jetzt haben sie mich neugierig gemacht, auch wenn es das Letzte ist, was ich zugeben möchte.

Nachdem ich Lucius noch einen letzten bösen Blick zugeworfen habe, gehe ich auf die verfügbare hintere Suite zu. Dexter folgt hinter mir.

Nicht jeder darf die benutzen. Das wichtigste Vampirpersonal, wie Maximus, Tiberius, Augustus und ein paar andere. Oder VIPs, die Lucius genehmigt.

So wie Nicht-Ianto.

Die Suiten haben ein eigenes Badezimmer und sichere Schlösser von innen. Ab und zu bleibt ein Vampir, der neu in der Stadt ist und einen sicheren Schlafplatz für den Tag braucht, ein paar Tage hier, bevor er sich selbst eine Unterkunft sucht.

Ich stehe in der Tür und warte darauf, dass der Hausmensch alles zu Ende kontrolliert. Er hält in der Tür inne und neigt seinen Kopf zu mir. „Alles bereit, Ma'am."

„Vielen Dank."

Er schenkt mir ein nervöses Lächeln und eilt in den Hauptteil des Verlieses zurück. Ich wende mich an Dexter und deute ihm mit einer Handbewegung an, dass er eintreten soll. „Und da wären wir."

„Nach Ihnen – die Dame zuerst."

„Sie haben *keine* Ahnung, ob ich eine Dame bin oder nicht." Ich gehe hinein und halte inne, um die Tür zu schließen und zu verriegeln, sobald er eingetreten ist.

Meine verräterischen Nippel werden von seinem leisen Lachen sogar noch härter. „Damit liegen Sie völlig richtig. Ich weiß es nicht. Aber ich bin ein Mann, der sein Wort hält."

Es gibt ein Bett und einen bequemen Sessel, es sei denn, ich möchte auf der Kommode sitzen.

Was ich nicht will.

Ich suche mir automatisch den Sessel aus. Er kann sich auf das Bett setzen, wenn er will. „Worüber reden wir?", frage ich.

Zunächst setzt er sich nicht. Er schiebt die Hände in die Hosentaschen und studiert einen angestrengten Moment lang seine Berluti-Schuhe. Der Typ hat Stil, das muss man ihm lassen.

Ich meine, ich erwarte, dass er reich ist. Das ist nicht schockierend. Alte, reiche Vampire sind genauso ein Klischee wie Biker-Werwölfe oder in Käfigen kämpfende Bärengestaltwandler. Tatsächlich würde ich mich fragen, was zum Teufel mit ihm los ist, wenn ein älterer Vampir nicht unglaublich wohlhabend wäre. Man müsste eine besondere Art von Dummheit besitzen, mehrere Jahrhunderte alt oder älter zu sein und *nicht* wenigstens ein Bankkonto in der Schweiz oder auf den Kaimaninseln oder *irgendetwas* zu besitzen.

„Wo soll ich anfangen?" Er sieht mir schließlich in die Augen und ich sehe, dass er in diesem Moment genauso nervös ist wie ich.

Ich sehe auch, dass er eine beachtliche Zeltstange in seiner Hose hat.

Wow.

Nein, konzentriere dich, *Mädel.* Das ist ein Vampir. Sie

sind als Arbeitgeber und Freunde geeignet, aber nicht zum Ficken und ganz sicher *nicht* zum Knutschen.

„Was meinten sie wegen letzter Nacht?", frage ich. „Lassen Sie uns da anfangen und dann arbeiten wir uns rückwärts. Was haben Sie ihnen erzählt?"

Er stößt einen Seufzer aus. „Ich bin geschäftlich in der Stadt. Wie Sie sich vielleicht denken können, kennen Lucius und ich uns schon sehr lange. Er und mein Schöpfer wurden von dem gleichen Vampir erschaffen, daher ist er mein ‚Onkel'. Nachdem ich ihm gestanden hatte, dass ich es in Erwägung ziehe, einen Sonnenaufgang zu begrüßen, bat er Selene, ein spezielles edles Tröpfchen Blut zu holen und sie servierte es mir."

Ich fühle mich ein wenig schlecht für ihn. Ich glaube, ich habe noch nie gehört, dass ein Vampir zugibt, dass er …

Wow.

Er senkt den Blick wieder auf seine Schuhe hinunter. „Er dachte, wenn ich Sie kennenlerne, könnte es meine Meinung über … *darüber* ändern."

Okay, ja, und jetzt bin ich wieder sauer auf Lucius. Ich bin kein Psychiater für übernatürliche Wesen. „Hat er Ihnen gesagt, dass ich kein Süßblut bin?"

Ich unterdrücke ein weiteres Hämmern in meiner mentalen Schublade. Wenn ich meine persönlichen Regeln brechen würde, wäre dies der Vampir, der mich dazu bringen könnte.

Was ein weiterer Grund ist, warum ich es *nicht* tun sollte.

„Das hat er." Er hebt seinen Blick zu mir. In diesem Licht sehen seine Augen wieder wunderschön blau aus und sind von altem Schmerz gefüllt. „Ich würde gern wissen, ob ich Sie zu einem Date ausführen darf."

„Ein *was*?"

Ein Lächeln spielt um die Mundwinkel seiner hübschen Lippen. „Sie wissen schon, Sie zum Essen ausführen. Oder vielleicht ins Kino?"

„Ich kenne zufällig einen Nachtclub in der Stadt."

Er begegnet meinem Blick mit Bestimmtheit. „Ja, aber der Besitzer kann manchmal ein überheblicher Depp sein."

Jetzt muss ich lachen „Heilige Scheiße. *Alter Schwede.* Sie haben den König der Vampire *nicht* gerade einen Depp genannt."

„Ich glaube schon." Das Lächeln verschwindet von seinen Lippen und ich hasse es, dass das Sachen mit mir macht, die keinem anderen Vampir oder Mann je zuvor gelungen sind. Er neigt den Kopf. „Ich kenne ihn schon lange genug, sodass ich mir das erlauben kann. Er ist nicht *mein* König. Was mich angeht, hätte ein angefeuchtetes Bint an irgendeinem See einen Krummsäbel auf ihn werfen können." Ich lache erneut. Heilige Scheiße, er kennt Monty Python. „Mir ist auch aufgefallen, dass Sie nicht vor ihm niederknien oder ihn ‚Hoheit' nennen."

Ich zucke mit den Schultern. „Ich lebe gern gefährlich."

„Nein", sagt er langsam. „Ich glaube, das stimmt überhaupt nicht. Er hat angedeutet, dass es eine Hintergrundgeschichte gibt. Ich kann Sie zwar nicht lesen, aber ich würde wetten, dass Sie hier unter Lucius' Schutz stehen, weil Sie die Gefahr scheuen."

Ich will nicht zugeben, dass der Hammer den Nagel gerade auf den Kopf getroffen hat, also antworte ich nicht.

Pattsituation. Wir mustern uns einen Moment lang gegenseitig, bevor ich schließlich spreche. „Also, Sie kennen weder *Torchwood* noch *Doctor Who*, aber Sie können *Monty Python und den Heiligen Gral* zitieren?"

Er zuckt mit den Schultern. „Das ist mein Lieblingsfilm. Ich habe ihn gesehen, als er neu herauskam, und er hat mich zum Lachen gebracht. Zu diesem Zeitpunkt war es schon sehr lange her, dass mich überhaupt irgendetwas zum Lachen gebracht hatte. Es ist einer der wenigen Filme, die ich tatsächlich besitze."

„Aha." Ja, dieser Kerl ist wirklich einsam und leidet darunter. Vampire lassen normalerweise nicht zu, dass andere irgendeinen Hauch von Schwäche bei ihnen sehen, besonders nicht Einsamkeit.

Schließlich spricht er weiter. „Wie auch immer. Sie waren ..." Ein weiterer Seufzer. „Köstlich. Unbeschreiblich."

Natürlich gibt es noch einen anderen kleinen geheimen Teil tief in mir, der sich stolz damit brüstet. „Ja, er verdient eine Menge Geld mit mir. Irgendwie gruselig, wenn ich hier unten arbeite und das Angebot beschreibe und weiß, dass einige von ihnen etwas von *mir* beinhalten. Ich versuche, nur an das Geld zu denken, das Lucius mir bezahlt. Also lasse ich ihn ab und zu einen halben Liter von mir abzapfen. Er zahlt mir einen Tausender dafür."

„Ich nehme nicht an, dass ich Sie von ihm abwerben könnte?"

„Hmm, lassen Sie mich mal überlegen. Mir von einem dahergelaufenen Vampir, der gerade erst in die Stadt spaziert ist, einen Haufen große Versprechungen machen lassen? Das geht leider nicht, tut mir leid."

Aber er lächelt wieder. „Sehen Sie? Sie sind risikoscheu. Kann ich Sie wenigstens um ein rein platonisches und völlig sicheres Date bitten? Ich würde sogar einen von Lucius' Männern dafür bezahlen, uns zu begleiten, wenn Sie sich damit besser fühlen. Dann müssen Sie nicht allein mit mir sein."

Ich hasse es, das zuzugeben, aber mir wird bewusst, dass ich ihn mag, und ich anfange, ein gutes Gefühl bei ihm zu haben. Auf eine Art und Weise, wie es bei Vampiren normalerweise nicht der Fall ist.

Als ich ein gedämpftes *Das habe ich dir ja gleich gesagt* aus meiner mentalen Schublade höre, trete ich noch einmal hart dagegen, damit die Stimme darin die Klappe hält.

Ich atme ein. Sein Duft erinnert mich an reichhaltigen, süßen Pfeifentabak und dunkle Schokolade. „Ehrlich gesagt, weiß ich überhaupt nichts über Sie. Lassen Sie uns das beheben."

Er zupft an der perfekten Falte seiner Hose, als er sich auf die Bettkante setzt. „Dexter Van Sussex. Ich betreibe momentan ein Hotel und ein Kasino in Atlantic City–"

Ich hebe eine Hand und fühle mich gleichzeitig erleichtert und enttäuscht. *Natürlich* war er zu gut, um wahr zu sein. „Sie können sofort aufhören. Ich bin raus." Ich stehe auf. „Ich lasse mich nicht auf organisiertes Verbrechen ein."

„Ich auch nicht. Fragen Sie Lucius, wenn Sie wollen. Ich führe ein ehrliches Geschäft. Ich werde irgendwie zu alt für die Stadt und möchte ein Hotel und ein Kasino hier in Tucson eröffnen. Im Moment bin ich zu Besuch und spreche mit Lucius, um mir sein Einverständnis zu sichern. Ich werde über Lucius auch ein Treffen mit dem Alpha des Wolfsrudels von Tucson organisieren. Ich möchte auch mit dem Rudel zusammenarbeiten."

„Garrett Green?"

„Ja. Sie haben von ihm gehört?"

Ich schnaube. „*Alter*, er ist mein verdammter *Vermieter*."

7

Dexter

Jetzt, da ich mit Eilidh alleine bin, atme ich mit jedem Atemzug tief ein und merke …

… dass ich sie immer noch nicht richtig *riechen* kann.

Sie hat einen flüchtigen Duft, wie Regen oder wie eine kühle Frühlingsbrise.

Wie warmes Sonnenlicht.

Ganz eindeutig *nicht* wie ein Mensch. Und verdammt sicher nicht wie irgendein Wandler, den ich jemals zuvor gerochen habe.

Oder … irgendeine andere Kreatur.

Ich habe das Gefühl, dass mich das in den Wahnsinn treiben wird, bevor ich es herausfinde.

Dass *sie* mich in den Wahnsinn treiben wird. Mir wird im Nachhinein auch klar, dass es wahrscheinlich ihr Duft war, den ich oben im Büro wahrgenommen habe.

„Er ist Ihr *Vermieter*?", schaffe ich es, zu fragen.

„Ja. Aber lassen Sie sich von seinem Biker-Look nicht

täuschen. Der Kerl ist schlau und stinkreich. Er und seine Männer fingen an, Häuser zu renovieren, und es dauerte nicht lange, bis sie eine beträchtliche Reihe Immobilien in der Stadt besaßen. Außerdem ist seine Gefährtin eine Anwältin. Sie ist auch niemand, mit dem man sich anlegen sollte."

„Oh."

„Genau. Sie ist außerdem meine Freundin."

Ich bin mir nicht ganz sicher, was ich vom Alpha des Tucson-Wolfrudels erwartet hatte, aber ganz sicher nicht das. „Kennen Sie ihn gut genug, um mich ihm vorzustellen?"

„Junge, ich kenne *Sie* nicht gut genug, um Sie vorzustellen. Ich lasse mich vielleicht dazu überreden, mitzukommen, je nachdem wann und wo es stattfinden soll, aber mich für Sie zu verbürgen? Nein, das überlasse ich Lucius. Ich werde weder mich noch meinen Ruf für Sie aufs Spiel setzen."

„Ihren … Ruf?"

„Ja. Garrett Green ist nicht nur mein Vermieter und der Gefährte meiner Freundin – er verschafft mir auch Arbeit."

„Welche Art von Arbeit?"

„Ich bin eine Art neutrales Party-Boten Mädchen. Kurierdienst. Ich übernehme Arbeiten für Vampire, die tagsüber erledigt werden müssen, und Aufgaben von den Gestaltwandlern an, die man den meisten Menschen nicht anvertrauen könnte. Ich bewege mich zwischen dem Nest und den verschiedenen Rudeln hin und her, um Nachrichten zu übermitteln, solche Sachen. Nichts Illegales", fügt sie schnell hinzu. „Das ist nicht mein Ding und das wissen sie alle. Aber sie wissen auch, dass ich eine eigenständige Person bin."

Ich bin froh, dass ich sitze, denn mein Schwanz ist

gerade wieder schmerzhaft hart geworden. Ich liebe es, wie bissig sie ist. Ich liebe ihre Furchtlosigkeit in diesem Moment.

Einer meiner tiefsten Wünsche ist es, ihr Vertrauen zu gewinnen, damit ich mit ihr spielen und vielleicht sogar von ihr trinken kann, wenn sie es erlaubt.

Zumindest möchte ich sie ficken. Das würde mir schon genügen.

Am liebsten würde ich sie nackt ausziehen, sie mit Juteseilen fesseln, ihre Muschi lecken, bis sie sich vor Orgasmen heiser schreit. Dann, während ich sie losbinde, würde ich mir langsam küssend meinen Weg über jeden Zentimeter der Fesselspuren bahnen, die meine Seile auf ihr hinterlassen haben.

Oder ihr den Hintern versohlen. Das wäre auch ein Spaß.

Ich bin aber auch bereit, alles zu tun, was nötig ist, um sie zu umwerben. „Darf ich Ihnen noch eine Frage stellen?"

Sie sieht mich erneut mit geneigtem Kopf an und ihre Perücke wackelt ein wenig, als sie sich wieder auf den Sessel setzt. „Sie können mich alles fragen. Ich werde aber nicht versprechen, dass ich antworte."

„Warum die Perücke?"

Ihr Lächeln wirkt jetzt ein wenig zu verkrampft, trotz ihres Versuches, Frechheit auszustrahlen. „Warum nicht?"

„Sie passen Ihr Namensschild immer der Haarfarbe Ihrer Perücke an, nicht wahr?"

Sie zuckt mit den Schultern und hat dieses bezaubernde kleine Grinsen im Gesicht.

Ich versuche eine andere Taktik. „Lucius wollte mir gestern Abend nicht einmal sagen, ob Sie ein Mann oder eine Frau sind. Er hat mir fast überhaupt nichts über Sie erzählt."

„Das liegt daran, dass ich keiner seiner Hausmenschen hier bin, und ich ihn gebeten habe, meine Geheimnisse zu bewahren. Die, die er kennt. Es gibt eine Menge Dinge, die er nicht über mich weiß."

„Warum haben Sie solche Angst?"

Sie reißt die Hände hoch und deutet auf das Gebäude um uns herum. „Ist Ihnen aufgefallen, dass ich für und mit verdammten Vampiren arbeite? Man müsste schon ein völliger Idiot sein, um nicht eine gesunde Portion Angst zu haben."

Damit hat sie nicht ganz unrecht. „Würden Sie gern mehr über mich erfahren?"

„Sie haben die Kohle bezahlt, Kumpel. Sie können über alles reden, was Sie wollen."

Aber ich höre, wie sich ihr Pulsschlag dabei ein wenig verändert. Wie er ein wenig schneller wird. Sie ist nervös. Und besonders nervös darüber, was ich sie fragen könnte.

Ich möchte sie gern in die Arme schließen und sie beschützen, ihre Drachen töten, ihr alles kaufen …

Heilige *Scheiße*, ich bin schon halb in sie verliebt und kenne noch nicht einmal ihren vollen Namen.

Sie beobachtet mich mit einer Intensität, die ich sonst nur von Vampiren und Wandlern kenne.

Aber die Wahrheit ist jetzt raus. Sie liegt *direkt* vor mir.

Ich bin völlig verzaubert von dieser Frau.

Besessen von ihr.

Was auch immer ich tun muss, um ihr Vertrauen zu gewinnen, ich werde es tun.

„Wenn ich Lucius bitte, ein Treffen mit Garrett Green für mich zu arrangieren, würden Sie dann mit uns teilnehmen?"

„Ich würde teilnehmen", sagt sie vorsichtig, nachdem sie kurz darüber nachgedacht hat. „Der Teil mit dem *mit uns* stört mich ein wenig, weil ich noch nicht bereit bin, mich für Sie zu weit aus dem Fenster zu lehnen. Ich muss Sie erst besser kennen, bevor ich meinen Ruf für sie riskiere. Es kommt auch darauf an, wann und wo es ist." Die wiederholte Bedingung fällt mir auf und ich wundere mich darüber.

„Also gut. Darf ich Lucius dann bitten, Sie in unsere Pläne miteinzubeziehen?"

Sie schnalzt mit der Zunge. „Warum ist Ihnen das so wichtig?"

Weil sie *mir wichtig sind.*

Nein, das sage ich nicht. Seid ihr verrückt geworden? Ich will sie doch nicht verschrecken.

Ich entscheide mich für die Wahrheit.

In etwa. „Ich fühle mich zu Ihnen hingezogen. Von Ihnen angezogen."

Sie antwortet mit einem kleinen Schnauben. „Sie wollen sich die Abfüllquelle kaufen, das ist es, was Sie wollen. Ich wünschte *wirklich*, er hätte Ihnen keine unverdünnte Kostprobe von mir gegeben."

„Warum nicht?"

Sie streckt die Hand aus und deutet auf mich.

Ich weiß sofort, was sie meint.

„Blue, Einverständnis ist für mich *nicht* verhandelbar. Ich bestehe darauf. Würden Sie mir wenigstens die Ehre einer Verabredung zum Essen erweisen? Bitte?"

Zweifel verdunkeln ihre violetten Augen zu einem Purpur wie dem eines Abendhimmels. „Bei dem ich *nicht* auf der Speisekarte stehe?"

„Genau. Ich werde einen von Lucius' Männern bezahlen – zur Hölle, ich bezahle sie *alle*, damit sie mitkommen."

„Großartig. Noch mehr Vampire. Perfekt. Das schüchtert mich überhaupt nicht ein."

Ich mache mir jetzt schon gedanklich Notizen, dass ich

Lucius fragen will, mit welchem zuverlässigen Makler ich sprechen kann, um hier ein Haus zu kaufen. Ich möchte eins in seiner Nachbarschaft – ein großes, schönes, palastartiges Haus. Blue verdient nichts Geringeres als das. Ich werde alles tun, um ihr zu beweisen, dass sie mir vertrauen kann.

„*Waren* Sie eigentlich schon jemals mit jemandem zusammen, seit Sie verwandelt wurden?", fragt sie. „Hatten Sie schon einmal eine Freundin, die nicht unsterblich war, menschlich oder ein Snack?"

Innerlich zucke ich zusammen. Ich möchte heute Abend nicht über Robert sprechen. „Es ist mehr Jahre her, als mir lieb ist."

Sie lehnt sich auf ihrem Sessel nach vorn. „Sie können mit Ihrem unsterblichen Arsch nicht einfach in jemandes Leben spazieren, es auf den Kopf stellen und einen Riesenhaufen Versprechungen machen, nur weil mein edles Tröpfchen Ihnen etwas längst überfällige Steifheit in der Hose verschafft hat. Ich habe ein Leben und es ist ein Leben, das ich leben will."

Ich hasse es, dass sie mich mühelos an die Wand genagelt hat. Metaphorisch gesprochen. „Und was wollen Sie mit Ihrem Leben anfangen, wenn Sie nicht gerade in einem Vampir-Nachtclub arbeiten, der ein geheimer BDSM-Blutclub ist?"

Ich hasse es auch, dass ihre Stimme traurig und leise wird. „Wenn Sie lange genug in der Nähe bleiben, vertraue ich Ihnen irgendwann vielleicht genug, um es Ihnen zu verraten."

Ich weiß mit Sicherheit, dass sie weglaufen wird, wenn ich ihr plötzlich den Himmel verspreche. Nicht, dass ich sie nicht aufspüren oder finden könnte – auf die vampirische oder menschliche Weise – aber es würde ihr Vertrauen für immer ruinieren.

Und ich glaube, das würde mich umbringen und in die Dämmerung treiben.

„Das würde mir sehr gefallen, Blue." Ich reibe meine Handflächen leicht über die Oberseite meiner Oberschenkel und mir fällt kein legitimer Grund ein, sie noch länger hierzubehalten … abgesehen von meinem Wunsch, es zu tun. „Vielen Dank, dass Sie heute so nett waren und mit mir gesprochen haben. Ich weiß es zu schätzen."

Sie neigt ihren Kopf erneut. Jedes Mal, wenn sie es tut, höre ich, wie ihre Perücke über ihre Wangen flüstert. Das künstliche Haar klingt für mein empfindliches Gehör wie ein Windhauch. „Ist unser Gespräch jetzt vorbei?"

„Ganz ehrlich? Ich könnte die ganze Nacht hier sitzen und mich mit Ihnen unterhalten. Aber mir ist bewusst, dass es unangenehm für Sie ist, und ich entschuldige mich dafür. Ich möchte nicht, dass Sie sich unbehaglich fühlen. Ich habe es sehr genossen und ich weiß Ihre Zeit zu schätzen."

Sie mustert mich. „Es macht mir nichts aus, noch eine Weile zu bleiben. Man kann sich gut mit Ihnen unterhalten, Nicht-Ianto."

Erste Mauer überwunden. „Vielen Dank."

Sie zuckt mit den Schultern, als wäre es keine große Sache, aber ich spüre etwas anderes. Ich höre ihren Puls schlagen und sehe, wie sich ihre Pupillen ganz leicht weiten – sie ist fasziniert von mir und hat Angst, es zuzugeben. Sie ist in der Vergangenheit auf irgendeine Weise verletzt worden. Sie vertraut nicht leicht – oder vielleicht sogar überhaupt nicht.

Ich wünschte, ich könnte jedes Problem in ihrem Leben für sie lösen, selbst wenn ich sie niemals zwischen die Finger oder meine Reißzähne bekommen würde.

Der Gedanke daran, dass andere sie schmecken könnten, selbst nur aus einem Glas, lässt mich vor Wut fast die

Kontrolle verlieren. Niemandem sollte es erlaubt sein, sie zu berühren, sie zu kosten.

Ich vermute, der einzige Grund, warum sie Lucius erlaubt, ihr Blut zu entnehmen, ist das Geld. Und auch das macht mich wütend, auch wenn ich zugeben muss, dass er sich dabei ethisch verhält.

Es macht mich *persönlich* wütend.

Mental suche ich nach etwas, worüber ich reden kann, was nicht mit Blut, Sex oder Perversion zu tun hat. Der unheilige Dreierpack. Ich will *sie* kennenlernen – heilige scheiße, ja, ich bin allerdings besessen von ihr.

Lucius wird sich kaputtlachen. Das wirklich Letzte, woran ich jetzt denke, ist ein Treffen mit einem Sonnenaufgang.

„Erzählen Sie mir von dieser Fernsehserie", sage ich. „*Torchwood*, nicht wahr?"

Ihre violetten Augen strahlen. „Oh, mein Gott! Sie ist fantastisch ..." Aber zunächst muss sie mir einen Überblick über *Doctor Who* verschaffen, damit ich den Zusammenhang verstehe.

Ich gebe zu, ich habe von dieser Serie gehört, sie aber noch nie gesehen. Beide Serien drehen sich um langlebige, zeitreisende Abenteurer, die häufig Begleiter haben, so wie ich es verstehe.

Ich kann es nachempfinden. Möglicherweise werde ich mir diese Serie anschauen.

Aber ihre *Stimme*. Ich könnte ihr mit Leichtigkeit die ganze Nacht lang zuhören. Ich habe etwas gefunden, für das sie eine Leidenschaft hat. Etwas, das sie liebt.

Etwas, das ich erforschen und hoffentlich mehr darüber erfahren kann, damit ich eine *Gemeinsamkeit* mit ihr habe.

Was, wie sich herausstellt, ein verzweifeltes Bedürfnis in mir ist.

Um sanft an ihr festzuhalten, sie an mich zu binden, damit sie mich nie wieder verlassen will. Wenn das bedeutet, dass ich anfangen muss, verdammtes Fernsehen zu schauen, dann werde ich wohl fernsehen.

Ungefähr eine Stunde später erreichen wir eine natürliche, angenehme Flaute in der Unterhaltung und sie sieht mich noch einmal mit einem dieser bezaubernden Kopfnicken an.

„Wissen Sie, ich schätze, wir könnten morgen Abend oben im Konferenzraum unseres Bürobereichs essen, wenn sie sich zum Abendessen mit mir verabreden wollen. Das wäre für mich in Ordnung. Wir könnten dort oben allein sein. Ich würde sie nicht einmal zwingen, einen von Lucius' Männern dabeizuhaben."

Würde mein Herz noch immer schlagen, würde es jetzt rasen. „Ich hätte nichts dagegen, wenn Lucius' Männer Sie zum Essen begleiten würden. Ich führe Sie aus, wo auch immer Sie hinwollen."

„Nein. Sie können sich das Essen aussuchen, aber wir essen hier." Eine dunkle Wolke huscht über ihre Züge. „Ich gehe nachts nicht aus. Wenn ich nicht hier bei der Arbeit bin, bin ich zu Hause. Das ist eine *meiner* Regeln."

„Ich schwöre, ich würde dafür sorgen, dass Sie sicher sind."

Sie lässt ihren Blick für einen Moment sinken. Ich vermute, dass es mit dem zusammenhängt, was Lucius angedeutet hat. „Ich gehe nicht aus", wiederholt sie und ihre Stimme klingt ein wenig dumpfer, flacher. „Nachts bin ich fast immer bei der Arbeit oder zu Hause. Ich gehe nach Einbruch der Dunkelheit *nicht* hinaus. Das ist alles, was Sie wissen müssen."

Ich hasse es, dass sie sich nicht sicher fühlt. „Werden Sie von jemandem belästigt? Bitte, ich würde gern für zusätzliche Sicherheit bezahlen und ..."

Sie stoppt mich mit einer erhobenen Hand und einem schiefen Lächeln. „Sie *kennen* mich doch noch gar nicht. Sie kennen meine Situation nicht. Ich mache Ihnen ein Zugeständnis. Nehmen Sie das Angebot an oder nicht, aber es ist nicht verhandelbar."

Scheiße. Ich gebe mir eine mentale Ohrfeige und nehme mich sofort zurück. „Ich werde gern etwas in einem Restaurant Ihrer Wahl bestellen und es morgen Abend hierher liefern lassen."

„Schicken Sie einen von seinen Leuten, um es abzuholen", schlägt sie vor. „Wir brauchen nicht noch mehr von ihnen hier." Sie deutet mit den Händen auf die Wände. „Überall verdammte Vampire."

Ich lache leise. „Wie Sie wünschen. Haben Sie eine bestimmte Vorliebe, was das Essen angeht?"

„Überraschen Sie mich."

Ich vermute, dass dies ein Test wird, und ich will es auf keinen Fall vermasseln. „Um wie viel Uhr?"

„Nuuuun", sagt sie lang gezogen. „Ich bin normalerweise vor sechs hier, aber ich schätze, Sie werden nicht vor Einbruch der Dunkelheit hier sein können. Also sagen wir, neun? Das gibt Ihnen Zeit aufzuwachen, sich die Reißzähne zu putzen und unser Essen zu besorgen. Oder wäre Ihnen zehn Uhr lieber?"

Ich rechne zügig im Kopf nach. „Zehn ist vielleicht sicherer."

„Also gut, um zehn." Sie sieht mich mit intensivem Blick an. Mein Schwanz ist immer noch nicht weich geworden und ich weiß, dass ich zurück ins Hotel gehen und mir vor dem Morgengrauen einen runterholen muss.

Nicht verhandelbar.

Ihre Nasenlöcher beben ein wenig, nur ganz leicht, und ich erwarte fast, dass sie meinen Zustand kommentieren wird. Aber sie tut es nicht. „Was ist Ihr Ziel?", fragt sie leise.

Ich schüttele langsam den Kopf und sage die Wahrheit. „Ich weiß es nicht. Durch Sie fühle ich mich lebendiger als ich es seit …" Ich versuche, nicht an Robert zu denken. Ein Anflug von Scham und Trauer überspült mich und ich dränge ihn beiseite. „Selbst wenn wir nur miteinander reden und zu Abend essen, werde ich allein dadurch schon eine bessere Person und dankbar für Ihre Anwesenheit in meinem Leben sein."

Ihr Blick verfinstert sich erneut. „Ich möchte Sie nicht täuschen. Ich möchte nicht, dass Sie annehmen, Sie könnten mich zermürben. Lucius weiß, was die Sache mit mir ist. Eines Tages muss ich vielleicht plötzlich weiterziehen und das war es dann."

Etwas zieht sich schmerzhaft in meiner Brust zusammen, wenn ich daran denke, dass sie gehen könnte. „Dann fühle ich mich wirklich sehr geehrt, dass Sie zugestimmt haben, morgen Abend mit mir zu Abend zu essen."

Sie nickt mir knapp zu. Als sie aufsteht, tue ich es ihr gleich. „Ich sollte mich vergewissern gehen, dass sie den Laden oben noch nicht in Schutt und Asche gelegt haben. Ich bin schon länger hier unten, als mir lieb ist."

„Mit mir?"

„Nein, ich meine *hier unten*." Sie zeigt erneut mit den Fingern auf die Wände. „Im Verlies. Es macht mir nichts aus, wenn wir geschlossen haben, aber ich lege hier unten lieber keine Schichten ein. Verdienen Sie sich mein Vertrauen und ich verrate Ihnen vielleicht, warum." Sie begegnet meinem Blick erneut und der leichteste Hauch eines köstlichen Duftes, wie Honig und Vanille, weht mir entgegen. Er ist anders als zuvor und unverwechselbar. „Also dann bis morgen."

„Bis morgen. Und Blue, danke für heute Abend."

Sie tätschelt sich die Brust, wo die Scheine in ihrem Sport-BH versteckt sind. „Ich danke *Ihnen*, dass Sie mir neue Reifen für meinen Wagen sponsern."

Das bringt mich dazu, ihr ein brandneues Auto kaufen zu wollen. Eines, das ihrer würdig ist. Eines, das …

Sie dreht sich in einer Geschwindigkeit um, die für einen Moment fast vampirisch wirkt, schließt die Tür auf und geht.

Ich bleibe zurück, schließe die Auge und atme ihren verweilenden Dufthauch ein. Der wieder nach einem regnerischen Frühlingstag riecht.

Er ist da … und gleichzeitig nicht.

„Bezaubernd, nicht wahr?" Lucius steht in der Tür. Ich erkenne es an seinem Geruch und dem Klang seiner Stimme.

Ich öffne die Augen. „Ich brauche das beste Restaurant in Tucson", sage ich zu ihm. „Von dem ich Essen bestellen kann, das einer deiner Männer für mich abholen und morgen Abend hierherbringen muss. Natürlich werde ich ihn für seine Zeit bezahlen."

Er lächelt. „Abgemacht. Sie hat also angeboten, mit dir zu essen?"

„Morgen Abend oben im Büro. Zu zweit. Ich habe angeboten, mit ihr auszugehen, aber …"

„Das will sie nicht."

Ich untersuche seinen Tonfall, um zu sehen, ob es eine Anweisung seinerseits oder eine Feststellung der Tatsachen ist und nicke schließlich. „Ja. Was sagt man dazu?"

Er tritt ein und drückt die Tür mit einem Finger zu. „Sie wird es nicht tun", sagt er und es ist definitiv die Feststellung einer Tatsache. „Was hat sie dir erzählt?"

„Nicht sehr viel, obwohl ich jetzt weiß, wer Ianto ist." Ich will gerade meine Brieftasche herausziehen, als er mich aufhält.

„Nein. Ich werde Selene bitten, persönlich etwas für morgen Abend auszusuchen, aber wir werden dafür bezahlen und die Vorbereitungen treffen. Um wie viel Uhr habt ihr euch verabredet?"

„Wir haben uns auf zehn geeinigt. Oben in deinem Konferenzraum."

„Dir ist aber schon bewusst, dass sie morgen frei hat, nicht wahr?"

„Nein. Das hat sie mir nicht gesagt. Sie sagte nur, dass sie normalerweise vor Einbruch der Dunkelheit hier ist."

Er zuckt mit den Schultern. „Sie geht niemals nach Einbruch der Dunkelheit hinaus. Ich meine, sie hat es getan, aber selten, und nur, wenn es absolut unvermeidlich war."

„Das hat sie mir gesagt, aber sie wollte mir nicht verraten, warum. Heißt das, sie kommt … nur wegen mir hierher?"

„Diese Frage kann ich ehrlich gesagt nicht beantworten. Nicht, weil ich nicht will, sondern weil ich es nicht kann. Ich kenne die vollständige Antwort darauf nicht."

Etwas schwirrt in meinem Kopf herum. Etwas, das er zuvor im Büro gesagt hat. Es trifft mich wie der Schlag. „Du hast die *Gwyllgi* erwähnt."

Er nickt langsam. „Das habe ich."

„Was hast du damit gemeint?"

Einen Moment lang scheint er in Gedanken versunken zu sein. „Bringe erst dein Abendessen morgen hinter dich. Aber ich muss sagen, dass es wunderbar ist, sie zum ersten Mal, seit ich sie kenne, wirklich lächeln zu sehen."

Ich plustere mich auf und er bemerkt es. „Wirst du also mehr Zeit in Tucson verbringen?", fragt er.

Ich nicke. „Kannst du ein Treffen mit Garrett Green vereinbaren?"

„Um das Kasino zu besprechen?

„Ja.“

„Ich werde es versuchen. Es könnte ein paar Tage dauern, es zu arrangieren. Ich bin mir nicht sicher, ob er gerade in der Stadt ist.“

„Verstanden. Sie hat gesagt, sie kennt ihn und ist mit seiner Gefährtin befreundet?“

„Ja. Es war eine sehr hilfreiche Konstellation.“ Er grinst. „Ich nehme an, es gibt in deiner unmittelbaren Zukunft nun doch keine Sonnenaufgänge?“

Ich bin nicht zu stolz, um es zuzugeben. „Du hattest recht. Ja, ich habe einen Grund gefunden, noch eine Weile auszuharren. Ja, ich bin völlig vernarrt in sie. Zufrieden?“

Er lacht leise. „Nun, ich bin nicht *un*zufrieden.“

Ich folge ihm hinaus in den Hauptspielbereich und er bestellt mir ein großes Glas seiner „speziellen Hausmischung“.

Noch bevor ich es koste, weiß ich bereits, dass Blues Blut darin vermischt ist. Jetzt, da ich weiß, wie sie als Person riecht, wird mir klar, dass ihr Geschmack etwas völlig anderes ist als alles, was ich bisher gekannt habe. Er erhellt und schärft die anderen Aromen wie ein Geschmacksverstärker.

Ich bin versucht, nach oben zu gehen und mich an die Bar zu setzen, um sie für den Rest des Abends zu beobachten, aber Lucius hat andere Pläne. „Könnte ich dich für den Rest der Nacht vielleicht für einen unserer Hausmenschen interessieren?“

Bevor ich Blue persönlich getroffen – oder sie gekostet hatte –, wäre ich vielleicht in Versuchung gekommen.

Aber jetzt?

Der Gedanke, jemand anderen als sie zu berühren, lässt mich kalt.

Sogar noch *kälter*. „Das ist sehr nett von dir, aber …“

„Ah." Er zieht die Augenbrauen hoch. „Du *bist* jetzt tatsächlich besessen von ihr, nicht wahr?"

Warum sollte ich es leugnen? „Es scheint so."

Er greift mir in einer väterlichen Geste an die Schulter. „Lass dir Zeit mit ihr", flüstert er. „Überstürze nichts. Abgesehen von mir selbst und Selene, bist du der Einzige, dem ich sie jemals anvertrauen würde."

Seine Worte hallen noch lange in meinen Ohren nach, nachdem er gegangen ist, um sich um andere Gäste zu kümmern. Es ist kurz vor vier Uhr morgens, als ich schließlich die Treppe erklimme, um zu gehen. Ich sehe, dass der Nachtclub bereits fast menschenleer ist.

Keine Blue.

Theophilus, einer von Lucius' Männern, kommt zu mir hinüber, als ich dort stehe und mich mehr als nur ein wenig verloren fühle. „Kann ich Ihnen helfen, Sir?"

„Ist Blue schon gegangen?"

Seinem finsteren Blick entnehme ich, dass sie noch hier ist. „Sie ist jetzt nicht verfügbar, das tut mir leid. Sollen wir einen Wagen für Sie rufen?"

Ich taste meine Tasche nach dem Schlüssel ab. „Nein, ich habe einen Mietwagen."

„Aha."

Er verändert subtil seine Position, sodass er zwischen mir und einer geraden Linie in die Richtung des hinteren Flures steht, von dem ich weiß, dass er zum Treppenhaus ins Obergeschoss führt.

Ein verschlossenes Treppenhaus.

Ich begegne seinem Blick. „Versprechen Sie mir, dass sie sicher zu ihrem Auto gelangt."

„Sie geht nie vor Sonnenaufgang hinaus und hat einen reservierten Mitarbeiterparkplatz in der Nähe des Hintereingangs, Sir. Sie ist in Sicherheit." Als ich mich nicht bewege, fügt er noch hinzu: „Ich bin der General Manager hier. Sie steht unter Lucius' persönlichem Schutz. Glauben Sie mir, sie ist in Sicherheit."

Nun, mehr kann ich im Moment nicht verlangen.

Ich nicke, drehe mich um und gehe. Draußen angekommen, biege ich am Ende des Gebäudes rechts ab und gehe zur Hinterseite herum. Es gibt zehn reservierte Parkplätze und sieben davon sind gerade besetzt. Ich kann riechen, welcher Wagen Lucius und Selene gehört. Fünf der anderen Autos dort – allesamt protzig teure Sportwagen, die mehr wert sind als das durchschnittliche Einfamilienhaus – gehören ebenfalls Vampiren.

Das letzte Fahrzeug sieht aus wie ein bemitleidenswerter Eindringling, der Schwächling des Wurfs, der neben den anderen steht. Ein alter, dunkelgrauer Toyota 4Runner Geländewagen, mit mehr als ein paar winzigen Türbeulen an beiden Seiten. Er ist mindestens fünfzehn Jahre alt. Das Profil der Reifen sieht an allen vier Rädern stellenweise gefährlich dünn aus. Der Wagen ist verstaubt und der Glanz des Lacks auf der Motorhaube verblasst. Insgesamt eher matt als glänzend. Die vorderen Scheinwerfergehäuse sind von der Zeit und Verschleiß trübe und vergilbt.

Verdammt.

Die Scheiben sind getönt, aber ich kann mit meinen Augen leicht ins Innere sehen. Es ist sauber und ordentlich ohne sichtbaren Unrat, wie ihn Menschen gern ansammeln. Mir fällt auf, dass der Wagen einen Allradantrieb und eine Anhängerkupplung hat.

Bevor ich es mir anders überlegen kann, schieße ich ein Foto vom Nummernschild, der VIN-Nummer, die auf dem Armaturenbrett zu sehen ist, und eine Nahaufnahme von einem der Reifen, auf der die Reifenart und -größe zu erkennen ist.

Danach verschwimme ich zu meinem Mietwagen und steige ein. Lächelnd kehre ich in mein Hotelzimmer zurück und schließe mich sicher in meiner Suite ein. Dazu gehören die zwei keilförmigen Türstopper, die ich auf Reisen immer dabei habe. Einen schiebe ich unter die Eingangstür und den anderen unter meine Schlafzimmertür. Dann sende ich meinen Männern Anweisungen per Kurznachricht und füge die Bilder hinzu. Es könnte ein oder zwei Tage dauern, um die Überraschung für Eilidh zu organisieren.

Ich hoffe, sie versteht es so, wie ich es meine.

Als das erledigt ist, steige ich endlich unter die Dusche, schließe die Augen und verschaffe mir schließlich einen völlig befriedigenden Orgasmus, während ich mir wünsche, meine Hand wäre Blues Mund.

Ich konnte mich noch nicht einmal auf die Szenen um mich herum im Verlies konzentrieren, ohne dass meine Gedanken immer wieder zu ihren violetten Augen zurückkehrten.

Violett.

Eine Farbe, die bei Menschen normalerweise nicht vorkommt. Nicht so wie ihre.

Es waren auch keine Kontaktlinsen.

Fantastisch.

Sie ist *fantastisch*.

Und wenn es den Rest meines Lebens dauert, *werde* ich sie für mich gewinnen und sie zu der Meinen machen.

$$8$$

Eilidh

SIE BRAUCHEN mich heute Abend nicht an der Bar. Nachdem ich die Hunderter, die ich erhalten habe, gegen Zwanziger aus der Kassenschublade hinter der Bar getauscht habe, ziehe ich mich nach oben ins Büro zurück, um Papierkram zu erledigen. Ich will nicht, dass jemand sieht, wie aufgewühlt ich gerade bin.

Aufgewühlt, weil ich Dex *mag*.

Ich mag ihn *wiiiiirklich*.

Ich *darf* niemanden *wie* ihn auf *diese* Weise mögen. Es ist gefährlich für mich. Denn erstens, was will er von mir, außer mich zu seinem Fickspielzeug und einem immerwährenden Happy Meal zu machen?

Zweitens bin ich eine Gefahr für ihn, von der er nichts weiß. Auf eine Weise, von der er nichts weiß. Und möglicherweise nicht nur für ihn, sondern für alle, die wie er sind. Ich werde niemandes Leben riskieren, unsterblich oder nicht.

Ich weiß, dass die Gestaltwandler dazu neigen, sie ‚Blutsauger‘ zu nennen, aber ich mag diesen Begriff nicht. Sicher, ein paar von ihnen passen in dieses Klischee, aber sie versuchen nur, zu überleben. Genau wie bei den Menschen gibt es viele von ihnen, die ethisch handeln und, auch wenn sie mit Menschen vielleicht nicht kuschelig werden, sind sie doch zumindest keine mörderischen Schlägertypen. Und schaut euch mal die Gestaltwandler an – sogar sie töten Menschen manchmal, die ihr Geheimnis aufdecken. Wenigstens lassen die Vampire die Menschen normalerweise am Leben.

Während ich nicht zweimal darüber nachdenken würde, ein bösartiges Arschloch zu pfählen, sind Vampire wie Lucius, Selene, Dexter und andere die Guten, und sie sollten beschützt werden.

Als ich seit etwa einer Viertelstunde oben im Büro sitze, höre ich, wie jemand die Tür zum Treppenhaus aufschließt. Ich weiß, dass es Theophilus ist, noch bevor er oben an der Treppe ankommt. Selbst wenn ich die unverwechselbare Art nicht gehört hätte, mit der der Clubmanager seinen Alarmcode eintippt, oder die Art, wie er geht, würde ich ihn riechen können, bevor er durch die zweite Tür kommt.

Ich habe weder Lucius noch den anderen erzählt, dass ich sie so leicht riechen und hören kann. Ich denke, es gibt Dinge, die man besser verschweigt. Nur für den Fall, dass ich einen taktischen Vorteil brauche.

Er öffnet die Tür des Hauptbüros. Besorgnis zeichnet sein Gesicht, als er am Ende des Raumteilers erscheint, der mir an meinem Schreibtisch Privatsphäre gibt. Ich gebe mich nicht der Illusion hin, dass Theophilus sich keinen Funken mehr um mich sorgen würde als um jeden anderen Hausmenschen, der hier arbeitet, würde ich nicht unter Lucius’ persönlichem Schutz stehen.

Aber ich gehöre sozusagen zum ‚inneren Kreis‘. Das hebt mich auf ein höheres Niveau.

Also bin ich wichtig.

„Geht es dir gut? Lucius hat mich gebeten, nach dir zu sehen.“

Ich zwinge mich zu einem Lächeln, das ihn wahrscheinlich nicht täuscht und nicke. „Es geht mir gut. Ist Dexter noch hier?“

„Im Verlies. Wenn du hier oben bleiben willst, hat Lucius gesagt, du kannst dir den Rest der Nacht bezahlt freinehmen.“

„Danke. Aber ich werde trotzdem noch etwas arbeiten. Ich habe genügend Papierkram zu erledigen, um mich zu beschäftigen.“

Er nickt und zögert.

„Was?“

„Hat Dexter dich verärgert?“

„Nein, ganz und gar nicht. Er war ein perfekter Gentleman. Wir haben uns nur unterhalten und Lucius hatte recht. Er hat sich nicht im Geringsten ungebührlich verhalten. Er war sehr nett.“

Theophilus sieht nicht überzeugt aus. „Ich weiß, dass du sonst nie gehst, solange es noch dunkel ist, aber wenn du möchtest, dass dich jemand nach Hause bringt, werde ich es arrangieren.“

Mit *jemand* meint er Vampire.

Ich bin von dem Angebot tatsächlich gerührt, aber es gibt ein kleines Problem – ich wohne im Wandler-Territorium und wenn sie mich nach Hause bringen würden, würde das gegen ihren Pakt verstoßen. Ich werde nicht zulassen, dass sie wegen mir solche Schwierigkeiten verursachen. „Vielen Dank, aber nein danke. Es sei denn, das Morgengrauen kann Dexter nichts anhaben, bin ich mir sicher, dass ich es allein schaffen werde.“

Er lacht schallend. „Wenn du deine Meinung änderst, lass es mich wissen und ich werde es arrangieren."

„Danke. Hey, ich weiß, dass ich morgen frei habe, aber ich werde inoffiziell hier sein. Ich habe Dexter versprochen, dass er und ich gemeinsam hier oben im Konferenzraum zu Abend essen können."

„Aber sicher. Ich werde jeden fernhalten, damit ihr eure Ruhe habt."

„Danke."

Er lässt mich wieder allein. Ich ziehe mein Handy aus der Tasche und lade die Pluto TV App, wähle den Katzenvideokanal und stelle es auf die Ladestation auf meinem Schreibtisch, während ich arbeite. Es ist eine wohltuende Ablenkung, die meine Konzentration nicht zu sehr stört.

Ich habe mir nie erlaubt, Haustiere zu haben. Wir sind so oft umgezogen, dass es einfach nicht praktisch gewesen wäre. Nur ein weiterer schmerzhafter Abschied. Stattdessen habe ich einen Plüschhund und eine Plüschkatze, die Dad und Zuzu für mich gekauft haben, als ich noch klein war. Mit den völlig originellen Namen *Katze* und *Hund* haben sie jeden Umzug mit mir mitgemacht und liegen nachts auf meinem Bett und tagsüber auf meinem Nachttisch.

Es dauert nicht lange, bis ich weiß, dass ich allein im Club bin, und als ich auf die Uhr schaue, stelle ich fest, dass es fast sechs ist.

Nach der Morgendämmerung.

Gähnend schalte ich meinen Computer aus, packe meine Sachen und gehe nach unten. Ich rieche den abgestandenen Gestank menschlichen Sexes, Schweißes und Alkohols, aber auch das scharfe, künstliche Aroma von Kiefernholz in dem Reiniger, den wir zum Wischen verwenden. Außerdem die Bleichlösung, die wir für die Reinigung der Tische, Stühle und des Tresens benutzen.

Wahrscheinlich würden Menschen nur die geringste Spur eines Bleichmittels mit Kiefernduft riechen. Die Belüftungsanlage wird den Rest beseitigt haben, lange bevor der erste Vampir später am Abend eintrifft.

Ich mache mir nicht die Mühe, nach unten zu gehen. Technisch gesehen, arbeite ich morgen nicht. Wenn jemand Mist gebaut hat, wird er es von Theophilus zu hören bekommen, wenn er Glück hat. Von Lucius, wenn er Pech hat. Ich prüfe die Vordertür und stelle fest, dass sie sicher verriegelt ist. Dann gehe ich nach hinten, schalte die Alarmanlage ein und schließe die Tür hinter mir. Sekunden später befinde ich mich in meinem alten 4Runner, obwohl ich weiß, wie dumm meine Reaktion ist.

Es ist morgens. Tageslicht.

Bei Tageslicht ist mir noch nie etwas Schlimmes passiert. Das ist nur der Dunkelheit vorbehalten.

Trotzdem bin ich wachsam, als ich den Club verlasse, und wahllos eine Richtung wähle. Ich fahre nie direkt nach Hause. Was dumm ist, nehme ich an, denn wenn jemand herausfinden will, wo ich wohne, braucht er nur mein Nummernschild zu überprüfen. Es ist zwar auf meinen gefälschten Ausweis registriert, aber ich musste meine Wohnungsadresse benutzen, weil ich Papiere brauchte, um zu beweisen, wo ich wohne. Stromrechnungen und meinen Mietvertrag zum Beispiel.

Aber nicht berechenbar zu sein, ist etwas, das mir meine Mutter eingebläut hat. Und alte Gewohnheiten sterben nur schwer. Es ist ein seltsames Gefühl, so etwas wie Wurzeln in der Gegend von Tucson geschlagen zu haben. Auch nicht auf schlechte Weise seltsam.

Fast genug, um mich hoffen zu lassen, dass dies mein Zuhause bleiben wird.

Sobald ich mein Wohnhaus erreiche, husche ich über den Parkplatz und schaffe es, den Aufzug zu erwischen, als die Leute aussteigen, um ihren Tag zu beginnen. Ich bin so daran gewöhnt, Nachtschicht zu schieben, dass es mich nicht stört. Ich lebe schon seit Jahren so, sogar bevor meine Mutter starb. Ich wurde früher zu Hause unterrichtet und habe bereits mit fünfzehn Jahren meinen Abschluss gemacht.

Ich fahre mit dem Aufzug in das Stockwerk über meinem und gehe dann über die Treppe wieder hinunter. Nicht, dass es eine Rolle spielen würde, nehme ich an. Ich bin einer von vielen Menschen in einem Gebäude, dessen Bevölkerung sowohl mit Wandlern als auch mit nichtgestaltwandelnden Rassen stark durchsetzt ist.

Aber keine Vampire. Selbst wenn Garrett erlauben würde, dass ein Vampir hier wohnt – was er wegen der Sicherheit und des Paktes nicht tun würde – würden sie doch Villen vorziehen, in denen sie sich unterirdische Krypten und Sicherheitssysteme auf Fort Knox-Niveau installieren können.

Ich bin fünfunddreißig und gesegnet – oder verflucht, je nachdem, wie man es sieht –, weil ich aussehe, als wäre ich gerade mal neunzehn Jahre alt. Es ist einer der Gründe, warum ich nur selten Alkohol kaufe. Ich hasse es, meinen Ausweis zeigen zu müssen. Nicht weil es lästig ist, sondern weil ich möchte, dass nur wenige Leute mich bei irgendeinem Namen kennen.

Man sollte meinen, ich hätte das alles inzwischen in den Griff bekommen. Dass ich mir etwas überlegt hätte, anstatt ständig auf der Flucht zu bleiben.

Aber damit würde man sich irren.

Sobald ich sicher in meiner Wohnung eingeschlossen bin, krame ich sofort die Schachtel mit den Tampons unter dem Waschbecken im Bad hervor, kippe den Inhalt aus und entferne dann vorsichtig den falschen Boden darin. Dort, wo ich fast sechstausend Dollar in bar aufbewahre, stecke ich weitere dreihundert von meinem Trinkgeld und den Gewinnen hinein, und räume dann alles zurück. Dann ziehe ich den Karton mit den Slipeinlagen heraus und greife nach dem gefälschten Päckchen in der Mitte, in dem sich ein weiteres wachsendes Bündel befindet. Alles bis auf zweihundert Dollar in bar kommt dort hinein.

Wenn ich später zum Club fahre, werde ich bei einem Supermarkt anhalten und mir eine weitere Prepaid-Kreditkarte besorgen. Ich habe einen ganzen Vorrat davon in einem gefälschten Deodorantbehälter in meinem Medizinschrank versteckt und etwa achttausend Dollar darauf. Dies sind meine Notfallkarten, sollte ich fliehen müssen. Ich wechsle sie immer wieder, damit sie nicht ablaufen. Ich habe immer so viel darauf, dass ich die nötigen Mittel hätte, ohne viel Bargeld auszukommen, sollte ich schnell verschwinden müssen. Ich habe zwei weitere gute Einwegtelefone, die ich in den falschen Böden von zwei anderen Tamponschachteln versteckt habe, und fünf billige Wegwerfhandys, Flip-Telefone, die in Schuhen in meinem Schrank versteckt sind. Meine jetzige Telefonnummer hatte ich am längsten und möchte sie wirklich nicht ändern müssen. Obwohl ich sie natürlich auch durch Google Voice umleiten kann, damit sie auf einem der anderen Wegwerfhandys klingelt, sollte ich gezwungen sein, sie zu ändern.

Und früher oder später bin ich immer gezwungen, sie zu ändern.

Früher war es einfacher, ohne Kreditkarten und Bankkonten zu leben, deshalb halte ich mich an Jobs als Kellnerin und Barkeeperin. Vampire und Wandler sind bereit, mit mir auf Bargeldbasis zu arbeiten. Meine Steuererklärung gebe ich jedes Jahr unter meinem richtigen Namen ab und benutze dafür eine gemietete Postbox von einem UPS Laden oben in Mesa, die ich alle paar Wochen überprüfe.

Lucius gibt mir gefälschte Steuerformulare von einer seiner Strohfirmen. Der einzige Grund, warum ich das tue, ist, damit ich keinen Computeralarm auslöse, falls ich das Land verlassen muss. Ich will nicht, dass mein Pass aufliegt, weil ein Haftbefehl wegen Steuerhinterziehung gegen mich vorliegt oder sonst irgendetwas Dummes. Außerdem wird es immer schwieriger, gefälschte Pässe zu benutzen. Ich habe einen amerikanischen und einen britischen Pass, da ich die doppelte Staatsbürgerschaft besitze. Obwohl ich sie durchaus benutzen könnte, würde ich sie mir lieber als letzten Ausweg für den Notfall aufheben, denn sie würden ansonsten eine elektronische Papierspur an meinen Arsch heften.

Lucius hat angeboten, mir eine komplett neue Persona zu erstellen, die die Computersysteme der Homeland Security und Interpol passieren würde. Nicht nur den gefälschten Führerschein, aber ich habe es abgelehnt. Eine solche Ersatzidentität zu bekommen, die einer Überprüfung durch moderne globale Einwanderungssysteme standhält, ist superteuer, dauert lange und ist nichts, was ich dem ‚Vampirkönig‘ schuldig sein möchte.

Die Wandler könnten mir eine besorgen, wenn ich sie brauche, aber wenn Lucius hört, dass ich das getan habe, könnte es seine Gefühle verletzen. Ich nenne Lucius vielleicht nicht *Hoheit*, aber ich werde dem Mann gegenüber auch nicht respektlos sein. Nicht, wenn er mich verdammt gut behandelt und mir Geheimnisse anvertraut hat. Er hat immer darauf bestanden, dass ich ihn auch bei der Arbeit Lucius nennen darf, aber vor Kunden und anderen Mitarbeitern bestehe ich darauf, ihn Mr. Frangelico oder Mr. F zu nennen, je nach Umständen. Manchmal spreche ich ihn auch mit ‚sir‘ an, aber mit kleinem *s*.

Im Moment geht es mir gut. Ich habe immer noch Verbindungen in verschiedene Gegenden des Landes, die ich um Hilfe bitten könnte, sollte ich in Schwierigkeiten geraten. Das gemietete Postfach sieht aus wie eine normale Straßenadresse nicht wie eine offizielle Postbox, was bedeutet, dass ich dort Lieferungen empfangen kann, falls nötig.

Vor etwa zehn Jahren wurde mir klar, dass das, was immer noch hartnäckig nach mir sucht, nicht … *normal* ist. Und damit meine ich, es ist weder menschlich noch ein Vampir oder ein Wandler.

Es ist *außer*weltlich, so dumm es auch klingt.

Ich erschaudere bei dem Gedanken, nehme meine Perücke ab und bürste mir die Haare, bevor ich unter die Dusche steige. Meine ganze Wohnung ist von hellem Morgenlicht durchflutet, auch das Badezimmer. Es dringt durch das kleine milchige Badezimmerfenster, während ich dusche und das Wasser über mich gleiten lasse, um den Rest des vampirischen und menschlichen Miefs vom Club Toxic abzuspülen.

Dexter hat wahrscheinlich viel mehr Geld als Lucius. Ich schätze, sollte ich wirklich umziehen müssen und wirklich verzweifelt sein, könnte ich Dexter immer darum bitten, zu ihm nach Atlantic City zu ziehen und dort für ihn zu arbeiten.

Solange er nicht der Grund ist, warum ich weglaufe.

Obwohl ich aus New York City geflohen bin, und das ist ziemlich nah. Ich hatte gedacht, von allen Orten auf der Welt, wäre dies die sicherste Stadt für mich, in der ich untertauchen könnte. Und doch rannte ich dort an einem brutal kalten Dezembermorgen um mein Leben. Das war ein Jahr, nachdem ich aus Toronto geflohen war.

Es war fast so, als hätte ich meinen Albtraum heraufbeschworen, weil ich zu sehr an meine Eltern dachte. Ich war an diesem Tag früher von der Arbeit gegangen, weil nichts los war, und hatte keine gute Ausrede, bis zum Morgengrauen herumzuhängen. Außerdem dachte ich, dass es einfach dumm wäre. Ich hatte zu diesem Zeitpunkt bereits ein Jahr ohne irgendwelche Anzeichen von Problemen in New York gelebt. Also verbrachte ich die Zeit kurz vor der Morgendämmerung damit, auf dem Weg zu meiner U-Bahn-Station an der Uferpromenade entlangzuspazieren, während mein Atem in der Luft gefror. Ich hatte innegehalten, um auf den Hudson River zu schauen und an Mom und Dad und Zuzu zu denken. Ich habe sie so schrecklich vermisst. Das Wasser erinnerte mich daran, wie ich mit ihnen in Cardiff am Strand entlangspaziert war. Es war kurz vor Weihnachten gewesen und ich war stehen geblieben, um den Ring unter meinem Hemd hervorzuziehen und auf den Labradoritstein zu starren, der im Licht der Straßenlaterne blitzte.

Als Dad noch lebte, war ich von ihm fasziniert gewesen. Ich erinnerte mich an seinen Akzent und steckte mir den Ring auf den Ringfinger, wo er trotz der Kette noch viel zu groß für mich war.

Dann hörte ich ein lautes Schnaufen hinter mir und sah … *es*.

Mein Albtraum war zum Leben erweckt worden und begann, sich keine zwanzig Meter von mir entfernt zu materialisieren.

Die große schwarze Gestalt mit roten Augen, die sich suchend umschaute, als ob sie mich ausfindig machen wollte.

In Panik riss ich mir den Ring vom Finger und rannte los, sprang in einen Bus und machte mich auf schnellstem Wege davon.

Es folgte mir nicht.

Ich blieb im Bus, bis es hell wurde, und nahm dann die U-Bahn zu meiner üblichen Haltestelle. Von dort aus rannte ich in meine winzige Wohnung.

Ich packte meine Sachen und verschwand. Damals hatte ich noch kein Auto, nur zwei große Rollkoffer, einen Seesack und einen Rucksack. Den 4Runner erstand ich erst, als ich ein Jahr lang in Alexandria wohnte.

Seitdem bin ich kreuz und quer durch das Land gereist, bevor ich mich hier niedergelassen habe.

Ist Dexter ein Zeichen dafür, dass ich endlich da bin, wo ich sein sollte? Der arme Kerl verbrachte unser gesamtes Gespräch mit einem steinharten Ständer. Ich konnte seine Erregung riechen, was eine lustige Wendung war. Normalerweise können die Vampire leicht riechen, ob ein Mensch erregt ist oder nicht. Was ein Teil ihrer ganzen Masche im Club Toxic ist, das Blut eines Menschen mit ihren BDSM-Spielchen zu versüßen.

Leider habe ich keinerlei Ahnung, was es ist, das mich verfolgt. Hätten die Zeugen nicht gesagt, dass das, was Mom getötet hat, wie ein Mann aussah, hätte ich angenommen, dass es dieses Ding gewesen sein muss.

Sie hat mich gewarnt, dass wir immer auf der Flucht bleiben müssen. Für uns bleiben müssen. Ich selbst hatte dieses Etwas erst gesehen, nachdem sie gestorben war.

Ich habe das Gefühl, dass, was auch immer es ist, es auch Dad getötet hat.

Als könnte ich *ernsthaft* einfach zur Polizei gehen und es ihnen erzählen. *Was* genau sollte ich denen denn sagen? Dass etwas – ich weiß nicht genau, was – hinter mir her ist … manchmal? Aber ich kann es nicht wirklich beschreiben oder ihnen sagen, wann oder wo?

Ja, nee.

Es ist einfacher, ein Leben auf der Flucht zu führen.

Eines Tages wird mich das Glück verlassen. Und wenn es so weit ist … Nun, ich schätze, das sehen wir dann.

Ich steige aus der Dusche und versuche, nicht an den sexy Vampir zu denken, dessen strahlend blaue Augen mir nicht aus dem Kopf gehen wollen. Oder an seine Hände mit diesen langen eleganten Fingern, die sich wahrscheinlich fan-fucking-tastisch anfühlen würden, wenn er mir den Arsch versohlt und … andere Dinge mit mir macht.

Seufz.

Ich werfe mir ein übergroßes T-Shirt über, schnappe mir meine Schlafmaske und ziehe mein ausklappbares Bett hinunter. Die kleine Wohnung ist perfekt für mich und das Bett war schon dabei. Ich musste mir nur eine neue Matratze kaufen. An Möbeln besitze ich einen bequemen Sessel, ein passendes Höckerchen, einen Nachttisch und einen alten Couchtisch aus Holz. Das ist alles, was ich brauche. Ich habe sowieso nicht viel Platz. Wenn ich faulenzen will, klappe ich das Bett hinunter.

Ich schalte mein Telefon in den *Nicht stören*-Modus und stecke es an das Ladegerät. Dann springe ich ins Bett, schnappe mir Katze und Hund und ziehe meine Schlafmaske hinunter.

Eilidh Connover, du wirst ganz sicher nicht *an den gut aussehenden, bissigen Dexter Van Sussex denken.*

Nein, ganz und gar nicht.

Sehr.

9

Eilidh

ICH SCHLAFE bis ein Uhr nachmittags und der erste Gedanke, der mir in den Sinn kommt, als ich aufwache, ist Dexter.

Hauptsächlich deshalb, weil ich den Morgen damit verbracht habe, von all den sündigen Dingen zu träumen, dir er wahrscheinlich mit meinem Körper anstellen könnte.

Verdammt noch mal.

Warum müssen Vampire nur so verdammt *sexy* sein? Besonders er? Ich habe mich bisher noch nie ernsthaft nach einem von ihnen verzehrt. Nicht, dass die meisten von ihnen nicht praktisch engelsgleich in ihrer Schönheit wären, aber *verdammt*.

Ja, also gut. Ich gebe es zu. Der Hauptgrund, warum ich nicht gern unten arbeite, sind all die geilen Vampirschwänze, die frei herumgeschwungen werden, und weil ich weiß, dass ich nicht daran teilhaben kann. Denn das würde meine Freiheit auf mehr als eine Weise beenden.

Aber Dexter Van Sussex könnte sich möglicherweise als gefährlich für meine Entschlossenheit auf diesem Gebiet erweisen. Besonders nach den Träumen, die ich von ihm hatte, in denen er sich meiner bemächtigt hat.

Ich schließe die Augen und schiebe meine Finger zwischen meine Beine, während ich an ihn denke. Er ist ein attraktiver Kerl und er scheint definitiv auf mich zu stehen.

Oder sollte ich sagen, er will sich definitiv *in* mir versenken.

Während ich mich mit den Fingern verwöhne, ist es zu verdammt einfach, mich der Fantasie hinzugeben, wie Dexter mich an ein Andreaskreuz fesselt und auspeitscht. Oder wie er mit einem Rohrstock über meinen Arsch und meine Oberschenkel schlägt, bevor er seinen, wie ich annehme, angenehm großen Schwanz in mich hineinschiebt.

Meine Klitoris kribbelt bei dieser Vorstellung und es dauert nicht lange, bis ich von dem Gedanken zum Höhepunkt komme, dass Dexter der erste Vampir sein könnte, dem ich mich buchstäblich öffnen werde.

Ich muss wirklich wieder einmal flachgelegt werden.

Es ist schon viel zu lange her, seit der Gepardenwandler und ich unser Ding gemacht haben. Vielleicht sollte ich einen Spaziergang durch den Kampfclub der Wölfe machen und mir einen neuen Freund für eine Nacht suchen. Sicher, dort hängen auch ein paar Vampire rum, aber es gibt Gestaltwandler im Überfluss. Normalerweise mag ich keinen unverbindlichen Sex, weil ich mich danach irgendwie immer leer und einsam fühle.

Aber ich muss ein Bedürfnis füllen, das mehr als nur

ein paar Batterien für meinen summenden Freund braucht.

Blöde Vampire und ihr Sex-Appeal.

Ich bin versucht, das Abendessen abzusagen, aber das wäre beschissen. Ich mag es nicht, scheiße zu Leuten zu sein, die es nicht verdient haben. Ja, ich betrachte Vampire als „Leute".

Und ich möchte mehr Zeit mit Dexter verbringen.

Es gibt außerdem auch noch den Bonus, dass ich dank Dexter nächste Woche neue Reifen auf meinen Geländewagen ziehen kann. Der alte 4Runner ist zuverlässig, läuft rund und ist nicht auffällig. Er lenkt keine Aufmerksamkeit auf mich. Er ist praktisch. Ich kann in fast jeder Ecke des Landes Ersatzteile dafür bekommen. Alle meine wichtigen Sachen passen hinein, wenn ich abhauen muss. Er ist unscheinbar und fügt sich gut ein. Hat seine eigene subtile Tarnung.

Hätte ich mir schon vor langer Zeit Reifen leisten können? Ja, aber ich bin sehr sparsam mit meinem Budget. Tatsächlich bin ich gerade dabei, meine Rücklagen aufzustocken, weil ich letztes Jahr den Motor und das Getriebe generalüberholen ließ, was bedeutet, dass mir der Wagen noch einige Jahre in die Zukunft treubleiben wird.

Ich gebe nicht gern Geld aus, wenn ich es genauso gut beiseitelegen kann. Für den Fall, dass ich fliehen muss. Ich habe viel zu viele Jahre damit verbracht, finanziell betrachtet, abgemagert zu sein und praktisch zu hungern, als dass ich jetzt Geld vergeuden würde. Ich erinnere mich an den ständigen Stress in Moms Gesicht und wie sie manchmal buchstäblich darum kämpfen musste, uns zu ernähren.

Wenn ihre Kellerei die Rechnungen nicht bezahlte und sie keinen Job als Trainerin für eine Kampfsportart fand, in der sie gut war, verdiente sie sich schnelles Geld in Untergrundkampfclubs. Nicht schwer für eine Frau, die

eine in diversen Disziplinen erfahrene Kampfsportkämp-
ferin und ausgebildete Stuntfrau war.

Als ich noch klein war, dachte ich immer, es wäre der
Hammer, dass meine Mutter so etwas tun konnte. Je älter
ich wurde, desto mehr wurde mir jedoch bewusst, wie
scheiße es war, dass sie nicht einfach eine normale Mutter
sein konnte. Das war auch der Grund, warum ich mir den
Arsch aufgerissen habe, um meinen Schulabschluss so früh
zu machen. Es bedeutete, dass ich eine Belastung weniger
für sie sein würde und ebenfalls Geld verdienen konnte,
um uns zu helfen. Ich habe an denselben Orten, an denen
sie arbeitete, gekellnert oder abgewaschen.

Auf dem Weg ins Bad schnappe ich mir mein Handy.
Während ich auf der Toilette sitze, schalte ich den *Nicht
stören*-Modus aus und stelle fest, dass ich eine SMS von
Garrett Green erhalten habe.

*Lucius hat mich angerufen. Können wir reden? Ruf mich an,
wenn du aufwachst.*

Mein Magen krampft sich zusammen. Er weiß, dass ich
nachts arbeite und vormittags schlafe. Ich kann es genauso
gut jetzt tun. Als ich anrufe, antwortet er fast sofort.

„Hi, Connie." Ich habe ihm gesagt, dass er und die
anderen Wölfe mich so nennen sollen, da auch Lucius'
innerer Kreis denkt, dass mein Name Connie Doe ist. So
steht es auf meinem gefälschten Ausweis.

Es war einfacher so, als zu versuchen, sie an die Perü-
ckenregel zu erinnern. Und ich wollte ihnen nicht meinen
echten vollen Namen verraten. Es ist nah genug an „Connover", sodass es mir leichtfällt, darauf zu reagieren, wenn
ich so angesprochen werde.

„Garrett. Was gibt es?"

Er platzt sofort damit heraus. „Ich habe über Nacht mit Lucius gesprochen. Er hat gesagt, er hätte jemanden, mit dem ich reden soll. Ein Blutsauger aus Atlantic City, der nach Tucson ziehen will. Ein Typ namens Dexter Van Sussex."

Mein Herz wird schwer. „Ich habe ihn erst letzte Nacht kennengelernt." Ich lüge Wandler und Vampire nicht an. Entweder sage ich ihnen die Wahrheit oder ich halte den Mund. Abgesehen davon könnten sie es mir bei einem persönlichen Gespräch beide ansehen, wenn ich lüge, also wäre es dumm. Es ist auch einfacher, stets bei den gleichen Aussagen zu bleiben, wenn ich mich nicht an eine Lüge erinnern muss. Sie wissen das über mich, was es ihnen leichter macht, mir zu vertrauen.

„Wie ist dein Eindruck von ihm?"

Ich entspanne mich. Lucius hat mich nicht buchstäblich den Wölfen zum Fraß vorgeworfen. „Er war nicht unsittlich mit mir. Nicht unangemessen. Er scheint ein anständiger Kerl zu sein, aber ich werde meinen Ruf nicht für ihn riskieren, um für ihn zu bürgen, wenn ich ihn gerade erst kennengelernt habe."

„Ich habe zu Lucius gesagt, dass ich mich mit Van Sussex treffen werde, wenn du dabei bist."

Nun, scheiße. Ich schließe die Augen und reibe mir die Stirn. „Wie bin ich mitten in einem Kasino-Geschäft gelandet? Ich bin doch nur eine Barkeeperin und das Botenmädchen."

Er schnaubt und klingt dabei völlig nach Alphawolf. „Das ist doch Blödsinn und wir wissen es beide. Du bist viel mehr als das. Sogar Amber sagt das."

Ich reiße die Augen weit auf. Manchmal kann Amber Dinge *sehen.* Ja, wie eine Hellseherin. Neben Selene ist sie auch meine beste Freundin.

Eine meiner einzigen Freundinnen. „Was hat sie gesagt?"

„Dass du ein guter Mensch bist, dem ich immer vertrauen kann. Also kommst du mit?"

„Garrett, ich fühle mich geehrt, ernsthaft. Aber ich kann und werde mich nicht für ihn verbürgen. Ich will auch wirklich nicht nachts unterwegs sein müssen."

„Ich bitte dich ja gar nicht, dich für ihn zu verbürgen. Ich treffe die Entscheidung selbst und nichts davon wird auf dich zurückfallen. Ich will nur sehen, wie er sich in deiner Gegenwart verhält."

Hä? „Warum?"

„Weil ich weiß, dass Lucius' Männer Angst haben, sich mit dir anzulegen, weil du Lucius' und Selenes Lieblingsmensch bist." Er stößt ein kehliges, rumpelndes Glucksen aus. „Ich kann dich nicht als ihren Schoßhund bezeichnen, da du es ja nicht bist. Lucius hat gesagt, Van Sussex wollte sowieso mit mir reden. Er ging nicht davon aus, dass er es einfach mit Lucius klären und in die Gegend ziehen könnte. Es gefällt mir, dass er mir diesen Respekt erweist und so sehr ich Lucius auch hasse, mag ich es, dass er mich miteinbezieht. Ich bin zwar nicht erpicht darauf, dass noch mehr Blutsauger in die Gegend ziehen, aber wenn Van Sussex meinem Rudel etwas Geld zustecken und Zusicherungen machen will, bin ich bereit, zuzuhören. Ich wäre ein dummer Geschäftsmann, es nicht zu tun."

„Auch wenn du Lucius nicht magst?"

„Ich muss ihn nicht mögen. Aber ich vertraue Selene. Amber hat mir heute Morgen gesagt, dass die Zukunft unseres Rudels – und nicht nur unsere, sondern auch die Zukunft der anderen Rudel – und die der Blutsauger davon abhängt, ob Lucius und ich diesen Waffenstillstand einhalten und zusammenarbeiten können oder nicht. So sehr ich es auch hasse, es zuzugeben, aber das ist viel größer als wir beide.“

„Sie hatte eine Vision darüber?“

„Ja.“

Wow. „Hast du das Lucius erzählt?“

„Das habe ich. Er stimmt mir zu, dass es besser für das Geschäft ist, wenn wir alle zusammenarbeiten.“

Da sich Garrett und Lucius einig zu sein scheinen, wäre ich in einer unhaltbaren Position, wenn ich die Bitte des Alphas ablehne.

Scheiße.

„Dann ist da noch die Tatsache, dass ich weiß, dass du immun gegen den Bann der Blutsauger bist“, fügt er hinzu. „Ich will dich dabeihaben, wenn ich mit ihm rede, nur für alle Fälle.“

Doppelte Scheiße. Ich schätze, damit ist die Sache erledigt. „Wann und wo?“

„Morgen Abend im Kampfclub. Zehn?“

Mein Herz wird schwer. Auch das klingt nicht verhandelbar. Sein Tonfall sagt mir das. Ich kann ihn nicht bitten, in den Club Toxic zu kommen, ohne es vorher mit Lucius zu klären. Und selbst wenn ich das täte, vermute ich, dass Garretts Antwort *Nein* lauten würde.

Wenn Dexter zu ihm kommt, bedeutet das, dass es in Garretts Revier geschieht.

Sozusagen. Technisch gesehen befindet sich der Kampfclub auf neutralem Gebiet. Er wird von einem von Garretts Wölfen geführt, befindet sich aber nicht auf Rudelterritorium, sodass sie es glaubhaft abstreiten könnten, sollte jemals etwas passieren.

Ich weiß, dass ich nicht in der Lage sein werde, vor Einbruch der Dunkelheit dorthin zu gehen und den ganzen Abend dort zu verbringen. Ich will nicht, dass die Wölfe mehr von meinen Geheimnissen erfahren als nötig.

„Sicher. Aber nur um es klarzustellen: Du fragst mich das selbst und nicht, weil Lucius oder Dexter dich gebeten haben, mich zu fragen, richtig?"

„Genau."

Hmm, verdammt. „In Ordnung. Ich schätze, wir sehen uns dann dort."

„Ausgezeichnet. Wenn sich bis dahin etwas ändert, lass es mich bitte wissen. Oh, und bleib kurz dran. Amber will Hallo sagen." Er reicht ihr das Telefon.

„Hallo meine Liebe!" Amber klingt viel zu fröhlich für diese Zeit am Morgen. Bis ich mich daran erinnere, dass es für alle, die nicht nach dem gleichen Zeitplan leben wie ich, bereits früher Nachmittag ist.

„Hey. Was gibt es?"

Sie lacht. „Viel Spaß beim Essen heute Abend."

Ich unterdrücke ein Stöhnen. „Hast du das gesehen?"

„Natürlich habe ich das. Hör mal, lass die Sache einfach laufen. Ich weiß auch nicht mehr als das. Vertraue ihm und vertraue dir selbst. Ich kann nichts Schlechtes für dich mit diesem Kerl sehen."

Mein Herz überschlägt sich. „Wirklich nicht?"

„Nein. Ich meine, ich kann noch nicht sagen, ob ihr beide am Ende zusammen kommt, aber er wird dir keinen Schaden zufügen. Ich empfange eine Art ritterliche Aura von ihm. Oh, und viel Spaß mit den Reifen."

Ich lache. Mit jemandem befreundet zu sein, der hellseherische Fähigkeiten hat, kann ganz schön abgefahren sein. „Danke, das werde ich haben, sobald ich sie bekomme."

Sie kichert. „Sicher. *Genau.* Deine Instinkte in Bezug auf ihn sind richtig. Vertraue ihnen. Hier ist Garrett noch mal."

Ich versuche, mir aufgrund ihrer Worte keine Hoffnungen zu machen, und dränge sie beiseite, als Garrett wieder spricht. „Connie?"

„Ja."

„Ich sehe euch also dann beide morgen Abend um zehn im Kampfclub?"

Er kann mich nicht herumkommandieren, weil ich nicht zu seinem Rudel gehöre, aber ich erkenne einen Alphabefehl, wenn ich einen höre. „Ja. Aber bitte warne deine Jungs, damit sie nicht sauer auf mich sind, wenn ich mit ihm dort auftauche, okay?" Ich will mir meinen Ruf bei ihnen nicht ruinieren.

„Wir erlauben Blutsauger. Das weißt du doch. Nur nicht im Ring."

„Ja, aber ich will nicht, dass sie denken, ich stehe plötzlich mehr auf der einen Seite als auf der anderen."

„Ach so, verstanden. Ich werde allen sagen, dass ich dich als persönlichen Gefallen darum gebeten habe, ihn zu begleiten. Mach dir keine Sorgen."

„Danke."

„Soll ich dir morgen eine Begleitung bereitstellen? Für den Weg hierher und wieder zurück?"

Ich denke kurz darüber nach und entscheide mich dann für das Offensichtliche. „Was sagt Amber?"

Ohne zu zögern, höre ich, wie er das Handy von seinem Gesicht wegzieht und sie fragt. Dann ist er wieder da. „Sie sagt, du sollst mit Dexter fahren. Dass es sicher ist."

Großartig. „Dann … werde ich das tun. Danke." Sobald ich aufgelegt habe, beende ich, was ich gerade gemacht habe, und stehe auf, um mir die Hände zu waschen.

Ich schaue in den Spiegel.

Zur Hölle.

Mein schulterlanges Haar ist jetzt tiefschwarz. So tief

und satt, dass es im hellen Sonnenlicht, das durch mein Badezimmerfenster fällt, mit praktisch blauen Untertönen schimmert. Diese Farbe haben meine Haare schon eine Weile nicht mehr angenommen. Meine Augenbrauen passen dazu.

Man sollte meinen, ich hätte mich inzwischen daran gewöhnt, aber nein.

Ich bin mir sicher, dass dies ein weiterer Grund ist, warum meine Mutter mich zu Hause unterrichtet hat, auch wenn ich mir dessen damals nicht bewusst war. Außerdem hat sie es immer heruntergespielt.

Aber die Tatsache, dass sie darauf bestand, ich solle niemals jemandem erzählen, dass es passiert, bestärkt mich nur in dieser Annahme.

Ich streiche mit meinen Fingern hindurch und halte mir die Strähnen vor die Augen.

Verdammt, ich ziehe sogar daran, nur für alle Fälle.

Autsch. Scheiße.

Also gut. Ich bilde es mir definitiv *nicht* ein.

Wenn mein Haar diese Farbe behält, muss ich morgen Abend keine Perücke tragen. Heute Abend werde ich wieder Blue sein. Was ich aber jetzt wirklich tun sollte, ist Wäschewaschen. Ich ziehe mir meine Klamotten an, ziehe mein Bett ab und schnappe mir die Handtücher aus dem Bad und alles andere aus dem Wäschekorb. Dann trage ich den Korb die Treppe hinunter in die Waschküche. Ein Vorteil meines seltsamen Tagesablaufs unter der Woche ist der, dass ich die Waschküche praktisch für mich allein habe.

Ich wasche zwei Maschinen – Handtücher und Laken in der einen und meine Kleidung in der anderen, da sie sowieso komplett dunkel ist – und stelle mir einen Wecker auf meinem Handy ein, bevor ich wieder nach oben gehe.

Ein weiterer Vorteil einen Wandler als Vermieter und viele weitere Wandler in meinem Gebäude wohnen zu haben, ist, dass es wahrscheinlich das sicherste Gebäude der Gegend ist. Niemand würde es wagen, die Kleidung von jemandem aus der Waschküche zu stehlen. Selbst die ahnungslosen Menschen, die hier wohnen und nichts über Gestaltwandler wissen, wissen es besser, als aus der Reihe zu tanzen.

Es ist schön.

Es ist sicher.

Ja, ich weiß. Ich sollte mir keine Hoffnungen machen, nicht wahr?

Ich verbringe ein paar Minuten damit, mein Schlaf-Wohn-Ess-Zimmer aufzuräumen. Nachdem ich den Boden gefegt habe, sauge ich noch. Nur für den Fall, dass ich etwas übersehen haben könnte. Dann schnappe ich mir einen Joghurt zum Frühstück und gehe zu den Fenstern hinüber, um dort zu stehen, während ich esse.

Ich liebe diese Aussicht. Der Vormieter hatte offenbar einen frei stehenden Raumteiler vor den Fenstern, um das Bett an den Wochenenden vor der Morgensonne zu schützen. Garrett hat mir erlaubt, Vorhänge oder Jalousien aufzuhängen, wenn ich sie wollte, aber nein.

Ich *will* das morgendliche Tageslicht. Der Preis für die winzige Wohnung hat auch gestimmt. Niemand aus dem Club war je in meiner Wohnung, weder Mensch noch Vampir. Nicht, dass Vampire hierherkommen könnten — wegen des Paktes — aber ich bin nicht dumm genug, irgendwelche Vampire einzuladen, nicht einmal Lucius und Selene.

Vertraue ... aber überprüfe jeden.

Oder in meinem Fall, vertraue, aber gehe kein Risiko ein.

Vertrauen fällt mir schwer. Verdammt schwer.

Ich putze mein Badezimmer und gehe dann zurück in die Waschküche, um meine Wäsche von der Maschine in den Trockner zu transferieren. Als ich zurück in meine Wohnung komme, beschließe ich, selbst ein wenig zu schnüffeln, während ich warte. Ich klappe meinen Laptop auf.

Es gibt nicht viele Informationen über Dexter Van Sussex. Er betreibt ein Kasino in Atlantic City. Es gibt ein paar Bilder von ihm, was mich verwirrt, bis ich genauer hinsehe und erkenne, dass er ein Körperdouble benutzt.

Es ist nicht ungewöhnlich, dass Vampire dies tun, wenn sie in der Öffentlichkeit auftreten müssen.

Ich meine, komm schon, kein Spiegelbild. Vampire sind auf Infrarot und FLIR-Aufnahmen zu sehen und lösen Bewegungssensoren aus. Aber normale Videos und Fotos? Nein. Manchmal bekommt man eine unkenntliche Unschärfe, aber niemals ein klares Bild. Und die Sache mit den Spiegeln? Vollkommen richtig. Deshalb befinden sich die einzigen beiden Spiegel im Club Toxic in den Toiletten des Nachtclubs im Erdgeschoss. Hauptsächlich deshalb, weil es seltsam wäre, wenn es dort keine Spiegel gäbe.

Ich gehe hinunter in den Fitnessraum und laufe ein paar Kilometer auf dem Laufband. Ich hasse es, Sport zu treiben, und bin während meiner Schichtarbeit sowieso die meiste Zeit auf den Beinen, aber ich will meine Kondition nicht verlieren. Ich kämpfe und trainiere mit einem Bären-wandler drüben im Kampfclub, wenn sie geschlossen haben. Aber der ist im Moment nicht in der Stadt. Mit Menschen kämpfe ich nicht gern, denn selbst bei Typen, die größer sind als ich, neige ich dazu, sie zu überwältigen und ihnen Angst zu machen.

Es wäre eine ziemlich sichere Wette, dass einige der Wandler, die wissen, dass ich physisch gut auf mich selbst aufpassen kann, insgeheim hoffen, dass ich eines Tages durchdrehe und jeden Vampir im Club Toxic pfähle.

Nein, das wird nicht passieren. Leben und leben lassen.

Glaubt mir, ich *verstehe* es. Ich verstehe genau, *warum* es eine Menge Wandler gibt, die Vampire nicht mögen. Es gibt auch eine Menge Vampire, die ich nicht mag. Aber wir müssen irgendwo Brücken bauen. Vielleicht wird Tucson eines Tages als der Beginn einer neuen Ära der Zusammenarbeit angesehen werden.

Nachdem ich mein Training beendet habe, hole ich meine saubere Wäsche aus dem Trockner, falte Sie ordentlich zusammen und gehe nach oben, um zu duschen und mich zurechtzumachen. Es ist noch nicht einmal vier, aber ich habe im Club immer etwas zu tun. Ich könnte schon früher hinüberfahren.

Bevor es dunkel wird.

Nach meiner Dusche, ziehe ich mich an und beschließe, mich stärker zu schminken, als ich es normalerweise für die Arbeit tue, gefolgt von meiner Perücke. Ein letzter Blick in den Spiegel und „Blue" ist bereit. Ich schnappe mir eine bequeme Schlafanzughose und meine Flipflops und stopfe sie zusammen mit einer leichten Decke und einem Kopfkissen in einen Seesack.

Ich habe ernsthaft darüber nachgedacht, mich für Dexter aufzudonnern. Ich besitze ein Paar schwarze Jimmy Choo Stöckelschuhe. Schuhe, die ich fast nie anziehe. Ich weiß ehrlich gesagt nicht einmal, warum ich sie überhaupt noch habe. Ich habe sie vor ein paar Jahren geschenkt bekommen und konnte mich einfach nicht dazu durchringen, sie zu verkaufen. Zur Hölle, sie sehen buchstäblich brandneu aus. Es ist ja nicht so, dass ich oft ausgehe. Ich mache mich nicht schick für die Arbeit, denn ich will wirklich nicht zu viel Aufmerksamkeit von Vampiren auf mich ziehen. Aber manchmal muss ich bei meinen Botengängen ein Cocktailkleid oder andere formelle Kleidung tragen, um in eine Menge zu passen, und dann sind die Schuhe sehr praktisch. Ich habe in der

Vergangenheit auch schon gelegentlich die Freundin für einen Wandler gespielt, der für eine Familienhochzeit oder ein anderes Ereignis eine Verabredung brauchte, um sich seine Familie vom Hals zu halten. Ich bin sicherer, als einen ahnungslosen Menschen mitzubringen, und kann die Rolle gut spielen.

Aber nicht heute Abend. Heute Abend trage ich Jeans, meine Doc Martens und ein schwarzes Club Toxic T-Shirt mit einem neonblauen Logo. Ich habe darüber nachgedacht, einen Rock zu tragen, aber ich möchte lieber den zusätzlichen Schutz haben.

Natürlich hält eine Schicht ausgewaschener Jeans einen entschlossenen Vampir genauso wenig auf wie ein Stück Knoblauch oder ein silbernes Kreuz, aber ich fühle mich dadurch besser.

Ich schnappe mir meine Sachen, schließe die Wohnungstür ab und gehe hinunter. Ich bin damit beschäftigt, auf meine Umgebung zu achten, als ich das Gebäude verlasse und den sonnenbeschienenen Parkplatz überquere, um meinen Toyota anzusteuern. Deshalb bleibe ich ganz plötzlich stehen, als ich nur noch ein paar wenige Meter entfernt bin und mir der Geruch von frischem Gummi in die Nase steigt. Und …

Was.

Zum.

Teufel?

Da sind vier neue Reifen auf meinem 4Runner.

Ich habe echt Probleme, es zu verarbeiten, deshalb dauert es einen Moment, bis ich mich wieder fange. Ich schaue mich um, aber es gibt keine Anzeichen für einen Mechaniker oder einen ADAC-Typ oder …

Verdammte Scheiße.

Das sind auch Pirellis und die sind *verdammt* teuer.

Ich strecke meinen rechten Fuß aus und tippe den

hinteren Reifen auf der Fahrerseite mit meinen Doc Martens an, weil ich feststellen will, dass die neuen Reifen keine Illusion sind. Ich umkreise meinen Geländewagen – ja, alle vier Reifen – fünf, wenn man den hinten montierten Ersatzreifen mitzählt – sind neu.

In dem Moment stelle ich fest, dass der Wagen auch von außen gründlich aufgearbeitet wurde, einschließlich Wachspolitur, so gut es angesichts des Zustandes des Lacks an manchen Stellen möglich ist. Und meine Scheinwerfergehäuse, die ganz trübe und vergilbt waren, wurden gesäubert und poliert und sehen praktisch wie neu aus.

Da auf beiden Seiten keine anderen Wagen stehen und auch nicht gestanden haben, als ich dort gepackt habe, wäre es leicht zu bewerkstelligen gewesen, ohne meinen 4Runner zu bewegen.

Dexter.

Er *muss* es gewesen sein.

Ich kann mir nicht vorstellen, dass Lucius auf diese Weise in meine Privatsphäre eindringen würde. Erstens würde er es mir sagen, wenn er es machen lassen wollte. Und zweitens würde er es auch tun, während ich im Club bin oder mich bitten, mein Auto in eine Werkstatt zu bringen.

Er würde nicht einfach …

Ich erschaudere und bin mir nicht sicher, ob es am Gruselfaktor liegt oder an der Tatsache, dass der gut aussehende Dexter sich genug für mich interessiert, um so etwas für mich zu tun.

Oder vielleicht ist er besessen genug, um es für mich zu tun.

Jetzt ergibt auch Ambers Bemerkung über die Reifen einen Sinn.

Ich steige in meinen 4Runner, schließe mich ein, lasse

den Wagen an und drehe die Klimaanlage auf volle Pulle, bevor ich Amber auf dem Handy anrufe.

Sie antwortet beim ersten Klingeln und kichert. „Und?“

„Das war Dexter?“

„Ähm, *jaaa*. Er mag dich.“

„Kauf mir bloß keine Blumen. Nein, kauf mir lieber einen Satz Reifen, der *buchstäblich* mehr als doppelt so viel wert ist, wie die Karre selbst.“ Verdammt, er hat wahrscheinlich mehr für die Reifen ausgegeben als ich für meine Motor- und Getriebegeneralüberholung. „Sollte ich mich gruseln?“

„Nein. Hey, du wolltest doch neue Reifen. Nicht wahr?“

Ich knurre. „Ja.“

„Gut. Dann sage, ‚Vielen Dank, Dexter. Das war wirklich sehr aufmerksam von dir. Ich weiß es zu schätzen.‘ Übe es jetzt, damit du nachher weißt, wie du es sagen musst.“

Als ob! „Klugscheißer.“

Sie kichert erneut. „Besser als Dumpfbacke. Viel Spaß beim Essen!“

Meine Anwaltsfreundin legt auf.

Also gut.

Auf dem Weg zum Club halte ich an und kaufe eine weitere Prepaid-Kreditkarte von dem zusätzlichen Geld, das ich gestern Abend nicht weggeschlossen habe. Während ich darauf warte, dass der Angestellte sie aktiviert, frage ich mich, wie es wohl ist, Dexter Van Sussex zu sein. Er ist wahrscheinlich so reich, dass er nie darüber nachdenkt, wie viel etwas kostet. Wahrscheinlich reizt er jeden Monat eine schwarze Amex aus und zahlt sie dann sofort ab.

Muss nett sein.

Sein kleiner Einkauf in meinem Namen hat in seinen Finanzen wahrscheinlich nicht einmal eine kleine Welle geschlagen. Und es war zweifellos teuer, wenn man bedenkt, wie viel diese Reifen kosten. Bei dem Preis der Reifen selbst und sie dann auch noch so schnell zu beziehen – und jemanden dafür zu bezahlen, der einen rekordverdächtig schnellen Reifenwechsel an meinem Auto durchführt, ohne den Schlüssel dafür zu haben. Und das alles auf dem Parkplatz meines Wohnhauses …

Nun, für diese Art von Service kann man keinen Groupon kaufen.

Aber egal, was Amber sagt, ich weiß nicht, ob ich mich gut oder schlecht dabei fühle. Er kann sich kaufen, was und wann auch immer er es will.

Ich frage mich, ob er denkt, dass *ich* gekauft werden kann.

Ich schätze, wir werden es herausfinden.

Der für Mitarbeiter reservierte Parkplatz hinter dem Club Toxic ist leer, als ich in meine Parklücke fahre. Ein weiterer Grund, warum ich gern als Erste ankomme und als Letzte gehe, ist der, dass ich mir die anderen Autos nicht anschauen muss, die um meins herum parken. Wie erbärmlich mein Wagen im Vergleich dazu aussieht. Der Schwächling im Wurf neben den Bugattis, Mercedes, Ferraris und Lamborghinis. Oder in welch exotischen Gefährten die Vampirmitarbeiter an einem bestimmten Abend herangerollt kommen. Einige von ihnen haben mehrere Autos. Lucius hat normalerweise einen Fahrer und Sicherheitsmann für sich und Selene dabei, fährt aber hin und wieder auch selbst.

Warum tue ich mir das an? Warum entscheide ich mich, so zu leben?

Ich könnte heute Abend ins Verlies hinuntergehen, zu einem von Lucius gut aussehenden Männern schlendern, ihn von mir trinken lassen und wäre für den Rest meines *Lebens* versorgt. Ich habe gehört, wie sie über mein Blut sprechen. Nicht, dass sie wissen, dass es meins ist. Jeder einzelne von ihnen ist ein Anzugträger und reich – *steinreich*.

Sie würden mich beschützen und mich nicht teilen.

Für den Rest meines Lebens, wie lange das auch sein mag, könnte ich umsorgt und glücklich sein.

Jeden Abend meinen Hintern versohlt bekommen. So viel Vampirschwanz kriegen, wie und wann immer ich es will. Was auch immer nötig ist, damit ich ein kleines liebes Süßblut bleibe. Ein verwöhntes, menschliches Schoßhündchen.

Das alles könnte ich haben.

Dexter Van Sussex könnte mir gehören. Oder besser gesagt, ich würde ihm gehören.

Weil man nie *wirklich* das Herz eines Vampirs besitzen kann, nicht wahr?

Aber leider gibt es meinen heimlichen, gelegentlichen, übernatürlichen Stalker. Ich werde nicht noch jemanden in Gefahr bringen. Mit meiner linken Hand berühre ich den Ring an der Kette unter meinem T-Shirt.

Schmerz strahlt in meine rechte Hand und ich bemerke, dass ich gegen das Lenkrad geschlagen habe.

Ich schließe meine Finger und studiere meine kurzen, nicht lackierten Fingernägel. Ich schneide sie immer kurz. Ich mache mir nicht die Mühe einer Maniküre. Für so etwas verschwende ich kein Geld. Außerdem wäre es mit langen Krallen schwieriger, meinen verdammten Job zu machen.

Es würde auch mehr wehtun, wenn ich jemanden schlagen muss.

Nicht, dass ich die hübscheste Kellnerin hier wäre oder die attraktivste.

Genau genommen bin ich die menschliche Hausmutter hier. Zumal ich älter bin als die meisten anderen Menschen.

Ich starre auf die sonnendurchfluteten Straßen um mich herum. Hitzewellen strahlen von den Bürgersteigen und dem Pflaster. Ich sehe die Stadt nachts nie, es sei denn, ich starre durch mein Wohnungsfenster darauf hinunter. Die meisten Nächte verbringe ich im Club Toxic.

Irgendwie ironisch. Ich bin das Spiegelbild der Vampire.

Ich gehe hinein, schalte die Alarmanlage aus und mache mich an meine übliche Routine, einschließlich meines Namensschildes.

Heute Abend wird nichts weiter passieren, als ein Abendessen und mich danach, sobald Dexter gegangen ist, auf der Bürocouch zum Schlafen zusammenzurollen.

Ich werde keinen heißen Vampir vögeln, der mir verdammt teure Reifen gekauft hat und mein Auto aufpolieren ließ.

Nein.

Das werde ich nicht tun.

Definitiv *nicht*.

Auch wenn er wie Ianto aussieht.

10

Dexter

JOHN UND MARK haben gute Arbeit für mich geleistet. Sie haben den Privatjet benutzt, um die Reifen am frühen Morgen aus L.A. abzuholen. Als ich am späten Nachmittag aufwache, finde ich die Bestätigung inklusive Fotos, dass Eilidhs Geländewagen jetzt einen Satz neuer Spitzenreifen trägt und aufpoliert wurde. Einschließlich der Reinigung der Scheinwerfer, damit sie nachts die verdammte Straße sehen kann.

Ich hoffe, sie freut sich.

Lächelnd stehe ich früh aus meinem Bett auf. Nachdem ich kurz im Bad war, krieche ich ins Bett zurück und öffne meinen Laptop. Ich habe alle Episoden von *Torchwood* auf Amazon Prime gekauft.

Ja. Ich werde anfangen, sie mir anzusehen.

Das muss Besessenheit sein, nicht wahr? Vor allem, weil ich normalerweise E-Mails und Telefonate abarbeiten würde, wenn ich so früh aufwache.

Ich meine, das ist es, was ich in der Vergangenheit getan habe. Ich habe, wenn ich wach war, die verbleibenden Tageslichtstunden immer genutzt. Was auch dazu beiträgt, dass meine ahnungslosen, menschlichen Mitarbeiter keinen Verdacht wegen meiner ungewöhnlichen Arbeitszeiten schöpfen.

Aber nicht heute.

Heute habe ich *Urlaub*.

Ein Tag für *mich* vor einem Abend für *mich* mit Eilidh.

Ich liege in meinem Bett, stelle meinen Laptop auf meine Brust und fange an, zu schauen. Ich habe mir Bilder von den Darstellern der Serie angesehen. Wenn Eilidh denkt, dass ich diesem Ianto-Typ ähnlich sehe, kann ich damit leben. Ich fühle mich sogar geschmeichelt. Es ist so verdammt lange her, dass ich mein eigenes Gesicht gesehen habe, dass ich mich bei einer polizeilichen Gegenüberstellung nicht selbst wiedererkennen würde. Selbst wenn mir jemand fünf Sekunden vor Sonnenaufgang einen Pfahl gegen die Brust drücken würde. Ich war nie eitel genug, um mich porträtieren zu lassen, und hatte auch nicht die nötige Geduld, um so lange still zu sitzen.

Außerdem erfordert es normalerweise Tageslicht und es wäre eine unangenehme Unterhaltung, die möglicherweise den Verdacht von jemandem wecken könnte. Geistige Vampirkräfte hin oder her, ich gehe lieber kein unnötiges Risiko ein. Es ist fast sieben Uhr, als mein Handy mit einer weiteren SMS summt. Dieses Mal von Selene.

Alles erledigt. Viel Spaß! :) Ich glaube, ihr zwei werdet gut zusammenpassen.

· · ·

ICH KANN NUR HOFFEN, dass Selenes Begeisterung ein gutes Vorzeichen für meine Zukunft ist. Sie beschreibt die Details ihrer Vorbereitungen. Augustus bringt alles mit und wird mir helfen, unser privates Abendessen im Konferenzraum im Obergeschoss vorzubereiten.

Ich soll mich bei Theophilus melden, wenn ich heute Abend ankomme, und er wird mich nach oben begleiten.

Ich starre einen Moment lang auf Selenes Nachrichten. Sie ist in Vampirjahren kaum zwei Jahre alt. Sie kann sich noch gut daran erinnern, wie es war, lebendig zu sein.

Ich beneide sie darum.

Zum ersten Mal in sehr langer Zeit fühle ich mich in Bezug auf etwas wirklich hoffnungsvoll.

VIELEN DANK FÜR DEINE HILFE. Dir und Lucius, euch beiden. Ich stehe in eurer Schuld.

SIE ANTWORTET EINEN MOMENT SPÄTER.

VERMASSLE ES BLOß NICHT! Ich würde euch beide gern glücklich sehen.

ICH LÄCHLE und lege mein Handy beiseite. *Damit sind wir schon zwei.*

SCHLIEßLICH ZWINGE ICH MICH, den Computer beiseitezulegen, und rufe John und Mark an, um zu sehen, ob es heute noch etwas zu erledigen gibt. Sie haben sich mit dem Büro in Verbindung gesetzt und wissen, wann sie sich in meinem Namen um Belange kümmern müssen, damit ich nicht dazu gezwungen bin.

Denn wenn ich dazu gezwungen werde, rollen Köpfe.

Ähm, ich meine metaphorisch natürlich. Was bedeutet, Leute werden gefeuert. Herr je, für was für ein Monster haltet ihr mich denn?

Wartet, beantwortet das bitte nicht.

Lucius hat außerdem mit Garrett Green gesprochen und ich habe morgen Abend ein persönliches Treffen mit ihm, dass Green über Eilidh arrangiert. Oder Connie, wie die Gestaltwandler sie anscheinend nennen. Ein weiterer Deckname, den ich im Club nicht preisgeben soll.

Ich kämpfe gegen den Drang an, mein Zimmer zu verlassen, sobald es draußen ganz dunkel ist. Jetzt, wo ich einen Grund habe, wieder leben zu wollen, fühlt es sich so an, als wäre Eilidh in jede Zelle meines Körpers gedrungen und würde mich anziehen.

Oder vielleicht bin ich auch nur ein verrückter alter Narr. Besessen.

Selbst wenn ich sie in meinen Bann ziehen könnte, würde ich es nicht tun. Ich wünsche mir ihr enthusiastisches Einverständnis. Hoffen wir einfach, dass sie sich wegen meiner Geste nicht gegruselt hat.

Obwohl es wirklich sehr verlockend war, ihr ein neues Auto zu kaufen und das Autohaus die Schlüssel bei ihr abliefern zu lassen.

Aber das wäre zu viel des Guten.

Vielleicht kann ich ihr bei unserer dritten Verabredung einen neuen Wagen schenken.

Oder … auch nicht.

Wir werden sehen, wie die heutige Verabredung läuft. Mir ist nichts garantiert.

Ich fahre zum Club und parke in der Nähe der Stelle,

wo ich am Vorabend geparkt habe. Es ist fast viertel vor zehn und es gibt bereits eine Schlange vor dem Eingang. Ich gehe direkt zur Tür, wo mich einer von Lucius' Männern einlässt.

„Ich soll mich bei Theophilus melden", sage ich zu dem Türsteher.

Er zeigt in eine Richtung und ich entdecke Theophilus in der Nähe des Lounge-Bereichs, wo er sich mit ein paar Menschen unterhält. Es kostet mich jedes Fünkchen meiner Selbstbeherrschung, nicht zu ihm hinüberzuverschwimmen.

Als er mich entdeckt, beendet er sein Gespräch mit den Menschen und gesellt sich zu mir. „Augustus hat gerade alles nach oben gebracht." Er führt mich in den hinteren Flur und tippt den Code für die Tür zum Treppenhaus ein. Oben angekommen öffnet er die Tür zu einem Büro und ich rieche sie sofort.

Und das Essen.

Ich höre sie und das kehlige Lachen eines Mannes. Besitzansprüche durchströmen mich und ich muss mich beherrschen, nicht um meinen Führer herumzusprinten, um sie zu erreichen.

Denn das wäre wirklich unhöflich und ich will einen guten Eindruck machen.

Er führt mich in den Konferenzraum, wo Eilidh und Augustus gerade das Essen auspacken. Dem Geruch nach zu urteilen, handelt es sich um Hähnchen Piccata mit Zitrone und Kapern. Vampire müssen nichts anderes als Blut zu sich nehmen, aber wir können essen und trinken und genießen es auch.

„Hallo Blue", sage ich.

Ich liebe die Tatsache, dass ihre Wangen süß erröten. „Hey. Lassen Sie mich raten …"

„Selene und Lucius haben mir ihre Hilfe angeboten, als

ich nach Informationen fragte, um das hier zu arrangieren. Ich hoffe, das war in Ordnung?" Ich werde nicht damit anfangen, sie deswegen anzulügen, oder den Ruhm für etwas einheimsen, das ich nicht getan habe.

Sie zuckt mit den Schultern, aber sie sieht zufrieden aus. „Gute Wahl."

Die anderen Vampire haben beide innegehalten und schauen sie fragend an. Eilidh atmet tief durch und lächelt wieder, bevor sie sich ihnen zuwendet. „Danke für eure Hilfe, Leute. Wir kommen jetzt schon zurecht."

„Lucius hat gesagt, wir sollen hier oben bleiben, wenn du es möchtest", sagt Theophilus.

Sie schaut mir mit fest entschlossenem Blick in die Augen. „Ich weiß es zu schätzen, aber ich glaube nicht, dass das nötig sein wird. *Nicht wahr?*", fragt sie mich, aber ich weiß bereits, dass es eine Aussage ist.

Ich schüttle den Kopf. „Ich schwöre bei meinem Leben."

„Wir werden Sie daran erinnern", knurrt Augustus, aber die beiden ziehen sich zurück.

Sobald wir allein sind, helfe ich ihr beim Auspacken und Anrichten des Essens. „Sie werden unten jemanden stationieren, nicht wahr?", frage ich.

Sie lacht. „Oh ja. Wahrscheinlich sogar im Treppenhaus. Lucius wird kein Risiko mit mir eingehen." Sie atmet aus. „Vielen Dank für die Reifen. Und für das Aufpolieren meines Wagens. Es war zwar liebenswert stalkerhaft und unerwartet, aber aufmerksam und überaus geschätzt."

Ich liebe ihren Sinn für Humor und ihre Furchtlosigkeit mir gegenüber. „Ihre Reifen waren eine Todesfalle. Und diese Scheinwerfer auch. Und nein", füge ich schnell hinzu, „ich erwarte keine Gegenleistung. Es hat mir Spaß gemacht, mich mit Ihnen zu unterhalten und Sie haben zugestimmt, mir an Ihrem freien Abend mehr von Ihrer

Zeit zu schenken. Es ist das Mindeste, was ich tun konnte."

Wir essen am Ende eines großen Konferenztisches. Ein Tisch aus echtem Holz, nicht so ein billiges Ding. Lucius knausert nicht. Sobald unser Essen angerichtet ist, ziehe ich den Stuhl für Eilidh heraus und helfe ihr, sich zu setzen. Es gibt kristallene Weingläser, aber sie trinkt Wasser.

Ich habe einen Kelch mit Wasser und einen mit Blut.

Ich greife nach meinem Wasserglas und erhebe es zu einem Trinkspruch. „Auf neue Freunde."

Sie kneift die Augen ein wenig zusammen, stößt jedoch mit mir an. „Auf neue Freunde." Es ist mir fast unheimlich, wie sie mir in die Augen sieht, während sie trinkt. „Warum habe ich das Gefühl, dass Sie jetzt besessen mit mir sind?"

Mehrere mögliche Antworten gehen mir durch den Kopf, aber ich entscheide mich erneut für die Wahrheit. „Ich nehme an, dass ich es bin. Aber das ist mein Problem, nicht Ihres."

„Wenn ich das Objekt Ihrer Begierde bin, ist es dann nicht automatisch auch mein Problem?"

„Nein. Weil ich kein Idiot bin und Selbstbeherrschung habe."

Sie mustert mich. „Ich überlege gerade, wie ich mit dem morgigen Abend umgehen soll."

„Was meinen Sie damit?"

„Ob ich mich von Ihren Männern zu Hause abholen lasse oder Sie hier treffe und zusammen mit Ihnen dorthin fahre. Oder vielleicht treffen wir uns dort." Sie runzelt die Stirn und ihr Blick wird kurz unscharf. „Ich bin nicht gerade glücklich darüber, nachts unterwegs sein zu müssen, aber es gibt keine andere Möglichkeit."

Ich will sie abholen und fahren, aber ich habe kein so

hohes Alter erreicht, indem ich ungestüm war. „Ihre Entscheidung. Auch wenn Sie es sich in letzter Minute anders überlegen. Oder Sie könnten mich in meinem Hotel treffen. Sie könnten vor Einbruch der Dunkelheit dort ankommen, wenn Sie möchten. Würde das helfen?"

„Ich werde es Sie wissen lassen." Sie neigt erneut den Kopf. „Sie sind nicht wie andere Vampire und ich weiß nicht, warum."

„Nicht viele sind so alt wie ich."

Sie nimmt einen Bissen von – wie vermutet – ihrem Hühnchen Piccata und seufzt zufrieden. „Selene hat ein ausgezeichnetes Gedächtnis." Sie nimmt noch eine Gabel. „Letztes Jahr haben sie und Lucius mir einen Gutschein für dieses Lokal zu meinem Geburtstag geschenkt. Ich esse nicht oft auswärts."

Ich möchte mir jede Linie in ihrem Gesicht einprägen, jeden Hauch ihres Atems, jeden Schlag ihres Pulses. Es ist verlockend, sie darüber auszufragen, warum sie nachts nicht rausgeht, aber ich widerstehe. „Ich weiß es zu schätzen, dass Sie mich morgen begleiten."

„Nun ja, Garrett gefällt es, dass Sie mich nicht kontrollieren können. Er will mich als Verstärkung dabeihaben. Er behält seine Position als Alpha nicht, indem er dumme Risiken eingeht."

„Das verstehe ich nicht. Als Verstärkung?"

„Ich bin eine Geheimwaffe. Sie glauben doch nicht, dass ich so lange im Club Toxic gearbeitet habe, ohne dass jemand von mir getrunken hat, indem ich ein Schwächling bin, oder?" Sie deutet mit zwei Fingern auf ihre Augen, dann auf mich und wieder zurück. „Diese ganze ‚Kann nicht bezirzt werden'-Sache."

„Lucius hat angedeutet, dass Sie sehr … besonders sind. Das ist alles, was er mir sagen wollte. Dass ich Sie direkt fragen müsse."

„Und fragen Sie?"

Ich greife nach dem Glas und trinke einen Schluck, um mir einen Moment Zeit zu verschaffen. Es ist eine Mischung, aber ihr Blut ist dabei.

Oh, ich sollte vielleicht noch erwähnen, dass mein Schwanz bereits hart ist, seit ich mich hingesetzt habe. Der Geschmack von ihr, der über meine Zunge gleitet, verstärkt diesen Zustand nur noch.

„Ich verstehe, dass Vertrauen nur mit der Zeit aufgebaut werden kann, und dass es Dinge gibt, die Sie mir nicht erzählen möchten. Ich kann mich damit zufriedengeben zu akzeptieren, dass Sie mir Dinge in Ihrem eigenen Zeitrahmen offenbaren. Ich weiß auch, dass Lucius nur so alt geworden ist, wie er es ist, indem er vorsichtig war und seinen Instinkten folgte. Wenn er Sie als Teil seines inneren Kreises betrachtet, ist das ein Zeichen seines Vertrauens und seines Glaubens an Sie. Ich habe Zeit im Überfluss. Das bedeutet, ich werde warten."

„Ich freue mich nicht auf morgen Abend. Nicht wegen Ihnen, sondern wegen der Tageszeit."

Ich nicke langsam. „Das verstehe ich und ich weiß es sehr zu schätzen."

Sie nimmt einen Bissen von ihren grünen Bohnen. Sie sind perfekt zubereitet mit genau dem richtigen Maß an Biss und natürlich süß. „Wenn ich Ihnen etwas erzähle, irgendetwas, dann erwarte ich, dass Sie meine Geheimnisse genauso wahren, wie ich Ihre bewahren würde."

„Auf jeden Fall."

Mir ist bewusst, dass sie eine Entscheidung abwiegt, und ich widerstehe dem Drang, ihr tausend Versprechen zu machen, sie zu beschützen.

Es muss in ihrem Tempo geschehen, nicht in meinem.

„Also … so sieht es aus. Wenn wir morgen dort sind, müssen Sie jeglichen beschissenen Vampir Macho-Instinkt ablegen und sich von mir führen lassen. Tun Sie, was ich sage. Wenn Sie das nicht können, sagen Sie es mir jetzt."

„Ich werde aber auch nicht zulassen, dass Ihnen jemand etwas tut."

„Ja, sehen Sie, das ist kein Problem. Nicht, solange wir dort sind. Kein einziger Gestaltwandler an diesem Ort wird mir etwas tun. *Sie* sind es, der sich Sorgen machen muss."

„Ich?"

„Ja. Sie bleiben bei mir und Sie schauen ihnen nicht in die Augen oder fordern Sie heraus. Einige von ihnen könnten versuchen, Sie zu ködern. Es könnten auch andere Vampire dort sein. Manche von ihnen gehören zu Lucius' Männern, andere aber nicht. Sie ignorieren sie auch. Wenn einer von ihnen eine Bemerkung zu mir macht, *ignorieren* Sie ihn. Sie haben kein Recht, mir gegenüber Besitzansprüche zu stellen. Sie wollen, dass ich Ihnen bei Ihrer Einführung helfe, dann machen Sie es auf *meine* Art."

Ich nicke, obwohl es mir zuwider ist. „Verstanden."

„Sehen Sie, ich erledige Botengänge für sie. Und auch für Lucius und seine Männer. Ich weiß Dinge über einige der Vampire in dieser Gegend, die nicht einmal ihre regelmäßigen Geliebten wissen. Ich weiß, wo sich Krypten befinden. Ich habe Alarmcodes und Zugänge, die einige ihrer menschlichen Angestellten nicht haben.

Aber ich habe auch Zugang zu den Wandlern. Ich habe in Notfällen als Babysitter geholfen. Ich habe Botengänge zwischen verschiedenen Wandlergruppen gemacht, wenn sie sich einander nicht vertrauten. Ich war ein Mittelmann, wenn Wandler aus irgendeinem Grund Geschäfte mit Vampiren machen mussten. Ja, ich stehe auf Lucius' Gehaltsliste für den Club, aber jeder weiß, dass ich eine eigenständige Person und Freiberuflerin bin. Ich wohne in

Garrett Greens Gebäude, verdammt noch mal. Ich bin sowohl mit seiner Gefährtin als auch mit Lucius' Gefährtin befreundet.

Und ich weiß, dass Sie bereits ein paar Dinge über mich bemerkt haben. Mit dem Geschmack meines Blutes und dem, was Sie nicht riechen können." Sie nimmt einen weiteren Bissen von ihrem Hähnchen. „Also dann, legen Sie los und fragen Sie."

Ich tue es. „Was sind Sie?"

„Ich wünschte, ich könnte es Ihnen sagen. Lucius und Garrett wissen es auch nicht. Garrett und sein Rudel haben dabei geholfen, ein geheimes Programm namens Data-X zu beenden. Geheime Labore der Regierung. Sie haben versucht, an Wandlern zu experimentieren, sie in Gefangenschaft zu züchten und solche Sachen. Sanktionierte Folter war es, nichts anderes. Der Stiefvater meiner Mutter war beim Militär. Vielleicht wurde an ihr oder meinem Vater experimentiert. Ich weiß es nicht. Und ich werde es nie erfahren. Ich glaube, ich kenne nicht einmal den richtigen Vornamen meines Vaters und möglicherweise auch nicht seinen richtigen Nachnamen."

Sie lehnt sich zurück, als wäre ihr bewusst geworden, dass sie gerade mehr gesagt hat, als sie beabsichtigt hatte. „Oder ich könnte eine Art menschlicher Wandler-Hybrid sein, dem sonst noch niemand begegnet ist. Ich könnte eine seltene Genmutation haben und nur zufällig den Weg von übernatürlichen Wesen kreuzen, die auf unserer Welt herumwandeln. Ich habe keine Ahnung."

„Was hat das damit zu tun, dass Sie nachts nicht hinausgehen wollen?"

Sie schaut grimmig. „Ich will, dass Sie wissen, wie ungewöhnlich meine Existenz ist. Ich will Sie warnen, dass Ihr Leben in Gefahr sein könnte, wenn Sie nachts mit mir zusammen sind."

11

Eilidh

DEXTER MUSTERT MICH. „Aber nicht durch Wandler?"

„Nein." Ich wünschte, ich hätte mit dieser Diskussion gewartet, denn jetzt ist mir völlig der Appetit vergangen. Und das ist eine verdammte Schande.

Trotzdem nehme ich noch einen winzigen Bissen des himmlischen Hühnchens, während er darauf wartet, dass ich fortfahre.

„Ich gebe Ihnen einen kurzen Überblick über meine Vergangenheit", sage ich. „Wenn sich die Dinge, was auch immer das zwischen uns ist, möglicherweise weiterentwickeln, erzähle ich Ihnen alle Details." Allerdings … ist er ein Vampir. Also … kann sich nichts entwickeln. Nicht wahr? „Mom und ich waren für viele Jahre auf der Flucht, nachdem wir Cardiff verlassen hatten. Ich wusste nicht, wovor, bis ich sie verloren hatte. Ich weiß immer noch nicht genau, was es ist. Ob es derselbe Grund ist."

Mir wird bewusst, dass ich mit meiner linken Hand

nach oben greife und den Ring durch mein T-Shirt berühre. „Es gibt auch kein Muster dafür, wann es passiert. Vielleicht ist morgen Abend alles in Ordnung. Das ist auch möglich. Tatsächlich ist es wahrscheinlicher, dass nichts passieren wird. Ich will nur, dass Sie wissen, was geschehen könnte. Der Transparenz halber. Sie, Lucius und Garrett haben mir alle viel Vertrauen entgegengebracht und ich möchte nicht, dass Sie denken, ich würde Informationen zurückhalten.“

„Das weiß ich sehr zu schätzen und werde es in meine Überlegungen miteinbeziehen.“

Ich rutsche ein wenig auf meinem Stuhl herum und trinke einen Schluck Wasser. „Manchmal, in der Nacht, versucht dieses … *Ding* aufzutauchen. Nur nachts. Momentan ist die längste Zeitspanne, in der ich es nicht gesehen habe. Mehrere Jahre schon nicht. Wann immer ich es sehe, flüchte ich an einen neuen Ort. Tagsüber erscheint es nie.“

Er wartet ab, während ich noch einen Bissen Hühnchen esse. „Es hat sich nie vollständig materialisiert, also weiß ich nicht, was es tun wird, wenn es jemals dazu kommen könnte. Ich bleibe nie lange genug in der Nähe, um es herauszufinden. Es sieht schwarz aus, so ähnlich wie ein Hund, aber riesig. Viel größer. Ich meine, so groß wie ein Grizzlybär. Und es hat rote Augen. Ich glaube nicht, dass es von dieser Welt ist. Denn so wie sie es heute bewiesen haben, wäre es verdammt einfach, mich aufzuspüren, wenn es so wäre.“ Ich erschaudere. „Es ist beängstigend.“

Er studiert mich mit nachdenklichem Blick. „*Gwyllgi*.“

„Was?“

Er greift nach seinem Wasserglas und nippt daran. „Es gibt eine Legende in Wales über einen riesigen Geisterhund oder -wolf. Ein riesiges schwarzes Ding mit roten

Augen. Sie nennen es *Gwyllgi*, aber es hat auch andere Namen. Es gibt Geschichten, in denen er sich nachts an Reisende heranschleicht und sie angreift. Andere Kulturen haben ähnliche Kreaturen in ihrer Mythologie, aber ich finde, es wäre ein unfassbarer Zufall, dass Sie und ihre Mutter in Cardiff lebten und Sie etwas sehen, das direkt aus der walisischen Mythologie entstammt."

Mein Herz rast und klopft so heftig, dass ich kaum sprechen kann. „Wollen Sie mich … Wollen Sie mich *verarschen*?"

„Ganz und gar nicht." Auch sein Gesichtsausdruck ist todernst. „Ich würde gern meine Hilfe anbieten."

„Gibt es eine Möglichkeit, es loszuwerden? Oder vorherzusagen, wann oder wo es auftauchen wird? Um mich davor zu schützen? Um zu wissen, was es von mir will?"

„Das weiß ich nicht. Ich müsste es recherchieren. Gibt es kein Muster, nach dem es auftaucht?"

„Nur, dass es nachts passiert." Jetzt beobachtet er mich aufmerksam und ich merke, dass ich während unserer Unterhaltung, die Kette unter meinem T-Shirt hervorgezogen habe und mit dem Ring spiele. „Entschuldigung. Eine nervöse Angewohnheit."

„Was ist das?"

„Er hat meinem Vater gehört. Es ist alles, was ich von ihm habe." Ich schaue darauf. „Ich weiß nicht, was die Symbole darauf bedeuten. Mom trug ihn immer an dieser Kette, aber in der Nacht, in der sie starb, steckte der Ring an ihrem Finger. Ich glaube, jemand wollte ihn ihr stehlen, und sie hat sich gewehrt, aber sie haben es trotzdem geschafft, sie zu töten. Was …" Mir wird bewusst, dass dies eine Geschichte für einen anderen Abend ist. „Es ist eine lange Geschichte, aber Mom war knallhart und ich schätze, er muss sie überrascht haben. Normalerweise hätte sie sich wehren können."

Er starrt konzentriert auf den Ring. „Darf ich?"

Schließlich ziehe ich die Kette über meinen Kopf und reiche sie ihm, wobei ich darauf achte, seine Hand nicht zu berühren, als ich den Ring in seine Handfläche lege und dann den Rest der Kette hinuntersinken lasse.

Er studiert ihn sorgfältig und mustert die Seiten. „Sie wissen nicht, was die Markierungen bedeuten?"

„Nein. Es gibt keine Schrift oder Runen, die ich erkennen könnte. Ich habe ihn Lucius gezeigt und er wusste es auch nicht."

Er zieht die attraktiven Augenbrauen hoch. „Dann hat er ihn gesehen?"

„Ja. Und er weiß von meinem … Wie haben Sie es genannt?"

„*Gwyllgi*." Er konzentriert sich auf den Ring, dreht ihn um und sucht in seinem Inneren nach Inschriften. „Labradorit ist bei manchen als Stein der Übergänge bekannt. Manche glauben, er sei ein Schutzschild. Andere glauben, dass er einen vor Negativität schützen kann."

„Sie sind also auch Edelsteinforscher?"

Er grinst. „Ich habe meine Hobbys." Sein Lächeln verblasst. „Ich hatte im Laufe der Jahre viele. Manchmal waren die Hobbys das Einzige, was mich vom Wahnsinn abgehalten hat." Sein Blick ist immer noch auf den Ring fokussiert und er zieht sogar sein Handy heraus und schießt mehrere Nahaufnahmen davon. „Die Schrift ist keine Sprache, die ich verstehe, aber irgendetwas daran ist mir sehr vertraut."

Hoffnung macht sich in mir breit. „Ach ja?"

Dann schwindet die Hoffnung ebenso schnell wieder, als er nach der Kette greift, um mir den Ring fast genauso in die Hand zu legen, wie ich ihn in seine gelegt habe. „Ich glaube schon. Es sieht wie etwas aus, das ich schon einmal gesehen habe, aber es ist keine mir bekannte Runensprache. Es ist definitiv nicht *Ogham* oder *Futhark*. Ich müsste es recherchieren. Glauben Sie mir, ich kenne die meisten alten und modernen Sprachen aus Großbritannien und mehr als ein paar aus anderen Teilen der Welt. Es ist höchst unwahrscheinlich, dass ich *nicht* wüsste, was es bedeutet, wenn es aus dieser Region stammen würde. Aber irgendetwas … *irgendetwas* ist da."

Ich habe auch nicht das Gefühl, dass er sich über mich lustig macht. An der Art und Weise, wie er die Fotos auf seinem Handy studiert, kann ich erkennen, dass er mir in dieser Sache helfen will.

„Oh." Ich ziehe die Kette wieder über meinen Kopf und schiebe den Ring unter mein T-Shirt. „Trotzdem danke." Es sollte mich nicht so sehr stören, dass er es nicht weiß. Es hat ja auch sonst niemand gewusst.

„Ich werde es für Sie prüfen. Es fühlt sich irgendwie so an, als ob es etwas ist, das ich wissen sollte, jedoch vergessen habe."

Ich bin gerührt, dass er bereit ist, es zu versuchen. „Das weiß ich zu schätzen." Nein, ich will mir keine Hoffnungen machen.

Ich meine, ich werde versuchen, es nicht zu tun.

„Warum lassen Sie den Ring nicht anpassen und tragen ihn an Ihrer Hand?"

Ein Schauer läuft mir den Rücken hinunter, als ich mich daran erinnere, wie Mom mir einmal dieselbe Frage beantwortet hat. Das war nicht lange nach Dads Tod. „Man darf die Magick nicht ruinieren", antworte ich leise.

„Wie bitte?"

Ich blinzele und reiße mich in die Gegenwart zurück. „Mom hat es nie getan. Genau das hat sie gesagt, aber ich glaube, sie hat es metaphorisch gemeint. Sie trug ihn immer an der Kette. Labradorit sollte nicht lange ins Wasser getaucht werden. Ich denke, sie war besorgt, ihn zu beschädigen oder zu verlieren. Ihn an einer Kette zu tragen, war einfach sicherer.“

„Aha.“

Wir essen weiter. „Ich muss schon sagen, abgesehen von Lucius und Selene, sind Sie nicht wie jeder andere Vampir, den ich kenne.“

„Vielen … Dank?“ Er lächelt. Meine Brustwarzen ziehen sich zusammen und es kribbelt zwischen meinen Beinen. „Denke ich?“

„Ja, das ist ein Kompliment.“ Ich mustere ihn und versuche, mich nicht darauf zu konzentrieren, wie umwerfend Nicht-Ianto ist. „Was ist Ihr Ziel?“

„In Bezug auf …“

„Mich.“

Er tupft sich mit der Leinenserviette die hübschen Lippen ab und nimmt einen weiteren Schluck Wasser. „Ich habe keine Erwartungen, außer, hoffentlich, Freundschaft.“ Er sieht mir in die Augen, während er das sagt.

„Das ist alles?“ Das ist süß, aber es ist fast eine … Enttäuschung.

Er zieht langsam die rechte Augenbraue hoch. „Das heißt aber nicht, dass ich keine … Hoffnungen hege.“

„Hoffnungen?“

Er zuckt mit den Schultern, aber sein Blick verbrennt mich geradezu. „Ich möchte Sie nicht überfordern.“

Bei der Intensität in seiner Stimme stockt mir der Atem. „Testen Sie mich“, sage ich. „Ich will es gerne hören. Verraten Sie mir Ihre extremste Hoffnung.“

Er beugt sich vor und seine Stimme wird zu einem erotischen, tiefen Grollen, von dem mein Höschen ganz nass wird. „Nicht mein Extrem, aber Sie würden meine Handschellen und mein Halsband tragen und an meine

Prügelbank gefesselt sein. Ich würde Sie stundenlang mit den Händen und meinem Mund verwöhnen. Ich würde Sie auspeitschen, Sie mit meinen Rohrstöcken bekanntmachen und Ihren prächtigen Arsch versohlen, bis Sie darum betteln, zum Höhepunkt kommen zu dürfen."

Heeiiilige Scheiße. Ich kämpfe gegen den Drang an, mich auf meinem Stuhl zu winden, aber er ist noch nicht fertig.

„Dann würde ich meinen Schwanz in Ihnen versenken und Sie ficken, bis Sie meinen Namen schreien." Er lächelt. „Und danach könnten wir wirklich ein bisschen Spaß haben."

Ein Teil von mir möchte ihn anflehen, das jetzt sofort zu tun, weil meine Klitoris pulsiert.

Der andere Teil ist eine Spaßbremse – ein Realist. Es ist gut, dass er mich nicht zwingen kann, denn es bräuchte nicht viel, damit ich mein Höschen für ihn fallenlasse. „Ich schätze, Sie haben keine Probleme damit, Leute dazu zu bringen, dem zuzustimmen. Da Sie ein Vampir sind."

Sein Lächeln verblasst. „Ich benutze meine Fähigkeit zu bezirzen nicht, um Leute zu zwingen, mit mir zu schlafen. Ich bin kein Raubtier. Jedenfalls kein sexuelles."

„Im Ernst?" Er klingt wirklich aufrichtig.

„Im Ernst. Ich habe nicht das Verlangen, jemanden zu so etwas zu zwingen. Ich würde ganz sicher nicht versuchen, Sie zu bezirzen, selbst wenn Sie nicht immun gegen meine Kräfte wären."

„Das klingt, als gäbe es hinter dieser Entscheidung eine Geschichte."

Er nickt langsam. „Die gibt es." Sein ruhiger Tonfall deutet auf Jahrhunderte tiefen Schmerzes hin.

„Wenn Sie darüber reden wollen, verspreche ich, Ihre Geheimnisse zu bewahren. Und nein, Lucius hört das Büro nicht ab. Einer der Gründe, warum mir so viele vertrauen, ist der, dass sie wissen, dass ich ihre Geheimnisse bewahre."

Etwas in mir zieht sich fast schmerzlich zusammen, als eine dunkle Wolke über seinen Gesichtsausdruck huscht. Er isst weiter. „Lucius und mein Schöpfer wurden vom selben Vampir erschaffen." Er nimmt noch einen Bissen und kaut nachdenklich, während er einen Augenblick lang ins Leere starrt. „Ich weiß nicht, wie viel von seiner eigenen Geschichte Lucius mit Ihnen geteilt hat, also werde ich es vermeiden, zu viel davon zu erzählen."

Ich nicke und er fährt fort. „Mein Schöpfer war älter als Lucius. Anscheinend wollte er sich ein eigenes Nest erschaffen, eine mächtige Armee. Aber Menschen zu verwandeln und Vampire zu erschaffen, ist kein einfacher Prozess. Ganz im Gegensatz zu den Hollywoodgeschichten. Besonders damals, als es viel schwieriger war, tagsüber ein sicheres Versteck zu finden. Ich war nicht der Erste, den er erschaffen hat, und zu seinem eigenen Leidwesen auch nicht der Letzte. Hätte er nach mir aufgehört, wäre er vielleicht noch … am Leben."

Als sich sein Duft leicht verändert, wird mir bewusst, dass die fast permanente Erregung, die ich seit seiner Ankunft an ihm gerochen habe, verflogen ist. Es ist schmerzhaft für ihn, darüber zu sprechen.

Ich bereue es, ihn gefragt zu haben, gleichzeitig aber auch nicht.

Denn es ist äußerst selten, dass ein Vampir seine Deckung vor jemandem derart fallen lässt.

Besonders vor einem Menschen.

Und schon gar nicht vor einem Menschen, den sie nicht völlig kontrollieren können.

„Ich kann Ihnen ehrlich gesagt nicht sagen, wie alt ich war. Vor zweitausend Jahren haben wir, dort wo ich herkam, nicht sonderlich auf solche Dinge geachtet. Ich wuchs in der Region auf, die in der Nähe des heutigen Dumfries in Schottland liegt. Damals hieß es natürlich noch nicht so. Ich war ein bisschen alt für meine Zeit, also so gut ich mich erinnern kann, war ich wahrscheinlich zweiunddreißig, dreiunddreißig oder so. Auf jeden Fall nicht älter als vierzig. Wir waren Bauern, Schafhirten und Fischer.

Denken Sie daran, welche Zeiten es waren. Ich war damals schon Witwer gewesen. Ein Mädchen, das mein Vater für mich ausgesucht hatte, die Tochter eines Cousins von ihm. Ich habe sie nicht wirklich geliebt. Wir haben uns nur einmal getroffen, bevor wir verheiratet wurden. Aber unsere Familien bestanden auf der Verbindung. Sie war nicht viel glücklicher mit mir, aber wir hassten einander nicht und begannen sogar, einander zu tolerieren und zu mögen. Wir waren ein gutes Team, auch wenn wir mit unserer Romantik nicht gerade Feuer entzünden konnten.

Leider starb sie bei der Geburt unseres fünften Kindes. Ein Mädchen, nach vier Jungen." Als seine Augen verschwimmen, wird mir bewusst, dass er nicht mich anstarrt, sondern traurige Erinnerungen in seiner Vergangenheit. „Ich hatte auf ein kleines Mädchen gehofft. Nur zwei unserer Söhne haben es über das Säuglingsalter hinaus geschafft, Eochaidh und Sealbhach."

Ich fühle mich schrecklich für ihn. „Verdammt. Das tut mir so leid."

„So etwas ist damals viel zu oft passiert. Zum Glück wurde ich danach nicht wieder zur Heirat gezwungen. Ich hatte bei der Erziehung meiner Kinder Hilfe von anderen in unserer Gemeinde. Aber zurück zu meiner Verwandlung. Ich war mit einem Cousin in ein Nachbardorf gereist, um Handel zu treiben, und wir verbrachten ein paar Nächte dort. Ich hatte die Kinder zu Hause gelassen. Wir aßen eine größere Mahlzeit, als wir es gewohnt waren, und tranken ausgezeichnetes Bier. Das Wetter draußen war schön. Es war dunkel und ich wanderte ein wenig von dem Ort weg, an dem wir untergekommen waren. Ich hatte die Absicht, einen weichen Platz zu finden, um mich hinzulegen und mich selbst zu befriedigen. Da tauchte ein Mann aus der Dunkelheit auf."

„Oh-oh."

„Ganz genau." Er nimmt einen weiteren Bissen von seinem Hähnchen. „Er hatte etwas Betörendes an sich. Er war hinreißend, fremdartig und obwohl er ein wenig von meiner Sprache beherrschte, sprach er auch Sprachen, die ich noch nie zuvor gehört hatte."

„Nochmals oh-oh."

„Ja. Er trank in dieser Nacht von mir und tauschte Blut mit mir aus, obwohl ich das erst viel später erfuhr."

„Später?"

„Ja. Er hat es mir später erzählt, nachdem ich die Verwandlung überlebt hatte. In den folgenden zwei Nächten kehrte er zurück. In der dritten Nacht tötete er mich, nachdem er Blut mit mir ausgetauscht hatte."

„Oh scheiße."

„Ja. Zum Glück hatte er mich vorher von dort weggelockt, sonst wäre ich vielleicht begraben oder eingeäschert worden. Er hatte ein Versteck in einem alten unterirdischen Grabhügel. Er ließ meine blutverschmierte und zerrissene Kutte zurück, damit es wie der Angriff eines wilden Tieres aussah."

Grauen erfüllt seinen Ton. „Sich von mir zu nähren, war nicht das Einzige, was er mir in diesen drei Nächten angetan hat. Oder in den Wochen und Monaten, nachdem er mich erfolgreich verwandelt und erschaffen hatte." Seine strahlend blauen Augen wirken jetzt grau. Dunkler, als er meinem Blick begegnet. „Er hat mich *benutzt*. Sexuell."

Es dreht mir den Magen um. „Das tut mir so leid."

„Wie es scheint, hatte er ein Verhaltensmuster. Er ließ das Nest sicher abgeschottet zurück, ging auf die Suche nach einem neuen Anwärter und verwandelte ihn dann. Nachdem er die erste Verwandlung überlebt hatte und sicher fortgebracht werden konnte, kehrte er mit dem neuen Mitglied ins Nest zurück.

Für jeden, den er verwandelt hat, hat er wahrscheinlich mindestens dreißig andere getötet. Sobald seine Nachkommen stark genug waren, um sich ihm zu widersetzen, versuchte er, weitere zu erschaffen. Es dauerte also für gewöhnlich eine Weile, bis es zu dieser Rebellion kam, denn verwandelt zu werden, ist eine gewaltige Erfahrung. Es besteht eine Abhängigkeit auf physischer, emotionaler und psychischer Ebene. Es war eine Zeit der Angst und Überlebensinstinkte.

Es mag eine übernatürliche Existenz gewesen sein, aber ich hatte trotzdem einen sehr starken Überlebensinstinkt. Er hat uns bewusst viele Fakten vorenthalten, um uns so lange wie möglich abhängig zu halten. Er hat uns zum Beispiel nie verraten, wie man jemanden verwandelt. Damals wussten wir nicht viel darüber, was wir waren, außer man traf einen älteren Vampir, der es einem erzählte. Es war auch eine Zeit, bevor das Christentum in unserer Region existierte. Selbst die Römer waren noch Neuankömmlinge. Also war vieles offensichtlich unbekannt.

Wir wissen heute zum Beispiel, dass es ein Virus ist, auch wenn wir ihn nicht genau verstehen und noch nicht behandeln können. Damals nannten wir es böse Geister und dunkle Magick und …" Er seufzt. „Obwohl wir unseren Schöpfer alle hassten, war es für uns undenkbar, seine Vernichtung in Erwägung zu ziehen. Wir wussten nicht, welche Informationen er mitnehmen würde, wenn wir es täten. Informationen, die wir für unser eigenes Überleben brauchten. Wir wussten nicht sicher, ob seine Zerstörung uns nicht auch töten würde. Außerdem fühlten wir uns in unserer Überzahl relativ sicher. Bis er eines Tages jemanden ausgewählt hatte, der viel stärker war, als er dachte. Als dieser Mann den Verwandlungsprozess hinter sich hatte, zerstörte er unseren Schöpfer und trat dann selbst in den Sonnenaufgang."

Er lächelt traurig und greift dann nach seinem Kelch Blut. „Und das", sagt er leise, „ist der Grund, warum ich bis zum heutigen Tag nicht gegen das Einverständnis einer Person verstoße." Er trinkt einen Schluck und schaut mir in die Augen. „Weil ich weiß, wie es sich anfühlt, wenn einem die Entscheidungsgewalt entrissen wird und man sich völlig vergewaltigt und hilflos fühlt."

12

Dexter

WARUM HABE ich ihr meinen intimsten Schmerz offenbart. Einen Schmerz, der mich seit Jahrtausenden verfolgt und gequält hat?

Schmerz, den ich in meinem ganzen Leben mit keiner anderen Person geteilt habe?

Vielleicht, weil ich, während ich in ihre violetten Augen blicke – Augen, die sicher nicht ganz von dieser Welt sind –, merke, dass ich nicht nur von ihr besessen bin. Ich fühle etwas für sie, was ich nicht mehr gefühlt habe, seit ich Robert verlor. Das ist ein Gefühl, das ich auf gar keinen Fall verlieren möchte.

Und ich bin so, so allein.

Ich erinnere mich an Robert und daran, wie sehr ich ihn liebte. Wie seine Liebe mich in vielerlei Hinsicht zum ersten Mal seit meiner höllischen Wiedergeburt in Frieden hat schlafen lassen. Diese Sache, die ich jetzt in mir spüre, für Eilidh … Diese Wärme, die in meiner Seele erwacht, ist etwas, das ich nicht mehr gefüllt habe, seit ich meine Liebe mit ihm begraben habe. In einem Grab, aus dem er nie wieder auferstehen würde.

Noch nicht einmal Lucius weiß all das über mich, obwohl er weiß, welch ein schlimmer Dreckskerl mein Schöpfer war, und zweifellos ahnt, was ich durch seine Hände habe erleiden müssen.

Irgendetwas an Eilidh bringt mich dazu, mich ihr gegenüber öffnen zu wollen. Man sagt, dass Wandler wissen, wer ihre wahren Gefährten sind.

Vielleicht könnte das auch für mich der Fall sein. Könnte ich ein zweites Mal in meinem Vampirdasein so viel Glück haben?

Wenn es mir gelingt, sie nicht zu verschrecken, kann ich es vielleicht herausfinden.

„Aber Sie haben Menschen getötet?“, fragt sie.

„Das habe ich.“

„Kürzlich?“

Natürlich will sie das wissen. Trotz meines Widerwillens, darüber zu sprechen, verdient sie Antworten. „Ich will nicht pedantisch klingen, aber könnten Sie *kürzlich* definieren? Für mich fühlt es sich so an, als wäre der zweite Weltkrieg erst ein paar Jahre her.“

„Ich meine, Sie töten nicht zum Spaß? Einfach so?“

„Nein, das habe ich noch nie getan. Ich habe im Kampf oder zur Selbstverteidigung getötet. Ich habe Menschen von ihrem Leiden befreit und ich war ein Henker für diejenigen, die den Tod verdienten. Aber nicht ein einziges Mal habe ich zum Spaß getötet. Obwohl ich lügen würde, wenn ich behaupte, dass es mir nie Spaß gemacht hat.“

„Wann zum Beispiel?“

Ich wollte eigentlich nicht, dass unser erstes sehr intimes Gespräch eine so dunkle Wendung nimmt, aber ich nehme an, dass es unvermeidlich ist, wenn ich ihr Vertrauen gewinnen will. „Mörder. Vergewaltiger. Kinderschänder."

Sie sieht nicht entsetzt über mein Eingeständnis aus, also nehme ich an, dass das eine gute Sache ist. „Woher wussten Sie, dass sie schuldig sind?"

„Nun, Sie sind buchstäblich der erste Mensch, den ich nicht bezirzen konnte, also ..." Ich zucke mit den Schultern. „Ich habe ihnen einfach befohlen, mir die Wahrheit zu sagen. Wenn sie unschuldig waren, habe ich mein Bestes getan, um ihnen zu helfen, die Wahrheit ans Licht und die Schuldigen vor Gericht zu bringen. Unzählige Male habe ich die wirklich Schuldigen zur Strecke gebracht und sie gezwungen, ihre Sünden öffentlich zuzugeben. Damit die Unschuldigen entlastet wurden und die Schuldigen sich dann ihrer eigenen Bestrafung stellen mussten."

Ich lache leise. „Einmal habe ich sogar eine Frau gerettet, die fälschlicherweise des Mordes durch Hexerei beschuldigt wurde. Ich habe stattdessen ihre jüngere Schwester in die Zelle gesteckt. Sie hatte ihren Schwager vergiftet, weil sie eifersüchtig auf die Liebe ihrer älteren Schwester war. Ich brachte die Unschuldige zum örtlichen Priester, erzählte ihm, ich wäre ein Engel, und die Fakten der Geschichte – die ich natürlich schon von der wahren Mörderin erfahren hatte – und lehnte mich dann zurück, um zuzusehen."

„Sie wurde entlastet?"

„Ja. Und sie hängten die Schuldige am nächsten Tag kurz nach Sonnenuntergang, genau wie der Engel es befohlen hatte. *Das* wollte ich mir auf keinen Fall entgehen lassen. Bevor sie sie hängten, gestand sie tatsächlich noch mehrere andere Morde, für die bereits andere vor Gericht gestellt worden waren. Sie wollte ‚ihre Seele reinigen'." Ich trinke einen weiteren Schluck Blut. „In diesem Fall habe ich mich, wie Sie sich sicher vorstellen können, sehr darüber gefreut, dass der Gerechtigkeit wirklich genüge getan wurde.“

„Oh. Das ist … Ich hätte wahrscheinlich das Gleiche getan.“ Sie nimmt einen weiteren Bissen von ihrem Abendessen. „Haben Sie schon jemals jemanden gefoltert? Ich meine die böse Art der Folter. *Nicht* BDSM.“

„Nur diejenigen, die es verdient haben. Und vielleicht nur eine Handvoll Male. Ich kann diese Art von Sadismus ironischerweise nicht gut vertragen. Das ist etwas, wofür mich mein Schöpfer immer beschimpft hat. Dass ich keinen Blutrausch in mir habe, der über die Befriedigung meines grundsätzlichen Hungers hinausgeht. Brutalität um der Brutalität willen. Nur um das Blut zu versüßen. Wenn es für die Person, von der ich mich nähre, nicht angenehm war, konnte ich es auch nicht genießen, wenn ich von ihr trank. Es sei denn, sie waren grausam und ich war ihre Rache.“

„Das klingt nicht gerade nach einer schlechten Sache.“

„Ich würde gerne glauben, dass es das nicht ist.“ Ich lächle und drücke einen Finger auf meine Lippen. „*Psst.* Verraten Sie niemandem, dass ich ein großer Softie bin.“

Sie kichert. Das Geräusch lässt mich zufrieden seufzen. Ich trinke noch einen weiteren Schluck Blut und mir wird plötzlich bewusst, dass ich ein williger Schoß-Vampir für einen sehr ungewöhnlichen Menschen geworden bin.

Ich hoffe, sie ist bereit herauszufinden, wie es ist, der Fokus liebevoller Besessenheit zu sein.

ALS WIR GEGEN elf mit dem Essen fertig sind, helfe ich ihr, das Geschirr abzuräumen. Wir tragen alles nach unten in die kleine Küche, die es im Club gibt. Sie servieren hier nur Dinge wie Vorspeisen, Bar Snacks – nichts Kompliziertes.

Augustus hat sich im hinteren Flur in der Nähe der Tür zur Treppe herumgetrieben. Sie flüstert ihm etwas ins Ohr und lächelt mich erneut strahlend an.

Im Club ist viel los. Jetzt, wo wir hier unten sind, und ich aufmerksam bin, wird mir bewusst, *wie viel* tatsächlich los ist. Ich will gerade vorschlagen, dass wir ins Büro zurückgehen, wo es ruhiger und privater ist, und wir uns nicht anschreien müssen, um ein hoffentlich intimes Gespräch zu führen, als sie plötzlich lossprintet und auf die überfüllte Tanzfläche stürmt.

Offensichtlich ist Augustus von ihrem Verhalten überrascht, denn er läuft ihr hinterher. Wie durch Zauberei teilt sich die Menge und meine blauhaarige Göttin steht plötzlich neben einem männlichen Vampir, der mit dem Gesicht nach unten auf der Tanzfläche liegt. Sein rechter Arm ist schmerzhaft in die Luft gerissen, sie drückt ihr Knie in seinen Rücken und …

Ist das ein Bleistift?

Sie hält ihn in der anderen Faust und es sieht aus, als würde sie ihm damit in die Rippen stechen wollen, um ihn …

Oh scheiße! Ich eile hinüber.

„Jetzt hör mir mal zu, Drecksack", knurrt sie ihm ins Ohr. „Dir wurde letzte Woche bereits gesagt, dass dies dein zweiter Streich war. Und jetzt komme ich hier herein und sehe, wie du es schon *wieder* versuchst? Du bist *erledigt*, Tonio."

Der Vampir muss wirklich jung sein, denn er heult förmlich. „Es tut mir leid, Blue! Ich wollte nur …"

Lucius taucht wie aus dem Nichts auf. Er sieht wütend

aus und trägt nur ein Hemd, was, wie ich weiß, äußerst selten ist. „Was ist passiert? Was ist hier los?“

„Oh, jetzt steckst du wirklich in Schwierigkeiten“, sagt sie zu dem jungen Vampir. „Du hast den großen Boss verärgert.“

Tonio kreischt *buchstäblich* vor Angst. „Es tut mir leid, Blue! Es tut mir leid!“

Theophilus, Augustus und ein weiterer von Lucius’ Männern packen ihn an den Armen und reißen den Vampir grob in die Höhe, nachdem Eilidh wieder auf den Beinen ist.

„Bringt ihn nach oben“, sagt Lucius kalt. „Sofort.“

Der Vampir strampelt, aber Eilidh joggt voraus, öffnet die untere Tür für sie und stürmt die Treppe hinauf, um die nächste zu öffnen. Ich bin der Nachzügler. Als ich die untere Türe hinter mir zuziehe, dreht Lucius sich um und lächelt.

„Und wie war das Abendessen?“

„Ausgezeichnet und fantastisch. Ich habe aber nicht damit gerechnet, dass es auch eine Show geben wird.“

Sein Lächeln wird noch breiter. „Du hast noch gar nichts gesehen, lieber Neffe. Aber das wirst du gleich.“

Sie schleifen den Vampir in ein kleines, kahles Büro gleich neben dem Konferenzraum, in dem wir gegessen haben. Lucius knöpft seine Manschetten auf und beginnt, sich langsam die Arme hochzukrempeln.

Eilidh hat einen finsteren Blick aufgesetzt und steht mit über der Brust verschränkten Armen da. Den Bleistift hält sie immer noch in ihrer Faust. „Wir haben dir gesagt, dass du wegen deiner Scheiße einen Monat lang nicht ins Verlies hinunter darfst, Tonio“, schimpft sie. „Und dann erwische ich dich dabei, wie du versuchst, eine unserer menschlichen Stammkundinnen zu bezirzen, mit dir verdammt noch mal *zur Tür hinauszugehen*? Du bist *erledigt*.“

„Jaaaa", fügt Lucius hinzu. „Das *ist* ziemlich schlechtes Benehmen." Der junge Vampir kreischt, als Lucius ihn am Kiefer packt. „Du hast Blues Verabredung gestört, junger Mann. Sie hat heute Abend frei und muss sich trotzdem mit Gesindel wie dir herumschlagen? Ganz zu schweigen davon, dass ich meine eigene Königin alleinlassen musste, als die Dinge zwischen uns gerade interessant wurden. Hast du *irgendeine* Ahnung, welche *Höllenfeuer* ich in diesem Moment entfesseln möchte, um dich zu verbrennen?"

„Es tut mir leid, Hoheit! Ich wollte nicht – AAAAUUUU!" schreit er, weil Lucius seine Finger um den Unterkiefer des Kerls krallt und seine Wangen auf beiden Seiten mit seinen Fingernägeln durchbohrt. Es *knackt* hörbar, als Knochen und Zähne zerdrückt werden.

Ich meine, Tonio ist ein Vampir. Er wird heilen.

Es sei denn, Lucius reißt ihm den Unterkiefer heraus. Er wird trotzdem heilen, aber der wird nicht nachwachsen.

Lucius muss jedoch gnädig gestimmt sein. Er lässt den Kiefer des Mannes los und wischt das Blut an seiner Hand am Hemd des Mannes ab.

„Trotz meiner besseren Instinkte hatte ich Mitleid mit dir und habe dir erlaubt, dich in Tucson niederzulassen. Weil du mir die Treue geschworen hast. Das bedeutet auch, sich an *meine* Regeln zu halten. Wenn du glaubst, ich lasse Verstöße durchgehen, nur weil du ein paar Tränen vergießt, irrst du dich gewaltig. Blue, meine Liebe, was machen wir mit Leuten, die sich weigern, ihre Verpflichtungen mir gegenüber einzuhalten?"

Lucius' drei Männer und ich zucken alle zusammen, als ihre Hand nach vorn schießt, fast als würde sie verschwimmen, und sie den Bleistift in Tonios rechten Brustmuskel stößt. Er schreit auf, als sie ihn etwa drei Zentimeter vor dem Radiergummi abbricht. „Es gefällt uns ganz und gar nicht, Mr. Frangelico. Wir versuchen zuerst, sein Verhalten mit vernünftigen Mitteln zu verändern. Aber wir nehmen es *persönlich*, wenn jemand Sie nicht respektiert, indem er seinen grundlegenden Verpflichtungen Ihnen gegenüber nicht nachkommt."

„Ja, das stimmt genau, meine Liebe." Er beugt sich zu dem heulenden Vampir nach vorn, der wahrscheinlich nur deshalb aufrecht steht, weil die Männer seine Arme festhalten. „Tonio, es gibt keine weiteren Chancen mehr. Du darfst in Tucson bleiben, aber wenn du jemals wieder einen Fuß in diesen Club setzt, ist das dein Todesurteil. Wenn du von Menschen trinkst, lernst du besser schnell, dich selbst zu kontrollieren. Wenn ich hören sollte, dass ein Mensch in deiner Nähe zu Schaden kommt, ist auch das dein Todesurteil."

Er zeigt auf Blue. „Denk dran, sie ist ein Mensch. Wenn du nicht willst, dass ihr Gesicht das Letzte ist, was du jemals siehst, während sie dich genüsslich aus deiner Gruft ins Sonnenlicht zerrt, tust du gut daran, dieses Mal besser auf mich zu hören."

Lucius tritt zurück. „Bringt ihn durch den Hintereingang hinaus. Fesselt ihn und verbindet seine Augen. Und dann setzt ihn an einem abgelegenen Ort aus und nehmt ihm seinen Schlüssel weg. Lasst ihn dafür arbeiten, wieder in Sicherheit zu gelangen. Vielleicht wird er sie mehr schätzen, wenn er es schafft. *Falls* er es schafft."

Die Männer drängen ihn hinaus und Eilidh folgt ihnen. Aber sie dreht sich um und geht zur anderen Seite ins Büro. Sekunden später höre ich ein Waschbecken laufen.

Lucius begutachtet seine Hände. „Gut, dass sein Blut nicht auf diesem Hemd klebt", sinniert er. „Es ist brandneu. Selene würde ihn ausweiden." Er lächelt und senkt seine Stimme zu einem Flüsterton. „Also, wie gefällt dir unsere süße Blue?"

Ich bin zu erregt, um zu lügen. „Ich glaube, ich bin in sie verliebt", hauche ich so leise, dass nur Lucius mich hören kann.

~

NACHDEM LUCIUS sich die Hände gewaschen hat, lässt er uns im Büro allein. Eilidh kommt aus dem Bad zurück und sieht ein wenig beschämt aus.

„Entschuldigung", murmelt sie.

„Wofür entschuldigen Sie sich? Das war … So etwas habe ich noch *nie* gesehen. Das war *unglaublich*."

Ihr angespanntes, nervöses Lächeln bringt mich dazu, mich vorzubeugen und sie küssen zu wollen. Aber ich widerstehe. „Wie ich schon sagte, Mom war knallhart." Sie blinzelt zu mir auf. In ihrem Blick liegt ein Ausdruck, der einer Art Verletzlichkeit am nächsten kommt. So etwas hat sie bisher noch nicht gezeigt. „Ich habe Sie nicht … abgeschreckt?"

Ich öffne meine Arme für sie und biete ihr eine Umarmung an. Ich bin angenehm überrascht, als sie nähertritt und ihre Arme um mich schlingt. Ich passe auf, dass ich mich nicht an ihr reibe – ihr habt ja keine Ahnung, wie schwer es mir fällt, mich zurückzuhalten – und halte sie sanft an meiner Brust fest. Ich lasse sie bestimmen, für wie lange.

Dann presst sie sich an mich und ich spüre ihre Wärme entlang meines Körpers. Ich weiß, dass sie spüren muss, wie erregt ich bin.

Wir stehen einen langen Moment so da, während ich ihren Duft einatme. Sie fühlt sich perfekt in meinen Armen an. Dann neigt sie ihren Kopf zurück und blickt mir fragend ins Gesicht.

„Nein, Sie haben mich nicht abgeschreckt." Ich lächle. „Es macht mich an. Als ob Sie das nicht spüren würden."

Ihr zögerndes Lächeln füllt sich mit Zuversicht, aber sie macht keine Anstalten, von mir zurückzuweichen, also halte ich still und genieße ihre süße Wärme. Wann war das letzte Mal, dass ich jemanden wirklich umarmt habe?

Ich kann mich nicht einmal mehr erinnern. „Müssen Sie oft eingreifen?"

„Nicht auf diese Weise. Nicht bei Vampiren. Bei Menschen, ja. Wenn ich in der Nähe bin, überlassen die Jungs es oft mir, um ihnen einen Schrecken einzujagen, anstatt sie zu bezirzen. Nur um etwas zu beweisen und weil es sie amüsiert."

Sie zuckt mit den Schultern, als wäre es keine große Sache, dass sie gerade einen Vampir *buchstäblich* zur Strecke gebracht hat, und das ganz allein. „Normalerweise ist es die Aufgabe der Jungs, wenn es sich um Vampire dreht. Aber ich habe ihn zufällig gesehen und genau erkannt, was er vorhatte. Der Typ ist verdammt gefährlich. Er ist nicht vorsichtig. Er ist erst seit ein paar Jahren Vampir und hat wirklich schlechte Impulskontrolle."

Verdammt, ich könnte die ganze Nacht hier so stehen und nichts anderes tun, als sie festzuhalten. Und es würde immer noch eine meiner besten Erinnerungen werden. „Was ist mit seinem Schöpfer passiert? Mit den anderen Vampiren seines Nests?"

„Tot. Ein territorialer Krieg, an dem dieser Typ nicht beteiligt war. Lucius hatte Mitleid mit ihm und ließ sich von ihm die Treue schwören." Sie starrt auf ihre Hände. „Ich wette, dass er es sich zweimal überlegen wird, bevor er das noch einmal tut. Wenn er es überhaupt aus der Wüste nach Hause schafft."

„Das mit dem Bleistift war genial."

„Ein Minipfahl. Es muss aber ein echter Holzbleistift

sein." Sie grinst. „Der erste Vampir, für den ich gearbeitet habe, hat mir das beigebracht. Der Typ besaß eine Kneipe in Toronto. Er hat mir gesagt, ich solle immer mindestens einen hinter meinem Ohr oder in meinem Haar verstecken, ein paar in meiner Schürze oder der Gesäßtasche. Niemand bemerkt sie, bis man sie in ihrer Brust abbricht. Die rechte Seite, um ihnen eine Lektion zu erteilen und die linke, um sie zu pfählen." Mit ihrem rechten Zeigefinger streift sie leicht meine Brust. „Genau da, oder durch die Seite oder von hinten. Je nach den Umständen und dem, was sie anhaben. Im Notfall einen in den Hals, um sie abzulenken, und einen zweiten in die linke Brust."

„Ein *Vampir* hat Ihnen diesen Trick beigebracht? Ernsthaft?"

Sie zuckt mit den Schultern, als ob es keine große Sache wäre. „Er war cool. Es gefiel ihm, dass ich nicht kontrolliert werden konnte. Er hat mir die Nachmittags- und frühen Abendschichten zugeteilt, damit er die Kneipe länger aufmachen konnte."

„Wow." Sie ist eine Fundgrube unglaublicher Erfahrungen.

„Alsooo." Sie saugt die Luft durch die Zähne ein, während sie mit den Knöpfen an meinem Hemd spielt. „Wie war *das* für eine erste Verabredung?"

Zu lachen fühlt sich *so* verdammt gut an. Die Dinge, die diese Frau mit mir macht. „Ich denke, wir sind immer noch dabei. Ich meine, ich hoffe, dass wir es sind. Und es war brillant."

„Ich würde mich gern noch weiter unterhalten. Wenn Sie das möchten. Oder ich bin offen für Vorschläge."

Natürlich werde ich sie nicht bitten, ins Verlies hinunterzugehen, obwohl ich das wirklich wollen würde. An der Art, wie sich ihr Duft zuvor verändert hat, konnte ich erkennen, dass meine Ehrlichkeit darüber, was ich gern mit ihr machen möchte, sie erregt hat. Noten von Honig und Aprikosen tauchten in ihrem Duft auf und waren auf eine Weise präsent, wie sie es normalerweise nicht sind.

Ich frage mich, ob das derselbe köstliche Duft wäre, den ich riechen würde, wenn ich mein Gesicht zwischen ihren herrlichen Schenkeln vergraben und jeden Tropfen ihrer Säfte aufsaugen würde.

Es ist eine Frage, die zu beantworten ich kaum erwarten kam. Deshalb will ich ihr Einverständnis – damit ich weiß, dass sie es macht, weil sie es *will*, nicht weil ich sie dazu bezirzt habe.

Das ist die Art von Jagd, die ich wirklich genieße – ein ehrliches Bestreben, jemanden für sich zu gewinnen und sich sein Vertrauen zu verdienen. Jedes faule Arschloch kann jemanden dazu bezirzen, die Beine breitzumachen.

Ich *will* dafür arbeiten. „Nun, wenn ich ganz ehrlich bin, dann bin ich neugierig darauf zu erfahren, was *Sie* jetzt gerne tun würden."

Ich liebe ihre hinreißende Überraschung über meine Antwort. „Wirklich?"

Ich nicke. „Ja. Völlig freie Wahl."

„*Alles*, was ich will?"

„Alles, was Sie wollen."

„Okay." Sie schaut mir in die Augen. „Ich würde gern mit Ihnen kuscheln", sagt sie leise. „Wenn ich Sie nicht total verschreckt oder verängstigt habe. Ich stelle mein Telefon so auf, dass wir einen Film schauen und kuscheln können. Ich habe eine Couch neben meinem Schreibtisch."

„Tatsächlich?"

Ich erlaube ihr, sich aus meiner Umarmung zu lösen, und sie führt mich zurück zum Haupteingang des Büros und um eine Trennwand herum. Ich erkenne, dass dies ihr Schreibtisch sein muss.

Ihr Duft schwebt sofort subtil in der Luft, ein erneuter Hauch von Honig und Aprikosen. In Kombination damit, wie ihr Puls rast, zwinge ich mich, nicht zu grinsen. Meine Kronjuwelen werden mit dieser Wahl vielleicht unglücklich sein, aber *sie* ist glücklich.

Das ist es, was wichtig ist. Und ja, sie hat eine Couch an der Wand hinter ihrem Schreibtisch.

Ich gehe hinüber und setze mich an das hintere Ende. „Welchen Film möchten Sie gern sehen?"

„Ernsthaft?"

„Ernsthaft. Das wollten Sie doch." Und auch wenn es ihr nicht bewusst ist, wird dies der härteste Test meiner Selbstbeherrschung in meinem sehr langen Leben sein.

„Aber …" Sie sieht aus, als könnte sie nicht glauben, dass ich tatsächlich zugestimmt habe. „Keine Verhandlung?"

„Um einen Film zu sehen? Ich meine, in Ordnung." Ich denke darüber nach. „Ich bin nicht wirklich ein Familienfilmfan. Ich habe zwar nichts gegen ausländische Filme, aber es könnte mühsam werden, die Untertitel auf einem Handybildschirm zu lesen. Ich stehe nicht auf blutige Horrorfilme, aber ich mag alte klassische Hollywood Monster Filme."

Sie lacht laut los und mein Schwanz pulsiert heftig. Ich kann es mir gerade noch verkneifen, hinunterzugreifen und ihn zurechtzurücken. Ich liebe den Klang ihres Lachens und wenn ich heute Nacht schon keinen Sex haben werde, dann werde ich wenigstens *diese* Erinnerung haben – an ihr Lachen und Lächeln –, an die ich mich halten kann, wenn ich später in mein Hotel zurückkehre und mich selbst befriedige.

„Wie wäre es mit *Monty Python und der Heilige Gral*?"

Zum ersten Mal seit dem Verlust von Robert fühlt sich mein Herz *wirklich* leicht an. „Perfekt."

Nachdem sie ihr Handy herausgekramt hat, stellt sie es in die Ladestation, sodass wir den Bildschirm sehen können. Dann lässt sie sich neben mir auf der Couch nieder. Als ich meinen Arm hebe, um sie an mich zu ziehen, überrascht sie mich, indem sie sich auf die Seite rollt und ihren Kopf in meinen Schoß legt.

Okay, mein Schwanz ist jetzt nicht nur hart, sondern auf eine Weise hart, die ich nicht für möglich gehalten hätte. Es schmerzt.

Es wird in meiner unmittelbaren Zukunft eine sehr lange Masturbationssession geben müssen, oder ich werde nie einschlafen, Morgengrauen hin oder her.

Als der Vorspann läuft, rutscht sie ein wenig herum, um es sich bequem zu machen. Sie zieht meinen Arm um sich, damit sie meine Hand halten kann. Ihr Fleisch fühlt sich warm an mir an und obwohl ich wünschte, wir wären nackt, ist dies ein fast perfekter Moment. Es ist die süßeste Folter, die man sich vorstellen kann, und ich möchte ihr niemals entkommen.

Dann schaut sie zu mir auf. „Vielen Dank."

Sie klingt erleichtert und irgendwie verloren … und als wäre sie genauso verängstigt wie ich. „Nein, ich danke *Ihnen*."

13

Eilidh

ICH KANN MIR VORSTELLEN, wie ich versuche, jemandem diese Geschichte zu erzählen, wenn ich danach gefragt werde.

Du arbeitest in einem Nachtclub mit einem geheimen BDSM-Club im Keller, bist von attraktiven Anzugträgern umgeben und hast soeben mit einem anderen überaus attraktiven Typ, der auf dich zu stehen scheint, zu Abend gegessen. Das ist doch wirklich klasse, oder? Also was hast du heute Abend gemacht?

Nun, ich habe mit einem sehr alten, sehr reichen und verdammt attraktiven Vampir auf meiner Bürocouch gekuschelt und *Monty Python und der Heilige Gral* auf meinem Handy geschaut. *Das* haben wir gemacht.

Und dann haben wir uns noch die ersten drei Episoden von *Cowboy Bebop* angesehen.

Ja, ich bin mir nicht einmal sicher, ob *ich* das selbst glaube.

Wir haben gekuschelt und die Filme auf meinem

Handy geschaut, und nicht ein einziges Mal hat Dexter versucht, mich zu mehr zu drängen. Obwohl der Duft seiner Erregung stärker war als je zuvor und ich gelegentlich gegen etwas stieß, was sich in seiner perfekt geschnittenen Anzughose wie ein verdammter Telefonmast anfühlte.

Okay, also ja, ich war ein bisschen gemein und habe absichtlich ein paarmal die Position gewechselt, um sein Interesse zu testen.

Anscheinend ist er *sehr* interessiert.

Wie viel Selbstbeherrschung er hat, zeigte sich daran, dass er mich nicht einfach gepackt und geküsst hat.

Obwohl ich zu dem Zeitpunkt, als wir beide wussten, dass er bald gehen musste, *wirklich* gehofft habe, dass er sich zu mir hinunterbeugt und mich küssen würde, während ich dort in seinem Schoß lag.

Ich habe den Eindruck, dass seine Selbstbeherrschung Expertenniveau entspricht, und außerdem hat er sich auch nicht davon einschüchtern lassen, dass ich diesem Vampir einen Bleistift in die Brust gerammt habe.

Er ist selbst gefahren und muss vor mir gehen. Der Nachtclub ist geschlossen, obwohl ich dem schwachen Klang der Musik im Keller entnehmen kann, dass dort unten immer noch einige Vampire sind.

Ich begleite Dexter zur Tür am unteren Ende der Treppe, wo ich zögere. „Wegen morgen Abend. Ich meine, heute Abend. Ich meine …"

„Ich weiß." Er lächelt. „Morgen Abend, relativ gesehen. Das Treffen."

„Ja." Ich atme tief ein. „Wenn Sie Ihren Angestellten schicken wollen, um mich vor Einbruch der Dunkelheit zu Hause abzuholen und zu Ihnen ins Hotel zu bringen, dann können Sie und ich gemeinsam zu dem Treffen fahren. Von dort aus überlegen wir uns, was wir danach machen wollen … Vielleicht kann mich Ihr Mitarbeiter wieder nach Hause bringen, wenn Sie zu Bett gehen müssen.“

Es gefällt mir, dass er keinen Witz darüber macht, dass er mich selbst nach Hause bringen und ich ihn hereinbitten könnte. Er weiß genau, dass er nicht in meine Wohnung gehen kann, wenn ich ihn nicht dazu einlade.

„Dieser Plan gefällt mir sehr gut, vielen Dank. Und wenn Sie ihn kurzfristig ändern wollen, ist das auch in Ordnung. Ich würde Sie morgen gern zum Essen einladen, wenn Ihnen das Recht ist. Mein Hotel hat ein ausgezeichnetes Restaurant. Oder wir könnten Zimmerservice bestellen.“

„Okay. Cool. Das können wir morgen Abend entscheiden. Er soll mich um fünf Uhr zu Hause abholen bitte. Dann haben wir genügend Zeit.“

„Abgemacht.“

Wir tauschen schnell unsere Handynummern aus. Dann trete ich leicht nervös dicht an ihn heran und schlinge meine Arme um seinen Hals.

Nur als Test, wisst ihr.

Ähm … Recherche.

Ja, das ist es.

Verdammt, er ist groß. Ein Meter neunzig ist ein ganzes Stück größer als ein Meter fünfundsechzig. Und er ist außerdem *sehr* stark gebaut.

Mit rasendem Puls strecke ich mich auf die Zehenspitzen und küsse ihn, während er seine Arme sanft um mich schließt, so wie er es zuvor getan hat. Ich weiß, dass er mich buchstäblich zerquetschen könnte, wenn er es wollte, aber seine Hände berühren mich kaum, als meine Lippen über seine streifen.

Ich habe noch nie einen Vampir geküsst. Seine Lippen fühlen sich weich und kühl an und da ist dieses dicke, süße Aroma, das ihn umgibt.

Ja, ich werde mich definitiv mit meinem Plastikfreund vergnügen, wenn ich nach Hause komme. Mein Höschen ist wahrscheinlich durchnässt und ich bin mir sicher, dass er es riechen kann. Aber er ist ein Mann, der zu seinem Wort steht, und er versucht nicht, mich zu mehr zu überreden.

Nach dem Kuss bewegt er sich nicht und wartet auf mich.

Was zum Teufel? Warum nicht?

Ich küsse ihn noch einmal.

Diesen Kuss vertiefe ich, indem ich mich gegen seinen Körper drücke, während wir uns küssen. Seine Wangen und sein Kinn sind von einem Hauch von Stoppeln überzogen und ich mag es, wie sie sanft über mein Fleisch kratzen. Er hat außerdem einen sehr festen, fitten, starken Körper.

Ja, er ist *hart*.

Haaaaart.

Ich reibe meine Hüfte an ihm und spüre einen kleinen Luftzug, als er leise keucht.

Und ich fühle mich deswegen ein ganz klein wenig schlecht.

Seine Umarmung wird fester, ist aber immer noch sanft, und ich mag es wirklich, dass er ein Mann zu sein scheint, der sein Wort hält, mich nicht zu bedrängen. Das ist verdammt sexy, denn ich hoffe, dass es bedeutet, dass ich meine Zurückhaltung bei ihm irgendwann ablegen kann.

In dem Moment fällt mir etwas auf. „Wo sind Ihre Reißzähne?", frage ich und starre in seine blauen Augen.

Er lächelt und zieht seine Oberlippe zurück, um mir seine Zähne zu zeigen.

Normal aussehende Zähne. Keine … Reißzähne. „Nur

wenn ich trinke oder beiße. Genau wie Wandler können wir sie kontrollieren."

Bevor mir bewusst ist, was ich tue, greife ich nach oben und berühre seinen linken Eckzahn. Er fühlt sich wie ein normaler Zahn an, vielleicht ein bisschen spitzer.

Ganz ehrlich? Ich habe noch nie danach gefragt. Aber ich war auch noch nie so lange in der Nähe eines Vampirs. Nicht *so*. „Ich schätze, das habe ich nicht gewusst. Dann habe ich heute wohl etwas Neues gelernt, vielen Dank."

Er greift nach oben, spielt mit meinem Haar und streicht dann mit der Rückseite seiner Finger über meinen Kiefer. Ich erschaudere, aber es ist keine Angst – eher die gute Art von Höschen befeuchtendem Zittern.

„Das ist nur fair, denn Sie haben mir in wenigen Stunden einiges beigebracht."

Ich will ihn nicht gehenlassen, auch wenn ich weiß, dass ich es tun muss. „Es tut mir leid, dass ich Sie mit geschwollenen Eiern nach Hause schicke."

#notsorry

Er lächelt und streicht mir erneut spielerisch über mein Haar. „Oh, *Blue,* ich werde in mein Hotel zurückkehren und an Sie denken, während ich mich darum kümmere." Er seufzt. „Blue, was halten Sie davon, wenn wir uns duzen würden? Um die Förmlichkeit abzulegen?"

„Nur weil *du* so nett fragst, Dexter." Ich erschaudere.

Lustvolle Hitze verdunkelt seinen Blick. „Wie es scheint, bin ich nicht der Einzige, auf den der heutige Abend eine Wirkung hatte." Sein Blick huscht gerade lange genug nach unten, dass ich weiß, dass ich recht hatte – er kann mich riechen. „Ich hoffe, du hast ausreichend Batterien zu Hause."

Ich pruste los. Er hat einen tollen Sinn für Humor und ein umwerfendes Lächeln.

Verdammt noch mal, warum muss er nur unsterblich sein?

Warum muss er ein *Vampir* sein?

Ich erlaube mir einen letzten Kuss. „Onkel Lucius und Tante Selene beschützen mich sehr. Habe ich das schon erwähnt?"

„Ich habe das Memo klar und deutlich erhalten." Dieses Lächeln strahlt aber definitiv bis in seine Augen. Gott, ich liebe es, ihn so zum Lächeln zu bringen. Als wäre es zu verdammt lange her, dass er auf diese Weise gelächelt hätte.

Ich kenne das Gefühl.

Ich meine so ungefähr. Relativ gesehen. „Fahr vorsichtig", sage ich. „Dein Mitarbeiter soll mir eine SMS schicken, wenn er vor meinem Haus ankommt, und ich komme dann runter."

„Es wäre mir lieber, er würde hochgehen und dich zum Auto begleiten."

„Ja, nun, ein unbekannter Mensch, der nach einem unbekannten Vampir riecht und allein in einem Gebäude von Gestaltwandlern herumläuft …"

„Aha, ich verstehe."

„Ganz genau. Er ist ein Mensch, also ist seine Anwesenheit keine territoriale Verletzung des Paktes, aber ich will es nicht drauf anlegen." Tatsächlich hätten wir das Treffen in meiner Wohnung abhalten können und es hätte das Problem gelöst, dass ich nachts unterwegs sein muss. Aber Garrett will wahrscheinlich nicht, dass der Vampir in sein Gebäude kommt. Dorthin, wo er wohnt, wo seine eigene Gefährtin, seine Rudelkollegen und andere ahnungslose Menschen leben.

Er will nicht, dass der Vampir die Erlaubnis hat, sein „Zuhause" zu betreten.

Das kann ich völlig respektieren und verstehen.

Er will sich auch vor seinem Rudel nicht rechtfertigen müssen, warum er einem Vampir erlaubt hat, ohne Konsequenzen in Wandler-Territorium einzudringen.

Und das Treffen auf neutralem Gebiet stattfinden zu lassen, wie im Kampfclub, wo viele andere Rudelmitglieder in der Nähe sind, ist auch ein Sicherheitsfaktor.

Nach einer langen, engen Umarmung lasse ich ihn endlich los, damit er gehen kann. Sobald es dämmert, eile auch ich nach Hause, dusche und steige mit meinen Rabbit-Vibrator ins Bett. Natürlich ist Dexter der Star meiner Fantasien. Als ich das Spielzeug in mich schiebe, schließe ich meine Augen und stelle mir vor, es wäre sein Schwanz. Nach dem zu urteilen, was ich heute Nacht gefühlt habe, glaube ich jedoch ziemlich sicher, dass sein Schwanz größer als dieses Spielzeug ist.

Wahnsinn.

Ich rolle mich auf den Bauch, hebe meine Hüfte an und bewege den Vibrator in mir. Ich stelle mir vor, wie er mich fickt. Wie seine Lippen meine Schulter küssen, wie er mir leise ins Ohr flüstert, während er in mich stößt. Ich denke daran, wie er seinen Körper an meinem frisch versohlten Hintern reibt und wie es sich anfühlen würde, mich ihm hinzugeben.

Weil ich es *will*, nicht weil er mich dazu gezwungen hat.

Dexter ist der erste Mann – unsterblich oder nicht – bei dem ich es ernsthaft in Erwägung ziehe, diesen Schritt zu gehen.

Ich stelle mir sogar vor – die Götter mögen helfen – wie es sich anfühlen würde, wenn er mich beißt, während ich komme. Dieser Gedanke lässt mich in mein Kissen stöhnen.

Nachdem ich mich wieder umgedreht und das Spielzeug aus mir herausgezogen und ausgeschaltet habe, liege ich noch einen Moment lang da und denke an Dexter. Warum er und warum jetzt? Warum lässt er mich Dinge spüren, die mich noch nie jemand hat spüren lassen?

Nichts gegen Chad, denn Gepardenwandler, aber selbst seine durchaus anständigen Fähigkeiten verpuffen, wenn ich an Dexter denke. Und dabei habe ich nichts anderes getan, als den Vampir nur zu küssen!

Nachdem ich das Spielzeug – und mich – gesäubert habe und ins Bett zurückgekehrt bin, mache ich es mir bequem. Trotzdem dauert es viel länger, bis ich einschlafe, als ich es gedacht hätte. Ich kann einfach nicht aufhören, an Dexter und an die Dinge zu denken, die er mir heute Abend gestanden hat.

Ich habe noch nie einen Vampir gekannt, der sich mir gegenüber so geöffnet hätte.

Verdammt, ich bin zwar eine Hüterin von Geheimnissen, aber so offen war noch nie *irgendjemand* mit mir. Auf so persönliche Art und Weise und über etwas so … Intimes und Traumatisches.

Vor allem, weil mir noch nie jemand *nahestand*.

Ja, ich bin mir fast sicher, dass er mir nichts vormacht. Es fühlte sich fast so an, als wäre er erleichtert, ehrlich zu mir sein zu können.

Und dann haben wir gekuschelt.

Heilige *Scheiße*. Das *Kuscheln*.

Wir … haben *gekuschelt*!

Das habe ich buchstäblich noch … nie gemacht. Nicht einmal, als ich mit dem Gepardenwandler zusammen war. Wir waren beide notgeil und wollten nichts anderes als Sex.

Irgendwann schlafe ich offensichtlich ein. Ich wache zu meiner üblichen Zeit zu mehreren SMS auf. Von Selene, Amber und von Dexters Mitarbeiter, John, der mich abholen wird und meine Adresse und die Uhrzeit bestätigen will.

Aber zuerst ins Badezimmer. Mein Haar ist immer noch schwarz, also … juhu. Ich mache mich frisch und setze mich dann wieder auf mein Bett.

Zuerst antworte ich John, um das erledigt zu haben.

Dann antworte ich Selene, weil ich weiß, dass es eine Weile dauern wird, bevor sie antwortet. Schließlich schläft sie noch.

Amber schreibe ich zuletzt zurück, weil ich genau weiß, was passieren wird. Kaum habe ich ihr geantwortet, klingelt mein Handy dreißig Sekunden später.

„Und? Wie ist es gelaufen?"

„Du weißt genau, wie es gelaufen ist." Ich lasse mich auf mein ungemachtes Bett zurückfallen. „Es war *unglaublich*. Ich habe ihn noch nicht einmal verschreckt, als ich einen Vampir mit einem Bleistift pfählen musste."

„Du kannst ihm vertrauen, Schätzchen. Er ist so in dich verliebt, dass es schon fast schmerzhaft ist. Er ist deine Zukunft."

Ich versuche, mir deswegen keine Hoffnungen zu machen. „Wirst du heute Abend da sein? Ich möchte, dass du ihn kennenlernst."

„Leider nicht. Ich habe eine Wohltätigkeitsauktion, die ich leiten muss. Sonst wäre ich auf jeden Fall dabei."

„Gibt es sonst noch etwas, das du siehst?"

Sie wird für einen Moment still und ich warte ab. „*Mazbushka*."

Ich habe das Gefühl, als würde mein Herz stillstehen. „Was?", frage ich flüsternd.

„So nennt dich dein Vater."

Ich schlucke schwer. Ich habe sie schon ein paar ziemlich verrückte Vorhersagen machen gehört, die goldrichtig waren. „*Nannte*", korrigiere ich sie. „Er ist tot."

„Nein. *Nennt*. Er ist *nicht* tot." Ihr entschlossener Ton duldet keinen Widerstand. „Er ist nicht tot. Er ... *versteckt* sich. Obwohl sich das nicht ganz richtig anfühlt. Er ist irgendwie verborgen."

Ich habe mit Amber noch nie ausführlich über meine Eltern gesprochen. „Das ist ... Das ist unmöglich."

„Ich weiß, was ich sehe."

Ich bin froh, dass ich bereits liege. „Aber er ist *tot*. Mom hätte mich deswegen nicht angelogen!"

Noch eine Pause. „Sie hat dich nicht angelogen. Das hat sie nur vermutet. Sie wusste es nicht mit Sicherheit. Sie hat angenommen, dass er tot ist, weil er nie ... *zurückgekommen* ist."

Ich brauche einen Moment, um meine Stimme wiederzufinden. „Wo zum *Teufel* ist er dann?"

„Ich ..." Wieder eine Pause. „Das kann ich nicht sehen. Es ist, als ob es unscharf wäre. So als wäre etwas im Weg. Ich weiß nur, dass er lebt, und dass er dich und deine Mutter vermisst." Sie stößt einen Atemzug aus. „Das ist alles. Das ist alles, was ich im Moment von ihm sehe." Ich höre die Erschöpfung in ihrem Tonfall. Ich weiß, dass die Visionen ihr manchmal nicht nur körperlich, sondern auch emotional viel abverlangen.

„Was ist mit Dexter?"

„*Vertraue* ihm, Süße. Ganz im Ernst. Er ist eine Seele, die genauso leidet wie du. Ihr seid ein Heilmittel füreinander."

„Er ist ein Vampir."

„Ich weiß. Aber er ist immer noch ein Mann. Und er ist ein verdammt guter Mann."

Ich versuche immer noch, alles zu verarbeiten, was sie mir gerade erzählt hat. „Bitte erzähle niemandem sonst, was du über meinen Dad gesagt hast. Nicht einmal Garrett. Noch nicht."

„Vielleicht könnten wir dir bei der Suche helfen …“

„Nein.“ Ich fühle mich … taub. „Meine Mutter hat ihn bis zu ihrem Tod geliebt. Wenn du Recht hast und er noch lebt, warum hat er uns dann nicht gefunden?“ Mom hat nie ihren Namen geändert oder falsche Namen für mich benutzt. Wenn er am Leben ist und es wirklich gewollt hätte, hätte er uns finden können.

Wenn Amber überhaupt recht hat.

Vielleicht hat sie das nicht.

„Okay. Ich verspreche dir, es Garrett nicht zu sagen. *Noch nicht.*“

„Danke. Wir-Wir sprechen uns später.“

Ich liege da und starre durch meine Fensterwand auf Tucson hinunter. Ich wünschte, ich könnte sagen, dass es Ambers Vorhersage über Dexter ist, die mich erschüttert, aber nein.

Heute nicht.

Ich will mir auch keine Hoffnungen machen. Denn wenn mein Vater am Leben ist … Warum sollte Dad uns dann nicht suchen kommen?

Jetzt wünschte ich, ich hätte nicht zugestimmt, dieses Treffen heute Abend zu ermöglichen. Was ich tun möchte, ist …

Ja, was *genau* eigentlich?

Ich habe nichts als eine Art Hellseherin, die mir sagt, dass er am Leben ist. Nicht, wo er ist. Verdammt, ich habe nicht einmal ein Bild von ihm.

Mir fällt auf, dass ich den Ring in der Hand halte, aber ich habe keine bewusste Erinnerung daran, ihn unter dem T-Shirt hervorgezogen zu haben, in dem ich letzte Nacht geschlafen habe.

Die einzigen drei Personen, mit denen ich mich einigermaßen wohl dabei fühlen würde, darüber zu sprechen, schlafen ironischerweise alle bis zum Sonnenuntergang.

Was soll ich *jetzt* tun?

Ich habe mich noch nie so allein und orientierungslos gefühlt wie in diesem Moment. Ich sollte aufstehen und entscheiden, was ich anziehen will. Nicht, dass ich eine große Auswahl hätte.

Aber …

Hmm.

Vielleicht wäre heute Abend eine gute Gelegenheit, um die Jimmy Choos herauszuholen. Sie werden nicht ohne Grund „Fick mich-Pumps" genannt.

Vielleicht würde ich ja gerne sehen, wie es sich anfühlt, von einem Vampir flachgelegt zu werden. Und von einem versohlt zu werden. Mindestens einmal in meinem Leben würde ich das gern probieren. Besonders mit einem, von dem ich weiß, dass ich ihm vertrauen kann. Dass er mich nicht überwältigen oder meine Grenzen verletzen würde.

Ein attraktiver Mann voller Herzschmerz.

Ich brauche verdammt sicher *etwas*, um mich von der Offenbarung abzulenken, die Amber mir soeben in den Schoß hat fallen lassen.

Ich denke, Dexter Van Sussex könnte das perfekte Etwas dafür sein.

14

Dexter

Ich hasse es, am Donnerstagmorgen den Club verlassen zu müssen, aber es ist ja nicht so, als könnte ich dort bei Eilidh bleiben. Sie hat ein Leben außerhalb, zu dem ich im Moment keinen Zugang habe, und auch kein Recht dazu, zu verlangen, ein Teil davon zu sein.

Zeit. Das ist etwas, das ich leider im Überfluss habe.

Es ist die eine Sache, die ich ihr ohne Einschränkung und Zögern anbieten kann, weil ich weiß, dass es das Einzige ist, was sie ohne Vorbehalt von mir annehmen wird. Ich bin einfach nur froh, dass ich sie mit meiner großzügigen Geste nicht verschreckt habe.

Ich begebe mich unter die Dusche, lehne mich an die Wand, schließe die Augen und greife nach meiner Erektion. In meiner nahen Zukunft wird es keinen Schlaf geben, wenn ich nicht zuerst etwas Druck abbaue. Welch besondere Perfektion auch immer in Eilidh steckt, sie hat eine Wirkung auf mich, von der ich nicht einmal wusste, dass ich sie so sehr vermisst habe.

Alles an ihr spricht zu mir und zieht mich in ihren Bann. Ich habe so viele Jahrhunderte damit verbracht, die Mauern um mich herum zu verstärken, nur damit diese süße, perfekte Frau einfach durch sie hindurchgehen kann.

Ich stelle mir vor, dass ihr Mund meinen Schwanz umschließt und wie sie mich mit ihren violetten Augen anstarrt. Ich reibe meinen Schwanz dabei heftig und zögere es heute nicht hinaus. Ich neige meinen Kopf nach hinten und denke daran, wie ich ihr Haar in meine Hände nehmen und es benutzen würde, um ihren Mund zu ficken. Meine Eier ziehen sich zusammen und ich stürze über den Abgrund der Lust. Ich spritze auf meine Hand und an die Duschwand und spüre bereits, wie sich ein dunkler Hauch von Schuldgefühlen in meiner Seele festsetzen will. Sie ist kein Süßblut. Sie ist keine begierige Schlampe, die bereit ist, sich von einem Vampir auspeitschen oder versohlen zu lassen, um einem Rausch nachzujagen.

Und ich bin kein guter Mann. Ich bin mir nicht einmal sicher, ob ich ihrer würdig bin. Die Dunkelheit, die in mir steckt und der ich ausgeliefert bin, verdirbt alles in meiner Existenz.

So wie sie meine Liebe zu Robert verdorben hat.

Ich dusche zu Ende und trockne mich ab. Dann erledige ich noch ein paar kleinere Aufgaben, bevor ich mich kurz vor Sonnenaufgang nackt im Bett ausstrecke. Ich schicke ein paar letzte SMS an John und Mark und schließe dann meine Augen. Während der Tagschlaf über mich kommt, spüre ich die Anwesenheit der Sonne draußen. Und das, obwohl alle Fenster in meiner Suite abgeschottet sind. John und Mark haben eine schwere Plane an die Innenseite jedes Fensters geklebt und Klammern an den Verdunkelungsvorhängen angebracht, damit sie auch nicht das geringste Stück aufklappen können.

Das einzige Licht in meinem Zimmer kommt von den LED-Leuchten des Fernsehers und DVD-Players und einer kleinen Digitaluhr auf dem Nachttisch. Aber ich kann so gut sehen, als ob es Tageslicht wäre.

Ich vermisse meine Sonne wie einen Phantomschmerz. Robert hat die Sonne geliebt.

Ich vermisse es, wie Robert immer nach draußen gehen und sich in die Sonne legen würde, bis sein Körper völlig aufgewärmt war, und dann sofort zu mir zurückkehrte, damit ich ihn halten, mein Gesicht in seinem Haar vergraben und seinen Duft einatmen konnte.

Er war meine Sonne und ich kreiste um ihn.

In vielerlei Hinsicht tue ich das immer noch.

Seit ich ihn verloren habe, habe ich es mir nicht mehr erlaubt, jemand anderen zu lieben. Obwohl es ein paar Menschen gab, die ich lieb gewonnen habe. Ich habe sie jedoch immer wieder weggeschickt, bevor ich mich zu sehr an sie binden konnte. Ich habe meine Kräfte benutzt, damit sie dachten, sie hätten mich verlassen.

Ich machte es zu meiner Schuld. Es war immer meine Schuld und ich schickte sie mit so viel Geld weg, dass sie es allein schaffen konnten.

Ich wünschte ihnen immer alles Gute.

Aber niemand ist mir je so unter die Haut gegangen und in meine Seele gedrungen, wie Robert es getan hat.

Seit ich ihn verloren habe, habe ich nie wieder jemanden geliebt.

Ich dachte nicht, dass es überhaupt möglich wäre.

Ich erinnere mich daran, wie er mir morgens, nachdem ich von ihm getrunken hatte oder er eine weitere vampirische ‚Heilung‘ an mir ausprobiert hatte, immer ein paar Haare ausriss, sie auf die Fensterbank legte und hoffte. Er gab die Hoffnung nie auf.

Seine Verzweiflung, wenn er sah, wie sie zu Asche verfielen, hat mich jedes Mal fertiggemacht.

Wie sehr er mich anflehte, ihn zu verwandeln, damit er mich nicht verlieren würde. Ich wollte es. Oh ja, wie sehr ich es wollte. Aber Angst und Schrecken erfüllten mich, weil ich befürchtete, er würde den Prozess nicht überleben. Als ich mir sicher war, woran er erkrankt war, war ich noch mehr davon überzeugt, dass er es nicht überstehen würde. Ja, es war egoistisch von mir, sein Ableben nicht beschleunigen zu wollen.

Ich habe versucht, ihn mit meinem Blut zu heilen. Habe ihn von mir trinken lassen. Ich dachte, je mehr er sich von mir nährte, desto besser stünden seine Chancen, wenn ich ihn verwandeln würde.

Er hätte alles getan, was ich von ihm verlangt hätte. Er war nicht nur mein Liebhaber, er war mein williger Untertan, mein Sklave. Ich habe ihn in einem kleinen Pub am Rande von London kennengelernt und wusste vom ersten Moment an, dass er mir gehörte. Ich brauchte ihn nicht in meinen Bann zu ziehen.

Ich brauchte ihn nicht zu bezirzen.

Ich empfinde für Eilidh, was ich für ihn gefühlt habe. Und es erschreckt mich umso mehr, da ich weiß, wie diese Geschichte endete. Die Bakterien, die ihn mir schließlich genommen haben, waren jedoch bereits in seinen Körper eingedrungen, bevor ich ihn traf.

Aber wir leben heute im einundzwanzigsten Jahrhundert. Es gibt inzwischen Medikamente, die alle außer die hartnäckigsten Tuberkulosebakterien abtöten können. Ich weiß mehr als damals. Ich habe mehr Mittel.

Ich habe Lucius und andere, mit denen ich mich beraten kann.

Und trotzdem habe ich meine alten Ängste. Außerdem ist Eilidh so jung! Ich habe sie nicht gefragt, aber sie sieht kaum wie neunzehn aus, also kann sie unmöglich älter als dreiundzwanzig oder vierundzwanzig Jahre alt sein. Selbst wenn sie mich lieben sollte, welches Recht hätte ich, sie zu verwandeln, ob sie es wollte oder nicht. Welches Recht hätte ich, ihr die Sonne zu verwehren?

Was ist, wenn sie Kinder will? Das ist nichts, was ich ihr jemals geben könnte. Ich meine, wir könnten natürlich in eine Fruchtbarkeitsklinik gehen. Aber dann müsste sie unsere Kinder aufziehen. Ich könnte sie nicht verwandeln, bevor sie erwachsen sind und ihnen ihre Mutter verweigern.

Kinder sind der schönste, atemberaubendste Herzschmerz überhaupt. Ich war dabei, als meine beiden verbliebenen Kinder starben. Der erste in seinen Vierzigern oder so, nachdem eine Verletzung zu Wundbrand geführt hatte. Ich kam in der Nacht zu Eochaidh, als die Infektion in seinem Körper wütete. Ich sagte ihm, wer ich war und dass ich ihn liebte, und erlöste ihn dann von seinem Schmerz, während ich weinte. Er hatte bereits fünf Kinder gezeugt, von denen drei bis zum Erwachsenenalter überlebten.

Mein anderer Sohn, Sealbhach, überlebte damals bis in ein seltenes hohes Alter, als er schließlich dem erlag, was ich jetzt als Krebs vermute. Er starb friedlich und natürlich in meinen Armen und entspannt mitten in der Nacht, während ich ihm meine Liebe zuflüsterte.

Jahrhundertelang verweilte ich in diesem Gebiet und wachte über meine Familienlinie. Ich half, wo ich konnte, ohne mich zu enttarnen. Ich heuerte Menschen an, um mir zu helfen.

Ich beschützte sie, so gut ich konnte.

Endlich schlafe ich ein. Meine Gedanken drehen sich um Eilidh. Wann habe ich das letzte Mal an etwas anderes als an Robert oder die Arbeit gedacht, während ich in meiner Tagesgefangenschaft war?

Ihre süßen Rundungen und wie ihr Körper sich perfekt an meinen schmiegte – wann war ich das letzte Mal von solch reinem Kontakt gesegnet?

Zu kuscheln.

Ich dachte, es gäbe keinen größeren Durst als überfälligen Bluthunger, aber es stellt sich heraus, dass es noch etwas Schlimmeres gibt.

Die Sehnsucht nach Hautkontakt.

Es ist verlockend, sie anzuflehen, für mich zu arbeiten. Ihr zu sagen, dass ihr einziger Job darin besteht, gesund und am Leben zu bleiben und mit mir zu kuscheln.

Das würde schon reichen.

Natürlich würde ich mehr wollen, aber selbst wenn das alles wäre, was sie mir jemals gäbe, würde ich es gern und ohne Fragen zu stellen annehmen.

Wenn man mich nach meinen Fantasien fragt?

Oh ja, ich stelle sie mir in nichts als meinem Halsband und in meinen Handschellen vor, während sie vor mir auf dem Boden kniet. Ihre Wirbelsäule perfekt gerundet, während ihre Stirn meine Füße berührt.

Meine Hände hinterlassen rosa Abdrücke auf ihrem Arsch und ich genieße jedes Keuchen, das sie ausstößt, wenn mein Flogger ihr nacktes Fleisch versohlt.

Ich würde den Biss des Rohrstocks auf der Rückseite ihrer Oberschenkel wegreiben.

Meinen Schwanz in sie stoßen, während meine Zähne ihren Hals durchbohren …

Scheiße. Jetzt bin ich schon wieder hart. Und ich wache viel zu früh und allein in diesem dunklen Zimmer auf. Ich packe meinen Schwanz, bewege die Hand auf und ab und kann mir nicht helfen. Dieser Orgasmus ist völlig unbefriedigend, denn auch meine Reißzähne sind ausgefahren, als der Hunger durchbricht.

Nachdem ich mich vollgespritzt habe, gehe ich mich waschen und hole einen Beutel Blut aus dem kleinen Kühlschrank im Schlafzimmer. Ich reiße die Ecke des Beutels mit meinen Zähnen auf und trinke es kalt und direkt aus dem Beutel – wie ein Tier.

Es ist kaum befriedigend.

Verdammt noch mal.

Ich begehre sie verzweifelt und das bedeutet, dass ich noch vorsichtiger sein muss. Ich weiß nicht, warum sie und warum jetzt, aber sollte ich ihr jemals wehtun, würde ich lieber in den Sonnenaufgang treten, als noch eine weitere Minute zu leben.

IRGENDWIE SCHAFFE ICH ES, wieder einzuschlafen, auch wenn es einen zweiten Beutel Blut und einen weiteren Orgasmus braucht, um meinen Magen zu füllen und meine Eier zu entleeren.

Als ich schließlich um kurz nach vier aufwache, prüfe ich mein Handy und stelle fest, dass John mir eine SMS geschickt hat, in der er mir mitteilt, dass er auf dem Weg ist, sie abzuholen.

Mit einer vorsichtigen Bewegung trete ich den Türstopper aus dem Weg und öffne die Schlafzimmertür einen Spalt breit. Das Wohnzimmer der Suite ist noch sicher dunkel. Ich gehe zur Tür, entferne den Türstopper dort, löse die Sicherheitsstange und den Riegel, bevor ich ins Schlafzimmer zurückkehre und den Türstopper wieder unter die Tür schiebe.

Nachdem das erledigt ist, schreibe ich Mark eine SMS, in der ich ihm bestätige, was er uns zum Abendessen besorgen soll. Und dass Connie, wie sie mich gebeten hat, sie zu nennen, ins Wohnzimmer der Suite begleitet und dort allein zurückgelassen werden soll, nachdem sie angewiesen wurde, die Fenster nicht zu berühren oder die Vorhänge zu öffnen.

Ich summe buchstäblich, während ich dusche. Das Rasieren ist immer eine interessante Sache, da ich mein Spiegelbild nicht sehen kann, aber elektrische Rasierapparate machen diese Aufgabe viel leichter.

In mir strahlt ein inneres Licht. Selbst wenn das Treffen heute Abend ohne eine Einigung endet, werde ich schon froh darüber sein, es mit Eilidh verbracht zu haben.

Ich hoffe, dass sie hinterher hierher zurückkehren will, um sich wenigstens noch ein wenig zu unterhalten.

Ja, ich spüre genau, wann John und Mark sie in meine Suite führen, und es kostet mich jedes Quäntchen Selbstbeherrschung, nicht tropfnass und splitterfasernackt hinauszustürmen, um sie zu begrüßen.

Gerissen, Van Sussex. Sehr gerissen.

Ich stürze mir noch einen Beutel kaltes Blut hinunter, während ich entscheide, was ich anziehen möchte. Heute Abend wähle ich einen dreiteiligen Anzug ohne Krawatte. Ich entscheide mich schließlich für einen anthrazitfarbenen Blazer, eine Hose und eine Weste, mit einem mitternachtsblauen Hemd, das am Kragen offen ist.

Es ist mir egal, was die Werwölfe über mein Äußeres denken. Ich weiß, dass sie Lucius' Männer dafür belächeln, zu ‚perfekt' und zu ‚künstlich' zu sein. Zu ‚hübsch'. Es ist eine übliche Beschwerde von Wandlern über Vampire.

Gestaltwandler sind von großer Stärke gesegnet. Kombiniert mit dem Besten der Menschheit in ihren

Adern, der Fähigkeit, in der Sonne zu laufen und *Kinder* zu bekommen. Und doch erliegen sie kleinlicher Eifersucht.

Ich bin mir ihrer bewusst, wie sie dort draußen im Wohnzimmer sitzt und auf mich wartet. Sie werden gleich das Abendessen für uns bringen.

Tatsächlich hoffe ich, dass ich sie nach dem Treffen zu einem Eis oder Kaffee überreden kann. Dazu, etwas … Alltägliches zu tun.

Nachdem ich mich angezogen habe und mir bewusst wird, dass ich nur zögere, weil ich nervös bin, schiebe ich den Türstopper schließlich aus dem Weg und öffne die Schlafzimmertür.

Ihr Duft trifft mich zuerst − leicht süß, mit einem Hauch von Aprikosen. Sie steht auf und …

Mein Schwanz wird sofort hart. Ohne nachzudenken, greife ich nach unten und richte ihn mir, weil ich einfach nicht …

Sie ist hinreißend. Schwarzes Haar, das ihr locker über die Schulter fällt, ein Hauch von Make-up und ein schlichtes, aber elegantes, knielanges, schwarzes Kleid mit einem schwarzen bestickten Tuch über den nackten Schultern …

Oh, bei den Göttern, ihre acht Zentimeter hohen schwarzen Stöckelschuhe entblößen ihre Waden und lassen mich sabbern.

„Nun? Wie sehe ich aus?", fragt sie schließlich und mir wird bewusst, wie nervös sie ist. Sogar noch nervöser als ich es bin.

„Atemberaubend. Einfach … perfekt." Ich zwinge mich, den Raum zu durchschreiten und halte ihr die Hand hin. „Darf ich?"

Sie nickt und legt ihre Hand in meine.

Mit meinem Blick auf sie gerichtet, streiche ich mit den Lippen über ihren Handrücken, verweile dort und atme ihren Duft ein. „Du siehst umwerfend aus."

Ihr Mund verzieht sich zu einem schiefen Lächeln. „Danke. Ich hätte nicht gedacht, dass du noch heißer aussehen könntest, aber du tust es tatsächlich."

„Danke." Ich öffne meine Arme für sie und sie sinkt in meine Umarmung. Zunächst noch angespannt, aber dann schmiegt sie sich an mich. Ich grabe mein Gesicht in *ihr* Haar und atme erneut ein. Dieses Mal keine Perücke. „Dein Haar ist wunderschön. Vielen Dank, dass du heute Abend keine Perücke trägst."

„Ja, gewöhne dich besser nicht daran", murmelt sie an meiner Brust.

„Was?" Ich blicke zu ihr hinunter." Warum?"

Sie seufzt. „Das ist eine … Geschichte. Ein Teil meiner Geschichte. Das schlimme daran ist, ich weiß selbst nicht, warum, aber es ist der Grund, warum ich bei der Arbeit Perücken trage."

„Das verstehe ich nicht."

„Ja, nun, ich auch nicht."

Es klopft an der Tür und ich weiß, dass es Mark ist. Ich lasse Eilidh los und öffne. Er rollt den Wagen mit unserem Abendessen herein. Ich führe Eilidh zum Tisch hinüber, ziehe ihr den Stuhl heraus und helfe dann Mark, den Tisch zu decken. Als wir wieder allein sind, nehme ich Platz.

„Ich hoffe, das ist in Ordnung?" Ich habe mich für Lasagne als Hauptgericht entschieden, weil Selene mir erzählt hat, dass dies eine von Eilidhs Lieblingsspeisen ist.

„Es ist ganz wunderbar, danke schön."

Selbst wenn das Treffen heute Abend scheitert, habe ich es bereits geschafft, Eilidh zum Lächeln zu bringen. Also ist der Abend schon ein Gewinn. „Worüber möchtest du reden?"

Sie holt tief Luft. „Ich schätze, ich schulde dir wirklich die ganze Geschichte über mich. Denn um ehrlich zu sein, bin ich versucht, dich später um eine Session mit mir zu bitten. Es wäre nicht fair, dies zu tun, bevor du alles über mich weißt."

Ihr violetter Blick begegnet meinem. Ich lese darin eine berauschende Mischung aus Verlangen und Angst. „Du bist nicht der Einzige, der an informiertes Einverständnis glaubt. Ich könnte nicht damit leben, wenn ich der Grund dafür wäre, dass dir etwas Schlimmes zustößt."

15

Eilidh

ICH MEINE, es ist offensichtlich, dass Dexter sich zu mir hingezogen fühlt. Diese Botschaft habe ich laut und deutlich verstanden, selbst bevor er nach unten greift, um sich die Kronjuwelen zurechtzurücken. Seine aufgeklappte Kinnlade, als er mich in meinem Kleid und den Jimmy Choos dort stehen sah, wäre ein deutlicher Hinweis gewesen, hätte ich nicht schon den letzten Abend mit meinem Kopf in seinem Schoß verbracht.

Heute Abend trinkt er ein Glas Wasser und ein Glas Bourbon. Ich entscheide mich nur für Wasser. „Ich kann mir nicht vorstellen, dass es irgendetwas gibt, was du sagen könntest, das so schockierend wäre, dass es mich davon abhalten könnte, die Dinge mit dir auf eine intimere Ebene zu bringen", sagt er. „Und ich bin im Laufe der Jahre ziemlich versiert darin geworden, auf mich selbst aufzupassen."

Ich denke an mein Telefonat mit Amber zurück. „Oh, das solltest du vielleicht nicht sagen, bis du meine Geschichte gehört hast." Die Lasagne ist fantastisch. Ich nehme mir vor, Selene ein kleines Dankeschön zu schicken, weil sie Dexter so tolle Ratschläge gegeben hat. „Es ist nämlich so, dass ich heute etwas erfahren habe, das ich immer noch versuche … zu verarbeiten."

„Was?"

„Lass mich dir die Geschichte erzählen, wie sie war, *bevor* ich aufgewacht bin."

Er zieht die Augenbrauen zusammen. „Das verstehe ich nicht."

„Ich auch nicht", erwidere ich sarkastisch. „Aber bitte habe Geduld mit mir."

„Hat das, was ich letzte Nacht gesehen habe, damit zu tun?"

„Auf gewisse Weise."

Als er auf seinem Stuhl herumrutscht, kämpfe ich gegen den Drang an, auf seinen Schoß zu klettern. „Wo hast du deine Kampftechniken gelernt?", fragt er.

„Von meiner Mutter. Sie war Stuntfrau und Untergrund-Ringkämpferin."

Ich verstehe, warum er erneut die Stirn runzelt. „Das ist … nicht gerade ein üblicher Beruf für eine Frau."

„Nein, das ist es nicht. Sie war Amerikanerin. Ihre Mutter und ihr Stiefvater waren in der Air Force und auf einem Stützpunkt in Wales stationiert, als sie an der Highschool war. Mom war neunzehn, als ihre Eltern den Stützpunkt wechseln wollten. Also zog sie von zu Hause aus und blieb zurück. Ich glaube, ihr Stiefvater hat sie von klein auf zu Kampfsportkursen geschickt und ihre vier Stiefbrüder brachten ihr bei, wie man schmutzig kämpft.

Sie wohnte ein Stück außerhalb Cardiffs und kam

irgendwie zur BBC. Dort fing sie an, als Stuntfrau in Filmen zu arbeiten. Zu der Zeit hat sie auch meinen Vater kennengelernt, glaube ich."

„Hat sie mit deinem Vater zusammengelebt?"

Hier wird es knifflig. Ich versuche immer noch … zu verstehen, was Amber mir erzählt hat. „Sie hat nicht wirklich viel über ihn gesprochen. Ich war erst acht, als er starb. Ich schätze, sein Tod hat ihr Angst gemacht. Damals fingen wir an, durch die ganze Welt zu ziehen. Weil ich die doppelte Staatsbürgerschaft hatte, konnten wir in die Staaten kommen. Aber auch bevor er starb, unterrichteten sie mich schon von zu Hause aus. Sie arbeitete oft schwarz als Kellnerin und so kam sie auch zu den Ringkämpfen. Manchmal als Ringerin, die mit dem Veranstalter zusammenarbeitet. Um einen Typ, der so aussah, als könnte er den Boden mit ihr wischen, in weniger als fünfzehn Sekunden auszuschalten. Normalerweise durch einen K. O.-Schlag."

Er reißt die Augen weit auf. „Wow."

„Genau." Ihr zu Ehren hebe ich mein Glas. „Wie ich schon sagte, meine Mutter war knallhart."

„Wie ist dein Vater gestorben?"

Ich hole tief Luft. „Behalte diesen Teil des Gesprächs im Hinterkopf, denn wir kommen gleich darauf zurück." Er nickt und ich fahre fort. „Mom wollte nicht darüber reden. Ich erinnere mich daran, dass sie an diesem Tag weinend nach Hause kam. Mit zerschundenen Armen. Ihr Gesicht und die Hände waren irgendwie zerschnitten, als hätte sie sich geprügelt. Sie sagte, dass Dad weg sei und nicht zurückkommen würde."

Ich könnte diesen Tag nicht vergessen, selbst wenn ich es versuchen würde. Auch wenn mein erwachsenes Gehirn inzwischen weiß, dass meine Erinnerung aufgrund meines

Alters und der intensiven Emotionen, die die Ereignisse umgaben, wahrscheinlich mehr als nur ein wenig verzerrt ist. Ich erinnere mich, dass sie nach Hause kam und den Ring meines Vaters am Finger trug.

Ein Ring, den er nur dann trug, wenn er sich bereitmachte, ‚zur Arbeit‘ zu gehen. Wenn er mehrere Tage am Stück wegbleiben würde. Ansonsten trug er ihn an einer Silberkette um den Hals.

Er hat den Ring getragen, als ich in das letzte Mal gesehen habe.

Sie kramte die Silberkette aus ihrem Schmuckkästchen, fädelte den Ring darauf und nahm ihn danach nie wieder ab. Außer zum Duschen.

„Was ist passiert?“, fragt er.

„Ich weiß es nicht genau. Ich habe das Gefühl, jemand hat sie angegriffen. Wir zogen noch in der gleichen Nacht um und sind danach nie wieder lange irgendwo geblieben.“

„Wo ist er begraben?“

„Das weiß ich nicht. Ich kann mich an keine Beerdigung erinnern. Sie hatte seine Überreste auch nicht in Form von Asche, also kann ich es wirklich nicht sagen. Ich habe keine Sterbeurkunde oder irgendetwas.“ Ich dränge die vertraute Trauer weg. „Ich weiß nicht einmal seinen Geburtstag oder das genaue Datum, an dem er gestorben ist. Ich erinnere mich nur daran, dass wir kurz zuvor meinen achten Geburtstag gefeiert hatten. Und an meinem Neunten gab es nur noch Mom und mich.“

„Und du ziehst immer noch ständig um?“

„Ja. Tucson ist mit Abstand am sichersten. Hier bin ich am längsten gewesen.“ Mit der linken Hand greife ich nach oben und berühre den Ring durch mein Kleid. „Ich habe jedoch Angst davor, unvorsichtig zu werden. Jedes

Mal, wenn ich das tue, muss ich am Ende wieder umziehen."

„Du hast gesagt, deine Mutter wurde getötet?"

„Sie wurde überfallen. Sie stürzte und erlitt eine schwere Kopfverletzung. Es gab zwei Pärchen, die es beobachtet haben und die ihr helfen wollten, aber alles ging so schnell. Sie sagten, es war, als wäre der Kerl aus dem Nichts aufgetaucht und hätte versucht, sie zu packen. Aber sie schrie und wehrte sich. Dann stürzte sie und schlug mit dem Kopf auf. Der Kerl verschwand, bevor die Umstehenden ihn aufhalten konnten. Sie waren zu sehr um meine Mutter besorgt, um zu sehen, in welche Richtung der Typ verschwunden war. Und es gab kein Video, das es beweisen konnte. Sie haben ihn nie geschnappt."

Ich erinnere mich daran, neben ihrem Bett auf der Intensivstation zu stehen und wie mir die Krankenschwester die Tüte mit ihren Habseligkeiten reichte. Der Ring war mit in ihren Sachen gewesen, aber nicht an der Kette, an der sie ihn normalerweise trug. Sie trug ihn sonst immer um den Hals. Sie sagten mir, er hätte an ihrem Finger gesteckt, als sie eingeliefert wurde. Ich habe den Ring sofort wieder auf die Kette gefädelt und ihn angelegt, weil ich nicht riskieren wollte, ihn zu verlieren.

Ich erinnere mich daran, wie die Linien auf den Monitoren langsamer wurden und schließlich zum Stillstand kamen, nachdem ihre Lebenserhaltung abgeschaltet worden war.

Ich erinnere mich daran, wie ich mich fühlte. Ich spürte eine neue, ungewohnte Wut tief in mir, die so weißglühend brannte, dass ich Angst hatte, irgendwelche Emotionen auszudrücken. Ich befürchtete, durch das Krankenhaus zu randalieren und Menschen zu töten, nur um von meinem eigenen Elend erlöst zu werden.

„Es tut mir leid", sagt er und reißt meine Aufmerksamkeit zurück in die Gegenwart. „Wie alt warst du da?"

„Siebzehn. Drei Monate vor meinem achtzehnten Geburtstag. Ich hatte Glück, dass unsere Nachbarin mich bei sich wohnen ließ, sodass ich nicht in eine Pflegefamilie musste. Von dem Tag an, als ich achtzehn wurde, war ich auf mich allein gestellt."

„Was ist mit der Familie deines Vaters?"

„Ich weiß nichts über sie. Ich bin mir nicht einmal sicher, ob der richtige Name meines Vaters auf meiner Geburtsurkunde steht."

„Aber du hast Onkel. Nicht wahr?"

„Stiefonkel. Meine Mutter stand ihnen nicht sehr nah und hat den Kontakt zu ihnen verloren. Ich weiß nicht einmal, ob sie noch am Leben sind, oder wo sie sich aufhalten. Ich weiß, dass ihre Mutter, ihr Vater und ihr Stiefvater alle gestorben sind, als ich noch jung war." Ich nippe an meinem Glas. „Ich bin eine Ein-Personen-Familie. Abgesehen von ‚Onkel' Lucius und ‚Tante' Selene. Und Garrett und Amber. Meine Wahlfamilie."

„Hast du schon jemals versucht, einen dieser DNA-Tests zu machen?"

Ich erschaudere. „Nein. Weil es vielleicht das Beste ist, wenn manche Dinge in der Vergangenheit bleiben. Wenn ihn jemand umgebracht hat, möchte ich vielleicht nicht, dass es eine Möglichkeit gibt, mich aufzuspüren." Ich deute auf mein Haar. „Das ist mein natürliches Haar, aber erinnerst du dich, dass ich gesagt habe, dass du dich nicht daran gewöhnen sollst?"

„Ja?"

„Es … verändert sich."

„Was meinst du damit?"

„Ich meine, als wir uns neulich kennenlernten, war

mein Haar eine Art Goldblond. Dann, am Morgen nachdem ich dich getroffen hatte, sah es beim Aufwachen *so* aus …" Ich zeige darauf. „Das macht es schon mein ganzes Leben lang. Es kann wochenlang oder sogar monatelang die gleiche Farbe haben. Dann wache ich eines Morgens auf und es hat eine andere Farbe. Meine Augenbrauen auch. Aber ich kann dir nicht sagen, ob der Teppich zu den Vorhängen passt, weil die Böden kahl sind, wenn du verstehst, was ich meine."

Ja, ich sehe, wie sein Blick über mich streift, als würde er sich genau *das* ausmalen. Ich will nicht leugnen, dass ich mehr als nur ein wenig Hitze verspüre, zu wissen, dass ich eine solche Wirkung auf ihn habe.

Das lange Schweigen wird fast unangenehm. „Deshalb trägst du Perücken bei der Arbeit?"

„Deshalb trage ich Perücken bei der Arbeit. Weil ich nicht will, dass die Leute Fragen über meine Haare stellen."

„Warum passiert es?"

Ich winke ihm mit der Gabel zu. „Gute Frage. Ich habe keinen blassen Schimmer."

„Gar keinen?"

„Nein. Und das ist auch noch nicht alles, was an mir anders ist. Ich kann hören und riechen und Dinge auf eine Weise wahrnehmen, wie es Vampire und Wandler können. Ich könnte vielleicht niemanden anhand seines Geruchs aufspüren, aber ich kann deinen Geruch von dem eines anderen Vampirs, eines Menschen oder eines Wandlers unterscheiden. Ich höre den Unterschied auch. Vampire klingen anders, weil sie nur zum Sprechen atmen, nicht weil sie, du weißt schon, es tatsächlich tun *müssen*. Genauso wie ihr Puls." Ich entschließe mich, ihm noch eine Krume hinzuwerfen. „Ich kann sogar Erregung riechen." Ich lasse meinen Blick kurz zu seinem Schoß sinken und zwinge mich, nicht zu kichern, als seine Augen sich weiten und er sich räuspert.

Ich kann sehen, wie sich die Zahnräder in seinem Kopf drehen und hoffe, dass meine Chance darauf, versohlt und gekuschelt zu werden, wegen meiner Ehrlichkeit nicht in den Keller gehen. „Das ist … ungewöhnlich.“

„Ohne Scheiß.“

„Denkst du, dass es damit zu tun hat, dass du immun gegen die Kräfte von Vampiren bist?“

„Das weiß ich nicht. Möglicherweise. Aber erinnerst du dich daran, dass ich dir gesagt habe, dich an den Teil über den Tod meines Vaters zu erinnern?“

„Ja?“

„Ich habe vorhin mit Amber gesprochen.“ Ich erkläre, wer sie ist und welche Fähigkeiten sie hat, und erzähle ihm dann von unserem Gespräch, während ich seinen Gesichtsausdruck beobachte.

Er ist gut, das muss ich ihm lassen. Ein perfektes Pokerface, sogar für Vampirverhältnisse. „Und du denkst nicht, dass sie sich irrt?“

„Nicht bei so etwas, nein.“

„Du kannst nicht halb Vampir sein“, sagt er schließlich. „Es ist für Vampire unmöglich, Kinder zu zeugen oder schwanger zu werden.“

„Richtig.“

Er nimmt einen Bissen von seinem Essen und kaut langsam. „Die meisten Wandler sind immun gegen die Kräfte eines Vampirs. Zumindest bis zu einem gewissen Grad. Starke Wandler schon. Manchmal sind auch Nicht-Wandler gegen die Kräfte von Vampiren gefeit.“

„Ja.“

„Ich habe im Laufe der Jahre Dutzende Gestaltwandler

verschiedenster Spezies getroffen", sagt er. „Du riechst nicht wie irgendeine Wandlerrasse, die mir je begegnet ist."

„Das haben mir andere Wandler auch gesagt. Und auch Lucius. Aber es gibt Feen, nicht wahr?"

„Ja, aber ich selbst weiß nicht viel über sie." Er mustert mich. „Wenn ich mich nicht täusche, hat Lucius mehr Erfahrung mit ihnen als ich. Wenn er dich als solche erkannt hätte, hätte er es gesagt."

„Oh." Das hilft also auch nicht weiter.

„Wie kann ich dir bei der Suche nach deinem Vater behilflich sein?"

Gute Frage. „Ich kann nicht so weit im Voraus denken. Ich will erst einmal die heutige Nacht überstehen." Ich stochere in meinem Essen herum. „Ich würde es verstehen, wenn du jetzt lieber aussteigen möchtest, anstatt die Sache mit mir vorzuführen. Ich möchte nichts tun, was irgend- welche Aufmerksamkeit auf dich lenken könnte. Mit mir zusammen zu sein, könnte … seltsam werden."

Dexter streckt seine Hand aus. Seine Berührung ist federleicht, als er mit der Rückseite seiner Finger über meine Wange streicht, so wie er es letzte Nacht getan hat. „Ich habe in meinem Leben eine Menge überlebt. Einschließlich größeren Herzschmerz, als ich es jemals für möglich gehalten hätte. Ich werde nirgendwo hingehen, es sei denn, du bittest mich darum."

Ich wage es, seinem Blick zu begegnen. Diese strahlend blauen Augen, die mich unentwegt anschauen, lassen mein Innerstes schmelzen. Und das nicht wegen seiner Vampirkräfte.

Das muss doch etwas zu bedeuten haben, nicht wahr? Vielleicht hat Amber recht.

Denn hinter der kühlen Fassade dieses Mannes verbirgt sich eine anständige, fürsorgliche Seele. „Du kannst mich nicht kontrollieren", sage ich leise. „Deine Kräfte funktionieren bei mir nicht. Du hast gesehen, was ich mit Tonio gemacht habe. Und jetzt ... könnte *neuer* Wahnsinn am Horizont auftauchen. Ich bin immer noch dabei, alles zu verarbeiten, und weiß nicht einmal, wo ich anfangen soll, nach ihm zu suchen."

„Lass mich dir bitte wenigstens helfen. Ich kann Detektive anheuern, ich kann dafür bezahlen ..."

„Nein." Ich kann nicht glauben, dass ich das gesagt habe. „Ich weiß, wie das läuft. Was ist, wenn ich ihn finde und er zu einer Vampirjäger-Familie gehört? Wie das, was mit Selene passiert ist. Was ist, wenn alles, was ich weiß, eine Lüge ist? Was ist, wenn ich manipuliert werde und es nicht einmal weiß?"

„Was, wenn du es nicht wirst, und dich nur aus Angst zwingst, die Dinge auf die harte Tour zu machen? Es gibt keine Macht, die irgendein Vampir hat, um einen Menschen immun gegen Vampirkräfte zu machen. Selenes Gedächtnis wurde ausgelöscht und manipuliert."

„Und wenn es bei mir genauso wäre?"

„Sie können deine Fähigkeit und deinen Widerstand nicht fälschen." Er streichelt meine Wange und ich lehne mich in seine Berührung. „Es gibt keinerlei Möglichkeit, deinen Geschmack zu fälschen. *So etwas* gibt es nicht. Wenn es so wäre, hätte es ein geschäftstüchtiger Vampir schon vor Jahrzehnten in Massenproduktion hergestellt. Lucius hätte es mit Sicherheit getan. Ob du ein Hybrid durch natürliche Mutation bist oder weil dein Vater etwas ist, das wir noch nicht verstehen, du bist *du*."

Ich würde so gern glauben, dass es wahr ist. „Könntest du mit mir zusammen sein, wenn ich niemals verwandelt werden wollte?"

Er lächelt. „Du hast doch noch gar nicht zugestimmt, mit mir zusammen zu sein. Ich denke, dieses Gespräch ist verfrüht. Aber ich würde niemals einen Menschen gegen seinen Willen verwandeln. Also ja, ich würde gern den Rest deines Lebens mit dir verbringen."

„Hast du schon viele Menschen verwandelt?"

Er lehnt sich zurück und fängt wieder an zu essen, nur um dann einen gewichtigen Seufzer auszustoßen, – ironisch, ich weiß, weil er eigentlich gar nicht ... ihr wisst schon ... atmet. „Selten und schon seit Jahrhunderten nicht mehr."

„Warum nicht?"

Dex greift nach seinem Bourbon und schwingt die bernsteinfarbene Flüssigkeit herum, bevor er daran nippt. „Weil ich den ersten Menschen, den ich verwandeln wollte, getötet habe. Ich war unglaublich verliebt und habe mich trotz meiner Bedenken und in Kenntnis der Risiken dazu überreden lassen. Es hat mir das Herz gebrochen."

Oh Gott. Jetzt fühle ich mich wie ein Vollidiot. „Das tut mir so leid. Wie hieß sie?"

Sein Mundwinkel verzieht sich zu einem Grinsen. „Robert."

„Das ... ist kein Frauenname."

„Nein, das ist er nicht." Er sieht mich mit hochgezogenen Augenbrauen an. „Ich schätze, im modernen Sprachgebrauch nennt man mich ‚pansexuell'. Ich fühle mich zu einer Person hingezogen, nicht zu einem Geschlecht. Schon vor meiner Hochzeit habe ich mich zu Männern und Frauen hingezogen gefühlt. Ich hatte mein ganzes Leben lang Liebhaber beider Geschlechter. So alt, wie ich bin, würde es ziemlich langweilig werden, sich immer nur an ein Geschlecht zu halten. Ist das ein Problem für dich?"

Verdammt. Nein, er wurde in meinem Kopf gerade noch tausendmal heißer.

Oberflächlich, ich weiß. Verklagt mich doch dafür.

„Nein. Das tut mir wirklich leid. Und du hast versucht, ihn zu verwandeln, weil du ihn geliebt hast?"

Seine tiefe samtige Stimme lässt unerträglichen persönlichen Schmerz erahnen. „Das, und weil er im Sterben lag. Tuberkulose ist meine beste Vermutung, basierend auf dem, was ich jetzt weiß. Ich weiß nicht, ob er starb, weil er durch die Krankheit bereits so geschwächt war, oder durch das, was ich getan habe. Vielleicht eine Kombination. Er war noch in einem frühen Stadium der Krankheit. Er hätte wahrscheinlich noch ein paar Jahre gelebt, wenn ich nicht versucht hätte, ihn zu verwandeln. Jedes Mal, wenn ich ihn von mir trinken ließ, hat es ihn gestärkt. Aber die Krankheit wurde in seinem System nie völlig besiegt.

Damals war ich jünger und nicht so stark und mein Blut konnte ihn nicht komplett heilen. Er hat es mehrere Jahre lang überstanden. Ihn von mir trinken zu lassen, hielt ihn am Leben und stark, obwohl die Krankheit jedes Mal, wenn sie wieder zuschlug, stärker zurückkam. So als würde sie gegen mein Blut immun werden."

Er trinkt noch einen Schluck. „Einen Menschen zu verwandeln, ist bereits unter den besten Umständen äußerst riskant. Man muss sie an den Rande des Todes bringen, damit der Virus, der uns zu dem macht, was wir sind, ihr System infizieren und sie töten kann. Wenn sie diesen Prozess überleben, muss man sich um sie kümmern. Man muss sie füttern. Sie vom eigenen Blut entwöhnen, damit sie allein überleben können. Die meisten, die die erste Verwandlung überlebt haben, sterben irgendwo in diesem Prozess. Oft liegt es daran, dass sie verrückt werden und etwas tun, das sie umbringt. Nur die mächtigsten Vampire können die Verwandlung erfolgreich durchführen. So wie Lucius. Und nur die mächtigsten Verwandelten können sie als neue Vampire überleben."

Oh Gott. „Das tut mir so leid." Die stillen Wasser dieses

Mannes sind wirklich tief. „Und du? Bist du jetzt mächtig?"

Er zuckt mit den Schultern. „Das nehme ich an. Andererseits dachte ich, ich wäre es auch damals gewesen. Aber ich war damals weniger als fünfhundert Jahre alt. Zu dieser Zeit wusste ich nicht, was ich nicht wusste. Meine Unwissenheit und Arroganz waren komplett umgekehrt zu dem, was sie jetzt sind."

„Hast du noch jemand anderen verwandelt?"

„Das habe ich, aber nicht, weil ich verliebt war. Es war einer meiner Ur-Ur-Ur-Enkel. Wirf noch ein paar weitere ‚Ur' hinein. Der Letzte in der Familienlinie."

„Du hast deine Familie im Auge behalten?"

„Ja, auf gewisse Art und Weise. Als meine Kinder und deren Kinder gestorben waren, bin ich viel gereist. Aber ich habe Leute dafür bezahlt, nach ihnen zu sehen. Ich kehrte immer wieder in diese Gegend zurück. Es war ein Teil meines Herzens und meiner Seele, weißt du. Ein Teil von mir. Dort wo ich Grund und Boden besaß, sogar bis zum heutigen Tag. Und wo ich Robert zur Ruhe gelegt habe, als ich ihn verlor."

„Du hattest keine Angst, dass dein Enkel während der Verwandlung stirbt?"

„Doch, die hatte ich schon, aber er war ein ziemliches Arschloch." Er grinst. „Es hätte mir nicht das Herz gebrochen, wenn er nicht überlebt hätte, so kalt das auch klingen mag. Es war etwa zweihundert Jahre, nachdem ich Robert verloren hatte, als ich versuchte, ihn zu verwandeln. Bis dahin hatte ich viel mehr gelernt. Ich schätze, ich wollte einfach nur sehen, ob es möglich war. Ich dachte, wenn mein Schöpfer so ein Bastard sein konnte und es auf eine solch willkürliche Art und Weise tun konnte, warum sollte ich es dann nicht schaffen, wenn ich vorsichtig und überlegt vorgehe?"

Überraschenderweise klingt es für mich nicht kalt, sondern … praktisch.

„Was ist mit ihm passiert? *Gibt* es ihn noch?“ Denn ich schätze, technisch gesehen, ist er nicht ‚am Leben‘.

„Er wurde schließlich während des nächtlichen Angriffs bei Nairn in 1746 getötet. Ich war nicht dabei, aber ein Freund von ihm. Ein anderer Vampir, der mir später die Nachricht überbrachte. Getötet durch einen Speer und einen Glückstreffer.“

„Deine Familie wusste also, dass du ein Vampir bist?“

„Nur er. Ich war sehr, sehr vorsichtig damit, wen ich in meinen inneren Kreis aufnahm. Im Gegensatz zu anderen bin ich nie auf mörderische Raubzüge gegangen. Ich ließ mich jahrelang an einem Ort nieder und behandelte die Menschen um mich herum immer gut. So gut, dass sie allen Grund hatten, mich zu beschützen, mir gegenüber loyal zu sein und mich nicht zu fürchten. Ich habe immer darauf geachtet, sie freundlich und großzügig zu behandeln. Außerdem habe ich sie vielleicht … mit meinen Kräften beeinflusst, um ihr Schweigen zu gewährleisten. Was glaubst du, wie ich so lange überlebt habe?“

„Überlebt?“ Ja, ich klinge schnippisch.

Er zuckt mit den Schultern. „So etwas in der Art. Ich habe mir nicht viele Feinde gemacht. Um die wenigen, die ich habe, habe ich mich gekümmert. Ich mache keine halben Sachen oder lasse Unerledigtes zurück.“

„Werde ich eine unerledigte Sache sein, jetzt, wo ich von dir weiß und du mich nicht bezirzen kannst?“

Er lächelt. „Eine wunderschöne, unerledigte Sache. Du bist mir ein Rätsel. Du machst mich … neugierig. Ich bin nicht mehr gelangweilt.“

„Heißt das, du wirst mich umbringen, wenn ich anfange, dich zu langweilen?“ Ich nehme ihn nur auf den Arm, aber ich bin neugierig auf seine Antwort. Wenn ich ernsthaft denken würde, dass ich in Gefahr schwebe, würde ich mit Lucius und Garrett reden und sie mit Dexter fertigwerden lassen.

„Auf gar keinen Fall." Er seufzt, aber es klingt schwer wie Blei oder Beton. „Du hast mich dazu gebracht, in dieser Welt bleiben zu wollen. Wenn ich mich je wieder langweile, besteht die einzige Gefahr für mich selbst, nicht für dich."

Ich erschaudere. Ich möchte nicht an eine Welt ohne ihn darin denken.

„Außerdem", fügt er hinzu, „stehst du unter Lucius' Schutz. Ich habe es geschafft, so viele Jahrhunderte zu existieren, ohne mir meinen ‚Onkel' zum Feind zu machen. Ich bevorzuge die Weltordnung, wie sie derzeit ist, vielen Dank."

„Ich muss schon sagen, für einen alten Vampir bist du ganz schön … kühl."

„Ist das ein Wortspiel?"

„Ich meine es wörtlich. Die meisten der älteren Vampire wie Lucius sind …"

„Gierig? Machthungrig? Größenwahnsinnig?" Er grinst.

„Ich wollte eigentlich *grenzwertig* oder *Vollidioten* sagen, aber ja, das passt auch."

Ich liebe den Klang seines Lachens. „Ich nehme an, du denkst nicht derart über Lucius?"

„Nein. Ich meine, er kann ein Arschloch sein. Wenn ihn jemand nervt, aber ich verstehe es. Wenn man ihn höflich und respektvoll behandelt, erwidert er es. Ich habe noch nie ein Problem mit ihm gehabt. Ich betrachte Selene als eine meiner besten Freundinnen. Er ist verrückt nach ihr. Sie hat diesen Dom um ihre Pfoten gewickelt und sie wissen es beide."

„Du interessierst ihn aber auch."

„Ich schätze schon. Ich bringe ihm Geld ein. Eine *Menge* Geld. Das kann nicht schaden.“

Er mustert mich einen Moment lang. „Glaubst du, er würde dich gehenlassen?“

„Ich habe die Freiheit, zu kommen und zu gehen, wann ich will. Unser Deal war immer, dass ich weiterziehe, wenn ich es tun muss. Und dass er es mir nicht übel nimmt. Ich habe ihm von meinem kleinen nächtlichen Besucher erzählt, als er mich eingestellt hat. Ich wollte nicht, dass es aus heiterem Himmel kommt und er denkt, ich hätte ihn angelogen, wenn ich plötzlich weg muss.“

Ich studiere mein Wasserglas und bin in diesem Moment nicht in der Lage, Dexter in die Augen zu sehen. „Ich weiß, dass er meine Geschichte gründlich recherchiert hat, als ich angekommen bin. Ich bin noch am Leben, also habe ich den Schnuppertest offensichtlich bestanden.“

„Sozusagen.“

„Ja.“ Ich zucke mit den Schultern und schaue schließlich auf. „Wie du schon gesagt hast, ich langweile ihn nicht. Und ich bin nützlich für ihn und für die Wandler. Ich kann mich frei zwischen ihnen bewegen.“ Natürlich denke ich jetzt wieder an Ambers Gewissheit bezüglich ihrer Vision. „Ich muss Lucius auf den neuesten Stand bringen und ihm erzählen, was Amber gesagt hat und … alles andere. Er kennt nicht die ganze Geschichte.“

„Dein Haar?“

Ich schüttle den Kopf. „Soweit er weiß, könnte ich eine Glatze unter dieser Perücke haben. Ich weiß, dass Lucius nicht immer den besten Ruf hat, aber er hat für Ordnung gesorgt. Ist er rücksichtslos? *Nun, ja.* Verdammte *Vampire.* Das gehört wohl irgendwie dazu.“

Er lächelt. „Bist du eifersüchtig auf Selene? Dass sie seine Königin ist?“

„Neeeiiin.“ Ich trinke noch einen Schluck Wasser.

„Sieh mal, ich würde lügen, wenn ich behauptete, dass Lucius und seine Männer hässliche Gestalten sind. Sie sind hinreißend. Genau wie du. Als ich Lucius das erste Mal von mir kosten ließ … Ich muss ehrlich sein, da wäre ich fast abgehauen, nachdem er mir gesagt hat, wie ich schmecke. Ich hatte Angst, er könnte versuchen, mich gefangen zu halten."

„Warum hast du es nicht getan?"

Ja, warum eigentlich nicht? Dexter unterbricht mich nicht, während ich darüber nachdenke. „Ich schätze, weil ich gespürt habe, dass ich ihm vertrauen kann. Das und die Tatsache, dass ich fünfunddreißig bin. Ich habe es satt, allein zu sein. So ganz ohne Familie …"

Er reißt vor Schock die Augen weit auf. Er war gerade dabei gewesen, einen Schluck Bourbon zu trinken, spuckt jedoch tatsächlich alles in sein Glas zurück und verschluckt sich an seinem Schnaps. „Du bist *fünfunddreißig*?", fragt er, sobald er aufhört zu husten.

„Ja, ich weiß. Ich weiß. Ich sehe jünger aus." Er starrt mich weiterhin mit offensichtlicher Ungläubigkeit an. „Moment. Du kannst akzeptieren, dass du mich nicht bezirzen kannst, dass mein Blut einen ungewöhnlichen und süchtig machenden Geschmack hat, mein Haar ein Eigenleben – und ist dir aufgefallen, dass ich verdammt *violette* Augen habe? – ich habe Superkräfte mit meinem Gehör und Geruchssinn und ich kann einen Vampir mit einem dünnen Bleistift und meinem Scharfsinn pfählen. Ich werde von einem übernatürlichen Wesen verfolgt und oh, lass uns noch hinzufügen, dass mein Dad anscheinend doch nicht tot ist, sollte meine Hellseher-Freundin recht haben … Aber du kannst nicht glauben, dass ich fünfunddreißig bin? *Damit* überschreite ich die Grenze? *Ernsthaft?*"

„Es ist nur … Ich meine …" Er greift nach seiner

Serviette und tupft sich den Alkohol von den Lippen. „*Diese* Enthüllung habe ich nicht erwartet. Das ist alles."

„Niiiieemand erwartet es", nicke ich und hoffe, dass er die Anspielung versteht.

Er lächelt. „Wenn die Spanische Inquisition nur so bezaubernd gewesen wäre wie du, hätte ich sie vielleicht sogar genossen."

16

Dexter

JA, ich weiß. Eilidh hat völlig recht damit, dass es lächerlich ist, dass mich ihr *Alter* aus dem Konzept bringt.

„Wenn es dich tröstet, hat Lucius mir mein Alter am Anfang auch nicht geglaubt", fügt sie hinzu.

„Wie hast du es ihm bewiesen?"

„Ich habe ihm meine Geburtsurkunde gezeigt und ihn recherchieren lassen. Außerdem habe ich ihm eine Menge Referenzen gegeben."

„Tatsächlich?"

„Ja. Ich wurde noch nie gefeuert und bin auch noch nirgendwo im Streit gegangen. Es gab eine Menge Vampire, die für mich bürgen konnten. Und auch Wandler."

„Warum bist du dann umgezogen?"

„Ähm, mein kleiner zeitweiliger Stalker?"

„Ach richtig."

Eine angenehme Stille breitet sich für ein paar

Minuten über uns aus. Wir essen weiter, bevor sie das nächste Mal spricht. „Schreckt dich das nicht ab?"

Ich will sie wirklich nicht anlügen oder verschrecken. Es könnte sich herausstellen, dass sie eine geheime Art von Wandlerin ist, die geschickt wurde, um mich zu töten. Und – die Götter mögen mir beistehen – ich würde sie trotzdem begehren.

„Ich möchte dir helfen, das Geheimnis zu lüften", sage ich schließlich. „Und nein, es schreckt mich nicht ab."

Ich spüre, dass sie versucht, den Mut für eine Frage aufzubringen – eine ziemlich große – also lasse ich die Stille zwischen uns wachsen. Ihre Wangen sind leicht gerötet. Es ist ein entzückender rosa Farbton, der mich verzaubert.

„Du hast keine Angst vor mir?" Das ist die Stimme einer verletzlichen Frau, nicht die der angriffslustigen Kämpferin, die ich mit eigenen Augen gesehen habe, als sie einen Vampir zur Strecke brachte.

Langsam schüttele ich den Kopf und lehne mich zurück. „Nicht im Geringsten."

„Ich weiß nicht, ob das *mir* Angst machen sollte", murmelt sie, bevor sie nervös einen Schluck Wasser trinkt. Nach einem tiefen, zittrigen Atemzug beißt sie sich auf die Unterlippe und mein Schwanz pulsiert als Reaktion darauf. „Nach dem Treffen … Vielleicht könnten wir mehr tun, als nur zu kuscheln? Aber du darfst nicht von mir trinken", fügt sie schnell hinzu. „Wenn du das nicht versprechen kannst, verstehe ich es. Es ist weder schlimm noch schändlich."

Ich zwinge mich, ruhigzubleiben, und atme tief durch. „Wenn du damit Sex meinst, ohne dich zu beißen, dann ja. Dazu bin ich durchaus in der Lage. Außerdem habe ich mich heute schon gesättigt."

„Ja. Diese Lasagne ist gro– *oh*." Sie blinzelt. „Du meinst … Du hast *getrunken*."

„Ich habe einen Mini-Kühlschrank im Schlafzimmer, der voll mit Blutbeuteln ist." Ich zeige darauf. „Du kannst nachsehen, wenn du willst."

Ihr erleichtertes Aufatmen verrät mir, dass der plötzliche Anstieg ihres Pulses Eifersucht bedeutet.

Das freut mich mehr, als ich es zugeben möchte.

„Nein, ich glaube dir."

„Gibt es sonst noch etwas, was du heute Abend tun möchtest?" Ich kämpfe jetzt bereits damit, eine Welle von schmutzigen, sexy Dingen zurückzudrängen, die ich mit ihr machen und ihr antun möchte. Ich muss mich heute Abend konzentrieren. Und mich der Fantasie darüber hinzugeben, sie zu fesseln und ihre Muschi mit dem Mund in Besitz zu nehmen, hilft mir dabei nicht gerade.

Ja, ich kann ihre Erregung riechen und das macht es mir schwer zu denken. Am liebsten *will* ich vor ihr auf die Knie fallen, ihre Schenkel auseinanderdrücken und mein Gesicht dazwischen vergraben. Damit ich den ganzen Abend damit verbringen kann, sie zu schmecken und zu befriedigen.

Ich will, dass sie genauso süchtig nach mir wird, wie ich es bereits nach ihr bin.

Dass sie die Tiefe meiner Besessenheit mit ihr nicht erkennt, macht *mich* äußerst verwundbar, und sie weiß es nicht einmal.

Die rosafarbene Spitze ihrer Zunge schnellt heraus und sie leckt sich über die Lippen. „Ein versohlter Hintern und ein paar Orgasmen klingen … gut."

„Allerdings." In gewisser Weise bin ich froh, dass ich sie nicht bezirzen kann. Es bedeutet, dass sie das sagt, weil sie es *will*. Weil sie es *wirklich* will.

Sie will es so unbedingt, dass es sie zwingt, ihre Ängste zu überwinden.

„Also … Nicht, dass ich das nicht hier machen will. Nur vielleicht noch nicht … jetzt?“ Ich lasse sie ausreden. „Es gibt diesen privaten Raum im Club Toxic, in dem wir uns neulich unterhalten haben. Wir könnten uns darin einschließen. Und es ist sicher dort, falls wir zu lange spielen und du nicht zurückkommen kannst. Es ist okay für dich, dich für den Tag darin zu verschanzen.“

„Um eines klarzustellen, ich glaube nicht, dass ich im Hauptverlies spielen möchte. Bei unserem ersten Mal“, gebe ich zu. „Möglicherweise werde ich nie damit einverstanden sein, vor anderen Vampiren mit dir zu spielen. Ich bin … sehr besitzergreifend.“

Sie öffnet die Lippen und ihr Puls überschlägt sich, als ihr ein leichtes Keuchen entweicht. „Tatsächlich?“

„Ja. Ich teile nicht gern.“ Ich strecke die Hand aus und streiche mit einem Finger leicht über ihren Handrücken. „Und ich will verdammt noch mal nicht, dass einer von ihnen auch nur einen Hauch deines Blutes riecht.“

„Nicht?“

„Nein. Weil ich jeden umbringen würde, der meint, er hätte das Recht, auch nur darum zu bitten, dich zu schmecken. Sogar Lucius.“

Sie schluckt nervös. Ihr Blick folgt jetzt dem Weg meines Fingers, während ich langsame Kreise über ihr Fleisch zeichne. An der Art, wie ihr Puls plötzlich pulsiert, erkenne ich, dass sie erregt ist. „Ähm, okay.“ Sie nickt. „Vielleicht wäre es dann am besten, wenn wir allein sind.“

Sie ist ein riesiges Risiko eingegangen, also ist es vielleicht an der Zeit, dass ich auch eins eingehe. „Eilidh.“ Ich warte, bis sie aufschaut und meinem Blick begegnet. In ihren Augen liegt volles Verständnis und Bewusstheit. Mein Schwanz wird total hart davon, zu wissen, dass ich mich bei ihr zumindest in dieser Hinsicht nicht zurückhalten muss.

Mir wird bewusst, dass sie sich die meiste Zeit ihres Lebens auf sich selbst verlassen hat und keinen Beschützer hatte.

Keinen Partner.

Jemanden, der ihr den Rücken freihält.

Wenigstens konnte ich es mir immer leisten, für Schutz und Hilfe zu bezahlen.

„Ich werde dich niemals gehen lassen. Selbst wenn ich den Rest meines Lebens damit verbringen muss, dich aus der Ferne zu beobachten und zu beschützen, weil du mich nicht direkt in deinem Leben haben willst. Dann würde ich das tun. Aber wenn du in meiner Gegenwart bist? Dann *werde* ich dich bis in den Tod verteidigen und du kannst mich nicht daran hindern, das zu tun. Es ist *meine* Entscheidung."

Ihre Lippen öffnen sich erneut. „Oh!" Ich rieche eine erneute Welle der Erregung, die die Luft parfümiert. Es bringt mich fast zum Sabbern.

„Wie wäre es mit diesem Vorschlag – worauf auch immer du nach dem Treffen Lust hast, das werden wir tun. Ohne Druck. Alles von verrücktem wilden Sex und Spielen, bis hin zu einem Tisch in einem Café, an dem wir Frappés schlürfen und miteinander reden."

„Wirklich?"

„Wirklich. Ich weigere mich, es zu überstürzen und einen Fehler mit dir zu machen. Tage, Monate – Jahre. Ich werde hier sein und geduldig auf dich warten."

Ich warte, während sie tief und erleichtert einatmet und nickt. „Abgemacht."

„Danke, dass du mir vertraust." Ich möchte diesem Kommentar etwas hinzufügen – *Liebling, Mädchen, Schatz.*

Liebste.

Sie lächelt. „Ja, es ist irgendwie witzig, dass es in meinem Leben immer die gefährlichsten Jäger waren, denen ich am meisten vertrauen konnte. Wenigstens sind sie … berechenbar."

❧

BEVOR ICH MIT EILIDH HINAUSGEHE, sende ich meinen Männern eine SMS. Mark ruft unten an der Rezeption an und mein Mietwagen steht am Vordereingang für uns bereit, als wir aus der Lobby kommen. Ich halte ihr die Beifahrertür auf und warte, bis sie eingestiegen ist, um sie zu schließen. Dann gehe ich um den Geländewagen herum, um mich selbst ans Steuer zu setzen.

„Ich muss schon sagen, ich bin ein bisschen überrascht", gibt sie zu, als wir losfahren. „Ein Audi Q3? Das ist ja schon etwas unter deinem Niveau."

„Warum?"

„Es ist kein Sportwagen und auch kein Italiener."

„Er ist praktisch und bequem."

„Wie viele Bugattis besitzt du?" Ich kann an ihrem neckischen Tonfall erkennen, dass sie ein wenig lockerer wird.

„Keinen einzigen. Keine Ferraris, keine Lamborghinis, keine McLarens, keine Paganis."

„*Wow*. Ich dachte irgendwie, das wäre eine Voraussetzung für Vampire. Lass das bloß nicht Lucius hören. Er könnte versuchen, dir deine Mitgliedschaft für den ‚Club Cooler Vampire' zu entziehen."

Sie bringt mich zum *Lachen*. Wie lange ist es schon her, dass mir wirklich einmal nach Lachen zumute war?

Eine Ewigkeit, wie es scheint. „In Atlantic City habe ich einen Ford Mustang und einen Honda Pilot. In Schottland und London fahre ich Land Rover. In meinen anderen Häusern habe ich Autos, die ich auch vor Ort reparieren lassen kann. Exotische Wagen sind ein Ärgernis und ziehen so viel Aufmerksamkeit von Außenstehenden und dem Finanzamt auf sich. Ganz zu schweigen davon, dass sie Verbrechen anziehen. Und viel Glück dabei, zu versuchen, jemanden zu finden, der dir das Öl wechselt, wenn man eine Autoreise machen will."

„Du verreist mit dem Auto?"

„Gelegentlich. Natürlich nur gut geplant, was die Stopps und Logistik angeht. Deshalb ist ein Geländewagen eine klügere Wahl. Ich kann all die Hilfsmittel darin verstauen, um ein Zimmer sicher zu machen. Das vampirische Äquivalent für ein primitives Leben."

„Ich bin angenehm überrascht. Ich glaube nicht, dass ich jemals einen Vampir getroffen habe, für den Primitivität nicht bedeutet, Blutkonserven zu trinken, geschweige denn irgendwo hinzufahren."

„Ich habe auch schon ab und zu Wohnmobile gemietet. Manchmal muss ich einfach aus der Stadt raus und allein sein, aber ich kann nicht jedes Mal nach Schottland fliegen. Ganz zu schweigen davon, dass du dich an die Zeit erinnern musst, in der ich aufgewachsen bin. Alles was jetzt primitiv erscheint, ist für mich immer noch ein Luxus im Vergleich zu damals."

Sie legt eine Hand auf meinen Oberschenkel. „Ich kann ehrlich sagen, dass ich noch nie einen Vampir wie dich getroffen habe."

Ich nutze die Gelegenheit, um meine Hand auf ihre zu legen, und verschränke meine Finger mit ihren. „Und ich kann ehrlich sagen, dass ich noch nie zuvor einen Menschen wie dich getroffen habe."

Der Kampfclub befindet sich in einer Art neutraler Zone des Paktes, den Lucius mit Garrett Green und den Tucson-Werwölfen geschlossen hat. Es handelt sich um ein großes, unscheinbares Lagerhaus in einem Industriegebiet. Der Parkplatz ist etwa zu drei Vierteln gefüllt.

Normalerweise würde ich sie an der Tür absetzen und einen Parkplatz finden, aber ich weigere mich, sie allein warten zu lassen. Besonders, da ein großer, muskelbepackter Kerl vor der Tür Wache steht. Wahrscheinlich ein Wandler.

Ich parke. Bevor ich aussteigen kann, um ihr die Tür zu öffnen, stoppt sie mich mit ihrer erhobenen Hand. „Bitte überlass mir die Führung. Ich kenne den Kerl an der Tür. Er ist einer der Wölfe. Keine Weitpisswettbewerbe, weißt du noch?"

„Er ist nicht der erste Wandler, mit dem ich zu tun hatte, und er wird auch nicht der letzte bleiben."

„Ist das ein Ja? Mein Ruf steht auf dem Spiel." Ich spüre, dass ihre Angst nicht nur mit mir zu tun hat, sondern auch damit, dass wir nachts unterwegs sind. Es ist mir nicht entgangen, wie sie sich während der Fahrt immer wieder umgedreht hat und sich mehrfach vergewisserte, dass die Tür verriegelt war.

„Ja, natürlich werde ich mich benehmen." Ich steige aus und öffne ihr die Tür. Dann strecke ich ihr den Arm hin, wie ich es in der ersten Nacht getan habe. Ich liebe die Wärme ihrer Berührung und verlangsame meine Schritte, damit sie keine Mühe hat, mit mir über den Parkplatz zu gehen.

An der Art, wie die Nase des Türstehers zuckt und wie sich seine Haltung verändert, weiß ich, dass er mich bereits gerochen hat.

„Hey Perry", ruft sie.

Das bringt ihn offenbar aus dem Gleichgewicht und er schaut uns finster an. „*Connie*? Bist du das?"

„Ja. Das ist Dexter. Wir haben einen Termin bei Alpha Green. Er erwartet uns. Er hat mich gebeten, Dexter herzubringen, und sagte, er würde an der Tür Bescheid geben.“

Er betrachtet mich immer noch misstrauisch, aber er nickt. „Der Boss hat gesagt, dass ihr kommt.“ Er öffnet die Tür für uns, aber ich vermute, dass er es vorziehen würde, mich zu pfählen.

„Danke!“, zwitschert sie fröhlich und führt uns hinein. Sobald wir im Inneren sind, lässt sie meinen Arm los.

Ich kämpfe gegen den Drang an, nach ihrer Hand zu greifen und sie zurück an meine Seite zu ziehen. Alle Blicke drehen sich augenblicklich zu ihr um und ich könnte leicht jeden einzelnen von ihnen umbringen, bevor der erste Körper auch nur den Boden berührt hätte.

Verdammt. Ich bin wirklich in sie verknallt.

Sie geht zum Tresen hinüber. „Hi, Alpha Green erwartet uns“, sagt sie zu dem Barkeeper.

Er nickt und greift nach einem Telefon, während er mich mit wachsamem Blick ansieht.

Ich verstehe, warum sie seinen Titel benutzt. Sie versucht, die aufgebrachten Gemüter zu beruhigen und die Leute zu warnen, dass es sich hier um eine offizielle Angelegenheit handelt und nicht um ein gesellschaftliches Gespräch.

Schließlich wendet sich die Aufmerksamkeit von uns ab und einem Kampf zu, der sich im Ring weiter hinten im Raum anbahnt.

Während wir warten, mustere ich die versammelte Menge. Es sind Wandler verschiedener Spezies anwesend. Hauptsächlich Wölfe und Kojoten, aber auch mindestens ein Bär und eine Art Katze. Möglicherweise ein Panther? Aber auch Menschen. Ich nehme heute Abend keine anderen Vampire hier wahr, obwohl ich den gelegentlichen Hauch früherer Besuche riechen kann. Das schmuddelige Äußere des Lagerhauses widerspricht der Atmosphäre im

Inneren der Bar. Als wäre es absichtlich spartanisch und industriell gehalten. Entworfen für ein raueres Publikum, das nicht nach einer künstlich hergestellten Grunge-Hipster-Atmosphäre sucht oder sie braucht, um ihre Egos zu befriedigen. Aber es ist sauber und sieht so aus, als wären die Tische, Stühle, Stehtische und die Bar selbst mit Sorgfalt ausgewählt worden. Es ist kein wahlloser Haufen Müll.

Ich beuge mich vor, um ihr ins Ohr zu flüstern. „Weißt du, ich könnte mehrere von Garretts Männern anheuern, um dich zu beschützen."

„Ja, als ob *das* nicht übertrieben wäre? Ich gehe von einem überbeschützenden Vampir zu mehreren überbeschützenden Wölfen? Das wird nicht die geringste Aufmerksamkeit auf mich lenken. Ganz und gar nicht."

„Ich spüre Sarkasmus."

„Du spürst richtig." Sie dreht sich zu mir um. „Ich will keine Leibwächter."

Ich weiß jetzt schon, dass es viele Momente geben wird, genau wie jetzt, in denen ich sie übers Knie legen und ihr den Hintern versohlen möchte, bis sie einwilligt, dass ich mich um sie kümmern darf. „Du wirst sie nehmen, wenn ich es dir sage."

Sie stemmt die Hände an ihre wohlgeformte Hüfte, sodass der Saum ihres Kleides um ihre Knie wirbelt und mich ablenkt. „Du und welche verdammte Armee, Kumpel?"

Wir liefern uns einen Starrkampf, der damit endet, dass ich buchstäblich zuerst blinzele. „Warum zum Teufel funktioniert das bei dir nicht?", murmele ich.

Sie grinst. „Das weiß ich nicht. Aber es ist nervig, nicht wahr? Wenigstens musst du dir keine Sorgen machen, dass ein anderer Vamp auf diese Weise Anspruch auf mich erhebt."

„Das gefällt mir nicht."

„Was, dass ich dich Vamp nenne?"

„Nein, dass dich jemand anderes besitzen könnte."

„Dazu wird es nicht kommen. Oh, da ist er. Das ist er." Sie zeigt auf ihn. Ich sehe Garrett Green aus einem Büro im hinteren Teil des Gebäudes kommen. Der Alpha kommt direkt auf uns zu und drei große Typen folgen ihm. „Bleib cool und *bitte* überlass mir das Reden, ja? Bitte vergiss nicht, er ist mein Freund, der Gefährte meiner besten Freundin *und* außerdem mein Vermieter."

„Ich könnte das Gebäude mit dem Kleingeld aus meiner Hosentasche kaufen und es dir schenken", murmele ich.

„Halt die Klappe und lass dich *nicht* auf einen Weitpisswettbewerb mit ihm oder einem der anderen Wandler ein."

„Ja, Liebste."

Garrett kommt auf uns zu und schüttelt ihr die Hand, aber sein intensiver Blick ruht auf mir. Seine Männer betrachten mich mit unverhohlener Abscheu. „Connie. Danke, dass du hergekommen bist. Ich weiß, dass du nicht gern abends unterwegs bist. Ich weiß es zu schätzen, dass du hier bist."

Ich hasse es, dass sie ihm ihr Kinn entgegenstreckt und damit in der Tradition der Wölfe ihre Kehle entblößt, um Unterwerfung zu signalisieren.

Und das, obwohl sie kein Wolf ist, und sie gehört ihm ganz sicher auch *nicht*. „Alpha Green. Das ist Dexter Van Sussex."

Mir ist es scheißegal, wer er ist – ich werde ihm meine Kehle *nicht* zeigen. Ich strecke meine Hand aus, während ich meinen Blick nicht höher als seine Nase hebe. Nein, ich könnte ihn wahrscheinlich nicht bezirzen, aber das ist das Maß an Respekt und Achtung, welches ich ihm entgegenbringen werde. Aus Höflichkeit.

Obwohl ich ihn am liebsten quer durch das verdammte Gebäude schleudern würde, weil Eilidh ihm ihren Hals gezeigt hat. „Schön Sie kennenzulernen, Alpha Green. Connie und Lucius haben beide nur Gutes über Sie gesagt."

Einer der Männer hinter ihm stößt ein leises Knurren aus und spuckt bei der Erwähnung von Lucius' Namen auf den Boden. Aber Green hält eine Hand hoch, um ihn zurückzuhalten. „Sie hat mir ihren Hals gezeigt", sagt Green. „Aber ich habe sie noch nie in einem Kleid gesehen, so wie jetzt. Ich kann euch beide *riechen*, wie Honig und Sirup zusammen. Aber ihre Kehle ist nicht markiert und ich kann sagen, dass noch nie Blut von ihr getrunken wurde, auch von keinem Blutsauger. Also … Was zum Teufel hat es *damit* auf sich?" Er wirft ihr einen bösen Blick zu. „Hast du dir plötzlich ein Team ausgesucht, dem gegenüber du loyaler bist?"

Ich behalte meine Hand ausgestreckt. Das ist Dominanzgehabe von seiner Seite und ich werde nicht nachgeben. Ich spreche so leise, dass nur Eilidh, Green und die Männer, die bei ihm sind, es hören können. „Ich bin hier, um ein lukratives Bündnis mit Ihnen zu schließen, nicht um zu sehen, wer von uns weiter pissen kann. Wenn es nach mir ginge, wäre *ich* die *einzige* Person, der sie jemals ihren Hals zeigen würde. Und meine Faust wäre jetzt bereits um *Ihre* Kehle geschlossen, weil Sie auf so respektlose Weise mit ihr gesprochen haben. Aber sie ist die beste Freundin Ihrer Gefährtin und sie hat mir auch gesagt, dass Sie ihr Freund sind. Sie wissen also *verdammt* gut, was los ist. Ich bin ein Mann, der zu seinem Wort steht. Entweder machen Sie Geschäfte mit mir oder nicht, aber wir werden es als Gleichberechtigte tun. Und Sie *werden* sich *sofort* für Ihre Respektlosigkeit bei ihr entschuldigen, nachdem sie heute Abend in gutem Glauben auf Ihre ausdrückliche

Bitte hierhergekommen ist. Nicht weil sie es musste, sondern weil sie Sie als Freund betrachtet."

Schließlich lächelt er und schüttelt meine Hand, während sich seine Männer entspannen. „Amber hatte recht, was Sie angeht." Er wirft Eilidh einen Blick zu. „Es tut mir leid, Connie. Aber du weißt, dass ich ihn testen musste."

„Kein Problem, Garrett." Sie wirft einen Blick in die Runde und auf all die Augenpaare, die auf uns gerichtet sind. „Können wir uns jetzt unterhalten gehen? Oder wollt ihr zwei erst noch an ein paar Reifen auf dem Parkplatz pissen, um zu feiern, dass ihr euch nicht gegenseitig umgebracht habt?"

Das Lachen des Alphas klingt wie ein ersticktes Heulen und selbst seine Männer glucksen vor sich hin. „Lassen Sie uns zurück ins Büro gehen, wo wir etwas Privatsphäre haben."

Ich lasse Eilidh Green folgen und bleibe dicht hinter ihr, während ich jedem einen warnenden Blick zuwerfe, der sie auch nur flüchtig ansieht. Green lässt seine Männer vor der Bürotür warten. Er lässt sich hinter dem Schreibtisch nieder und ich warte, bis er sich zuerst setzt, bevor ich selbst Platz nehme.

Er lehnt sich zurück und verschränkt seine riesigen Hände hinter seinem Kopf. „Also, Mr. Dexter Van Sussex. Was sind Ihre Absichten mit der besten Freundin meiner Gefährtin?"

„Garrett!", schnappt sie.

Er grinst. „Was? Du trägst ein Kleid, Liebes."

„Du hast mich schon mal in einem Kleid *gesehen*. Was soll denn *dieser* Quatsch?"

„Ähm, ich habe dich *hier* noch nie in einem Kleid gesehen. Bei einer Hochzeit oder Cocktailparty, ja. Außerhalb davon, nein. Ich dachte, du würdest in deinen Bauernstiefeln und Jeans hier auftauchen. Stattdessen siehst du so heiß aus, als müsste ich dich von meinen Jungs bewachen lassen, um deine Ehre zu schützen." Er lacht leise. „Eine kleine Warnung wäre nett gewesen."

Nun, dafür verdient er sich noch mehr Respekt von mir. „Wir verhandeln noch", sage ich und unterbreche diesen Wortwechsel, bevor er den Zweck unserer Anwesenheit heute Abend gefährdet. „Und es ist unsere *persönliche* Angelegenheit. Es wird nichts passieren, wenn sie es nicht will. Das habe ich ihr bereits gesagt und das meine ich auch so."

„Garrett, zwischen uns ist alles klar", sagt sie. „Ernsthaft. Dexter war sehr zuvorkommend und ein Gentleman." Ich bemerke, wie ihre Hand automatisch mit dem Ring spielt, der an ihrer Kette hängt.

Eine Silberkette.

Nun, hoffentlich bedeutet das, dass heute Abend keine Wandler versuchen werden, mal eben schnell in ihren Hals zu beißen. Ich würde es hassen, während einer Geschäftsreise einen Krieg zu beginnen, weil ich einen Wandler töten musste, der versucht hat, sie mir vor der Nase wegzuschnappen.

Sein Lächeln verblasst und seine Aufmerksamkeit bleibt auf ihr. „Nichts für ungut, aber ich traue Blutsaugern nicht."

Sie stöhnt. „*Garrett.* Du bist mein Freund, und das ist in Ordnung, aber du darfst ihn *nicht* so beleidigen. *Schon gar nicht*, wenn er gerade *hier* vor dir sitzt."

Er richtet seinen Blick nun auf mich. Obwohl er die Hände hinter dem Kopf verschränkt hat, kann ich genau erkennen, dass er leicht über den Schreibtisch springen und versuchen könnte, mich zu töten. Er ist ein Tier, ein Wolf, der direkt unter der Oberfläche brodelt und kaum gebändigt ist.

Stattdessen stößt er einen langen Atemzug aus. „Entschuldigung", sagt er. „Daran werde ich mich erst noch gewöhnen müssen. Aber Amber hat recht – ich kann die unglaubliche Chemie zwischen euch spüren." Er beugt sich vor und verschränkt die Hände auf dem Schreibtisch. Ich kann sehen, wie er seinen Wolf nach innen drängt, während der Mann die Führung übernimmt. „Was besprechen wir heute Abend, Mr. Van Sussex?"

Ich komme zum Kern meines Angebotes und schildere die wichtigsten Punkte. Dann ziehe ich mit langsamen Bewegungen einen USB Stick aus meiner Jacke und reiche ihn ihm. „Dort sind PDF-Dateien mit weiteren Details drauf."

Er mustert ihn in seiner Hand, schnappt sich dann einen Laptop und steckt den USB Stick hinein.

Ich warte, während er die Informationen überfliegt, und spüre ein wenig Genugtuung, als er die Stirn runzelt und dann die Augenbrauen hochzieht, als ihm bewusst wird, was ich anbiete.

Während er liest, strecke ich Eilidh meine Hand entgegen.

Ich freue mich, dass sie sie nimmt und ihre Finger in meinen verschränkt. Also schenke ich ihr ein verspieltes Lächeln.

Nach zehn Minuten lehnt er sich zurück. Er sieht entspannt und nachdenklich aus. „Ich gebe zu, dass ich skeptisch war, als Lucius mich anrief. Ich habe mich gefragt, wo der Haken ist. Aber das hier sieht … machbar aus."

„Ich werde Ihnen dasselbe sagen, was ich ihm gesagt habe – ich werde keinen Tribut zahlen. Wir sind Geschäftsleute und *legale* Unternehmen wie dieses – *lukrative* legale Unternehmen – helfen uns nur allen. Aber ich werde den Deal ein wenig versüßen. Ich weiß, dass Ihr

Rudel kürzlich dabei geholfen hat, eine große Gruppe von Wandlerflüchtlingen umzusiedeln, die aus einem dieser geheimen Labore gerettet wurden."

Er runzelt die Stirn. „Wer hat Ihnen das erzählt?"

„Ich habe Quellen, von denen nicht einmal Lucius etwas weiß. Aber Sie und ich sind uns einig darin, dass diese Labore zerstört werden müssen. Starten Sie eine legale Wohltätigkeitsorganisation, in die ich jedes Jahr eine beträchtliche Spende einzahlen kann, um diese Bemühungen zu finanzieren. Oder eine andere juristische Einheit, die ich finanzieren kann, wie auch immer das gehandhabt werden muss, um das Finanzamt herauszuhalten. Das Ziel ist die Zerstörung aller anderen Labore, die Sie ausfindig machen, und die Versorgung der Wandler, die in diesem Zusammenhang untergebracht werden müssen. Wir können sogar ein Programm erstellen, um sie als Angestellte im Hotel und im Kasino zu integrieren, sofortige Notunterkünfte bereitstellen, all das."

Ich kann ihm seine Skepsis nicht verübeln. „Warum kümmert Sie das?"

„Programme wie dieses bedrohen uns *alle*, nicht nur Wandler. Wollen Sie *wirklich*, dass die Regierung – irgendeine Regierung – anfängt, Wandler-Vampir-Hybride zu kreieren?" Ich gehe ein Risiko ein. „Lucius' Entscheidung, Selene zu verwandeln, basierte vollständig auf seiner Liebe zu ihr, aber er hat sich damit ein paar Feinde gemacht. Glücklicherweise ist sie eine gute Person mit einem guten Herzen und hat kein Verlangen danach, die Macht an sich zu reißen. Lucius hat sie gut im Griff. Ich sage das übrigens als Freund der beiden. Ihre eigene und Lucius' Operationen hier in Tucson zu stärken, bedeutet, abtrünnigen Vampiren, die Chaos verursachen wollen, Macht zu nehmen. Und ebenfalls abtrünnigen Wandlern, die nichts als Krieg wollen."

Er lehnt sich auf seinem Stuhl zurück, der unter seinem Gewicht aus Protest ein wenig ächzt und knarrt. „Connie? Was denkst du darüber?"

Sie sieht mich an.

„Ich kenne die Details des Geschäftsvorschlages nicht. Ich kann keine Meinung dazu äußern."

„Über ihn." Er zeigt auf mich.

„Du kennst mich", sagt sie. „Ich bleibe neutral. Aber ..." Sie lächelt. „Ich mag ihn. Bis jetzt hat er nichts getan oder gesagt, was mich dazu bringen würde, ihn nicht zu mögen oder ihm nicht zu vertrauen. Sollte er es tun, erfährst du es als Erster."

„Also gut." Sein Blick schweift zurück zu mir. „Sie wissen, dass mir das Stück Land gehört, dass Sie kaufen wollen?"

„Das weiß ich. Es war eine bewusste Entscheidung meinerseits, nachdem ich mehrere Möglichkeiten geprüft hatte. Und als Zeichen des guten Willens ist Lucius bereit, einen Teil seines Territoriums in neutrales Gebiet umzuwandeln. Vorausgesetzt, die Gestaltwandler treten in diesen Gebieten nicht nachts gegen Vampire auf. Eine Tag/Nacht Nutzungsteilung sozusagen. Er wäre auch bereit, Sie mit einigen seiner Kontakte bekannt zu machen, um die Operation des Kampfclubs vielleicht zu erweitern. Und wir werden beide dabei helfen, die von Ihnen präferierten lokalen politischen Kampagnen und Angelegenheiten zu finanzieren, sowie unsere besondere Art von ... *Einfluss* auszuüben, wenn es nötig ist, um unser aller Interessen zu schützen."

„Sie werden den vollen Marktwert für das Land bezahlen?"

„Das steht alles in meinem Angebot."

Er zieht den USB Stick heraus und steckt ihn sich in

die Tasche. Dann streckt er mir seine Hand entgegen. Ich schüttle sie.

„Wir haben einen Deal, Dexter. Ich werde die Details mit meinem Anwalt durchgehen und wir werden in ein paar Wochen ein offizielles Treffen vereinbaren, um den Verkauf abzuwickeln und die Dinge ins Rollen zu bringen."

„Vielen Dank, Alpha Green. Alle meine Kontaktinformationen befinden sich in der PDF-Datei."

„Nenn mich Garrett." Er lächelt, zeigt jedoch seine Eckzähne. „Wenn du ihr das Herz brichst, bringe ich dich persönlich um."

„Ich denke, du müsstest dich hinter Lucius, Selene und deiner eigenen Gefährtin anstellen, aber ich habe es verstanden."

„Meine Güte", murmelt sie.

17

Eilidh

MEINE NERVEN SIND AM ENDE, als wir den Kampfclub kurz nach zwei Uhr morgens endlich verlassen, nachdem die beiden ihr Gespräch beendet haben.

Ein Bonus?

Garrett gibt Dexter und seinen Männern eine permanente, bedingte Ausnahmegenehmigung, sich in seinem Territorium aufzuhalten, solange sie nur dort sind, um mich zu sehen oder Garrett zu besuchen. Garrett, Dexter und Lucius werden sich in ein paar Wochen zusammensetzen und an der Überholung der Paktdetails arbeiten, sobald Dexter und Garrett das Geschäft für das Land abgeschlossen haben.

„Ich glaube, das lief ziemlich gut", sagt er, als wir wieder im Audi sitzen und uns vom Kampfclub entfernen. „Was möchtest du jetzt gern machen?"

Es ist fast Vollmond und er strahlt an einem wunderschönen Wüstenhimmel, wo er die Landschaft mit einem silbernen, schimmernden Glanz erhellt. „Nun, in knapp drei Stunden geht die Sonne auf. So gern ich auch etwas Bestimmtes tun würde, ist es spät, und ich bin müde. Und ich will nicht, dass unser erstes Mal zusammen überstürzt wird." Das ist verdammt enttäuschend, denn ich hatte mich wirklich darauf gefreut, heute Abend gevögelt zu werden.

Aber nach mehreren Jahren kann ich vermutlich noch einen Tag warten, nehme ich an.

„Was ist *das*?" Er zeigt auf den Sentinel Peak, wo tagsüber das große *A* zu sehen ist.

„Das ist ‚A'-Mountain." Ich beginne zu erklären, was ich von der Geschichte weiß, als ich merke, dass er die Richtung ändert und darauf zusteuert. „Wohin fahren wir?"

„Ich will ihn sehen."

„Nun, der Park ist geschlossen, aber wir können hinauffahren."

„Warum fahren?" Er lächelt und hält auf einem Straßenparkplatz gegenüber dem Krankenhaus und nördlich des Gipfels an. „Vertraust du mir?"

In diesem Moment … Ja, ich vertraue ihm. Er sieht glücklich aus und aus irgendeinem dummen Grund könnte ich es nicht ertragen, nein zu ihm zu sagen.

Hauptsächlich, weil ich ein Stück seiner Geschichte gehört habe und ich persönlich verstehe, wie Trauer und Verlust einen Menschen zum Schlechteren verändern können. Ich habe Mom um meinen Vater trauern sehen und sollte er wirklich nicht tot sein …

Ich starre in Dexters Augen, die in dem schwachen Licht dunkelgrau aussehen. „Ja. Ich vertraue dir."

Ich kann nur hoffen, dass mir das nicht zum Verhängnis wird.

Sein Lächeln hat eine Wirkung auf meine weiblichen

Körperteile, wie sie noch kein anderer Vampir – oder Mensch oder Wandler, um ehrlich zu sein – jemals hatte.

Er steigt aus und kommt zu meiner Tür herum, um sie für mich zu öffnen. „Lass deine Handtasche hier und zieh dir deinen Umhang an. Ich tue es. Er schließt das Auto ab und schiebt sich den Schlüssel in seine Tasche. Dann hebt er mich in seine Arme. „Halte dich gut fest, meine Süße."

Ich schlinge meine Arme um seinen Hals. „Was willst du – *HEEIIIILIGE SCHEEEIIIISSE!*"

Der verrückte Scheißkerl *lacht* tatsächlich, als er verschwimmend schnell an der Seite hochrennt.

Des.

Verdammten.

BERGES.

Ich meine, ja, es ist nicht Mount Everest und es ist auch nicht so, als gäbe es einen dichten Wald, wie im pazifischen Nordwesten oder so, aber *verdammt*. Ich habe schon öfter gesehen, wie Vampire verschwimmen, aber ich wurde während dieses Vorgangs noch nie von einem festgehalten. Ich habe auch noch nie gesehen, wie es über eine so große Distanz passiert.

Ich schließe meine Augen und presse mein Gesicht an seinen Hals, während wir durch die Wüstennacht rasen und dabei geschickt Kakteen ausweichen. Nach einer gefühlten Ewigkeit, aber wahrscheinlich weniger als zwanzig Sekunden, spüre ich, dass die Brise nachlässt und er zum Stehen kommt.

Er lacht leise. Das Geräusch dröhnt in seiner Brust und lässt Hitze in meine Weiblichkeit strömen. „Du kannst den Kopf heben."

„Nein", murmele ich an seiner Schulter. „Ich bin mir nicht sicher, ob ich das kann."

Er gluckst und hält mich weiter fest. „Es ist eine schöne Aussicht. Es wäre eine Schande, nicht hinzusehen."

Endlich schaue ich hin.

Wir befinden uns auf dem *Gipfel* des verfluchten Berges.

Er hat nur Sekunden gebraucht. *Sekunden!*

„Warum machst du dir überhaupt je die Mühe zu fahren?" Ich klammere mich fester an seinen Hals. Nur für den Fall, dass er daran denkt, mich abzusetzen. Ich will nicht hier oben zurückgelassen werden und in meinen Jimmy Choos wieder nach unten wandern müssen.

Nicht, dass ich glaube, dass er mich zurücklassen würde.

Wenn ich genauer darüber nachdenke, vermute ich sogar, dass er mich niemals verlassen wird.

Wie seltsam ist es, dass ich mich mit dieser Idee zunehmend anfreunden kann?

Der andere Grund, warum ich nicht runter will, ist der, dass es mir irgendwie gefällt, in seinen Armen zu liegen. Es ist … beruhigend.

Und sexy.

Unter uns glitzern Tucson und das Tal mit tausend Lichtern.

„Ich fahre gern", sagt er. „Und ein Wagen ist …"

„Praktisch. Ja."

„Nun ja, so kann man wirklich nicht gut Gepäck transportieren."

„Das stimmt."

„Und irgendwann werden selbst Vampire müde. Wir haben vielleicht eine bessere Ausdauer und Kraft, aber auch sie ist endlich."

Es ist eine herrliche Aussicht. Ich bin hier schon einmal hinaufgewandert. Viele Touristen machen das. Ein paar Einheimische kommen auch hier hoch, aber es gibt schönere Wanderwege in der Gegend. Ich war allerdings noch nie nachts hier oben.

„Ich werde dir ein richtiges Haus kaufen", sagt er sanft. Sein Atem füllt sich kühl an meinem Kopf an. „Wo auch immer du willst. Egal, welches Haus. Ich werde alles für dich bezahlen." Er starrt mir in die Augen. „Ich will nicht, dass du mit einem Haufen anderer Leute in einem Gebäude lebst. Ich will dich in Sicherheit wissen. Irgendwo, wo ich dafür sorgen kann, dass du beschützt wirst. Ein Ort, der zu dir passt. Gehst du mit mir ein Haus kaufen, bitte? Vorzugsweise eins mit einem Pool und einem sehr hohen Zaun, einem sicheren Tor und einer großen Garage. Und vielleicht mit einem dunklen Keller für den gelegentlichen Gast." Er lächelt.

Moment, was? „Was ist mit dir? Du willst nicht mit mir dort wohnen?" Das enttäuscht mich viel mehr, als es das sollte, wenn man bedenkt, dass ich diesen verdammten Vamp gerade erst kennengelernt habe.

Und doch habe ich mir auch schon vorgestellt, wie es wäre, wenn ich ihn mit mir im Verlies des Clubs spielen lassen würde.

Definitiv ein Gedankengang, der mein Höschen feucht werden lässt.

„Ich spreche von *dir*." Er blickt auf die Stadt hinunter. „*Wenn* du dich entscheidest, dass du mich dauerhaft in deinem Leben haben willst, dann können wir immer noch darüber reden. Ich werde nicht einfach davon ausgehen, dass du eine langfristige Beziehung mit mir anstreben wirst. Selbst wenn du nicht mit mir zusammen sein willst, ist das doch etwas, das ich für dich tun möchte. Ohne Bedingungen."

Ich weiß, dass ich nein sagen könnte, aber ich sehe schon, wie es ablaufen würde. Er würde es trotzdem kaufen, es auf meinen Namen umschreiben lassen und alle meine Sachen für mich dorthin bringen, während ich weg bin. Ich würde irgendwann eines Morgens von der Arbeit nach Hause kommen und einer seiner Leute würde dort auf mich warten, um mich zu dem neuen Haus zu fahren.

Ich kann mir das alles vorstellen, als ob es schon passiert wäre. Denn er hat mich bereits gewarnt, dass er mich niemals gehen lassen wird.

Und ich weiß, dass Garrett und Amber ihn und die Möbelpacker wahrscheinlich auch in meine Wohnung lassen würden, um ihm dabei zu helfen.

Die Rechnungen würden automatisch jeden Monat bezahlt werden, egal was passiert. Die Steuern wären jedes Jahr beglichen. Versicherungen. Ein komplettes, hochmodernes Sicherheitssystem. Eine Nummer, die man anrufen kann, wenn etwas kaputt geht oder gewartet werden muss.

Er wird mich nicht widersprechen lassen, irgendetwas für mich zu tun – ich spüre es in meinem tiefsten Inneren.

Bei den Göttern, ich glaube, ich will ihn auch gar nicht abweisen. „Warum?"

Sein Fokus kehrt zu mir zurück und er studiert mein Gesicht mehrere lange Minuten.

„Weil ich mich zum ersten Mal seit viel zu langer Zeit tatsächlich für jemand anderen interessiere. Und obwohl es mir Angst macht, fühlt es sich auch gut an. Ich hatte vergessen, wie es sich anfühlt, sich nicht allein zu fühlen. Sich *lebendig* zu fühlen. Seit ich Robert verloren habe, habe ich mich innerlich tot gefühlt. Wenn schon aus keinem anderen Grund, würde ich *das* gern für dich tun, wenn du mich lässt."

WIR BLEIBEN LÄNGER DORT OBEN, als wir es wahrscheinlich sollten. Aber er ist ein großer Junge. Dieses Mal bin ich bereit und schließe die Augen, als er den Berg wieder hinunterrast.

„Wir sind da." Als er mich vorsichtig auf die Füße stellt, riskiere ich, meine Augen zu öffnen.

Wir sind beim Wagen. Ich drehe mich um und plötzlich küsse ich ihn.

Ja, das war definitiv ich, die ihn geküsst hat, auch wenn mein Herz rast und die letzten Dinge, an die ich denke, mein angeblich nicht toter Vater und dieses mysteriöse, wie-auch-immer-er-es-nennt Hundeding sind.

Dies ist ein *Kuss*, der so tief und langsam ist und den ich genieße und auskoste. Er lehnt sich mit dem Rücken an den Audi, um mich abzufangen, und ja, er ist hart.

Armer Kerl.

Ich reibe mich spielerisch an ihm, was nach hinten losgeht, als sich meine Brustwarzen durch die sexy Reibung zwischen uns zusammenziehen und Schübe der Lust direkt in meinen Intimbereich senden. „Hast du dir letzte Nacht vor dem Schlafengehen einen runtergeholt?", frage ich spielerisch.

Er knurrt, aber das macht mich nur noch mehr an. „Ja. Mehrmals. Außerdem bin ich mitten am Tag geil aufgewacht und musste mich noch einmal selbst befriedigen. Das ist mir buchstäblich schon seit Jahrhunderten nicht mehr passiert."

Ich reibe mich immer noch an ihm. „Ich muss morgen Abend arbeiten, aber komm bitte in den Club, sobald es dunkel ist, und bring mir etwas zum Abendessen mit, ja? Ich halte uns einen der Räume frei und wir werden spielen, wann immer ich kann. Oder, falls zu viel los ist, sobald wir geschlossen haben. Wir können den ganzen Tag dortbleiben und ich sage allen, dass sie uns in Ruhe lassen sollen. Es ist sicher dort. Ich packe sogar eine Tasche zum Übernachten."

Dieses Mal küsst er mich und fährt mit seinen Fingern durch mein Haar. Er schließt seine Hand sanft um meine

Wange. „Ich verstehe, warum du bei der Arbeit eine Perücke trägst. Aber wenn wir in einem Zimmer sind, keine Perücke. Ich möchte dein Haar in meinen Händen spüren. Einverstanden?"

Oh, wir stellen also Regeln auf? Okay. „Nur wenn ich die Einzige bin, von der du dort trinkst oder mit der du Sex hast."

„Ich werde nicht von dir trinken. Noch nicht, wenn überhaupt. Das habe ich dir versprochen. Ich werde deine Grenzen nicht verletzen. Ich kann mir Blut kaufen."

Mir wird bewusst, was ich gesagt habe und ich danke dem Schicksal, dass er auf mich aufpasst. „Du bist nicht der Einzige, der besitzergreifend ist. Ich meine, du holst dir dein Blut nur von der Bar oder aus einem Beutel, nicht aus der Quelle. Ich teile dich nicht mit den Stammgästen oder den Hausmenschen, weder zum Beißen *noch* zum Ficken."

Er lächelt. „Abgemacht." Wir küssen uns erneut und ich frage mich, wie hoch die Strafe wohl sein würde, wenn man uns beim Vögeln in der Öffentlichkeit erwischen würde.

Eine seiner Hände umschließt noch immer meinen Kopf, während er die andere zu meinem Arsch hinunterschiebt. Er packt ihn, gräbt seine Finger in mein Fleisch und drückt zu. Das erlaubt ihm, sich ebenfalls an mir zu reiben, während er zu mir hinunterlächelt. „Wenn du dich das erste Mal von mir nehmen lässt, muss ich mich bereits im Voraus entschuldigen, wenn ich schnell abspritze. Ich vermute, ich werde mich nicht zurückhalten können. Aber ich werde es danach sofort wieder gutmachen."

„Es ist für mich auch ein paar Jahre her, also vergib mir, wenn ich dich wie ein gestohlenes Pony reite." Ich kann jetzt schon spüren, dass er besser bestückt ist als der Geparden-Gestaltwandler.

Um einiges besser.

Er grinst. „Wer sagt denn, dass ich dich nicht fesseln werde, damit ich stundenlang deine köstliche Muschi lecken kann, die ich jetzt gerade rieche? Mir läuft das Wasser im Mund zusammen."

Unglaublich, was dieser Mann alles mit mir macht. Ich küsse ihn wieder und genieße das tiefe Knurren, das von ihm in mir vibriert. Ich schlinge ein Bein um seines und reibe mich an seinem Oberschenkel. Dann verlagert er sein Gewicht und hält mich nun mit nur einem Arm fest, während er mit der anderen Hand unter mein Kleid greift und in mein Höschen schlüpft.

„*Mmm*", flüstert er. „Jemand fühlt sich sehr feucht an." Als er nicht nur einen, sondern gleich zwei kühle Finger in mich gleiten lässt, sehe ich Sterne. Ich bin froh, dass er mich festhält. Ich greife in sein Haar und reiße seine Lippen auf meine zurück, um mein Stöhnen zu dämpfen.

Er fingert mich langsam und zieht sie dabei bei jeder Bewegung über meine geschwollene Klitoris zurück. Es ist mir egal, ob ganz Tucson uns zuschaut. Es fühlt sich an, als würde die Welt direkt außerhalb seiner Arme enden und als gäbe es nur uns beide. Er lässt sich Zeit, meinen Orgasmus aufzubauen, während unsere Zungen sich duellieren und er mit meinem Körper spielt. Wenn er so verdammt gut darin ist, während er seine Kleidung noch anhat, kann ich mir nur vorstellen, wie fantastisch er sein wird, wenn wir nackt, in der Horizontalen und allein in einem sicheren Raum sind.

Die Risiken, zu denen mich dieser Mann inspiriert – ich verstehe nicht, warum ich mich in seinen Armen so fühle.

Warum er meine Mauern durchbricht, ohne sich auch nur anzustrengen.

Wir küssen uns und ich verliere jegliches Gefühl für Zeit und Raum, als er mich schließlich zum besten

Orgasmus bringt, den ich je erlebt habe. Ich zittere und fühle mich schwach und befriedigt wie nie zuvor.

Schließlich unterbricht er unseren Kuss und lächelt zu mir herab, als er seine Hand an seine Lippen führt. Er schaut mir in die Augen und leckt sich langsam die Finger sauber. Mein Gehirn fängt gerade erst an, sich wieder zu fangen, als er sagt: „Ich würde dich jetzt gern über die Motorhaube dieses Wagens legen und ficken."

Ich bin mir sicher, dass ich vor Angst gequietscht habe, denn er lacht und zieht mich in eine Umarmung. „Nein, meine Süße. Wenn ich dich das erste Mal nehme, möchte ich in einem bequemen Bett legen, damit wir uns hinterher zusammenrollen und gemeinsam einschlafen können."

„Wirklich?" Ich habe das Gefühl, als könnte ich mich glücklich in der Sicherheit seine Arme verlieren.

„Wirklich."

Jetzt, da ich wieder klar denken kann, fühle ich mich ein wenig schuldig. „Aber du bist … Das ist dir gegenüber nicht fair."

„Ich kann mich später selbst darum kümmern." Er seufzt, während er mir in die Augen starrt. „Ich werde *nichts* überstürzen, wenn ich dich endlich in Besitz nehmen darf. Meine schöne, temperamentvolle, besitzergreifende Eilidh", sagt er. Der Klang meines Namens von seinen Lippen ist wie Sonnenlicht in meinen Ohren. Seine ganze Energie fühlt sich … so viel *leichter* an als bei unserem ersten Treffen. „Mein Sonnenschein. Meine Strahlende. Ich bin so froh, dass ich nicht aufgegeben habe, bevor ich dich getroffen habe."

„Ich auch, Dex. Ich auch."

18

Eilidh

WIR SCHAFFEN es ohne Anklage wegen öffentlicher Unsittlichkeit zurück in den Audi – und er fährt mich nach Hause.

Ja, er geht mit mir bis zu meiner Wohnung hinauf. Dann steht er da. Er schiebt die Hände in seine Hosentaschen, als ich die Tür aufschließe und eintrete.

Ich lege meine Handtasche ab und stehe knapp hinter der Tür. Gerade außerhalb seiner Reichweite.

Er wartet.

Nicht, dass er eine Wahl hätte.

„Können wir mit dieser ganzen Sache, mir ein Haus zu kaufen, bitte noch warten? Lass mich mich erst daran gewöhnen, einen festen Freund zu haben. Okay?"

Er lächelt und sieht unglaublich selbstgefällig und zufrieden mit sich aus. „Du willst, dass ich dein fester Freund bin?"

„Ja. Das würde ich gern eine Weile probieren. Wenn

das für dich in Ordnung ist. Ich bin nicht auf der Suche nach einem *Sugar…Vampy*.“

Er zieht seine Hände aus den Taschen und stützt sie gegen den Türpfosten. Er krümmt seine überaus erotischen Finger darum – habe ich erwähnt, dass er einen Meter neunzig groß ist? – und lehnt sich so weit hinein, wie er nur kann. Ich sehe förmlich, wie eine unsichtbare Kraft, eine Art Widerstand, gegen seine Stirn und sein Haar drückt.

„Bitte sei meine feste Freundin, Eilidh“, flüstert er. „Bitte sei die *Meine*.“

Ich lächle und trete einen Schritt zurück und aus dem Weg. „Komm herein und lass uns darüber reden, mein Großer.“

Ich wünschte, ich könnte seinen schockierten Gesichtsausdruck beschreiben, als er in meine Wohnung stürzt, auf den Boden fällt und auf meinem weichen, flauschigen, rosa Kunstfellteppich landet, den ich auf einem Flohmarkt für fünf Dollar erstanden habe.

Lachend strecke ich eine Hand aus, um ihm aufzuhelfen, aber er tritt meine Tür mit dem Fuß zu und zieht mich auf sich, sodass ich rittlings auf ihm sitze.

Oh ja. Der Kerl wird bei unserem ersten Mal ordentlich *hart* geritten.

Oder sollte ich sagen, weich geritten?

Er wird geritten … bis er ihn nicht mehr hochkriegt, und *das* ist das Wichtigste.

„Ich werde dich für mich gewinnen, meine Süße.“ Er greift nach meinen Händen und küsst sie, bevor er sie an seine Brust drückt. „Egal, wie lange es dauert. Ich bin geduldig und hartnäckig. Aber sobald du mir gehörst? Bist du die *Meine*. Ich werde nicht zulassen, dass dir *jemals* etwas zustößt. Ich werde dich beschützen und dich glücklich machen, was immer du von mir brauchst.“

„Das klingt nicht sehr sadistisch oder nach einem Dom", necke ich ihn.

Er lächelt. „Vielleicht bin ich ein sinnlicher Sadist." Er reißt die Augen weit auf. „Ein Daddy Dom!" Ich werde an mein Gespräch mit Amber erinnert und nehme an, es zeigt sich auf meinem Gesicht, denn er fügt schnell hinzu: „Aber du kannst mich *Sir* oder *Master* nennen, nicht Daddy. Das werden wir nicht machen."

„Dem Schicksal sei Dank."

„Vorausgesetzt, ich verschrecke dich bis dahin nicht." Ich erkenne an seinem sexy Lächeln, dass er Witze macht, aber ich sehe auch Angst in seinen Augen.

Eine Angst, die ich ebenfalls spüre.

Irgendwie fühle ich mich besser dadurch, wenn ich weiß, dass er genauso viel Angst hat wie ich. Dass dieser Kerl, der ewig leben und mich leicht umbringen könnte, wenn er es wollte – der mir gerade den besten Orgasmus meines Lebens geschenkt hat – sich Sorgen macht, dass er mich vielleicht nicht für sich gewinnen kann.

„Bis jetzt hast du mich noch nicht abgeschreckt, Kumpel."

Mit einem leisen Lachen zieht er mich in eine Umarmung und rollt uns zur Seite, sodass mein Kopf auf seinem Arm ruht. Wenn ihr mir vor einer Woche gesagt hättet, dass ich mit einem attraktiven, bissigen, heißen Daddy-Typen knutschen würde, der sogar noch älter ist als Jesus Christus, verdammt noch mal, hätte ich euch für verrückt erklärt.

Im Ernst.

Aber jetzt?

Ich muss sagen, ich denke, ich könnte mich vielleicht daran gewöhnen.

Das ist der Moment, als es mich wie der Schlag trifft …

Er ist ein Vampir.

– gefolgt von –

3 … 2 … 1 …

Und er ist in meiner Wohnung.

Er erstarrt. „Geht dir das alles zu schnell zwischen uns?"

„Es ist unheimlich, dass du das kannst." Ich setze mich auf, obwohl meine Brustwarzen darum betteln, wieder an ihm gerieben zu werden.

Über seine harte Brust. Ich spiele mit den Fingern an den Knöpfen seines Hemdes. Verdammt, dieser Anzug, den er trägt, und seine Schuhe sind wahrscheinlich mehr wert als mein 4Runner.

Natürlich ohne die neuen Reifen, versteht sich.

„Die plötzliche, elende Panik in deinen Augen war ein Hinweis", sagt er leise.

„Tut mir leid."

„Bitte entschuldige dich nicht." Er setzt sich auf. „Ich hatte heute die beste Nacht seit Jahrzehnten. Und ich dachte, gestern Nacht war schon fantastisch." Er lächelt. „Die Nacht davor war auch ziemlich wunderbar."

„Vielleicht schaffst du es morgen Abend, tatsächlich über ein wenig fummeln hinauszukommen."

Er streicht mir eine Haarsträhne hinter das Ohr. „Ich wünschte, ich könnte dir sagen, wie sehr ich es schätze, dass du mir diese Chance gibst."

„Du kannst jede Frau kriegen, die du haben willst. Buchstäblich. *Warum* bist du so auf die *eine* Frau fixiert, für die du dich abrackern musst?"

„Weil ich jemanden will, der mich für *mich* begehrt, und nicht nur, weil *ich* ihn will."

Das alles geht mir wirklich ein bisschen zu schnell.

Ich stehe auf, ziehe die Jimmy Choos aus und werfe sie in meinen Kleiderschrank.

Dann wackle ich mit meinen Zehen. *Oh ja, das ist besser.*

„Ich muss mal für kleine Mädchen. Entschuldige mich für eine Minute."

„Natürlich."

Nachdem ich mich um mein Geschäft gekümmert habe, betrachte ich mich im Spiegel. Meine Wangen sind gerötet – aber zumindest sehen meine Haare gut aus – und meine Brüste kommen in diesem Kleid gut zur Geltung.

Scheiße. Ich habe einen *verdammten* Vampir *in meine* Wohnung eingeladen.

Nachdem er mich am Straßenrand gefingert hat.

Was zum *Teufel* mache ich denn? Habe ich jeglichen gesunden Menschenverstand verloren?

Als ich zurückkehre, sitzt er noch genau so da, wie ich ihn zurückgelassen habe. Und als er zu mir aufschaut …

Ja. Er ist heiß. Attraktiv.

Und traurig.

Einsam.

Irgendwie wie ich.

In gewisser Weise ist er mir sehr ähnlich.

Ich gehe zurück und setze mich vor ihn auf den Teppich.

Er sieht sich um. „Darf ich eine dumme Frage stellen?"

„Weil es eine sehr kleine Wohnung ist und nur ich hier wohne. Ich habe nie Besuch. Und ich nehme immer nur mit, was ich brauche. Ich lasse alles zurück, wenn ich abhaue, was nicht in mein Auto passt."

Er grinst. „Wer ist *jetzt* der Hellseher?"

Ich zucke mit den Schultern. „Dein Blick hat es verraten. Nenne es unterschwellige Neugierde."

Er streckt mir seine Hände entgegen, wackelt mit den Fingern und ich lege meine Hände in seine. „Frag mich, was du willst", sagt er.

„Im Moment bin ich noch dabei, alles zu verarbeiten." Er fängt an, meine Hände zu massieren. „Du darfst morgen im Club niemanden umbringen. Selbst wenn sie mit mir flirten.“

Er knurrt. „Warum nicht?“

„Mord ist übel. Lucius verbietet es im Club und auf dem Gelände, es sei denn, er hat es angeordnet. Außerdem ist das Trinkgeld manchmal besser, wenn ich so tue, als würde ich ein wenig flirten. Besonders, wenn es ein neuer Vampir ist, der noch nicht weiß, dass ich immun gegen seinen Charme bin.“

Sein Knurren wird tiefer und meine Klitoris kribbelt als Antwort. „Ja, ich werde ein paar von deinen Bleistiften brauchen.“ Aber ich sehe den Hauch eines Grinsens, als ein Mundwinkel seiner kostbaren Lippen ein wenig zuckt.

Wir fangen wieder an, zu reden und zu *reden*.

Und zu reeeeden.

Und schon bald haben wir das Zeitgefühl völlig verloren. „Wann musst du zurück in dein Hotel?“, frage ich plötzlich.

„Ich bin mir sicher, ich habe noch haufenweise Zeit.“

„Wie spät ist es?“

„Ich weiß es nicht genau.“

In diesem Moment werfe ich einen Blick aus dem Fenster und darauf, wie sich der östliche Himmel jenseits der Berge tiefviolett färbt. „Oh scheiße!“ Ich springe auf.

„Was?“

„Dir ist aber schon bewusst, dass du bereits vor zwanzig Minuten hättest verschwinden sollen, oder?“

Er steht auf. „Was? Warum? Es tut mir leid, habe ich etwas Falsches gesagt? Ich dachte, wir hätten ein nettes Gespräch geführt.“

Ich zeige auf die Fensterwand meiner Wohnung. „Es ist kurz vor der Dämmerung. Du musst *gehen*!“

„Und?“ Er zuckt mit den Schultern. „Du weißt doch jetzt, was ich bin. Ich werde einfach schlafen gehen. Zieh die Vorhänge zu. Ich verspreche, ich behalte meine Kleider an und meine Hände für mich. Du wirst nicht einmal merken, dass ich hier bin."

„Glaube mir, ich würde dich gern beim Wort nehmen, aaaaber ich habe ein kleines Problem."

„Was?"

Ich gehe hinüber zu meiner verdammten.

Wand.

Aus.

Fenstern.

Und strecke meine Hände aus. „Schau mal, Dumpfbacke. *Siehst* du irgendwelche verdammten Vorhänge? Das ist der *Punkt*. Ich habe Scheibenfolie dran, damit man nachts nicht hineinschauen kann, nicht, dass es übermäßig wahrscheinlich wäre. Aber dass die Fenster den Raum mit Licht durchfluten, war ein entscheidender Punkt für mich, als ich den Mietvertrag unterschrieben habe. Weil ich ein Problem mit der Dunkelheit habe."

Er runzelt die Stirn. „Was ist mit deinem Schlafzimmer? Wir können die Vorhänge dort schließen und mich in eine Decke wickeln. Ich komme schon zurecht. Das habe ich in einer Notlage schon mal so gemacht."

Ich stampfe mit dem Fuß auf und deute erneut auf den Rest des Raumes. „Das *ist* mein Schlafzimmer. Ich habe ein Schrankbett. Es ist eine *Einzimmerwohnung*. Es gibt also kein anderes Zimmer."

Seine Augen weiten sich, als ihm die Tragweite des Problems endlich − *endlich* − klar zu werden scheint. „Oh Scheiße!"

„Genau *das* versuche ich dir die ganze Zeit zu *sagen*, du Genie. Bei dem Verkehr wirst du es nicht rechtzeitig zurück zum Hotel schaffen. Selbst wenn du versuchst, zu rennen, wird es gefährlich knapp werden. Nicht, dass ich unseren Abend nicht genossen hätte − denn das habe ich −, aber ich möchte *wirklich* nicht zu meinem Boss zurückgehen und ihm erklären müssen, dass sein alter Freund, Gast und Neffe sich in meinem verdammten Wohnzimmer in ein Stück Kohle verwandelt hat. Oh, und das in einem Gebäude, das dem Alpha des Tucson-Rudels gehört. Der darauf wartet, einen *sehr* lukrativen Immobiliendeal mit dir abzuschließen!"

Jetzt sieht er *endlich* − zum Glück − so aus, als würde er sich langsam Sorgen machen. „Was ist mit deinem Badezimmer?"

„Das hat ein Fenster. Es ist mattes Glas, aber trotzdem. Wir sind auf der Ostseite. Ich habe keine Möglichkeit, das Fenster zu blockieren. Für jemanden, der so alt ist wie du, bist du *wirklich* schlecht mit diesem Vampirkram, weißt du das?"

Jetzt verliert er seine Gelassenheit. „Wie kannst du nur *keine* Vorhänge haben?"

„Wie kannst du nur *keine* App auf deinem Handy haben, die dir die Zeiten von Sonnenuntergang und Sonnenaufgang auf GPS Basis des aktuellen Standorts anzeigt und dir einen Alarm schickt, damit du weißt, dass es kurz vor dem verdammten *Sonnenaufgang* ist?"

„So etwas gibt es?"

Oh. Mein. Lieber. Gott. Im. Himmel. Ich drehe gleich durch. Der Typ ist süß, aber wie zum *Teufel* kann er so verdammt alt und reich sein, wenn er *so* verdammt *dumm* ist?"

Ich schätze, das alte Sprichwort, dass Männer dümmer werden, wenn sie mit dem Kleinhirn denken, trifft auch auf Vampire zu.

„Mein Kleiderschrank." Ich gehe hinüber und reiße die Tür zu meinem relativ großen begehbaren Kleiderschrank auf. „*Hinein.*" Ich schalte das Licht an und schnappe mir ein T-Shirt zum Schlafen und Kleidung für meine Schicht im Club, damit ich nicht darauf warten muss, dass der beißfreudige Augenschmaus in meinem Schrank von seinem Schönheitsschlaf aufwacht, bevor ich mich für die Arbeit fertigmachen kann.

Ich drehe mich um und er steht an der Schranktür und begutachtet sie. „Ist sie lichtdicht?"

„Das wird sie sein, wenn ich dir eine Decke gebe, in die du dich einwickeln kannst und Handtücher unter die Tür schiebe, damit auf diesem Weg kein Licht eindringen kann. Entweder das oder du rollst dich im Schrank unter meiner Spüle zusammen. Ich persönlich denke, das hier ist bequemer."

„Aha." Er schiebt die Hände in seine Hosentaschen und scheint den Mangel an anderen Optionen zu überdenken.

„Und gehe jetzt noch einmal zur Toilette. Du darfst nicht in meinen Schrank pinkeln."

„Aha. Gute Idee." Er tut es. Als er zurückkommt, trägt er seine Anzugjacke über dem Arm, sodass er nur in seiner Weste und dem Hemd dasteht.

Ich komme immer noch nicht darüber hinweg, dass er wie Ianto aussieht.

Seufz.

Warum muss er nur so verdammt lecker aussehen? Auf solch köstliche Art und Weise?

Warum muss ich mich zu ihm … *hingezogen* fühlen?

Ich habe mich noch nie zu einem der Vampire *hingezogen* gefühlt, oder zu einem der Wandler. Nicht so wie zu ihm. Ich meine, ja, ich habe mit dem Geparden-Wandler geschlafen, aber er wäre nicht einmal Freundesmaterial gewesen. Und ja, die Vampire sind verdammt heiß.

Ich kann denken, dass sie heiß aussehen, ohne dass meine weiblichen Körperteile tropfnass werden, als wäre ich ein Cheerleader Mädchen in einer Autowaschanlage.

Aber Dexter Van Sussex ist anders.

Warum muss er auf eine so gute Art so verdammt anders sein?

Ich greife mir die Decke für ihn und gebe ihm einen ordentlichen Schubs. „Hinein. Du hast gesagt, dass du mit dem Minimum zurechtkommst. Stell dir einfach vor, du gehst campen."

Er dreht sich um und hält die Decke fest. „Abgesehen von meinem unglücklichen logistischen Patzer, wie war unsere zweite Verabredung?"

Ich fange an zu lachen, als er lächelt. „Alter Schwede, ich weiß nicht, was ich von dir halten soll." Ich drücke ihm einen Kuss auf die Lippen. „Du brauchst einen Aufpasser."

„Bist du an der Position interessiert?" Er schaut mich mit wackelnden Augenbrauen an.

„Ich bin mir sicher, dass ich an einer Menge Positionen mit dir interessiert sein werde, wenn du weiter so gute Arbeit mit mir leistest und dich daran erinnern kannst, nicht zu Asche zu verfallen."

Ich trete zurück und greife nach ein paar Handtüchern. Während ich dabei bin, schnappe ich mir auch noch eine kurze Hose und ein Trägeroberteil aus dem Schrank, um sie anzuziehen, bevor ich mich für die Arbeit umziehen muss. Wenigstens befindet sich die Schranktür an der gleichen Wand wie die Badezimmertür, also im rechten Winkel zu der verdammt großen Fensterwand. Ab etwa um elf wird diese Wand im Schatten liegen.

Ich beginne, die Tür zu schließen. „Hey, tu mir einen Gefallen."

„Ja?"

„Bitte schicke deinen Männern eine SMS, damit sie nicht denken, ich hätte dich umgebracht oder so. Lass sie wissen, was los ist." Ohne dabei zu erwähnen, was im schlimmsten Fall eintreten könnte, wenn er tatsächlich stirbt.

Als sein Lächeln verblasst, spüre ich, dass er genau weiß, was ich meine. „Das mache ich.“ Er lässt seine Anzugjacke auf den Boden des Schranks fallen und beugt sich zu einem Kuss vor. „Oh, hier.“ Er reicht mir den Schlüssel für den Audi, seine Hotelschlüsselkarte und seine Brieftasche. „Bitte tu mir den Gefallen und hole mir ein paar Sachen für morgen Abend, damit ich später nicht zurück in mein Zimmer gehen muss.“

Ich starre die Gegenstände an. „Du … Du hast mir gerade deine *Brieftasche* gegeben.“

„Ja, das habe ich.“ Er grinst, zieht sich die Schuhe aus und beginnt, seine Manschetten zu öffnen, damit er sich die Ärmel hochkrempeln kann. Heilige *Scheiße*, es ist so verdammt sexy, ihm dabei zuzusehen. „Ich vertraue dir.“

„Aber das ist … deine *Brieftasche*.“

„Ja.“ Sein Lächeln wird breiter. „Benutze die schwarze Amex. Es ist eine Firmenkarte. Kauf dir etwas Hübsches, mein Schatz. Alles, was du willst. Ein Kleid, Schuhe, einen Verlobungsring, einen Porsche, ein Haus.“

Er lächelt, aber seine Augen verdunkeln sich mit einer Intensität.

Ich grinse. „Netter Versuch. Aber bezirzen funktioniert bei mir nicht, Kumpel.“

„*Verdammt*“, murmelt er. Dann seufzt er. „Du kannst mir nicht vorwerfen, dass ich es versuche.“

Ich kichere und beuge mich zu einem letzten Kuss vor. „Ich werde gehen, nachdem ich geschlafen habe. Sag ihnen, es wird wahrscheinlich so gegen eins oder zwei am Nachmittag werden.“ Was ich nicht sage, ist die Tatsache, dass ich heute Morgen hierbleiben und beten will, dass mein begehbarer Kleiderschrank sicher genug ist.

Denn es würde mir das verdammte Herz brechen,

wenn es nicht so wäre. Und ich weiß nicht einmal, wie er da hineingeschlüpft ist.

In mein Herz, meine ich.

Heimtückischer, bissiger Scheißkerl.

Er nickt. „Wird gemacht." Wir starren uns einen langen Moment an, während sich der Himmel immer weiter aufhellt. „Bitte verfalle nicht in Panik, wenn ich nicht mehr reagiere. Normalerweise kann ich nach dem Morgengrauen noch eine Weile wachbleiben, aber irgendwann erliege ich der Helligkeit und muss schlafen."

„Wie die Toten."

„Ja." Er knöpft seine Weste auf. „Es tut mir leid, dass ich mich verkalkuliert habe." Er grinst und beginnt, sein Hemd aufzuknöpfen. „Ich habe eigentlich immer einen schwarzen Leichensack dabei, wenn ich auf Reisen gehe. Nur für alle Fälle."

„Für alle Fälle?"

„Es ist ein schwerer, gummierter. Lichtdicht. Für den Fall, dass es in meinem Hotelzimmer Lichtlecks gibt. Im Audi habe ich aber leider keinen." Er deutet auf den Schlüssel in meiner Hand. „Bitte fahre ihn heute."

„Du willst mir unbedingt ein neues Auto kaufen, nicht wahr?"

„Klar."

Ich hole tief Luft. Ich muss *wirklich* die Tür schließen. „Ich hatte einen schönen Abend. Vielen Dank."

„Und ich hoffe, ich schaffe es zu unserer dritten Verabredung."

„Und zu einem Stelldichein." Ich lächle und er erwidert es. Der nun folgende Kuss dauert lange an und ist voller Sehnsucht.

Es wäre so einfach, es darauf zu schieben, dass er mich in seinen Bann gezogen hat. Aber das ist nicht der Fall.

Er kann es nicht.

Das sind *ich* und *er*, und es ist *verdammt* beängstigend, weil es *echt* ist.

Nichts klappt jemals für mich. Warum sollte das hier klappen?

Warum sollte es das *nicht*?

Ich schließe die Tür und vergewissere mich, dass sie sicher geschlossen ist. Dann stopfe ich Handtücher an der Unterseite der Tür entlang. Ich besitze nicht einmal Klebeband oder irgendetwas, das ich um den Türrahmen herumführen könnte.

Bitte lass es genug sein.

Ich stehe da und lehne meine Stirn gegen die Tür. Ich höre, wie er eine SMS schreibt. Die kleinen *tick-tick-tick* Tastengeräusche, das Geräusch von gesendeten und empfangenen Nachrichten und dann wird es still.

„Ich habe es sie wissen lassen." Es hört sich an, als stünde er direkt da auf der anderen Seite der Tür. Ich meine, genau neben mir.

„Lehne dich nicht gegen die Innenseite der Tür", warne ich. „Stoße sie nicht aus Versehen auf."

„Werde ich nicht."

Ich drücke meine Hand gegen die Tür und weiß instinktiv, dass seine Hand an der genau gleichen Stelle liegt, meiner gegenüber auf der anderen Seite.

Ich blinzele die Tränen zurück und versuche, mich zu konzentrieren. Ich will *wirklich*, dass es klappt. Eine Beziehung, meine ich.

Nun ja, und dass er hoffentlich nicht stirbt.

Ich weiß nicht, wie das alles funktionieren soll, aber es fühlt sich so an, als würde er mich verstehen. Er zeigt keine Angeberei, kein schwachsinniges Getue und auch keine arschlochmäßige Arroganz.

Ich *möchte* wirklich hoffen, dass es zwischen uns klappt.

Außer, dass ich schon vor langer Zeit gelernt habe, dass es kein Happy End für mich gibt.

„Schlaf gut, Liebste", sagt er.

Er hat mich *Liebste* genannt. „Ja." Ich schniefe. „Du auch. Es tut mir leid, dass es nicht besser ist."

„Es ist besser, als zu sterben. Und es riecht hier drin auch nach dir, das ist ein netter Vorteil."

Ohh. „Was soll ich dir zum Anziehen mitbringen?"

„Such dir etwas für mich aus. Überrasche mich. Mein Kulturbeutel ist im Badezimmer. Mein Handyladegerät liegt auf dem Nachttisch."

Ich setze mich und lehne mich gegen die Tür. Ich weiß, dass er gerade dasselbe getan hat, nur dass er sich nicht dagegen lehnt.

Ich *weiß* es einfach.

Unsere Köpfe sind durch nichts als sie Holztür getrennt. „Es klingt, als wäre Robert gesegnet gewesen, dich in seinem Leben zu haben."

Es gibt eine Pause. „Ich war der Gesegnete. Er brachte Sonnenschein in mein Leben. Morgens blieb er bei mir im Bett und hielt mich fest. Dann, etwas später, würde er aufstehen. Er erzählte mir von seinem Tag, kam manchmal zurück ins Bett und gesellte sich zu mir, nachdem er draußen gewesen war. Wenn er wusste, dass ich wach war, damit ich die Wärme an ihm riechen konnte. Er wusste, wie sehr ich das Sonnenlicht vermisste. Er hat immer versucht, kleine Wege zu finden, um Freude und Wärme in mein Leben zu bringen, um mich darüber hinwegzutrösten."

Verdammt, mein Herz bricht für ihn. „Es klingt, als hätte er dich sehr geliebt."

„Ich kannte ehrlich gesagt keine wahre, romantische Liebe, bis ich ihn traf. Er hat sich Hals über Kopf aufrichtig in mich verliebt. Ich habe ihn nicht bezirzt, als wir uns das erste Mal trafen – er fühlte sich sofort zu mir als Mann hingezogen. Nicht, weil ich ihn dazu gebracht habe, so zu fühlen. Ich musste ihn nie zu etwas zwingen. *Niemals*. Ich wollte es auch nie. Ich wünschte nur, ich hätte ihn retten können. Ich fühle mich, als hätte ich ihn im Stich gelassen."

„Warst du da, als er starb?"

„Ich hielt ihn die ganze Zeit in meinen Armen. Sogar noch lange nachdem ich wusste, dass es nicht funktioniert hatte, ihn zu verwandeln, und dass er nicht mehr zu mir zurückkehren würde. Ich konnte ihn einfach nicht gehenlassen. Ich lag drei Tage lang mit ihm da, weinte und flehte ihn an, zu mir zurückzukommen. Ich habe nichts gegessen. Ich schlief an ihn geschmiegt, nur für den Fall, dass er aufwachen würde. Bis ich gezwungen war, die Wahrheit zu akzeptieren. Dann grub ich sein Grab mit meinen eigenen Händen und begrub ihn. Fast wäre ich dort sitzen geblieben und hätte die Sonne begrüßt, bis mir bewusst wurde, dass er das nicht gewollt hätte."

Sogar durch die Tür höre ich sein heftiges Seufzen. „Ich tröste mich damit, dass die letzten Worte, die er hörte, ihm meine Liebe erklärten. Ich sagte ihm, wie sehr ich ihn liebte. Und er sagte mir, wie sehr er mich liebte. Dass er mir keine Schuld geben würde, wenn es nicht klappte. Dass er wollte, dass ich weitermache und glücklich bin."

Als meine Sicht verschwimmt, wird mir bewusst, dass ich Tränen wegblinzle. „Hat er gelitten?"

„Nicht von dem, was ich getan habe, nein. Sein Körper war offensichtlich von seiner Krankheit zu sehr geschwächt. Oder vielleicht war mein Blut zu diesem Zeitpunkt auch noch nicht stark genug. Oder vielleicht beides, sodass der Virus sich nicht völlig ausbreiten und ihn verwandeln konnte. Ich hielt seine Krankheit jahrelang in Schach, länger als er sonst hätte überleben können. Wir haben uns ein letztes Mal geliebt, und ich habe ihn von mir trinken lassen … Und dann habe ich es getan. Er ist einfach weggeglitten. Es tat nicht weh. Ich habe dafür gesorgt, dass es sich angenehm anfühlte. Jedenfalls für ihn. Für mich war es so, als wäre meine Seele aus meinem Körper gerissen worden.“

Ich wische mir die Tränen von den Wangen. „Ich würde immer noch sagen, dass es sich nicht so anhört, als seist du ein Sadist. Es klingt, als hätte er sich glücklich schätzen können, dich zu haben.“

„Sadismus, Lust, Schmerz und Liebe schließen sich alle nicht gegenseitig aus, mein Schatz.“

Ich schniefe erneut. Ich spüre seinen Kummer, der selbst nach so langer Zeit immer noch knapp unter der Oberfläche brodelt. „Du hast nie wieder jemand anderen geliebt?“

„Ich … weiß nicht, wie ich das beantworten soll.“

Mein Puls rast. „Ehrlich.“

„Es könnte dir Angst machen.“

„Versuch es.“

Es gibt eine lange Pause und ich frage mich bereits, ob er eingeschlafen ist, als er schließlich antwortet. „Ich hätte es nicht für möglich gehalten, bis ich dich traf.“

Ich schließe meine Augen und will, dass mein Puls sich verlangsamt, weil ich weiß, dass er es hören kann. Er hört, wie ich atme. Verdammt, er kann sogar meine Tränen spüren.

„Ich kann dir nichts versprechen, Dex. Außer, dass ich es versuchen werde. Ich habe Angst.“

„Ich weiß, Liebste. Alles, was ich will, ist eine Chance.“

„Ich versuche es.“

„Ich weiß. Und ich weiß es zu schätzen.“ Ich höre, wie er sich im Schrank bewegt. „Ich werde es mir bequem machen. Bitte versuche, etwas zu schlafen.“

„Schlaf gut.“

„Du auch.“

Ich blicke nach unten und entdecke ein paar seiner Haare auf meinem Kleid. Es ist albern, aber ich lächle und zupfe sie ab. Ich trage sie hinüber zum Fensterbrett, wo ich sie vorsichtig ablege. Wenigstens wird ein Teil von ihm die Sonne erleben.

Die Sonne hat sich noch nicht ganz über die Spitze der Berge erhoben, als mein Handy klingelt.

Amber.

„Hey Chica“, antworte ich. Ich weiß, warum sie so wahnsinnig früh anruft.

„Also? Wie ist es gestern Abend gelaufen?“

„Lange Geschichte.“ Ich will nicht zugeben, dass er in meinem Schrank ist. Ich weiß, dass Wandler ihn riechen können, aber warum möglichen Ärger heraufbeschwören? Er hat Garretts Erlaubnis, hier zu sein. Das ist alles, was zählt. „Es war *sehr* vielversprechend. Wir treffen uns heute Abend wieder im Club.“

„Ausgezeichnet. Hat er deinen fahrbaren Untersatz aufgewertet?“

„Was meinst du damit? Außer den Reifen?“

„Nein, Dummerchen. Ich meine den Audi.“

Mein Gesicht wird heiß. „Das ist ein Mietwagen. Er hat mich gebeten, ihn heute zu fahren.“ Nichts davon ist *wirklich* gelogen. „Woher weißt du denn von dem Audi?“

„Ich wollte Frühstück machen. Garrett ist rausgegangen, um Eier zu kaufen, weil ich den Karton aus dem Kühlschrank gezogen habe und sie alle runtergefallen und kaputt gegangen sind. Er hat ihn draußen gesehen.“

Nun ja, er hat ihn gerochen, ist wohl wahrscheinlicher. Wahrscheinlich ist ihm Dex’ Geruch im Aufzug oder in der Lobby aufgefallen und er hat ihn bis zum Fahrzeug zurückverfolgt. „Die Dinge laufen gut zwischen mir und

Dex." Ich erinnere mich daran, dass er in meinem Schrank sitzt, und ich nicht weiß, ob er noch wach ist und mich hören kann. „Gibt es noch etwas über meinen Vater?"

Ich weiß, dass es unfair ist, sie so abzulenken.

Sie wird einen Moment lang still. „Nein, tut mir leid. Ich *weiß* nur einfach, dass er am Leben ist."

Den Sonnenaufgang zu begrüßen, ist etwas, das ich häufig getan habe, seit ich hier wohne. Ich schaue nach unten, gerade als die Sonne über den … nun, Gipfeln im Osten auftaucht. Als die leuchtend orangefarbenen Strahlen in meine Wohnung und auf meine Haut fallen, konzentriere ich mich auf die Haare.

Die prompt mit einem leisen hörbaren *Puff*-Geräusch verbrennen, als das Licht auf sie trifft. Ich schnappe nach Luft.

„Connie? Ist alles in Ordnung bei dir?"

„Es geht mir gut, tut mir leid." Mein Puls rast. „Ich habe nur gehört, wie jemand auf der anderen Seite des Flurs eine Tür zugeschlagen hat. Es hat mich erschreckt, das ist schon alles. Ich bin müde." Dort wo eben noch die Haare waren, befinden sich zwei feine Linien aus Asche, kaum mehr als Staub.

Scheeeiiiiße!

„Garrett hat gesagt und ich zitiere: ‚Für einen Blutsauger scheint Dexter in Ordnung zu sein. Ich werde ihn nicht pfählen. Noch nicht.'" Sie kichert.

„Danke." Ich blinzele, aber die zwei Linien aus Asche sind immer noch da. „Hey, hör mal, ich bin ziemlich erschöpft und muss ins Bett. Ich muss später vor der Arbeit noch Besorgungen machen. Bitte sag Garrett, dass ich es sehr zu schätzen weiß, dass er Dex und seinen Männern eine Ausnahmegenehmigung für den Gebietszugang erteilt hat"

„Klar doch, Süße. Ich freue mich darauf, ihn kennenzulernen."

„Ja, er freut sich auch darauf, dich kennenzulernen. Vielleicht können wir diese Woche einmal zusammen essen gehen."

Sie lacht. „*Du* willst zum *Abendessen* ausgehen? Heiliger Strohsack, er hat wirklich einen guten Einfluss auf dich."

Ich blinzele – die Asche ist immer noch da. „Ich vertraue ihm." Das ist die absolute Wahrheit. „Ich habe noch nie jemanden wie ihn getroffen." Ich hoffe, er kann mich immer noch hören. „Er hat seine Menschlichkeit nicht verloren, wie so viele von ihnen. Er ist an nichts interessiert außer daran, sein Leben zu leben und andere ihres leben zu lassen. Er ist ein guter Mann mit einem guten Herz."

„Ich weiß, meine Süße", sagt sie sanft. „Ich habe es dir ja schon gesagt – ich kann euch beide zusammen sehen. Und jetzt leg dich hin und schlaf ein bisschen."

„Danke." Ich beende das Telefonat und gehe langsam in die Hocke, um einen besseren Blick auf die Asche zu werfen. Aber allein diese einfache Bewegung erzeugt so viel Zugluft, dass sie weggeblasen wird.

Ich blinzele gegen das Sonnenlicht, stehe auf, drehe mich um und starre auf meine Schranktür. Ich weiß nicht, was ich mit ihm machen soll, außer erst einmal den heutigen Tag zu überstehen.

Er hat mir seine verdammte Brieftasche gegeben. Den Schlüssel zu seinem Mietwagen.

Seinen Hotelzimmerschlüssel.

Er vertraut mir.

Er ist ein Vampir und ich stehe an einem Scheideweg in meinem Leben. Ich will nicht, dass sein Leben wegen meiner verrückten Scheiße gefährdet wird – einschließlich, oh, jetzt sieht es auch noch so aus, als würde mein Dad noch leben – aber ich weiß nicht, wie ich *keine* Angst haben soll oder wie ich diese Chance ergreifen soll, die er mir so freizügig bietet. Er hat buchstäblich alles zu verlieren, einschließlich seines Lebens.

Ich habe … nun, nichts. Nur mich.

Ich zwinge mich, vom Fenster wegzutreten, schnappe mir meine Klamotten und gehe ins Bad, um mich umzuziehen und mir die Zähne zu putzen. Im Gegensatz dazu, wenn ich von der Arbeit komme, will ich mich irgendwie nicht duschen.

Ich will seinen Geruch nicht von mir abwaschen.

Nachdem ich mich umgezogen habe, bleibe ich vor der Schranktür stehen. „Dex?", rufe ich leise. „Geht es dir gut?"

Ich höre keine Antwort.

Bitte lass ihn in Ordnung sein.

19

Eilidh

ICH SCHLAFE BESCHISSEN.

Meine Träume werden von Albträumen gequält. Von Dex, der in meinem Wohnzimmer zu Asche zerfällt. Von diesem riesigen Hundephantom, das ihn angreift und in Stücke reißt. Von einer Bande abtrünniger Wandler, die hereinplatzen und ihn pfählen, während ich sie anflehe, ihn in Ruhe zu lassen.

Mehrfach schrecke ich erschrocken auf und ringe nach Luft, während mein Herz rast.

Gegen halb zwölf gebe ich den Versuch zu schlafen auf und gehe zum Schrank hinüber. „Dex? Wie geht es dir?"

Nichts.

Nein, ich bin *nicht* versucht, nachzusehen. Nach diesem kleinen Beispiel, was passieren könnte, kann er froh sein, wenn ich meinen Sessel nicht unter dem Türknauf verkeile und ihn als Geisel halte, bis es weit nach Einbruch der Dunkelheit ist. Nur um auf Nummer sicher zu gehen. Ich meine, ich bin mir sicher, dass er stark genug ist, die Tür zu zerschlagen, als wäre sie ein Stück Seidenpapier, aber ich will seine Sicherheit nicht riskieren.

Oh, und meine Haare sind immer noch schwarz. Wenigstens läuft es an dieser Front gut für mich.

Ich habe zwei Nachrichten von Dexters Mitarbeitern John und Mark auf meinem Handy, die sichergehen wollen, dass ich ihre Zimmernummer und beide Handynummern habe. Nur für den Fall, dass ich irgendwelche Fragen habe, oder etwas nicht finden kann. Und sie versichern mir beide, dass es völlig in Ordnung sei, sie anzurufen und zu wecken. Sie sind in derselben, großen Hotelsuite wie Dex, die sich hinter einem Haupteingang zu mehreren kleineren Suiten aufteilt. Offensichtlich hat er diesen Teil der Etage ganz für sich allein.

Ich antworte ihnen beiden und überlege dann, ob ich duschen soll. Irgendwie möchte ich warten, bis Dex wach ist.

Ich kann ihn immer noch schwach an mir riechen.

Aber ich brauche *wirklich* eine Dusche.

Zur Hölle, ich kann später immer noch ein zweites Mal mit ihm gemeinsam duschen gehen.

Also dusche ich schnell und schicke Dexter eine Nachricht, dass ich ein paar Besorgungen machen werde. Nur für den Fall, dass er aufwacht. Ich entscheide mich für die kurze Hose und das Trägershirt, weil es verdammt heiß draußen ist. Ich meine, es ist schließlich *Tucson*. Und ich will nicht, dass meine Jeans und mein T-Shirt ganz verschwitzt sind und ich Anfang nächster Woche schon wieder Wäsche waschen muss. Außerdem ziehe ich meine Club Toxic T-Shirts nicht gerne an, wenn ich nicht auf dem Weg zur Arbeit bin.

Ich frage mich, wie das Wetter in Atlantic City wohl ist.

Hör auf. Böses Mädchen. Mach dir keine zu großen Hoffnungen.

Ich bin jetzt schon nervös, wenn ich daran denke, den Audi zu fahren. Nachdem ich die Klimaanlage aufgedreht habe, muss ich den Sitz nach vorn schieben, weil Dex' Beine so viel verdammt länger sind als meine eigenen. Dann muss ich auch noch das Lenkrad und alle Spiegel neu einstellen. Aber ich muss zugeben, dass es irgendwie Spaß macht, ihn zu …

Er kann sich selbst nicht im Rückspiegel sehen, wenn er hineinschaut.

Dieser Gedanke trifft mich wie ein Schlag in die Magengrube.

Ich sitze einen Moment lang da und kralle meine Hände am Lenkrad fest. Ich atme einfach nur.

Tiefe Atemzüge.

Was auch der Grund dafür ist, dass ich wie ein kleines Mädchen kreische – *Hallo* – und mir fast in die Hose mache, als Garrett mit den Fingerknöcheln an das Fahrerfenster klopft. Er hat sich mir unbemerkt genähert und das passiert mir normalerweise *nie.*

Er trägt eine verspiegelte Sonnenbrille und ich kann sehen, dass er … besorgt ist.

Endlich finde ich heraus, mit welchem Knopf ich das Fenster öffnen kann. „Hey Garrett."

„Hi." Er mustert mich einen Moment lang. „Geht es dir gut?"

„Ja. Bitte nimm deine Brille ab. Du weißt, dass mir das unheimlich ist."

Er schnauft, wie es Wölfe tun, aber er nimmt sie ab. Ja, er mustert meinen Hals und meine Arme.

„Er hat mich nicht gebissen, Garrett. Wir hatten noch

nicht einmal Sex. Zur Hölle, er hat es gerade mal bis zum Fummeln geschafft."

Er runzelt die Stirn. „Warum das? Was zum Teufel stimmt mit ihm nicht?"

„Nichts! Wir haben uns gestern Abend stundenlang unterhalten und hatten dann keine Zeit mehr."

„Keine Zeit mehr – *ohhh.*"

„Ja. Er verwandelt sich in einen Kürbis. Killer-Sperrstunde."

Buchstäblich.

Er lehnt sich an die Seite des Autos, stützt seinen nackten Unterarm gegen die Oberseite der Tür und ich weiß *genau,* was er tut. Wenn er nicht denken würde, dass die Leute ihn komisch anschauen würden, würde er sich am ganzen Auto reiben und dann wahrscheinlich *buchstäb-lich* an die Reifen pissen.

Das ist so ein Wolfsding.

Und sie wissen, dass Vampire sie wittern können, also will er ein Statement machen.

Jetzt muss ich eine Autowäsche zu meiner verdammten Aufgaben-liste hinzufügen …

„Also, witzige Sache, Connie." Er starrt mich direkt an und obwohl er nicht kurz davor steht sich zu verwandeln, ist es fast so, als könnte ich seinen verdammten Wolf direkt unter der Oberfläche brodeln *sehen.* „Ich weiß, dass Dexter mit dir in das Gebäude und in deine Wohnung gegangen ist, aber ich konnte keine zweite Spur von ihm wittern, als er es verlassen hat."

Ich starre ihn an und er starrt zurück.

Minuten vergehen.

Er ist verdammt gut mit dieser Alphascheiße. Ich gebe offensichtlich zuerst nach. „Was willst du von mir hören?", frage ich schließlich.

„Ich will, dass du mir sagst, wo er ist."

Mein Pulsschlag schnellt in die Höhe. „Warum?" Im Geiste gehe ich jetzt bereits eine Liste von Lucius' menschlichen Leuten durch, die ich anrufen könnte und die eine Chance haben könnten, mir zu helfen, die Wandler aufzuhalten, und …

Er nimmt einen tiefen Atemzug und stößt ihn langsam wieder aus, als ob er versucht, geduldig zu bleiben. „Ich werde ihm *nichts* tun. Aber es gibt *Gestaltwandler*, die hier im Gebäude leben, und vielleicht haben noch nicht alle von ihnen die Nachricht bekommen. Ich will nicht, dass jemand ausflippt."

„Warum sollten sie ausflippen? Er kann keine Wohnung betreten, ohne dass er hereingebeten wird."

„*Bitte* hilf mir mit dieser Sache, ja? Ich werde einen meiner Jungs vor deiner Tür postieren, während du weg bist. Weil er in deinem verdammten *Kleiderschrank* hockt, oder? Deine Wohnung ist eine nach Osten ausgerichtete Einzimmerwohnung. Das ist nicht gerade sicher und offen gesagt, kann mein Rudel verdammt viel Geld mit ihm machen. Ich möchte ihn irgendwie gerne am Leben behalten."

„Oh."

„Ja, oh. Kann ich jetzt meine Brille wieder aufsetzen? Es ist hell hier draußen."

„Sicher. Entschuldige." Ich lasse das Lenkrad los und schüttle meine Hände aus. „Wir haben buchstäblich nur auf meinem rosa Plüschteppich gesessen und geredet und dabei völlig die Zeit vergessen." Ich denke an den Schmerz und den Verlust und die Trauer in seiner Stimme, als er mir von seiner Liebe erzählte. „Er ist ein guter Mann."

Er lächelt und winkt einem Pärchen zu, das ein paar Parkplätze weiter parkt. Er wartet, bis sie hineingehen, und schaut sich dann um. Er schiebt seinen Kopf ins Fenster und senkt seine Stimme zu einem Flüsterton.

„Ich *weiß*, Connie. Ich bin nicht sonderlich glücklich über diese seltsame kleine Geschäftsfusion, aber Amber sagt, dass es zum Wohle aller passieren muss. Ich vertraue Blutsaugern nicht, aber ich vertraue *ihr*. Und sie sagt, wir können ihm vertrauen. Wegen dir, hauptsächlich. Ich werde also einen Mann vor deiner Tür postieren."

„Er wird nicht hineingehen?"

„Nein, er wird nicht hineingehen. Das schwöre ich. Er wird auch dafür sorgen, dass niemand sonst hineingeht, bis du zurückkommst. Aber darf ich dir einen kleinen Rat geben? *Bitte* mach das nicht zu einem regelmäßigen Vorkommnis, in Ordnung. Vögele ihn hier, wenn du willst, aber übernachtet tagsüber in seiner Wohnung oder im Club Toxic. Ich will nicht, dass meine Leute ausflippen. Und stelle auch sicher, dass Lucius weiß, dass dies eine spezielle, *bedingte* Ausnahme *nur* für Dexter und seine zwei Männer ist. Es ist *kein* Freifahrtschein für alle."

„Mache ich. Vielen Dank."

Er nickt und klopft auf das Dach des Audis. „Die Karre steht dir gut. Du solltest dir von ihm so einen kaufen lassen. Dein 4Runner ist eine Todesfalle."

„Das ist er nicht und das weißt du selber. Einer deiner Männer hat ihn repariert und gesagt, er wäre in gutem Zustand."

Er grinst. „Van Sussex ist reich. Er sollte dir schöne Sachen kaufen. Er kann es sich leisten."

Ich rolle mit den Augen. „Ich muss los, Garrett. Danke, dass du dich um mich sorgst."

Er klopft noch einmal auf das Dach, dieses Mal an einer anderen Stelle. *Verdammt noch mal.* Als ob er denkt, ich wüsste nicht, was er tut. „Nun, du gehörst sozusagen zum Rudel. Adoptiert. Wenn du es irgendwann satthast, für diesen Blutsauger zu arbeiten, stecke ich dich ins Eclipse oder in den Kampfclub. Wir könnten jemanden wie dich Vollzeit gebrauchen. Sogar im Management."

Ich denke an meine Mutter und daran, wie sie manchmal gekämpft hat. Wie die Gerüche im Kampfclub denen sehr ähnlich sind, wie sie manchmal roch, wenn sie von einem Kampf nach Hause kam. Zerschlagen und wund, aber normalerweise hatte sie in nur einer Nacht das Geld für die Miete verdient.

Oh, wie sehr ich es *hasste*, dass sie gezwungen war, dies für uns zu tun.

Für *mich*.

Weil sie *mich* aufziehen musste.

Ich glaube, dass mir instinktiv bewusst war, dass *ich* der Grund war, warum wir immer fliehen mussten – warum ich nicht auf eine normale Schule gehen konnte.

„Ich weiß nicht, ob ich im Kampfclub arbeiten könnte", sage ich leise.

Er neigt den Kopf. „Ich … Es tut mir leid, Schätzchen. Ich wollte keinen Nerv treffen."

„Nein, ich weiß. Es ist … eine lange Geschichte." Ich zwinge mich zu einem Lächeln, von dem ich weiß, dass es ihn nicht täuscht.

Aber er rührt sich nicht. „Sag mir die Wahrheit – glaubst du, dass er der Richtige ist?"

„Ich weiß es nicht. Ich möchte gern, dass er es ist. Aber ich will sein Leben auch nicht gefährden."

„Ich habe dir doch gesagt …"

„Ich meinte, wegen mir und meiner … Scheiße. Was wird an dem Tag geschehen, an dem dieses Ding zurückkommt, hä?"

„Wir stehen Seite an Seite *mit* ihm und bekämpfen es *für* dich", sagt er und Gewissheit schwingt in seiner Stimme mit. „*Das* ist es, was wir tun."

„Ich weiß nicht, ob es etwas ist, das man bekämpfen *kann*.“

„Vielleicht ist es an der Zeit, dass du aufhörst, wegzulaufen und es herausfindest.“

„Aber ich will es nicht herausfinden, wenn es jemand anderen das Leben kosten könnte – egal ob Wandler, Vampir oder Mensch.

Er grummelt etwas. Ich spüre, dass er diesen Punkt mit mir diskutieren will, und ich *verstehe* es. Ich weiß es auch zu schätzen – *wirklich*. Aber er muss sich bereits mit so vielen Widersprüchen auseinandersetzen. Wenn es nach ihm ginge, würden die Wandler alle Vampire auslöschen.

Ich *verstehe* es.

Ich verstehe aber auch, warum die Vampire ihr Ding machen. Einige von ihnen sind ziemlich beschissen, andere sind großartig und die meisten einfach Durchschnitt. Genau wie die Wandler.

Genau wie Menschen. Ich meine, auch Menschen können extrem beschissen zueinander sein.

Aber hey, es sind *Vampire*, von denen die Wandler sich helfen lassen, um die Erinnerungen der Menschen auszulöschen, damit sie sie wegen ihres beschissenen Geheimhaltungskodex nicht töten müssen, also …

Wer ist der ‚Schlimmere‘ von beiden? Von allen dreien, wenn man die Menschen mitzählt.

Es ist ein unentschieden.

„Pass auf dich auf, Connie.“ Er tritt zurück, klopft auf die Seite des Audis – *Arschloch* – und grinst. „Lass dir Sachen von ihm kaufen. Du verdienst es.“ Er geht auf das Gebäude zu und zieht bereits sein Handy heraus.

Es ist verlockend, wieder hineinzustürmen, aber ich muss Garrett vertrauen. Er ist ein Wolf, der zu seinem Wort steht.

Außerdem ist er ein verdammter Wolf. Er könnte prak-

tisch durch meine Tür stürmen und den Schrank aufreißen, bevor ich es auch nur halb die Treppe hinaufgeschafft
hätte.

Ich schließe das Fenster, überprüfe den Spiegel ein
letztes Mal und schnalle mich an.

Das wird ein verdammt *langer* Nachmittag werden.

20

Eilidh

DER ERSTE STOPP, den ich einlege, ist eine automatische Waschanlage. Ich bezahle sie aus eigener Tasche und in bar.

Ich meine, mal *ernsthaft*. Garrett hat fast alles getan, außer seine Jeans fallenzulassen und sein Gehänge am Audi zu reiben.

Relativ gesehen.

Sobald das Auto vom Wolfsgeruch befreit ist, mache ich mich auf den Weg zum Hotel. Ich habe Dex' Brieftasche in meiner Handtasche. Ich fahre am Parkservice vorbei und stelle den Wagen selbst auf dem Parkplatz ab. Als ich hineingehe, kämpfe ich gegen den Drang an, zu laufen.

Das hier ist kein Spießrutenlauf.

Ich tue nichts Falsches.

Zum Teufel, die Leute hier wissen noch nicht einmal, dass Dex ein Vampir ist. Sie wissen gar nichts von Wandlern oder Vampiren, es sei denn, sie sind Teil einer der beiden Welten. Sie sind ahnungslose Menschen, die glücklich durch ihr Leben gehen, ohne zu wissen, welche Gefahren unter ihnen lauern.

Sie wissen nicht, dass ich mich auf eine Weise zu Dexter hingezogen fühle, wie ich es noch nie zuvor mit jemandem gespürt habe. Sie kennen die widersprüchlichen Gefühle nicht, die ich nicht verarbeiten kann.

Ich schwitze wie verrückt, als ich mit dem Aufzug in sein Stockwerk hinauffahre und mich dann orientiere. Die Tür der Hotelsuite öffnet sich mit der Schlüsselkarte und ich gehe den Flur entlang. An seiner Zimmertür ziehe ich die Schlüsselkarte erneut durch und das Schloss blinkt grün und klickt auf.

Also, auf geht's.

In der Suite ist es, bis auf eine eingeschaltete Tischlampe im Wohnzimmer, still und dunkel. Die Luft riecht nach ihm.

Ich schließe die Tür hinter mir, stehe mit geschlossenen Augen dort und atme tief ein.

Nein, ich kann nicht ignorieren, wie sehr sich meine Seele nach ihm sehnt. Die Art, wie mein Körper ihn begehrt.

Ich denke daran, wie es sich angefühlt hat, als er mich den Berg hinaufgetragen hat.

An die Art, wie er mich küsst.

An die sexy Dinge, die er mit mir getan hat. Und das, obwohl wir beide noch vollständig bekleidet waren.

Die Trauer in seiner Stimme, als er mir von Robert erzählte.

Diese Männer sind in Gegenwart anderer stoisch, stark und scheinbar unbesiegbar.

Außer bei Tageslicht.

Deshalb müssen sie manchmal so verdammte Arschlöcher sein oder zumindest dazu neigen, als absolut kalte Arschlöcher rüberzukommen. Denn sie können es sich nicht leisten, Schwäche zu zeigen. Bei Tageslicht sind sie verletzlich. Sie müssen andere dazu bringen, sie so sehr zu fürchten, dass sie sie meiden.

Aber sie machen sich sogar noch verletzlicher, wenn sie lieben.

In Lucius' innerem Kreis zu sein, erlaubt mir einen Zugang, den nur wenige andere bekommen. Weder Vampire noch Menschen. Ich hatte das Glück, Lucius mit Selene im Privaten zu sehen. Er würde sich, ohne zu zögern, selbst opfern, um sie zu beschützen. Er liebt sie mit allem, was er ist und von ganzem Herzen. Sie ist seine größte Schwäche. Und ich habe andere Vampire gesehen, die ihre Partner und die ewige Liebe fanden. Auch sie haben die gleiche Reaktion gezeigt.

Wölfe verpaaren sich fürs Leben, wenn sie ihren wahren Partner finden und mit einem Biss markieren. Der Wolf, der seinen Partner markiert, wird ihm für immer folgen und versuchen, ihn zu beschützen. Sich immer schmerzlich danach sehnen, bei ihm zu sein, wenn Umstände sie trennen.

Er kann niemals einen anderen lieben. Und derjenige, der markiert wurde, wird für immer den Duft dieses Wolfes an sich tragen, was bedeutet, dass kein anderer Wolf ihn jemals berühren wird.

Wölfe und Vampire sind eigentlich gar nicht so unterschiedlich, wenn man es genau betrachtet. Sie sind verschiedene Seiten der gleichen Medaille.

Ich weiß, ich kann nicht den ganzen Tag hier stehen, und sollte mich an die Arbeit machen. Und obwohl ich – *ha ha* – hierher eingeladen wurde, fühle ich mich wie ein Eindringling in Dex' privatem, wenn auch nur vorübergehenden Zuhause.

Ich betrete das Schlafzimmer. Der kleine Mini-Kühlschrank muss sein persönlicher sein, denn er sieht nicht so aus, als gehöre er in die kleine Küchenzeile und ist außerdem an ein Verlängerungskabel angeschlossen.

Ich hole tief Luft und öffne ihn. Ja, voll mit Blutbeuteln. In dem kleinen Gefrierfach liegen auch ein paar Kühlakkus. Und eine kleine Kühltasche, die obendrauf steht. Also greife ich danach, nehme die Kühlakkus heraus und packe zwei Beutel Blut ein. Als ich darüber nachdenke, lege ich noch zwei weitere Beutel dazu. Zum Teufel, warum auch nicht. Ich weiß nicht, wie viele er brauchen wird. Und es ist besser, mehr zu haben, die er in meinem Kühlschrank lagern kann.

Ich gehe weiter ins Bad, wo ich seinen Kulturbeutel finde und alles einpacke, was er möglicherweise brauchen könnte. Ich prüfe auch die Dusche, um zu sehen, ob er dort irgendetwas zurückgelassen hat.

Seine Kleidung ist tatsächlich ausgepackt – sie befindet sich in der Kommode und im Kleiderschrank.

Im Ernst? Ich meine … *wow*. Ich glaube nicht, dass ich das schon jemals gemacht hätte. Ich habe schon öfter einen Hotelschrank benutzt, aber den Inhalt meiner Koffer nie in eine Kommode geräumt, selbst wenn ich länger als ein paar Tage in einem Hotel gewohnt habe.

Ich öffne den Schrank und finde mehrere Anzüge darin.

Ohhh. Aber halloooo.

Ich habe *definitiv* einen Anzugfetisch.

Dann fällt mir auf, dass er außerdem eine Jeans und ein schickes Paar schwarzer lederner Motorradstiefel mitgebracht hat. *Schwärm.*

Fick.

Mich.

Ich schnappe mir die Jeans, die Stiefel und Socken

dazu. Jetzt muss ich mich noch für ein Oberteil entscheiden. Ein T-Shirt oder ein Hemd?

Hmm. Entscheidungen, Entscheidungen.

Ich denke an Lucius' Männer und entscheide mich für beides. Er kann das T-Shirt später tragen. Aber den Abend in einem Hemd und einer Weste beginnen.

Oh ja.

Und er trägt Boxershorts, in denen sein Arsch wahrscheinlich verdammt sexy aussieht.

Lecker!

Ich werfe zwei davon zusammen mit einem schwarzen Ledergürtel, der zu den Stiefeln passt, auf den Stapel. Ich schnappe mir sein Ladekabel vom Nachttisch, halte inne, drücke mein Gesicht in sein Kissen und atme tief ein. Ich breche fast in Tränen aus, als sein Duft meine Lunge füllt.

Ja, ich bin wirklich schwer in den beißfreudigen, sexy Augenschmaus verliebt.

Bitte lass es ihm gut gehen!

Ich finde einen kleinen Koffer und packe alles hinein, bis auf die Kühltasche mit den Blutbeuteln und das Hemd und die Weste. Diese beiden Sachen schiebe ich in einen Kleidersack mit Reißverschluss, den ich in seinem Schrank gefunden habe.

Dort entdecke ich auch einen Plastikcontainer auf dem Boden, der im hinteren Bereich verstaut ist. Ich hatte ihn zuvor übersehen.

Als ich ihn öffne, befindet sich darin Klebeband auf Rollen, breites blaues Malerband, ein paar Planen und …

Ein Leichensack.

Ich schnappe mir das Malerband, eine Plane und den Leichensack. Es ist vielleicht ein wenig verspätet, aber vielleicht werden sie sich noch als nützlich erweisen.

Wenn ich ein Vampir-Schoßhündchen haben werde – oder besser gesagt, das Schoßhündchen für einen Vampir sein möchte –, muss ich vorbereitet sein. Ich will nicht noch einmal in eine derart unvorbereitete Situation kommen.

Ich verstaute alles in dem kleinen Koffer und mache mich dann auf den Weg hinaus, wobei ich sicherstelle, dass sowohl seine Zimmertür als auch die Tür zur Hauptsuite fest hinter mir zugezogen sind.

SOBALD ICH WIEDER IM Audi sitze, schreibe ich John und Mark eine Nachricht und lasse sie wissen, dass die Mission erfüllt ist. Dann fahre ich in den Supermarkt, um ein paar Dinge für das Abendessen zu besorgen. Als ich wieder vor meinem Wohnhaus ankomme, erinnere ich mich daran, den Sitz ganz nach hinten zu schieben, damit Dexter sich beim nächsten Mal nicht die Knie aufschlägt. Irgendwie gelingt es mir, alles auf einmal hineinzutragen, obwohl mir das Herz bis zum Hals schlägt, als die Fahrstuhltüren sich zu meiner Etage öffnen.

Ich entdecke einen von Garretts Männern, Cairo, vor meiner Wohnungstür. Er steht an die Wand gelehnt und hat sein Handy in der Hand. Er sieht so aus, als würde er ein Spiel spielen oder so etwas.

Als er mich sieht, stößt er sich von der Wand ab, schiebt sich das Handy in die Gesäßtasche seiner Hose und legt die kurze Strecke in mehreren schnellen Schritten zurück, noch bevor ich ganz aus dem Aufzug gestiegen bin. Als er nach ein paar Sachen greift, um sie für mich zu tragen, lasse ich ihn gewähren.

„Hey Cairo", sage ich nervös.

Er nickt. „Hey Connie." Er wohnt auch in diesem Gebäude. Er ist einer von Garretts Cousins oder so – ein Wolfsgestaltwandler, der vor nicht allzu langer Zeit nach

Tucson gezogen ist. Single und attraktiv … Ich hatte ein paar angenehme Interaktionen mit ihm. Das letzte Mal hat er mir angeboten, mich zum Mittagessen einzuladen. Das war vor ein paar Wochen und ich hätte fast ja gesagt.

Ich wünschte jetzt, ich hätte es getan.

Oder nicht?

Ich weiß es nicht.

Ich sehe, wie er die Hand nach der Kühlbox mit dem Blut ausstreckt, bis ihm bewusst wird, was sich darin befindet. Er lässt sie wieder sinken und lässt mich die Kühltasche tragen.

Ich senke meine Stimme zu einem Flüstern, weil ich weiß, dass der Wolf mich hören kann, während wir auf meine Tür zusteuern. „Danke für das hier. Es tut mir leid."

Er nickt knapp. „Der Boss hat gesagt, es ist in Ordnung. Aber wenn du meine Meinung hören willst? Lass es lieber nicht wieder vorkommen." Er deutet mit dem Kopf in die andere Richtung des Flures. „Die Johnsons in der letzten Wohnung dort hinten haben drei Welpen, weißt du."

Es dreht mir den Magen um. Sie sind eine supernette Familie, eine Wolfswandler-Familie. Ich habe schon einmal für sie babygesittet, als ihr üblicher Wandler-Babysitter keine Zeit hatte. „Sind sie verärgert?" Ich schiebe den Schlüssel in das Schloss, um die Tür zu öffnen.

Er schnaubt. „Sie sind nicht gerade glücklich. Hatten ziemliche Angst, wenn du mich fragst. Der Alpha hat mit ihnen geredet, aber mein Rat wäre, dass hier nicht an die große Glocke zu hängen. Ich würde auch vorschlagen, ihn heute Abend so schnell wie möglich hier wegzuschaffen."

Verdammt. Mein Leben beeinflusst andere auf negative Art und Weise. Es ist genau das, was ich *nicht* wollte. „Das tut mir leid. Wir haben buchstäblich die Zeit vergessen. Ich konnte ihn ja nicht gerade im Treppenhaus verstecken. Ich schwöre, er würde hier niemandem *jemals* etwas tun und auch sonst keinem Unschuldigen, egal wo er ist. Er ist nicht wie die anderen Vampire. Ich würde meinen Ruf aufs Spiel setzen, um mich für ihn zu verbürgen."

Witzig, wie ich in weniger als vierundzwanzig Stunden diesbezüglich eine Einhundertachtzig-Grad-Wendung gemacht habe. Ich bin von *Ich will meinen Hals nicht für ihn hinhalten* dazu übergegangen, mich *buchstäblich* als menschlichen Schutzschild vor ihn zu werfen.

Cairo stellt die Sachen, die er für mich getragen hat, direkt vor meiner Wohnungstür ab, tritt jedoch nicht ein. „Unser Alpha geht ein großes Risiko ein, dich und ihn hier nicht rauszuwerfen, Connie. Ich hoffe, du weißt, was du tust."

Das hoffe ich auch.

In seiner Energie liegt eine kaum unterdrückte Wut. Eine Art Reue und vielleicht sogar ein Hauch von Trauer, als er weggeht.

Er spürt eine verpasste Gelegenheit, da bin ich mir sicher. Ich hatte an diesem Nachmittag Arbeitsaufträge. Theophilus hat mich dafür bezahlt, ein paar Besorgungen zu machen. Ich wollte mein Treffen mit Cairo eigentlich nachholen, aber es kam einfach nie dazu.

Ich hoffe, ich habe es nicht vermasselt.

Als ich eintrete und meine Wohnungstür hinter mir schließe, atme ich tief durch.

Bitte lass meine Entscheidung die richtige sein.

ICH PACKE SCHNELL ALLES AUS — Lebensmittel und Blut in den Kühlschrank, seine Waschtasche auf meinen Badezimmertisch. Seinen Kleidersack hänge ich an die Stange des Duschvorhangs, weil, nun ja, *klar.*

Ich hatte mein Bett ausgeklappt gelassen, also lege ich alle seine anderen Sachen darauf. Ich krame das Malerband heraus und klebe schnell einen Streifen davon um den Türrahmen. Ich hoffe, dass es nicht zu spät ist.

Bitte *lass es nicht zu spät sein.*

Bis zur Dunkelheit sind es noch einige Stunden. Ich bin mir nicht einmal sicher, was ‚sichere‘ Dunkelheit für ihn ist. Ich meine, muss der Himmel schwarz sein? Oder ist die Dämmerung okay? Gibt es nicht eine Art Lichtmesser für sichere Werte?

Gibt es dafür keine verdammte *App?*

Komm schon, es muss doch irgendwo einen gelangweilten, reichen Vampir-App-Entwickler geben, der *alle* Programmiersprachen beherrscht – denn *natürlich* würde er das –, der so etwas entwickeln könnte.

Oder nicht?

Ich schnappe mir mein Handy und schreibe Dexter eine SMS. Ich lösche den Text und tippe wahrscheinlich ein Dutzend Mal etwas Neues ein, bevor ich mich schließlich für etwas entscheide, von dem ich hoffe, dass es nicht total unsinnig klingt.

ICH BIN ZURÜCK. Ich behalte mein Telefon in der Nähe.

WÄHREND DIE STUNDEN VERGEHEN, kämpfe ich gegen den Drang an, nervös in meiner Wohnung auf und ab zu gehen. Jedes Geräusch draußen im Flur lässt mich zusammenzucken und ich prüfe doppelt und dreifach und vierfach, ob mein Riegel, das Schloss und die Kette sicher geschlossen sind. Ich starre durch den Spion in der Tür, um sicherzugehen, dass keine wütende Horde vor meiner Tür steht.

Schließlich ziehe ich auch noch meinen Sessel vor die Tür.

Natürlich *weiß* ich, dass das keinen Gestaltwandler aufhalten wird, aber ich fühle mich dadurch einfach ein wenig besser.

Während dieser Wartezeit geht auch noch mein Verstand mit mir durch. Der Teufel auf meiner Schulter sagt mir, welch ein verdammter Dummkopf ich bin, meinen Hals für einen Vampir zu riskieren, den ich erst seit so kurzer Zeit kenne.

Er versucht, mich davon zu überzeugen, dass Vampire Meister der Manipulation sind. Sicher, er kann mich mit seinen Kräften nicht in seinen Bann ziehen, aber vielleicht versucht er ja trotzdem, mich auf profanere Weise zu kontrollieren.

Ich wäre nicht die erste Frau, die auf eine rührselige Geschichte hereinfällt oder tollen Sex mit etwas anderem verwechselt. Er lebt schon eine *sehr* lange Zeit. Viel Zeit, um genau zu lernen, was man sagen muss. Um die rührselige Geschichte zu verfeinern und die Details zu feilen, damit er mit minimalem Aufwand maximale Wirkung erzielen kann. Vielleicht ist er ein Soziopart, ein Psychopath oder ein emotionaler Sadist.

Selbst der Versuch, mir einzureden, dass es eine gute Sache ist, dass Lucius sich für ihn verbürgt, führt mich auf noch dunklere Wege.

Ich habe mit eigenen Augen gesehen, was Lucius und andere Vampire anderen antun können, ganz zu schweigen von sich gegenseitig. Solange seine menschlichen Mitarbeiter ihn nicht verraten – das heißt, nicht versuchen, ihn zu töten oder töten zu lassen – behandelt Lucius sie ehrlich wie jeden anderen auch. Ich habe eigentlich keine Angst vor ihm, denn er hätte mich jederzeit töten können und hat es nicht getan. Für ihn bin ich lebendig mehr wert als tot. Die meisten Vampire, die mich kennen, sind mir gegenüber misstrauisch. Denn abgesehen davon, dass ich unter Lucius' und Selenes Schutz stehe, könnten sie mich zwar leicht umbringen, aber sie wissen, dass ich sie wahrscheinlich verletzen würde, es sei denn, sie können sich irgendwie unbemerkt heranschleichen. Und mein Saft ist es einfach nicht wert, das Risiko einzugehen.

Buchstäblich.

Ich meine mit Saft natürlich mein Blut.

Ja, wenn ich ehrlich zu mir selbst bin, ist das ein weiterer Grund, warum ich nachts, wenn ich nicht arbeite, gern zu Hause in meiner Wohnung bin.

Wo Vampire nicht hineingelangen, es sei denn, ich bitte sie herein, und – verdammt noch mal – schaut doch mal, was ich getan habe.

Ich will nicht sterben, habe aber auch keine Angst davor. Das Leben kann manchmal ganz schön nervig sein. Ganz im Ernst.

Außer …

Amber.

Was ist, wenn mein Vater tatsächlich noch lebt?

Was ist, wenn er dort draußen ist?

Warum hat er nicht nach uns gesucht?

Will ich ihn wirklich finden?

Ich atme zittrig ein, aber ich habe mich in den letzten Stunden selbst so völlig durcheinandergebracht, dass ich nicht einmal mehr *weiß*, was ich überhaupt will. Wenn ich mich für Dexter entscheide und mich dadurch von den Wandlern isoliere, was dann? Sollte die Scheiße den Bach runtergehen, würde ich geächtet werden.

Wie kann ich neutral bleiben, wenn ich jede Nacht eine Dosis Vitamin S – für *Schwanz* – von Dexter bekomme?

Für diejenigen unter euch, die sich dessen nicht ganz sicher sind, die Antwort lautet – das kann ich *nicht*. Es wird mir nicht erlaubt sein, zu diesem Zeitpunkt noch neutral zu bleiben. Es ist unmöglich.

Ich würde das Vertrauen des Tucson-Rudels und der anderen Gestaltwandler verlieren, denn wie man sich bettet, so liegt man. Und ich hätte mich für einen Sarg entschieden.

Ich bin seit fast zwanzig Jahren allein. Auf mich allein gestellt.

Habe nie jemanden an mich herangelassen.

Im Überlebensmodus.

Ich habe mir nie erlaubt, irgendeinen Ort als mein ‚Zuhause‘ zu betrachten, weil ich immer wusste, dass ich am nächsten Tag wieder abhauen müssen könnte.

Tucson ist der erste Ort, von dem ich wirklich zu hoffen begonnen hatte, dass er dieses Zuhause für mich sein könnte. Wo es sich so anfühlte, als würden meine angsterfüllten Wurzeln endlich anfangen, sich zaghaft auszubreiten.

Ich habe ein kleines Fotoalbum, eins von denen mit nur einem Foto auf jeder Seite. Es sind die einzigen Fotos, die ich von Mom und mir gemeinsam habe, weil sie damals immer das billigste Handy hatte, dass es gab. Meistens ohne Kamera. Oder die Kamera war wirklich beschissen.

Eins meiner Lieblingsbilder wurde aufgenommen, als ich sechzehn war. Wir waren mit unseren Nachbarn in einem Park. Die Mutter dieser Familie hat es mit ihrem Handy geschossen und für uns ausgedruckt. Mom sah müde, aber glücklich aus. Mein Haar war damals rötlich blond, genauso wie ihres, und man sieht an unserem Lächeln, wie ähnlich wir uns sehen. Wir trugen beide Träger-T-Shirts, weil wir zum Glück die gleiche Größe hatten und uns unsere Kleidung teilen konnten.

Das war ein schöner Tag. Einer der letzten wirklich ‚guten‘ Tage, an die ich mich erinnern kann, an denen sich meine Seele tatsächlich *leicht* angefühlt hat, bevor sie im darauffolgenden Jahr starb.

Ich lasse das Album auf mein Bett fallen und stürme ins Badezimmer, wo ich mich einschließe. Ich drehe den Wasserhahn auf, falls Dexter zuhört, und weine leise.

ICH HOFFE, dass die Tatsache, dass ich weder Rauch noch gegrillten Dexter rieche, ein gutes Zeichen ist. Um 18:18 Uhr versuche ich wie besessen, den nicht vorhandenen Staub auf meiner Fensterbank wegzusaugen –

Asche

– mit dem Handstaubsauger –

Asche von seinem Haar, denn er ist ein

– als ich ein Geräusch höre –

verdammter Vampir und könnte jetzt wegen mir mausetot sein

– das mich aufschreckt.

Ich wirble herum und sehe, wie sich die Schranktür öffnet. Das blaue Malerband gibt mit einem erschrockenen Geräusch nach, das mir ein hysterisches Lachen entlockt.

Ich gehe auf den Schrank zu und merke zu spät, dass ich den Handstaubsauger vor mir ausstrecke.

Dexter lebt und ist anscheinend nicht verbrannt, den Göttern sei Dank, und sitzt mit der Decke unter den Achseln dort in meinem Schrank.

Er zieht eine attraktive Augenbraue hoch. „Was ist das?" Er deutet mit einem Nicken auf meine Hand.

„Ähm, das ist ein Handsauger."

Er blinzelt. „Ein Staubsauger?"

„Ja, logisch." Ich werde schnippisch, wenn ich nervös bin, und weiß, dass ich es tue. Es ist ein Verteidigungsme-chanismus. Ich kann nicht anders. Sarkasmus und spitze Bleistifte.

„Und wolltest du mich damit angreifen? Dein Besen-stiel würde einen viel besseren improvisierten Pfahl abgeben."

Ich bin so aufgewühlt, dass ich das attraktive Grinsen auf seinem Gesicht völlig ignoriere. Ich erkenne, dass ich ein Idiot bin, wenn ich denke, ich könnte jemals glücklich werden. Ob er nun ein reicher, attraktiver Vampir ist oder nicht. „Ich wollte dich nicht damit angreifen, Arschloch." Ja, ich weiß, dass er versucht, mich mit seinem Humor abzulenken, weil er wahrscheinlich spürt, wie gestresst und aufgebracht ich bin.

„Was hast du dann damit gemacht?"

Ich spüre, dass mein Gesicht rot wird, und zum ersten Mal in meinem Umgang mit Vampiren lüge ich ihn frei heraus an. „Ich war mir nicht sicher, was ich vorfinden würde, wenn ich die Tür öffne. Bekomme ich keine Plus-punkte dafür, dass ich sie *nicht* vorzeitig aufgerissen habe?"

Er mustert mich einen Moment lang. Ich weiß, dass *er* weiß, dass ich gerade gelogen habe. „Du wolltest ihn für den Fall, dass ich verbrannt bin?" Er sagt es in einem ärgerlich amüsierten Tonfall.

„Hey, ich habe ein paar Jimmy Choos dort drin, Arsch-gesicht. Die sind zu viel Geld wert, als dass du sie mit deinem ekelhaften, aschigem Selbst vollstauben darfst, klar?"

„Ich fühle mich geschmeichelt." Er zieht die Decke weg. Irgendwann hat er sich seiner Weste entledigt und sein Hemd aufgeknöpft, sodass ich jetzt seine feste, wohlge-formte Brust und die Bauchmuskeln sehe. Außerdem ist er barfuß, was unerwartet sexy ist, und ich weiß nicht, warum. „Aber du hättest dir mit meinen Kreditkarten auch Neue kaufen können." Er lächelt. „Ich hätte nichts dagegen gehabt, wenn du sie mir vorführst. Oder hast du welche gekauft?" Sein Lächeln wird breiter.

Ich trete zurück und ignoriere seine letzte Bemerkung. „Ja, nun, sie sind nicht nur das beste Paar Schuhe, das ich besitze, sondern wahrscheinlich auch der wertvollste Gegenstand überhaupt, der mir gehört. Abgesehen von den Reifen auf meinem 4Runner, vielen Dank auch."

Sein Blick fällt sofort auf die Stelle, wo der Ring an der Silberkette unter meinem T-Shirt hängt.

„Der zählt nicht", sage ich leise.

Er steht auf, streckt seinen Körper und erinnert mich dadurch daran, wie groß er ist. Ich trete einen Schritt zurück und schwenke immer noch den Staubsauger zwischen uns herum. Ich weiß irgendwie noch nicht, was ich damit anfangen will.

„Warum in aller Welt zählt der nicht?" Er fängt an, die Decke mit Präzision zusammenzufalten. „Ist er nicht viel wertvoller als deine ‚Schuh-Schuhe'?"

„Es sind Jimmy Choos und du weißt es verdammt genau." Ich hasse es, dass er versucht, trocken, witzig und charmant zu sein. „Weil *er* mir nicht gehört …" Ich atme tief durch. „Manchmal habe ich das Gefühl, ich gehöre *ihm*." Heilige *Scheiße*, warum habe ich das gerade zugegeben? Die Sachen, die er mit mir macht.

„Hast du jemals daran gedacht, dass du dich vielleicht davon befreien solltest?"

„Warum?" Eine Hand fliegt schützend nach oben, um den Ring unter meinem T-Shirt zu verdecken, während ich zurücktrete und den Handsauger so bedrohlich wie möglich vor mich halte.

„Weil du so vielleicht gefunden wirst."

„Was? Es ist doch kein verdammtes GPS. Es ist ein Ring. Es ist ein sehr alter Ring, der meinem Vater gehörte. Es ist alles, was ich noch von ihm habe. Ich werde ihn nicht loswerden. Meine Mutter ist gestorben, als sie wahrscheinlich versuchte, diesen Ring zu beschützen."

Er faltet die Decke zu Ende und ich hasse es, dass er mich mit einem Blick ansieht, der zu drei Teilen aus Mitleid und zu einem Teil aus glühender, sinnlicher Hitze besteht.

Es ist auch nicht die schlechte Art von Glut.

„Ich habe darüber nachgedacht", sagt er. „Wenn es ein Magick-Artefakt ist, könnte es durchaus ein übernatürliches GPS sein. Sozusagen."

Ich starre ihn an. „Du willst mich wohl auf den Arm nehmen."

Er streckt mir die Decke entgegen und ich nehme sie ihm schließlich mit der Hand ab, die nicht den Handsauger schwingt. Ich achte dabei darauf, ihn nicht zu berühren.

„Ich meine es ernst." Er starrt zum Fenster hinaus. „Musst du nicht bei der Arbeit sein?"

„Ja, das sollte ich." Auch darüber mache ich mir immer mehr Sorgen, was meinen Stress noch vergrößert. „Ich muss duschen. Deine Sachen sind hier. Ich schreibe Theophilus eine Nachricht, dass ich mich verspäte."

Er mustert mich für einen langen und unbehaglichen Moment. „Was ist passiert, Eilidh?", fragt er leise. Die Besorgnis in seinem Ton macht mich fast wahnsinnig.

„Nichts." Oha, die zweite Lüge in weniger als fünf Minuten. Ich bin so richtig in Fahrt. „Ich sollte mich fertigmachen und losfahren."

„Fahren wir nicht zusammen?"

„Ich fahre selbst, danke. Damit du dort nicht festsitzt, solltest du dich entscheiden, zu gehen und zu deinem Hotel zurückzukehren."

Ich schätze, in meinem Kopf habe ich bereits entschieden, dass ich heute Abend nichts machen will. Oder … jemals.

Auch wenn ich es wirklich gern mit ihm tun würde.

Wollte.

Bevor mir die Realität der Auswirkungen bewusst wurde.

Er atmet tief ein. Es hört sich an, wie eines dieser genervten Atemgeräusche, die Leute machen, wenn sie versuchen, geduldig zu bleiben. „Ich habe einen Wagen. Ich kann dich fahren. Wenn du wirklich in Gefahr schwebst, wäre es dann nicht sinnvoll, dass ich dich zur Arbeit fahre? Ich kann dich beschützen."

„Woher weiß ich, dass ich nicht durch *dich* in Gefahr bin?"

„Das wäre wirklich schlechter Stil, nicht wahr?" Er grinst. „Der Frau zu schaden, die mir erlaubt hat, mich in ihrem Schrank zu verstecken?" Ich spüre, dass er gern mehr sagen möchte, aber er hält sich zurück.

Ich drehe mich endlich um, damit ich den Staubsauger und die Decke weglegen kann. „Ich kann es kaum erwarten, Lucius zu erzählen, wie du aus meinem Schrank geplatzt bist."

„Ja, ich kann mir vorstellen, dass ihn das amüsieren wird."

21

Dexter

Ich gehe ins Bad, um mich zu erleichtern und einen Moment lang allein zu sein, um nachzudenken.

Irgendetwas ist passiert, während ich geschlafen habe. Ich kann Eilidh vielleicht nicht bezirzen, aber sie hat mich gerade zweimal angelogen, und ich verstehe nicht, warum.

Sie lügt *nie*. Hauptsächlich, weil sie eine ehrliche Person ist, wie Lucius beschwört. Aber auch, weil sie weiß, dass es sinnlos ist, einen Vampir oder Wandler anzulügen. Wir können hören, wie sich der Puls eines Menschen beschleunigt und wie sich seine Atmung verändert, wenn jemand lügt. Wir können eine Lüge praktisch *schmecken*.

Und sie *weiß* das.

Was bedeutet, dass *irgendetwas* passiert ist, und ich muss herausfinden, was es war. Allein die Tatsache, dass sie ihren Sessel vor die Wohnungstür geschoben hat, sagt mir, dass etwas passiert sein muss, während ich geschlafen habe.

Dann ist da noch die Tatsache, dass ich sie vorhin im

Bad weinen gehört habe. Es hat mich all meine Willensstärke gekostet, nicht durch die Schranktür herauszuplatzen, um herauszufinden, wer sie verärgert hat. Damit ich dieser Person den Hals umdrehen kann.

Nur der Gedanke daran, dass mein Tod ihr nicht im Geringsten helfen würde, hielt mich davon ab.

Ich spüre ein dunkles Grauen in ihr, das weit über bloße Beklemmung hinausgeht. Ich fürchte, dass ich vielleicht keine weitere Chance bei ihr bekommen werde, wenn ich dieser Sache nicht *sofort* auf den Grund gehe. Dass sie sich schnell verschließen und versuchen wird, ihre mentale und emotionale Abwehr gegen mich aufzubauen, um mich auszuschließen.

Was auch bedeutet, dass ich sie nicht einfach packen kann, um ihr den Hintern zu versohlen, um die Wahrheit aus ihr herauszukitzeln. Was ich tun würde, wenn die Beziehung zwischen uns etwas fortgeschrittener wäre.

Als ich das Bad verlasse, bin ich davon überzeugt, dass wir diese Sache sofort klären müssen. „Ich werde Lucius anrufen."

Sie zuckt zusammen. „Warum?"

„Weil ich ihm etwas sagen muss." Ich ziehe mein Handy heraus und wähle Lucius' Nummer, während ich sie beobachte.

Er hebt fast sofort ab. „Dexter, Neffe. Wie geht es dir?"

„Mir geht es gut, aber ich scheine mit deiner stellvertretenden Clubmanagerin durchgebrannt zu sein. Wir sind ein wenig spät dran. Es ist völlig meine Schuld, dass ich die Zeit aus den Augen verloren habe, und ich entschuldige mich dafür, aber kann ich Connie etwas später als gewöhnlich zur Arbeit bringen? Oder bringt dich das in eine Zwickmühle? Ich weiß, dass es Freitagabend ist und der Club voll sein wird."

Sie reißt die Augen weit auf, als ihr bewusst wird, was

ich tue. Sie fängt an, mit den Händen herumzufuchteln, um mich davon abzuhalten. Ich lächle und wende mich von ihr ab, als sie mich umkreist, um in meinem Blickfeld zu bleiben. Ich wehre sie sanft mit einer Hand ab, während ich mit der anderen mein Handy festhalte.

„Ich denke, wir können gut ohne sie öffnen", sagt er. „Freitags und samstags sind wir sowieso immer überbesetzt. Außerdem werden Selene und ich da sein. Ich nehme an ihr beide kommt später zusammen?"

„Ja, ich hatte gehofft, ich könnte mich dir etwas aufdrängen und die Suite im Verlies von heute bis morgen Abend benutzen?"

„Oh, natürlich. Das ist völlig in Ordnung. Ich werde es Theophilus und dem Personal mitteilen. Dann nehme ich an, die Dinge laufen gut zwischen euch?"

„Ich glaube schon."

„Und das Treffen gestern Abend mit Garrett Green?"

„Ich bin zufrieden und werde dir später im Club mehr davon erzählen."

„Ausgezeichnet. Können wir euch vor zehn erwarten?"

„Ja, das sollte machbar sein. Ich werde sie fahren. Darf ich auf ihrem Parkplatz parken? Ich habe einen Mietwagen, einen Audi Q3."

„Natürlich. Ich bin froh, dass die Dinge gut laufen."

„Ich auch."

Als ich auflege, sehe ich, dass ihre Wut aufbraust wie ein wunderschöner Sturm, der über den Atlantik tobt. Sie stemmt die Hände an die Hüfte. „Du hattest kein Recht, das zu tun!"

„Ich glaube schon." Ich weigere mich, mich von ihr ködern zu lassen. Stattdessen stecke ich mein Handy ein, stehe mit den Händen in der Tasche da und starre sie einen langen Moment an. „Warum hast du mich eben *zweimal* angelogen, Eilidh? Wenn wir bereits in einer Beziehung wären, würde ich dich für das Lügen – *zweimal* – über mein Knie legen und dir den Arsch versohlen. Und es wäre *ganz* sicher *nicht* zu deinem Vergnügen gedacht, sondern zu deiner Bestrafung."

Es ist ein extrem kalkuliertes Risiko meinerseits. Ich weiß, dass sie gleich weglaufen könnte und ich gezwungen wäre, sie zu verfolgen und ihr Vertrauen ganz von Neuem aufzubauen.

Aber ich höre ein trockenes Kratzen, als sie nervös schluckt. Ihre wunderschöne Kehle bewegt sich und ihr Puls fängt an zu rasen. Eine leichte Röte steigt über ihre Brust bis in ihre Wangen hinauf.

Deshalb stehe ich da und warte. Ich starre mit kühlem Blick auf sie herab. Es ist ein geübter Ausdruck, den ich schon bei vielen Unterwürfigen angewendet habe.

Schließlich gibt sie nach und senkt ihren Blick. „Das kann nicht funktionieren."

Ihr angestrengtes Flüstern ist nicht das Flüstern von jemandem, der davon überzeugt ist. Vielmehr ist es der Tonfall von jemandem, der sich sehr wünscht, dass es funktionieren würde, der jedoch Angst hat, dass es aufgrund vergangener Ereignisse in seinem Leben nicht klappen kann.

Jemand, der durch seine Lebensumstände konditioniert wurde, stets zu erwarten, dass ihm nie etwas Gutes widerfahren würde.

Und das bricht mir das Herz.

„Das *kann* es, mein Schatz. Was ich nicht selbst tun kann, um dich direkt zu beschützen, kann ich mir kaufen. Ich kann Leute einsetzen, die sich um das Geschäft in Tucson kümmern, und wir beide können leben, wo immer du willst. Wir können jeden Tag umziehen, wenn du willst. *So* wohlhabend bin ich. Es gibt nichts, was ich dir nicht geben oder für dich tun könnte, wenn du mich nur *lässt*."

Sie schaut unter ihren langen Wimpern zu mir auf. „Garrett weiß, dass du den Tag hier verbracht hast."

„Und? Er hat mir eine Ausnahmegenehmigung erteilt, hier zu sein."

„Es hat ein paar Leuten im Gebäude Angst gemacht. Inklusive einer Wandlerfamilie auf dieser Etage. Sie haben junge Welpen und ich arbeite manchmal als Babysitter für sie."

Aha. Das klingt schon eher nach der Wahrheit. „Hast du deshalb den Sessel vor die Tür geschoben? Hattest du Angst, jemand könnte einbrechen und mir wehtun?"

„Garrett hat mich unten auf dem Parkplatz erwischt, als ich losfahren wollte, um deine Sachen zu holen. Er hat einen seiner Männer vor meiner Wohnung als Wache postiert, während ich weg war. Er wollte nicht, dass jemand versucht, einzubrechen."

Ich nehme mir vor, mich bei Garrett sowohl zu bedanken als auch für die Zumutung zu entschuldigen. „Das tut mir leid, mein Schatz. Wir werden die Tage im Club oder in meinem Hotel verbringen, du hast die Wahl. Bis du mich dir ein Haus kaufen lässt." Aber es ist nur ein Teil der Wahrheit, spüre ich. „Was ist sonst noch passiert?" Denn es *muss* noch mehr geben. Sie ist immer noch so aufgewühlt.

Sie senkt ihren Blick erneut. Ich riskiere es, mich ihr zu nähern und ihr Kinn mit meinem Finger zu berühren, bis sie zu mir aufschaut. „Bitte sag es mir."

Tränen steigen in ihren Augen auf und brechen mir das Herz. Sie zerschmettern es buchstäblich. „Ich habe ein paar Haare von dir an meinem Kleid gefunden, nachdem du in den Schrank gegangen bist. Ich habe sie auf die Fensterbank gelegt. Ich dachte … Ich dachte, du könntest zumindest dieses kleine bisschen Sonnenlicht haben …" Sie macht ein ersticktes Geräusch und verstummt.

Und *jetzt* ergibt alles einen Sinn – warum ihre Handlungen so hektisch waren, als ich die Tür öffnete. Warum ich hörte, wie sie sich in der winzigen makellosen Wohnung auf und ab bewegte und warum ich sie in den letzten dreißig Minuten wie besessen staubsaugen hörte, während ich mit Mark und John SMS schrieb und ein paar Arbeits-E-Mails auf meinem Telefon bearbeitete, solange ich noch Akku hatte. Ich wartete darauf, dass John die Entwarnung gab, dass es sicher sei, herauszukommen.

„Oh, mein Schatz." Ich schließe sie in meine Arme, als sie zu schluchzen beginnt. Um die Wahrheit zu sagen, steigen auch mir die Tränen in die Augen. „Robert hat früher immer das Gleiche getan. Er hat verschiedenste ‚Heilmittel' an mir ausprobiert und sie dann so getestet. Er hoffte inständig, dass die Haare eines Tages bis zum Morgengrauen intakt bleiben würden." Ich wiege sie sanft in meiner Umarmung, während sie weint. Ich grabe mein Gesicht in ihr Haar, um ihren berauschenden Duft einzuatmen.

Hatte ich wirklich zuvor gedacht, dass sie kaum einen Duft hatte?

Nein, jetzt könnte ich ihren Duft sogar in einem Meer von verschwitzten ungewaschenen Wochenendmusikfestivalbesuchern leicht erkennen, die von stinkendem Gras high sind und in Patschuli baden. „Wie ich sehe, hast du meine Versorgungskiste im Schrank gefunden. Ich weiß das Klebeband zu schätzen."

„Du bist in Gefahr bei mir", würgt sie hervor. „Wie soll das überhaupt *funktionieren*? Was ist, wenn ich nie verwandelt werden möchte? Dann lebst du einfach mit mir und schaust zu, wie ich alt werde und eines Tages sterbe? Und dann breche ich dir wieder das Herz? Das kann ich dir doch nicht antun."

„Liebste, das ist *meine* Entscheidung und eine, die ich

ohne Zögern oder Vorbehalt treffe, wenn es um dich geht." Ich reibe meine Wange an ihrem Kopf. Ich möchte ihre Gedanken verzweifelt aus dieser Dunkelheit herausreißen. „Ich bin neugierig darauf, was ich heute Abend anziehe."

Sie neigt ihren Kopf zurück und begegnet meinem Blick. Mein Versuch, sie mit ein wenig Humor zu beschwichtigen, scheitert kläglich. Ich kann nicht anders, als mit der Hand über ihre Wange zu streichen, um ihre Tränen abzuwischen.

„Ich werde dich *nicht* drängen. Heute, morgen, nächstes Jahr, in zehn Jahren – ich werde *immer* hier sein, warten und hoffen. Aber ich werde dich *nicht* verlassen und dir auch nicht erlauben, dass deine Angst diese Entscheidung für dich trifft. Ich bin stärker als alles, was dich jemals bedrohen wird. Es ist meine Entscheidung, für dich zu kämpfen. Wir *werden* herausfinden, was es ist, und wir werden uns *gemeinsam* dagegen wehren."

Sie nickt und ich streife ihre Lippen mit einem Kuss.

„Braves Mädchen. Lass uns duschen und dann wirst du etwas essen müssen, bevor wir gehen. Und ich muss auch etwas trinken."

„Ich habe vier Beutel Blut für dich mitgebracht. Ich hoffe, das ist genug."

„Mehr als genug, danke." Ich füge nicht hinzu, dass ich später im Club mehr trinken kann, wenn ich immer noch durstig bin.

Ich drehe mich noch einmal um, um meine Sachen aus dem Schrank zu nehmen und das restliche Klebeband vom Türrahmen zu entfernen, als mir das aufgeschlagene Fotoalbum auf ihrem Bett auffällt. Ich halte inne und studiere es. „Liebste, ist das deine Mutter?"

Sie schaut zu mir hinüber. „Ja. Das waren Mom und ich, als ich sechzehn war."

„Darf ich?"

Sie nickt.

Ich greife nach dem Album. Mein Blick wird jedoch nicht davon angezogen, wie ähnlich sich die beiden mit ihren gleichen Haaren und dem gleichen wunderschönen Lächeln sehen, sondern von den schwachen Spuren an der linken Schulter ihrer Mutter. Sehr schwach und der Krümmung ihres Halses ganz nahe. Dank des Trägeroberteils sind sie leicht zu sehen.

„Sie war wunderschön", sage ich ehrlich. „Und du siehst ihr so ähnlich."

„Mom hat immer gesagt, ich hätte Dads Augen."

Interessant. Violette Augen sind selten bei Menschen und sie haben nie die brillante, klare, strahlende Farbe wie die von Eilidh. Wenn ihr Vater die gleiche Augenfarbe hatte …

Wenn ich es nicht besser wüsste, würde ich sagen, dass die Markierungen an der Schulter ihrer Mutter wie von einem Paarungsbiss aussehen. „Hatte deine Mutter jemals einen anderen Mann oder Freund nach deinem Vater?"

Sie schüttelt den Kopf. „Sie hat sich noch nicht einmal verabredet. Selbst als ich älter war und ihr sagte, sie solle doch einmal versuchen, auszugehen und Männer kennenzulernen. Sie hat Dad einfach zu sehr geliebt. Ich glaube ehrlich gesagt, dass sie das Leben aufgegeben hätte, wenn ich nicht gewesen wäre. Diese ersten Jahre waren wirklich unglaublich schwer. Unzählige Male habe ich sie nachts weinen gehört, wenn sie dachte, ich würde schlafen."

Ahhh.

Das Rätsel um meine süße Eilidh wird immer komplexer.

Als sie ins Bad geht, ziehe ich mein Handy heraus und schieße zwei Fotos von diesem Bild. Eines in Originalgröße und das andere mit Zoom auf die Markierungen. Sie sehen nicht genau wie ein Wolfsbiss aus, aber ich glaube, sie können von *nichts* anderem als einem Paarungsbiss stammen. Ich würde mein Leben darauf verwetten.

Als sie mit meinem Kleidersack aus dem Bad kommt, zeigt sie mir, was sie für mich ausgesucht hat, und ich kann mir ein Lächeln nicht verkneifen. „Jeans und Stiefel, was?"

„Ich hoffe, das war in Ordnung."

„Eine ausgezeichnete Wahl, Liebste. Ich trage, was auch immer dich glücklich macht."

Es fühlt sich so verdammt perfekt an, sie so zu nennen. Liebste. Meine *Liebe*.

Solange sie mich nicht bittet, es nicht zu tun, werde ich nicht damit aufhören.

Ich stecke mein fast leeres Handy an sein Ladekabel und ziehe Eilidh dann wieder sanft in meine Arme. „Vergiss nicht, für heute Abend zu packen. Natürlich nur, wenn du immer noch bei mir bleiben willst."

Ihr Puls rast mit einem köstlichen Flattern von Bedürfnis und Verlangen, das bestätigt, dass sie es will, auch wenn sie Angst hat. „Ich will es."

„Selbst wenn wir nur kuscheln, Filme schauen und reden", füge ich hinzu. „Wenn du lieber alleine duschen möchtest, verstehe ich das und nehme es dir nicht übel."

Es ist bezaubernd, wie sie sich auf die Unterlippe beißt, während sie zu mir aufschaut. Sie spielt mit den Fingern an der vorderen Knopfleiste meines Hemdes und streicht über die Knöpfe und Nähte, bis sie ganz sanft über meine nackten Bauchmuskeln streift. „Ich möchte gern mit dir zusammen duschen."

„*Du* gibst das Tempo vor."

Sie nickt und schaut dann wieder auf. „Würdest du mir wirklich den Hintern versohlen, wenn ich lüge?"

„Natürlich würde ich das. Ich könnte es auch immer noch tun. Ich behalte mir das Recht vor, dir den Hintern zu versohlen. Du lügst mich *nicht* an. Niemals. Ich werde dich auch *niemals* anlügen. Wenn du mich in Zukunft noch einmal anlügst, *werde* ich deinen Hintern sofort versohlen."

Sie errötet erneut. „Es tut mir leid, dass ich gelogen habe."

„Du wusstest sogar, dass ich es wissen würde."

„Ja."

Ich streiche ihr das Haar hinter die Ohren und schmiege meine Hände um ihr Gesicht. „Liebste, ich bin die *eine* Person, die du niemals anlügen musst. Ich werde immer ehrlich zu dir sein. Vertrauen beruht auf Gegenseitigkeit und ich muss die Wahrheit von dir hören, auch wenn du denkst, dass sie mir wehtun könnte."

Sie streckt sich auf die Zehenspitzen und küsst mich, wobei sie ihre Arme um mich schlingt. Ich genieße ihren süßen Geschmack.

Bitte lass mich das nicht versauen.

Sie klimpert mit den Wimpern. „Können wir jetzt duschen gehen?"

„Das klingt gut."

Ich schwöre, ich hatte ehrenhafte Absichten.

Die hatte ich wirklich.

Aber als wir das Badezimmer erreichen, krallt sie sich in mein Hemd und zieht mich zu einem weiteren Kuss hinunter, der heißer wird und …

Und das *schnell*.

So schnell als würde eine Supernova auf einen Tankwagen treffen, der Benzin über eine Dynamitfabrik auslaufen lässt.

Sie drückt mich mit dem Rücken gegen die Wand. Während wir uns küssen, schiebt sie mein Hemd nach hinten und zieht es von meinen Schultern. Ich ziehe es mit einem Achselzucken aus und werfe es beiseite, während sie sich bereits an meinem Gürtel und meiner Hose zu schaffen macht.

Sie trägt ein Trägertop und eine kurze Hose und ihr Haar hat immer noch diesen wunderschönen schwarzen Farbton. Ich hebe meine Hand zu ihrem Hinterkopf, um die Kontrolle über unseren Kuss zu übernehmen. Sonst wird sie heute Abend nie zur Arbeit kommen und ich werde eine weitere Nacht in ihrem Schrank verbringen müssen, anstatt sie alleinzulassen.

Denn wenn sich diese Frau vertrauensvoll in meine Arme wirft, dann werde ich sie verdammt sicher auffangen.

Jedes Mal.

22

Dexter

ICH VERLANGSAME UNSEREN KUSS – ich weiß, ich *weiß*. Aber ich bin ein Gentleman.

Aber selbst ein Gentleman zu sein, führt immer noch dazu, dass sie mich bis auf meine Boxershorts auszieht und ich einen riesigen Ständer habe, den ich nicht verbergen kann. Ich versuche, Eilidh aus ihren Klamotten zu helfen.

Ihre violetten Augen verdunkeln sich zu wunderschönen, funkelnden Nebelschwaden, in denen ich am liebsten die Ewigkeit verbringen würde. Heute den ganzen Tag umgeben von ihrem Duft zu verbringen …

Trotz der Umstände glaube ich, dass ich heute den tiefsten und gesündesten Schlaf hatte, den es für mich seit einer gefühlten Ewigkeit gegeben hat. Es fühlte sich so an, als würde sie mich umarmen, während die Dunkelheit und Bewusstlosigkeit über mich kamen. Ich hatte auch keine Albträume.

Zum ersten Mal seit Langem bin ich erfrischt aufgewacht, anstatt frustriert.

Ich habe mit niemandem geschlafen – ich meine, neben niemandem *geschlafen* –, seit ich Robert verloren habe.

Es gab nie wieder jemanden, dem ich genug vertraute oder mit dem ich auch nur im Entferntesten mein Bett auf so intime Weise teilen wollte.

Sex mit einer Person? Sicher.

Ihnen den Hintern versohlen? Ihre Muschi lecken? Sie fesseln? Von ihnen zu trinken?

Das schon.

Mich neben jemandem zusammenrollen, wenn ich gezwungen bin, tagsüber den Kräften der Sonne zu erliegen, und mich von jemandem festhalten zu lassen?

Jemandem erlauben, mich schwach zu sehen?

Mich jemandem gegenüber verwundbar machen?

Mein süßer Robert war der Letzte. Es spielt keine Rolle, dass ich jeden anderen leicht hätte bezirzen könnte, sich zu benehmen, während ich schlief. Aber ich musste meinen süßen Jungen nie dazu zwingen, mich zu lieben, meine Geheimnisse zu bewahren und mein Vertrauen nicht zu missbrauchen.

Niemals.

Ich will keinen Partner, der gezwungen ist, sich mir zu fügen.

Ich will einen, der es aus reinem Verlangen tut, aus Liebe.

Gott, mein Leben ist erbärmlich, wenn ich darauf zurückblicke.

Ich ziehe Eilidh das Oberteil über den Kopf und dann beeilen wir uns, uns schnell komplett auszuziehen. Sie ist hinreißend. Ihre schönen, runden Kurven sind meinem hungrigen Blick nun nicht länger verborgen. Ich bin versucht, nach ihren Brüsten zu greifen und mit meiner Zunge über ihre dunklen harten Brustwarzen zu fahren. Aber zuerst will ich so viel von ihrem Fleisch an meinem Körper gepresst spüren, wie es nur geht.

Ihre Wärme.

Ich presse meinen Mund erneut auf ihren und Begierde durchströmt mich. Durst.

Nicht nach Blut oder Wein oder Wasser, sondern nach *ihr*.

Ich *lechze* nach der Art und Weise, wie ihre Hände meinen Körper streicheln. Wie sie ihre Kurven an mich schmiegt und wie mein kaltes stilles Herz darum kämpft, im Takt mit ihrem zu schlagen.

Ich bin ausgehungert und sie ist mein endloses üppiges Festmahl.

Als sie ihre Finger um meinen Schwanz schließt, stöhne ich an ihrem Mund. Es ist praktisch ein Brüllen, das sie zusammenzucken lässt.

Mit meiner anderen Hand packe ich ihren Hintern und ziehe ihren Körper fest an meinen. „Jedes Mal, wenn ich dir zu viel werde", brumme ich an ihren Lippen, „jedes Mal, wenn du willst, dass ich aufhöre oder langsamer mache, sei es im Spiel oder im Bett oder sogar bei einem tiefgründigen Gespräch über uns, dann sagst du mir *rot* oder *gelb*."

Ihre Augenlider sind schwer, die Pupillen riesengroß und ihre Lippen geschwollen und bereits rot von unseren Küssen. „Und wenn ich nicht will, dass du aufhörst?"

„Dann sagst du mir *grün*, Baby."

Sie schließt die Finger fester um meinen Schwanz und lässt ihre Hand langsam an meinem Schaft hinuntergleiten, sodass sie meine Vorhaut von der Kuppe zieht und mich zum Knurren bringt. Ich neige meinen Kopf gerade weit genug nach vorn, um auf sie herabblicken zu können. „Willst du mich necken, Baby?"

Sie beißt sich erneut auf die Unterlippe, schüttelt langsam den Kopf und ich explodiere fast in ihrer Hand. Ihr Fleisch verbrennt mich praktisch, als eine Flut von Erinnerungen über mich hereinbricht und meine Knie zum Schlottern bringt.

Seit ich meinen Robert verloren habe, hatte ich nie wieder eine solche Reaktion auf eine andere Person. *Nie*. Dieses intuitive, ursprüngliche *Bedürfnis*, das nur dadurch befriedigt werden kann, wenn sie ihren Körper um den meinen schlingt.

Nach Robert und vor Eilidh waren die Menschen für mich fast alle gleich. Ein Mittel zum Zweck. Sogar beim Sex. Ich konnte zwar meistens zum Höhepunkt kommen, aber oftmals hatte ich nur Sex mit ihnen, um mich nicht schuldig zu fühlen, weil ich von ihnen trank.

Kein Grund, dass zwei Personen unglücklich sind.

Obwohl ich es in letzter Zeit viel einfacher fand, Blut zu kaufen, anstatt es frisch von der Quelle zu beziehen. Selbst mit meinen Kräften wollte ich mich nicht damit herumschlagen und die Energie aufbringen. Es ist einfach … zu viel Arbeit.

Ja, sogar mit meinen Kräften. Ich konnte mich kaum dazu zwingen, mich auf die Suche nach jemand Passendem zu machen. Jemand, von dem ich wusste, dass ich mich dazu bringen konnte, einen hochzukriegen.

Aber Eilidh …

Meine Seele ist … regeneriert. Wiederhergestellt. Es regnet in der Wüste.

Es fällt mir schwer, leise zu bleiben, um sie nicht zu erschrecken. Aber ich habe seit meinem Verlust kein derartiges Verlangen mehr gespürt. „Sag mir, was du willst, Eilidh. *Sag* es."

„Dich. Ich will *dich*."

Ich drehe uns um und beuge mich vor, sodass ich sie hochheben kann. Ich schlinge ihre Beine um meine Taille und drücke sie gegen die Wand, während ich sie küsse. Der Duft ihrer Erregung, der das Badezimmer durchströmt, lässt meine Reißzähne schmerzen. Ich habe Mühe, sie nicht in ihrem süßen Fleisch zu versenken.

Was bedeutet, dass ich sie weiter küsse und ihren Mund verschlinge. Sie schlingt ihre Arme um meinen Hals und wühlt mit den Fingern durch mein Haar. Jedes Nervenende in meinem Körper fühlt sich an, als wäre es lebendig und stünde in Flammen.

Sie ist das Feuer.

Sie ist Sonnenlicht und Leidenschaft und Wärme, alles genau hier in meinen Armen.

Es genügt, um sich durch meine kalte dunkle Seele zu graben und sie zu strahlendem Leben zurückzubringen.

Als ich mit der Zunge über den Saum ihrer Lippen lecke, öffnen sie sich für mich. Dann tanzen unsere Zungen, während sie sich an mir reibt. Ich behalte eine Hand auf ihrem Hintern, um sie zu stützen und davon abzuhalten, mich jetzt schon in sich zu ziehen. Ich weiß, dass ich völlig verloren wäre, wenn ich sie dies tun ließe.

Ich will, dass es ihre Entscheidung ist. Aber ich möchte auch, dass sie sie nicht bereuen wird, und nicht eine, die sie nur deshalb getroffen hat, weil sie notgeil war und sich nicht helfen konnte.

Sie schmeckt wie Frühling und Honig. Ich bin süchtig nach ihr, ohne auch nur einen Tropfen Blut direkt aus ihren süßen perfekten Adern zu trinken.

Ich kann Lucius jetzt schon lachen hören, als mir klar wird, dass ich ihm eine nette Summe Geld geben werde, um jeden einzelnen Tropfen ihres Blutes — rein oder vermischt — in meinen Besitz zu bringen. Denn, *verdammt* noch mal, ich werde sie auf gar keinen Fall mit anderen teilen.

Niemand bekommt sie außer *mir*.

Ich hoffe, sie nimmt mich für immer, denn ich werde nicht aufhören, bis ich sie überzeugt habe, dass sie *mir* gehört.

Ich lasse sie sich an die Wand lehnen, damit sie sich abstützen kann, und bewege die Hand, mit der ich ihren Kopf umschließe, hinunter. Mit meinem Daumen reibe ich über ihre Klitoris. Und sie beißt sich erneut auf die Lippe – bei den Göttern, sie ist die personifizierte Perfektion. Ein üppiger, versohlbarer Arsch mit Kurven, an denen ich mich tatsächlich festhalten kann.

Der Blick in ihren Augen dient mir als Anker. Ich fürchte, ich wäre verloren, wenn ich loslasse. Ihre Klitoris schwillt, während ich mit ihr spiele, was sie stöhnen und keuchen und sich gegen mich aufbäumen lässt. Ihre Nippel sind zu festen Spitzen zusammengezogen und ich weiß, dass ich irgendwann meine Spuren überall auf ihren Brüsten hinterlassen werde, nicht nur an ihrem Hals und ihrem Venushügel.

„Spiele mit deinen Brustwarzen, Liebste", flüstere ich und sie gehorcht. Sie lehnt ihren Kopf zurück an die Wand und schaut mir in die Augen. Jeder keuchende Atemzug, den sie ausstößt, füllt meine Ohren. Ich habe kein anderes Verlangen, als sie zum Höhepunkt zu bringen.

In meinen Armen, mit meiner Kraft, wiegt sie praktisch nichts. Mein steifer Schwanz schwingt in der Luft und stößt gelegentlich gegen ihren runden Hintern, während ich mich nur auf sie und ihre Lust konzentriere. Sie gräbt ihre Fersen in meinen Arsch, während sie ihre Hüfte an mir kreist und meine Finger mit ihrem süßen Nektar benetzt.

Als ihr Blick unscharf wird und ihre Lippen sich öffnen, weiß ich, dass sie kurz davor steht, über den Abgrund zu taumeln. Es wäre so leicht, mich zwischen ihre Schenkel zu schieben und hineinzudrücken, gerade wenn sie zum Orgasmus kommt, aber das werde ich ihr noch nicht antun.

Es ist wichtig. Ihr Vertrauen in mich ist mir wichtig.

Ich möchte nicht, dass sie den Gedanken im Hinterkopf trägt, dass ich ihr Einverständnis eines Tages übergehen könnte, sei es für Sex oder zum Spielen oder dabei, von ihr zu trinken.

Ich brauche ihr Vertrauen. Ich *brauche* diese Bindung zu ihr.

Ich beuge mich vor, bis mein Mund über ihrem schwebt. „Gib es mir, Liebste. Ich will dich nach mir schreien hören."

Sie taumelt über den Abgrund. Jeder Muskel in ihrem Körper spannt sich an und zuckt mit einem Schnappen, das auch meinen Schwanz zucken und pulsieren lässt.

Ich höre jedoch nicht damit auf, was ich tue. Ich behalte meine Daumen genau dort und spiele weiter mit ihr. Ich reibe über ihren Venushügel und ihre Klitoris und genieße, wie nass meine Finger von ihren Säften sind, während ich es so viel besser für sie mache. Es dauert ein paar Minuten, aber ich schaffe es, sie ein zweites Mal kommen zu lassen. Ich schlucke ihre Schreie mit einem tiefen Kuss, der besser schmeckt als alles, was ich jemals probiert habe.

Während ich sie halte und sie nach Luft schnappt, schaue ich ihr in die Augen und führe meine Hand zu meinem Mund, um mir langsam die Finger sauberzulecken, so wie ich es letzte Nacht getan habe.

Bei den Göttern! Auf diese Weise schmeckt sie sogar noch besser als ihr Blut.

„Was ist mit dir?", flüstert sie atemlos.

Ich lächle. „Was ist mit mir, Liebste?" Ja, ich spüre mehr als nur ein wenig selbstgefälligen Stolz, dass ich sie ehrlich zum Höhepunkt gebracht habe, ohne sie mit meinen Kräften mental anstoßen zu müssen.

Das war ich gaaaanz allein.

Sie schlingt ihre Arme wieder um meinen Hals und küsst mich, während sie ihre Hüfte an mir kreist.

„Fick mich, bitte?"

„Ich habe keine Kondome."

„Du bist ein verdammter Vampir. Du kannst mich nicht schwängern und es sei denn, es gibt Neuigkeiten in der Vampirbiologie, die mir niemand erzählt hat, bist du auch frei von allen Geschlechtskrankheiten. Also fick mich *bitte*."

Sie hat nicht ganz unrecht. Ich lächle und sauge an ihrer Unterlippe. „Frag mich *richtig*, Liebste."

Entweder wird sie es tun oder sie wird mir widersprechen und ich kann mich zurückziehen, ohne sie zu sehr in die Enge getrieben zu haben.

Aber ihre Lippen prallen auf meine und sie reibt sich erneut an mir. „Bitte ficken Sie mich, *Sir*."

Ich bin verloren. Ich bin absolut und völlig verloren. Entweder wird sie für immer die Meine sein, oder sie wird ein Leben führen, in dem ich sie stets beschatte und beschütze. Aber es gibt keine andere für mich.

Es *kann* keine andere für mich geben.

Ich hebe sie so weit hoch, dass ich nach unten greifen und mich an ihr ausrichten kann. Dann senke ich sie langsam auf meinen Schwanz hinab. Ihre ganze süßlich brennende Hitze umklammert mich. Sobald ich ganz in ihr stecke, halte ich ihren Arsch mit beiden Händen fest und küsse sie. Sie versucht, sich auf mir zu bewegen, aber ich bleibe standhaft und will den Moment auskosten.

Ich drücke sie gegen die Wand und reibe meine Nase an ihrer. „Ich werde dir heute noch den Arsch versohlen", sage ich. „Weil du mich angelogen hast. Ich werde meine bloße Hand benutzen und deinen herrlichen Arsch rot färben. Dann werde ich dich auf deine Hände und Knie hinunterdrücken und dich ficken, bis du so heftig und so oft kommst, dass du zu heiser sein wirst, um auch nur zu schreien."

Sie wimmert und versucht weiter, sich auf mir zu bewegen. Ich glaube, sie ist zu diesem Zeitpunkt längst jenseits zusammenhängender Gedanken.

Ich lecke an ihrem Kiefer entlang und bis zu ihrem Ohr hinauf. „Dann werde ich dich fesseln und mein Gesicht in deiner süßen Muschi vergraben, um dich noch öfter kommen zu lassen. Bis *ich* bereit bin, aufzuhören. Ich hoffe, du bist damit einverstanden, Liebste."

„Ja, Sir!"

Ich kneife mit den Zähnen in ihr Ohrläppchen. Nicht mit meinen Reißzähnen und nicht annähernd hart genug, um die Haut zu verletzen. „Ich weiß, dass ich dich nicht bezirzen kann, Liebste, aber ich werde jede Sekunde, die wir zusammen sind, damit verbringen, dir zu beweisen, dass ich mich um mich kümmern kann. Auf jede Art und Weise, die du brauchst, um deine Bedürfnisse zu befriedigen." Ich stoße tief und langsam in sie hinein, vergrabe mich in ihrer feuchten Muschi und entlocke ihr ein lustvolles Stöhnen. „Schenke mir dein Vertrauen und ich werde dir im Gegenzug alles von mir geben, für immer."

23

Eilidh

Ich muss zugeben, dass sich das gar nicht so schlecht anhört. Vor allem, wenn ein dicker Vampirschwanz in meiner Muschi steckt, der sich mindestens fünfundzwanzig Zentimeter lang anfühlt, und nach zwei der *besten* Orgasmen, die ich je in meinem Leben erlebt habe. Sogar noch besser als der von letzter Nacht.

Ja, ich war ein wenig sauer, dass Dexter Lucius angerufen und einfach so die Führung übernommen hat, um meinem Chef zu sagen, dass ich mich verspäten werde.

Nur bin ich nicht annähernd so sauer, wie ich es dachte.

Tatsächlich … wünschte ich mir jetzt irgendwie, dass ich heute Nacht überhaupt nicht arbeiten müsste.

Mir wird bewusst, dass ich nie wieder arbeiten müsste, wenn ich Dexter einfach bitten würde, die Führung zu übernehmen und sich um mich zu kümmern.

Nie wieder.

Da sprechen meine Muschi und mein dummes schwaches Herz, ich weiß es genau.

Der Rest von mir zieht allerdings schnell die Notbremse, um zu verhindern, dass diese Worte über meine Lippen kommen. Denn, seien wir einmal ehrlich, abgesehen von dieser wahnsinnig heißen Chemie zwischen uns, kenne ich den Kerl doch *kaum*.

Bei jedem langsamen Stoß, den er macht, versuche ich, mich an ihm zu reiben. Aber er hat meinen Hintern fest im Griff und ich habe keine Hebelwirkung. Ich kann nichts anderes tun als mich an ihm festzuhalten und ihn zu küssen, was auch keine schlechte Option ist.

Ich meine, er ist verdammt *heiß*.

Relativ gesehen, denn das Gefühl seines kühlen Schwanzes, der mich fickt, macht das Ganze nur noch erotischer.

Dann hört er auf. Zu diesem Zeitpunkt kann ich so ziemlich nichts anderes tun, als zu betteln. Aber er lächelt und schiebt seine Hand erneut zwischen uns. Sein magischer Daumen macht dieses Ding mit meiner Klitoris und ich stöhne und bettle schamlos nach mehr.

Mein Körper klammert sich um seinen harten Schwanz und ich bin so froh, dass er mich nicht bezirzen kann.

Das bedeutet, dass er *wirklich* so gut im Bett ist.

Verdammt noch mal.

„Willst du noch mal kommen, Liebste?", neckt er mich sanft.

„Ja, Sir!" Ja, diese beiden Worte sind bereits in mein Gehirn gebrannt. Das erste Mal, als ich sie laut sagte, klangen sie so verdammt perfekt, dass ich nicht anders kann, als es jetzt wieder zu tun. Er hat mein volles Vertrauen. Er hätte seine Reißzähne bereits in mein Fleisch graben können und ich hätte ihn nicht aufgehalten.

Wer hätte gedacht, dass mein perfekter Kerl ein so heißer, sexy Augenschmaus sein würde?

Meine Einwände, warum das zwischen uns nicht funktionieren kann, haben sich zum größten Teil in Luft aufgelöst. Er ist alt und klug – abgesehen von dem Chaos mit seinem Zeitmanagement heute Morgen – und reich und mächtig. Es muss einen Weg geben, wie es funktionieren kann.

Ich kann mir gar nicht mehr vorstellen, ihn nicht in meinem Leben zu haben. Ich möchte ihn weiterhin so zum Lächeln bringen. Ich will der Grund sein, warum er am Leben und in Sicherheit bleibt.

Ich will ihm gehören und ich will, dass er mir gehört.

Ich will, dass es andauert, damit ich ihn kennenlerne und die verbleibenden Zweifel in meinem Gehirn für immer zum Schweigen bringen kann.

Ich schaue ihm in die Augen. „Ich kann dich nicht teilen. Bitte tu mir das nicht an und verlange danach von mir, dich zu teilen."

Er beugt sich vor und küsst mich erneut, wodurch sein Daumen gegen mich gedrückt wird und sein Schwanz noch tiefer in mich gleitet, was meine Klitoris vor Lust kribbeln lässt. „Ich will nur dich. Was ich zum Trinken brauche, kann ich mir kaufen."

„Ich meine … Du weißt schon … Verbrecher, okay. Nichts verkommen lassen. Sauge sie trocken, aber das ist …"

Er bringt mich mit einem langen, tiefen Kuss zum Schweigen und stößt seinen Schwanz noch mehrmals in mich hinein, wobei er alle meine Sorgen aus meinem Gehirn verdrängt.

Wer sagt denn, dass er mich nicht bezirzen kann? Vielleicht nicht auf die übliche Art, aber das ist eine verdammt gute Methode, mein Gehirn auszuschalten.

Mit jedem Stoß zieht er seinen Schwanz über meinen G-Punkt, bis ich noch einmal komme. Das Gefühl, wie sich meine inneren Wände um ihn klammern, als mein Orgasmus durch mich rollt, verstärkt ihn nur noch.

Er klammert seine Arme um mich und beschleunigt seine Stöße, stößt tief und schnell in mich hinein, bis er selbst explodiert. Er stöhnt lustvoll auf, als er nach einem letzten tiefen Stoß immer noch in mir vergraben zu Boden sinkt. Er schließt seine Lippen über meinen, zärtlich und sanft, und streicht mit der Zunge über meine Zähne. Er berührt meine Eckzähne und fährt mit der Zungenspitze darüber.

In diesem Moment wird mir bewusst, dass seine Zähne ein wenig schärfer sind, als sie es zuvor waren.

Und obwohl mir das früher Angst gemacht hätte …, tut es das jetzt nicht mehr.

Ich zwinge mich, die Augen zu öffnen, und sehe, dass er mich wartend ansieht.

„Willst du von mir trinken?", flüstere ich.

Er lächelt. „Ja, aber das werde ich nicht hier und jetzt tun. Nicht auf diese Weise. Ich möchte, dass wir ausgestreckt in einem Bett liegen, ohne uns Sorgen zu machen, dass die Nachbarn hören könnten, wie du meinen Namen schreist. Dafür ist noch jede Menge Zeit, meine Süße. Es muss nicht sofort passieren. Es muss nicht einmal diesen Monat oder dieses Jahr geschehen." Er knabbert an meiner Unterlippe. „Andererseits hatte ich auch vor, zum ersten Mal mit dir in einem Bett zu schlafen. Du hast eine Art an dir, die mich dazu bringt, meine besten Pläne zu verwerfen."

Er hält mich fest, während ich meine Beine von ihm löse. Seine Arme umschließen mich, bis er sich sicher ist, dass ich mein eigenes Gewicht abstützen kann.

Was, um ehrlich zu sein, überhaupt nicht sicher ist.

Ich will nichts anderes, als mit ihm ins Bett zu gehen und mit ihm zu kuscheln. Aber wenn ich das tue, wird er eine weitere Nacht in meinem Schrank verbringen müssen, denn ich könnte zu diesem Zeitpunkt wahrscheinlich die ganze Nacht durchschlafen.

„Duschen, Sir?", frage ich.

Sein Gesicht strahlt mit einer Freude, von der ich es nicht für möglich gehalten hätte, dass irgendein Wesen sie ausstrahlen könnte. Er beugt sich vor und schmiegt seine Nase an mich. „Duschen, Liebste."

Ich nehme die Halskette mit dem Ring ab und lege sie auf den Waschbeckenrand. Sobald wir in der Dusche sind, greift er nach meinem Waschlappen und wäscht mir den Rücken. „Also, warum hast du vorhin geweint? Wegen dem, was wir schon besprochen haben, oder wegen etwas anderem?"

Ich lehne mich an ihn und ziehe seine Arme um mich. „Wegen der Haare. Ich glaube, dass mir in dem Moment klar wurde, wie verdammt gefährlich es hier für dich ist."

Er schmiegt sich an die Seite meines Halses. Ich kann mir fast vorstellen, wie es sich anfühlen wird, wenn er das erste Mal von mir trinkt.

Ich will es.

Wie ist es nur *dazu* gekommen? In nur wenigen Tagen?

Er seift mich ein und wäscht meine Haare für mich. Dann wasche ich ihn. Jetzt, da mein Gehirn von Lust nicht mehr völlig abgeschaltet ist, kann ich seinen Körper erkunden und genießen, welch ein verdammt leckerer Kerl er ist. Die harten Brust- und Bauchmuskeln, der schlanke durchtrainierte Körperbau. Ich kann mir vorstellen, wie er durch die schottischen Moore rennt, mit langem Haar und … Gab es damals schon Kilts?

Wie dem auch sei.

Er dreht sich wieder zu mir um und starrt mich mit

purer Bewunderung in seinen blauen Augen an. Nicht-Ianto begehrt mich. Verdammt noch mal, ich bin so was von am Arsch.

Besonders, als er sich mit einem sehr verruchten Grinsen auf die Knie sinken lässt und zwischen meinen Schenkeln leckt. Er spreizt meine Beine auseinander und stützt mich mit den Händen ab.

Oooooh meeeiiin Gooooott!

Die Art und Weise, wie er mit seiner Zunge über meine empfindliche Klitoris fährt, lässt mich Sterne sehen. Und das sogar lange bevor ich auf seinem Gesicht komme. Ich bin kaum noch bei Sinnen und stehe nur deshalb noch aufrecht, weil er mich mit der Hand gegen die Duschwand drückt. Als er endlich der Meinung ist, dass ich genug gehabt habe, steht er wieder auf.

Sein Schwanz ist auch schon wieder hart.

„Wie war das, Liebste?"

Ich ziehe ihn zu einem langen Kuss zu mir heran und schmecke mich selbst auf ihm. Ich liebe sein unverschämt wollüstiges Grinsen. Als ob es ihn glücklich macht, es mir so zu besorgen.

So als wären seine Bedürfnisse zweitrangig.

„Das war verdammt unglaublich. Aber was ist mit dir?"

Er lächelt weiter, während er langsam den Kopf schüttelt. „Ich werde bis später warten."

Ich greife nach unten und packe seinen harten Schwanz. *Hallo mein Freund.* „Aber es ist ganz schön gemein, dich zum Warten zu zwingen."

„Du ‚zwingst' mich zu überhaupt nichts, Liebste." Er drückt mich wieder mit dem Rücken gegen die Wand und stützt seine Hände an beiden Seiten neben mir ab, sodass ich eingeschlossen bin. „Alles, was ich tue, tue ich nur, weil ich es *will.* Nicht, weil ich mich dazu verpflichtet fühle.

Mich um das zu kümmern, was *mir* gehört, ist *genau* das, was ich will. Das kannst du mir glauben."

Ich schlucke schwer. Ich schätze, ich gehöre ihm jetzt, was?

Ich meine, mein Körper, meine weiblichen Teile und mein Herz sind mit diesem Plan alle einverstanden. Ganz und gar.

Als wir zu Ende geduscht haben, wickle ich mein Handtuch um mein Haar und schnappe mir meinen Bademantel. Er schlingt ein Handtuch um seine Hüfte und ich möchte gern an der Stelle lecken, wo seine Bauchmuskeln ein V bilden, das in die Richtung seines Paradieses zeigt und jetzt unter einer Schicht billigen, grauen Frottees verborgen liegt. Ich möchte ihn in seinen festen, hinreißenden Arsch beißen.

Ich schätze, das ist Ironie, nicht wahr?

Er greift nach der Kette und studiert den Ring. „Es tut mir leid, dass ich noch keine Gelegenheit hatte, Recherchen für dich anzustellen. Ich verspreche dir, dass ich es diese Woche nachholen werde."

„Vielen Dank."

„Darf ich ihn einmal aufsetzen?"

Ich nicke.

Ich halte den Atem an, als er den Verschluss der Kette öffnet und den Ring davon abzieht. Dann steckt er ihn sich an seinen linken Ringfinger.

Er passt ihm perfekt.

Ich weiß zwar nicht, was ich erwartet habe, aber ich atme erleichtert auf, als die Welt nicht untergeht. Lächelnd zieht er den Ring von seinem Finger und reicht ihn mir zurück. Er schaut zu, wie ich ihn auf die Kette fädele und sie dann wieder anlege.

Es ist ein beruhigendes Gefühl, ihn wieder dort zu haben, wo er hingehört.

„Was?“

Er lächelt. „Nichts, meine Liebe.“ Er beugt sich zu einem Kuss nach vorn. „Ich schätze, wir sollten etwas essen.“

„Ja, ich habe mich darum gekümmert.“ Zuerst muss ich das Essen aufwärmen. Ich gehe in die Küche, schnappe mir meine elektrische Pfanne und lege das tiefgekühlte Essenspaket hinein, das ich vorhin gekauft habe. Es wird zwanzig Minuten brauchen, also kehre ich ins Bad zurück und trockne meine Haare.

Ich bin es gewohnt, mit einer kleinen Mikrowelle, einer elektrischen Bratpfanne und einem Schongarer auszukommen. Ich habe auch eine kleine Einzelkochplatte. Alles Dinge, die leicht in mein Fahrzeug passen. Das bedeutet, dass ich wochenlang in einem Hotelzimmer ausharren kann, wenn es sein muss. Ich habe einen winzigen Mini-Kühlschrank in meinem Schrank, wo auch meine anderen Sachen verstaut sind. In der Wohnung brauche ich ihn natürlich nicht, aber solange ich Zugang zu Elektrizität habe, komme ich zurecht. Ich benutze den Herd in meiner Wohnung nur selten, es sei denn, ich koche Eier oder Nudeln oder so etwas.

Während ich das tue, holt Dex sich einen Beutel Blut aus dem Kühlschrank. Ich zeige ihm, wo ich die vier schlichten Kaffee Tassen aufbewahre, die ich besitze. Hey, sie sind extrem vielseitig. Es ist ja nicht so, als würde ich Gäste empfangen. Ich habe zwei große wiederauffüllbare Wasserflaschen und die Kaffeetassen. Das ist alles, was ich brauche. Außerdem sind sie mikrowellengeeignet. Man kann aus einem Kaffeebecher genauso gut Wein oder Schnaps trinken wie aus einem schicken Glas.

Hey, verurteilt mich nicht.

Ich kehre ins Bad zurück, damit ich meine Haare zu Ende föhnen kann. Ich muss mir immer noch die Perücke aufsetzen, aber das werde ich nach dem Essen tun. Als ich aus dem Badezimmer zurückkomme, hat er drei der Blutbeutel ausgetrunken und steht nur mit einer Jeans bekleidet dort. Ohne Hemd und barfuß.

Meine Klitoris winkt wild mit der Hand in der Luft, um zu signalisieren, dass sie noch nicht erschöpft ist.

Und die Kirche sagt: „Amen." Ich hätte nicht gedacht, dass er noch heißer aussehen könnte als gestern Abend in seinem Anzug. Aber ich habe mich geirrt.

Soooo sehr geirrt. Sobald er die Stiefel, das Hemd und die Weste angezogen hat, wird er alle weiblichen Körperteile in ganz Tucson durch spontane Selbstentzündung in Brand setzen.

Vielleicht habe ich mir das nicht richtig überlegt. Jede gottverdammte Hetero-Frau und mehr als nur ein paar schwule Männer – vielleicht sogar ein paar Heteros – werden ihn heute Abend begehren.

Außer …

Ich atme tief ein. Er hat zugestimmt, mit niemand anderem Sex zu haben und auch von niemandem zu trinken.

Ich muss ihm vertrauen, da er mir keinen Grund gegeben hat, es nicht zu tun.

Er wirft mir einen weiteren ‚dieser' Blicke zu. „Was?", frage ich.

„Ich kann dich vielleicht nicht lesen oder bezirzen, aber ich kann spüren, wenn dich etwas bedrückt, Liebste."

„Es ist nichts. Du hast versprochen, dass du heute Abend nichts mit jemand anderem machst, und ich muss dir vertrauen."

Sein Ausdruck wird weicher und er kommt zu mir hinüber. Als er mich an sich zieht, an diese leckere nackte Brust …

Mmmm. Ja.

„Wenn es dir lieber ist, kann ich dich zur Arbeit bringen, mit Lucius sprechen und dann gehen. Ich kann rechtzeitig zurückkommen, um dich abzuholen, und wir können in mein Hotel zurückfahren. Oder ich kann John bitten, auf dich zu warten und dich zu fahren, wenn deine Schicht zu Ende ist. Dann gibt es keinen Grund für dich, dir Sorgen zu machen."

Ich klammere mich fester an ihn. „Ja, aber dann wirst du nicht da sein. Dann kann ich nicht zwischendurch zu dir kommen und dich vor allen Leuten küssen, um *meinen* Anspruch auf *dich* zu demonstrieren." Ich neige meinen Kopf zurück und schaue ihm in die Augen. „Außerdem wäre es dumm, das zu tun. Wir würden nur noch mehr Zeit verlieren. Halten wir uns lieber an den Plan, im Club zu bleiben."

„Bist du sicher?"

„Ja." Ich strecke mich auf die Zehenspitzen und küsse ihn. „Aber du bekommst Bonuspunkte als mein fester Freund, weil du es angeboten hast und es auch ernst meinst. *Sir*, meine ich", füge ich verspätet hinzu.

Er lächelt. „Ich kann den Tag kaum erwarten, an dem ich höre, wie ich von dieser Bezeichnung aufsteige."

„Mit welcher?"

„Fester Freund." Er küsst mich erneut. „Vielleicht kann ich dann Dom sein. Master. Ehemann."

Bei der letzten Bezeichnung schnappe ich nach Luft, denn ich will sie alle und doch kann ich mir nicht vorstellen, dass ich jemals so viel Glück hätte.

Er schmiegt sich an die Seite meines Halses – heiliges *Höllenfeuer*, wann bin ich dort plötzlich so *empfindlich* geworden? „Der Tag, an dem du dich entscheidest, mich zu deinem Ehemann zu machen, wird einer der glücklichsten Tage in meinem überaus langen Leben sein."

24

Eilidh

Es ist bereits fast neun Uhr abends, als wir fertig sind zu gehen. Ich fühle mich schuldig, weil ich nicht jetzt schon bei der Arbeit bin. Freitags und samstags ist es immer total voll.

Aber wenn ich Dexter in diesen Stiefeln und mit seinem Ledergürtel sehe, möchte ich am liebsten sofort kündigen. Ich hatte recht – er sieht verdammt heiß aus.

Ihm dabei zuzusehen, wie er sich die Hemdsärmel bis knapp unter die Ellbogen hochkrempelt, ist eine annähernd religiöse Erfahrung.

Kann ich ein Halleluja hören?

Dexter bietet mir an, alles nach unten zu tragen und mit dem Audi am Eingang zu meinem Gebäude auf mich zu warten, damit ich nicht im Dunkeln über den Parkplatz laufen muss. Aber ich lehne diese Idee ab.

Ich will wirklich nicht, dass sich irgendjemand im Aufzug oder in der Lobby mit ihm anlegt. Es ist das Beste, wenn ich bei ihm bleibe. Außerdem ist letzte Nacht auch nichts passiert, als wir unterwegs waren. Jedes Mal, wenn ich mein Phantom-Hündchen gesehen habe, war ich allein.

Ich *kann* es schaffen. Ich werde mein Vertrauen in Dexter setzen.

Ich packe eine Reisetasche mit allem, was ich über Nacht brauchen werde, und er weigert sich, mich irgendetwas anderes als meine Handtasche tragen zu lassen. Zum Glück treffen wir im Aufzug oder in der Lobby niemanden und überqueren schnell den Parkplatz zu der Stelle, an der ich den Audi geparkt habe. Das Geräusch, das seine Stiefel machen, als er den Parkplatz überquert, lässt meine Geschlechtsteile im Takt mit seinen Schritten pulsieren.

Ja, der Anzugfetisch ist gerade auf den zweiten Platz gerutscht.

Er runzelt die Stirn, während er alles im Kofferraum verstaut. „Hast du das Auto waschen lassen, Liebste?"

Mein Gesicht wird heiß. „Ja", murmele ich. „Garrett hat sich wie ein typischer Wolf benommen, während er mit mir gesprochen hat. Er hat sich dagegengelehnt und ihn überall mit den Händen angefasst. Er wollte ihn sozusagen markieren. Wenigstens hat er nicht daran geleckt oder darauf gepinkelt."

Dexter lacht laut auf. „Du bist eine unglaubliche Frau, Liebste."

Er öffnet die Tür für mich. Sobald er hinter dem Lenkrad sitzt, frage ich: „Warum sagst du das?"

„Warum sage ich was?"

„Dass ich unglaublich bin. Du kennst mich doch kaum." *Oh hallo, Selbstzweifel und Angst, ihr seid zurück. Ich habe mich schon gefragt, wo ihr geblieben seid.*

Er dreht sich zu mir. „Du bist unglaublich und ich meine damit nicht nur deine besonderen Fähigkeiten. Du bist eine Überlebenskünstlerin. Du bist witzig und intelligent. Du bist offensichtlich kompetent, denn sonst hätte Lucius dir nicht so viel Verantwortung übertragen. Er ist nicht sehr nachsichtig mit vermeidbaren Fehlern und dass du ein Mensch bist, der sich sein Vertrauen verdient hat, bedeutet eine Menge. Ich mag mit meinem ‚Onkel' in vielerlei Dingen nicht übereinstimmen, aber das bedeutet nicht, dass ich ihm in anderen Sachen nicht vertraue. Dass er so viel von dir hält, wie er es tut, und seine Männer ebenfalls, ist sehr aussagekräftig. Und dann ist da auch noch die Tatsache, dass die Gestaltwandler dir ebenfalls vertrauen."

Mein Gesicht wird heiß und ich wende mich von ihm ab. „Ja nun, ich habe einfach nur Glück."

„Das ist nicht nur Glück. Das wissen wir beide. Außerdem gibt es noch einen Punkt – du vermeidest Selbstverherrlichung. Du klopfst dir nicht selbst auf die Schulter oder suchst nach Bestätigung von außen."

„Wir müssen jetzt wirklich los", sage ich leise.

„Eilidh."

Irgendetwas an seinem Tonfall bringt mich dazu, mich ihm wieder zuzuwenden. Er beugt sich vor und küsst mich. „Ich habe versprochen, dich niemals anzulügen. Ich hoffe, du wirst dich eines Tages daran gewöhnen, dass ich dir Komplimente mache."

„Ja, aber heute ist *nicht* dieser Tag", murmele ich.

Er lächelt. „Und da ist die Schlagfertigkeit wieder, die ich so an dir liebe." Zum Glück lässt er mich vom Haken. Er stellt den Spiegel und den Sitz und alles andere ein, und wir fahren los.

Liebe.

Ich glaube, er ist in mich verliebt.

Er hat die drei kleinen Worte zwar nicht genau in dieser Reihenfolge gesagt, aber ich *weiß* es.

Ich weiß außerdem auch, dass er mir wahrscheinlich überall hin folgen würde, würde ich nein zu ihm sagen und mich von ihm trennen. Er würde vielleicht nicht versuchen, mich zu zwingen, mit ihm zusammen zu sein, aber er würde mich beschatten.

Während wir zum Club fahren, kann ich mir schon bildlich vorstellen, wie es sich abspielen würde. Wenn ich ihn verlasse, würden meine Miete und Rechnungen stets auf mysteriöse Weise bezahlt werden. Ich würde auswärts essen gehen, nur um dann festzustellen, dass die Rechnung bereits beglichen ist. Der Tank meines Wagens wäre jeden Morgen voll und die Reifen wären nie mehr als halb abgenutzt. Wenn ich jemals eine Panne hätte, wäre ein Abschleppwagen da, bevor ich ihn überhaupt rufen konnte. Männer, an denen ich nicht interessiert bin, würden mich in Ruhe lassen.

Männer, an denen ich es wäre?

Er würde sie wahrscheinlich gründlich überprüfen und sicherstellen, dass sie auch diejenigen sind, die sie vorgeben zu sein. Ich würde nie wissen, wer nicht auf irgendeine Weise von ihm beeinflusst wurde – bezirzt, durch Geld oder einfach ganz altmodische Einschüchterung.

Warum sollte ich uns *keine* Chance geben?

Ich halte die Augen offen, während er fährt. Ich sehe nichts weiter als all die gewöhnlichen Dinge von Tucson bei Nacht. Etwas, das ich nur selten sehe.

Aber hier bin ich. Zwei Nächte hintereinander draußen unterwegs.

Mit einem Typen, den ich kaum kenne.

Mit einem *Vampir*, in den ich mich bereits verliebe.

„Du hast bereits ein Haus gekauft, nicht wahr?", frage ich, ohne ihn anzusehen.

Ein zufriedener Ton erfüllt seine Stimme. „Ein Apartmentgebäude mit einem geeigneten Penthouse. Es ist eine kluge Geschäftsinvestition. Irgendwann werde ich auch ein Haus kaufen, aber ich möchte es selbst vorher sehen, bevor ich eine Entscheidung treffe. John und Mark kennen meine Wünsche in Bezug auf Unterkünfte und können die Vorbereitungen für den Umbau des Penthouses treffen. Es hat bereits einen Sicherheitsraum. Er muss nur noch um das komplette Schlafzimmer mit eigenem Bad erweitert werden."

Ich hätte es wissen müssen. Ich sehe ihn an. „Ich weiß, dass es nicht mein Wohngebäude ist, weil es kein Penthouse hat und es sich in Garretts Gebiet befindet."

„Ich bin direkt am Rand des Territoriums", gibt er zu. Er kann sein zufriedenes Lächeln nicht verbergen. „Es ist nicht weit weg von dem Grundstück, das ich für das Resort kaufe. So kann ich den Bau direkt überblicken."

„Wie lange wird es dauern, das Penthouse herzurichten?"

„Sie können bis Ende der Woche provisorische Schutzschilde installieren, aber ich würde während der eigentlichen Renovierung nicht dort wohnen. Es gibt eine Wohnung nur ein Stockwerk tiefer, die sie für mich zurechtmachen werden, damit ich in der Zwischenzeit dort wohnen kann. Sie wird bis nächsten Mittwoch fertig sein. Wir sind gerade dabei, die Wohnungen der anderen Bewohner dieser Etage zu kaufen, damit meine Mitarbeiter dort einziehen können." Er wirft mir ein verspieltes Lächeln zu. „Es hat sogar einen Balkon, der nach Westen zeigt."

„Was bedeutet, geringfügig spätere Morgen, aber abends etwas länger Zeit."

„Sobald die Sonne hinter den Bergen im Westen untergegangen ist, ist es sicher für mich."

Es ist … überwältigend. „Wie kannst du dich wegen *mir* nur so entwurzeln?"

„Nicht nur wegen dir, Liebste. Jetzt, da ich einen Grund gefunden habe, weiterzuleben, merke ich, wie viel Spaß es macht. Und das Kasino-Projekt wird weitergehen.“

„Musst du dafür keine Genehmigungen einholen? Eine Glücksspiellizenz?“

Sein Lächeln ist das eines harten, kalten Geschäftsmannes. Ich habe Lucius unzählige Male mit einem Lächeln wie diesem gesehen, wenn es um Verhandlungen ging, die sich auf sein Endergebnis auswirken. „Das wird kein Hindernis sein.“

Was er meint, trifft mich wie der Schlag. „Weil du ein Vampir bist und alle manipulieren kannst oder weil du reich genug bist, um sie zu kaufen?“

„Ja.“

Ah, … Ich schaue nach vorn und mein Gehirn flippt schon wieder völlig aus.

Das geht alles viel zu schnell. Nicht wahr? Bin ich es oder ist es mein Blut, in das er sich verliebt hat? Er hatte mich noch nicht einmal *gevögelt*, bevor er ein ganzes *Wohnhaus* gekauft hat?

Wie kommt es, dass er einfach so von ‚sterben wollen‘ zu … ‚*mich* wollen‘ übergeht?

Nein, ich bin nicht nur ausgeflippt – ich bin völlig *verängstigt*. Weil es sich so anfühlt, als könnte dies so schlimm wie eine Atombombe explodieren, sollte es in die Luft gehen.

~

DEXTER

· · ·

„Es ist ein sehr vorteilhaftes Geschäft für Greens Rudel", füge ich hinzu. „Sofortige Beschäftigung für alle, die es brauchen. Sichere Notunterkünfte. Unterstützung beim Aufspüren und Zerstören weiterer Data-X Labore. Ganz zu schweigen von einem lukrativen Vertrag mit der Wolf Ridge Brauerei."

Die wird von Garrett Greens Vater, dem Alpha des Phönix Rudels, Emmett Green, betrieben. Es wird helfen, die Wogen zu glätten, sollte Garretts Vater in Bezug auf mein Projekt Bedenken haben.

Es bedeutet auch, dass ich mich entscheide, den jüngeren Alpha zu unterstützen, obwohl die beiden Städte getrennte Rudel sind. Garrett Green ist die Zukunft der Wölfe und will nur das Beste für sie – ihren Schutz und ihr Überleben.

Ich kann ihm helfen, dies zu gewährleisten.

Es bedeutet auch, dass ich helfen kann, Anfechtungen seiner Position als Alpha zu verhindern, bevor sie überhaupt geschehen. Wir sind gar nicht so verschieden. Garrett hat sich bereits als intelligenter und gerissener Geschäftsmann erwiesen. Er hat einen cleveren geschäftlichen Hunger, ohne dabei gierig zu sein.

Dass er sich um Eilidh als Freund und als Alpha sorgt, bedeutet, dass ich dafür sorgen will, dass er so glücklich ist, wie ein Vampir einen zögerlichen Geschäftspartner glücklich halten kann.

Die Welt entwickelt sich schnell in einer Weise weiter, die es für unsere beiden Rassen immer schwieriger macht, verborgen zu bleiben. Sie bedroht unser aller Existenz. Sich zusammenzuschließen ist ein logischer und notwendiger nächster Schritt.

Ich hatte nur begrenzten Erfolg dabei, von meiner Basis in Atlantic City aus Kontakte zu knüpfen und Bündnisse mit Wandlern zu schließen. Die Wölfe haben die städtischen Canyons schon vor langer Zeit für ländlichere Gegenden verlassen.

Es gibt andere Wandler, die sich manchmal in den Städten verstecken, um unterzutauchen. Ihr Geruch geht in der schieren Anzahl der Menschen, den Fahrzeugabgasen und anderen zufälligen sensorischen Tarnungen einfach unter. Aber abgesehen von ein paar seltenen Ausnahmen, suchen mich einzelne Wandler nie auf.

Nicht, dass ich es ihnen verdenken könnte. Ich würde es an ihrer Stelle sicher auch nicht tun.

Die Städte sind normalerweise die Domäne der Vampire. Außer in Philadelphia.

Sie planten einen Krieg gegen die Menschheit und ein Informant ließ es mich wissen. Meine Leute löschten alle fünfzehn Mitglieder ihres Nestes in einem klinisch geplanten Schlag militärischer Präzision aus. Dem Informanten bot ich sicheres Geleit aus den USA und ausreichend Ressourcen für einen Neuanfang in Südamerika.

Das ist achtundzwanzig Jahre her und seitdem haben sich keine neuen Vampire in Philadelphia niedergelassen.

Ich habe geschäftliche Interessen auf der ganzen Welt, besonders in Großbritannien. Außerdem verfüge ich auch über sichere Wohnsitze in allen möglichen Ländern, aber Schottland wird immer einen besonderen Platz in meinem Herzen einnehmen. Es ist auch der Ort, an dem ich Roberts Grab besuche, ihm seine liebsten Wildblumen bringe, über mein Leben spreche und in Erinnerungen an andere Abenteuer schwelge. Wir hatten nur zwanzig Jahre zusammen, aber sie waren magisch und atemberaubend. Und der einzige Grund, warum ich so lange weitergelebt habe, war mein Versprechen an ihn, es zu tun.

Es wäre kein Sonnenaufgang in Tucson gewesen, dem ich entgegengetreten wäre. Es wäre in Schottland geschehen. Ich hatte geplant, das Tucson-Projekt als einen letzten persönlichen Sieg zum Laufen zu bringen. Die wichtigsten Akteure in Position zu bringen, um mein Imperium am Laufen zu halten, und dann nach Schottland zurückzukehren. Nachdem ich ein letztes Mal auf meine Liebe getrunken hätte, hätte ich mich auf sein Grab gelegt und auf den Sonnenaufgang gewartet.

Aber jetzt …

Ich bin so froh, dass ich gewartet habe. Nein, es ist nicht garantiert, dass Eilidh mir gehören wird. Aber solange sie lebt, habe ich jetzt ein Ziel, eine Mission.

Ein erneuertes Gefühl des Staunens über die Welt.

Mein wunderschönes Rätsel.

Am Club Toxic lotst sie mich nach hinten zu ihrem reservierten Parkplatz, der als einziger noch frei ist. Der Audi ist zwar immer noch das preiswerteste Fahrzeug dort, aber er kann optisch mithalten.

Ich öffne ihr die Tür und helfe ihr beim Aussteigen. Heute Abend trägt sie wieder die blaue Perücke und ein schwarzes Club Toxic-T-Shirt mit neongrünem Logo. Dazu eine schwarze Jeans, die ihre runden Kurven umspielt und mich ernsthaft fragen lässt, wie ich die Finger von ihr lassen soll.

Oder wie ich verhindern kann, jeden zu ermorden, der sie zu lange und zu intensiv anschaut.

Ich schnappe mir meine Sachen, aber sie nimmt mir ihre Reisetasche ab. „Ich verstaue sie erst einmal oben an meinem Schreibtisch."

Ich folge ihr zur Hintertür, wo sie ihren Code eintippt. Dann halte ich ihr die Tür auf und kurz darauf den Eingang zum Treppenhaus, nachdem sie auch dort ihren Code eingegeben hat.

Sie bewegt sich behaglich durch den Raum, ohne sich um die Jäger zu sorgen, für und mit denen sie arbeitet. Ich weiß, dass sie vielleicht nicht wirklich realisiert, wie außergewöhnlich sie tatsächlich ist.

Ich warte auf sie, während sie ihre Sachen verstaut und ihr Namensschild und ihre Schürze anlegt. Dann gibt sie mir einen Kuss. „Ich muss arbeiten."

Ich küsse sie ein letztes Mal, lasse mir Zeit dabei und sorge dafür, dass sie in meinen Armen regelrecht dahinschmilzt. Erst dann lasse ich sie schließlich wieder los. Ich möchte, dass mein Mädchen die ganze Zeit an mich denkt, während sie arbeitet.

Sie schwankt ein wenig und ich lächle. „Genieße deine Schicht, Liebste."

„Das war gemein", flüstert sie.

Ich lächle. „Ich weiß." Der Nachtclub ist voll, die Tanzfläche überfüllt und die warme Luft riecht nach Schweiß, Lust und kaum unterdrückter Begierde. Ich ertappe mich dabei, wie ich meinen Blick abwende, als sich fast jede menschliche Frau, an der ich vorbeigehe, mit unverhohlener Einladung in den Augen zu mir umdreht.

An einem anderen Abend hätte ich mir vielleicht die Erstbeste ausgesucht und die Sache hinter mich gebracht, nur um meinen elementaren Hunger zu stillen.

Aber nicht heute Nacht.

Eilidh entfernt sich, um hinter die Bar zu gehen, während ich mich auf den Weg zur Garderobe mache. Maximus steht dort Wache und tritt zur Seite, um mich mit einem respektvollen Nicken passieren zu lassen.

Als ich in das Verlies hinuntersteige, sehe ich, dass ein paar Vampire bereits mit ihren ausgewählten Abendessen spielen. Es gibt dort einen männlichen Vampir, der einen menschlichen Mann in einer Sexschaukel fickt, während eine weibliche Vampirdame vom Hals des Menschen trinkt. Neben ihnen peitscht ein männlicher Vampir ohne Hemd eine Menschenfrau am Andreaskreuz aus. Ich höre ein leises weibliches Stöhnen aus einer der Nischen mit Vorhang und erkenne, dass auch dort weitere Spielereien stattfinden.

Nein, meine erste Session mit meinem Mädchen wird im Privaten stattfinden, damit ich mich auf sie konzentrieren und sie genießen kann, ohne mir Sorgen zu machen, dass jemand anderes sie begehren könnte. Ich will sie in Handschellen und mit meinem Halsband sehen, um sie nackt über den Boden kriechen zu lassen, während ich dabei zusehe, wie sie bereitwillig zu mir kommt. Ich will die Hitze ihrer Stirn durch die Spitze meiner Stiefel spüren, wenn sie sich förmlich vor mir verbeugt.

Es gibt eine ganze Enzyklopädie an perversen Dingen, die ich mit ihr machen möchte, und ich werde sie auf *gar keinen* Fall mit jemandem teilen.

Ich entdecke Lucius und Selene, die am Tresen stehen und mit Theophilus sprechen, also gehe ich zu ihnen hinüber.

„Ah, da ist er ja!", sagt Lucius. „Komm, lass uns reden."

Er führt mich zurück in den gesicherten Raum, den Eilidh und ich neulich Abend benutzt haben. Wir beide sind allein und ich lege meine Sachen neben der Kommode ab, als er die Tür hinter uns schließt.

„Und, wie geht es Alpha Green?", fragt er, während er sich in den Sessel setzt.

Ich komme direkt auf den Punkt und fasse das Treffen zusammen. „Alles sieht vielversprechend aus", sage ich abschließend.

„Ich weiß es zu schätzen, dass du das tust. Da die Strafverfolgungsbehörden mich im Blick behalten, ist es viel besser, wenn es von dir kommt und ich als stiller Partner agiere."

„Du musst dein Nest fest im Griff haben", meine ich.

„Und deine Geschäfte rechtlich einwandfrei führen. Wir können wirklich keine Untersuchungen durch die Behörden gebrauchen.“

Er winkt meine Einwände ab. „Kalifornien war ein Ausrutscher.“

Ich schaue ihn mit hochgezogener Augenbraue an.

„Ein Ausrutscher in der *Vergangenheit*“, sagt er. „Ich habe kein Interesse daran, die Aufmerksamkeit auf mich zu ziehen.“ Er zupft sich einen imaginären Fussel von seiner Hose. „Es wird immer schwieriger, unentdeckt zu bleiben. Ich gebe zwar zu, dass ich in der Vergangenheit Geschäfts-praktiken angewandt habe, die am Rande der Legalität lagen, aber sie sind im modernen Zeitalter geradezu unhaltbar geworden. Verdammte Computer und das Inter-net. Handys. Dinge, von denen ich dachte, sie würden das Leben und die Kommunikation so viel einfacher machen, haben unsere Existenz völlig verkompliziert und bedroht.“ Er seufzt. „Ich wünsche mir keine Wiederholung von Phil-adelphia. Ich fühle mich irgendwie verantwortlich.“

„Das solltest du auch. Du hast den Idioten erschaffen.“

Er winkt auch das ab. „Er war jung, erst zweihundert, oder so. Ich hätte ihm nie erlauben dürfen, das Nest zu verlassen und auf eigene Faust loszuziehen. Es ist schwie-rig, die gleiche Loyalität zu finden, wie ich sie von meinen anderen Schöpfungen habe.“

Ich pruste los. „Du warst Opfer eines versuchten Putsches.“

„*Versucht* ist hier das Schlüsselwort. Bei Weitem nicht der erste, wie du sehr wohl weißt. Deshalb verbiete ich meinen Nachkommen, ohne ausdrückliche Erlaubnis Menschen zu verwandeln. Wenn überhaupt, möchte ich die Herde ausdünnen, sozusagen. Ich möchte nur eine vertrauenswürdige Kerngruppe um mich behalten.“

„Und wenn mehr Vampire in die Gegend ziehen?“

Er lächelt grimmig. „Wie du neulich mit Tonio gesehen hast, können sie mir entweder die Treue schwören und entsprechend handeln, oder sie können verbrennen. Tucson kann ein sicherer Rückzugsort für Vampire und Wandler werden, wenn wir es richtig anstellen. Die Vampirhauptstadt Nordamerikas. Wir können gewalttätige, räuberische Menschen ausmerzen, die Kriminalitätsrate senken und es zu einem richtigen Reiseziel machen. Zu den feuchten Träumen eines Bauunternehmers."

„Das ist die Hoffnung."

„Ich habe gehört, du hast eine weitere Immobilie gekauft. Ein Apartmenthaus."

„Neuigkeiten verbreiten sich schnell in dieser Stadt."

Er lächelt. „Erinnerst du dich an die guten alten Zeiten? Wie wir durch Schlachten rasten und Kehlen aufschlitzten? Unseren Durst unter verrauchten Himmeln stillten, während um uns herum die Dörfer brannten?" Er seufzt. „Die Zeiten damals waren leichter und einfacher. Wir beherrschten die Welt in aller Stille und ohne Sorgen, außer der Sonne und vor denen von uns, die an Größenwahn litten."

Ein saurer Geschmack steigt in meinem Mund auf. „Ich erinnere mich lieber *nicht* daran. Ich habe das Töten nie so geliebt wie du und mein Schöpfer."

„Nein, das hast du nicht." Er seufzt. „Ich war nie wirklich einverstanden mit den besonderen … Vorlieben deines Schöpfers." Er verlagert sein Gewicht und beugt sich vor. „Lass deine unabänderliche Vergangenheit deine potenzielle Zukunft nicht zu dunkel färben, Neffe. Nimm sie schnell in Besitz. Du weißt, dass es richtig ist. Wenn du sie verwandeln willst, helfe ich dir sogar dabei, wenn du es möchtest. Aber verliere sie nicht. Nicht, wenn du es nicht musst."

Mein Magen dreht sich um und ich brauche einen

Moment, um ihn zu beruhigen, bevor ich mich sicher genug fühle, um leise zu antworten. „Ich weiß das Angebot zu schätzen, Lucius, aber wir sind noch nicht an diesem Punkt, wenn wir überhaupt dorthin gelangen. Ich werde sie das Tempo vorgeben lassen."

Der Gedanke, sie an die Zeit und das Alter zu verlieren, ist niederschmetternd. Aber wenn ich Schuld daran trüge, dass sie viel jünger stirbt, nur um mein eigenes egoistisches Bedürfnis zu befriedigen, sie zu behalten …

Es würde mich komplett und völlig in den Wahnsinn treiben. Das weiß ich genau.

„Oh, es gibt noch eine Sache", sage ich. „Ich möchte den gesamten Vorrat kaufen, den du hast."

Er zieht eine Augenbraue hoch. „Wovon?"

„Du weißt genau wovon."

„Das wäre eine beträchtliche Summe."

„Dann gibt mir den Freunde- und Familienrabatt. Du weißt, dass dir mein Deal eine Menge Geld einbringen wird, ohne dass du ein Risiko trägst oder Aufwand betreiben musst. Und du wirst kein Blut mehr von ihr entnehmen, selbst wenn sie darum bittet."

Er mustert mich einen Moment lang. „Fünfhunderttausend. Auch wenn ich leicht das Doppelte verdienen könnte, wenn ich es glasweise verkaufe."

„Abgemacht. Nimm es heute Abend vom Fass. Unverzüglich. Außer für mich."

„Und wie hast du vor, es zu lagern?"

„Sobald meine Wohnung hier fertig ist, werde ich mich melden."

Er nickt mir zu. „Also gut."

„Oh, und ich werde mir ein paar Utensilien und ein Seil ausleihen müssen."

Er zeigt auf die Kommode. „Du solltest alles darin finden, was du wahrscheinlich brauchen wirst."

„Danke."

Wir kehren ins Verlies zurück, wo der Geruch von menschlicher Erregung und Blut viel stärker ist. Bis zu einem Punkt, an dem mir das Wasser im Mund zusammenläuft. Ich folge ihm hinüber zur Bar, wo er kurz mit dem Barkeeper spricht. Der Mann nickt und blickt in meine Richtung.

Lucius lächelt mich an. „Möchtest du jetzt ein Glas deines speziellen Tröpfchens?"

„Ja", knurre ich praktisch.

Sobald ich ein Glas habe und Lucius sein Glas Rotwein, gehen wir hinüber zu den Thronen, wo Selene gerade sitzt und sich eine Messerspielszene anschaut. Es dient nur der Empfindung, es ist kein richtiges Schneiden, aber der männliche Sub riecht stark nach Besinnungslosigkeit, während der männliche Vampir verschlungene keltische Muster über seinen Rücken zeichnet.

Es löst … etwas in meinem Gehirn aus. Eine Erinnerung, die nahe an der Oberfläche kitzelt, bevor sie wieder abtaucht.

„Dexter?", fragt Lucius.

Ich reiße meine Gedanken in die Gegenwart zurück. „Ach nichts. Es gibt ein Rätsel, an dem ich arbeite, welches ich immer noch nicht gelöst habe."

„Ihr Ring?"

Ich funkle ihn an. „Was weißt du darüber?"

„Dass es sich so anfühlt, als sollte ich wissen, was die Zeichen bedeuten. Aber ich weiß es nicht. Und das irritiert mich." Er nippt an seinem Wein. „Ich glaube, es ist ein Hinweis auf ihr … Problem."

„Darin sind wir uns einig." Ich möchte gern in den Nachtclub hinaufgehen, aber ich weiß, dass ich dort Gefahr laufe, eine Szene zu machen. Ich möchte sie wirklich nicht bei der Arbeit stören.

Ich meine, da ich sie noch nicht davon überzeugt habe, dass ich mich vollständig um sie kümmern kann. Sobald ich das tue, wird sie keine Getränke mehr für Menschen und Vampire ausschenken müssen.

Sie wird an meiner Seite über mein Imperium herrschen und es wird ihr nie wieder in ihrem Leben an etwas fehlen.

25

Dexter

LUCIUS LÄSST EINEN STUHL BRINGEN, damit ich mit ihm und Selene auf der Plattform sitzen kann und wir uns unterhalten können. Etwa eine Stunde nach unserer Ankunft im Club taucht Eilidh im Verlies auf.

Sobald sich die Tür vom Treppenhaus öffnet, weiß ich, dass sie da ist.

Ich spüre ihre Energie, ihre Präsenz.

Als ich mich umdrehe, begegnen sich unsere Blicke sofort. Jeder Mensch, der seit meiner Ankunft heute Abend hier hinunterbegleitet wurde, und viele der Stammgäste haben mich mit sehnsüchtigen, einladenden Blicken beäugt. Und ich habe sie alle ignoriert, bis auf den Kellner, der mir ein weiteres Glas meines jetzt privaten edlen Tröpfchens brachte.

Ich fühle mich schon fast betrunken und frage mich, ob es sich so anfühlen wird, wenn ich direkt von ihr trinke. Ich habe heute Abend so viel Blut zu mir genommen wie schon lange nicht mehr, aber ich habe das Gefühl, ich könnte ihren Geschmack ewig trinken und meinen Durst nie ganz stillen.

Als sie hinüberkommt, steige ich von der Plattform hinunter. Dann ziehe ich sie in meine Arme und küsse sie. Niemand wird einen Zweifel daran haben, zu wem sie gehört. Und auch nicht zu wem *ich* gehöre. Ich packe ihren Hintern und ziehe ihre Hüfte an meine. Ich lasse sie spüren, wie bereit ich für sie bin.

„Hältst du dich von Ärger fern?", neckt sie mich atemlos, als ich unseren Kuss schließlich unterbreche.

„Natürlich. Ich warte nur darauf, dass du Feierabend hast, damit wir spielen können." Mit der Ausbeulung in meiner Hose reibe ich mich noch einmal zwischen ihren Schenkeln und liebe die Art, wie sie sich auf ihre Unterlippe beißt.

„Ich hatte schon vier verschiedene Anfragen, mit Vampiren nach unten zu gehen."

Das Knurren entweicht mir, bevor ich es stoppen kann. „Wer sind *sie*?"

Sie schnaubt. „Ja, als ob ich dir das sagen würde. *Sir*", fügt sie hinzu und streckt sich auf die Zehenspitzen, um mich erneut zu küssen. „Ich bin doch nicht blöd."

„Dafür bist du nicht zu haben."

„Das weiß ich, aber ich habe heute Abend schon über zweihundert Dollar Trinkgeld verdient." Sie tippt auf einen Bleistift, der hinter ihrem rechten Ohr steckt. „Mach dir keine Sorgen. Ich habe alles im Griff."

„Sie ist wirklich unglaublich", sagt Lucius von seinem Thron aus. „Blue, meine Liebe, können sie dich für den Rest des Abends im Obergeschoss entbehren?"

„Nicht wirklich, Mr. Frangelico", sagt sie. „Die Schlange draußen reicht den ganzen Block hinunter und wir springen oben hektisch hin und her. Jemand hat mich gefragt, wie viel hier unten los ist, also dachte ich, ich komme nur mal kurz schauen." Ihr Blick fällt wieder auf mich. „Und sage Hallo."

„Sie ist hinreißend, nicht wahr?", sagt Lucius. „Blue, du darfst mich Lucius nennen, auch während du arbeitest, wenn du willst. Das habe ich dir doch schon gesagt."

„Vielen Dank, Mr. F, aber ich möchte lieber ein gutes Beispiel für die Mitarbeiter und Kunden sein."

Er schaut mich an. „Neffe, hilf mir?"

Ich grinse. „Ich bin der Einzige, den sie *Sir* nennen muss, und selbst das ist *ihre* Entscheidung."

Lucius seufzt melodramatisch und schaut zu Selene. „Irgendein Rat, meine Liebe?"

Sie grinst. „Blue hat nicht ganz unrecht, Sir. Es tut mir leid."

Lucius schaut mich an und zuckt mit einer Art Resignation mit den Schultern, die zu sagen scheint *Was soll ich machen?* Es bringt mich zum Lachen. „Ich muss schon sagen, Onkel, ich mag dieses neue, sanftere Du. Es passt zu dir."

Er greift hinüber und drückt Selenes Hand. „Meine Königin hat einen sehr interessanten Einfluss auf mich. Ironischerweise kann ich es mir leisten, eine mildere Haltung einzunehmen, wenn sie an meiner Seite ist. Hauptsächlich, weil sie verdammt furchterregend ist, wie mir gesagt wird."

Nach einem letzten Kuss kehrt Eilidh in den Nachtclub im Obergeschoss zurück und ich setze mich wieder. Heute Nacht macht es mir nichts aus, anderen Leuten beim Spielen oder beim Sex zuzusehen, denn ich spüre die vertraute schmerzhafte Leere nicht mehr. Es gibt keinen pochenden Schmerz in meiner Seele.

Ich bin nicht mehr allein.

Im Laufe des Abends wird es wilder im Verlies und die Ausschweifungen werden intensiver. Ich beobachte zwei von Lucius' Männern, Augustus und Tiberius, die einen jungen Mann zwischen sich einklemmen und ihn vögeln, während sie sich beide an seinem Hals laben. Ich beobachte, wie Theophilus eine junge Frau in die Glückseligkeit fickt, während er von ihr nascht und sie dann an Maximus weiterreicht, der sich von ihr einen blasen lässt, bevor er selbst von ihr trinkt. Es gibt hauptsächlich männliche Vampire mit einer Mischung aus männlichen und weiblichen Subs und zwei weibliche Vampire, die definitiv dominant sind.

Es ist gierige Fleischeslust und etwas, das ich noch vor einer Woche nicht hätte mitansehen können, ohne dabei Trauer zu empfinden. Zuhause habe ich eine spezielle Hotelsuite direkt neben dem Kasino, wo ich Leute hinbringen kann, um schnell von ihnen zu trinken und sie zu vögeln. Sie können dann dort später aufwachen. Natürlich geht alles aufs Haus und ihre Rechnung ist komplett bezahlt, wenn sie ein Hotelgast sind, oder sie bekommen ein reichhaltiges Frühstück und werden nach Hause geschickt, wenn sie nur das Kasino besucht hatten.

Ich stelle immer sicher, dass sie keine Erinnerung daran haben, mit wem sie zusammen waren – ich dränge ihnen stets den Gedanken in den Kopf, dass sie sehr, sehr betrunken waren und obwohl sie sich daran erinnern können, dass sie eine fantastische Zeit verbracht haben, werden sie nicht mehr wissen, mit wem. Ich nehme auch nie jemanden mit, der nicht Single ist. Es sei denn, der Partner ist dabei und zieht mich ebenfalls an, sodass ich Spaß mit ihnen beiden haben kann.

In letzter Zeit blieb die Suite jedoch oft unbenutzt. Meine Bedürfnisse wurden am einfachsten mit Blutbeuteln und meiner eigenen rechten Hand befriedigt.

Als es sich heute Nacht zwei Uhr morgens nähert, was der Aufruf zur letzten Runde im Nachtclub ist, machen sich ein paar weitere Vampire mit den letzten ihrer nächtlichen Auserwählten auf den Weg nach unten ins Verlies. Als Eilidh um 2:17 Uhr ins Verlies zurückkehrt, ist mein Schwanz hart und mein Bedürfnis riesig. Ich bin bereits in den sicheren Raum zurückgekehrt und habe mich vergewissert, dass alles da ist, was ich brauche. Ich nehme ihre Hand und wünsche Lucius und Selene eine gute Nacht, während ich sie zu unserem wartenden Privatbereich führe. Bis zum Sonnenaufgang habe ich noch etwa drei Stunden Zeit und danach vielleicht noch ein oder zwei Stunden, bevor ich gezwungen sein werde, die Augen zu schließen. Ich will jede Sekunde, die ich habe, voll ausnutzen und ihr zeigen, was ich fühle.

Sobald wir im Inneren eingeschlossen sind, lächle ich und ziehe sie in meine Arme. „Wo sind deine Sachen?"

„Ich hole sie später, wenn wir allein sind. Oben im Büro werden die Kassen und das Trinkgeld gezählt. Ich wollte nicht in die Schließprozedur verwickelt werden. Theophilus hat mich schnell hier hinuntergescheucht."

Ich küsse sie und genieße es. „Erinnere mich daran, dass ich mich später bei ihm bedanke."

„Das werde ich." Ein weiterer Kuss und sie presst ihren köstlichen Körper an meinen. Meine Seele steht erneut in Flammen. Mit ihr in meinen Armen bin ich ein besserer Mann und niemand kann mich vom Gegenteil überzeugen. Für sie will ich so gut wie möglich sein.

„So wie es scheint, ist vorhin jemand zu kurz gekommen", nickt sie, während ich sie in Richtung Bad schiebe.

„Das werden wir später beheben." Ich küsse mir meinen Weg an ihrem Kiefer entlang zu der empfindlichen Stelle, die ich vorhin hinter ihrem Ohr gefunden habe. Sie erschaudert in meinen Armen. „Im Moment möchte ich dieses eine Versprechen dir gegenüber einlösen.“

„Welches?“

Ich lächle zu ihr hinab. „Dich zu fesseln und dich so lange wie ich will zu lecken.“

EILIDH

HITZE STEIGT in mein Gesicht und mein Puls rast. Ich weiß, dass er es merkt, denn sein Lächeln wird dunkler und von purem Verlangen breiter.

„Ach wirklich?“

Er schaut mich mit hochgezogener Augenbraue an. „Ja. Ich will noch eine Kostprobe von dieser süßen Muschi bekommen. Die kurze Verführung von vorhin war nicht annähernd genug, um mich zu befriedigen.“

Schluck!

Als meine Kniekehlen das Bett berühren, lässt er mich rückwärts darauf sinken, folgt mir und küsst mich, bis ich mich quasi nicht einmal mehr an meinen eigenen Namen erinnern kann. Weder den falschen noch den echten. Ehe ich mich versehe, helfe ich ihm, mich auszuziehen, bis ich bis auf den Ring an der Kette splitternackt vor ihm liege. Er hingegen ist immer noch vollständig bekleidet.

„Eine Sache noch“, sagt er und deutet auf meine Perücke.

Ich entferne schnell die Haarnadeln, ziehe die Perücke und die Perückenkappe ab und löse dann die Bänder und Klammern, die meine Zöpfe in Position halten.

Er nimmt mir alles ab und legt es auf die Kommode.

Dann kämmt er mit den Fingern meine Zöpfe aus. „Perfekt. Nicht bewegen, Schätzchen." Er holt etwas aus der Kommode – ein paar Dinge, wie sich herausstellt – und hält zu Beginn ein aufgerolltes Seil hoch.

„Wie lauten deine Safewords?"

Ich schlucke. „*Rot* und *gelb*."

„Und wo befinden wir uns jetzt gerade?"

„*Grün*, Sir."

Er hält eine Schlafmaske hoch und lässt sie von seinem Finger baumeln. „Ja oder nein?"

All die Male, in denen ich Menschen beobachtet habe, die sich Vampiren unterwarfen, und bei denen ich mich danach gesehnt habe, es einmal selbst zu erleben, strömen in meine Erinnerung zurück.

All die Male, bei denen ich mir selbst verweigert habe, Einladungen zu Sessions anzunehmen. Sogar von Lucius' Männern, die mir versprachen, nicht von mir zu trinken oder mich in ihren Bann zu ziehen, wenn ich mich ihnen nur unterwerfen würde.

All die Fantasien, die seit Jahren meine Träume füllen.

„Ja, Sir."

Sein umwerfendes Lächeln wird breiter und mein persönlicher Nicht-Ianto beugt sich vor und küsst mich. „Braves Mädchen", flüstert er. Er küsst mich erneut und zieht mir die Augenbinde über den Kopf, um sie zu befestigen. „Wie fühlt sich das an?"

„*Grün*."

Ich höre und spüre, wie er sich für einen Moment entfernt, als würde er noch etwas anderes aus dem Schrank holen. „Ich werde heute Nacht nicht von dir trinken", sagt er. „Das schwöre ich. Ich bezweifle auch, dass irgendetwas, was ich heute Nacht tue, dich versehentlich zum Bluten bringen wird. Ich möchte, dass das klar ist. Verstanden?"

„Ja, Sir."

Ich spüre, wie das Bett neben mir hinuntersinkt. Dann höre ich das leise Rascheln des Seiles, als er es abwickelt und ein kurzes *Poch*, als das lose Ende neben mir auf die Matratze trifft. Dann sind seine Hände wieder da und an meinem rechten Handgelenk.

Mit schnellen Handgriffen fesselt er mein Handgelenk, drückt meine Oberschenkel auseinander und beugt mein Knie nach oben und hinten. Mein rechtes Knie wird zügig an meinem Handgelenk befestigt und dann an etwas anderem. Ich vermute, an einen Befestigungspunkt unter dem Bett, denn es gibt mehrere. Er wiederholt das Ganze mit meinem linken Handgelenk und dem linken Knie und schon liege ich mit gespreizten Beinen vor ihm.

„Wunderbar", flüstert er.

Mein Atem kommt in schnellen flachen Stößen, als meine Vorfreude in die Höhe schießt. Ich vertraue ihm.

Und ich will das.

Mehr als alles andere.

Ich will *ihn*.

Er ist immer noch bekleidet, als er sich vorbeugt und ich seinen kühlen Atem an meiner entblößten Muschi spüre. Ich bin feucht und er weiß es ganz genau. Meine Brustwarzen haben sich zu engen Knospen zusammengezogen und ich bin begierig darauf, seine Hände erneut auf mir zu spüren.

Ich zucke zusammen, als er mit der Zungenspitze leicht über meine Klitoris streicht. Er formt langsame, träge Kreise, die mich sofort zum Stöhnen bringen und dazu, mich an seinem Mund zu bewegen, weil ich mehr will und brauche.

Er schließt die Hände um meine Brüste. Mit den Daumen und Zeigefingern rollt er meine Brustwarzen sanft hin und her und verstärkt meine Begierde, während er mich weiter leckt.

„*Mmm*, meine Süße. Ich könnte den Rest der Nacht damit verbringen, nichts anderes zu tun, als dich so zu schmecken." Er streicht langsam mit seiner Zunge über meine Klitoris und bringt mich zum Stöhnen. „Mach es dir bequem, denn du wirst eine Weile hier sein."

Ernsthaft? Das ist der letzte zusammenhängende Gedanke, den ich … nun … für eine *Weile* habe. Er bringt mich fast sofort zum Höhepunkt, stößt seine Zunge tief in mich hinein und schmeckt mich danach. Dann benutzt er seine Finger und schiebt sie zwischen meine Schamlippen. Er findet meinen G-Punkt, während er leicht an meiner Klitoris saugt. Am Ende zieht er sich sogar einen Handschuh an und schiebt mir einen eingeölten Finger in den Arsch, während er mich kommen lässt – aber halloooo! – er schießt mich ins verdammte Universum.

Als er mir die Augenbinde schließlich abnimmt, bin ich völlig erschöpft, zittere und so verdammt froh, dass ich heute Nacht bei ihm bleiben kann.

Kein Scherz – die besten Orgasmen meines *Lebens*. Und ich habe aufgehört zu zählen.

Irgendwie übertrifft er sich jedes Mal selbst.

Er lächelt, als er seinen Gürtel öffnet und ihn langsam aus der Jeans zieht. „Ich hatte geplant, heute Nacht eine Vielzahl von Utensilien an dir zu probieren, Liebste. Aber es wird spät und vielleicht sollte das Erste, was ich an dir benutze, etwas sein, das tatsächlich mir gehört. Etwas, das du sehen und bei dessen Anblick du erröten kannst, wenn ich es durch meine Gürtelschlaufen ziehe."

Verdammte scheiße, er hat absolut recht. Ich nicke bereits eifrig, als er die Schnalle festhält und den Rest des Gürtels um seine Hand wickelt, sodass ein Reststreifen von etwa dreißig Zentimetern Länge übrig bleibt.

Er lächelt und streckt ihn mir entgegen. „Küsse ihn, meine Süße."

Ich tue es und sehe ihm in die Augen, während ich das weiche, geschmeidige Leder küsse und lecke. Leidenschaft lässt seine blauen Augen dunkelgrau erscheinen und ich kann sehen, wie sich sein Schwanz gegen seine Hose drängt. Er löst die Seile, die am Bett befestigt sind, schließt meine Oberschenkel und dreht mich auf die linke Seite.

Schneller als ich der Bewegung folgen kann, schnellt seine Hand nach vorn und der Ledergürtel schnappt über meinen Hintern. Ich schreie mehr vor Schreck als vor Schmerzen auf, denn es hat nicht wehgetan.

Aber er lächelt. „Farbe?"

„*Grün.*"

Wieder und wieder trifft er mich mit dem Gürtel, während er die Intensität langsam steigert. Er dreht mich hierhin und dahin, und bedeckt meinen Arsch und die Rückseite meiner Oberschenkel gleichmäßig mit seinen Schlägen. Mein Geist schwebt erneut in die süße glückliche Besinnungslosigkeit. Dennoch ist jeder weitere Schlag ein wenig härter, die Abstände zwischen ihnen ein wenig länger, bis ich zusammenzucke und aufschreie. Ich will gerade *gelb* rufen, als er aufhört.

„Braves Mädchen."

Heiliger Strohsack, ich *fliege.*

Er legt den Gürtel beiseite, bindet mich los und beginnt, sich vollständig zu entkleiden. Währenddessen verschlingt er mich mit seinem hungrigen Blick. Er sieht mich so an, wie Captain Jack Ianto ansieht, und ich fange an, zu glauben, dass ich vielleicht doch mein eigenes Happy End bekommen werde. Endlich.

Ich meine, ich will es hoffen, denn die Dinge haben für Jack und Ianto nicht so gut geendet.

Ich bin deswegen, nebenbei bemerkt, immer noch sauer.

Sobald er nackt ist, nähert er sich dem Bett und starrt auf mich herab. „Dir ist aber klar, dass du jetzt *mir* gehörst, oder?"

Ich ziehe ihn zu einem Kuss an mich. „Das beruht auf Gegenseitigkeit, Kumpel."

„Auf jeden Fall, Liebste." Er drückt seinen Schwanz gegen mich und gleitet mit Leichtigkeit tief in mich hinein, wobei wir beide von der Empfindung aufstöhnen.

Ich hätte es ihm nicht übel genommen, wenn er diese Gelegenheit genutzt hätte, um sich wild an mir auszutoben und schnell abzuspritzen, aber er lässt sich Zeit. Er passt die Position und den Winkel an, bis ich bemerke, was er tut. Wenn er seinen Schwanz zurückzieht, gleitet er jedes Mal perfekt über meine Klitoris und drängt beim Hineinstoßen gegen meinen G-Punkt.

Heilige.

Scheiße.

Es kribbelt bis in meine Zehen. Er kneift die Augen zusammen und packt meine Handgelenke, um sie festzuhalten, während er weitermacht. Jetzt, da er weiß, was mir gefällt, wird mir klar, dass er nicht aufhören wird, bis er es mir auf diese Weise besorgt hat. Es dauert eine Weile, aber als ich spüre, wie das Kribbeln in mir aufsteigt, fühlt er es auch.

„Genau so, Liebste", flüstert er. „*Alles* gehört mir, *einschließlich* dem hier."

Ich würde mich darum streiten, dass wir noch ein wenig mehr Zeit miteinander brauchen, bevor Orgasmuskontrolle eine Sache zwischen uns wird, aber ich stürze über den Abgrund und beginne zu kommen.

„Da bist du ja." Er beschleunigt das Tempo, wodurch er meinen Höhepunkt in die Länge zieht, bis er mich einholt und seine Erlösung tief in mich spritzt. Seine Lippen sind auf meine gepresst und meine Arme und Beine um ihn geschlungen.

Mein Herz umhüllt sein Herz.

Scheiße, ich verliebe mich in ihn. Wann zum *Teufel* ist *das* denn passiert?

26

Eilidh

WIR KUSCHELN uns aneinander und dösen ein. Es ist kurz vor der Morgendämmerung am Samstagmorgen, als mir einfällt, dass ich immer noch meine Sachen von oben aus dem Büro holen muss. Wenn ich es jetzt nicht tue, werde ich es später nicht machen wollen. Ich möchte wirklich nicht vor Benny oder irgendjemand anderem draußen herumlaufen müssen, nur damit ich vor meiner Schicht duschen kann.

Ich beginne, mich aus Dex' Umarmung zu befreien, aber er zieht mich zurück. „Wo willst du hin, Liebste?", murmelt er.

Er muss wirklich erschöpft sein. Es kann nicht bequem gewesen sein, letzte Nacht in meinem Schrank zu schlafen. „Ich muss nach oben gehen und meine Sachen aus dem Büro holen."

Er zieht mich zu einem Kuss zu sich heran. „Beeil dich, Süße. Ich werde dich vermissen."

Mein Herz klopft, denn eine Sekunde lang dachte ich, er wollte auf etwas anderes hinaus. Ich bin mir nicht sicher, ob ich enttäuscht bin oder nicht, dass er es nicht gesagt hat. „Ich vermisse dich auch", flüstere ich zurück. Ich bin erschrocken darüber, was ich gerade gedacht habe.

Dass er vielleicht wirklich *der* Richtige ist. Ich weiß nicht genau, wie ich das begreifen soll. Er öffnet eins seiner blauen Augen. „Ich fürchte, die Sonne erwischt mich heute früher, als ich gehofft hatte, aber wir werden ein langes und tiefes Gespräch über unsere gemeinsame Zukunft führen, wenn ich wieder aufwache. Du gehörst *mir* und ich werde dich *nicht* gehenlassen. Verstanden?"

Ich nicke.

„Braves Mädchen." Ein attraktives verschlafenes Lächeln huscht über sein Gesicht und er wirft mir einen hinreißenden Kussmund zu.

Ich beuge mich zu einem weiteren Kuss nach vorn. „Schlaf gut. Sir. Ich muss vielleicht vor dir aufstehen, um mich für die Arbeit fertigzumachen. Also keine Panik, wenn ich nicht hier bin, wenn du aufwachst."

Er murmelt etwas, aber an der Art und Weise, wie die ganze Spannung aus seinem Körper weicht, kann ich erkennen, dass er bereits tief in den Schlaf versinkt.

Ich mache mich schnell im Bad frisch und ziehe meine Sachen wieder an. Die Perücke nehme ich nicht mit, weil ich sie erst vor meiner Schicht wieder aufsetzen werde.

Nun, ich werde sie oben in den Toilettenräumen des Nachtclubs aufsetzen, denn hier unten gibt es keine Spiegel, nicht einmal in den Privatbereichen.

Die Sicherheitssuite verriegelt sich automatisch hinter mir, aber ich habe noch einen Schlüssel. Ich summe leicht vor mich hin und mache mich auf den Weg nach oben in den Nachtclub. Dieses Mal mache ich mir nicht die Mühe, hinter der Bar nachzusehen, ob die Schließprozedur korrekt durchgeführt wurde. Das kann warten.

Ein Hoch auf mich! Seht einmal her, ich stelle mich zur Abwechslung einmal selbst an die erste Stelle.

Ich will mir nur meine Sachen holen und zu Dex zurückkehren. Wir sind ganz allein im Club, ich kann es fühlen. Nur Dex und ich.

In gewisser Weise ist das ziemlich cool. Den Club ganz für uns alleine zu haben.

Zu schade, dass er nicht länger wach sein kann, um mehr davon zu genießen.

Ich hoffe, wir können heute Abend das Kreuz oder die Prügelbank in unserem privaten Raum benutzen.

Mein Arsch ist angenehm wund, nicht sehr, aber genug, um mehr zu wollen.

Viel mehr.

Okay, mit ihm will ich *alles*. Wäre er irgendein dahergelaufener Vampir aus dem Nirgendwo, würde ich nicht so reagieren, dessen bin ich mir sicher. Aber Lucius kennt ihn und obwohl Lucius vielleicht kein Musterbeispiel in Bezug auf Ethik und Moral ist, lügt er die Leute, die er zu seinem vertrauten inneren Kreis zählt, nicht an. Auch keine Menschen. Ich habe ihn das noch nie tun sehen. Wenn überhaupt, hätte er mich vor Dexter warnen müssen, denn ich weiß, dass Dex mich jetzt kein Blut mehr an Lucius verkaufen lässt. Also verliert Lucius tatsächlich eine Menge Geld.

Was bedeutet, dass er wirklich glauben muss, dass Dexter ein guter Kerl ist.

Ich gehe die Treppe hinauf in den zweiten Stock. Als ich das Hauptbüro betrete, mache ich mich auf den Weg zu meinem Schreibtisch. Ich komme an der Sicherheitskonsole vorbei, wo alle Überwachungs- und Sicherheitskamerabilder auf Monitoren angezeigt werden. In diesem

Moment fällt mir eine Bewegung auf einem der Monitore ins Auge.

Ich gehe zurück und starre. Blankes Entsetzen durchströmt mich.

Es ist eine der Kameras, die auf den privaten Mitarbeiterparkplatz direkt hinter dem Club gerichtet ist und die anzeigt, dass der Audi das einzige dort geparkte Fahrzeug ist.

Genau dort steht mein Phantomhundewesen. Es ist solider, als ich es je zuvor gesehen habe. Ich schalte den Kameramodus um. Es erscheint auch auf dem Infrarotfilm und wenn ich auf die Wärmebildkamera umschalte, ist es zwar nicht klar zu sehen, aber man kann eine schwache Form mit einer etwas anderen Temperatur erkennen.

Was bedeutet, es hat einen Körper, aus Materie.

Mein Schrei bleibt mir in der Kehle stecken und kalte Schauer lassen mich wie angewurzelt stehen bleiben. Ich beobachte, wie es das Auto einige Male umkreist. Gerade als es sich auf den Hintereingang des Clubs zubewegen will, brechen die Sonnenstrahlen über den Dächern der Gebäude im Osten herein und erhellen den Parkplatz. Das Phantom verschwindet aus dem Blickfeld, als wäre es nie dagewesen.

Ich schnappe nach Luft und merke erst dann, dass ich den Atem angehalten habe.

Scheeeiiiiiße!

Als ich die Aufnahme zurückspule, sehe ich es erneut – ja, dort ist es. Ich habe es mir ganz sicher nicht eingebildet. Und es sieht aus, als wäre es aus der Richtung gekommen, die wir entlanggefahren sind.

Als hätte es den Audi gewittert.

Als hätte es *mich* verfolgt.

Ohne nachzudenken, schnappe ich mir mein Handy und mache ein paar Fotos von dem Bild. Ich will einen

Beweis haben, den ich mir später ansehen kann, nur um mir und allen anderen zu bestätigen, dass ich *nicht* verrückt bin.

Nun, ich meine, vielleicht *bin* ich verrückt, aber ich bilde mir dieses Ding *nicht* ein oder erfinde es.

Ich agiere jetzt auf Autopilot. Ich schnappe mir alle meine Sachen von meinem Schreibtisch, stürme die Treppe hinunter und eile zum Vordereingang. Eine gut ausgearbeitete Checkliste läuft bereits vor meinem inneren Auge ab, während ich spüre, wie sich eine vertraute, kühle Abgeklärtheit in mir breitmacht.

Bargeld … Katze und Hund … Wegwerftelefone … Kleidung … Kulturbeutel … Bettwäsche … Mikrowelle und Mini-Kühlschrank zuerst einladen, was in die Kühlbox passt, einräumen und diese ins Auto heben. Alles andere außenherum packen …

Die Logistik ist das Einzige, was mir durch den Kopf geht, als ich den Vordereingang öffne und den von der Sonne hell erleuchteten Bürgersteig vor dem Club betrete. Dann schließe ich die Tür hinter mir ab. Ich bin schon den halben Block entlanggelaufen, bevor ich ein Taxi heranwinke.

Ich lasse mich ein Gebäude von meinem Wohnhaus entfernt absetzen und gehe durch den Hintereingang anstatt durch den Vordereingang hinein. Ich will nicht riskieren, Garrett oder Amber über den Weg zu laufen. Dann eile ich die Treppe hoch, denn mit den Aufzügen ist es dasselbe.

Als ich mein Apartment endlich erreiche, bin ich schon fast in Panik verfallen. Ich wünschte, ich könnte mich von Dexter verabschieden …

Aber er ist für diesen Tag bereits sicher in der Suite im Club eingeschlossen und ich muss Tucson *verdammt noch mal* verlassen, damit dieses Ding ihn nicht angreifen wird.

Und zwar sofort.

Leider ist dies eine Operation, mit der ich nur allzu gut vertraut bin. Ich schnappe mir meine Koffer und lasse sie weit geöffnet mitten auf den Boden fallen. Außerdem hole ich die Rolle der schwarzen stabilen Müllsäcke unter der Spüle hervor. Ich habe gelernt, mich auf das zu beschränken, was ich darin transportieren kann und was in mein Auto passt. Ich werde die Möbel aufgeben müssen, aber die lassen sich leicht ersetzen.

Wenn ich etwas nicht in mein Auto laden kann, kommt es nicht mit. Und in diesem Moment passt alles in meiner Wohnung außer den Möbeln in mein Auto.

Marie Kondo ist *nichts* gegen mich.

Weitere Punkte gehen mir durch den Kopf.

Durch Mesa fahren und den Briefkasten prüfen ... die Postlagerung online beantragen ...

Der Adrenalinschub lässt nicht nach, je weiter der Morgen voranschreitet. Um zehn Uhr morgens bin ich bereits fünfzehn Kilometer nordwestlich von Tucson, bevor es mich plötzlich wie der Schlag trifft.

Dex.

Ich halte an einem Rastplatz an und parke, lasse meinen Kopf auf das Lenkrad sinken und weine schluchzend.

Das ist verdammt unfair!

Warum *jetzt*? Als er mir gerade gesagt hat, dass er mit mir über die Zukunft sprechen will. Dass er mich nicht gehenlassen will!

Und ... Ich liebe ihn.

Aber ...

Die Erinnerung an das zerschundene und zerschlagene Gesicht meiner Mutter, als ihre Lebenserhaltung abgeschaltet wurde, verfolgt mich jetzt. Die Erinnerung an ihre Verletzungen an dem Tag, als sie nach Hause kam und mir sagte, dass Dad gestorben sei und wir umziehen müssten.

Die Jahre des Weglaufens, der frühmorgendlichen Fluchten von wo auch immer wir lebten. Buchstäblich in einer neuen Stadt aufzuwachen.

Ich kann nicht den Tod von einer weiteren Person auf dem Gewissen haben. Nicht, wenn ich mir sicher bin, dass Mom wegen mir getötet wurde.

Wir sind wegen *mir* geflohen.

Weil sie versucht hat, *mich* zu beschützen.

Und ich bin jetzt überzeugt davon, dass es sie getötet oder etwas mit ihrem Tod zu tun hatte. Es ist offensichtlich mehr als nur ein Geist, denn die Wärmebild-Aufnahme zeigt einen Umriss. Vielleicht hat dieses Hundeding sie gefunden und sein Besitzer ist ihm gefolgt und hat sie getötet. Komisch, dass die Polizei keinerlei Beweise an ihr finden konnte. Sie sagten, die DNA würde keinen Sinn ergeben. Dass es eine verunreinigte Probe war.

Scheiße. Ich trage immer noch mein Club Toxic-T-Shirt und meine Jeans.

Ich krame ein schlichtes schwarzes Trägeroberteil aus meiner Reisetasche und ziehe mich um. Dann binde ich meine Haare zu einem Pferdeschwanz zusammen und setze eine Baseballkappe auf, die ich schon seit Toronto habe. Schließlich fülle ich meinen Tank mit einer der Prepaid-Kreditkarten auf. Nachdem ich kurz zur Toilette gegangen bin, kaufe ich mir noch einen Beutel Eiswürfel für die Kühlbox, zwei große starke schwarze Kaffees, ein paar Käsestangen und drei große Flaschen Wasser. Ich schließe eines meiner Ersatz-Wegwerfhandys am Ladegerät meines Wagens an und lasse es sich aufladen. Zwanzig Minuten später sitze ich wieder in meinem Geländewagen und bin bereit abzufahren.

Außer …

Dex.

Ich habe nicht einmal meine Schlüssel abgegeben.

Nicht für den Club oder für meine Wohnung. Ich bin einfach …

Abgehauen.

Ich schnappe mir mein Handy und versuche, eine Kurznachricht an Dex zu schreiben. Aber mir fällt nichts ein. Wie soll ich meine Gefühle und Ängste in einer SMS ausdrücken?

Ich kann es nicht. Nicht wirklich.

Aber ich kann weder ihn noch die Wandler noch irgendjemand anderen diesem … *Ding* aussetzen. Was auch immer es ist. Es ist schön und gut für Garrett zu sagen, dass sie mit Dexter Seite an Seite stehen werden, um dagegen zu kämpfen. Aber was, wenn es nicht bekämpft werden kann?

Was, wenn sie alle sinnloserweise wegen mir sterben?

Was ist, wenn Kinder wegen mir in Gefahr geraten? Was ist, wenn es mich bis zu meinem Wohnhaus verfolgt und dort jemandem etwas tut?

Das kann ich nicht riskieren.

Ich *werde* es nicht riskieren.

Ich atme zitternd ein und schreibe.

Es ist zurückgekommen. Es tut mir leid, aber ich werde weder dich noch sonst jemanden in Gefahr bringen.

Ich lese die Nachricht noch einmal, bevor ich schließlich auf Senden drücke. Ich möchte gern mehr hinzufügen, aber vielleicht ist es besser, wenn ich es nicht tue.

Abschiede schmerzen schon genug, ohne dass ich ein *Ich liebe dich* hinzufüge, welches er vielleicht oder vielleicht auch nicht erwidert.

Ich schicke Lucius ebenfalls eine Nachricht.

. . .

ICH HABE es heute Morgen vor dem Club gesehen. Dex hat bereits geschlafen. Es tut mir so leid, aber ich muss gehen. Ich will euch nicht alle in Gefahr bringen. Ich danke dir und Selene für eure Güte mir gegenüber und für alles, was ihr für mich getan habt. Ich werde euch alle vermissen.

TRÄNEN STRÖMEN ÜBER MEIN GESICHT, als ich mein Telefon ausschalte und es in meine Reisetasche stecke. Ich bin nicht dumm genug, Garrett oder Amber zu schreiben. Sie sind beide wach und es würde mich nicht überraschen, wenn Garrett Männer losschicken würde, um nach mir zu suchen. Oder seinen Vater in Phoenix anruft und ihn bittet, Männer nach Mesa zu schicken, um mich abzufangen, wenn ich mein Postfach erreiche. Ein Typ aus dem Rudel seines Vaters betreibt diesen Laden.

Nein, ihnen zu schreiben, kann warten, bis ich weit genug aus dem Gebiet entfernt bin, dass meine Spur erkaltet ist und sie verlangsamt werden.

Dann verlasse ich den Rastplatz und fahre in Richtung Mesa. Wohin ich von dort aus weiterfahre …

Das weiß ich noch nicht.

Ich wünschte, es gäbe einen Weg, meinen Vater aufzuspüren, sollte er wirklich noch am Leben sein. Vielleicht hat er Antworten auf meine Fragen.

Im Moment weiß ich nur, dass ich so viel Abstand wie möglich zwischen mich und Tucson bringen muss, bevor es dunkel wird, damit dieses Ding Dex und alle anderen hoffentlich in Ruhe lässt.

Bitte lass es sie in Ruhe lassen.

DEXTER

MIR IST VAGE BEWUSST, wie sich Eilidh im Zimmer bewegt, als sie sagt, sie müsse ihre Sachen von oben holen. Ich bin offensichtlich viel erschöpfter, als ich dachte, denn ich werde vom Schlaf übermannt und schlafe viel länger, als ich es normalerweise tue.

Als ich an diesem Abend jedoch um kurz nach sechs aufwache, stelle ich fest, dass ich dummerweise vergessen habe, mein Handy an das Ladegerät anzuschließen. Der Akku ist leer.

Mir fällt außerdem auf, dass ich allein in der Suite bin. *Hmm.*

Oh, Moment, es ist ja Samstag. Ja natürlich. Und Eilidh hat mich gewarnt, dass sie möglicherweise vor mir aufstehen muss, um ihre Schicht zu beginnen. Der Club öffnet um sieben und sie ist Teil des Managements. Offensichtlich arbeitet sie schon.

Ich gehe ins Bad und stecke mein Telefon ins Ladegerät. Es wurde auch gestern nicht vollständig aufgeladen und ich habe den Akku bereits fast geleert, als ich im Schrank war.

Zumindest muss ich mir heute darüber keine Sorgen machen.

Irgendwann im Laufe des Abends werde ich in mein Hotel zurückkehren müssen, um mir frische Kleidung zu holen. In der Zwischenzeit gehe ich schnell duschen und mache mich frisch. Ich entscheide mich für dieselbe Jeans, die ich anhatte, aber dieses Mal mit einem T-Shirt. Ich kann es kaum erwarten, meine Arme um mein Mädchen zu schlingen, sie zu halten und ihr einen Kuss zu geben.

Ich werde dafür sorgen, dass sie nicht mehr so für ihren Lebensunterhalt arbeiten muss. Wenn sie arbeiten will, kann ich ihr helfen, zu tun, was auch immer sie erreichen will. Sie kann studieren, wenn sie möchte. Sie kann meine Assistentin werden und mir helfen, das neue Kasino in Tucson zu führen. Oder sie kann ihr eigenes Geschäft eröffnen. Was auch immer sie will.

Die Möglichkeiten sind *buchstäblich* endlos.

Ich verspüre ein rauschähnliches Gefühl, wie ich es schon seit Jahrhunderten nicht mehr gefühlt habe. Ich fühle mich … *lebendig*.

Ich weiß, ich weiß.

Ich bin fast bereit, das Zimmer zu verlassen, als es an der Tür klopft. Ein Blick auf den Sucherbildschirm zeigt, dass Lucius draußen steht und grimmig aussieht.

Ich öffne die Tür. „Hey. Was ist los?"

Er stürmt herein. „Du gehst nicht an dein Telefon."

„Entschuldigung, der Akku ist im Laufe des Tages leer geworden. Ich habe es jetzt am Ladegerät." Kalter Schrecken erfüllt mich. „Was ist los? Was ist passiert?"

Er öffnet eine Nachricht und reicht mir sein Handy, damit ich sie lesen kann. „Ich habe schon mehrfach versucht, sie anzurufen", sagt er, während ich noch lese. „Ich habe Sprachnachrichten hinterlassen und ihr mehrere SMS geschickt. Sie antwortet nicht. Ich glaube, sie hat ihr Telefon ausgeschaltet."

Ich lese die Nachricht mehrmals, nur um sicherzugehen. „Das … Das kann nicht richtig sein." Ich gebe ihm sein Handy zurück und prüfe mein eigenes, aber es lässt sich immer noch nicht einschalten.

Ich widerstehe dem Drang, es in meiner Hand zu zerdrücken, denn das würde gar nichts bringen.

Dann sehe ich ihre Perücke.

Sie liegt immer noch auf der Kommode, wo wir sie vorhin abgelegt haben.

Sie geht nie ohne Perücke zur Arbeit.

Eine Mischung aus angsterfüllter Wut durchströmt mich. „Was zum *Teufel* ist passiert?“

„Das werden wir jetzt gleich herausfinden. Ich bin gerade erst angekommen. Komm mit.“

Er verschwimmt und ich folge ihm. Sekunden später sind wir oben im Büro des Clubs und schauen Theophilus über die Schulter, während er die Videoüberwachung von heute Morgen prüft. Er benutzt die Alarmkontrolle, um herauszufinden, wann die Tür zur Bürotreppe heute Morgen das letzte Mal geöffnet wurde, und arbeitet sich dann von dort aus zurück, um den Zeitpunkt genau zu bestimmen.

Kurz vor Sonnenaufgang.

Wir schauen uns die Videoübertragung von vor dem Nachtclub und dann vom Parkplatz im hinteren Bereich an. Wir sehen, wann Eilidh den Club durch die Vordertür verlassen hat, und beginnen mit der Rückverfolgung von dort.

Wir alle drei zucken fassungslos zurück, als wir sehen, wie der riesige Phantomhund über den Parkplatz läuft und am Audi herumschnüffelt, als hätte er ihn gewittert und wäre ihm dorthin gefolgt.

Theophilus hält das Video in einem Standbild an, das deutlich zeigt, wie das Tier zur Kamera aufblickt. Ein schwaches rotes Glühen ist in seinen Augen sichtbar. „Was zur heiligen *Kackbratze* ist *das* denn für ein Scheißding, Boss?“

„*Gwyllgi*“, flüstere ich fassungslos.

Denn *genauso* sieht es aus. Ich habe noch nie eins gesehen, aber natürlich habe ich die alten Mythen gehört.

Lucius schaut sich um und senkt die Stimme. „Sag zu *niemandem* auch nur *ein* Wort darüber. Ich werde die anderen informieren.“ Mit ‚den anderen‘ meint er seine Vampirmänner.

Das Biest ist auch auf der Infrarotaufnahme und der Wärmekamera schwach zu erkennen. Es ist definitiv … real. Sie hat es sich nicht eingebildet.

Auf der einen Seite erleichtert mich das, weil es bedeutet, dass sie die Wahrheit sagt.

Auf anderer Ebene erschreckt es mich, denn was zum *Teufel* ist das?

Lucius' Stimme klingt ruhig, aber ich weiß, dass er es überhaupt nicht ist. „Kannst du den gesamten Abschnitt der Aufnahme in allen drei Ansichten isolieren und speichern sowie mir ein paar eindeutige Screenshots schicken?"

„Sicher doch."

„Schicke sie mir per E-Mail."

„Schicken Sie sie mir bitte auch", füge ich hinzu.

Lucius nickt und klopft mir auf die Schulter. Er deutet mir an, ihm zu folgen. Ich tue es und wir gehen die Treppe hinunter und durch die Hintertür zum Auto hinaus. Lucius hockt sich auf den Boden und ich tue es ihm nach.

„Ich rieche nichts", sagt er. „Ich meine, nichts Ungewöhnliches."

Ich schnuppere. „Ich auch nicht." Obwohl die schwachen Spuren von Eilidhs Geruch mich dazu bringen, dass ich wütend werde und den Himmel anheulen will. Ich habe mir noch nie zuvor so sehr gewünscht, ein Wandler zu sein, wie in diesem Moment. Ich würde mich verwandeln und wütend auf etwas stürzen und es mit meinen Zähnen und Klauen in Stücke reißen, um mein Mädchen auf eine ursprüngliche und animalische Weise zu beschützen.

Ich *muss* sie finden.

Und zwar *sofort*.

Ich habe mein Handy und den Schlüssel für den Audi unten im Sicherheitsraum gelassen. Lucius lässt mich zurück in den Club und ich stürme hinunter, um meine Sachen zu holen. Ich nehme auch ihre Perücke mit. Ihr Geruch, der daran haftet, lässt mein Herz mit fast schmerzhaften Qualen zusammenziehen.

Ich brauche sie.

Er holt mich ein. „Wenn du irgendetwas brauchst, lass es mich bitte wissen. Männer, Ressourcen – egal was."

„Vielen Dank. Vielleicht ist sie noch in ihrer Wohnung." Das ist das Einzige, worauf ich hoffen kann.

„Ich bezweifle es. Und sie hat zwölf Stunden Vorsprung. Ich werde mich bei den anderen umhören, von denen ich weiß, dass sie in anderen Gegenden des Landes Kontakt mit ihnen hatte. Vielleicht hat sie sich nach irgendwelchen Jobs erkundigt."

„Danke."

„Wir *werden* sie finden", sagt er.

„Ja, aber werden wir sie finden, bevor dieses … *Ding* sie findet?"

„Ich werde diesen Aspekt ebenfalls erforschen. Vielleicht gibt es Hilfe in der alten Mythologie, aus der wir weitere Erkenntnisse gewinnen können."

„Danke."

Ich eile zum Audi und stecke mein Handy an das Ladekabel im Fahrzeug. Endlich hat es genug Saft, sodass ich es einschalten kann. Mein erster Anruf geht an Garrett Green und ich benutze den Freisprechmodus, während ich durch den Verkehr von Tucson rase.

„Hier spricht Dexter Van Sussex", sage ich, sobald er abhebt. „Hast du Eilidh heute gesehen?"

„Wen?"

Ich möchte mir selbst eine Ohrfeige geben. „Entschuldigung. Connie. Hast du Connie gesehen? Kannst du bitte für mich in ihrer Wohnung nachsehen? Schauen, ob sie da ist? Und sie dort *festhalten,* falls sie dort ist, bis ich ankomme."

Ich nehme ihm seinen knurrenden Ton nicht übel. „*Was* ist passiert?"

„Sie hat dieses Ding gesehen, dass sie gejagt hat. Es tauchte heute Morgen kurz vor Sonnenaufgang auf. Wir haben Videobeweise. Das Sicherheitssystem des Clubs hat es auf seinen Kameras aufgezeichnet."

„*Was?*"

„Ja. Und sie ist abgehauen."

„Was ist es?"

„Es ist …" Mein Telefon piept. Ich schaue hinunter und sehe, dass es eine Nachricht von Lucius mit Anhängen ist. „Besser gezeigt, als erklärt. Bitte geh nachsehen. Sofort."

„Ich bin schon auf dem Weg nach unten. Warte kurz." Wenn ich genau hinhöre, klingt es tatsächlich so, als würde er rennen.

Dann höre ich eine Reihe von donnernden Klopfgeräuschen, als würde er die Tür eintreten. „*Connie! Mach auf! Sofort!*" Eine weitere Reihe von Klopfgeräuschen. „Ich glaube nicht, dass sie hier ist. Ich kann sie nicht riechen. Zumindest nicht frisch. Nichts Warmes." Ich höre ihn wieder rennen, dann das Geräusch einer sich öffnenden Tür im Treppenhaus und noch mehr rennen. Schließlich öffnet sich eine weitere Tür. „Ihr Toyota ist weg, Dexter. Irgendeine Ahnung, wohin sie wollte?"

„Nein. Lucius will ein paar Anrufe tätigen und sehen, ob sie sich an jemanden gewandt hat." Ich bleibe an einer roten Ampel stehen und nehme mir einen Moment Zeit, um meine Nachrichten zu überfliegen.

In dem Moment finde ich eine von ihr. Sie wurde ungefähr zur gleichen Zeit verschickt wie die, die sie an Lucius geschrieben hat.

Scheiße.

Ich widerstehe dem Drang, das Telefon durch die Windschutzscheibe zu schleudern.

„Ich werde mir die Überwachungsaufnahmen von der Lobby heute Morgen besorgen und herausfinden, wann sie abgehauen ist. Vielleicht liefert uns das ein paar Hinweise."

„Vielen Dank. Ich stehe in deiner Schuld. Es müsste um den Sonnenaufgang herum gewesen sein. Nicht lange danach."

„Ich treffe dich in der Lobby, sobald du hier ankommst."

„Danke." Ich lege auf und biege bereits Minuten später mit dem Audi auf den Parkplatz. Ich schnappe mir mein Ladekabel und springe hinaus.

Garrett wartet bereits und hält die Tür für mich auf, während ich ins Haus rase. Er führt mich hinunter zum Büro des Managers, wo er die Tür aufschließt und ich ihm hineinfolge. „Was ist das Scheißding?"

Ich zeige ihm die Videos und Bilder auf meinem Handy und er stockt. Er reißt die Augen weit auf. „Heilige Scheiße. So etwas habe ich noch nie gesehen."

„Wir glauben, es ist ein *Gwyllgi*."

„Ein verfluchtes was?"

Ich erkläre die Mythen schnell.

„Okay. Also suchen wir nach einem Ding, das noch nie zuvor auf Video aufgenommen wurde und angeblich nicht existiert. *Großartig.*" Er setzt sich an einen Computer. „Wir speichern die Aufnahmen eines Monats auf der Festplatte."

„Kann Amber vielleicht etwas sehen?"

„Sie arbeitet bereits daran. Ich habe den General-schlüssel besorgt und sie in ihre Wohnung gelassen. Sie dachte, dass es vielleicht helfen würde, darin allein zu sein.“

Ich nicke. „Danke.“

Er sucht sich durch die Videoaufnahmen. „Was hast du Connie vorhin genannt? Hailey?“

„Eilidh. Das darf auch nicht wiederholt werden. Es ist ihr echter Vorname. Connie Doe ist ein Pseudonym. Es tut mir leid, das hätte mir nicht so rausrutschen dürfen.“

„Wir müssen ihren richtigen Namen und alle Daten kennen, damit ich Leute nach ihr suchen lassen kann. Wenn sie irgendwo die Grenze überquert und durch die Passkontrolle geht, haben wir einen Hinweis, wo sie als Nächstes hin will. Jackson Kings Gefährtin, Kylie, ist eine ganz außergewöhnliche Hackerin. Und wir haben auch einen ehemaligen CIA-Spion in unserem Rudel.“

Er dreht sich zu mir um. „Wir *werden* sie finden, Dexter. Du hast die nötigen Männer hinter dir und ganz gewiss genügend Geld. Ich kann nicht glauben, dass ich das sage, aber ich werde mich direkt mit Frangelico abstimmen, damit wir uns mit unserer Arbeit nicht überschneiden.“

„Danke.“ Kaltes Grauen erfüllt mich. „Ich weiß es wirklich zu schätzen.“

„Hey, sie gehört zum Rudel. Mehr oder weniger.“ Er schaut zu mir auf. „Oder ist sie jetzt Teil eines Nests?“

„Ich habe noch nicht von ihr getrunken. Wenn du fragst, ob wir Sex hatten, ja, hatten wir. Wir haben noch nicht über unsere Zukunft gesprochen. Unter uns gesagt, will ich sie gar nicht verwandeln. Ich habe Angst, dass sie den Prozess nicht überlebt. Aber sie gehört mir. Und wenn sie mich niemals von sich trinken lässt, ist das auch in Ordnung.“

Er dreht sich zu mir um. „Wie kann *das* möglich sein?“

„Im Gegensatz zur landläufigen Meinung ist es nicht erforderlich. Genauso wie es unter Wandlern nicht erforderlich ist, sich mit dem Paarungsbiss zu verpaaren, um den anderen zu lieben und mit ihm zusammen zu sein."

„Touché." Er konzentriert sich wieder auf die Aufnahmen und findet sie schließlich. Im Schnelldurchlauf durch die Kamerabilder der Lobby sehen wir, wann sie fertig war und wegfuhr. „Sieht aus, als wäre sie vielleicht in Richtung Westen gefahren."

„Aber das heißt nicht, dass das ihre endgültige Richtung ist."

„Nein, aber ich wette, sie ist nach Mesa gefahren, um ihren Briefkasten dort zu schließen." Er macht einen Telefonanruf und hat kurz darauf die Bestätigung. „Einem Mitglied des Rudels meines Vaters gehört der Laden. Er hat bestätigt, dass sie heute Morgen reingekommen ist und die Postbox gekündigt hat. Er hat jedoch keine Ahnung, in welche Richtung sie gefahren ist. Sie hat keine Nachsendeadresse hinterlassen. Er wird ein Auge auf alles behalten, was von der offiziellen Post über eine Adressänderung oder Nachsendung im System hereinkommt. Wir haben auch ihr Nummernschild. Wenn sie versucht, ihr Autokennzeichen zu ändern, wird es das im System anzeigen. Dafür wird sie ihren Connie Doe-Namen verwenden müssen, denn das ist der Papierkram, den sie dafür hat."

„Danke." Ich lasse mich gegen die Wand sinken, halte mein Telefon in der Hand und fühle mich …

Nutzlos.

Ich fühle mich, als sollte ich etwas tun, irgendetwas.

„Lass uns nachsehen, ob Amber irgendetwas herausfinden konnte."

Wir nehmen die Treppe und der einzige Grund, warum ich nicht verschwimme und ihn auf dem Weg hinauf überhole, ist der, dass ich weder Amber noch andere Bewohner im Haus, denen wir begegnen könnten, erschrecken will, indem ich vorauseile.

Amber sitzt auf dem Bett, das immer noch aufgeklappt ist. Sie hat die Augen geschlossen und drückt ihre Hände auf beiden Seiten flach auf die Matratze. Eilidhs Möbel sind noch da, aber alles andere ist weg, und es fühlt sich leer an.

Schlimmer noch, ich kann den Horror riechen, den Eilidh spürte, während sie eilig packte.

Wir unterbrechen Amber nicht.

Nach ein paar Minuten öffnet sie endlich die Augen und schüttelt traurig den Kopf. „Nichts. Sie weiß noch nicht einmal selbst, wo sie hinwill. Alles, was ich empfangen kann, ist Panik. Ich werde es später noch einmal versuchen. Vielleicht weiß sie es dann und ich kann es sehen."

„Wie weit könnte sie es in zwölf Stunden schaffen?", frage ich. „Wir wissen doch, wann sie den Postfachladen verlassen hat, oder? Können wir einen eindeutigen Radius markieren und damit anfangen?"

Garrett fährt sich mit der Hand durch die Haare. „Lass mich Jackson und Kylie anrufen und die Dinge von unserer Seite aus in die Wege leiten. Du rufst Lucius an und fragst, was er herausgefunden hat."

Ich stecke mein Telefon an das Ladegerät und rufe Lucius an, um ihn auf den neuesten Stand zu bringen. „Ich habe noch nichts herausgefunden", sagt er. „Aber ich habe angefangen, herumzutelefonieren, und werde es auch weiterhin tun. Bitte sage Garrett, dass er Jackson King meine Kontaktdaten geben kann, damit wir uns abstimmen können."

Ich schlucke den ersticken Schrecken hinunter, der in meiner Kehle aufsteigen will, und nicke, obwohl er mich nicht sehen kann. „Danke."

„Wir *werden* sie finden, Dexter. Ich muss zugeben, dass ich ihr eine Entschuldigung schulde."

„Warum?"

„Weil ich ehrlich dachte, dass sie es sich vielleicht einbildet oder ihre Angst übertreibt. Aber jetzt …" Er seufzt. „Sagen wir einfach, ich kann jetzt vollkommen verstehen, warum sie wegläuft. Wäre ich ein Mensch, würde ich wahrscheinlich das Gleiche tun."

„Dito", sagt Garrett von dort, wo er mit seinem Handy steht. Ich drehe mich um und stelle fest, dass er mich ansieht. Mir wird bewusst, dass sein sensibles Wandlergehör, genau wie mein Vampirgehör, Lucius deutlich verstanden hat.

Ich habe keine Ahnung, was ich jetzt tun soll, aber Lucius spricht weiter. „Fahre in dein Hotel zurück, melde dich bei deinen Männern und sammelt euch. Dann kommt hierher zurück. Parke wieder hinten und benutze den Code 1852, um die Hintertür und die Bürotür zu öffnen. Wir werden das Büro zu unserem Einsatzraum machen. Du kannst auch Garrett den Code mitteilen. Er und seine Gefährtin dürfen ihn benutzen, während das hier alles läuft. Ich werde meine Leute informieren, um sicherzustellen, dass sie beide sicher durchgelassen werden. Ich garantiere persönlich für ihre Sicherheit, während sie sich in unserem Territorium aufhalten."

„Ja, ich habe ihn gehört", sagt Garrett zu mir, als er das Gespräch beendet, dass er selbst geführt hat. „Danke, Frangelico", ruft er. Ich schalte das Telefon jetzt auf Lautsprechermodus.

Lucius lacht leise. „Wer hätte gedacht, dass es einen besonderen kleinen Menschen braucht, um unsere beiden Fraktionen so vollkommen zu vereinen. Mit einem gemeinsamen Ziel der Brüderlichkeit?"

„Das kannst du laut sagen", sagt Garrett.

„Sobald sie wieder sicher bei Dexter ist", sagt Lucius, „werde ich dir ein Getränk spendieren. Deine Wahl."

Garrett sieht mir in die Augen. „Bis dahin halten wir uns mit den Trinksprüchen lieber zurück. Dann haben wir sowieso noch ein anderes Problem, um das wir uns kümmern müssen.“

„Das Kasino-Projekt?“

„Nein“, sagt Garrett. „Ich will wissen, was dieses *verdammte* Ding ist und wie wir es verdammt noch mal loswerden, damit es nicht wiederkommt.“

27

Eilidh

Ich leere mein Postfach und melde es ab, mache mir aber nicht die Mühe, eine Nachsendeadresse zu hinterlegen, denn – Achtung Spoiler-Alarm – ich habe nicht nur keine, sondern ich bin auch *nicht* dumm.

Dexter oder Garrett oder einer ihrer Männer würde ohne Zweifel dort sitzen und auf mich warten, wenn ich das erste Mal dort auftauche, um meine Post abzuholen.

Irgendwann werde ich in einen Postnachsendedienst investieren müssen. Im Moment bezieht sich die einzige Post, die ich dort erhalte, auf meine Einkommenssteuer und das lässt sich leicht ändern, indem ich mich online einlogge und es selbst erledige.

Nachdem ich den Briefkasten geleert habe, verlasse ich die Gegend und besorge mir in Scottsdale Benzin und Mittagessen sowie einen brandneuen Trucker-Atlas für Nordamerika.

Das Problem, wenn man aus dieser Region kommt,

besteht darin, dass man von hier aus nicht einfach wegfahren kann. Zwischen der Wüste und den Bergen gibt es nicht viele Hauptverkehrsstraßen in dieser Gegend. Ich weiß, dass es für die Wölfe zu einfach wäre, ihre Biker auf den Hauptverkehrsadern auf die Suche nach mir zu schicken. Und sie würden mich wahrscheinlich auch einholen, wenn ich darauf bleibe.

Der einzige Vorteil, den ich im Moment habe, ist Zeit. Lucius und Dexter haben meine SMS höchstwahrscheinlich noch nicht erhalten, was bedeutet, dass Garrett es noch nicht weiß.

Aber warum sollte ich es ihnen leichter machen?

Ich streiche sofort die offensichtlichen Optionen – die I-10 nach Westen, die I-17 nach Norden und die US93 nach Nordwesten. Ich habe kein Verlangen danach, nach Los Angeles, Las Vegas, Flagstaff oder in den Süden nach Mexiko zu fahren. Was das angeht, ist mein Spanisch sowieso viel zu schlecht.

Während ich meinen Kaffee trinke, sehe ich mir andere Optionen an und entscheide mich vorerst für den Nordosten. Ich werde auf die I-40 fahren und Albuquerque kurz vor Einbruch der Dunkelheit erreichen. Das sind etwa sieben Stunden Fahrt.

Und von dort aus?

Nun, ich werde ein paar Telefonate führen können, um meine nächsten Schritte zu entscheiden. Aber Albuquerque ist groß genug, sodass ich mich dort über Nacht verstecken kann. Soweit ich weiß, gibt es dort keine Vampirnester. Ich bin mir sicher, dass die Wölfe dort wahrscheinlich Leute haben, die sie kennen, aber ich selbst kenne niemanden persönlich.

Jetzt habe ich einen Plan. Ich gehe noch einmal zur Toilette, kaufe nur für alle Fälle ein paar Liter Frostschutzmittel und noch einige Liter Trinkwasser. Ein paar weitere Snacks und dann fahre ich los.

Trotz meiner Nervosität verläuft die Fahrt ohne Probleme. Ich finde schnell ein Hotelzimmer in einem belebten Stadtteil, der weit genug von der Interstate entfernt ist, sodass ich problemlos für die Nacht anhalten kann.

Und ich muss für die Nacht anhalten. Ich bin erschöpft. Ich kann meine Augen nicht mehr offenhalten.

Ich mache mir auch nicht die Mühe, mein Telefon einzuschalten. Ich weiß, dass es voll von SMS von Dexter, Lucius, Garrett und allen anderen sein wird. Ich will Garrett und Amber gern eine SMS schicken, aber wenn Dexter ihnen nicht schon gesagt hat, was los ist, will ich es verdammt noch mal nicht zugeben müssen. Ich will auch nicht, dass es irgendeine Möglichkeit gibt, das Telefon zu orten und mich zu lokalisieren.

Zum Glück für mich bin ich schlauer als der Durchschnitt und speichere alle meine Kontakte in Google Contacts, damit ich sie stets abrufen kann.

Und darauf greife ich von meinem Laptop aus auch zu, um ein paar Nummern zu finden, die ich brauche. Ich synchronisiere eins der billigen Wegwerfhandys mit meinen Kontakten und zehn Minuten später weiß ich, was ich weiter plane. Aber ich muss vor dem Morgengrauen aufstehen, um noch ein paar späte Telefonate zu führen. Wenn ich mich zu früh melde, könnte jemand Lucius und Dexter einen Tipp geben und sie hätten Zeit, Leute zu mobilisieren, um nach mir zu suchen.

Also dusche ich und stelle alle Wecker, die ich stellen kann, verschanze die Tür mit einem Stuhl und schlafe zögerlich ein.

Leider sind meine Träume eine Mischung aus Albträumen darüber, dass ich Dexter an meinen Phantomhund verloren habe und dass er Lucius und die anderen angreift und Garrett und Amber und …

Ich sitze schlagartig kerzengerade im Bett, als der erste meiner Wecker losgeht.

Verdammter Scheißdreck.

Es ist 3:27 Uhr am Morgen und Zeit für mich, mich fertigzumachen.

Ich benutze die billige Kaffeemaschine des Hotelzimmers, um mir eine Tasse zu brühen, während ich zum Aufwachen dusche. Nachdem ich sicher in meinem 4Runner sitze, tätige ich den ersten meiner Anrufe.

Die ersten beiden Leute haben bereits von Lucius gehört. Also bedanke ich mich freundlich bei ihnen und lege auf, ohne um Hilfe zu bitten. Sie waren einen Versuch wert, aber meine dritte Option sollte etwas sicherer sein.

Ich schalte das Wegwerfhandy aus und lege es beiseite. Ich bin mir sicher, Lucius oder Garrett werden versuchen, mich über diese Nummer aufzuspüren und herausfinden, dass ich hier bin.

Das ist in Ordnung, denn bis sie dies schaffen, bin ich bereits weit weg.

Ich hole das nächste Wegwerfhandy heraus, das ich über Nacht aufgeladen habe, schalte es ein und importiere meine Kontakte. Ich muss ihnen immer nur einen Schritt vorausbleiben, mein Ziel erreichen und dort verharren, bis Dexter, Lucius und Garrett mich alle vergessen haben und ihre Leben weiterleben.

Der dritte Telefonanruf …

Wie vermutet, hat Neimus nichts von Lucius gehört. Und auch nicht von Dexter.

Oder von Garrett.

Und zum Glück hat Neimus eine Empfehlung für mich und verspricht, niemandem zu verraten, dass ich angerufen habe, sollten sie ihn kontaktieren und nach mir suchen. Er ist damit einverstanden, dass ich für den nächsten Anruf, den ich nun tätigen muss, einen anderen Decknamen als Referenz verwende, damit Lucius und Dexter mich nicht aufspüren können, sollten ihre Nachforschungen so weit führen.

Ein weiterer Anruf und ich habe ein Ziel und einen Kontakt für einen Job.

Es spielt keine Rolle, dass ich mir dabei mein eigenes Herz herausgerissen habe, als ich endlich anfing, mich wie zu Hause zu fühlen und eine erweiterte Familie zu haben. Sozusagen.

Das Wichtigste ist, dass ich sie alle beschützen kann, indem ich mich so schnell wie möglich von ihnen entferne.

Ich fange an zu weinen, als ich wieder losfahre. Denn jeder Kilometer, den ich fahre, ist ein weiterer Kilometer weg von Dexter. Und ich spüre, dass es ein weiterer Kilometer weg von dem einzigen Mann ist, den ich jemals wirklich lieben werde. Ein Mann, dessen Herz ich wahrscheinlich gerade breche, und ich hasse mich dafür.

DEXTER

EILIDH ANTWORTET NICHT auf meine SMS oder meine Anrufe. Ihre Mailbox füllt sich schnell. Sie hat ihr Telefon wahrscheinlich ausgeschaltet und wird es auch nicht wieder einschalten.

Sie hat noch nicht einmal ein Bankkonto. Wer hat heutzutage kein Bankkonto? Kreditkarten? Wie überlebt sie? Sie muss einen riesigen Vorrat an Bargeld und Prepaid-Karten haben, um so lange durchzuhalten.

Ich *werde* ihr dafür den Arsch versohlen, wenn ich sie

wiederfinde. Dafür, dass sie es mir so schwergemacht hat, sie zu finden.

Es sind nun drei Tage seit Eilidhs Verschwinden aus Tucson vergangen und ich bin mir nicht sicher, ob mir Lucius oder Garrett mehr den Tod wünschen, weil ich sie ständig nach Neuigkeiten frage. Ich kann nicht klar denken, wenn ich nicht weiß, ob sie in Sicherheit ist oder nicht.

In den letzten achtundvierzig Stunden gab es überhaupt kein Zeichen von ihr, außer dass zwei von Lucius' Kontakten zurückberichteten, dass sie sie angerufen hat. Aber sobald sie zugaben, dass Lucius sie bereits kontaktiert hatte, um nach ihr zu suchen, hatte sie sich bedankt und einfach aufgelegt.

Von einem Wegwerfhandy aus. Welches sie jetzt bereits nicht mehr benutzt, weil es nicht weiter als bis nach Albuquerque zurückverfolgt werden kann. Garrett hat Männer losgeschickt, um nach ihr zu suchen, aber sie hatte einen zu großen Vorsprung. Ich habe Männer losgeschickt, die nach ihr suchen. Wir alle haben Leute, die nach ihr suchen.

Sogar Jackson Kings Gefährtin und ihre Hacker-Freunde konnten nicht den kleinsten Hinweis auf Eilidhs Aufenthaltsort herausfinden. Die E-Mail-Adresse, die Lucius und Garrett für Eilidh hatten, wurde schon seit über einer Woche nicht mehr geprüft. Es ist wahrscheinlich auch eine Tarnadresse. Es waren auch keine Kontakte damit verknüpft, die Kylie hätte durchsuchen können.

Mein wunderschönes, brillantes Mädchen ist leider viel zu geschickt darin, ihre Spuren zu verwischen. In der Zwischenzeit verbringe ich meine Nächte damit, zum Club Toxic zu fahren, hinauf ins Büro zu gehen und alle Informationen durchzugehen, die wir zusammentragen können. Lucius' Konferenzraum ist jetzt meine Operationsbasis.

Dort sitze ich mit geschlossenen Augen und versuche zu denken, als Lucius wieder einmal versucht, mir zu helfen.

„Was ist, wenn sie sich entschieden hat, nach Großbritannien zurückzukehren? Vielleicht glaubt sie, dass sie dort sicher wäre? Vielleicht ist sie in Wales?"

Ich fange gerade an, mit ihm zu diskutieren, als etwas in meiner Erinnerung auftaucht und ich die Augen weit aufreiße. „*Scheiße!*"

„Was?"

Ich öffne meinen Laptop und benutze Google Earth, um nach etwas zu suchen. Nachdem ich die Schreibweise bestätigt habe, lasse ich eine Suche laufen …

Und dann habe ich dummerweise eine Antwort, von der ich keine Ahnung habe, wie sie in den Rest des Puzzles passen könnte. „Das ist es!"

Lucius zieht am anderen Ende des Konferenztisches eine Augenbraue hoch. „Was? Weißt du, wo sie ist?"

„Nein! Aber ich weiß, was die Symbole auf ihrem Ring bedeuten!" Ich drehe meinen Laptop herum und zeige es ihm. „Es sind die gleichen Symbole, die in einen kreisförmig angeordneten Ring von Steinen in Wales in den Felsen gekratzt sind!"

Lucius zieht die Stirn in Falten und sein Blick verfinstert sich. „Nun, das ist interessant, aber ich verstehe nicht, was es damit zu tun hat, sie zu finden."

„Du und ich sind uns doch einig, dass das verdammte Ding ein *Gwyllgi* ist, oder?"

„Ich meine, ich weiß nicht, was es ist, aber die Beschreibung passt auf jeden Fall."

„*Gwyllgis* stammen ursprünglich aus Wales. Wenn ich herausfinde, wo das Ding herkommt, kann ich *sie* vielleicht auch lokalisieren. Und das hat vielleicht etwas mit ihrem Ring zu tun." Ich schnappe mir mein Handy und rufe

John und Mark an, damit sie den Jet so schnell wie möglich für den Abflug nach Wales bereitmachen. Als ich auflege, fange ich an, meine Sachen zusammenzusammeln. Aber Lucius hält mich auf. „Bist du dir sicher, dass du das machen willst? Solltest du nicht in der Nähe bleiben, für den Fall, dass wir sie ausfindig machen?"

„Hör zu, das hier *ist* wichtig. Wenn ich sie finde, ist es ja nicht so, dass ich sie bezirzen und zurückschleppen kann. Sie wird einfach wieder wegrennen, wenn dieses Ding wieder auftaucht. Es *aufzuhalten*, was auch immer es ist, und herauszufinden, ob es uns überhaupt schaden kann, ist genauso wichtig, wie sie zu *finden*. Nicht wahr?"

Er sieht zwar nicht überzeugt aus, aber er nickt schließlich. „Ich schätze, damit hast du recht."

Während ich zu meinem Hotel zurückkehre, um mich mit meinen Männern zu treffen, bete ich, dass ich recht habe. Denn ich muss sie finden.

Aber eines ist noch wichtiger. Wenn ich sie schließlich gefunden habe, muss ich in der Lage sein, sie zu halten.

Und das wird nicht möglich sein, bis wir *diesen* Teil ein für alle Mal geklärt haben.

28

Dexter

IN DER PRIVATKABINE meines Jets habe ich viel Zeit, um über meine Situation nachzudenken. Die Rückkehr nach Großbritannien ist für mich immer eine melancholische Erfahrung, selbst in den besten Zeiten und unter den besten Umständen. Es ist ein weiterer Grund, warum ich mich entschlossen habe, in die USA umzuziehen, als ich wusste, dass es an der Zeit war, mein Leben weiterzuleben.

Es entbehrt nicht einer gewissen Ironie, dass ich vor weniger als zwei Wochen dachte, ich würde bald das letzte Mal nach Großbritannien reisen, um mich von meiner alten Liebe zu verabschieden und dem Sonnenaufgang entgegenzutreten.

Aber dann dachte ich, ich könnte mit Eilidh hierherkommen, um zu sehen, wo sie in Cardiff aufgewachsen ist, und um ihr Schottland zu zeigen.

Und jetzt?

Jetzt kehre ich dorthin zurück, um nach Antworten zu suchen. Und ich *werde* sie bekommen.

Ich habe in Großbritannien Leute vor Ort, die Bibliotheken, Museen und Universitäten nach weiteren Informationen über den fraglichen Steinkreis durchforsten. Es gibt zwei ähnliche mit ähnlichen Markierungen, aber von den dreien ist dieser im Besonderen der Einzige mit genau diesen Markierungen, die mit denen auf Eilidhs Ring übereinstimmen.

Es ist keine Sprache an sich und niemand hat je herausgefunden, was die Symbole bedeuten. Wie so viele Symbole aus dieser Periode der Geschichte gingen die Bedeutungen im Nebel der Zeit verloren.

Auf den anderen beiden Steinkreisen sind die Markierungen ähnlich, aber etwas anders. Niemand weiß, was sie bedeuten. Niemand weiß mit Sicherheit, wofür die Steinkreise verwendet wurden, obwohl die heute geläufige Vermutung wie immer die ist, dass sie irgendeinen rituellen Ort darstellen.

Trotzdem kann es kein Zufall sein, dass das einzige Mal, dass ich diese Markierungen repliziert gefunden habe, die auf ihrem Ring sind, und sie stammt außerdem aus Wales.

Vierundzwanzig Stunden nach meiner Abreise aus Tucson stehe ich mit John und Mark vor dem Steinkreis in Wales nicht weit von Cardiff entfernt und starre auf die Markierungen, die genau denen auf Eilidhs Ring entsprechen. Dieser Ort hat *etwas* an sich, aber ich weiß nicht, was es ist.

Und wir sind immer noch nicht näher dran, Eilidh ausfindig zu machen, oder herauszufinden, was es ist, das sie verfolgt, oder wie das alles mit diesem Steinkreis zusammenhängt.

Mark kniet sich neben einen der Steine und zeichnet

die Symbole mit den Fingern nach. „Vielleicht ist ihr Ring Teil eines Rituals, das hier durchgeführt wurde?"

„Was war die Mondphase in der Nacht, in der sie das Ding gesehen hat?", fragt John, während er Informationen auf seinem Tablett durchsucht. „Aufgestellte Steinkreise waren häufig auf die Sonnenwenden und Tag- und Nacht-gleichen ausgerichtet. Vielleicht wird dieser von einer Mondphase ausgelöst?"

Ich krame mein Handy hervor und schaue nach. „Die Nacht des Vollmonds."

„Wissen wir, zu welchen anderen Zeiten sie das Ding gesehen hat?", fragt Mark.

„Nein." Ich gehe durch die Mitte des Steinkreises und …

Lasse mich auf meine Hände und Knie fallen und senke mein Gesicht, bis es fast den Boden berührt.

Es ist, als ob ich die schwächste Spur von … *etwas* riechen kann.

Nicht von ihr, aber … etwas *Seltsames*.

Vielleicht etwas, das nicht von dieser Welt ist.

Eine Gänsehaut steigt an meinem ganzen Körper auf und das ist verdammt sicher etwas, das seit weit über tausend Jahren nicht mehr passiert ist.

„Was ist los, Sir?", fragt Mark.

„Ich weiß es nicht. Vielleicht nichts." Ich stehe auf und schaue zum abnehmendem Mond hinauf.

Verrate mir deine Geheimnisse, verdammt noch mal.

Noch vor dem Morgengrauen des nächsten Tages bin ich sicher in meinem Anwesen in Schottland und schlafe in einem Bett ein, von dem ich mir nie erträumt hätte, dass ich jemals wieder allein darin schlafen würde.

Nicht, nachdem ich Eilidh getroffen hatte.

Es gibt immer noch kein Zeichen von ihr und ich versuche, mir einzureden, dass das nur daran liegt, dass sie so gut darin ist, sich zu verstecken, und nicht daran, dass ihr etwas zugestoßen ist.

Es gibt keinerlei Aufzeichnungen dafür, dass sie einen ihrer Pässe zum Verlassen des Landes benutzt hat. Keine Hinweise darauf, dass sie Flüge, Züge oder Busse benutzt hat.

Nichts.

Als wäre sie von der Erdoberfläche verschwunden. Sie könnte Kurse im Untertauchen unterrichten. Sogar der ehemalige CIA-Spion, der sich Garretts Rudel angeschlossen hat, hat ihre Fähigkeit zu verschwinden in den höchsten Tönen gelobt.

Vielleicht kann sie ja, sobald ich sie gefunden habe, neuen Vampiren Lektionen darin geben, wie man unentdeckt bleibt.

Ich hingegen werde ihr *ordentlich* den Hintern versohlen, wenn ich sie endlich wieder in die Finger bekomme.

Ich werde eine ganze Nacht damit verbringen, sie zu fesseln und sie sich unter meinen Händen winden und darum betteln zu lassen, endlich zu kommen.

Und dann versohle ich ihr den Arsch erneut.

Ich *muss* daran glauben, dass sie in Sicherheit ist. Wenn ich zulasse, dass meine Gedanken an dunklere Orte abdriften, ist es zu einfach, in Depressionen zu versinken. Und das will ich nicht tun.

Ich *muss* sie in Sicherheit wissen.

Ich *brauche* sie.

Kylie und ihre Hacker-Freunde haben damit angefangen, die Bilder der Verkehrskameras in und um Albuquerque zu durchforsten und zu versuchen, mithilfe von Bilderkennungssoftware herauszufinden, ob sie ihr Nummernschild auf irgendwelchen Aufnahmen entdecken können. Sie suchen nach einem Hinweis darauf, in welche Richtung sie gefahren ist.

Aber es ist ein verdammt großes Land.

Wir werden auch benachrichtigt, wenn sie eine der beiden Telefonnummern benutzt, von denen wir wissen – diejenige, die sie früher benutzt hat und diejenige, von der sie die beiden Anrufe getätigt hat. Zweifellos trägt sie mehr als ein Wegwerftelefon bei sich und hat es sofort ausgetauscht, sobald sie wusste, dass Lucius mit den beiden Personen, die sie anrief, bereits gesprochen hatte.

Kluges, kluges Mädchen.

Emmett Green, Garretts Vater, hat angeboten, ein paar Gefallen einzufordern und die Polizei eine Fahndung nach ihr und ihrem Fahrzeug herausgeben zu lassen, aber das ist nur der letzte Ausweg. Mir wäre es lieber, wenn Eilidh nicht auf dem offiziellen Radar auftauchen würde, wenn es möglich ist. Es könnte uns später auf unerwartete Weise in den Arsch beißen.

Außerdem hat sie keine Gesetze gebrochen. Technisch gesehen. Ich meine, den gefälschten Ausweis zu benutzen und ihr Nummernschild darauf ausstellen zu lassen, verstößt zwar gegen das Gesetz, ja, aber es ist ein Verbrechen ohne Opfer.

Oder vielleicht hat sie dich auch nicht wirklich geliebt, Arschloch.

Diese Möglichkeit besteht auch. Dass ihr alles zu schnell ging, sie Angst bekam und dies der perfekte Zeitpunkt für sie war, zu verschwinden.

Ich habe Garrett dafür bezahlt, dass er Eilidhs Wohnung freihält und sie so belässt wie sie ist, damit Amber weiter versuchen kann, sie von dort aus zu orten.

Bis jetzt ohne Erfolg.

Sie besteht jedoch darauf, dass Eilidhs Vater lebt. Und das Eilidh und ich am Ende zusammenkommen werden.

Dass sie am Leben und in Sicherheit ist.

Am Steinkreis gibt es heute Abend keine Geheimnisse aufzudecken. Ich werde ein paar Leute hierbehalten, die

den Kreis beobachten und mithilfe von Fernkameras überwachen. Wenn sie etwas aufschnappen, wird das vielleicht
einen Hinweis liefern.

Das Einzige, was ich jetzt tun kann, ist abzuwarten, bis
wir einen Hinweis darauf finden, wo sich Eilidh aufhält. Es
sei denn, wir entdecken weitere Anhaltspunkte über den
Steinkreis.

Leider ist das Warten eine Fähigkeit, in der ich viel
Übung habe.

Das macht es mir jedoch nicht leichter. Besonders,
wenn meine Seelenverwandte irgendwo dort draußen ist
und ich keine Ahnung habe, wo, oder ob sie in Gefahr
schwebt.

Eines Abends sechs Wochen später sitze ich auf dem
Boden in Schottland vor dem dritten der aufgerichteten
Steinkreise, als mein Handy klingelt.

Meine Hoffnung steigt, als ich sehe, dass es eine
Tucson Nummer ist, die weder zu Lucius noch zu Garrett
gehört.

„Dexter Van Sussex."

„Hallo. Hier spricht Kylie."

Kylie King, Hacker-Expertin. Könnte mein Herz noch
schlagen, würde es jetzt rasen. „*Bitte* sagen Sie mir, dass Sie
etwas gefunden haben."

„Ich habe etwas gefunden."

Ich springe auf meine Füße. „Wirklich?"

„Wirklich. Ich habe gerade vor dreißig Minuten bestätigt bekommen, dass sie in Bellingham, Washington, an
Bord einer Fähre gegangen ist und diese nach Whittier in
Alaska genommen hat. Ich konnte ihr Nummernschild
und alles bestätigen. Sie hat einen falschen Namen

benutzt, aber sie hat ihren Toyota transportiert, also hat sie ihn noch."

„Was? Im Ernst? Sie ist eben auf eine Fähre nach Alaska gestiegen?"

„Oh, das tut mir leid, nein. Ich meine, ich habe es gerade erst *bestätigt*. Sie hat die Fähre tatsächlich schon vor Wochen genommen. Mein Fehler. Tut mir leid, Kumpel."

Meine Hoffnung sinkt. „Schon vor *Wochen*?"

„Ja. Frangelico arbeitet mit seinen Quellen, die Vampire in der Region kennen, und versucht herauszufinden, wer die Großhändler für Blut dort sind und verfolgt ihre Spur auf diese Weise. Wenn wir herausfinden können, wer regelmäßige Blutlieferungen erhält, gibt ihm das einen Ansatzpunkt, um Hilfe bei der Suche nach ihr zu erbitten. Garrett spricht ebenfalls mit den Wandlern dort oben. Er versucht, die Wandlerbars und Kampfclubs ausfindig zu machen – überall dort, wo sie sich zu Hause fühlen würde und ihr Ding durchziehen könnte."

Ich stöhne. „Alaska ist riesig. Es ist riesengroß und abgelegen."

„Machen Sie sich keine Sorgen – wir arbeiten daran. Ich würde vorschlagen, dass Sie sich auf den Weg nach Anchorage machen. Dort gibt es größere Hotels. Die Chancen stehen gut, dass sie noch immer auf der Kenai-Halbinsel ist. Oder vielleicht oben in Mat-Su, gleich im Norden. Sobald wir wissen, wohin sie von Whittier aus gefahren ist, oder ob sie sich noch in Whittier aufhält, können wir Ihnen sagen, wo Sie hinmüssen. Es ist allerdings zweifelhaft, dass sie noch in Whittier ist."

„Warum kann ich dann nicht einfach nach Whittier fliegen?"

„Zum einen ist es winzig. Ich weiß nicht, womit Sie fliegen, aber Ihr Pilot muss prüfen, ob der Landeplatz dort überhaupt groß genug für Ihr Flugzeug ist. Zweitens Whittier ist *winzig*. Habe ich erwähnt, dass es winzig ist? Sie brauchen eine spezielle Art von Unterkunft, um …"

„Okay, ich *verstehe* schon", sage ich erschöpft. „Es ist eine kleine Stadt, in der es an vampirfreundlichen Unterkünften mangelt. Ich fliege nach Anchorage."

„Ausgezeichnet. Wir werden weiter daran arbeiten und hoffen, in vierundzwanzig Stunden mehr Neuigkeiten für Sie zu haben. Ich rufe Sie von dieser Nummer aus zurück, sobald wir etwas wissen."

„Danke."

Ich lege auf und rase verschwimmend schnell die zwei Kilometer zurück, wo mein Pilot mit einem Hubschrauber wartet. Ich tätige ein paar schnelle Anrufe, um die Vorbereitungen für meinen Flug zu treffen, und lehne mich dann zurück, als wir abheben, um zu meinem Anwesen zurückzukehren. Ich habe in den letzten sechs Wochen jeden Zentimeter der drei Steinkreise mehrfach abgesucht und habe immer noch keine Antworten gefunden.

Der allgemeine Standpunkt ist, dass die Steinkreise die Erscheinung irgendwie aktivieren, vielleicht in Verbindung mit dem Ring, den Eilidh bei sich trägt.

Beim letzten Vollmond standen John, Mark und ich an dem Steinkreis außerhalb von Cardiff und warteten darauf, dass etwas, *irgendetwas*, passiert.

Nichts passierte, außer dass ich noch einen Hauch dieses Duftes roch. Irgendwie wie Eilidh, aber irgendwie auch nicht. Dann war er so schnell wieder verschwunden, dass es auch einfach nur Wunschdenken gewesen sein könnte.

Wir sind gerade auf meinem Anwesen gelandet, als mein Telefon klingelt. Garrett Green.

Ich antworte. „Bitte gib mir noch mehr gute Nachrichten."

„Noch nichts Handfestes, abgesehen von Kylies Spur,

aber ich habe Leute auf dem Weg dorthin. Füße auf dem Boden. Ich werde dich mit meinem Cousin Noah in Verbindung bringen. Er hat zugestimmt, dir zu helfen und eng mit dir zusammenzuarbeiten. Er ist normalerweise kein Vampirfan, aber er hat gesagt, da ich für dich bürge, wird er dir helfen. Bleib in Kontakt mit mir und gib mir Bescheid, wenn du dort ankommst. Dann können wir alles koordinieren."

Ich möchte vor Dankbarkeit fast weinen. „Ich kann dir gar nicht sagen, wie sehr ich alles schätze, was du und dein Rudel für mich getan habt."

„Ja, nun, wie ich schon sagte, gehört auch sie zu meinem Rudel. Und *unser* verdammter Deal wird nicht zustande kommen, bevor wir sie nicht gefunden haben." Er schnaubt. „Ich meine, das ist zwar nicht meine *Haupt*überlegung, aber ich würde lügen, wenn ich sagen würde, dass es keine ist."

Ich lache leise. „Ich entschuldige mich für die Verzögerung. Sobald mein Mädchen wieder sicher in meinen Armen liegt, werden wir den Deal so schnell wie möglich über die Bühne bringen."

„Ja, nun, Punkt Nummer eins sollte besser ein versohlter Hintern sein. Für sie", stellt er klar.

„Oh glaube mir, das steht ganz oben auf meiner Liste." Und wie es das tut.

Weniger als eine Stunde später befindet sich mein Jet mit mir an Bord in der Luft. Ich hasse Last-minute-Reisen. Ich fliege viel lieber nachts, aber jetzt habe ich innerhalb von zwei Monaten schon zwei Last-minute-Flüge gemacht.

Ihretwegen.

Ja, sie ist es verdammt noch mal wert. Sie ist mein Herz und meine Seele, davon bin ich überzeugt.

Und ja, in ihrer Zukunft gibt es ein *höllisch* wundes Hinterteil.

29

Eilidh

MAN SAGT, dass das Blut dünner wird, wenn man ins Warme zieht.

#Ironie

In den mehr als drei Jahren in Tucson habe ich gelernt, Feuchtigkeit und nasskaltes Wetter zu hassen.

Mit anderen Worten, ich hasse Alaska.

Scheiß auf mein Leben.

Ich bin seit fast sechs Wochen hier und es ist bereits sieben Wochen her, dass ich aus Tucson geflohen bin.

Ich träume jede Nacht von Dexter und vermisse ihn wie verrückt.

Im Schlaf fantasiere ich vom Verlies des Club Toxic, wo Dexter und ich so ziemlich jede Art von perversem Spaß haben, den zwei Menschen zusammen erleben können. Letzte Nacht trug er Jeans, ein schwarzes T-Shirt und diese Stiefel. Er fesselte mich, peitschte mich aus und fickte mich um den Verstand, bevor er mich biss.

Ich wachte mit den Fingern in meiner Muschi allein in meinem Zimmer auf, während die Nachbeben eines Orgasmus verklungen.

Es ist fast schlimm genug, dass ich in Erwägung ziehe, ihn zu kontaktieren, allerdings weiß ich genau, was dann passieren wird. Er wird hier auftauchen und seine Nummer als bissiger, edler Ritter abziehen und versuchen, mein verdammtes Leben in Ordnung zu bringen. Und was soll ich dann tun?

Ich befinde mich im verfluchten *Alaska*. Viel weiter kann ich nicht weglaufen, es sei denn, ich versuche mit meinem gottverdammten 4Runner wie die *Dukes of Hazzard* vom verfluchten Hinterhof aus nach Russland zu springen.

Ich freue mich *nicht* auf einen alaskischen Winter. Vielleicht schlage ich mich nach Florida durch, bevor die Tage zu kurz werden.

Arizona kommt *überhaupt* nicht infrage.

Dorthin kann ich nicht zurückkehren, obwohl der Gedanke, Dexter nie wiederzusehen, mich auf dumme Gedanken bringt. Wie den Pfad an der Steilwand hinunterzuklettern, meinen Kopf am Strand in das eiskalte Wasser der Kachemak Bay zu tauchen und dort zu verharren, bis der Tod mich holt.

Welchen Sinn macht das Leben denn? Ich meine, mal ernsthaft? Welchen Sinn hat es, am Leben zu bleiben, wenn ich mich *so* verdammt unglücklich fühle?

Das einzig Gute an Alaska im Moment, ist die Tatsache, dass die Nächte nur etwa vier Stunden lang sind.

Ja, richtig gehört, Baby. Es ist das Land der verdammten Mitternachtssonne. Das ist neben der geringen Bevölkerungsdichte der Hauptgrund, warum Vampire im Allgemeinen dazu neigen, Alaska zu meiden.

Leider halten diese kurzen Nächte nicht ewig an.

Irgendwann geht es in Monate über, in denen die Tage kaum noch so lang sind.

Dexter mag denken, dass er mich beschützen kann, aber in Wahrheit kann er es nicht. Ich denke, das wurde in Tucson überaus deutlich. Endlich den Beweis zu haben – die Wärmekamera war ziemlich eindeutig – dass dieses Hundeding echt ist, hat meinen Glauben daran erschüttert, dass irgendjemand in der Lage sein wird, mir zu helfen.

Ich will wirklich keine Aufmerksamkeit auf mich ziehen, denn dann wären nicht nur die Vampire hinter mir her, sondern auch die Wandler. Ich bin … auf eine Art und Weise anders, die einfach nicht reinpasst. Wenn ich zu einer Verbindlichkeit werde, bin ich so gut wie tot. So funktioniert es und ich weiß es nur zu gut.

Ich meine, dieses Ding hat mich bis zum Nachtclub von Lucius Frangelico verfolgt. Wenn Lucius nicht will, dass Menschen auf dem Gelände verletzt oder getötet werden, sodass keine Aufmerksamkeit auf ihn gelenkt wird, dann will er *sicher* nicht, dass riesige Phantomhunde auf dem Parkplatz seines Personals herumschnüffeln.

Die Vampire und Wandler können nicht riskieren, dass die Menschen etwas über sie herausfinden. Sie können auch nicht riskieren, die Aufmerksamkeit der Regierung auf sich zu lenken. Die Wandler haben bereits mehrere Data-X Labore ausgeschaltet, aber es ist möglich, dass es noch mehr davon gibt oder andere geheime Programme, die versuchen, Wandler und Vampire zu fangen, um Superwesen für einen Krieg zu züchten. Da Selene ein Hybridwesen ist, macht sie das zu einem besonders wertvollen Ziel, sollten die falschen Leute von ihrer Existenz erfahren.

Nein, besser ich verschwinde vollständig, bevor ich mir bei einem von ihnen einen schlechten Namen mache.

Ich habe Glück, dass mein allererster Vampirboss aus Toronto, Neimus, mich mag und mir den Tipp mit diesem Job gegeben hat. Chaldis Bianchi ist ein sehr alter Vampir – fast so alt wie Lucius und Dexter – der für eine Weile Hilfe braucht. Sein langjähriger menschlicher Helfer hatte Familienangelegenheiten, um die er sich in den südlicheren Staaten kümmern muss.

Es gibt nicht sehr viel, was ich tun muss. Chaldis trinkt nur sehr selten von lebendigen Menschen, was verdammt gut ist, denn in diesem Teil von Alaska gibt es nicht viele Einwohner, aus denen er wählen könnte.

Er bestellt also eine Menge Blutkonserven. Während der Jagd ernährt er sich hauptsächlich von Rindern und Wildtieren. Er betreibt eine Rinderfarm, also mangelt es ihm diesbezüglich nie an Auswahl. Wenn er hin und wieder zufällig auf Fischer, Jäger oder Touristen trifft, die nachts unterwegs sind, bezirzt er sie manchmal und trinkt einen Schluck von ihnen. Im Moment gibt es hier mehr Touristen als sonst, weil in der Nähe eine Art Doku über das alaskische Farmleben für das Fernsehen gedreht wird.

Die Leute, die auf der Ranch arbeiten, halten Chaldis für einen älteren Einsiedler bei schlechter Gesundheit. Normalerweise wird alles über Corbin, seinen menschlichen Gehilfen, abgewickelt. Aber Corbins älterer Bruder kämpft gegen Krebs und es sieht nicht gut aus. Das Timing passte perfekt, denn Chaldis hatte sich erst am Vortag bei Neimus gemeldet, um nach möglichen Referenzen zu fragen.

Und hier komme ich ins Spiel. Ich bin Chaldis ‚Nichte‘. Zumindest wurde das allen gesagt. Ich brauche mich nicht um das Tagesgeschäft der Ranch zu kümmern. Ich bin lediglich eine Vermittlerin und Botengängerin.

Das bedeutet, ich behalte die Zeit im Auge und habe in

den Nächten, in denen Chaldis jagen will, ein spezielles Wohnmobil mit Allradantrieb bereit, das in der geschlossenen Garage geparkt steht, damit es in der sicheren Dämmerung abfahrbereit ist. Ich fahre ihn zu seinem liebsten Jagdgebiet und warte dann buchstäblich mit laufendem Motor, um ihn wieder nach Hause zu bringen. Im Wohnmobil befindet sich eine mobile, lichtdichte Schlafkrypta, nur für den Fall, dass wir irgendwo feststecken oder es nicht vor Sonnenaufgang nach Hause schaffen. Ich gehe außerdem für ihn einkaufen, wenn er etwas braucht, und helfe im Haushalt.

Es ist ein ziemlich schönes Haus, auch wenn es von außen nicht nach viel aussieht und keinerlei Aufmerksamkeit auf sich lenkt. Innen ist es mit allen modernen Annehmlichkeiten ausgestattet. Alle Schlafzimmer sind permanent lichtdicht mit Rollläden außen und Jalousien von innen, damit kein direktes Sonnenlicht eindringen kann. Auch der Rest des Hauses ist mit schützenden Rollläden außen und innen ausgestattet, die über Lichtsensoren gesteuert werden. Die Eingangsbereiche an der Vorder- und Hintertür sind so eingerichtet, dass kein Licht in das Haupthaus fällt und keine Gefahr für Chaldis besteht. Zusätzlich zu alledem hat er hochbelastbare Sturmrollläden, die heruntergefahren werden können und Orkanböen standhalten.

Er ist 1.727 Jahre alt. Und während der Morgen ihn heftig trifft und in den täglichen Dämmerschlaf reißt, schläft er nur selten länger als vier Stunden. Manchmal nicht einmal so lange. Offenbar haben die wilden Schwankungen der Tage und Nächte in Alaska seinen vampirischen Rhythmus über die Jahre verändert.

Sobald er aufwacht, redet er mit mir, während er mir bei der Hausarbeit hilft.

Zuerst war mir das ein wenig unheimlich, weil ich

Angst hatte, er könnte versuchen, von mir zu trinken. Aber dann wurde mir klar, dass er einfach nur …

Nun, er ist *einsam*. Zum Glück stört es ihn nicht, dass er mich nicht bezirzen kann, also stehen wir diesbezüglich wohl auf Augenhöhe.

Er hatte eine Vampirgefährtin, aber sie wurde im zweiten Weltkrieg getötet, als sie versuchten, aus Europa zu fliehen. Nachdem er seine Gefährtin verloren hatte, machte sich Chaldis auf den Weg nach Osten, quer durch Russland und nach Alaska, wo er mehrere Jahre lang in der Wildnis lebte, bevor er sich aus seiner Depression herausriss und hier ein Leben aufbaute. Genau wie Dexter ist er sehr ethisch und möchte keine unschuldigen Menschen verletzen. Er hat seit über einem Jahrzehnt keinen Menschen mehr getötet.

Es wird jedoch nicht mehr lange dauern, bis er weiterziehen muss. Die Einheimischen denken, er sei in seinen Siebzigern und er wurde dank seines Banns schon seit über dreißig Jahren von niemandem mehr erkannt. Er sieht aus, als wäre er Ende dreißig oder vielleicht gerade so Anfang vierzig. Ein gut aussehender Mann mit dunkelbraunen Augen und braunem Haar. Einen Meter neunzig groß und schlank gebaut. Ich wette, er würde in einem Anzug gut aussehen, auch wenn ich ihn noch nie in einem gesehen habe.

Aber nicht so wie mein Nicht-Ianto.

Chaldis denkt ernsthaft darüber nach, nach Tucson zu ziehen, und das ist eines unserer häufigsten Gesprächsthemen, auch wenn ich Dexter dabei wie verrückt vermisse.

Ich habe Chaldis gesagt, ich würde Lucius für ihn kontaktieren, wenn er es will und ihn vorstellen. Verdammt, ich würde sogar für ihn bürgen.

Schaut mich nur an, ich verbürge mich für einen weiteren Vampir.

Ich bin mir sicher, dass Garrett jetzt den Kopf über mich schütteln würde. In der Zwischenzeit wird Corbins Bruder bestimmt bald sterben, aber Chaldis hat mir angeboten, dass ich bleiben kann, wenn ich will, auch wenn Corbin zurückkehrt.

So sehr ich die Winter auch hassen würde … Ich denke darüber nach. Hier bin ich sicher. Die Bezahlung ist anständig, zumal er für Kost und Logis sorgt. Dieser Kerl ist stinkreich und überhaupt kein Krimineller. Er war über die Jahre in eine Menge sehr legaler und lukrativer Geschäfte verwickelt, da er schon so lange in Alaska gelebt hat.

Wenn in Alaska der Winter kommt, besteht das Problem abgesehen von der verdammten Kälte darin, dass die *Tage* kaum mehr sechs Stunden dauern.

Für einen Vampir, dem die Kälte nichts ausmacht?

Ist das verdammt *geil*. Es ist das gottverdammte Paradies.

Aber für einen Menschen wie mich? Der *legitime* Gründe hat, so lange Nächte nicht erleben zu wollen?

Nicht so sehr.

Besonders, wenn ich allein bin.

Ja, ich habe Chaldis unter Tränen gestanden, was mich aus Tucson vertrieben hat. Ich wollte, dass er von dem dummen, was auch immer dieses Hundeding ist, dem Gwiggle oder Wiewie oder wie auch immer zum Teufel Lucius und Dex es genannt haben, erfährt. Ich habe ihm die Bilder gezeigt, die ich vom Bildschirm der Überwachungskamera gemacht habe. Da wir im Haus keinen Handyempfang haben, es sei denn, ich wähle mich in unser WLAN ein und aktiviere es auf meinem Telefon, konnte ich mein altes Telefon einschalten und die Bilder auf meinen Computer herunterladen, ohne mir Sorgen zu machen, dass es sich ins Netzwerk einwählt und meinen Standort preisgibt.

Ich bin mir ziemlich sicher, dass Dex mit einer Sache recht hatte – ich bin jetzt auch davon überzeugt, dass der Ring eine Art Schlüssel ist. Wenn ich zurückblicke, hatte ich jedes Mal innerhalb von ein paar Tagen – meistens sogar früher – ein Problem und musste abhauen, wenn ich mir den Ring an den Finger gesteckt habe.

Dieses Mal hatte Dex ihn sich aufgesetzt und die Kreatur war nur ein paar Stunden später aufgetaucht.

Und in der Nacht, in der Mom starb, trug sie den Ring auf *ihrem* Finger.

Nun, *das* ist verdammt schlüssig. Wenn ich diesem verdammten Ding also immer einen Schritt voraus bleibe und den Ring einfach nie wieder aufsetze oder jemand anderem erlaube, dies zu tun …

Vielleicht beschützt das mich und die Leute um mich herum.

Eines Tages werde ich vielleicht den Mut aufbringen, den Ring zu zerstören.

Im Moment sitze ich auf der Terrasse vor dem Haus und starre auf den verdammten Ring, der durch seine Kette gefädelt ist.

Vielleicht sollte ich ihn einfach in die Kachemak Bay werfen. Die Strömung würde ihn auf Nimmerwiedersehen mit sich reißen.

Aber etwas tief in mir rebelliert dagegen. Trotz des Ärgers, den er möglicherweise in mein Leben gebracht hat, … ist dieser Ring buchstäblich das *Einzige*, was ich von meinem Vater habe.

Ich kenne nicht einmal seinen richtigen *Namen*.

Habe keine Bilder von ihm.

Und wieder denke ich, was wäre, wenn Dex recht hat? Wenn die Dinge, die mich mein ganzes Leben lang gejagt haben, möglicherweise von ihm durch den Ring geschickt werden? Was, wenn Amber recht hat, dass er lebt, aber sie sich irrt, und dass er mich nicht vermisst und liebt?

Vielleicht wollte Mom mir die Wahrheit ersparen. Vielleicht war ich unerwünscht.

Vielleicht ist meine Anwesenheit eine Bedrohung für ein Familienvermögen oder so etwas.

Aber hätte Mom dann so sehr um ihn geweint? Ich erinnere mich an all die Nächte, in denen ich aufwachte und sie schluchzen hörte. Sie versuchte, mich nicht aufzuwecken. Es hat tiefe Narben in meiner Seele hinterlassen. Ich denke, dass ich deshalb so heftig auf Dexters Geschichte reagiert habe. Ich kann mir gut vorstellen, dass er immer noch trauert.

Für Mom war Dad die Liebe ihres Lebens. Sie hat danach nicht einmal einen Kaffee mit jemand anderem getrunken, es sei denn, sie befand sich in einer Gruppe von Freunden. Aber soweit ich es weiß, hat sie den Ring nie aufgesetzt. Bis zu der Nacht, in der sie getötet wurde.

Und jedes Mal, wenn wir umziehen mussten, als ich noch ein Kind war …

Ich stöhne. Ich habe mir den Ring damals auf den Finger geschoben, als er an der Kette hing, während sie unter der Dusche war oder schlief. Ich war so fasziniert davon und spielte damit, weil ich Dad so sehr vermisste.

Verdammt noch mal.

Ich sitze auf der Klippe, an der sich das Grundstück befindet, und starre auf die Bucht hinaus. Heute ist es windig und aufgewühlt und das Wasser sieht dunkel aus, fast schwarz.

Im Kontrast zu meinem blöden Haar, das an meinem dritten Tag auf der Flucht goldblond wurde und sich seitdem nicht wieder verändert hat.

Ambers Worte kommen mir in den Sinn – dass mein

Vater nicht tot ist. Das Mom dachte, er wäre tot, weil er nicht zurückgekommen ist. Aber dass sie ihn nicht wirklich hat … *sterben* sehen.

Was, wenn es wirklich eine Art Peilsender ist? Es würde Sinn machen, dass Dad ihn Mom gibt, wenn das der Fall wäre, nicht wahr?

Aber was sind dann diese Phantome?

Ich halte den Ring in meiner Faust und schließe die Augen. Ich habe verschwommene Erinnerungen in meinem Gehirn, die zweifellos von Ambers Worten aufgewühlt wurden. Ich erinnere mich an Moms strahlendes Lächeln, wenn Dad nach längerer Abwesenheit zu uns zurückkam. Ich erinnere mich daran, wie ich zu ihm rannte und er mich in seine Arme schloss.

Mazbushka. Meine kleine Mazbushka.

Wie besorgt Mom sich immer verhielt, wenn er für Tage oder sogar für Wochen am Stück wegen der ‚Arbeit‘ reisen musste.

Vielleicht war er ein Krimineller?

Die meiste Zeit meines Lebens habe ich in Angst und auf der Flucht verbracht. Es ist schwer, sich daran zu erinnern, dass es große Teile meiner Kindheit gab, in denen wir drei glückliche Abende zusammen verbrachten. Oder die Morgen, je nach Moms Dienstplan. Oder wir vier, wenn Dads Freund Zuzu dabei war.

Oder ich und Dad, wenn er auf mich aufpasste, während Mom bei der Arbeit war. Wie wir manchmal mit Zuzu auf Wanderungen gingen. Und manchmal blieb Zuzu bei mir und Mom, wenn Dad weg war. Oder Dad nahm mich mit zu Zuzu.

Wie sehr Dad es hasste, dass Mom überhaupt arbeiten musste, aber es gab Gründe, warum wir nicht bei ihm bleiben konnten, wenn er selbst zur Arbeit ging.

Sie warfen sich Blicke zu, von denen ich selbst in

diesem Alter bereits instinktiv verstanden hatte, dass sie ein Geheimnis bedeuteten, für das ich noch zu jung war. Die Art, wie einer von ihnen mich immer ablenken würde, wenn ich fragte. Bis zu dem Punkt hin, dass ich sogar vergaß, überhaupt gefragt zu haben.

Nicht, dass es noch verrücktere Dinge auf der Welt gäbe. Vampire, Gestaltwandler. Feen.

Vielleicht *ist* dieser Ring irgendeine Art Artefakt.

Die Farben des Labradorits blitzen in der Sonne auf. Ich starre auf die Markierungen an der Seite und wünschte, ich wüsste, was sie bedeuten. Egal, wie sehr ich gesucht habe, ich kann einfach nichts Vergleichbares finden. Keine bekannten Runen, Keilschriften oder andere Markierungen stimmen mit ihnen überein.

Ich hatte etwas Hoffnung, als Dexter dachte, sie kämen ihm bekannt vor, aber selbst Lucius kratzte sich darauf bezogen nur den Kopf.

Wenn zwei über zweitausend Jahre alte Vampire, die beide einen Haufen Sprachen sprechen, sie nicht erkennen können, dann …

Ja.

Unten in der Stadt kreist ein Kleinflugzeug im Landeanflug auf den Flugplatz von Homer. Es ist keines der normalen Linienflugzeuge, was bedeutet, dass es wahrscheinlich eine reiche Person ist, die ein Flugzeug für eine Reise hierher gechartert hat. Dieser Ort ist ruhig und schön. Kein schlechter Platz für einen Urlaub nehme ich an. In gewisser Weise das Ende der Welt.

Ich wünschte, Dexter wäre hier, um das mit mir gemeinsam zu genießen.

Ja und wessen Schuld ist das, Mädchen?

Meine. Es ist meine Schuld, weil ich mir Hoffnungen gemacht habe und schaut, was passiert ist. Schlimmer noch, ich habe nicht nur mein eigenes Herz gebrochen, sondern wahrscheinlich auch das von Dexter.

Ich hasse mich dafür.

Als ich Chaldis nach mir rufen höre, stehe ich auf und mache mich auf den Weg zurück ins Haus. Ich sehe ihn über einem Kochbuch brüten, das erst gestern mit der Post gekommen ist. „Was gibt es, Boss?" Er ist barfuß und trägt helle, ausgeblichene Jeans und ein schwarzes T-Shirt, an dem bereits Mehl klebt, weil er wie immer vergessen hat, die *Küss den Koch*-Schürze zu tragen, die Corbin ihm geschenkt hat.

Chaldis lächelt. „Wollen Sie mich immer noch nicht Chaldis nennen, *hmm*?" Er hat einen leichten, sexy italienischen Akzent.

„Nichts für ungut, aber das liegt an *mir*, und nicht an Ihnen, Boss." Ich setze mich an die andere Seite der Kücheninsel und deute in Richtung Kochbuch. Er dreht es um und zeigt auf den Abschnitt, der ihm Probleme bereitet. „Was heißt *das*?"

Kochen ist sein neues Hobby, nehme ich an. Corbin hat mich davor gewarnt und meinte, dass ich besser dafür sorgen sollte, jeden Tag Sport zu machen, sonst würde ich durch Chaldis Kochkünste in kürzester Zeit fett werden. Er kocht immer mehr als genug Essen, um die Rancharbeiter zu versorgen. Ich bringe es zu ihnen hinunter oder verpacke es in Behälter, damit sie es zu ihren Familien mit nach Hause nehmen können. Der Vampir spielt mit dem Gedanken, eines Tages ein Restaurant zu eröffnen. Nur weil es etwas ist, was er noch nie gemacht hat. Eine neue Herausforderung.

Was verdammt liebenswert ist, und wer hätte gedacht, dass ich *das* jemals über einen Vampir sagen würde?

Abgesehen von Dexter, meine ich.

„Sie müssen das Eigelb vom Eiweiß trennen", sage ich

zu ihm. „Das habe ich auch noch nie gemacht." Ich greife nach dem Tablett, das auf dem Küchentresen steht, und rufe YouTube auf. Ich finde ein Kochtutorium und wir schauen es uns mehrfach an, bevor er es selbst versucht und es beim ersten Versuch perfekt hinbekommt. Er grinst stolz wie ein Kind über seinen Erfolg.

Das ist nervig an ihm. Ich denke, es ist eine Vampirsache.

„War das ein Flugzeug, das ich vorhin gehört habe?", fragt er mit hochgezogenen Augenbrauen. Ich erkenne an seiner Art, dass sie hoffnungsvolle Vorfreude bedeutet. Er ist liebenswert. Das ist er wirklich. Wenn mein Herz nicht völlig gebrochen wäre − #selbstverschuldet − wäre ich versucht, zu fragen, ob er Interesse hat.

Ernsthaft versucht.

Aber nein, er ist mein Boss und wird schnell zu einem Freund.

#Vampzone

Außerdem ist er vielleicht auch nicht gerade … Single.

„Ja. Ein kleines privates Passagierflugzeug, keine Frachtlieferung."

„Ah. Verflixt."

Ich rufe die FedEx-App auf, um sein Paket zu verfolgen. „Ihr Kochtopf soll erst morgen hier ankommen, Boss. Das Paket ist immer noch auf dem Weg nach Anchorage." Er hat einen Le Creuset Bräter bestellt und kann es kaum erwarten, ihn zu erhalten. Und das, obwohl er schon drei andere verdammte Bräter hat.

Die sind verdammt teuer, aber anscheinend wird für das Rezept, das er ausprobieren will, genau dieser verwendet. Und da er ein alter, reicher, sturer und grenzwertig pedantischer Vampir ist, muss es dieser sein. Obwohl er auch einen anderen nehmen kann, will er nur *diesen* benutzen, denn Gott bewahre, er kann nicht im

Geringsten vom Rezept abweichen. Selbst wenn darin steht, dass man nicht diesen bestimmten Bräter benutzen *muss*.

#Schulterzucken
Was soll man machen?

Außerdem hat er sich zusätzlich dazu auch noch die Star Wars-Sonderausgabe mitbestellt. Ich meine, mal *ernsthaft*. Ich habe in der Vergangenheit weniger Geld für einen kompletten Satz billiger neuer Reifen für meinen 4Runner ausgegeben als er für zwei verdammte Kochtöpfe.

Wir sollten morgen außerdem seine nächste Lieferung von menschlichem Blut erhalten, die so angelegt ist, dass sie seinem Bedarf stets voraus ist. So muss er sich keine Sorgen machen, dass ihm das Blut ausgeht, falls es irgendwelche Probleme mit der Versorgungsleitung gibt. Schließlich ist es Alaska, verdammt.

„Gibt es schon Neuigkeiten von Corbin heute?", fragt er ein wenig zu beiläufig.

„Noch nicht." Ich schaue auf die Uhr. „Er wird sich wahrscheinlich bald melden." Er meldet sich jeden Tag. Ich vermute, dass zwischen den beiden weit mehr als nur eine normale Arbeitgeber-Arbeitnehmer-Dynamik herrscht. Vielleicht interpretiere ich auch zu viel hinein, aber die Art, wie Corbin mich an Dinge erinnert, die ich für Chaldis erledigen soll, und die stets etwas zu beiläufige Art, mit der Chaldis nach Corbin fragt, lässt meine Instinkte aufhorchen.

Was bedeutet, dass ich mir relativ sicher bin, dass *etwas* zwischen ihnen läuft. Corbin ist ledig und arbeitet und lebt seit über fünfzehn Jahren für und bei Chaldis, obwohl Corbin kaum älter als Mitte zwanzig auszusehen scheint. Ich vermute, dass die beiden ein paarmal Blut ausgetauscht haben. Wahrscheinlich hat Corbin öfter von ihm getrunken, wenn ich sein jugendliches Aussehen in

Betracht ziehe. Vielleicht ist Corbin ein Süßblut. Wer weiß?

Aber das geht mich nichts an.

Überhaupt nichts.

Ich meine, die Tatsache, dass ich im zweitgrößten Schlafzimmer untergebracht bin, welches ein Gästezimmer ist, und Corbin offensichtlich im selben Bett wie Chaldis schläft, ist ein weiterer *riesiger* Hinweis.

Aber die Männer haben es nicht erwähnt, also werde ich nicht so unhöflich sein, danach zu fragen. Sie sind beide volljährig, nicht wahr?

„Ich hoffe, es geht ihm gut", sagt er leise. „Ich mache mir solche Sorgen um ihn, wenn er weg ist."

„Warum reisen Sie nicht mit ihm?"

Er schnaubt. „Die Logistik wäre der Wahnsinn." Er schaut in meine Richtung. „Ich bin vielleicht nach menschlichen Maßstäben reich, aber ich bin kein Lucius Frangelico oder Dexter Van Sussex. Außerdem möchte ich auch keine zusätzliche emotionale Last für meinen … ähm, ich meine für ihn darstellen"

„Für ihren …?"

Okay, ich bin also ein wenig neugierig. Verklagt mich doch.

Er seufzt und stützt seine Hände auf den Tresen, bevor er meinem Blick begegnet. „Sie sind eine intelligente Frau. Sagen Sie es mir."

„Er gehört *Ihnen*." Ich klappe die Hülle des Tablets zu und lege es beiseite. „Er ist ihr Junge, nicht wahr?"

Er nickt. „Stört Sie das?"

„Nein. Sollte es das? Ich meine, haben Sie ihn bezirzt, das für Sie zu sein?"

Er lächelt, während er den Kopf schüttelt. „Nein, er kam in Homer an und wir lernten uns in einer Hotelbar kennen. Ich brauchte ihn nicht zu bezirzen. Nicht in dieser ersten Nacht und auch in keiner anderen danach. Er liebt mich und ich liebe ihn."

„Na also. Das klingt für mich einvernehmlich. Mündige Erwachsene."

„Ich hasse es, dass ich nicht bei ihm sein kann, um ihm beizustehen, aber ich weiß, dass es aus vielerlei Gründen nicht geht." Er sieht mich direkt an. „Was ist mit Ihnen? Es scheint mir, als würden Sie sich auf Ihren Dexter auf eine Art und Weise beziehen, die mehr als Freundschaft oder ein Liebhaber ist."

„Reden wir jetzt als Gleichberechtigte und auf Vertrauensbasis?"

„Natürlich."

Ich blinzele die unerwarteten Tränen weg. „Ich dachte Dexter und ich würden … *das* haben. Dass er mein Sir wäre. Er ist definitiv ein Typ, der die Zügel in der Hand hält, und er ist der erste Mann, dem ich je genug vertraut habe, um mich ihm so hinzugeben. Auch der erste Vampir, mit dem ich jemals zusammen war."

„Es tut mir leid, meine Liebe. Ich habe geahnt, dass hinter Ihrer Geschichte mehr steckt, aber ich wollte Ihre Privatsphäre respektieren."

Und bevor ich mich versehe, heule ich ihm die ganze verdammte Geschichte vor und er reicht mir Papiertaschentücher.

„Wissen Sie, was das Dumme daran ist?" Ich putze mir die Nase. „Er hat gesagt, ich gehöre ihm und dass er ein Gespräch über unsere Zukunft mit mir führen wollte, wenn er wieder aufwacht." Ich tupfe mir die Augen ab. „Ich habe *endlich*, nach so langer Zeit, jemanden an mich herangelassen und dann *zack*, sehe ich diesen Phantomhund. Ich meine, wie ironisch ist *das* denn, nicht wahr? Ich finde den perfekten Mann für mich und dann muss ich verschwinden."

„Sie hätten nicht verschwinden müssen. Ich bin mir sicher, er hätte Ihnen dabei geholfen."

„Ich weiß nicht einmal, was es ist. Tucson ist nicht Homer. Wenn ich dortgeblieben wäre und dieses Ding auch, würde es nicht lange dauern, bis es jemand bemerkt hätte. Es ist nichts, was man unter Verschluss halten kann. Es würde eine Menge der wirklich schlechten Art von Aufmerksamkeit auf Vampire und Wandler lenken und ich werde nicht der Grund dafür sein."

Er seufzt traurig. „Ich verspreche, mich nicht einzumischen, aber ich würde jede Wette eingehen, dass Ihr Verschwinden Ihren Dexter wahrscheinlich sehr bestürzt hat. Werden Sie ihn jemals kontaktieren und ihn wenigstens wissen lassen, dass Sie in Sicherheit sind?"

Ich schniefe. „Ich weiß es nicht. Ich muss einen Weg finden, es zu tun, ohne dass er mich aufspüren kann."

„Bitte nehmen Sie diesen Rat an, so wie er gemeint ist. Es ist sehr schmerzhaft zu wissen, dass jemand, den man liebt, Hilfe braucht und man diese Hilfe anbieten könnte, es aber aufgrund der Umstände nicht darf. Bitte ziehen Sie es in Erwägung, ihn zu kontaktieren, ja?"

„Wagen Sie es ja nicht, Boss."

„Was ist mit Ihrem Freund, Neimus? Könnte er nicht etwas für Sie ausrichten?"

„Und ihm Dexter auf den Hals hetzen? Ja, nee." Ich spiele mit dem Ring, während wir uns unterhalten. „Vielleicht, wenn ich endlich herausfinden könnte, ob der Ring wirklich damit in Verbindung steht. Dann wäre es etwas anderes. Aber ich habe keine Antworten."

„Darf ich den Ring sehen?"

„Ja, aber setzen Sie ihn nicht auf. Ich bin überzeugt davon, dass es einen Zusammenhang zwischen dem Tragen und dem Erscheinen des Dings gibt. Dexter war der Letzte, der ihn aufgesetzt hat. Das ist der andere

Grund, warum ich ihn nicht hierhaben will. Ich will nicht, dass sich das Ding auf ihn konzentriert, falls es der Fall ist."

Er nickt.

Ich reiche ihm den Ring und er mustert ihn, schüttelt schließlich jedoch den Kopf, als er ihn mir zurückgibt. „Es tut mir leid, aber das kommt mir nicht bekannt vor. Obwohl ich im Laufe der Jahre relativ wenig Zeit in dieser Region verbracht habe. Die meiste Zeit davon war in den letzten paar Jahrhunderten."

„Trotzdem danke." Ich schiebe ihn wieder unter mein T-Shirt.

„Hören Sie. Heute Abend werde ich uns auf der Terrasse ein paar Steaks grillen. Wir trinken und stoßen auf unsere Lieben an, die wir so vermissen, starren in die Sterne und erzählen uns Geschichten."

„Sie sind ein großer Softie."

„Ja, nun, Sie haben mich nicht in meiner Jugend gekannt. Hätten Sie es, würden Sie das nicht über mich sagen. Ehrlich gesagt, ziehe ich es vor, so zu sein. Ich finde, dass es besser zu mir passt." Er lächelt traurig. „Ich dachte, ich würde den Nervenkitzel der Jagd und des Tötens vermissen. In meiner Jugend hätte ich mir nie vorstellen können, dass mich ein behäbiges, friedliches Leben wie dieses so ansprechen würde. Irgendwie schlich sich Corbin in mein zerrüttetes Herz und begann auf sanfte Weise, die Stücke wieder zusammenzufügen, bevor ich es überhaupt merkte." Er sieht mich mit zur Seite geneigtem Kopf an. „Und? Was sagen Sie zum Abendessen?"

„Solange Sie mir diese knusprigen Kartoffeln mit dem Trüffelöl machen." Ich lächle. „Die esse ich total gern."

Er reibt fröhlich seine Hände aneinander. *„Perfetto!"*

Wer hätte gedacht, dass die Liebessprache eines Vampirs das Kochen ist? Er erinnert mich so sehr an jemanden, aber ich kann die Erinnerung nicht ganz fassen. Es fühlt sich an, als wäre es schmerzhaft, also dränge ich es beiseite und konzentriere mich auf das, was ich tue.

Ein paar Minuten später spüle ich für ihn ab, während er weiter an seinem neuesten Gericht zaubert, als die Gegensprechanlage unten an der Straße summt.

Wir schauen einander an, denn normalerweise kommen Pakete am anderen Eingang an, wo sich die Hauptscheune und das Büro für die Rinderfarm befinden. Aber ein paar Mal pro Woche landen Touristen an unserem Haus, die sich auf der Suche nach der berühmten Fernsehfarm verlaufen haben.

Ich gehe zur Wand hinüber und drücke den Knopf der Gegensprechanlage. „Hallo?"

Es ist ein Mann. „Hallo, ich versuche, das Olsson-Gehöft zu finden?"

Ich entspanne mich und spüre gleichzeitig irgendetwas in meinem Kopf herumschwirren, so als wäre mir die Stimme bekannt. Noch bevor ich antworten kann, ist Chaldis bereits zu mir verschwommen und hat den Knopf gedrückt.

„Sie sind noch einen Kilometer von ihrer Einfahrt entfernt", sagt er. „Fahren Sie noch einen Kilometer weiter in nordöstliche Richtung. Auf der rechten Seite werden Sie zwei reflektierende orangefarbene Dreiecke neben ihrem Tor sehen."

„Oh, in Ordnung. Ich danke Ihnen."

„Gern geschehen." Er schaltet die Sprechanlage ab und starrt mich an.

„Was?", frage ich.

„Sie. Warum haben Sie so reagiert? Ihr Puls ist in die Höhe geschossen."

„Ich ... Ich weiß es nicht. Es ist einfach ..."

„Ja?"

Ich stoße einen Atemzug aus. „Es ist dumm. Seine Stimme klang irgendwie ein wenig vertraut."

Er grinst. „Nun, wir wissen, dass es nicht Ihr Dexter sein kann, weil es draußen immer noch sonnig ist."

Ich lache. „Ich weiß. Er war es definitiv nicht. Wahrscheinlich erinnert er mich an jemanden, mit dem ich im Nachtclub einmal gesprochen habe."

„Sind Sie sich sicher? Ich kann die Ranchhelfer anrufen, damit sie der Sache nachgehen. Ihnen sagen, dass wir uns Sorgen wegen eines Eindringlings machen."

„Nein. Alles in Ordnung. Ich bin mir sicher, es ist nichts. Ein verirrter Tourist war sowieso längst überfällig."

„*Das* ist noch etwas, was wir heute Abend machen werden." Er führt mich zurück in die Küche. „Sie sind überfällig für eine weitere Zielübungssession."

Ja, der Vampir will, dass ich schießen kann. Offenbar, weil die Gefahr hier eher von vierbeinigen Raubtieren ausgeht als von zweibeinigen. „Solange ich dafür meine knusprigen Trüffelkartoffeln bekomme."

Er lächelt. „Abgemacht."

Aber jetzt, da ich wieder an den Club denken musste, ist auch Dexter wieder ganz vorn in meinen Gedanken.

Chaldis hat wahrscheinlich recht. Dexter vermisst mich bestimmt sehr und macht sich Sorgen um mich. Es erfüllt mich mit Schuldgefühlen.

Ich muss ihn irgendwie kontaktieren. Vielleicht kann ich einen Brief an Corbin schicken, während er weg ist, und er kann ihn von dort aus für mich abschicken, um meinen Aufenthaltsort zu verbergen.

Aber was soll ich zu diesem Zeitpunkt überhaupt zu Dexter sagen? *Es tut mir leid, dass ich dir das Herz gebrochen habe? Es tut mir leid, dass ich weggelaufen bin? Es tut mir leid, dass ich ein Feigling bin, der nicht in der Lage ist, sich zu wehren und für sich selbst zu kämpfen, wenn es drauf ankommt?*

Es tut mir leid, dass wir einen kleinen Geschmack der Perfektion bekommen haben und ich dann abgehauen bin?

Ich habe diese Brücke vielleicht nicht wirklich eingerissen, aber ich habe mich ganz sicher auch nicht sehr erwachsen verhalten.

Dexter kann jemand Besseren finden als mich.

Leider vermute ich jedoch, dass ich niemals jemanden finden werde, der so gut wie Dexter ist.

30

Eilidh

„*Unglaublich. Wie* ist es möglich, dass Sie das *ganze* verdammte Salz aufgebraucht haben?“, frage ich Chaldis, als ich etwa eine Stunde später aus dem Kartoffelkeller wieder auftauche. „Ich habe erst vor *zwei* Wochen zehn Pfund gekauft.“ Mir fällt auf, dass wir fast keins mehr haben, als ich die Steaks vorbereiten will, um sie mit Salz bestreut ziehen zu lassen, nur um dann festzustellen …

„Für den in Salzkruste gebackenen Lachs, den ich letzte Woche zubereitet habe. Sie haben selbst gesagt, er war himmlisch.“

Stimmt. Der Lachs *war* himmlisch. Er zerging wie *Butter* in meinem Mund. „Wie kommt es dann, dass es nicht auf der Einkaufsliste gelandet ist, *hmm*?“ Ich ziehe eine Augenbraue hoch, so wie ich es bei Corbin gesehen habe.

Er sieht gespielt beschämt aus. „Vielleicht …, weil ich vergessen habe, es draufzuschreiben?“

Ich rolle mit den Augen. „Das bedeutet eine Fahrt in

413

die Stadt. Ich werde Ihr Postfach prüfen, wenn ich schon einmal dort bin."

„Es tut mir leid, Eilidh." Ja, ich habe den Jungs meinen richtigen Namen gesagt. Neimus sagte, ich könne Chaldis und Corbin vertrauen, dass sie es niemandem erzählen würden. Für alle anderen in der Stadt und auf der Ranch bin ich ‚Hayley'.

Das ist nah genug dran.

Ich bin es leid, wegzulaufen. Mein Herz ist gebrochen und ich vermisse Dexter. Ich vermisse Garrett und Amber und Selene und sogar Lucius und seine Männer.

Ich vermisse die schlampigen Stammgäste im Club und die notgeilen Kampfclubwandler, die immer versucht haben, mich dazu zu bringen, mit ihnen auszugehen, wenn ich für jemanden Besorgungen machte und mich dort traf, um die Details zu besprechen.

Ich vermisse Tucson.

Ich vermisse die Wüste.

Ich vermisse mein Leben.

Und doch ist dies ein bequemer und sicherer Rastplatz. Ein willkommener Rückzugsort, der nicht nur schlecht gewesen ist. Ich hasse Alaska *an sich* und den Grund, *warum* ich hier bin. Aber nicht Chaldis, sein Haus, unsere langen Gespräche, die Zeit zur ruhigen Selbstreflexion, die ich hier hatte, oder gar das Land selbst.

Ich hasse allerdings die Moskitos, die es hier gibt, und die so groß wie verdammte Flughunde sind.

Ich bin gerade im Begriff zu gehen – ich fahre stets seinen Land Rover, weil mein Toyota sicher in der geschlossenen Garage geparkt ist, um ihn zu verstecken – als das Festnetztelefon klingelt.

Ich gehe ran. „Bianchi Residenz."

Der Anrufer schnieft. „Hey, Eilidh. Ist Master wach?"

Bei Corbins leisem, weinerlichem Ton wird mein Herz

ganz schwer. Ich weiß genau, was das heißt. Vor allem, da ihm dieser Name für Chaldis herausgerutscht ist. Normalerweise fragt er mit Vornamen nach ihm. „Oh nein. Es tut mir so leid. Bleib dran." Wenn ich ihre Dynamik nicht schon kennen würde, hätte das es verraten.

Aber als ich mich umdrehe, steht Chaldis bereits da und greift mit einem leeren Gesichtsausdruck nach dem Telefon.

Ich trete auf die Terrasse hinaus, um ihnen Privatsphäre zu geben, obwohl ich immer noch fast jedes Wort der beiden hören kann. Verflucht seien mein Supergehör und das Fehlen von Stadtgeräuschen, die ihr Gespräch übertönen könnten.

Wäre ich mir nicht bereits sicher über ihre Liebe gewesen, dann wäre es durch die zärtlichen Worte, mit denen Chaldis versucht, seinen Geliebten mit gebrochenem Herzen zu trösten, offensichtlich. Corbin kann kaum sprechen und verbringt die meiste Zeit des Gesprächs weinend.

Als sie ihr Gespräch beenden, kehre ich ins Haus zurück. Chaldis steht einfach nur da, die Hände in die Taschen geschoben und starrt das Telefon an.

„Es tut mir leid."

Er nickt und fährt sich schließlich mit einer Hand durch sein braunes Haar. Es ist ein wenig zerzauster als sonst, weil Corbin es ihm immer schneidet. Ich habe ihm angeboten, es zu versuchen, aber er wollte lieber warten.

Ich schätze, das war ein weiterer Hinweis – es gibt Dinge, die Corbin für ihn tut, die Chaldis respektvoll ablehnt, wenn ich sie ihm anbiete. Es sind *ihre* Dinge.

Ich kann es ihm nicht verübeln.

Deshalb kann ich Garrett nie zustimmen, wenn er sie Blutsauger nennt. Sicher, einige von ihnen sind … Nun ja, *ätzend*, aber dann gibt es Vampire wie Neimus, Dex und Chaldis und sogar Lucius in seinen guten Zeiten. Und

Selene. Sie alle sind keine mordenden Arschlöcher ohne Gewissen. Genau das ist einer der Gründe, warum Lucius seinen Nachkommen verboten hat, ohne seine Erlaubnis neue Vampire zu verwandeln.

Ich sollte einkaufen gehen, aber ich warte, weil ich spüren kann, dass Chaldis das Bedürfnis zu reden verspürt.

Schließlich neigt er den Kopf nach hinten und starrt an die Decke. Ich sehe die Tränen, die er wegzublinzeln versucht. „Ich *hasse* es", flüstert er. „Ich *hasse* es, dass ich nicht für ihn *da sein* kann, wenn er mich gerade jetzt so sehr braucht." Er seufzt. „Deshalb weiß ich auch, dass Ihr Dexter Sie so sehr vermissen muss."

Ich ignoriere seine letzte Bemerkung. „Wir könnten sie über Nacht per Charter oder mit Nachtfracht befördern. Wir könnten die Schlafkrypta aus dem Wohnmobil benutzen. Ich könnte mit ihnen fliegen und einen Frachttransporter bereithalten, ein Hotelzimmer vorbereiten, all das. Es wird ein wenig teuer werden, aber ich habe schon öfter solche Flüge arrangiert und ich würde mit ihnen fliegen, weil es dann begleitete Fracht ist. Vielleicht nur auf einem unbequemen Notsitz, aber trotzdem, es wäre machbar."

Er schüttelt den Kopf. „Ich bin schon seit Jahren nicht mehr auf diese Weise gereist. Es gibt zu viele Risiken, die man dabei berücksichtigen muss. Außerdem wird er sich, wenn ich so reise, auch noch Sorgen um mich machen, anstatt sich auf seine Familie zu konzentrieren. Ich habe ihn schon viel zu lange von ihnen ferngehalten." Er lächelt traurig und sieht mich schließlich an. „Aber ich danke Ihnen, meine Liebe. Es ist sehr lieb von Ihnen, das anzubieten."

„Wann ist die Beerdigung?" Ich meine, ich weiß es, aber ich versuche, höflich zu sein.

„In drei Tagen. Mittwochabend." Er lächelt. „Als ob Sie das nicht wüssten."

„Nun, wissen Sie …" Ich weiß nicht, was ich sagen will.

„Ich weiß nicht, wann er zurückkehren wird. Ich werde versuchen, ihn dazu zu überreden, Zeit mit seiner Familie dort zu verbringen." *Dort* ist Georgia, wo Corbin ursprünglich herkommt. „Der andere Grund, warum es wahrscheinlich das Beste ist, nicht selbst hinzufahren, ist der, dass seine Familie … nicht weiß …" Er seufzt. „Sie wissen nichts über *uns*."

„Dass er schwul ist?"

Er nickt. „Ich möchte keinen noch tieferen Keil zwischen sie und ihn treiben als den, der ohnehin schon vorhanden ist. Corbin vermutet, dass sie ihn ächten würden, wenn er sich ihnen gegenüber outet. Er ist gleich nach der Highschool von dort weggezogen und kam hierher, wo wir uns kennengelernt haben. Sie glauben, er sei ein Wildnisführer. Wir schicken ihnen Geld und zahlen jedes Jahr die Steuer für seine Eltern. Wir haben ihnen auch Geld geschickt, um mit den medizinischen Kosten zu helfen. Wir bezahlen sogar die gesamte Beerdigung. Sein Bruder hat sich eine Einäscherung gewünscht, also wird es keine Beisetzung an einem Grab geben." Er spielt mit dem verschnörkelten Goldring an seinem rechten Ringfinger.

Jetzt, wenn ich darüber nachdenke, fällt mir auf, dass Corbin auch einen Ring an seinem rechten Ringfinger trägt. Ich erinnere mich daran, ihn gesehen zu haben, als wir uns kennenlernten.

Ahhh.

#IchbineinDummkopf

Alle Hinweise darauf waren die ganze Zeit direkt vor meiner Nase.

„Aber wenn Sie dort hinfahren, könnten Sie die Leute bezirzen, sodass sie denken, dass Sie nur Freunde wären. Oder – hören Sie mir zu – Sie könnten sie bezirzen, damit sie akzeptieren, dass er schwul ist, und dann könnten Sie beide ganz offen zusammen sein."

Er scheint darüber nachzudenken, aber dann macht sich die Resignation wieder breit. „Ja, aber es wäre trotzdem stressig für ihn." Ich gehe zu ihm hinüber und biete ihm eine Umarmung an, die er annimmt. „Vielen Dank für all Ihre Hilfe, Eilidh. Ich habe es ernst gemeint, als ich Ihnen eine feste Stelle hier angeboten habe. Bitte überlegen Sie es sich. Ich weiß, dass die Winter hart sind, aber wir werden dafür sorgen, dass es Ihnen an nichts fehlt. Es wäre gut für ihn, einen anderen Menschen hierzuhaben, mit dem er sprechen kann und vor dem er nichts verbergen muss. Und Sie sind eine sehr angenehme Gesellschaft."

Ich weiß, dass er das auf eine freundschaftliche Art meint, nicht auf eine romantische. „Ich werde darüber nachdenken, Boss. Aber lassen Sie uns das später klären."

„Er möchte, dass ich ihn verwandle, aber ich würde lieber noch warten. Sein Alterungsprozess hat sich ein wenig verlangsamt, aber wenn ich ihn verwandle, wird es ihm unmöglich sein, seine Familie zu besuchen. Ich hoffe darauf, dass ich warten kann, bis zumindest seine Eltern gestorben sind. Bis dahin würde er ein wenig älter aussehen, so ähnlich wie ich. Ich hätte Sie gern als unsere menschliche Helferin, falls Sie bleiben möchten."

„Ich kann Ihnen nichts versprechen, Boss. Das habe ich Ihnen doch schon gesagt."

Man muss sich nur das letzte Mal ansehen, als ich mir Hoffnungen gemacht habe.

„Ich weiß. Ich möchte nur, dass Sie wissen, dass das Angebot steht."

Wir lösen uns aus der Umarmung und ich schnappe mir die Einkaufsliste. „Brauchen wir sonst noch etwas?", frage ich.

Er will gerade noch etwas sagen, als die Gegensprechanlage am Tor wieder klingelt.

Ich bin näher dran und gehe ran. „Hallo?"

Es ist ein anderer Mann und ich erkenne seine Stimme nicht. „Entschuldigung, aber ist das hier das Olsson-Gehöft? Ich glaube, ich habe mich verlaufen."

„Das tut mir leid …" Ich gebe ihm eine Wegbeschreibung und drehe mich um. Chaldis steht hinter mir und runzelt die Stirn.

Er hält die Neunmillimeterhandfeuerwaffe in der Hand, mit der er mir das Schießen beigebracht hat. Ich bin nicht schlecht darin. Er muss verschwommen sein, um sie so schnell zu holen.

Er hält außerdem das Gürtelholster zum verdeckten Tragen der Waffe in der Hand. „Nehmen Sie die mit in die Stadt", sagt er.

„Wirklich?"

Er zieht eine Augenbraue hoch – eine Dom-Augenbraue, wie ich sie noch nie gesehen habe – und drängt mir die Waffe entgegen. Ich trage sie nicht gern und er weiß es.

„Also gut." Ich schnalle mir das Holster an und achte darauf, dass mein T-Shirt und meine leichte Jacke es gut verdecken. „Zufrieden?"

„Und nehmen Sie ein Satellitentelefon mit."

„Ist das vielleicht etwas übertrieben?" Aber ich schnappe mir trotzdem eins von den dreien, die auf dem Küchentisch liegen. Wie ein Mobiltelefon, nur dass man überall Empfang damit hat.

„Vielleicht, aber ich möchte kein Risiko mit Ihrer Sicherheit eingehen."

„Ich bin mir sicher, dass alles in Ordnung ist." Ich schnappe mir die Liste, die Postfachschlüssel und den Schlüssel des Land Rovers und mache mich auf den Weg in die Garage. Ich vergewissere mich stets, dass die Tür nach innen sicher geschlossen ist, bevor ich das Garagentor hochfahre. Sobald ich draußen bin, warte ich, bis sich das Tor komplett geschlossen hat, bevor ich losfahre.

Das Tor zum Grundstück öffnet sich automatisch für mich, als ich darauf zu fahre, und ich halte inne, um mich zu vergewissern, dass es sich hinter mir sicher schließt, bevor ich mich auf den Weg in die Stadt mache. Zuerst das Postfach, dann das Geschäft. Es stehen nur ein paar andere Dinge auf der Liste, die wir brauchen, aber sie hätten warten können, bis ich morgen in die Stadt fahre. Unten am Flughafen sehe ich, wie das kleine Flugzeug, das zuvor gelandet ist, gerade entladen wird. Eine Frachtkiste von der Größe einer großen Gefriertruhe wird aus dem Heck des Flugzeugs in einen fensterlosen Kastenwagen geschoben, während drei Männer danebenstehen und alles genau überwachen.

Im Lebensmittelgeschäft achte ich darauf, zu lächeln und jeden zu grüßen. Denn, obwohl ich neu hier bin, gelte ich jetzt gewissermaßen als ‚Einheimische‘, da ich eine ‚Verwandte‘ eines langjährigen Anwohners bin. Außerdem möchte ich niemanden verprellen, sollte ich am Ende doch hierbleiben.

Ich habe mich schon von genügend Leuten in meinem Leben abgewandt. Es wird jedes Mal schwieriger und dieses Mal habe ich mir dabei das Herz herausgerissen.

Als ich das Geld aus meinem Portemonnaie herauskrame, um zu bezahlen, stößt Sandy, die Verkäuferin, einen Seufzer aus. „Wow, *der* ist aber süß. Ich habe ihn noch nie in der Stadt gesehen. Er muss ein Tourist sein.“

Ich schaue auf, sehe aber nur den Rücken eines in Jeans gekleideten Mannes, der am Ende eines anderen Ganges verschwindet.

Als ich meine Einkäufe in den Land Rover hebe,

erstarre ich, als mir der Hauch eines Geruchs in die Nase steigt.

Gestaltwandler.

Wolf. Keiner, den ich kenne, aber *definitiv* ein Wolf.

Verdammt!

Mit rasendem Puls schließe ich die Heckklappe, springe hinters Steuer und verlasse den Parkplatz, noch bevor ich den Sicherheitsgurt angelegt habe.

Anstatt zum Gehöft zurückzufahren, rase ich in die entgegengesetzte Richtung. Ich habe alle Straßen, Wege und Pfade in der unmittelbaren Umgebung auswendig gelernt, die ich mit dem Geländewagen nehmen kann. Nur für den Fall, dass ich sie irgendwann einmal brauche. Ich habe außerdem eine Menge über das örtliche Terrain gelernt, während ich Chaldis nachts herumfahre.

Ich schaue immer wieder in den Rückspiegel, aber mir folgt niemand. Schließlich wird mein Puls wieder langsamer und ich halte an. Ich warte ein paar Minuten in der Nähe einer Abzweigung, die ich nehmen kann, um nach Hause zu fahren, nur um sicherzugehen.

Ich halte die Waffe in meiner Hand und schussbereit.

Niemand ist mir gefolgt.

Chaldis hat sehr darauf geachtet, sich in Alaska keine Feinde zu machen. Es gibt hier in Homer kein Wolfsrudel und auch keine anderen Vampire. Keine ansässigen Wandler. Er zieht keinerlei Aufmerksamkeit auf sich, was bedeutet, dass es keinen Grund gibt, warum ihn jemand jagen sollte.

Hoffentlich.

Ich fühle mich dumm, denn *natürlich* gibt es Wandler in Alaska. Schließlich mache ich mich auf den Weg nach Hause, wo ich mich erst entspanne, als das Rolltor der Garage sicher hinter mir geschlossen ist.

Die Tür zum Haus öffnet sich und Chaldis steht dort.

Er runzelt sofort die Stirn und kommt zur Fahrertür hinüber. „Was ist los? Ist alles in Ordnung mit Ihnen? Sie riechen gestresst."

„Das ist komisch. Mir geht es gut." Ich erzähle ihm davon, dass ich den Wolf gewittert habe.

„Homer hat eine Landebahn. Es ist nicht ungewöhnlich, dass Wandler gelegentlich hier durchreisen."

„Meine Güte, Sie klingen genauso überzeugt wie ich. Ich fühle mich dadurch nicht wirklich besser." Das Festnetztelefon klingelt und ich gehe zum Apparat an der Garagenwand hinüber, um zu antworten. „Bianchi Residenz."

„Miss Hayley? Hier spricht Jarred von der Scheune unten. Mr. Bianchis regelmäßige Lebensmittellieferung ist gerade hier unten angekommen. Soll ich den Lieferanten zum Haus hochschicken?"

Das heißt, seine Blutlieferung. Sie denken, dass Chaldis regelmäßig Lieferungen von speziellen, verderblichen Nahrungsergänzungsmitteln erhält. Ich drehe mich um und sehe, dass Chaldis direkt hinter mir steht. Er schaut finster drein, während er zuhört.

Er schüttelt den Kopf.

„Nein, ich komme sie abholen", sage ich zu ihm. „Unten an der Scheune?"

„Ja."

„Ich bin gleich da." Ich lege auf.

„Geben Sie mir die Waffe", sagt Chaldis.

Ich tue es und er verschwindet ins Haus. Einen Moment später kommt er wieder damit zurück. „Ich habe die Patronen durch Silberkugeln ersetzt." Außerdem hält er ein anderes Holster in der Hand, das offene Hüftholster. „Tragen Sie sie sichtbar."

„Sie beunruhigen mich." Ich tausche die Holster aus.

„Ich treffe nur Vorsichtsmaßnahmen, meine Liebe.

Und nehmen Sie das hier." Er reicht mir ein Messer. „Silber."

„Jetzt machen Sie mir *wirklich* Angst." Ich stecke das Holster des Messers an die Rückseite meines Gürtels und verstecke es unter meinem Hemd und meiner Jacke.

„Ich bin besorgt und vorsichtig. Geben Sie mir die Einkäufe und nehmen Sie den Land Rover. Bleiben Sie im Fahrzeug. Schießen Sie durch die Fahrzeugtür, wenn es sein muss." Er deutet auf seinen Kopf. „Zielen Sie auf den Kopf. Ein Körperschuss wird einen Wandler nicht aufhalten, es sei denn, er durchdringt das Herz. Eine Silberkugel ins Gehirn wird sie sofort töten."

„Ich schaffe das schon. Sie sind nur übermäßig nervös, weil Corbin weg ist."

„Ja, aber ich bin auch deshalb nervös, weil es heute Nachmittag schon zu viele Zufälle gab."

Sobald er mit den Lebensmitteln sicher im Haus ist und die Innentür geschlossen hat, öffne ich das Garagentor von Neuem, fahre rückwärts hinaus und warte dann, bis das Tor sich wieder geschlossen hat. Dann folge ich dem gepflegten Pfad hinunter zur Scheune.

Ein schmutziger, blauer Jeep, den ich nicht erkenne, parkt direkt neben den Fahrzeugen und den Quadbikes der Ranchmitarbeiter vor der Scheune. Ich fahre ganz nah an die Bürotür heran und kurble mein Fenster hinunter.

Jarred kommt heraus, gefolgt von …

Scheeeiiiiiße.

Der Typ ist definitiv derselbe Wolf, den ich in der Stadt gerochen habe. Er trägt ein Klemmbrett und den großen versiegelten Karton, in dem sich der Styroporversandbehälter mit den Kühlakkus und dem Blut befindet. Das Ding wiegt ungefähr zwanzig Kilo, aber er trägt es, als wäre es leer.

Ich halte die Waffe entsichert in meinem Schoß mit dem Finger am Abzug.

„Ich brauche eine Unterschrift, Ma'am", sagt er. Er starrt mich mit intensivem Blick an.

Oh, scheiße. Es ist die Stimme des zweiten Touristen heute, den ich an der Sprechanlage gehört habe.

Ich bin nicht dumm genug, ihm in die Augen zu sehen und zu riskieren, ihn aus dem Konzept zu bringen. Nur für den Fall, dass er ein Alpha ist und mir widerstehen kann. Aber ich starre auf seine Nase. „Jarred kann dafür unterschreiben. Laden Sie es einfach in den Kofferraum."

Der Blick des Wolfes verharrt auf mir, als er an der Fahrertür vorbeigeht. An der Art, wie er seine Nase rümpft, erkenne ich, dass er die Waffe gerade gerochen hat.

Das oder er hat den Geruch von Chaldis an mir wahrgenommen.

Geh einfach weiter, Kumpel.

Mein Herz klopft heftig. Es rast auf eine Art und Weise, wie es das noch nicht einmal getan hat, wenn ich dieses … *Ding* gesehen habe.

Das hier ist ein fremder Wandler, der wirklich nicht hier sein sollte, und ich rieche nach Vampir.

Es ist helllichter Tag.

Ich muss Chaldis beschützen.

Aber Jarred unterschreibt auf dem Klemmbrett, nachdem der Wolf die große Kiste in den Kofferraum geschoben und ihn wieder geschlossen hat. Der Wolf geht noch einmal an meiner Tür vorbei, hält inne und hebt dabei kaum die Nase. Aber ich weiß, dass er schnüffelt.

Ich öffne meine Lippen kaum und flüstere so leise, dass ich weiß, dass der Wolf es deutlich hören kann, Jarred aber nicht. „Ich weiß, dass Sie ein Wolf sind. Verschwinden Sie von hier und es wird keinen Ärger geben. Wir wollen keinen Ärger mit Ihnen oder Ihrer Art, aber Sie sind hier *nicht* willkommen. Stellen Sie mich *nicht* auf die Probe."

Ich lege meinen Finger auf den Abzug der Neunmillimeter.

Ich *weiß*, dass er das gehört hat, denn er erstarrt. Er hebt sein Kinn an, um mir seine Kehle zu zeigen, was bedeutet, dass er kapituliert und nicht gegen mich kämpfen wird. Dann neigt er seinen Kopf und nickt mir respektvoll zu. Er hebt kurz seine Hände vor sich hoch, um zu signalisieren, dass er sich zurückzieht, und tritt einen langsamen bedächtigen Schritt zurück, bevor er sich umdreht und schnell verschwindet.

Jarred kommt zu mir, als ich die Waffe sichere und den Finger vom Abzug nehme. „Alles in Ordnung, Miss Hayley?", fragt er.

Ich beobachte, wie der Wolf in seinen Jeep steigt und wegfährt. „Ja. Wenn dieser Mann jemals wieder versucht, einen Fuß auf dieses Grundstück zu setzen, lassen Sie es ihn nicht tun. Selbst wenn Sie ihn erschießen müssen." Wir sind im verfluchten *Alaska*. Hier tragen alle offene Schusswaffen, allein schon wegen der Bären.

Er lacht, bis ihm bewusst wird, dass ich es ernst meine. „Ähm, ja, Ma'am."

„Ist heute sonst noch jemand aufgetaucht, den Sie vorher noch nie gesehen haben?"

„Nur ein paar Touristen. Genauso wie immer. Ich habe sie in die richtige Richtung gewiesen."

„In Ordnung. Danke." Ich wende den Land Rover und fahre, so schnell ich mich traue, zurück zum Haus, wobei das Fahrzeug über Spurrillen in der Straße hüpft. Sobald das Garagentor geschlossen ist, öffnet sich die Innentür und Chaldis kommt zu mir.

Er ist ebenfalls bewaffnet und trägt eine weitere Neunmillimeter an seiner Hüfte. „Also?"

„Derselbe verdammte Wolf. Er war definitiv der zweite Tourist, der heute am Tor geklingelt hat. Schließen Sie alle schweren Sturmläden. Und zwar *sofort*. Ich weiß nicht, was hier los ist, aber wir müssen Sie vielleicht in die Krypta bringen." Die Sturmläden können mit Bären und Wirbelstürmen fertigwerden.

Ich hoffe nur, dass sie auch Werwölfen standhalten.

„Ich werde Sie nicht oben alleinlassen", sagt er.

„Ja, aber Sie bezahlen mich auch nicht dafür, dass ich zulasse, dass Ihnen jemand eine Falle stellt. Und es ist helllichter Tag." Es gibt einen Notausgang in Form eines kleinen Tunnels, der von dem tiefen, in den Felsen geschlagenen Keller, in dem sich seine ursprüngliche Gruft befindet, zu einem Schlupfloch führt, das etwa einhundert Meter hangabwärts vom Haus liegt. Es befindet sich direkt am Rand eines dichten hügeligen Waldes mit vielen kleinen dunklen felsigen Winkeln und Ritzen, in denen er sich bei Sonnenlicht sicher verstecken könnte, wenn er dazu gezwungen wäre.

Der Fluchttunnel hat drei Abzweigungen, die zu versiegelten, jedoch leicht zu öffnenden Ausgängen führen, nur für den Fall, dass der Hauptausgang jemals entdeckt und blockiert wird. Weiter draußen auf dem Grundstück befindet sich ein alter fensterloser Munitionslagerbunker aus dem Zweiten Weltkrieg. Das Dach und die Wände werden regelmäßig gewartet und es gibt eine Sicherheitstür und eine Notkrypta mit einigen Vorräten, falls er sie jemals benutzen muss.

Er bringt den Behälter mit dem Blut in die Küche, wo wir den Karton öffnen, um den Inhalt zu untersuchen. Es sieht nicht so aus, als wäre er geöffnet worden. Die Versiegelung des inneren Styroporkühlbehälters ist intakt, ebenso wie die inneren Verpackungen der Blutbeutel, die offensichtlich als flüssige Nahrungsergänzungsmittel getarnt sind.

Chaldis beugt sich vor. Seine Nase berührt die Kiste fast, während er schnuppert. „Sie haben recht – ich kann den Wolf am äußeren Karton riechen, aber ich glaube, der Inhalt ist in Ordnung. Ich rieche nichts an oder in der Kühlbox oder an den Blutbeuteln selbst, außer den üblichen Technikern, die die Lieferung verpacken. Sie haben ihn nicht erkannt?"

„Nein. Wenn ich das täte, hätte ich jetzt nicht solche Angst. Ich wäre nur irritiert, dass sie es geschafft haben, mich aufzuspüren. Wenn es ein Tucson-Wolf wäre, den ich kenne, könnte ich Garrett anrufen und ihn bitten, ihn von mir abzuziehen. Aber das alles ist ein zu großer Zufall. Ich weiß, Sie reisen nicht mehr viel, aber es gibt eine *Menge* Wandler dort draußen, die Vampire hassen. Wir müssen Sie nach unten bringen."

„Ich lasse Sie *nicht* allein hier oben, um sich einer potenziellen Bedrohung zu stellen."

Dickköpfiger Vamp! „Sie haben vielleicht keine andere *Wahl*, Boss. Es ist immer noch *helllichter* Tag."

„Vielleicht sollten Sie Ihren Freund in Tucson anrufen und fragen, ob er ihn geschickt hat?"

„Nein. Wenn Garrett ihn geschickt hat, dann ist dieser Wolf keine Bedrohung und wird nicht angreifen. Wenn er ihn nicht geschickt hat, verrät ihm das nur meinen Standort und er wird es Dexter sagen."

Obwohl ich wirklich gern in Tucson anrufen würde und das aus *vielerlei* Gründen.

Im Moment ist der Hauptgrund dafür, dass ich Angst habe. Aber ich habe einen Job zu erledigen.

Ich konnte schon immer gut für andere kämpfen.

Für mich selbst? Nicht so sehr.

Wir ziehen die Sturmläden des Hauses fest zu und ich

gehe nervös im Haus umher und prüfe alle Fenster. Sobald es gegen halb elf dunkel genug draußen ist, gehe ich nach oben und benutze ein Nachtsichtfernglas, um das umliegende Grundstück abzusuchen.

Ich habe gerade eine Runde um das Obergeschoss gedreht, um das Gelände rund um das Haus zu prüfen, als ich eine verschwommene Bewegung wahrnehme, die zu schnell ist, um ein natürlicher Bär oder ein Werwolf zu sein, und die aus der Richtung des Eingangstores kommt. Bevor ich Chaldis eine Warnung zurufen kann, klingelt es bereits an der Haustür.

Ich rase die Treppe hinunter und nehme zwei Stufen auf einmal. Kugeln können einen verdammten Vampir normalerweise *nicht* aufhalten, aber ein Bogen oder eine Armbrust schon. Ich schnappe mir die Armbrust, die Corbin mir zur Verfügung gestellt hat – komplett mit silberbezogenen Holzbolzen für den Fall, dass Werwölfe auftauchen – die ich zuvor breitgemacht und im Eingangsbereich an die Wand gestellt habe.

„*Gehen* Sie", flüstere ich Chaldis zu, während ich mich an ihm vorbeidränge. Er steht in der Nähe der Küchentür und ich zeige auf die Tür zum Keller.

„Nein. Ich werde nicht …"

Ich drehe mich zu ihm um. „Verdammt noch mal! *Gehen* Sie!"

Er funkelt mich an. „Ein Wandler hätte schon versucht, durch die Fensterläden zu brechen. Er wäre auf das Dach gesprungen und hätte versucht, ein Loch hineinzureißen, anstatt uns eine Warnung zu geben, indem er wie eine zivilisierte Person an der Tür klingelt. Sie haben sich die Armbrust geschnappt und das heißt, Sie haben jemanden verschwimmen sehen. Ein Vampir kann *nicht* ohne Erlaubnis eintreten." Er nimmt mir die Armbrust ab und zielt damit auf die Tür. „Gehen Sie und sehen Sie nach, wer es ist.“

Die schwere Sturmblende ist über der äußeren Sturmtür heruntergerollt, aber der Knopf für die Türklingel befindet sich an der Wand direkt davor. Was bedeutet, dass ein Blick durch den Spion nichts nützen wird. Die Gegensprechanlage befindet sich jedoch im Inneren des Sturmtors, wo sie vor der Witterung geschützt ist. Sie ist somit für jemanden außerhalb des Tores nicht zugänglich.

Ich ziehe meine Waffe, stelle mich an die Seite, entriegle die schwere Eingangstür und schiebe sie einen Spalt breit auf. „Was wollen Sie?“, knurre ich. „Sie sind unbefugt eingedrungen. Dies ist Privatbesitz. Sie sind hier *nicht* willkommen.“

Die geknurrte Antwort des Mannes lässt mich fast meine Waffe fallenlassen. „Wie zum *Teufel* soll ich dir dann deinen Hintern versohlen, dafür dass du einfach so verschwunden bist, Liebste?“

31

Dexter

LASST EUCH NICHT TÄUSCHEN – ich werde ihr in unmittelbarer Zukunft *definitiv* den Hintern versohlen.

Als Mark zuvor zurückkam und bestätigte, dass er dachte, es sei Eilidh, kostete es mich große Mühe, nicht sofort in die Sonne hinauszustürmen.

Verfluchtes *Alaska*. Natürlich *musste* mein Mädchen irgendwo landen, wo die Sommertage länger sind als überall sonst und die Nächte gerade mal fünf Stunden lang.

Das ist kaum lange genug, um die Bestrafung vorzunehmen, die mein Mädchen sich verdient hat.

Als Noah, einer von Garretts Cousins aus Seattle, dann berichtete, dass er beinahe von einer Frau erschossen worden wäre, die offensichtlich wusste, dass er ein Wolf war, und die definitiv nach dem Geruch roch, den er an Eilidhs Perücke wahrgenommen hatte, wusste ich, dass wir sie gefunden hatten. Obwohl er berichtete, dass ihr Haar blond ist, nicht schwarz.

Welcher andere Mensch wäre mutig – oder töricht – genug, um sich *wissentlich* und so dreist einer potenziellen Werwolfbedrohung zu stellen, wie sie es tat?

Nur meine Eilidh.

Heiliger Strohsack, ich bin so stolz auf sie. Sie gehört ganz mir.

Wenn ich sie lange genug fangen und festhalten kann, um sie dazu zu bringen, nicht länger wegzulaufen und mir zu erlauben, ihr zu helfen, das Problem ihres mysteriösen gespenstischen Hundestalkers zu lösen.

Und jetzt stehe ich hier. Nur ein Sturmladen und eine Glassturmtür trennen mich von meiner Liebe. Ich kann den fremden Vampir und meine Eilidh riechen.

Ich werde ihn töten, wenn er sie auch nur ein einziges Mal berührt, oder gar von ihr getrunken hat.

Die Holztür schwingt langsam auf und Eilidhs Duft steigt in meine Lunge. *Da* ist mein Mädchen und zum ersten Mal seit über sieben Wochen erfüllen mich Erleichterung und Frieden.

„*Dexter?* W-Was zum *Teufel* machst du hier?"

Ich stehe im Türrahmen vor der Sturmschutztür und schaue sie durch die Ritzen darin an. Ich stütze meine Hände auf beiden Seiten der Türöffnung ab, so wie ich es in der ersten Nacht an ihrer Wohnungstür tat, als sie mich dorthin mitnahm. „Was *denkst* du denn, was ich hier mache, Liebste? Ich bin hier, um das einzufordern, was *mir* gehört, verdammt." Ich sehe den Vampir hinter ihr stehen und zwinge mich, ruhigzubleiben. „*Lass* mich herein, Eilidh."

„Das ist *meine* Entscheidung, glaube ich", antwortet der Vampir. „Da sie für mich arbeitet und dies *mein* Haus ist." Er hat einen leichten Akzent, den ich nicht ganz zuordnen kann. Ich möchte ihn pfählen, wiederbeleben und noch einmal pfählen, weil er so verdammt attraktiv und kontinentaleuropäisch wirkt, während er dort neben *meinem* Mädchen steht.

„Trete zurück, Dexter", warnt sie.

Zögernd tue ich es. Ich höre, wie sie einen Schalter umgelegt und der Sturmladen langsam hochfährt.

Jetzt kann ich mein Mädchen sehen. Ja, ihre Haarfarbe hat sich zu einem Goldblond gewandelt und sie sieht aus wie auf dem Bild, das ich von ihr und ihrer Mutter gesehen habe. Ich glaube, es gefällt mir besser als das Schwarz. Ich lasse sie nicht aus den Augen, als der Vampir vortritt, und von der anderen Seite der Sturmschutztür eine Armbrust auf mich richtet.

„Dexter Van Sussex, nehme ich an?" Er klingt amüsiert, das ist also immerhin etwas, schätze ich.

„Sie nehmen richtig an und das ist *mein* Mädchen da drinnen."

Er studiert mich einen Moment lang und schaut dann Eilidh an. „Sie haben recht. Er sieht wirklich aus wie Ianto Jones."

Sie nickt. „Ich weiß, nicht wahr?"

Er grinst. „Komisch, ich hätte Sie mir irgendwie älter vorgestellt."

„Ich bin über zweitausend Jahre alt. Wie viel älter sollte ich Ihrer Meinung nach aussehen?"

Er schnaubt. „Okay, Opa."

„Lassen. Sie. Mich. Rein."

„Dexter!", schimpft sie. „Hör auf, so ein Arschloch zu sein. Er liebt seinen Jungen, dessen Bruder – zu deiner Information – gerade verdammt noch mal *gestorben* ist. Du willst reinkommen, beißfreudiger Augenschmaus? Dann zeige etwas Respekt. Er hat nicht von mir getrunken und mich auch nicht angefasst. Er ist mein

Boss – ich *arbeite* für ihn. Und er ist ein Freund. Entspann dich.“

Mein Mädchen weiß genau, was sie sagen muss, um mich zu beruhigen. Das muss ich ihr lassen. „Ich bitte um Entschuldigung.“ Ich atme tief ein. „Es tut mir aufrichtig leid für Ihren Verlust. Darf ich *bitte* reinkommen und mit Eilidh sprechen?“

„*Hmm.*“ Er blickt zu ihr hinunter. So wie er grinst, macht sich das Arschloch jetzt nur über mich lustig. „Möchten Sie, dass er hereinkommt, Eilidh?“

„Solange er verspricht, sich zu benehmen und sich nicht wie ein Arsch zu verhalten.“

Ich werde ihr *dermaßen* den Hintern versohlen. „Ich schwöre, ich werde dieses Haus und alle darin respektieren.“

Der Vampir erinnert mich in seiner Art ein wenig an Lucius, wie er sich mit dem Finger an die Lippen tippt und dies in die Länge zieht, bevor er schließlich nickt. „Dann ja, ich schätze, Sie dürfen eintreten. Ich bitte Sie, hereinzukommen.“ Er greift vor und öffnet die Sturmschutztür für mich.

Eilidh kreischt, als ich durch die Tür verschwimme, sie packe, sie mit meinem Körper an die Wand drücke und sie wie wahnsinnig küsse.

Verdammt.

Habe.

Ich.

Sie.

Vermisst.

„Ich werde dir *dermaßen* den Arsch versohlen, Mädchen“, murmele ich gegen ihre Lippen, während sie mit den Händen in mein Haar greift und ein Bein um meines schlingt.

„Aber …“

„*Schhh*. Ich bin noch nicht damit fertig, dich zu küssen. Erst das Küssen und *dann* das Versohlen." Mit meinen Lippen über ihren nehme ich sie und ihren Mund völlig in Besitz. Meine Erektion beult die Vorderseite meiner Jeans aus und ich drücke sie in den Zwischenraum ihrer Schenkel und fange an, mich an ihr zu reiben. Sie stöhnt in meinem Mund, während sie ihren Körper an meinen schmiegt.

Das hier. Ich hatte Albträume davon, sie nie wieder in den Armen zu halten. Es ist also eine glückselige Erleichterung, sie wieder nah an meinem Körper zu spüren. Ich packe ihren Hintern und hebe sie hoch, damit sie ihre Beine um meine Taille schlingen kann.

Jaaaa. Das ist *viel* besser. Der Duft ihrer Erregung erfüllt meine Sinne und ich greife schon nach unten, um ihre Jeans zu öffnen, als der Vampir hinter uns gluckst.

„Oh, nein. Bitte beachten Sie mich nicht, Dexter. Fühlen Sie sich ganz wie zu Hause. Vernaschen Sie meine Helferin in meinem Flur. Nur zu. Es ist ja nicht so, als hätten wir Betten für diesen Zweck."

Ich kann nicht aufhören, sie zu küssen, also wimmert sie gegen meine Lippen. „Dexter, Chaldis Bianchi. Chaldis, Dexter Van Sussex."

Ich strecke blind meine Hand nach hinten und Chaldis schüttelt sie.

„Ich lasse Sie beide einen Moment allein", sagt er und gluckst erneut, als er den Flur verlässt.

Sie ist der schönste Anblick auf der Welt. „Mach mir *nie* wieder solche Angst. Ich *verbiete* dir, mich jemals wieder zu verlassen."

Ihre wunderschönen violetten Augen starren zu mir auf. Alle Belustigung ist aus ihnen verschwunden. „Es ist am Club aufgetaucht", sagt sie leise. „Ich *musste* es von euch allen weglocken."

„Lucius und ich haben uns das Videomaterial der Sicherheitskamera angesehen. Du *darfst* das nicht wieder tun. Wir stellen uns dem Ding *gemeinsam*. Außerdem glaube ich, dass wir eine Spur haben." Ich beuge mich für einen weiteren Kuss vor, aber sie stößt gegen meine Brust und löst ihre Beine von meiner Taille.

„Warte, *was*? Welche Spur?"

Ich stehle einen weiteren Kuss von ihr und erzähle ihr dann, was wir über die Steinkreise herausgefunden haben. „Wir müssen also mit deinem Ring nach Wales zurückkehren. Ich denke, vielleicht …"

„… löst das Tragen des Ringes das Erscheinen das Dings aus?", beendet sie meinen Satz.

„Ja. Vielleicht sogar bei Vollmond. Woher weißt du das?"

„Ich habe geraten. Du hast den Ring an dem Morgen aufgesetzt, als wir zusammen geduscht haben. Und ich glaube, dass es das in der Vergangenheit auch ausgelöst hat."

Ich fahre mit meinen Fingern durch ihr Haar. „Wir können uns noch heute Nacht auf den Weg machen. In fünf Tagen ist Vollmond. Dann können wir es noch einmal versuchen."

„Nein, können wir nicht."

„Warum nicht?"

„Weil ich einen Job habe, mein beißfreudiger Augenschmaus. Ich kann nicht gehen, bis Corbin zurückkommt. Obwohl …" Sie sieht nachdenklich aus.

„Obwohl, was?"

„Chaldis!", ruft sie. Fast sofort taucht er wieder auf. Er hält immer noch die Armbrust in der Hand.

„Ja?"

Sie rollt mit den Augen. „Kumpel, legen Sie das weg.

Dexter ist okay. Hören Sie. Wo in Georgia befindet sich Corbin?“

Chaldis runzelt die Stirn. „Nicht weit außerhalb von Atlanta. Warum?“

Mein Mädchen lächelt zu mir auf und schlingt ihre Arme um meinen Hals. „Wenn ich dich meinen Hintern versohlen lasse, darf ich dich dann um einen Gefallen bitten? *Sir*?“

„Ich versohle dir den Hintern sowieso, *Mädchen*.“

„Ich meine es ernst, Dexter.“

„Ich auch.“ Ich verpasse ihr einen spielerischen Klaps auf ihre Jeans. „Du wirst für ein paar Wochen nicht bequem sitzen können, wenn ich mit dir fertig bin.“

„Wie hast du mich überhaupt gefunden?“

„Gleich. Was ist der Gefallen?“ Als ob ich ihr ehrlich irgendetwas ausschlagen könnte, das in meiner Macht steht.

Aber ich werde ihr *auf jeden Fall* den Hintern versohlen.

„Wir müssen Chaldis zur Beerdigung nach Georgia fliegen, damit er bei Corbin sein kann. Ihn in einer geeigneten Unterkunft unterbringen *und* ihn hinterher sicher nach Alaska zurückfliegen.“

„Betrachte es als erledigt. Wann müssen wir aufbrechen?“

„Moment, was?“, fragt Chaldis. „Können wir noch einmal von vorn anfangen?“

Als mein Mädchen lächelt, fühlt sich die Welt endlich wieder so an, als wäre sie in Ordnung. „Wir werden Sie mit Dexters Privatflugzeug nach Atlanta fliegen, damit Sie bei der Beerdigung seines Bruders dabei sein können. Und wir werden Sie unterbringen.“ Sie sieht aus, als wäre ihr gerade noch etwas eingefallen. „Oh! Das war Mark unten am Tor heute, nicht wahr? Ich dachte doch, ich hätte die Stimme erkannt.“

„Ja. Und Noah." Ich beuge mich vor und knabbere spielerisch an ihrem Hals. „Und das war sehr umgezogen von dir, zu drohen, Noah zu erschießen. Nachdem er doch so nett war, mit mir mitzukommen, um mir auf der Suche zu helfen. Er ist Garretts Cousin aus Seattle." Ich ziehe mein Handy heraus, um Mark und John anzurufen, aber ich stelle fest, dass ich keinen Empfang habe. Verdammt.

Sie nimmt mir das Telefon ab, ruft die Einstellungen auf und verbindet mich mit dem WLAN des Hauses. „Hier. Hier draußen gibt es keinen Handyempfang. Tut mir leid."

Ich greife nach unten und gebe ihrem Hintern einen weiteren Klaps, sodass sie spielerisch aufkreischt. „Danke, Liebste."

Chaldis zeigt auf sie. „Sie schulden ihr übrigens ein Abendessen. Ich hatte versprochen uns heute Abend Steaks auf der Terrasse zu grillen, aber wir dachten, Sie wären gekommen, um uns anzugreifen. Also hätte sie stattdessen hausgemachte Hühnerpastete bekommen."

Ja, ich fühle mich deswegen ein wenig schlecht. „Es tut mir leid."

Sie streckt mir die Zunge heraus, aber an der Art, wie sich kleine Fältchen um ihre Augen bilden, erkenne ich, dass sie versucht, nicht zu lachen. „Was dir *wirklich* leidtun muss, sind die knusprigen Trüffelkartoffeln. Das hat mich wirklich genervt."

„Können wir Mark, John und Noah reinlassen?", frage ich. „Sie sind unten am Tor."

Mir fällt auf, dass Chaldis Eilidh ansieht, die ihm einen Daumen nach oben zeigt, bevor er zustimmend nickt. Sie geht zu einer Bedientafel hinüber und drückt den Knopf der Gegensprechanlage. „Mark, John, hier ist Eilidh. Ihr könnt zum Haus kommen. Alles ist in Ordnung. Wir haben den beißfreudigen Augenschmaus nicht erschossen.

Und ihr könnt euren Wolfsfreund Noah mitbringen, wenn er sich nicht immer noch in die Hose macht, weil ich ihn so erschreckt habe. Ich verspreche, dass ich ihn nicht erschießen werde.“

„Danke“, antwortet Mark, als er zu Ende gelacht hat. „Wir sind gleich da.“

Chaldis grinst nervig. „Sie lassen sich von Ihrem Mädchen *beißfreudiger Augenschmaus* nennen, *hmm*? Interessanter Kosenamen. Mein Junge nennt mich nur *Master*. Vielleicht sollte ich das überdenken.“

„Es ist nicht so, dass ich sie wirklich ‚lasse‘, da wir noch in der Anfangsphase stecken, unsere Dynamik zu definieren.“ Ich strecke die Hand aus und klatsche ihr noch einmal auf den Hintern. „Aber es gefällt mir immer besser. Obwohl ich glaube, ich bevorzuge *Sir*.“

„Warte mal“, sagt sie und schaut mich an. „Das warst *du* in der Kiste, die heute Morgen aus dem Flugzeug geladen wurde, nicht wahr?“

„Schuldig im Sinne der Anklage.“

„Du willst damit sagen, du hast in einem verdammten Kastenwagen herumgehangen, bis es dunkel wurde?“

„Nun, ja. Du hast den armen Noah fast erschossen.“

„‚Der arme Noah‘ hätte auch einfach sagen können, dass er mit *dir* hier ist, weißt du. Sie hätten den Wagen in die Garage fahren und wir hätten dich dort ausladen können. Sie ist lichtdicht. Das ganze Haus ist bei Tageslicht vampirsicher.“

„Ich habe ihm gesagt, dass er nicht verraten soll, wer er ist, es sei denn, du versuchst, ihn zu töten. Ich wollte nicht, dass du wieder wegläufst, bevor ich persönlich mit dir sprechen konnte. Ich ziehe übrigens in Erwägung, dich mit Handschellen an mich zu fesseln.“

Chaldis sieht viel zur amüsiert über diese Wendung der Ereignisse aus. „Ich leihe Ihnen ein Paar von unseren, wenn Sie versprechen, sie von Körperflüssigkeiten gereinigt zurückzugeben."

Draußen höre ich die Männer ankommen. Ich lasse sie herein, stelle ihnen Chaldis vor und mache Noah offiziell mit Eilidh bekannt.

Noah schnauft. „Lady, bei allem Respekt, aber Sie haben echt Nerven", sagt er, als er ihre Hand schüttelt. „Garrett hat mich gewarnt, dass Sie sich behaupten können, aber das ist das erste Mal, dass mich ein Mensch so überrumpelt hat. Besonders ein weiblicher Mensch."

„Ich habe Ihre Stimme von der Sprechanlage am Tor erkannt. Außerdem habe ich Sie im Lebensmittelladen in der Stadt gerochen."

Er runzelt die Stirn. „Wie das?"

Ich beuge mich vor. „Ich habe dich doch gewarnt, dass sie kein durchschnittlicher Mensch ist."

Der Wolf mustert sie vorsichtig. „Den Eindruck habe ich jetzt auch."

„Lass mich Lucius und Garrett anrufen und ihnen sagen, dass du gefunden wurdest", füge ich hinzu.

Sie streckt mir erneut die Zunge raus und ich ziehe sie zu einem weiteren langen tiefen Kuss an mich. Gefolgt von einem weiteren festen Schlag auf ihren Hintern. „Baby, du steckst in unglaublich großen Schwierigkeiten."

„Wie hast du mich überhaupt gefunden?"

„Jackson Kings Gefährtin, Kylie. Sie ist eine Hackerin. Sie hat schließlich herausgefunden, dass du die Fähre nach Alaska genommen hast. Hat dein Nummernschild entdeckt und konnte dann zurückverfolgen, dass du als Passagier dabei warst. Und schließlich, wo du von Bord gegangen bist. Von dort aus haben wir Bluttransporte nachverfolgt, die in diese Gegend geliefert werden, um die Möglichkeiten einzugrenzen."

„Verdammt noch mal", murmelt sie. „Ich *wusste*, ich hätte irgendwo ein Nummernschild klauen sollen."

John lacht. „Übrigens gute Arbeit. Sie sollten Kurse im Untertauchen geben. Ich habe diesen Mann noch nie so frustriert gesehen, wie auf der Suche nach Ihnen."

„Frustriert, was?"

„Sehr", knurre ich, während ich ihr einen weiteren langen Kuss gebe.

„Dann nehme ich an, das bedeutet, dass meine Blutlieferung nicht manipuliert wurde?", fragt Chaldis.

„Nein, wurde sie nicht", antworte ich ihm. „Es tut mir leid, dass ich sie abgefangen habe. Ich habe einen Kerl bei der Frachtfirma in Anchorage bezirzt, damit wir sie mitnehmen konnten. Bitte seien Sie nicht böse auf ihn."

„Sie hätten mir nicht meinen Bräter mitbringen können, nehme ich an?" Er seufzt. „Ich hätte Ihnen einen *buchstäblichen* Heldenempfang bereitet, wenn Sie das getan hätten."

„Was?"

Eilidh stöhnt und reibt sich die Stirn, als würde sie versuchen, geduldig zu bleiben. „Kumpel, Sie haben *drei* andere *verdammte* Bräter, die Sie benutzen können. *Suchen* Sie sich einen aus!"

„Aber ich möchte *diesen* benutzen!"

Ich überlasse sie ihrem freundschaftlichen Gezänk, das offenbar auch etwas mit Star Wars zu tun hat, und gehe ins Wohnzimmer, um Lucius und Garrett anzurufen, damit sie die Suche abblasen können.

Als ich zurückkehre, erklärt Eilidh John und Mark gerade ausführlich die Logistik, die sie für Chaldis und Corbin – ich nehme an, das ist der menschliche Partner des Vampirs – arrangiert haben will. Meine Männer machen sich bereits Notizen.

„Unnötig zu sagen", sagt Chaldis, „dass Sie alle gern

hier unterkommen können. Die Nacht ist recht kurz und wir haben reichlich Platz.“

Noah räuspert sich. „Wenn es Ihnen nichts ausmacht, nichts für ungut, würde ich es lieber vorziehen, in der Stadt im Hotel zu übernachten. Garrett bürgt für dich, Dexter, aber ganz ehrlich, ich werde hier kein Auge zutun. Tut mir leid. Es ist nicht persönlich.“

„Kein Problem“, sage ich zu ihm. „Wir treffen uns gegen vier am Nachmittag wieder hier.“

„Alles klar.“ Er wünscht uns allen eine gute Nacht und macht sich auf den Weg.

Eilidh schaut Chaldis an. „Erinnern Sie mich daran, dass ich Jarred morgen früh wissen lasse, dass Noah doch in Ordnung ist. Ich glaube, ich könnte ihm befohlen haben, ihn zu erschießen. Ich werde ihm sagen, dass er ein alter Freund von Corbin ist.“

Chaldis lacht. „Ich werde es mir merken.“

Nachdem Eilidh John und Mark in ihre Gästezimmer geführt hat, ziehe ich sie in ihr Zimmer und schließe die Tür. „Nun zum Hintern versohlen, Liebste.“

„Können wir das später machen? Ich möchte die Logistik besprechen, solange du noch wach bist.“

Ich küsse sie wieder. Ich kann *nicht* aufhören, sie zu küssen. „Hast du *irgendeine* Ahnung, was für große Sorgen ich mir gemacht habe?“

EILIDH

„JA, nun, deswegen fühle ich mich ein wenig schuldig.“

Das tue ich wirklich. Aber hey, das klappt alles schon,

wenn wir eine Chance bekommen, mein Phantomhunde-problem zu lösen.

Und wenn wir Chaldis an Corbins Seite bringen können.

„Lauf *nie* wieder weg von mir, Eilidh", knurrt er. „Ich werde dich *immer* verfolgen, Liebste." Dexter setzt sich auf die Seite meines Bettes. Bevor ich mich versehe, hat er meine Jeans geöffnet, sie und mein Höschen heruntergerissen und zieht mich mit dem Gesicht nach unten über seinen Schoß.

„Zum einen, ich liebe dich." *KLATSCH!*

„*Aua*! Arschloch!" Das war kein verspielter Schlag. Ich versuche, mich aufzusetzen, aber es fühlt sich an, als ob ich mich gegen einen verdammten Gletscher stemme. „Das tat weh!"

„Das sollte es auch, Liebste." *KLATSCH!* Dieser Schlag schmerzt fast genauso. „Entweder erträgst du es, oder du sagst dein Safeword. Du hast mich zu Tode erschreckt. Ich liebe dich und anscheinend muss ich es dir besser zeigen." *KLATSCH!* Wenigstens reibt er dieses Mal danach.

Ich drehe mich weit genug um, sodass ich ihm in die Augen sehen kann. „Du … liebst mich?"

„Ja. Und ich dachte, ich hätte dir das klar gemacht, aber anscheinend habe ich es nicht." Er begegnet meinem Blick und sieht mir entschlossen in die Augen. „Also sag mir entweder dein Safeword und erkläre mir, dass ich dich völlig falsch gelesen habe, *Mädchen*, oder dreh dich um und lass mich dir den Arsch versohlen."

Epischer.

Starrwettbewerb.

Den ich verliere. „Ich liebe dich auch", flüstere ich.

Er dreht mich um und setzt mich aufrecht hin, damit er mich wieder küssen kann. „Ich weiß nicht, welcher Teil von ‚Ich bin sündhaft reich und werde das für dich regeln‘

in meinen Handlungen vorher nicht klar durchgekommen ist. Aber ich bin es und ich werde es tun. *Willst* du die Meine sein?"

Ich nicke. „Ich will aber nicht, dass dir etwas zustößt."

„Das ist *nicht* dein Problem. Es ist meins. Schritt eins ist, dass du aufhörst, wegzulaufen und mich auf dich aufpassen *lässt*."

„Was ist Schritt zwei?"

Er kneift die Augen zusammen, während er seine Lippen zu einem sehr raubtierhaften Lächeln verzieht. „Ich werde dir weiter den Hintern versohlen. Was, um das gleich klarzustellen, nur das erste von vielen Malen sein wird. Dieses Mal, um ‚Scheiße, bin ich froh, dass ich dich gefunden habe und du in Sicherheit bist' zu sagen. Und du *wirst* es aushalten."

„Also soll ich einfach, was machen? Loslassen und Dex Dex sein lassen?"

„Ganz genau, Schätzchen." Sein Blick wird weicher und mir wird bewusst, dass er meinem Puls lauscht.

Meiner Angst.

„Hast du Angst vor mir?", fragt er leise.

Ich schüttle den Kopf.

Er zieht seine linke Augenbraue hoch.

„Nein, Sir", flüstere ich.

„Gut. Aber das solltest du aber." Sofort dreht er mich wieder mit dem Gesicht nach unten über seinen Schoß. „Du gehörst *mir*, Eilidh. Du wirst nie wieder einfach so weglaufen. Wir stellen uns der Bedrohung *gemeinsam*, verstanden?" Er fährt fort, mir den Hintern zu versohlen.

Ich versuche, mit den Füßen zu strampeln, aber das bringt nichts, außer dass ich mir noch härtere Schläge einhandele. „Ja, Sir!"

„Ich liebe dich, Eilidh, und du *wirst* mich auf dich aufpassen und dich beschützen lassen." *KLATSCH,*

KLATSCH, KLATSCH! „Ich verspreche dir, ich werde herausfinden, was es ist und dich beschützen."

Das Strampeln und Zappeln fällt mir schwer, wenn meine Jeans noch immer um meine Füße und Schuhe baumelt, aber dann schiebt er plötzlich zwei Finger zwischen meine Beine und direkt in meine Muschi hinein.

Die feucht für ihn ist.

Die Pflaume kann nicht lügen. Jedenfalls kann meine es nicht. Zumindest kann sie *ihn* nicht anlügen.

Ich höre auf, zappelnd zu kämpfen, was ihn leise lachen lässt. „Das stimmt, Schätzchen. Das gehört mir auch. Der Schmerz und das Vergnügen."

Er fingert mich und bringt mich fast zum Höhepunkt, als er seine Hand wieder herauszieht und anfängt, mir wieder den Hintern zu versohlen.

Heiliger Strohsack!

Die Zeit verdichtet und komprimiert sich, während er es wiederholt. Er versohlt mir den Hintern und fingert mich, lässt mich jedoch nicht zum Höhepunkt kommen. Als er endlich fertig ist, fühlt sich mein Arsch heiß und brennend an, was den Kontrast zu seiner kühlen Hand, die über meine Arschbacken reibt und sie massiert, noch viel dramatischer macht.

„Sind wir uns einig, Mädchen? Kein Weglaufen mehr?"

Ich blinzele die Tränen zurück. „Ja, Sir."

„Sprich mir nach: ‚Sir wird sich um mich kümmern und mich beschützen.'"

Das zu sagen, macht mir Angst. Wie dumm ist das denn? „Sir wird sich um mich kümmern und mich beschützen."

„Braves Mädchen. Jetzt sag: ‚Ich werde vor Sir nicht weglaufen.'"

„Ich werde vor Sir nicht weglaufen."

„Ausgezeichnet." Als er mich aufsetzt, schwanke ich ein wenig, und er lächelt und stützt mich ab. „Das ist nur der Anfang. Ich *werde* dir später noch viel härter den Hintern versohlen."

Ich bin nicht einmal sauer. „Okay."

„Okay?" Er sieht mich mit hochgezogenen Augenbrauen an.

„Ja … Sir?"

Das bringt mir einen weiteren Kuss ein. „So viel besser, Baby." Er schmiegt seine Nase an meine. „Ich lasse dich später kommen, wenn wir ins Bett gehen. Jetzt lass uns erst einmal wieder zu den anderen gehen."

Ich nicke. „Ja, Sir."

Er starrt mir in die Augen. „Du hast mich, Garrett und Lucius, die alle bereit sind, für dich zu kämpfen. Ich weiß, dass du lange alleine warst. Das war ich auch. Aber ich schwöre dir, ich würde dir keine Hoffnungen machen, wenn ich nicht glauben würde, dass wir das Problem lösen und das Ding besiegen können. Ich werde dich nie anlügen. Niemals. Du musst mir nur vertrauen."

Ich werfe meine Arme um ihn und verstecke mein Gesicht an seinem Hals. „Ich habe dich so vermisst. Es tut mir leid, dass ich dir solche Angst gemacht habe."

Er schlingt seine Arme um mich und hält mich fest. „Ich hoffe, du wirst dich immer noch freuen, mich zu sehen, nachdem ich dir noch einmal den Hintern versohlt habe, Liebste."

Er hilft mir, mich wieder zurechtzumachen. Als wir ins Wohnzimmer zurückkehren, hat John den Piloten bereits über unsere Pläne informiert, nach Atlanta zu fliegen. Er hat außerdem mehrere Suiten für uns reserviert, die alle nicht weit von dem Ort entfernt sind, zu dem wir reisen müssen. Nachdem das alles geklärt ist, zieht sich Chaldis in sein Schlafzimmer zurück, um Corbin anzurufen und es ihm zu erzählen.

Als er ein paar Minuten später zurückkommt, kann ich sehen, dass er geweint hat. Er kommt zu uns und umarmt erst mich und dann Dexter. „Ich danke Ihnen so sehr. Mein Junge und ich stehen für Ihre Güte für immer in Ihrer Schuld.“

Das wenige Alpha-Dom-Vampir-was auch immer-Gehabe, das Dex vielleicht noch gespürt hat, verpufft. Ich sehe, wie er sich entspannt und Chaldis' Umarmung aufrichtig erwidert. „Ich stehe in Ihrer Schuld, weil Sie auf mein Mädchen aufgepasst haben.“

Sie lösen sich voneinander und schauen mich beide an. „Ich bin mir nicht sicher, wie viel Unterstützung sie in dieser Hinsicht braucht, Dexter. Sie ist unglaublich. Wahrhaftig. Es war wunderbar, sie hier zu haben, um mir zu helfen. Ich kann verstehen, warum Neimus so viel Gutes über sie gesagt hat.“

Dexter schaut schockiert, als er an meine Seite zurückkehrt. „Du kennst Neimus?“

„Ähm, jaaa? Er war mein erster Vampirboss. Derjenige, der mir den Bleistifttrick beigebracht hat. Er hat mich mit Chaldis in Verbindung gebracht. Warum?“

Dexter sieht erschüttert aus. „Ich habe dir …“ Er holt tief Luft und sein Blick schweift einen Moment lang in die Ferne. „Ich habe dir doch von meinem Enkel erzählt.“ Ich nehme an, er meint den, den er verwandelt hat, also nicke ich. „Sie waren Freunde. Neimus war derjenige, der mir von seinem Tod berichtet hat.“

„Oh.“

Dexter fährt sich mit der Hand durch sein Haar. „Wenn sich das Leben wieder etwas beruhigt hat, Liebste, erinnere mich bitte daran, dass ich mich bei ihm melden möchte.“

„Ja, wird gemacht."

Die Morgendämmerung holt die Vampire schnell ein. Chaldis schließt sich in seinem Schlafzimmer ein und Dexter und ich ziehen uns in meines zurück, nachdem Mark und John ihm seine Sachen gebracht haben.

„Ich muss zugeben, Liebste, du hast ein perfektes Versteck gefunden. Abgesehen von den höllisch unvernünftigen Tageszeiten." Wir ziehen uns aus und ich lasse zu, dass er mich in seine Arme zieht und küsst. „Ich werde dir aber noch einmal den Hintern versohlen."

Er setzt sich auf und ich stoße einen Schrei aus, als er mich mühelos in die Luft hebt und erneut mit dem Gesicht nach unten über seinen Schoß beugt. Dieses Mal drückt er seine Hand an meinen Nacken und versohlt mir den Hintern mit der anderen.

Zu seiner Entlastung muss ich sagen, dass er mich nicht annähernd so hart versohlt, wie er es könnte. Aber es tut trotzdem verdammt weh.

Was, wie mir bewusst wird, der Punkt ist.

Nicht, dass es mir etwas ausmacht. Nicht wirklich.

Denn genau wie zuvor mischt er die Schläge mit sexy Fingerspielen, reibt über meine Klitoris und macht mich fast verrückt vor Verlangen. „Wirst du jemals wieder von mir weglaufen, Mädchen?"

„Nein, Sir!"

„Zu wem gehörst du?"

„Zu dir, Sir!"

„Ganz genau." Er versohlt nicht nur meinen Hintern, sondern auch die Rückseiten meiner Oberschenkel. „Und als Allererstes werde ich diese Sache für dich in Ordnung bringen. Denn das Zweite, was wir tun werden, ist, den Rest unseres Lebens miteinander zu verbringen."

Er setzt mich mit dem Gesicht zu ihm gewandt auf, spreizt meine Beine über sich und stößt seinen Schwanz in mich hinein, damit er mich gleichzeitig ficken und küssen kann.

Er fühlt sich so perfekt an. Jeder Stoß reibt perfekt über meine Klitoris und treibt mich näher an den Abgrund. Als ob wir füreinander geschaffen wären.

Warum bin ich noch mal weggelaufen?

Ach ja richtig. Der gruslige Dämonenhundegeist.

Er drückt seine Hände an meine Hüfte, als ein wunderschönes friedliches Lächeln über sein Gesicht huscht. „Bist du bereit, mich um dich kümmern zu lassen, Baby?"

Ich schätze, die Tatsache, dass er ein Vampir ist, sollte im Großen und Ganzen das Letzte sein, was mich kümmert. Er ist ein guter Mann, süß, attraktiv, reich.

Wirklich reich.

Er hat die letzten sieben Wochen nach mir gesucht, obwohl er mich kaum kannte und leicht hätte aufgeben können. Und habe ich nicht selbst literweise Tränen geweint und mich gescholten, weil ich ihn verlassen habe?

Schuldig im Sinne der Anklage.

Eine plötzliche und intensive Welle intensiven, besitzergreifenden Verlangens durchflutet mich. Nein, ich will ihn nie wieder verlassen. Ich will auch nicht, dass er mich verlässt. Ich ziehe mein Haar zur Seite und neige den Kopf, sodass mein Hals entblößt ist. „Tu es", flüstere ich und will es.

Brauche es.

Ich muss mich nicht wiederholen. Als er seine Reißzähne in meinen Hals bohrt, ist es, als würde meine Welt in Farben und Klängen explodieren, die sich ein Mensch zuvor nicht hätte vorstellen können. Als hätte ich vorher in Schwarz und Weiß gelebt und könnte jetzt plötzlich die volle Farbpalette sehen, die ich bisher nicht kannte. Mein Mund kribbelt und meine Zähne fühlen sich plötzlich zu groß an. Zu lang und meine Klitoris pocht, weil ich härter zum Höhepunkt komme, als ich es mir jemals hätte vorstellen können.

Alles ist einfach … zu verdammt *viel*! So als wäre mein Nervensystem buchstäblich an eine Steckdose angeschlossen worden. Ich beiße ihm fest in die Schulter, um den ursprünglichen Schrei zu unterdrücken, der unfreiwillig aus meinem Inneren aufsteigt.

Er keucht und löst seinen Biss von mir, während ich noch weiter an ihm kaue. Sein Schwanz pulsiert in mir und er gräbt seine Finger in meinen Arsch. Mir wird bewusst, dass er ebenfalls kommt.

Da ist ein Geschmack in meinem Mund. Nicht nur sein Blut, sondern noch etwas anderes. Wie ein warmer, klebriger, sirupähnlicher Geschmack, von dem ich schon einmal einen Hauch geschmeckt habe, aber nie so.

„Eilidh!", keucht er.

Ich knurre.

Hoppla.

Ich meine, ich kann *buchstäblich* nicht anders.

Er fällt zurück auf das Bett, während ich ihn immer noch beiße. Seine Finger krampfen sich um meinen Hintern zusammen, während meine Zähne noch immer in sein Fleisch gebohrt sind. Es ist, als gäbe es zwei Teile von mir. Den einen mit meinen Händen an beiden Seiten seines Kopfes, der sich weigert, sein leckeres Kauspielzeug aufzugeben. Und der andere Teil, der entsetzt ist und versucht, mich davon zu überzeugen, verdammt noch mal loszulassen.

Dexter lässt meinen Arsch los und fuchtelt mit der rechten Hand herum, bis es ihm schließlich gelingt, seine Finger um mein linkes Handgelenk zu schließen. Er reißt es gewaltsam zu seinem Mund, damit er hart in meinen Unterarm beißen kann.

„Autsch! Arschloch!" Aber es bricht den Bann – ich

habe losgelassen. Er löst seinen Biss von meinem Arm, liegt erschlafft da und starrt zu mir auf. Zuerst denke ich, es ist der Sonnenaufgang, der ihn überkommt, aber es ist noch nicht ganz so weit.

Das hier ist …

Als ob er betrunken wäre.

Er atmet schwer und versucht, seinen Kopf zu heben, kann es aber nicht. Stattdessen rollt er einfach hin und her.

Panik durchströmt mich. „Dex? Geht es dir gut?"

Eine Art schnaufendes Lachen entweicht ihm und er nickt. Irgendwie.

Ich greife nach seiner Hand und drücke sie an meine Wange. „Es tut mir leid! Ich weiß nicht, warum ich das getan habe!" Die Stelle, an der ich ihn gebissen habe, heilt Dank seines Vampirstoffwechsels bereits. Meine Zähne fühlen sich auch nicht mehr komisch an, obwohl ich, wenn ich mit der Zunge darüberfahre, immer noch etwas Seltsames schmecke.

Nach mehreren Versuchen rollt er sich herum und kriecht auf dem Bett nach oben, wo er mir zu verstehen gibt, dass ich mich an ihn kuscheln soll.

„Dex? Bist du okay?"

Er nickt erneut und macht einen wirklich betrunkenen Versuch, mich zu küssen. Dann verliert er das Bewusstsein, während er sein Gesicht fest an meine Halsbeuge drückt.

Scheiße! Hat mein Blut das mit ihm gemacht?

Moment … Das kann nicht sein. Dann hätte er diese Reaktion auch gehabt, als er es aus Beuteln getrunken hat, und das war nicht der Fall. Lucius und Selene ging es auch nicht so.

Dieser komische Geschmack ist *immer noch* in meinem Mund. Es ist nicht sein Blut. Das ist anders und hat nichts damit zu tun. Ich fahre mit der Zungenspitze über meine Eckzähne, aber sie fühlen sich wie immer an.

Oder nicht?

Hat sein Biss etwas Seltsames in mir ausgelöst?

Oh nein, was ist das nun für eine neue Hölle?

DEXTER

WAS.

Zum.

Teufel?

Ich liege da und kämpfe darum, meinen Körper unter Kontrolle zu bringen. Das ist keine von der Morgendämmerung hervorgerufene Benommenheit.

Das hier ist …

Anders.

Mein Geist fühlt sich an wie damals, als ich noch ein Mensch war und viel zu viel Met oder Ale getrunken hatte.

Ich habe mich schon nicht mehr so gefühlt, seit …

Nun, *noch nie*, denn es ist definitiv etwas ganz anderes als ein Rausch. Als würde sich eine angenehme, feuchte Hitze zügig von der Stelle aus ausbreiten, an der Eilidh ihre Zähne in meiner Schulter versenkt und mich gebissen hat.

Ich fühle mich wie ein Süßblut in der Besinnungslosigkeit nach einer heftigen Session und einem noch härteren Orgasmus, bei dem von ihm getrunken wurde.

Scheiße.

Meine Gedanken wirbeln herum und werden unscharf, während mein Schwanz zuckt und versucht, wieder hart zu werden.

Nur …

Ich schwebe.

Kurz bevor ich in einen dunklen, einladenden Abgrund des Schlafes stürze, huscht ein Bild durch meine Gedanken. Das Bild von Eilidh und ihrer Mutter.

Von den Spuren an ihrer Schulter.

Und ich frage mich …

32

Dexter

WENIGER ALS ACHTUNDVIERZIG Stunden nachdem ich in Alaska gelandet bin, rollt mein Privatflugzeug in der Abenddämmerung in einen Hangar auf einem kleinen privaten Flughafen außerhalb von Atlanta. Als der Flugbegleiter die Luke öffnet, winkt er einen Menschen an Bord.

Chaldis steht sofort auf und die beiden fallen sich in die Arme. Der Mensch schluchzt leise, während Chaldis ihn tröstet.

Ich schiebe Eilidh aus dem Weg und dränge Chaldis zurück in die private Kabine. „Bitte, nehmen Sie sich ein paar Minuten Zeit."

„Vielen Dank."

Im Vorbeigehen umarmt Corbin Eilidh und es ist wohl ein Fortschritt meinerseits, dass ich dabei nicht den geringsten Hauch von Eifersucht verspüre. Ich kann sehen, wie sehr die beiden Männer voneinander angetan sind.

Wäre Corbin in Alaska gewesen, als ich ankam, hätte ich wahrscheinlich auch keine Eifersucht auf Chaldis verspürt.

Oder vielleicht hätte ich es doch. Ich bin ziemlich besitzergreifend, wenn es um mein Mädchen geht.

Eilidh und ich beladen den wartenden Geländewagen und sie kuschelt sich in meine Arme. „Vielen Dank, Sir." Sie küsst mich. „Ich liebe dich so sehr dafür, dass du das tust."

„Ja, nun, er scheint ein netter Kerl zu sein. Du weißt schon, für einen Vampir", füge ich spielerisch hinzu.

Aber ihr Blick verharrt auf mir und sie lächelt nicht. „Geht es dir gut, Dex?"

Sie ist unglaublich aufmerksam und besorgt um mich, seit ich Stunden nach unserer Zusammenkunft aufgewacht bin. Ich war immer noch etwas benebelt und grenzwertig high, aber es geht mir jetzt viel besser. Es dauerte noch ein paar Stunden, bis die Wirkung von dem, was auch immer mit mir passiert war, nachgelassen hatte.

Ich schäme mich zu sagen, dass ich ihr meinen Verdacht nicht mitgeteilt habe, weil ich ehrlich gesagt nicht *weiß*, was es bedeutet.

Nur, dass ich verdammt gut weiß, dass Wolfsgefährten, die mit einem Biss markiert werden, ein euphorisches ‚High' vom Wolfsgift spüren. Bei Menschen ist es besonders intensiv.

Aber Eilidh ist kein Wolf. Das bestätigen selbst die Wölfe. Sie ist kein Wandler.

Das ist sie *nicht*.

Und doch …

Zu einem Zeitpunkt während unseres Fluges von Alaska, als sie mit den anderen im vorderen Kabinenteil war und Chaldis und ich wach und allein in der privaten Kabine hinten zurückblieben, öffnete ich meinen Hemdkragen und bat ihn, sich die Markierung an meiner Schulter anzusehen.

Er stimmte mir zu, dass es wie ein Paarungsbiss aussieht.

Was hat es zu *bedeuten*?

Ich weiß es nicht, aber neben Lucius ist Chaldis der einzige andere Vampir, dem ich mit dieser Frage trauen würde, weil er Zeit mit Eilidh verbracht hat – ironischerweise viel mehr als ich – und er sich offensichtlich als Freund um sie sorgt. Ich bin mir nicht einmal sicher, ob ich Lucius genug vertraue, um das zu fragen, wenn ich ehrlich bin.

Es steht auf meiner Liste der Dinge, die ich herausfinden muss, sobald wir die Frage mit dem *Gwyllgi* geklärt haben.

Ein Rätsel nach dem anderen, wenn man es so sagen kann.

„Ohh, bin ich jetzt nicht mehr dein beißfreudiger Augenschmaus?", frage ich sie. „Der Spitzname war mir schon langsam ans Herz gewachsen."

Das entlockt ihr endlich ein Lächeln und sie schmiegt sich noch enger an mich. „Nur wenn du dich wie ein Idiot verhältst, Nicht-Ianto, Sir."

Ich schmiege mein Gesicht in ihr Haar. „Du, meine Liebe, bist voreingenommen."

„Und wie ich das bin."

Hätte ich ihr nicht versprochen, ihrem *Gwyllgi* auf den Grund zu gehen, hätte ich Chaldis einfach gefragt, ob Eilidh und ich uns in ihrem Schlafzimmer einschließen und ein paar Wochen lang nicht herauskommen können. Ich hätte nichts dagegen gehabt, etwas ungestörte Zeit mit meinem Mädchen in Alaska zu verbringen.

Ich habe fast zwei Monate lang verzweifelt nach ihr gesucht. In dieser Zeit habe ich mir fast jeden erdenklichen

Horror ausgemalt, der ihr widerfahren sein könnte, und habe kaum noch zu hoffen gewagt, dass ich jemals wieder bei ihr sein würde, so wie in diesem Moment.

Der einzige Grund, warum wir das nicht tun, ist der, dass ich geschworen habe, sie niemals anzulügen. Und das heißt, ich muss mein Versprechen ihr gegenüber einhalten und diese Sache für sie *klären*.

Aber sobald wir es gelöst haben?

Mein Mädchen wird einen wohlverdienten Urlaub nehmen, ob sie es will oder nicht. Denn wir werden uns entspannen und nur aufeinander konzentrieren. Um uns endlich so kennenzulernen, wie wir es brauchen. Ich will wissen, wie sie ihren Kaffee trinkt – ob sie überhaupt Kaffee mag. Ich will Brunch mit ihr kochen und ihre Kindheitsgeschichten hören. Ich möchte sie zum Lachen bringen, wenn wir um Mitternacht im Regen tanzen, und ihr helfen, ihre Tränen zu trocknen, wenn sie etwas traurig macht.

Ich möchte der hellste Mond in den Galaxien ihrer herrlich violetten Augen sein. Ich will mir jedes bisschen Vertrauen verdienen, dass sie in mich setzt, und sie niemals enttäuschen.

Und das muss hier beginnen, indem ich dieses Versprechen einhalte, das ich ihr zuerst gegeben habe. Mein Instinkt sagt mir, dass wir die Antworten in Wales finden werden.

Die Männer schließen sich uns kurz darauf an und wir machen uns auf den Weg zum Hotel. Dort treffe ich zwei vertrauenswürdige Mitarbeiter, die unsere Zimmer vorbereitet haben und die mit Chaldis und Corbin sowie John und Mark zurückbleiben werden, während wir weiter nach Großbritannien fliegen. Ich will rechtzeitig vor dem nächsten Vollmond bei den Steinkreisen ankommen. Je nachdem, wie lange es dauert, werden wir entweder einen

Umweg über Atlanta machen, um Chaldis und Corbin wieder abzuholen, oder meine Männer werden ein weiteres Privatflugzeug organisieren, das sie zurück nach Alaska fliegt und ihnen bei der sicheren Heimreise hilft.

Chaldis starrt aus dem Fenster und Corbin schmiegt sich zufrieden an ihn, während wir durch die Straßen rasen. „Die Welt hat sich so verändert. Es nur im Fernsehen zu sehen, wird ihr nicht gerecht. Ich fühle mich schuldig, dass ich dir dies vorenthalten habe, Junge."

„Ich möchte nirgendwo sein, wo du nicht bist, Master", antwortet Corbin leise und vergräbt sein Gesicht an Chaldis Schulter.

„Vielleicht sollten wir uns Tucson einmal ansehen", sagt Chaldis. „Wir könnten vielleicht die Winter dort verbringen."

„Ich kann bezeugen, dass die Winter in Tucson nicht ätzend sind", scherzt Eilidh. „Nicht im Geringsten."

„Wir würden uns freuen, Sie als Gäste bei uns zu begrüßen", füge ich hinzu. „Wenn Sie lieber erst einmal auf Besuch kommen möchten, bevor Sie sich zum Kauf eines Hauses dort entschließen."

Chaldis krault Corbins Kopf. „Würde dir das gefallen, Junge? Ein paar Monate in der Sonne anstatt in der kalten Dunkelheit Alaskas?"

„Aber du würdest die ganze Zeit im Haus festsitzen, Master."

„Es würde mir nichts ausmachen, solange du da bist, Junge."

Sie sind bezaubernd zusammen und während mein Herz mit Eilidh an meiner Seite erfüllt ist, erinnert mich der Anblick der beiden Männer so sehr an meinen Robert.

Ich muss außerdem auch daran denken, wie flüchtig das Leben der Menschen im Vergleich zu unserem ist. Als ich Chaldis' Blick kurz begegne, bevor er wieder auf

Corbin hinunterblickt, bin ich mir sicher, dass er dasselbe denkt. Wie zerbrechlich unsere süßen Menschen doch sind und wie gesegnet wir sind, sie zu lieben.

Von ihnen geliebt zu werden.

Wir haben hier keine lange Zwischenlandung, aber ich werde mir die Gelegenheit nicht entgehen lassen, mit Eilidh Liebe zu machen. Zumal uns die Sonne auf dem Flug nach Wales einholen wird. Ich locke sie mit mir in die Dusche, wo ich sie gegen die Wand drücke und küsse.

„Du musst dich entscheiden, wohin wir in den Urlaub fahren, nachdem wir diese Mission erledigt haben. Wo auch immer du auf der Welt hinwillst, Liebste. Deine Wahl."

„Schottland", sagt sie leise. „Ich möchte dein Anwesen dort sehen."

Ich hätte nicht gedacht, dass ich diese Frau noch mehr lieben könnte, als ich es bereits tue, aber …. „Und danach?"

Sie lächelt. „Wohin möchtest du gern fahren?"

„Überall, wo du hinwillst. Ich habe die Welt gesehen. Buchstäblich."

Sie schlingt ihre Arme um mich. „Vielleicht können wir mit Amber sprechen und sehen, ob sie uns einen Hinweis darauf geben kann, wo sich mein Vater befindet. Dann können wir dieses Geheimnis als Nächstes aufdecken?"

Ahh. Stimmt ja. Dieses Thema gibt es auch noch. „Natürlich können wir das, Liebste. Das *werden* wir."

Als sie lächelt, ist in meiner Welt alles wieder in Ordnung. Für den Moment. Ich presse meine Lippen wieder auf die ihren. Ich habe den Drang, in sie zu gleiten und sie langsam zu ficken, aber sobald ich das tue, weiß ich, dass ich viel zu schnell abspritzen würde. Und ich will, dass das hier andauert.

Ich möchte meinem Mädchen jeden Grund geben, bei mir bleiben zu wollen.

Ich lasse mich vor ihr auf die Knie sinken, drücke ihre Schenkel auseinander und hebe eins ihrer Beine über meine Schulter, um besseren Zugang zu bekommen. Ihre süße Muschi zu lecken, füllt meinen Mund mit ihrem Geschmack und lässt mich noch härter werden.

Die Dinge, die diese Frau mit mir macht. Ich habe mich schon nicht mehr so gefühlt, seit …

Nun, seit viel zu lange.

Sanft schiebe ich alte Erinnerungen beiseite und konzentriere mich auf das Hier und Jetzt mit ihr. Auf mein süßes Mädchen, mein wunderschönes Rätsel. Ich verstehe, warum Lucius sich in Selene verliebt hat, obwohl er wusste, dass sie ihn töten wollte. Obwohl er wusste, dass es eine Falle war.

Ich verstehe es.

Es ist mir egal, warum meine strahlende kleine Sonne in mein Leben gebracht wurde und mir über den Weg lief. Jetzt, da sie hier ist, werde ich sie mir nicht mehr entwischen lassen.

Die süßen, bedürftigen Geräusche, die sie von sich gibt, wenn ich mit meiner Zunge über ihre geschwollene Perle wirble, helfen mir, meine innere Dunkelheit zu vertreiben. In mir verbleibt nichts als Klarheit und ein intensives Lebensmotiv. Mein Mädchen zu erfreuen, sie glücklich zu machen, sie zu beschützen und alle ihre Probleme zu lösen.

Sie scherzte darüber, dass Chaldis' Liebessprache das Kochen ist. Ich vermute, meine ist es, ihre Welt zu reparieren und perfekt für sie zu machen, damit sie sich um nichts sorgen muss.

Nur dann bin ich glücklich, wenn ich *sie* glücklich sehe.

Ich lecke von ihrer Klitoris bis zu ihrem Arsch und wieder zurück. Jedes tiefe begierige Stöhnen, das ihr entweicht, heizt meine eigene Lust an. Ich treibe sie ein erstes Mal über den Abgrund und als sie versucht, meinen Mund wegzuschieben, packe ich ihre Handgelenke mit einer Hand und schiebe mit der anderen zwei Finger in sie hinein, um sie wieder und wieder um den Verstand zu bringen.

Vielleicht ist es mein gerissener, böser Plan, sie so gut gevögelt und befriedigt zu halten, dass sie kaum noch gehen kann.

#Beziehungsziele

Ich verliere jedes Zeitgefühl und weiß nicht, wie oft sie schon gekommen ist. Ich höre erst auf, als ihre Knie schlackern und ich weiß, dass sie fast an ihrer Grenze angelangt ist. Dann stehe ich auf, spüle und trockne uns beide ab und trage sie ins Schlafzimmer.

Dieses Mal will ich ihr nicht den Hintern versohlen. Dafür wird es noch genügend Zeit geben.

Im Moment möchte ich ihr nur in die wunderschönen violetten Augen sehen, über ihren süßen, verklärten Ausdruck lächeln, während ich ihre Handgelenke über ihrem Kopf festhalte, und sie langsam vögeln.

„Denkst du, ich kann dir noch einen entlocken, Liebste?"

Es ist bezaubernd, wenn sie sich auf die Unterlippe beißt und ich senke meinen Mund und lecke darüber. „Ich weiß es nicht, Sir."

„Das ist kein Nein, Mädchen." Ich lächle. „Ich bin ein Überflieger."

Mit langsamen Stößen beobachte ich sie, lausche auf ihren Puls und ihre Atmung und passe den Winkel meiner Stöße an, bis sie wieder im Takt mit mir schaukelt und sich einem letzten Orgasmus nähert.

Mein kostbares, braves Mädchen.

Mein Wunder.

Meine strahlende Sonne.

Ich verliere mein Zeitgefühl und bin hypnotisiert von ihrem Streben, bis ich spüre, wie sich ihr Körper um meinen Schwanz klammert und sie den Rücken unter mir aufbäumt. Sie stößt leise Schreie aus, die ich mit meinem Mund einfange, während ich ihr nachjage und sie einhole. Mein eigener Höhepunkt lässt mich Sterne sehen und ich muss auf eine Weise nach Luft schnappen, die ich noch nie zuvor gespürt habe.

Noch immer in ihr, lasse ich mich hinabsinken, streiche mit meinen Lippen über ihre und lockere meinen Griff um ihre Handgelenke. Ich kann sehen, wie sie langsam wieder zur Besinnung kommt, während sich ihr Blick klärt und auf mich konzentriert. „Warum hast du mich nicht gebissen?", fragt sie leise.

Ich lächle. „Weil ich in Alaska von dir getrunken habe, Liebste. Ich weiß ehrlich gesagt nicht, wie viel ich dabei entnommen habe, weil mich *jemand* abgelenkt hat." Ich reibe meine Nase an ihrer. „Es mag Zeiten geben, in denen ich mich buchstäblich von dir ernähre, wenn du dich danach fühlst, und andere Male, in denen ich dich nur spielerisch beiße und nur zum Spaß einen kleinen Schluck trinke. Aber obwohl ich dich wirklich dafür liebe, dass du mir genug vertraust, um mir das zu geben, möchte ich das nächste Mal, wenn wir es tun, lieber kontrollierter sein und sicherstellen, dass ich nie zu viel von dir entnehme, Liebste."

Sie schlingt ihre Arme um mich und spielt mit meinem Haar, was ich sehr liebe. Wer hätte gedacht, dass eine so süße und unschuldige Geste solch ein Balsam für meine Seele sein könnte? „Ich vertraue dir, Sir."

Ich lehne meine Stirn gegen ihre. „Ich hätte mir nie träumen lassen, dass ich jemals wieder jemanden finden würde, dem ich so sehr vertraue wie dir."

Ich wünschte, wir müssten dieses Zimmer nicht verlassen, aber bereits weniger als sechs Stunden später und noch vor Sonnenaufgang, befinden sich Eilidh und ich wieder in der Luft und fliegen in Richtung Großbritannien. Wir machen uns sofort auf den Weg nach Wales. Sie ist zwar nicht in der Lage gewesen, genau zu sagen, wann all die anderen Sichtungen stattgefunden haben, aber wir konnten herausfinden, dass ihre Mutter in einer Vollmondnacht gestorben ist. Ein Anruf bei Neimus verrät, dass er sich deutlich daran erinnert, dass es Vollmond war, als Eilidh abreiste, nachdem sie das Ding vor Jahren in Toronto gesehen hatte.

Das ist für sich genommen nicht schlüssig, aber es ist sicherlich ein Zufall, den wir nicht ignorieren sollten.

„Erzähle mir, an was du dich von Wales erinnerst, Liebste." Wir liegen in der Koje in meiner Privatkabine im hinteren Teil des Flugzeugs. Sie ist so eingerichtet, dass kein Sonnenlicht eindringen kann, und verfügt außerdem über einen gesicherten Vorraum.

Sie seufzt, als sie sich an meine Seite schmiegt. „Ich erinnere mich, dass ich gerne dort gelebt habe. Wir sind immer am Strand spazieren gegangen. Manchmal, wenn Mom wegen der Arbeit ein paar Tage am Stück weg sein musste, sind Dad und ich mit Zuzu auf Wanderungen ins Grüne gegangen und haben ihn besucht. Oder er kam uns besuchen und kümmerte sich um mich."

„Mit wem?" Ich studiere ihren Gesichtsausdruck, denn ein Zögern schwang in ihrer Stimme mit, als sie den Namen aussprach.

„Zuzu." Ein gequältes Lachen entweicht ihr. „*Verdammt*, ich habe schon seit … Jahren kaum noch an ihn gedacht." Ich höre eine schmerzhafte Anspannung in ihrem Tonfall und lausche trotz der späten Stunde genauer.

„Wer war er?"

Als sie ihren Blick senkt, gebe ich ihr einen Moment Zeit. „Er war Dads bester Freund. Ich erinnere mich daran, dass er viel kleiner war als Dad. Irgendwie schlank. Er hatte wunderschöne lavendelfarbene Augen."

„Lavendel?" Wieder eine Farbe, die man bei Menschen nicht wirklich oft sieht.

„Ja." Sie öffnet die Augen und schaut zu mir auf. „Kann es sein, dass ich mich falsch erinnere?"

„Vielleicht. Woran erinnerst du dich noch?"

„Ohrringe." Sie runzelt die Stirn. „Er und Dad trugen gleiche Ohrringe. In ihren rechten Ohren." Sie greift nach oben zu ihrem Ohrläppchen. „Kleine goldene Kugeln. Ich habe Dad einmal gefragt, ob ich auch einen haben kann." Sie hält inne und zieht ihre Stirn in Falten. „Heiliger Strohsack, *daran* habe ich auch schon seit Jahren nicht mehr gedacht."

„Alles, woran du dich erinnerst, könnte wichtig sein. Kannst du dich an Zuzus Nachnamen erinnern? Wie lange kanntest du ihn? Irgendetwas, das uns helfen könnte, zu identifizieren, wer er ist oder wo er wohnte?"

„Er war immer da. In meinem Leben, meine ich. Daran kann ich mich erinnern. Er lebte in einem seltsamen Haus."

„Seltsam?"

„Ja. Anders. Als ob es nicht … *normal* wäre. Und er machte mir immer diese Kekse, die aus einer Art Frucht bestanden, aber ich kann mich beim besten Willen nicht erinnern, wie sie hießen. Sie waren nichts, was wir zu Hause bekommen konnten."

„Meinst du, du könntest sein Haus finden?"

„Ich …" Sie stößt einen Atemzug aus. „Ich weiß nicht einmal, ob ich dir sagen könnte, wo *wir* früher gewohnt haben. Wir sind schon immer oft umgezogen, auch bevor Dad starb. Und …" Ihr finsterer Blick ist zurück. „Dad hat immer ein Spiel mit mir gespielt. Solange ich mich erinnern kann. Er verband mir die Augen, wenn wir in den Wald gingen, und ehe ich mich versah, waren wir bei Zuzu. Ich weiß noch, dass wir diesen grün karierten Schal hatten, den Zuzu ihm geschenkt haben muss. Es war, als gingen wir durch ein …"

„Ein was?"

Sie setzt sich auf. „Die Bäume und Pflanzen waren anders."

„*Wie* anders?"

„*Anders*. Einfach … anders *anders*." Sie starrt mich an. „Kennst du das, wenn man fernsieht und sie versuchen, einem zu erzählen, dass die Sendung an einem bestimmten Ort spielt, aber du *weißt*, dass sie an einem anderen Ort gedreht worden ist, weil du genau *weißt*, dass die Pflanzen dort nicht so aussehen und weil du dort *gewesen* bist? Ich meine, macht das überhaupt Sinn?"

Ich nicke.

„*So* hat es sich angefühlt." Ihr Blick schweift in die Ferne. „Das ist noch etwas, worüber ich seit Jahren nicht mehr nachgedacht habe."

„Du wurdest zu Hause unterrichtet, nicht wahr?"

„Ja. Wenn Mom zur Arbeit musste, als ich noch ganz klein war, brachte Dad mich zu Zuzu, wenn er auch arbeiten musste. Oder manchmal kam Zuzu und blieb bei mir." Sie runzelt die Stirn. „Aber das kann nicht richtig sein. Dad hat gesagt, er arbeitete dort, wo Mom arbeitete. Aber wir sind manchmal zu Zuzu gegangen, wenn Dad gearbeitet hat." Verwirrung huscht über ihren Gesichtsausdruck und mir wird klar, dass dies buchstäblich etwas ist, worüber sie seit Jahren nicht mehr nachgedacht hat.

Ich kann mir vorstellen, dass es viele Gründe dafür gibt, und die meisten davon sind nicht angenehm.

Ich versuche, kein schlechtes Gefühl über jemanden zu

bekommen, den ich noch nie getroffen habe, aber ich wäre nachlässig, wenn ich nicht fragen würde. „Hat Zuzu dich jemals missbraucht?" Vielleicht erinnert sie sich deshalb nicht mehr an ihn.

„*Nein*!" Sie zögert. „Ich meine, ich glaube nicht." Nach einer weiteren langen Pause schüttelt sie entschlossen den Kopf. „*Nein*. Zuzu hat mir nie etwas getan. Ich habe ihn geliebt und er hat mich geliebt, als wäre ich seine Tochter." Sie blinzelt die Tränen zurück. „Warum habe ich nicht schon früher an ihn gedacht? Ich weiß noch, dass ich geweint habe, wenn wir nach den Besuchen bei ihm nach Hause gehen mussten. Ich wollte nicht weg. Manchmal habe ich versucht, wegzulaufen und mich im Wald zu verstecken, damit sie mich nicht finden würden und ich dortbleiben könnte, aber sie haben mich immer gefunden. Oder wenn Zuzu uns besuchte, wollte ich nie, dass er wieder geht. Als Mom und ich Cardiff verließen, nachdem Dad gestorben war, weinte ich so sehr, weil wir Zuzu nicht mehr wiedersehen oder mit ihm sprechen konnten. Ich konnte ihn auch nicht anrufen. Dad sagte, unsere Telefone würden ihn nicht erreichen, obwohl ich mich erinnere, dass er so etwas wie ein Telefon in seinem Haus hatte. Es sah auch seltsam aus."

„Seltsam, wie was?"

„Ich …" Sie schnieft. „*Seltsam*. Es war ein Telefon, aber es sah anders aus. Es klang auch anders. Der Ton war anders. Auch nicht wie ein amerikanisches Telefon, es war einfach anders. Manchmal nahm ich unser Telefon in die Hand und tat so, als ob ich mit Zuzu sprechen würde, weil wir ihn nicht einfach anrufen konnten."

Sie wischt sich die Tränen ab. „Ich schätze, ich habe das wohl alles verdrängt. Mom hatte solche Angst, als wir Cardiff verließen, nachdem Dad gestorben war. Ich fragte, ob wir vor Zuzu wegliefen, aber Mom sagte, nein, nur dass wir wegmussten. Ich fragte, warum wir nicht zu Zuzu gehen könnten, aber sie sagte, dass wir dafür Dad bräuchten. Und dass Zuzu uns nicht folgen konnte, weil Dad weg war."

„Bist du dir sicher, dass Zuzu echt war und kein imaginärer Spielkamerad?"

„Er war echt." Sie starrt erneut einen Moment lang ins Leere. „Ich *weiß*, dass er echt war."

„Hast du irgendwelche Bilder von ihm?"

Sie schüttelt traurig den Kopf. „Ich habe noch nicht einmal welche von meinem Dad", flüstert sie.

Ich schnappe mir mein Handy und schreibe Kylie und John eine Nachricht mit dem, was ich gerade erfahren habe. Ich möchte sehen, ob sie jemanden ausfindig machen können, zu dem der Name ,Zuzu' gehören könnte. Kylie und meine Leute haben versucht, Sorcha Connovers Vorgeschichte in Wales zurückzuverfolgen, aber bislang wenig Glück gehabt, abgesehen von ihrer Zeit als Stuntfrau bei der BBC. Sie haben bestätigt, dass Eilidhs Geburtsurkunde echt ist, aber sie haben darüberhinaus noch keine Spur von der Existenz ihres Vaters gefunden. Parxon Smith muss ein Pseudonym sein, aber auch ihn haben wir noch nicht aufgespürt. Weder seine Geburt noch seinen angeblichen Tod.

Diese ganze Reiserei spielt meinem Körper übel mit. Eine Erschöpfung, die nicht ganz so stark ist wie meine tägliche Bewusstlosigkeit, schleicht sich langsam ein. Also ziehe ich Eilidh in meine Arme. „Ruh dich aus, Liebste", murmele ich. „Wir können später reden."

„Ich liebe dich, Sir."

Ich küsse sie ein letztes Mal. „Ich liebe dich auch, Mädchen."

〜

EILIDH

LANGE NACHDEM DEXTER EINGESCHLAFEN IST, liege ich immer noch hellwach da und fühle mich wie der beschissenste Mensch überhaupt.

Zuzu.

Wie in aller *Welt* konnte ich *ihn* jemals vergessen?

Du warst erst acht, *Trottel.*

Ich meine, ich habe ihn nicht *völlig* vergessen, aber ich habe schon seit Jahren nicht mehr *bewusst* an ihn gedacht. Jetzt weine ich leise und erinnere mich an den Mann, den ich einen guten Teil meiner Kindheit wie einen zweiten Vater geliebt habe. Er war nie *nicht* Teil meines Lebens, genau wie Dad und Mom. Ich erinnere mich daran, wie gern ich sein Haus erkundet habe, und dass dort überall Bilder von ihm und Dad hingen.

Bilder von meinem …

Großschöpfer?

Großvater, richtig?

Nein …

Groß*schöpfer.*

Das ist … seltsam, aber es ist etwas, das jetzt in meinen Gedanken hängen bleibt.

Wie sie manchmal in einer fremden Sprache miteinander sprachen, von der ich nicht viel verstand, obwohl ich ein paar Wörter kannte.

Sie waren Freunde, wie Brüder, aber … anders.

Und wie wir dieses Versteckspiel hatten. Wenn es jemals Besuch gab, wenn ich bei Zuzu war, war es *überaus* wichtig, dass ich mich in einem Schrank oder irgendwo anders versteckte und vollkommen still und leise blieb, bis entweder Dad oder Zuzu mich riefen, wieder herauszukommen. Denn sie hatten Angst, dass mich ihnen jemand wegnehmen könnte, wenn ich dort jemals entdeckt würde.

Und Zuzu gab mir immer *Rhozdenbonbons*, nachdem ich mich versteckt hatte, und sagte mir, was für ein braves Mädchen ich sei …

Ich reiße die Augen auf.

Was zum Teufel sind Rhozdenbonbons?

Nur, dass ich sie jetzt förmlich schmecken kann. Es ist eine Art Mischung aus Schokolade und Fruchttoffee, süßlich-herb und leicht und locker wie Trüffelschokolade. Mir läuft sogar das Wasser im Mund zusammen, wenn ich daran denke.

Eine Süßigkeit, die ich nirgendwo anders finden konnte, obwohl ich jetzt wieder weiß, dass ich jahrelang vergeblich versucht habe, etwas zu finden, dass so ist wie sie.

Mazbushka. So hat Dad mich genannt.

Und Zuzu hat mich auch so genannt.

Der Mann, der Dad bei meinen Schularbeiten half, aber so, als würde er es mit mir zusammen lernen. Das Lachen, als wir im Wald Verstecken spielten und um einen Haufen Steine rannten und …

Das Spiel mit der Augenbinde.

Wie viele meiner Kindheitserinnerungen sind … *verschwunden?*

Eine meiner frühesten Erinnerungen … Es war ein kalter Wintertag und wir waren Zuzu besuchen gegangen, was seltsam war, denn normalerweise sahen wir ihn immer nur abends. Nach dem Augenbindenspiel trafen wir Zuzu im Wald.

Aber dann hörten wir Stimmen und Dad drängte uns den Weg zurück, den wir gekommen waren. Er zwang mich, die Augen zu schließen, als er mich an Zuzu weiter- reichte. Dad sagte etwas, den gleichen Satz, den er immer sagte, wenn wir das Augenbindenspiel spielten. Und dann …

Dann veränderten sich die Geräusche. Wir waren wieder im Wald von Cardiff, nur Zuzu und ich, ohne Dad. Aber Dad versprach, bald zurückzukehren. Wir befanden uns in der Nähe der Felsen, die mir so vertraut waren.

Ich erinnere mich daran, wie Zuzu voller Staunen schaute, als ich Bäume und Tiere für ihn benannte. Er trug mich, fast so, als wollte er sich in seinem Staunen an mich klammern. Normalerweise sah er die Wälder von Cardiff nie tagsüber.

Sein absoluter Schrecken, gefolgt von kindlicher Freude, als er zu einem über uns fliegenden Flugzeug hinaufstarrte und ich ihm alles von Flugzeugen erzählte. So als hätte er noch nie eins gesehen.

Zuzu.

Dad kaufte Katze und Hund für mich, aber es war Zuzu gewesen, der sie im Laden für mich ausgesucht hatte.

Mein Herz rast, als ich mich an jenen Nachmittag erinnere, als Dad das Augenbindenspiel mit mir gespielt hat. Aber anstatt zu Zuzu zu gehen, war Zuzu bei *uns*, als ich meine Augen öffnete. Er kam mit uns in die Stadt. Ich weiß noch, wie ich Zuzu all meine Lieblingsorte zeigte, wie wir einkaufen gingen und an einer Pommesbude zum Mittagessen anhielten. Es war, als würde er Dinge sehen, die er noch nie zuvor gesehen hatte.

Zuzu hat Katze und Hund in einem der Geschäfte ausgesucht, in die wir gegangen sind. Katze und Hund sind derzeit zusammen mit all meinen anderen Klamotten sicher in meinem Gepäck verstaut. Alles andere befindet sich in meinem 4Runner in Chaldis' Garage. Das werden wir später alles abholen.

Ich erinnere mich daran, wie Zuzu mit in unsere Wohnung kam und wie erstaunt er fernsah. Wie Dad in dieser seltsamen Sprache und mit süßem, neckischem Ton etwas zu ihm sagte und wie ich auch mit einfiel. Wie wir alle zusammen Abendessen kochten und es so wirkte, als hätte Zuzu diese Speisen noch nie zuvor probiert.

Lebt er überhaupt noch? Vermisst er mich? Erinnert er sich an mich?

Wie zum *Teufel* sollte ich ihn denn überhaupt *wiederfinden?*

Ich hatte eigentlich vorgehabt, während des Fluges zu schlafen, während auch Dexter schläft. Aber jetzt, wo Zuzu wieder voll und ganz in meinem Kopf und meinem Herzen ist, setze ich mich auf und denke an ihn. Ich kann einfach nicht schlafen.

Was ist, wenn ich mich wieder nicht mehr an ihn erinnern kann?

Wie hatte ich *jemals* aufhören können, an *ihn* zu denken? Er war ein so großer Teil meines Lebens gewesen, bevor …

… bevor Dad starb.

Aber was ist, wenn Dad gar *nicht* tot ist?

Mom mochte Zuzu auch. Daran erinnere ich mich. Nur, dass Mom nie mit uns kam, wenn wir Zuzu besuchten, obwohl Zuzu oft in die Wohnung kam, wenn Mom da war. Er blieb bei mir, wenn Mom und Dad beide weg waren. Manchmal kam er auch mit Dad zurück, wenn Dad eine Weile für die Arbeit unterwegs gewesen war. Einmal blieb Zuzu einen ganzen Monat lang bei uns und schlief in meinem Zimmer, während ich auf dem Sofa schlief. Aber es machte mir nichts aus, mein Zimmer nicht zu haben, denn ich konnte jeden Tag mit Zuzu verbringen und er war Teil unserer Familie.

Ich war auch seine Tochter.

Nein, Zuzu hat mir *nie* etwas getan, auch wenn ich verstehe, warum Dexter mich das gefragt hat.

Ich habe kein Auge zugetan, als Dexter kurz vor unserer Landung wieder aufwacht. Es ist noch nicht ganz sicher dunkel, aber das Flugzeug wird in einen Hangar gerollt und die Türen werden zugeschoben.

Dexter zieht mich zur Seite. „Ist alles in Ordnung, Liebste?"

„Nein." Ich schüttle langsam den Kopf. „Was habe ich sonst noch alles vergessen, wenn ich Zuzu vergessen konnte?"

Er seufzt traurig und streichelt mein Gesicht. „Lass uns eine Sache nach der anderen angehen. Nachdem wir uns um diesen Steinkreis gekümmert und deinen *Gwyllgi* erledigt haben, werden wir uns zusammensetzen und schauen, ob wir noch andere verlorene Erinnerungen aufdecken können, die uns helfen könnten, deinen Vater zu finden."

„Aber du kannst mich nicht bezirzen."

„Ich weiß. Aber vielleicht finden wir einen Weg, wie ich Zugang zu deinem Geist finden kann. Vielleicht durch Hypnose. Wenn wir beide in der Lage sind, uns zu entspannen und zu konzentrieren."

Ich bin bereit, es zu versuchen.

Seine Leute haben bereits alles gekauft, was wir zum Herrichten des Hotelzimmers brauchen, und es in einem Mietwagen verstaut, der ebenfalls im Hangar für uns bereitsteht. Während wir darauf warten, dass es dunkel genug wird, dass wir losfahren können, esse ich im Flugzeug zu Abend und unser Gepäck wird ins Auto geladen. Sobald es sicher dunkel ist, machen wir uns auf den Weg. Dexter fährt, denn ich werde heute Abend auf gar keinen Fall zum ersten Mal versuchen, ein Auto links zu fahren, vor allem nicht, wenn ich so verwirrt und erschöpft bin und außerdem einen Jetlag habe.

Und ein gebrochenes Herz.

Das Hotel ist über eine Stunde vom Flughafen

entfernt. Ich wünschte, ich könnte mir die Landschaft anschauen und sehen, ob mir etwas bekannt vorkommt. Aber es ist dunkel und ich bin zu … überwältigt. Zu müde und gleichzeitig aufgedreht, um jetzt überhaupt noch zu schlafen.

Wir checken im Hotel ein und Dexter lässt mich beim Ausladen des Fahrzeugs nicht helfen. Obwohl es ein neues Hotel ist, ist das Zimmer kleiner als das, das er in Tucson hatte und das, in welchem wir in Atlanta untergebracht waren. Während ich ihm helfe, die Planen an den Innenseiten der Fenster zu befestigen, lacht er leise.

„Meine Leute hier sind gut, aber sie wissen nicht, dass ich ein Vampir bin. Sie glauben, ich hätte eine starke Sonnenallergie. Es ist einfacher, wenn wir das hier selber machen." Er hat dem Angestellten an der Rezeption gesagt, dass wir die Fenster wegen seiner ‚Sonnenallergie' verdunkeln würden, und ließ es mithilfe seines Bannes wie die natürlichste Sache der Welt klingen.

Ich trete zurück und prüfe unser Werk. „Woher wissen wir, dass wir es richtig gemacht haben?"

„Ich sterbe nicht." Ich weiß, dass er scherzt, aber ich bin zu erschöpft. Sowohl geistig als auch körperlich und emotional, und außerdem überwältigt, sodass ich in Tränen ausbreche.

„Oh, Liebste." Er zieht mich in seine Arme. „Es tut mir leid, meine Süße. Ich habe doch nur Spaß gemacht."

„Aber, aber was ist, *wenn* du explodierst?"

„*Schhh.*" Er wiegt mich sanft hin und her. „Ich habe so lange überlebt. Ich glaube, ich habe es gut im Griff." Er küsst mich auf die Stirn. „Lass uns duschen, um uns frisch zu machen, und dann zum Steinkreis gehen, um uns dort umzusehen, *hmm*? Vollmond ist bereits in zwei Tagen."

Eine knappe Stunde später sind wir wieder auf dem

Weg. Während er fährt, lege ich eine Hand auf seinen Oberschenkel und halte den Ring in meiner anderen. Es…

Fühlt sich richtig an?

Was seltsam und gleichzeitig beschissen ist. Aber es ist so, als würde sogar die Luft richtig *riechen*.

Vielleicht nicht perfekt, aber es scheint weniger *falsch* zu sein als der Rest meines Lebens.

Er benutzt das GPS-System des Wagens zur Navigation und schließlich parken wir an einer ruhigen Landstraße neben einem eisernen Tor. Es ist fast zwei Uhr nachts, Ortszeit. Wir haben drei Stunden Zeit, bevor wir ihn vor Sonnenaufgang ins Hotel zurückbringen müssen.

„Es geht hier entlang." Er hebt mich hoch und springt buchstäblich über das eiserne Tor, als ob es gar nicht da wäre.

„Das ist ja praktisch", sage ich schnippisch, während er durch den Wald verschwimmt. Sekunden später kommen wir bei den Steinen an.

Hattet ihr schon mal ein so starkes Déjà-vu, dass es euch fast umgeworfen hat?

Ja, genau *das*. Ich muss mich *buchstäblich* an Dexters Arm festhalten, während ich die Steine anstarre, denn …

Ich war schon einmal hier.

Wie kommt es, dass ich mich *nicht* daran erinnern konnte?

„Liebste, was ist los?"

Ich schlucke schwer. „Du bist … Du wirst es nicht glauben."

„Was glauben?"

Ich schaue mich um. Es *riecht* sogar vertraut hier und ich meine nicht die schwachen Gerüche, die ich von Dexters früheren Besuchen hier wahrnehmen kann. Die Bäume sind anders, offensichtlich – einige sind größer und einige kleine Sprösslinge, waren vorher nicht hier. Einige

fehlen, die früher hier waren. Aber es gibt mehrere Steinhaufen, die an der Außenseite des Steinkreises verstreut
sind und ich *weiß*, dass ich sie schon einmal gesehen habe.

Als ich noch ein Kind war, lag dieser Kreis mitten in
einem dichten grünen Wald. Einige dieser Steinhaufen, die
sich außerhalb des Steinkreises befinden, waren damals
noch nicht einmal sichtbar. Dad parkte immer auf einem
kleinen Feldweg auf der anderen Seite des Waldes, von wo
wir jetzt stehen. Weil wir damals von der anderen Seite des
Kreises gekommen sind, aber das *hier* ist genau der Platz.

Ich schließe die Augen und klatsche ein paarmal sanft
in die Hände, während Dexter beruhigend meine linke
Schulter packt und mit mir herumgeht, während ich
lausche.

Die Akustik.

Ganz unwillkürlich erinnere ich mich an ein walisisches
Kinderlied, das mir Mom und Dad und Zuzu immer
vorgesungen haben. Ich fange an, es zu singen.

"Heno, heno, hen blant bach …"

Ich erstarre und lausche. Dann drehe ich mich um,
schließe die Augen und singe die erste Strophe erneut. Jetzt
fühle ich mich sicherer. Als ich die Augen wieder öffne,
drehe ich mich zu einem der Steinhaufen außerhalb des
Kreises um, lasse mich auf die Knie fallen, ziehe eine der
größeren Steine aus seiner Position und greife in die Lücke
dahinter. Ich taste herum und …

Schluchzend ziehe ich die zerfetzten Überreste des
grün karierten Schals hervor, mit dem Dad mir immer die
Augen verband.

„Ich war schon einmal hier", schluchze ich, als Dexter
neben mir auf die Knie fällt. Er hat die Augen vor Schreck
weit aufgerissen. „Ich *bin* hier gewesen. *Hier* haben wir
immer das Augenbindenspiel gespielt. *Hier* sind wir hergekommen, wenn wir Zuzu besuchen wollten!"

33

Dexter

FASSUNGSLOS STARRE ich auf den Stofffetzen in Eilidhs Händen, während sie buchstäblich schluchzend zu Boden sinkt.

Das ist der erste harte Beweis, den wir, abgesehen von ihrem Ring, der sie mit ihrer Vergangenheit mit ihrem Vater verbindet, haben.

Ich schließe sie in meine Arme. Ihr verzweifeltes Weinen zerreißt mir die Seele. Ich weiß instinktiv, dass wir kurz davor stehen, das Rätsel bezüglich dieses Dinges, das sie verfolgt, zu lösen. Und vielleicht wird es sich mit dem Geheimnis um ihren Vater überschneiden.

„Wie konnte ich nur aufhören, an Zuzu zu denken?" Sanft spielt sie mit dem zerfetzten Stoff in ihren Händen, an dem Zeit und Feuchtigkeit ihre Spuren hinterlassen haben. „Wie konnte ich nur so lange *nicht* an ihn denken? Sie nannten mich *Mazbushka*. Zuzu hat gesagt, es bedeutet ‚süßer kleiner Engel'. Er sagte, ich sei sein kleiner Engel und wie eine Tochter für ihn. Wie konnte ich die Steine nur vergessen? Dad sagte immer, sie hätten eine besondere Magick. Dass er es mir beibringen würde, wenn ich älter werde."

„Unser Verstand hat Wege, uns zu schützen, meine Süße. Vielleicht war es für dich zu schmerzhaft, deinen Vater so plötzlich zu verlieren und gleichzeitig auch noch seinen Freund. Dein Gehirn hat Dinge weggeschlossen, die zu sehr wehtaten, weil du sie beide so sehr vermisst hast. Deine Mutter hatte Angst, ihr musstet umziehen und seid schließlich in den Staaten gelandet. Es ist keine Überraschung. Der Überlebensmodus hat überhandgenommen."

Sie stolpert auf die Füße, hält noch immer den Stoff in den Händen und hat einen wilden Blick in den Augen. Dann schließt sie die Augen und fängt an, in einer Sprache zu flüstern, die ich nicht kenne. Sie dreht sich, wechselt die Richtung, bleibt schließlich stehen und starrt mich an. „Du musst mich halten."

Ich stehe auf und beeile mich, sie zu umarmen, aber sie weicht zurück. „Nein, ich meine, du musst mich wie ein Kind hochheben. Trage mich an deiner Hüfte."

„Warum?"

„Tu es einfach … *Bitte*?"

„In Ordnung." Ich gehe in die Knie, hebe sie hoch und stemme sie an meine Hüfte. Sie klammert sich an mich, wie ein Kind es tun würde, während ich mich wieder aufrichte. Dann schließt sie erneut die Augen und wiederholt die Phrase. Ich erkannte das Wiegenlied, das sie zuvor sang, als walisisch, aber das hier …

Es jagt mir eine Gänsehaut über den Rücken. Es fühlt sich wie sehr alte, sehr mächtige Worte an, aber ich erkenne sie nicht.

Sie öffnet die Augen und schaut sich um, lässt mich hierhin und dahin drehen und schließt die Augen wieder und wiederholt den Satz. Dieses Mal etwas lauter. Als sie die Augen öffnet, schaut sie sich wieder um und ist offensichtlich frustriert.

„Die Bäume waren anders. Da war eine bestimmte Art, wie Dad immer stand, mit Blick auf bestimmte Steine." Sie weist mich an, mich ein wenig zu drehen, und sagt den Satz noch einmal auf. „Warum *funktioniert* es nicht? Es sollte *funktionieren*!"

Um uns herum ist nichts als eine stille klare Nacht unter einem fast vollen Mond mit dem geringsten Hauch einer Brise.

„Moment!" Sie zieht den Ring von der Kette, legt sich die Kette wieder um den Hals und schiebt den Ring mit einem tiefen Atemzug auf ihren linken Ringfinger. "*Lazgo mandem tanneh cahl. Fozun rostray sephiahl.*" Sie singt es, wie einen Zauberspruch und …

Ich schäme mich nicht, zuzugeben, dass ich vor Schock und ja, Angst, schreie, während sie ihren Erfolg mit Begeisterung bejubelt. Mein ganzer Körper kribbelt, als die walisische Nacht um uns herum schimmert und sich auflöst. Sie wird durch eine dichtbewaldete Lichtung ersetzt, die nur etwas größer ist als die Steinhaufen außerhalb des Steinkreises.

„Ja! *Ja*, verdammt noch mal *ja*!", schreit sie und klettert aus meinen Armen, weil ich ehrlich gesagt zu fassungslos bin, um irgendetwas anderes zu tun, als einfach nur dazustehen, zu starren und mich im Kreis zu drehen.

Sie flitzt um den Steinkreis herum, gackert fröhlich und jubelt über ihren Erfolg, bis mir schließlich ein Gedanke kommt. Ich verschwimme an ihre Seite, packe sie und drücke ihr eine Hand auf den Mund.

„*Schhh!*"

„Was?", murmelt sie hinter meiner Hand.

„*Still!*", zische ich und lausche.

Eine sanfte Brise rüttelt an den Blättern der Bäume im Wald um uns herum. Das Quietschen und Zirpen einiger Insekten überlagert dieses Geräusch leise, aber es gibt keine Autos oder Flugzeuge, nichts dergleichen. Ich sehe auch keine entfernte Lichtverschmutzung.

Es … *riecht* sogar anders hier.

Als ich nach oben schaue, steht der Mond in der gleichen Phase und die Sterne sehen alle genauso aus, wie ich sie erwarten würde. Aber jedes Haar an meinem Körper steht mir zu Berge, als mir klar wird, dass wir …

Durch den Steinkreis …

… *übergegangen* sind.

Das ist der Stoff aus Kabelfernsehsendungen und Liebesromanen, nicht der Realität.

Nicht wahr?

Andererseits bin ich ein Vampir, der im Begriff ist, einen lukrativen Geschäftsvertrag mit einem Werwolf abzuschließen, dessen Gefährtin anscheinend zum Teil übersinnliche Fee ist.

Also … ja.

Nach einer Minute wird mir bewusst, dass ich etwas höre, das mich mit Schrecken erfüllt – das Geräusch von etwas Großem, einem Tier oder einem Menschen, das sich in einiger Entfernung durch die Bäume bewegt, aber auf uns zusteuert. Ich bemerke, dass sie es auch hört, denn sie reißt die Augen weit auf.

Ich packe sie und verschwimme durch die Bäume zur anderen Seite des Steinkreises und weg von den Geräuschen. Ich halte sie in meinen Armen, damit sie nicht aus Versehen mit den Füßen schlurfen und ein Geräusch machen kann. Außerdem kann ich so, wenn nötig, auch in Sicherheit springen und sie mit mir tragen. Ich selbst habe die Fähigkeit, meine Anwesenheit vor einem Durchschnittsmenschen zu tarnen, aber ich habe noch nie probiert unsichtbar zu werden, während ich jemanden festhalte.

Ich versuche es jetzt und hoffe, dass es mit meinem Mädchen in meinen Armen funktioniert.

„Bleib still", flüstere ich und sie nickt.

Die Schritte nähern sich, bis die Person, die dahergelaufen kommt, schließlich auf der anderen Seite der Lichtung in Sicht tritt.

Der Mann bleibt am Waldrand stehen und streckt seine Nase zögernd in die Luft. Wenn ich es nicht besser wüsste, würde ich sagen, er wittert uns.

Bevor ich sie aufhalten kann, schnappt Eilidh nach Luft und reißt sich wie ein wildgewordener kleiner Dämonendachs aus meinen Armen. „*Zuzu!*", schreit sie, stürmt durch die Bäume und auf die Steine zu.

Verdammt noch mal! Ich laufe ihr bereits hinterher und führe meine verspätete Reaktion auf meinen Schock darüber zurück, dass wir uns offenbar in einer anderen *verfluchten* Dimension befinden.

Allerdings lässt mich der ebenso erschrockene Schrei des Mannes innehalten. „*Eilidh?*" Er kreischt vor Freude und lässt den Leinensack fallen, den er über der Schulter trägt. Er schließt sie in seine Umarmung, während sie sich an ihn schmiegt und nun genauso heftig weint wie er. „*Mazbushka!*"

Er sieht genauso aus, wie sie ihn beschrieben hat, nur dass dieser Mann nicht älter als Eilidh sein kann. Tatsächlich sieht er aus, als wäre er kaum Ende zwanzig, wenn überhaupt.

Und es raubt mir den Atem, wenn ich sehe, wie sehr er auch meinem Robert ähnelt. Das macht mich völlig fertig, sodass ich nichts tun kann, außer danebenzustehen und ihre tränenreiche Wiedervereinigung mitzuerleben.

Sie sinken beide weinend zu Boden, während er sie in

seinen Armen wiegt und mit ihr in einer Sprache spricht, die … *ja.*

Ich habe *keine* verdammte Ahnung, was er sagt. Aber wenn ich raten müsste, ist es dieselbe Sprache, die sie eben im Steinkreis gesungen hat. Ich meine, es gibt eine Menge Sprachen auf der Welt, die ich nicht spreche, aber in diesem Teil der Welt gibt es keine, von der ich nicht wenigstens ein paar Worte hören und die Sprache erkennen könnte. Selbst wenn ich nicht alles verstehe, was gesagt wird.

Aber das hier?

Es klingt wie *nichts,* was ich je zuvor gehört habe.

Aber selbst ich bin nicht so dumm, zu versuchen, ihn dazu zu bringen, mein Mädchen jetzt loszulassen. Also stehe ich daneben, lausche auf jeden, der sich nähern könnte und versuche, auf mögliche Bedrohungen zu achten. Auch wenn mich diese neueste Entwicklung emotional aufwühlt.

„Ich bin *nicht* verrückt", flüstert sie. „Ich bin nicht verrückt. Ich habe dich vergessen, aber ich bin *nicht* verrückt. Ich habe mir dich *nicht* eingebildet. Du bist *echt."*

„Natürlich bin ich echt", sagt er unter Tränen in Englisch mit starkem Akzent. „Meine süße geliebte Eilidh. Es gab keinen einzigen Tag, an dem ich dich nicht vermisst und an dich gedacht habe. An dem ich mich nicht danach gesehnt habe, dich wieder in meinen Armen zu halten. Meine süße, kleine *Mazbushka."*

Ich lasse es gute zwanzig Minuten lang weitergehen und versuche zu verdrängen, dass wir A) nicht mehr in Wales sind und B) dieser Mann sie offenbar kennt und C) *wir uns in diesem Moment NICHT IM VERDAMMTEN WALES BEFINDEN.*

Aber die Nacht schwindet dahin und entweder müssen

wir uns an einen für mich sicheren Ort begeben oder ins Hotel zurückkehren.

Ins Hotel im *verdammten.*

Wales.

Weil ich mich in einen brennenden Kürbis verwandeln *werde*, wenn wir es nicht tun. Das Leben ist gerade auf unglaublich unverständliche Weise extrem viel interessanter geworden und ich würde gern noch eine Weile hierbleiben und sehen, was als Nächstes passiert.

Vor allem mit Eilidh.

„Verzeihn Se mir", sage ich und mein alter schottischer Akzent kommt in meinem Schock plötzlich zurück, „aber wer zum Deibel sind Se denn, Mann?"

Er lächelt zu mir auf und ist von meiner Anwesenheit offensichtlich völlig unbeeindruckt.

„Zeuzehn. *Oh!*" Er greift nach seiner Tasche und holt ein kleines Päckchen mit etwas heraus, das wie Wachspapier aussieht. Er öffnet es. „Ich nehme an, es ist schon eine Ewigkeit her, dass du so etwas gegessen hast, meine Kleine."

Er steckt ihr etwas in den Mund und ihre Augen weiten sich und fallen dann zu, während sie langsam kaut und genüsslich stöhnt. Tränen strömen ihr über die Wangen.

„*Rhozdenbonbons!*", murmelt sie lachend, während sie sich an ihn lehnt. Ihr Kopf ruht an seiner Schulter. Er legt wieder schützend einen Arm um sie und hält sie fest. Sein Gesicht drückt er in ihr Haar.

Ein Teil von mir will eifersüchtig sein und ein Teil von mir hat Angst, weil wir *nicht* mehr im verdammten *Wales* sind.

Der rationale Verstand, der mich schon länger am Leben hält, als eine der größten Weltreligionen existiert, sagt mir, dass ich abwarten muss, solange ich die Zeit im Auge behalte.

Der Rest meines Verstandes flippt im Moment *völlig* aus.

Es gibt buchstäblich Dutzende von Fragen, die ich diesem Mann stellen möchte. Die erste und wichtigste davon ist, wo zum *Teufel* wir uns befinden, aber …

Eilidh.

Es macht mir riesige Angst, wie aufgewühlt sie sich jetzt fühlen muss, wenn ich schon so erschüttert bin.

Okay, Korrektur, es gibt eine Frage, die über allen anderen steht. „Sind wir hier sicher?", flüstere ich.

„Ja", sagt der Mann und lächelt, während er ihr ein weiteres Bonbon reicht. „Wir sind hier völlig sicher."

„Also gut, na dann." Ich lasse mich auf den Boden sinken und setze mich neben Eilidh. Meine Hand ruht auf ihrem Oberschenkel und ich bin bereit, das Ganze noch ein wenig länger mitanzusehen.

Sie zieht den Ring von ihrem Finger, nimmt die Kette ab, macht eine Schlaufe, um die Kette durch den Ring zu schlingen, und legt sie dann wieder an.

Dann lehnt sie ihren Kopf an die Schulter des Mannes und kaut zufrieden auf einem weiteren Bonbon herum, das er ihr in den Mund schiebt, bevor er sie auf die Stirn küsst und lächelt.

Ich sollte eifersüchtig sein.

Ich sollte ihm die Kehle herausreißen.

Aber das hier ist Eilidh in einem rohen und echten und emotional blutenden Zustand. Und doch sieht sie in diesem Moment so viel zufriedener aus, als ich sie je zuvor gesehen habe.

Obwohl *hier* technisch gesehen mal wieder jemand ist, der mein Mädchen offenbar schon länger kennt und sie in gewisser Weise besser kennt als ich.

Ich bin nicht eingebildet genug, diese einfache Tatsache zu leugnen.

Es ist *direkt* vor meiner Nase. Ich mag vielleicht verzweifelt verliebt in sie sein, aber wir haben kaum eine Woche miteinander verbracht.

Er streichelt ihr Haar, schnüffelt an ihr, hält sie fest und wiegt sie immer noch wie ein Vater sein Kind.

Ja, das ist ein weiterer Grund, warum ich ihn noch nicht getötet habe – weil die Schwingungen, die ich hier empfange, definitiv von einer Vater-Kind-Beziehung sprechen, nicht von einem Liebhaber.

„Ich bin so froh, dass mein Ruf endlich funktioniert hat, meine Kleine", sagt er leise. „Ich habe gehofft, dass es klappen würde. Parxon meinte, dass es mir das Herz brechen würde, es immer weiter zu versuchen, aber ich wollte niemals aufgeben. Ich kam vor, während und nach jedem Voll- und Dunkelmond und sogar zu den Viertelmonden hierher und versuchte es immer weiter. Abgesehen von dem Tag, an dem du geboren wurdest, ist *dies* der glücklichste Tag in meinem Leben."

„Moment." Okay, ich werde sie also doch unterbrechen. „Sie sind so froh, dass *was* geklappt hat?"

Er hebt seine linke Hand, an der ich sehen kann, dass er eine fast exakte Kopie zu dem Ring trägt, den Eilidh hat. Bis auf einen kleinen Riss im Labradoritstein. „Es ist unwahrscheinlich, dass er funktionieren würde, um einen Übergang zu ermöglichen, es sei denn, man hat die perfekten Umstände in den stärksten Nächten. Aber der Ring konnte immer noch ein Signal senden, zumindest habe ich das gehofft. Ich habe versucht, einen *Fahnihr* zu ihr zu schicken, um sie aufzuspüren. In der Hoffnung, dass wir mit ihr reden können oder um sie wissen zu lassen, dass wir hier sind. Wir wussten nie, ob es funktioniert, aber ich habe gehofft, dass es das eines Tages würde. Ich habe sie ein paarmal durch die Steine gesehen."

„Moment, *wir*?"

Er nickt. „Ich und Parxon." Er lächelt sie an. Sein Blick ist so voller Liebe und väterlicher Verehrung, dass mein eigenes Herz schmerzt. „Ihr Vater."

34

Eilidh

„Moment … *was?* Ich starre ihn an. „Mein Dad?"

Ich meine, ja, ich weiß, Amber sagte, dass er noch lebt. Doch irgendwie hatte ich es nicht geschafft, mich davon zu überzeugen.

Zuzu nickt. „Ja."

„Wo ist er?"

„Er ist für seine Forschung unterwegs, kommt aber im Laufe des Tages zurück." Er lächelt. „Warte, bis er dich sieht, Liebes. Es wird ihm so viel Freude bereiten."

Ich schaue Dexter an, um mich zu vergewissern, dass ich wirklich gehört habe, was ich zu hören glaube. „Das hat er gerade gesagt, richtig? Hat er es wirklich gesagt? Mein Dad ist am Leben?"

Dexter lächelt und streicht mir eine Haarsträhne hinter das Ohr. „Ja, Liebste. Er hat es wirklich gesagt."

Zuzu sieht buchstäblich keinen Tag älter aus, als ich ihn in Erinnerung habe. Er lächelt und berührt meine

Wange, bevor er mit den Fingern durch mein Haar fährt. Ich weiß noch, wie er mir als Kind die Haare geflochten und mir dabei vorgesungen hat.

„Und wer ist dieser Mann, meine Kleine?", fragt er und nickt in Richtung Dexter. „Ist er jemand Wichtiges für meinen Engel?"

„Oh, ja. Das ist Dexter. Er ist … Mein."

Mein *was* steht immer noch zur Debatte, nehme ich an. Gott, werden wir *jemals* eine ununterbrochene Zeitspanne zusammen haben, in der wir, ihr wisst schon, *unseren* Scheiß mal klären können?

„Es ist sehr schön, dich kennenzulernen, Dexter", sagt Zuzu und streckt seine Hand aus, um Dexters zu schütteln. „Ich bin Zeuzehn."

„Warum nennt sie dich Zuzu?"

„Weil sie meinen Namen als Baby nicht aussprechen konnte und damals anfing, mich so zu nennen." Das liebevolle Lächeln auf seinem Gesicht, dieses väterliche Lächeln, bricht mir fast das Herz. Ich werfe mich ihm für eine weitere lange, verzweifelte Umarmung an den Hals.

Ich habe Angst, mich zu bewegen. Angst, den Steinkreis zu verlassen, weil ich befürchte, dass Zuzu verschwinden könnte und ich ihn nie wiedersehen würde. Ich habe Angst, dass dies alles eine Art Traum ist, aus dem ich aufwache und nichts davon ist wahr.

Dass ich Zuzu wieder verliere.

Dass ich jede Chance verliere, meinen Vater wiederzusehen.

Dexter übernimmt die Fragen und das passt mir ehrlich gesagt gut. Zuzus vertrauter, beruhigender Duft füllt meine Lunge und ich würde in diesem Moment wirklich lieber einfach nur hier sitzen und die Flut von Erinnerungen verarbeiten, die zurück in meine Seele schwappt.

Ganz ehrlich? Ich glaube, ich kann im Moment nicht einmal laufen.

„Also warst *du* es, der den Phantomhund auf sie angesetzt hat?"

Er nickt. „Ja. Es war die einfachste Form, die ich mit dem Ring heraufbeschwören konnte. Um dich zu verfolgen und hoffentlich zu mir zu führen. Die Ringe können einander rufen. Sie wirken wie Peilsender, wenn sie getragen werden. Es war die einzige Form, von der ich wusste, dass ich sie mit einer gewissen Genauigkeit heraufbeschwören kann."

Dexter nickt langsam, während Zuzu mir ein weiteres Bonbon in den Mund schiebt, als wäre ich fünf Jahre alt und er hätte mich gerade aus dem Versteck geholt, weil …

„Sers", keuche ich. „Onkel Sers." Eine Flut von Angst überschwemmt mich. Er war wie der Butzemann. Ich musste mir immer Sorgen machen, dass er mich entdecken könnte.

„*Oh*", sagt Zuzu. Seine Stimme klingt plötzlich giftig, wie ich ihn noch nie zuvor gehört habe. „Du musst dir *nie* wieder Sorgen um ihn machen, Kleines." Er umarmt mich fester. „Er ist tot und längst in seinem Grab." Er küsst mich wieder auf die Stirn. „Es tut mir so leid um deine Mutter. Wir haben so sehr versucht, dich zu finden und zu dir zu gelangen. Es hat deinen Vater fast um den Verstand gebracht."

Ich klammere mich an ihn. „Hat … mein Onkel Mom umgebracht?"

Ich spüre, wie Dexter sanft seine Hand auf meinen Rücken drückt, als Zuzu antwortet. „Ja. Es tut mir so leid. Wir wussten nicht, dass Serxon einen Übergangsring besaß, bis er deinen Vater an jenem Tag angriff. Wir haben versucht, herauszufinden, wo er ihn versteckt hat, aber er wollte es uns nicht sagen. Dein Vater ließ deine Mutter mit seinem zurück und dachte, er könnte den von Serxon benutzen, um zurückzukehren.“

„Können wir noch einmal von vorne anfangen?“, fragt Dexter leise. „Ihre Mutter hat ihr erzählt, dass ihr Vater gestorben ist.“ Ich bin so fassungslos über all das, dass ich gar nicht richtig schätzen kann, wie sexy Dex mit seinem schottischen Akzent klingt.

Zuzu schnieft. „Sorcha hat das wahrscheinlich geglaubt. Verständlicherweise. Es gab dieses Wochenendcamp, an dem du teilnehmen wolltest. Kunsthandwerk.“ Während Zuzu die Geschichte erzählt, spielt er mit meinem Haar. „Also haben sie dich angemeldet. Dein Vater musste herkommen und er brachte deine Mutter mit, da du über Nacht in dem Camp bleiben solltest. Wir wussten jedoch nicht, dass Serxon zum Anwesen gekommen war. Er folgte deinem Vater und deiner Mutter, als Parxon sie zurückbringen wollte, und Serxon stellte sie zur Rede. Er griff sie an. Dein Vater brachte sie durch den Übergang, aber Serxon folgte ihnen.

In dem Moment erkannte dein Vater, dass Serxon einen Ring hatte, von dem niemand etwas wusste. Parxon ließ seinen eigenen Ring bei deiner Mutter und kämpfte mit Serxon. Er zerrte ihn gewaltsam zurück durch den Übergang. Leider ist Serxon deinem Vater entkommen und hat seinen Ring versteckt.“ Er schüttelt traurig den Kopf. „Keine noch so große Bestechung konnte ihn dazu bringen, das Versteck preiszugeben. Er war so wütend auf deinen Vater, weil er sich mit Sorcha verpaart und sie markiert hatte.“

„Warum?“, fragt Dexter.

Zuzu seufzt. „Ich fürchte, ich werde dieser Geschichte nicht ganz gerecht“, sagt Zuzu. „Es ist sehr kompliziert. Es gibt so viele Dinge, die ihr nicht über uns wisst oder darüber, wie wir die Dinge hier machen.“

„Wo ist *hier*?", fragt Dexter.

„Es ist immer noch eure Erde. Es ist nur eine andere … Dimension … ist, glaube ich, das richtige Wort? Wir nennen es *Jotnunlm*. Dies ist die alte Welt, die *ursprüngliche* Welt. Wo ihr herkommt, ist das Land, in das die alten Familien die Ausgesonderten geschickt haben. Nachdem die herrschende Klasse beschlossen hatte, unsere Art, die *Jotnun*, vom Rest zu trennen. Während des *Rangnorks*. Der Aussonderung. Diejenigen, die den Virus hatten, und die Wandler und die Weibchen. Die Hybriden, die sich mit den Weibchen paaren konnten, aber keine Alphas oder Omegas waren, und die, die nicht gebären konnten. Diejenigen, die man jetzt Menschen nennt, könnte man wohl sagen. Und andere, die mit ihnen gehen wollten. Es gab in dieser Dimension hier sehr alte Magick aber keine, von der sie in der anderen wussten."

Ich finde meine Stimme wieder. „Moment, *was*?"

„Es gibt so vieles zu erzählen, *Mazbushka*. Oh, dein Vater wird so froh sein, wenn er zurückkommt und dich sieht."

Ein Gedanke huscht durch mein Gehirn. „Moment, wann geht die Sonne auf?"

Er hebt den Ärmel seiner Tunika und entblößt etwas, das wie eine Digitaluhr an seinem Handgelenk aussieht. „In weniger als zwei Stunden. Warum?"

Ich schaue Dexter an. „Du musst zurückgehen."

„Einen Teufel werde ich tun."

„Wir *müssen* dich zurückschicken."

„Ich werd *nicht* ohne dich gehen, Mädel."

„Und *ich* gehe nicht, bevor ich meinen Vater nicht gesehen habe." Ich konzentriere mich wieder auf Zuzu. „Wie weit ist das Haus entfernt?"

„Nicht weit, aber heute Morgen kommt eine Gruppe Arbeiter, um die Reparaturen am Dach zu beenden. Sie werden fast den ganzen Vormittag dort sein. Und die Mitarbeiter des Anwesens werden auch bald eintreffen, für die morgendlichen Arbeiten. Ich sollte mit dir nicht über die offenen Felder gehen, während sie dort sind. Man kann sich dort nirgendwo verstecken." Er lächelt. „Erinnerst du dich an unser Versteckspiel?"

Ich nicke. „Ja irgendwie schon."

„Du warst immer so brav. Niemand hat dich bei deinen Besuchen jemals gesehen."

„Warum darf niemand von ihr wissen?", fragt Dexter.

„Weil sie sofort wissen würden, dass sie nicht von hier ist."

„Aber wie? Können wir sie nicht verkleiden?"

„Das Problem ist, dass sie weiblich ist."

„Und?", fragen Dexter und ich beide gleichzeitig.

Zuzu seufzt. „Es ist so lange her, Kleines. Hier in unserer Welt gibt es keine Weibchen. Es gibt sie schon seit dem Rangnork vor langer, langer Zeit nicht mehr, als alle anderen in eure Welt geschickt wurden. Als die herrschende Klasse dies beschloss. Damals wurden die Steinkreise von den alten Familien geschaffen, die die Magick kontrollierten. Sie wurden benutzt, um die Ausgesonderten und alle anderen, die gehen wollten, in die andere Welt zu bringen. Die alte Magick war hier zentriert, aber denen, die ausgesondert wurden, war das egal. Denn sie waren schließlich frei von der herrschenden Klasse und konnten tun, was immer sie wollten."

Ich bin froh, dass Dexter genauso verwirrt aussieht, wie ich mich im Moment fühle. Sein schottischer Akzent wird immer stärker. „Wee bekommt je dann Babys, wenn je keene Frauen habt?"

„Überwiegend durch Omegas. So wie mich. Ein paar Zetas und Gammas, obwohl die meisten es nicht mehr können. Einige Betas können mit Omegas Kinder zeugen, aber die meisten nicht mit Zetas oder Gammas."

„Heeßt das also, du bist ihre … Mutter?"

Zuzu lacht. „*Nein!* Parxon hat Sorcha markiert und sich mit ihr verpaart. Er besuchte heimlich ihre Welt, um sie zu erforschen, als sie sich trafen. Er verliebte sich sofort in sie, verpaarte sich mit ihr und markierte sie. Ich habe ihnen geholfen, ihr Geheimnis zu bewahren."

Zuzu lächelt mich an. „Und dann geschah unser Wunder. Ich bin mir nicht sicher, wer geschockter war – Parxon oder ich – als Sorcha ein Kind empfing. Wir hatten keine Ahnung, dass sie so schnell empfangen konnte, oder gar überhaupt. Manche Paare hier versuchen es jahrzehntelang, bevor sie ein Kind empfangen, wenn überhaupt. Ich werde den Tag deiner Geburt nie vergessen. Ich bin so froh, dass ich dabei war."

„Un wer bist de dann? Ich meene deene Beziehung zu Parxon un Eilidh?"

Zuzu streicht über mein Haar und lächelt mich an. „Technisch gesehen bin ich Parxons Gefährte, obwohl wir die Verpaarung nie vollzogen haben und er mich nie markiert hat. In eurer Welt würde man mich wohl als seinen Ehemann bezeichnen."

Ich greife nach oben und berühre Zuzus Ohr, wo der goldene Ohrring in seinem Ohrläppchen steckt. „Ihr hattet immer die gleichen."

Er lächelt. „Ja. Einen für den Gefährten und je einen weiteren für die Nachkommen." Sein Lächeln verblasst. „Wir konnten natürlich keinen für dich hinzufügen, ohne unser Geheimnis zu verraten." Er seufzt. „Du bist mein Herzenskind, Kleines, und bist es schon immer gewesen. Ich habe dich so lieb und so furchtbar vermisst."

„Dann bleeben we hier", sagt Dexter. „I bin verdammt

reich. We werden et schon irgendwie schaffen, och wenn i Leute bestechen muss.“

Zuzu reißt die Augen weit auf. „*Nein!* Du verstehst es *nicht* – diese Magick ist alt und verboten. Wir würden alle getötet werden, wenn ihre Anwesenheit aufgedeckt wird.“ Er zieht die Nase kraus und sieht Dexter an. „Du kannst vielleicht bleiben. Wir könnten dich als entfernten Cousin von weither ausgeben. Du riechst auch gar nicht so anders. Aber sie ist *weiblich*. Weibchen gibt es hier nur in Mythen. Es würde unseren Tod bedeuten.“

„Hast de ihre Mutter jeliebt?“, fragt Dexter.

Zuzu nickt. „Ich habe Sorcha genauso geliebt wie Parxon – wie Geschwister. Deshalb haben Parxon und ich unsere Verpaarung auch nie vollzogen und er hat mich nie markiert. Wir wussten beide, dass wir diese Gefühle nicht füreinander haben.“

Dexter sieht so verwirrt aus, wie ich mich fühle. „Un warum seid je dann zusammen?“

„Weil es von unseren Familien so arrangiert wurde, als wir noch Kinder waren. Parxon und ich sind praktisch wie Geschwister aufgewachsen. Wir stammen beide aus alten Familien mit Alphavätern der herrschenden Klasse. Ich bin ein Omega und er ist ein Alpha. Die Hoffnung war, dass wir einen Alpha-Erben hervorbringen würden, der die Familienlinien weiterführt.“

Ich schalte irgendwie ab, während sie reden und Dex Fragen stellt. Ich kann nicht aufhören, in Zuzus Augen zu starren – lavendelfarbene Augen. Eine klare, helle Farbe, die mich so sehr an meine eigenen Augen erinnert. Und die ganze Zeit über nimmt ein ungutes Gefühl in mir immer mehr zu, bis es mich vor den Kopf stößt und ich aufspringe.

„Dex, wie spät ist es?“

Er und Zuzu stehen beide auf. „Wie lange noch bis zum Morgengrauen?", fragt Dex.

Zuzu prüft seine Uhr. „Neunundfünfzig Minuten."

„Wir müssen dich zurückbringen!" Panik droht und zieht meine Brust zusammen. Mein Puls überschlägt sich.

Dex packt mich beim Arm und sein starker schottischer Akzent ist schlagartig verschwunden. „Hör mir zu, *Mädchen*. Ich lasse dich *nicht* allein. Du hast *versprochen*, nicht mehr wegzulaufen. Dass wir uns allem *gemeinsam* stellen."

„Ja, aber das können wir nicht, wenn du in einen Haufen Asche zerfällst!"

Zuzu reißt die Augen weit auf. „Moment … er hat den Virus?"

Wir starren ihn beide an. „Was weißt du davon?", fragt Dexter.

„Niemand hatte ihn mehr seit … nun ja, seit dem Rangnork. Seit der Aussonderung. Aber die Leute hatten es selten so schlimm, dass die Sonne sie so verbrannte. Vor allem, wenn sie sich mit einem Alpha oder Beta verpaarten. Das hat normalerweise das Schlimmste neutralisiert."

Ich versuche, es zu verstehen. „Moment, *was*?"

Er lässt sich ablenken. „Darüber können wir später sprechen. Du musst gehen. Sofort! Komm in der Nacht wieder, wenn es sicher ist, und ich kann dich zum Haus führen."

Dexter fährt sich mit der Hand durch die Haare. „Gibt es denn hier nicht irgendwo einen dunklen Ort ohne Sonnenlicht, an dem ich mich für den Tag verstecken kann?"

Zuzu sieht genauso panisch aus, wie ich mich langsam fühle. „Nicht nah genug, um es noch zu schaffen. Sie hat recht – du *musst* zu deiner eigenen Sicherheit zurückkehren."

„Du gehst zurück." Ich greife Dexters Hand und führe

ihn in die Mitte des Steinkreises. „Weil ich dich nicht verlieren will und ich meinen Dad sehen muss."

Er steht da wie ein verdammt sturer Vampir-Dom, der er wohl auch ist. „Du kommst *mit* mir, *Mädchen*, oder ich bleibe. Das sind die *einzigen* beiden Möglichkeiten. Ich werde *nicht* noch einmal von dir getrennt werden."

Neeeiiin … Tatsächlich gibt es noch eine dritte Möglichkeit.

Und ich bin mir ziemlich sicher, dass sie Dexter *nicht* gefallen wird.

35

Dexter

ICH LIEBE DIESE FRAU, aber sie ist dabei, mich in den Wahnsinn zu treiben, weil sie einfach *nicht* aufhören will, mit mir zu streiten. Ich verstehe nicht, was sie an dieser Situation nicht versteht. Von ihrer Seite zu weichen, ist keine Option.

Ich schätze, ich muss ihr öfter den Hintern versohlen. Vielleicht genießt sie es zu sehr und ich muss meinen Gürtel oder einen Rohrstock benutzen, um ihr die Botschaft klarer zu vermitteln.

„Du kannst nicht bleiben, Dex. Es wird in weniger als einer Stunde hell!"

„Dann lass uns gehen. *Jetzt.* Wir können heute Abend wiederkommen, wenn es dunkel ist." Ich will sie nicht zwingen zu gehen, aber ich werde es tun, wenn ich es muss.

„Und was ist, wenn wir nicht zurückkehren *können*? Ich gehe hier *nicht* weg, bis ich meinen Vater gesehen habe.

Vielleicht warst du so lange allein, dass du nicht mehr weißt, wie es sich anfühlt, *nicht* allein sein zu wollen. Aber ich habe die meiste Zeit meines Lebens damit verbracht, zu denken, dass er tot ist. Und ich werde ihn *ganz sicher* nicht verlieren oder Zuzu, bevor ich sie überhaupt wiederhabe!"

Bevor ich verstehen kann, was sie tut, zieht sie den Ring von der Kette, steckt ihn an meinen linken Ringfinger und greift nach meiner Hand. „Auf geht's, Mister. Geh ins Hotel und komme morgen Abend wieder. Wir werden hier warten." Sie wirbelt mich herum, sodass ich den Steinen gegenüberstehe und sagt diesen gereimten Satz auf. Dann stößt sie mich mit aller Kraft an die Außenseite des Steinkreises.

Normalerweise wäre sie nicht in der Lage gewesen, mich auch nur einen Zentimeter zu bewegen, geschweige denn mich aus dem Gleichgewicht zu bringen. Aber ich hatte gerade angefangen, mich zu ihr umzudrehen. Dabei stolpere ich über einen Stein und stürze rückwärts durch die Luft. Ich lande hart außerhalb des Steinkreises auf dem kalten taufrischen Gras in einer Welt, von der ich aufgrund des Geruchs instinktiv weiß, dass sie meine eigene ist.

Ich springe auf und wirbele herum, sehe jedoch nichts als die sich abzeichnenden dunklen Formen der Steine.

Ich bin allein.

„Eilidh! Zeuzehn!"

Keine Antwort, nur das Geräusch der Brise, die um mich herumwirbelt. Ich stoße einen Schrei aus und springe zurück in den Kreis aus Steinen.

Aber ich bin immer noch *hier.*

Ohne sie.

„Verdammt noch mal! *Eilidh!"*

Hätte ich immer noch einen Puls, wüsste ich, dass mein

Herz in meiner Brust hämmern würde und mein Atem in rasenden Zügen käme.

Moment. Mein Puls hämmert *tatsächlich*. *Seltsam*. Wenn ich so darüber nachdenke, tut er das seit Alaska öfter. Und ich atme auch.

Doppelt seltsam.

Ich schließe die Augen, nehme ein paar tiefe, reinigende Atemzüge und denke an den Satz, den sie gesungen hat. Ich sage ihn auf, beschwöre ihn, drehe mich in den Steinen herum und versuche zu wiederholen, wie sie ihn zuvor gesagt hat, als wir übergegangen sind. Aber egal, was ich tue, es funktioniert nicht, obwohl ich ein paarmal ein seltsames Kribbeln spüre.

Außer, dass ich ein Problem habe. Ein *riesiges* Problem.

Sie hat recht. Es ist kurz vor Sonnenaufgang und ich sollte schon längst in unserem Hotelzimmer eingeschlossen sein. So sehr ich sie auch sicher zurück in meinen Armen spüren möchte, kann ich doch auch nichts für sie tun, wenn ich zu einem Haufen Asche verpuffe.

Ich verfluche mich und meinen Körper und durchlebe einen kurzen Moment der Panik, als ich den Schlüssel des Mietwagens nicht in meiner Tasche finden kann. Dann erinnere ich mich jedoch daran, dass er in meiner Jeans steckt. Ich könnte zum Hotel verschwimmen, aber ich weiß den genauen Weg nicht und brauche das GPS-System des Wagens. Ich renne zurück zum Auto, steige ein und lasse die Reifen durchdrehen, als ich in Richtung Stadt davonrase.

Es gab in meinem langen Leben schon ein paar knappe Situationen. Die letzte und schlimmste war im zweiten Weltkrieg. Ich saß in London fest, als die deutschen Bombenangriffe begannen. Ich war geschäftlich in der Stadt und entschied mich, dortzubleiben, anstatt eine Fahrt zurück zu meinem Anwesen im Norden zu riskieren.

Es war eine unglückselige Entscheidung.

Ich hatte Glück, dass ich nicht getötet wurde, als eine Bombe fünf Häuser von meinem entfernt einschlug. Sie war stark genug, um mich zu erschüttern – buchstäblich und metaphorisch. Ich hatte mich gerade in meiner Kellergruft eingerichtet, um den nächsten Abend abzuwarten.

Als ich auftauchte, um den Schaden zu begutachten, musste ich feststellen, dass die Explosion meinen Wagen zerstört hatte. Das bedeutete, dass ich keine Möglichkeit hatte, London einfach mit dem Fahrzeug zu verlassen und mich zu Fuß auf den Weg machen musste. Mir wurde klar, dass es nicht einfach sein würde, aus der Stadt zu entkommen. Nicht, wenn ich das herannahende Tageslicht überleben wollte. Es ist eine Sache, schnell zu rennen, aber ich brauche trotzdem einen sicheren Ort, um mich für den Tag zu verkriechen, also landete ich schließlich tief in einem Luftschutzbunker.

Ich war mir nicht sicher, ob meine Tarnfähigkeit funktionieren würde, während ich schlief, aber es gab keine andere Alternative. Es war zu weit für mich, um zu meinem nächstgelegenen Anwesen im Norden der Stadt zu verschwimmen. Also zwängte ich mich so weit hinten in eine Ecke des Luftschutzbunkers, wie ich nur konnte, schob einige Kisten mit Vorräten so nach vorn, dass sie mich vor den Blicken der anderen verborgen, und zog eine Decke um mich.

Bis zu diesem Zeitpunkt war meine Anwesenheit noch nicht bemerkt worden, also wusste ich, dass meine Tarnung funktionierte. Glücklicherweise blieb mein Standort ungestört, bis ich in der Abenddämmerung erwachte und den Bunker sofort verließ, bevor er für die Nacht versiegelt wurde. Ich fand einen Soldaten und zwang ihn, seinen Jeep mit ausgeschalteten Scheinwerfern an den nördlichen Stadtrand von London zu fahren, wo ihm schließlich das Benzin ausging und ich wieder einmal vom Glück verlassen wurde.

Von dort aus rannte ich weiter, als die Bombenangriffe wieder einsetzten, und suchte am nächsten Morgen Zuflucht in einer verlassenen Hütte. Ich schaffte es in dieser Nacht gerade noch vor dem nächsten Morgengrauen zu meinem eigenen Anwesen. Der Bombenkrieg hatte ernsthaft begonnen und ich war nun in Großbritannien gefangen. Mit dem Schiff nach Amerika zu fahren, war aufgrund der Anwesenheit von U-Booten im Atlantik töricht. Ich konnte nur hoffen, dass die Bombenangriffe meinen kleinen Winkel der Welt nicht erreichen würden.

Obwohl ich mich ein paarmal hinauswagte und von Bombenopfern trank. Sie lagen sowieso bereits im Sterben und ich linderte ihr Leiden. Ich trank nie von jemandem, von dem ich dachte, dass er eine Überlebenschance haben könnte, sondern nur von denen, die in Qualen lagen.

Warum sollte ihr Tod eine Verschwendung sein oder ihr Schmerz verlängert werden?

Jetzt bin ich wieder einmal auf der Flucht durch das britische – ja, richtig, walisische – Hinterland.

All diese Gedanken überfallen mich, während ich zum Hotel rase und nicht länger in der Lage bin, meine Eilidh zu berühren.

Lasst euch nicht täuschen – sie gehört *mir*.

Wie ich sie wieder zurückbekomme, ist jedoch ein Rätsel, von dem ich bete, dass ich es lösen kann. Wenn es zu lange dauert, werde ich mir vor Ort einen Wohnsitz zulegen, damit ich eine sichere Basis habe, von der aus ich arbeiten kann.

Während ich durch die schwindende Nacht rausche, streiche ich mit dem linken Daumen über den Ring. Warum hat sie das getan? Wie soll ich es schaffen, wieder zu ihr zu gelangen?

Weniger als dreißig Minuten vor Sonnenaufgang halte ich vor dem Hotel an und spreche nicht einmal mit dem Angestellten, als ich ihm den Parkschein aus der Hand reiße. Ich schleiche mich durch die Lobby zum Treppenhaus und entscheide mich dafür, den ganzen Weg nach oben zu verschwimmen, bis ich Sekunden später vor meiner Zimmertür stehen bleibe.

Auf jeden Fall schneller als der Fahrstuhl.

Ähm – *Aufzug*. Fahrstuhl, Aufzug, wie dem auch sei, völlig egal.

Das Schloss leuchtet grün, als ich die Schlüsselkarte darüber schwenke. Ich hänge die *Bitte nicht stören*-Karte an die Tür, schließe mich ein, sichere den Riegel und die Sicherheitsstange und stecke dann noch den keilförmigen Türstopper darunter. Dann schließe ich mich im Schlafzimmer ein und verkeile auch diese Tür und beginne noch einmal, die Schlafzimmerfenster zu prüfen.

Soweit ich es beurteilen kann, sehen die Planen und Vorhänge intakt aus. Hoffen wir, dass ich nichts übersehen habe. In meinem aufgewühlten Zustand ist das durchaus möglich und es wäre ein fataler Fehler.

Leider bemerke ich zu spät, dass ich den Leichensack im Kofferraum des Wagens vergessen habe. Ich hatte ihn dort für den Fall verstaut, dass wir mit Verspätung zum Hotel zurückkehren würden. Ich hätte mich im Kofferraum darin verkriechen können und wäre sicher gewesen, während Eilidh im Auto geblieben wäre.

Nachdem ich mein Telefon ans Ladegerät angeschlossen habe, schnappe ich mir die Decke und den Bettbezug von dem Bett, das den Fenstern am nächsten ist, und ziehe mich damit ins Badezimmer zurück. Ich lasse die Tür gerade so weit geöffnet, dass ich die verspiegelte Schranktür sehen kann, wenn ich mich ganz leicht bewege. Jegliches Licht sollte vom Spiegel reflektiert werden, ohne mich dem tödlichen Sonnenaufgang auszusetzen. Wenn es sein muss, verbringe ich den Tag mit geschlossener Tür im Badezimmer, da es in diesem Raum keine Fenster gibt.

Die tägliche Benommenheit überkommt meinen Körper nicht so stark wie sonst, aber ich bin erschöpft und habe einen Jetlag, also nehme ich an, dass dies das Problem ist. Aber so gestresst und besorgt wie ich wegen Eilidh bin, kann ich mir vorstellen, dass ich heute Morgen nicht sehr lange wachbleiben werde.

Ich fange an, meine Existenz zu verabscheuen. Die Opfer für Unsterblichkeit und Macht scheinen es immer weniger wert zu sein.

Außer für Eilidh.

Sie ist es wert.

Wenn ich sie nicht zurückbekommen kann – *wieder* – weiß ich nicht, was ich tun werde.

Sobald ich sie jedoch erreicht habe, werde ich dieses Mädchen definitiv an meine Seite fesseln.

Noch mal.

Nachdem ich ihren hübschen Arsch versohlt habe, bis er rot ist.

Sobald ich weiß, dass es ein paar Minuten nach der Morgendämmerung ist, wird mir bewusst, dass der Raum nicht heller ist, also riskiere ich einen Blick auf die verspiegelte Schranktür und stelle fest, dass das Zimmer dunkel und sicher ist.

Zufrieden schleppe ich mich aus dem Bad, rolle mich in die Decke ein und lege mich auf das Bett, das am weitesten vom Fenster entfernt ist. Ich schließe die Augen, um auf meine tägliche Besinnungslosigkeit zu warten.

Ich brauche viel länger, um einzuschlafen, als ich es erwartet hätte, aber meine letzten Gedanken, bevor ich es tue, sind meine Sorge um Eilidhs Sicherheit – Angst davor, sie vielleicht nie wiederzusehen – und die Wut auf mich selbst, weil ich nicht schneller reagiert habe. Weil ich ihren Arm nicht gepackt und sie mit mir hindurchgezogen habe. Wenn ich nicht durch die Steine übergehen kann und sie aber den Ring braucht, um durchzukommen …

Werde ich sie dann jemals wiedersehen?

Das ist eine Zukunft, über die ich nicht nachdenken möchte. Ich würde lieber der Dämmerung entgegentreten.

ES IST UNZÄHLIGE JAHRE HER, seit ich das letzte Mal geträumt habe.

Zu Beginn habe ich meine Träume vermisst.

Im Laufe der Jahrhunderte, als meine Kraft zunahm, lernte ich jedoch, dass ich mich in einen Zustand versetzen konnte, der eher einer Art Meditation entsprach und immer noch über Dinge nachdenken konnte, während ich sicher abgeschirmt war.

Aber die gequälten Vorstellungen, die mein Geist jetzt heraufbeschwört – dass ich Eilidh verliere, dass sie angegriffen wird und ich sie nicht beschützen kann – sind schlimmer als alles, was ich jemals geträumt habe.

Leider bin ich machtlos, die Visionen zu stoppen und kann ihr auch nicht helfen.

Schließlich schrecke ich mit einem Keuchen auf und stelle fest, dass die Sonne bereits untergegangen sein muss, oder zumindest kurz davor steht.

Mein Telefon sagt mir jedoch, dass es erst ein Uhr nachmittags ist. Offensichtlich bin ich noch am Leben, was bedeutet, dass dies ein relativ sicherer Ort ist. Trotzdem würde ich es bevorzugen, weniger verletzlich und mehr unter Kontrolle zu sein.

Eilidh.

Ich brauche einen Plan. Ich habe nicht so viele Jahre

überlebt, indem ich unvorbereitet in eine Schlacht gestürmt bin.

Was bedeutet, dass ich es durchdenken muss.

Wenn Amber wirklich in die Zukunft blicken kann – und ich persönlich bin davon immer noch nicht komplett überzeugt –, kann sie mir vielleicht sagen, was mein nächster Schritt sein sollte.

Ich bin mir nicht sicher, ob Garrett begeistert darüber sein wird, dass seine Gefährtin wieder einmal einem ‚Blutsauger' hilft, aber wenn ich es so formuliere, dass ich Eilidh damit helfe, wird er es vielleicht erlauben.

Aus reiner Höflichkeit rufe ich Garrett zuerst an.

„Was willst du denn jetzt, Dexter?", antwortet er unwirsch. Wölfe haben ihren eigenen Scheiß, wenn es zu Hierarchie und Dominanz kommt. Wir sind vielleicht Geschäftspartner, aber für ihn bin ich immer noch ‚der Feind'. Besonders seit Eilidh aus Tucson geflohen ist und er mir die Schuld dafür gibt, weil ich sie nicht dort und in Sicherheit behalten habe. Was wiederum seine Gefährtin verärgert hat.

Aber ich muss mit der Gefährtin dieses Mannes sprechen, also lege ich einen angemessenen respektvollen Tonfall an den Tag. „Ich muss mit Amber sprechen, bitte. Es ist dringend. Es geht um Eilidh."

Besorgnis erfüllt seinen Tonfall. „Warum? Wo ist sie? Ich dachte, ihr zwei seid wieder zusammen und sie ist in Sicherheit?"

„Genau dafür brauche ich Ambers Hilfe und deshalb möchte ich bitte mit ihr sprechen." Ich schildere schnell, was passiert ist und spüre ein wenig Erleichterung, als sich der Ton des Wandlers von schroff zu mitfühlend verändert.

„Oh scheiße. Warte kurz, Dex. Ich werde sie für dich holen."

Sekunden später dringt Ambers Stimme an mein Ohr. „Hey, Dexter. Das ist ernst."

Ich schließe meine Augen. „Das ist es. Was soll ich tun?"

Das Geräusch ihres Atems ist das Einzige, was ich einen Moment lang höre, und ich ertappe mich dabei, wie ich im Takt mit ihr mit atme. „Für den Moment ist sie am Leben und in Sicherheit."

„Das ist beruhigend, aber nicht sehr hilfreich."

„Ich habe das Gefühl, als würde ich versuchen, sie durch eine flauschige Häkeldecke zu sehen. Es ist, als ob ich sie irgendwie spüren kann, aber ich kann sie nicht wirklich *sehen. Oh!* Es ist *genauso*, wie wenn ich ihren Vater sehe. Es *muss* daran liegen, wo sie ist. Auf der anderen Seite des Steinkreises, meine ich. Wo auch immer das ist. Es muss bedeuten, dass ihr Vater auch dort ist."

Angst durchströmt mich. „Ist sie in Gefahr? Offenbar ist es eine sehr prekäre Situation."

„Nicht unbedingt. Ich spüre im Moment keine Angst um ihre Sicherheit. Nicht jetzt." Sie hält für einen Moment inne und ich spüre, dass sie nachdenkt, also unterbreche ich sie nicht. „Sie wird mindestens für ein paar Tage in Sicherheit sein. Aber sie macht sich wirklich Sorgen um dich."

Wage ich es, ein gewisses Maß an Erleichterung zu spüren? „Siehst du eine Möglichkeit für mich, durch die Steine zu kommen?"

Wieder eine lange Pause. „Nicht in diesem Moment, aber ich sehe dich in der Zukunft durch dieselbe … Unschärfe. Irgendwie kommst du durch. Warte kurz." Ich höre das gedämpfte Geräusch, wie sie mit jemandem spricht, vermutlich mit Garrett, und dann ist sie wieder da. „Ich werde dir jetzt Garrett wiedergeben. Wir fliegen rüber, um dich zu treffen."

Erleichterung, die so stark ist, dass es fast wehtut, strömt durch meinen Körper. „Ich danke euch. Ich stehe in eurer Schuld. *Einmal mehr.*" Und ich sage das nicht leichtfertig. „Ich kann einen Privatjet für euch schicken."

„Nein, wir machen das selbst. Wir sollten nur einen Tag brauchen, bis wir da sind."

Ich spreche erneut mit Garrett. Sie werden mit mir in Kontakt bleiben und mir Bescheid geben, wenn sie auf britischem Boden ankommen. Er stimmt zu, dass es besser ist, Lucius nichts von dem zu erzählen, was im Moment vor sich geht.

Zehn Minuten später haben wir das Gespräch beendet und ich starre auf mein Handy.

Auf ein Foto, das ich von Eilidh gemacht habe, bevor wir Alaska verlassen haben. Von ihrem natürlichen Haar – honiggolden mit rötlichen Strähnen.

Ich liebe sie.

Ich liebe sie so schmerzlich, dass ich lieber in den Sonnenaufgang treten würde, als sie wieder zu verlieren.

Außer …

Dass ich sie verlieren werde, nicht wahr? Menschen haben im Vergleich zu Vampiren ein lächerlich kurzes Leben. In fünfzig oder sechzig Jahren werde ich wahrscheinlich wieder allein sein. Und selbst die zusätzlichen Jahrzehnte, die wir durch den Blutaustausch gewinnen, sind nicht genug.

Denn sie zu verwandeln, ist im Moment keine Option für mich. Weil ich sie nicht auf diese Weise verlieren möchte – es würde mich zerstören, dessen bin ich mir sicher. Ich habe Robert verloren, aber er war bereits krank und lag im Sterben. Sie ist jung und gesund und wir sollten noch viel Zeit haben.

Wenn ich mein Mädel nur irgendwie in die Finger kriegen kann.

Ich zwinge mich, aufzustehen, dusche, wechsle meine Kleidung, leere drei der mitgebrachten Blutbeutel und spreche mit John und anschließend mit meinem Büro. Dann kümmere ich mich um ein paar geschäftliche Dinge.

Denn ich habe immer noch ein Geschäft zu führen, wenn ich den Lebensstil meiner Ausreißerin unterstützen will, nicht wahr?

Sobald es dunkel genug ist, gehe ich mit Eilidhs Ring an meinem linken Ringfinger hinunter, um den Mietwagen zu holen. Ich muss einen Weg zurück durch die Steine finden.

Einen Weg zurück zu *ihr*.

36

Eilidh

Als Dexter verschwindet, stelle ich mit Erleichterung fest, dass ich immer noch da bin. Immer noch bei Zuzu. Dexter wurde, wie ich gehofft habe, in die Sicherheit zurückgeschickt.

Aber Zuzu stößt einen entsetzten Schrei aus, der mich erschreckt.

Ich wirbele herum.

„Du … hast ihn zurückgeschickt!“ Ich verstehe nicht, warum er so … verzweifelt klingt.

„Ich musste es tun. Er ist ein Vampir. Er wird im Sonnenlicht *explodieren*. Er *muss* zurück in unser Hotel.“

„Aber du hast deinen Ring *mit* ihm geschickt!“

„Nun, ja. Aber er kann heute Abend zurückkommen. Du hast doch einen.“

Mit großen Augen kommt er zu mir hinüber und legt seine Hände auf meine Schultern. „*Mazbushka*“, flüstert er, „er stammt aus *dieser* Welt. Er kann den Übergang nicht allein schaffen und ich weiß nicht, ob der beschädigte Ring funktionieren wird, sodass du zu ihm übergehen kannst.“

Mein Herz schlägt wild. „*Was?*“

„Es tut mir leid. Wenn ich gewusst hätte, dass du das tun würdest, hätte ich dich gewarnt. Du hättest ihn zurückbringen und selbst *mit* dem Ring zurückkehren müssen. Vielleicht, wenn du dich mit ihm verpaart und ihn für dich markiert hättest. Aber deine Mutter konnte den Übergang mit dem Ring nie allein schaffen. Nicht, ohne dass du oder dein Vater ihn getragen hätten, weil sie ein Mensch war.“

„Meinst du damit … ich habe gerade den Mann, den ich liebe, zurückgeschickt … und sehe ihn vielleicht *nie* wieder?“

Sein gequälter Ausdruck spiegelt die Gefühle in meiner Seele wider. „Das weiß ich nicht.“ Er zieht mich in eine lange Umarmung. „Wenn wir den beschädigten Ring bei Vollmond zum Funktionieren bringen können, gibt es vielleicht Hoffnung. Aber wir waren schon so lange nicht mehr in der Lage, einen Übergang zu schaffen. Weil der Ring beschädigt ist, muss es an einem perfekten Vollmond sein, wenn die Chance am größten ist. Dein Vater hätte es beim letzten Mal fast nicht zurückgeschafft.“

„Vollmond“, murmele ich.

Er nickt. „*Dein* Ring ist unbeschädigt. Er funktioniert am Tag und in der Nacht während der Voll- und Dunkelmondzyklen. Nachts nur bei perfekten Viertelmonden. Aber mit dem beschädigten Ring konnten wir nur nächtliche Übergänge bei perfekten Vollmonden schaffen und auch diese nur sehr selten.“

Ich bin … fassungslos und versuche, es zu verarbeiten. Ich hasse die Tatsache, dass er so besorgt für mich aussieht.

„Wir müssen dich zum Anwesen zurückbringen und dich irgendwie verstecken. Ich *muss* dich in Sicherheit bringen.“

Er greift nach meiner Hand und geht voran. Es fühlt sich so vertraut und doch so fremd an, dass ich es kaum verarbeiten kann. Wir bewegen uns zügig durch den dunklen Wald, aber ich spüre, wie die Dämmerung sich nähert. Es fällt mir schwer, gegen den Anflug von Panik anzukämpfen, der mich packt, und mich selbst daran zu erinnern, dass die Sonne für *mich* keine Gefahr darstellt.

Ich habe mein Leben wegen der Personen, für die ich gearbeitet habe und wegen meiner persönlichen Probleme, schon so lange mit Respekt vor den Sonnenzyklen geführt, dass ich nicht bemerkt habe, wie sehr ich diese Angst bereits verinnerlicht hatte.

Als wir den Waldrand erreichen, verstecken wir uns hinter einem großen Felsbrocken am äußeren Rand der Felder. „Nein, das wird nicht funktionieren", murmelt er. „Ich kann nicht riskieren, dich über die Felder zu bringen. Es ist schon zu hell."

Als der Himmel im Osten heller wird, erkenne ich das große Haus aus meinen fernen Erinnerungen, das inmitten einer Gruppe von Feldern steht und von schattenspendenden Bäumen umgeben ist.

„Komm." Er greift wieder nach meiner Hand und wir bewegen uns durch die Bäume am Rand der Felder. Schließlich wenden wir uns von den Feldern ab, bis sie durch den Wald nicht mehr sichtbar sind. Dann hält er kurz inne und lässt mich in einem dichten Wäldchen zurück. Er geht voraus und kommt nach ein paar Minuten wieder.

„Du *bleibst* hier. Hier wirst du sicher sein."

„Wohin gehst du?"

„Ich werde zum Anwesen zurückkehren und ein Fahrzeug aus der Garage holen. Ich werde sagen, dass ich etwas vom Markt holen muss. Parxon mag es nicht, wenn ich selbst fahre und möchte eigentlich, dass ich einen

Fahrer nehme, aber der Fahrer ist so früh noch nicht da. Ich werde in die Stadt fahren, um in den Geschäften etwas zur Tarnung zu kaufen. Bei meiner Rückkehr halte ich hier an und rufe dich, wenn es sicher ist. Du wirst dich im Fahrzeug verstecken, bis wir in der Garage sind und ich mich vergewissern konnte, dass das Haus leer ist."

Entsetzen erfüllt mich. Ich bin mir ehrlich gesagt nicht sicher, ob ich den Weg zum Steinkreis allein wiederfinden würde. Wenn ich nicht dorthin gelangen kann, kann ich Dexter nicht erreichen. „Wie lange?"

Er umarmt mich. „Nicht lange, Kleines. Vielleicht eine Stunde. Hier." Er nimmt seine Uhr ab und befestigt sie an meinem Handgelenk. Mir wird jetzt bewusst, dass die Zahlen nicht so aussehen, wie ich es gewohnt bin, aber ich kann sie trotzdem lesen. Eine Erinnerung kommt mir in den Sinn. Dad und Zuzu, wie sie mir das Alphabet und die Zahlen beibrachten.

Wie konnte ich *das* nur vergessen?

Dann küsst er mich wieder auf die Stirn und verschwindet blitzschnell, bevor ich ihn aufhalten kann.

Der Wald füllt sich mit einem purpurnen Licht, als die Morgendämmerung über den weiten, sanften Hügeln des Tals, in dem das Anwesen liegt, aufsteigt und hereinbricht. Ich ziehe mein Handy aus meiner Gesäßtasche und schaue auf die Uhr. 5:48 Uhr.

Natürlich habe ich keinen Empfang.

Offensichtlich.

Ein hysterischer Lachkrampf steigt in mir auf, bevor ich ihn stoppen kann.

Als ich die Zeit auf der Uhr mit der auf dem Telefon vergleiche, stimmen sie fast überein. Sie weichen nur beim Wechsel der Minuten um ein paar Sekunden voneinander ab.

Okay. Ich schaffe das.

Vielleicht.

Gott, ich hoffe wirklich, Dexter hat es rechtzeitig ins Hotel geschafft. Ich schalte mein Handy aus, um den Akku zu schonen. Es würde ansonsten sehr schnell leer sein, während es kontinuierlich versucht, ein Signal zu finden.

In dem Moment überkommt mich ein Zittern, auf das ein erneuter Anfall von Tränen folgt.

Ich erinnere mich an Nächte, in denen ich bei Zuzu übernachtete. Wir saßen aneinandergekuschelt unter einer Decke auf der Couch im Wohnzimmer vor dem Kamin, während er mir Abenteuer aus Büchern vorlas, die so kunstvoll illustriert waren, wie ich es zu Hause noch nie in Büchern gesehen hatte. Bilder, die fast zu schimmern und sich zu bewegen schienen, als wären sie lebendig. Ich erinnere mich daran, wie ich auf einem Stuhl in der Küche stand und lernte, wie man *Orhtan* für die Suppe hackt, ein karottenähnliches Wurzelgemüse. Oder wie ich mit ihm Kekse gebacken habe.

Vielleicht habe ich deshalb so viele Erinnerungen verdrängt. Vielleicht hat Dex recht damit, dass es zu schmerzhaft war, sie beide zu verlieren. Ich weiß noch, wie sehr ich mich geärgert habe, dass Zuzu nicht bei uns sein konnte, als Dad gestorben war, und wie ich mich fragte, warum er nicht zu uns kam.

Ich fragte mich, warum er uns alleinließ, wenn er uns doch so sehr liebte.

Ich kann jetzt auf das zurückblicken, woran ich mich erinnere, und die Dualität der Existenz deutlich sehen, die für mich als Kind nicht sichtbar war. Ich sehe die Mühe, die sich die drei gegeben haben, um dieses Geheimnis zu bewahren.

Um mich zu beschützen.

Ich ziehe meine Knie an meine Brust und schlinge meine Arme darum, während ich mich an einem Baum gelehnt hin und her wiege und versuche, alles zu verarbeiten.

Deshalb konnte ich die Geheimhaltung, die Mom mir immer auferlegte, stets akzeptieren. Es ist der Grund, warum ich unseren nomadischen Lebensstil nie hinterfragt habe.

Warum ich die Existenz von Nicht-Menschen, wie Vampiren und Wandlern bedingungslos akzeptiert habe.

Weil es schon immer ein Teil meines Lebens gewesen war, auch wenn mein Gehirn dieses Wissen irgendwie wegschloss, weil die Erinnerungen zu schmerzhaft waren, um sie zu ertragen.

Als wir Dad verloren, habe ich tagelang um ihn und Zuzu geweint. Mom musste mich nachts festhalten, weil ich damit drohte, wegzulaufen, den Ring zu nehmen und die Steine zu finden. Obwohl ich nicht wusste, wo ich überhaupt anfangen sollte, denn Dad hatte uns immer in den Wald gefahren.

Mir ist nicht kalt, aber ich zittere und meine Zähne klappern, als ich schließlich höre, wie jemand leise meinen Namen ruft. Ich habe Mühe aufzustehen und schaffe es nicht.

Schluchzend fange ich an, zu kriechen, als ich jemanden durch das Gebüsch rascheln höre.

Es ist Zuzu, der besorgt aussieht. „Oh, mein kleiner Engel." Er hebt mich hoch und in seine Arme, obwohl er nicht so aussieht, als wäre er stark genug, um mich zu tragen, eilt er jedoch mit mir zum Rand der Bäume zurück.

Das Fahrzeug, das an der unbefestigten Straße steht, ist eine Art Auto in silbergrau mit zwei großen Türen. Die Kofferraumklappe steht offen. Ich weiß, dass der Wagen läuft, aber er macht kaum ein Geräusch. Zuzu eilt mit mir hinüber und legt mich sanft in den Kofferraum.

„Sei ganz leise, Liebes. Beweg dich nicht und mache keine Geräusche. Sobald wir in der Garage sind und ich weiß, dass es sicher ist, werde ich den Kofferraum öffnen und dich herauslassen, ja?"

Ich nicke. „Ich hab dich lieb, Zuzu. Ich habe dich so sehr vermisst."

Er lächelt traurig und küsst mich wieder auf die Stirn. „Und ich habe dich vermisst, als hätte man mir das Herz aus dem Leib gerissen, Liebes. Jetzt sei mein braves Mädchen und ganz leise. Es wird nicht lange dauern." Er deckt mich vorsichtig mit einer Decke zu und schließt dann sanft den Kofferraum.

Wenige Sekunden später machen wir uns auf den Weg. Ich spüre, wie das Fahrzeug von einer Seite zur anderen schwankt. Es gibt viele Bodenwellen und ich denke, dass es daran liegt, dass es ein Feldweg ist.

Bis ich mich an etwas erinnere, was Dad einmal in einem neckendem Ton gesagt hat, als wir mit dem Auto irgendwohin fuhren.

„Zuzu, ich liebe dich, aber ich werde dir auf gar keinen Fall erlauben, hier zu fahren. Du hast viele wunderbare Talente, aber ein sicherer Fahrstil gehört nicht dazu."

Deshalb hat Dad einen Fahrer für ihn.

Er fährt mehrere Minuten lang weiter. Ich bleibe ruhig und still und lausche, als wir langsamer werden und dann anhalten. Ich höre Stimmen, auch die von Zuzu, und dann ein Lachen. Schließlich setzen wir uns wieder in Bewegung, wenn auch viel langsamer. Eine weitere Pause und dann bewegen wir uns langsam vorwärts, rollen über etwas, bis das Auto anhält und der Motor abgeschaltet wird.

Eine der Fahrzeugtüren öffnet sich und der Wagen schaukelt leicht, als Zuzu aussteigt und die Tür schließt.

Ich höre das Knarren einer Tür, die zugeschoben wird, und dann Stille.

Panik macht sich in meiner Seele breit. *Was ist mit mir?*

Es fühlt sich wie eine Ewigkeit an, obwohl es wahrscheinlich nur ein paar Minuten sind, bis ich höre, wie sich die andere Tür öffnet und schließt und Schritte über den Betonboden hallen.

Ich schlage mir eine Hand vor den Mund, als sich der Kofferraum öffnet, aber es ist Zuzu, der die Decke von mir abzieht. Ich werfe mich in seine Arme, klammere mich an ihn und weigere mich, ihn loszulassen.

Dieser Ort ... riecht vertraut.

Er riecht wie *zu Hause*.

„*Schhh schhh schhh*", flüstert er. Er hebt mich in seine Arme und trägt mich ins Haus.

In ein Haus, das praktisch unverändert aussieht. Es ist genau wie damals, als ich ein kleines Mädchen war.

Er trägt mich die Treppe hinauf in ein Zimmer, an das ich mich erinnern kann, weil es *mein* Zimmer war. An der Wand hängen Bilder, die Zuzu und Dad für mich gekauft haben, und auf einem Regal stehen noch einige meiner alten Spielsachen. Er hat die Rollläden an allen Fenstern geschlossen und irgendwo unten Musik aufgedreht. Aber als er mit mir im Arm auf der Bettkante sitzt und mich wiegt, weine ich leise und klammere mich an ihn. Ich weigere mich, loszulassen.

ALS ICH AUFWACHE, sind wir immer noch in meinem alten Bett. Zuzu sitzt aufrecht und hat den Rücken gegen das Kopfteil gelehnt. Ich habe mich im Schlaf an ihn geklammert und mein Kopf liegt in seinem Schoß. Ich schaue auf und sehe, dass er mich anlächelt.

„Guten Morgen, Kleines“, flüstert er.

Über uns höre ich dumpfe Schläge und Schritte, die von den Arbeitern auf dem Dach stammen.

„Wie lange habe ich geschlafen?“

„Nicht lange. Vielleicht eine Stunde.“ So aufgewühlt, wie sich meine Seele gerade anfühlt, so zufrieden und glücklich sieht er aus. „Wir haben dich so vermisst, *Mazbushka*. Ich habe die Hoffnung nie aufgegeben.“

Ich will mich nicht bewegen. Ich habe so viele gute Kindheitserinnerungen mit ihm. „Wann kommt Dad nach Hause?“

„Er sollte noch vor Einbruch des Abends zurückkommen.“

„Können wir ihn anrufen?“

„Wir haben keine tragbaren Telefone wie ihr. Und selbst wenn ich ihn anrufen könnte, sind das doch Neuigkeiten, die man am besten persönlich überbringt. Er wird so aufgeregt sein.“

Etwas schwingt jedoch in seinem Tonfall mit. „Warum klingst du nicht glücklich darüber?“

Er seufzt und spielt einen Moment lang mit meinem Haar, bevor er antwortet. „Weil wir jetzt einen Weg finden müssen, wie wir dich zurückschicken können.“

„Ich will dich nicht verlassen!“

„Das musst du, mein Schatz. Du kannst in dieser Welt nicht leben. Es ist zu gefährlich. Dein Vater wird mit dir kommen.“ Er zögert. „Er wird sehr böse auf mich sein, weil ich es weiter versucht habe, nachdem er längst aufgegeben hatte. Aber er wird nicht lange böse bleiben.“

„Was meinst du?“

„Er reist beruflich viel. Ich glaube, es schmerzt sein Herz zu sehr, wenn er zu Hause ist. Er vermisst dich und deine Mutter sehr. Er beschäftigt sich ständig, um sich abzulenken. Er fühlt sich schuldig, weil Sorcha gestorben ist."

„Warum?"

„Wir werden nie alle Einzelheiten erfahren. Anscheinend hat Serxon herausgefunden, wie er mit seinem Ring Signale senden kann. Um sich mit dem Ring deiner Mutter zu verbinden. Wir haben versucht, die Steine zu bewachen, um Serxon vom Übergang abzuhalten, aber er schlüpfte hindurch und schaffte es irgendwie zu ihr. Hat sie getötet." Sein Ton wird bitter. „Und alles nur, weil er in die herrschende Klasse aufsteigen wollte."

„Ich … Ich verstehe nicht ganz."

„Er wollte Macht. Dein Vater erwischte ihn bei seiner Rückkehr und Serxon prahlte mit seiner Tat. Sobald ein Alpha einen Gefährten markiert, ist das sein Gefährte, bis einer von ihnen stirbt. Ein Alpha kann kein Kind zeugen, es sei denn er markiert seinen Gefährten. Serxon hat Sorcha getötet, um zu versuchen, Parxon zu zwingen, mich zu markieren, um einen Erben zu zeugen. Dein Vater wurde wütend und tötete ihn, aber im Kampf wurde Serxons Ring beschädigt."

Er wickelt die Locken meines Haares um seine Finger, während er spricht, und streichelt darüber. „Wir hatten gehofft, deine Mutter hätte dir von alledem erzählt, aber als ein Vollmond nach dem anderen verging und du nie aufgetaucht bist, vermuteten wir, dass du es nicht wusstest. Parxon hatte Schwierigkeiten, den Übergang mit dem beschädigten Ring zu schaffen. Bis zu dem Punkt hin, an dem er es bei seinem letzten Versuch fast nicht mehr zurückgeschafft hätte.

Während die Jahre vergingen, habe ich immer wieder versucht, mit dir Kontakt aufzunehmen. Ich habe die Hoffnung nie aufgegeben. In seiner Trauer stürzte sich dein Vater in seine Arbeit."

„Aber ... was ist mit dir?"

„Was soll mit mir sein, Engel?"

„Du bist ... allein."

Er lächelt traurig. „Dein Vater ist ein gütiger, liebevoller Mann. Er ist mein Freund. Wir haben uns in all den Jahren gegenseitig unterstützt. Der Plan war, ihn wieder mit dir zu vereinen und ihn in deine Welt zu bringen. Wir würden seinen Tod hier vortäuschen, damit ich alles erbe und mich dann auf die Suche nach meinem eigenen wahren Gefährten machen kann."

„Wir würden dich nie wiedersehen."

„Ihr werdet mich mit eurem Ring besuchen kommen können."

„Warum siehst du nicht älter aus?"

„Weil wir so lange leben, mein Schatz. Dein Vater ist ein wenig älter als ich, aber wir sind beide noch sehr jung in unserer Zeit. Ich bin 162 und er ist 169."

Ich setze mich auf. „*Was?*"

„*Psst!*"

Ich senke meine Stimme. „Du bist *162* Jahre alt?"

Er nickt. „Wir können Tausende von Jahren leben. Ich war völlig entsetzt, als Parxon mir erzählte, dass Sorcha erst fünfundzwanzig war, als sie sich kennenlernten." Er kichert leise. „Ich habe sie mir als Kind vorgestellt. Dann lernte ich sie kennen und erfuhr, dass Menschen so viel schneller altern. Dass sie vergleichsweise sogar ein wenig älter war als wir, da sie vielleicht schon ein Viertel ihres Lebens gelebt hatte."

Fassungslos versuche ich, das zu verarbeiten. „Ich bin halb, was auch immer."

„Halb Jotnun-Alpha, ja. Und halb Mensch."

Mir wird bewusst, was das bedeutet. „Das heißt ..."

„Du solltest den durchschnittlichen Menschen weit überleben, ja."

Deshalb sehe ich so jung aus.

Ich habe tatsächlich *gute Gene*. „Warum hat Dad dich nicht … markiert?"

„Dort, wo du herkommst, ist es relativ einfach, Babys zu bekommen. Hier ist es sehr schwierig, eine Schwangerschaft zu erreichen, und es muss eine seelentiefe Verbindung zwischen dem Paar bestehen, damit es geschieht. Die herrschende Klasse versucht zwar, dies zu leugnen, aber ich habe die geheimen Studien gesehen, die dein Vater und andere durchgeführt haben. Er wusste, dass es schon immer mein größter Wunsch war, selbst zu gebären."

Er streichelt erneut mein Haar. „Es ist nicht so, dass ich dich nicht liebe, denn das tue ich wirklich, *Mazbushka*. Aber dein Vater und ich wussten, dass wir keine andere Wahl hatten, als uns zu verpaaren, so wie unsere Familien es wünschten. Also vereinbarten wir, einfach so zu tun, als hätte er mich markiert. Auf diese Weise wären wir nicht dauerhaft aneinandergebunden."

„Das ist … traurig."

Er zuckt mit den Schultern. „Aber er hatte recht."

„Ich habe …" Schließlich sehe ich mich im Zimmer um und erinnere mich an Dinge, an die ich schon seit Jahren nicht mehr gedacht habe. Erinnerungen, von denen ich annahm, sie wären in Cardiff passiert.

Nicht … *hier*.

„Ich habe so viele Fragen", flüstere ich.

„Ich weiß, Liebes." Er löst sich von mir. „Nach einem Bad und einem Frühstück wirst du dich besser fühlen." Er lächelt verspielt. „*Matshush-keks*. Die hast du schon seit Jahren nicht mehr gegessen, stimmt's? Du hattest sie immer am liebsten."

Ich erinnere mich daran. Sie sind wie eine Mischung aus Pfannkuchen und Krapfen. „Ich hab dich so lieb."

Seine Augen glänzen, als erneut Tränen darin aufsteigen, und er hebt seine Hände an meine Wangen. „Ich habe dich so lieb, mein süßer kleiner Engel." Er küsst mich lange auf die Stirn und umarmt mich dann. „Komm." Er steht auf und hält mir eine Hand hin. „Ich werde das große Bad für dich einlassen und dann kommst du nach unten, damit ich für dich kochen kann."

Ich wische mir die Tränen ab, nicke und greife nach seiner Hand. Ich mache mir Sorgen um Dexter, aber zum ersten Mal, seit ich dachte, Dad sei gestorben …

… fühle ich mich endlich, als wäre ich *nach Hause* gekommen.

Aber wenn ich keinen Weg finden kann, wieder zurück zu Dexter zu gelangen, zur Erde …

… könnte das hier wirklich mein dauerhaftes Zuhause werden.

Allein.

Der Gedanke, Dexter nie wiederzusehen, schmerzt mich *buchstäblich*. Es ist wie ein Dolch, der direkt in mein Herz gerammt wird.

Habe ich gerade das Besänftigen der schmerzenden, einsamen Seele meines inneren Kindes gegen einen noch viel schlimmeren Schmerz eingetauscht?

37

Eilidh

DER EINZIGE WEG, das hier zu überstehen, ohne dabei den Verstand zu verlieren, ist das zu tun, was ich immer getan habe. Ich muss mich darauf konzentrieren, einen Fuß vor den anderen zu setzen und die Dinge einen Tag nach dem anderen anzugehen.

In diesem Moment bedeutet das, ein Bad.

Oh mein *Gott*. Diese Badewanne, ein verziertes Kupferding, ist groß genug für drei Personen.

Heiliger Strohsack, ist die *riesig*.

Ich erinnere mich daran, wie Zuzu mich darin badete, als ich noch klein war, und an die schwimmenden Spielzeuge, die ich hatte. Sie befindet sich im Hauptbadezimmer, weil ich nur eine Dusche in dem kleinen Bad hatte, das an mein Zimmer angrenzt. Aber ich habe es als Kind geliebt, in dieser Wanne zu spielen.

Er richtet alles mit duftenden Seifen, seinem eigenen flauschigen Bademantel und weichen Handtüchern her und überlässt mich dann mir selbst, um mir Privatsphäre zu geben.

Ich erinnere mich an Schaumbäder und Gesang. Ich erinnere mich an Zuzu, der mir die Haare bürstete, und an den weichen dunkelblauen Bademantel, den ich hatte.

Zuzu hat mich praktisch aufgezogen.

Je mehr ich über meine Kindheit nachdenke, desto mehr erinnere ich mich. Wie wir manchmal hinaus in den Wald fuhren, Mom, Dad und ich. Dad würde zur ‚Arbeit‘ gehen, was bedeutete, dass er in den Wald lief. Wir warteten dort und schon bald kam Zuzu an seiner Stelle aus dem Wald zurück. Mom würde uns zurück in die Stadt fahren und Zuzu würde bei mir bleiben und sich um mich kümmern. Wir verbrachten die Tage damit, Cardiff zu Fuß zu erkunden.

Zum Strand zu gehen.

Meine Hausaufgaben zu machen. Er kochte für uns und erledigte die Einkäufe und wenn Dad weg war, verließ sich Mom darauf, dass er sich um mich kümmerte.

Sie sagte immer, er sei wie ein Bruder für sie.

Ich versuche, mir klarzumachen, dass ich nicht hier sein sollte. Dass es gefährlich ist und dass wir alle sterben könnten, wenn ich in diesem Haus entdeckt werde.

Aber ich klammere mich auch an meine Erinnerungen und will meine verkürzte Kindheit zurückhaben.

Ich will, dass sich jemand um mich *kümmert*, mit mir kuschelt, mich mit Süßigkeiten füttert und mir sagt, dass alles gut werden wird. Seit ich acht Jahre alt war, hatte ich das Gefühl, dass ich schnell erwachsen werden und in Angst leben muss. Immerzu über meine Schulter schauen muss. Nie fähig war, zu vertrauen, weil ich nicht wusste, wem ich trauen konnte. Besonders nicht nachdem Mom starb.

Ich will Dexter.

Der Schmerz durchbohrt mein Herz von Neuem.

Habe ich mich deshalb Hals über Kopf in ihn verliebt? Weil ich mich bei ihm sicher fühle und er die Fähigkeit hat, sich um mich zu kümmern und mich zu beschützen? Weil ich so viele Jahre damit verbracht habe, buchstäblich unter den gefährlichsten Wesen der Welt zu leben und zu arbeiten, und Dexter mir das Gefühl von … *Sicherheit* gab?

Weil ich zur Hälfte … Jotnun bin – oder was zum Teufel auch immer ich zur Hälfte bin – und Dexter stärker ist als ich?

Ich sinke unter die Wasseroberfläche und mache mir die Haare nass. Dexter hat eine zutiefst fürsorgliche Ader mit unendlichem Mitgefühl. Wenn er jetzt hier wäre, weiß ich, dass er mich baden und sich um mich kümmern würde.

Dass er versuchen würde, die Dinge für mich besser zu machen.

Man braucht sich nur anzusehen, wie lang und intensiv Dexter nach mir gesucht hat, nachdem er mich weniger als eine *Woche* kannte. Er hat nicht aufgegeben, wenn jeder andere Kerl wahrscheinlich *Scheiß drauf, Adios, See you later, Chica* gesagt hätte.

In gewisser Weise erinnert mich Dexter an eine Mischung aus Zuzu und Dad.

Ich berühre meinen Hals dort, wo er mich in Alaska gebissen hat. Manchmal fühlt es sich so an, als würde die Stelle immer noch pochen, aber auf eine gute, sexy Art und Weise.

Werde ich ihn jemals wiedersehen? Habe ich mich gerade zu einem Leben der Einsamkeit, des Versteckens und der Dunkelheit verdammt? Nie wieder einen Fuß in das Sonnenlicht zu setzen, aus Angst, dass es meinen Tod bedeuten würde, sollte ich entdeckt werden?

Nie wieder einen Partner zu haben oder romantische Liebe zu erfahren?

#Ironie

Oben auf dem Dach über mir höre ich die Arbeiter ihr Ding machen und es erinnert mich daran, dass ich wirklich zu Ende baden muss. Ich wickle mein Haar in ein Handtuch, ziehe den Bademantel an und lasse das Wasser aus der Wanne.

Sogar die Seifen und das Shampoo riechen genauso, wie ich es in Erinnerung habe. Noch etwas, nach dem ich mein ganzes Leben lang unbewusst gesucht und es aber nie gefunden habe. Wie viele Stunden habe ich in Geschäften verbracht und an verschiedenen Mixturen geschnuppert, die alle nie ganz das waren, von dem ich nicht wusste, dass ich es brauchte und verzweifelt vermisste?

All das bringt eine verspätete Klarheit in mein Leben. Einen Frieden, den ich immer gesucht und nie gefunden habe.

Zum ersten Mal, seit ich meinen Vater verloren habe, habe ich das Gefühl, dass ich emotional nicht darum kämpfe, mich über Wasser zu halten. Als könnte ich mich tatsächlich öffnen und akzeptieren, was Dexter mir bietet, um es vollständig anzunehmen und das Leben zu genießen, das er mir schenken will.

Und wieder einmal entgeht mir die Ironie dessen *nicht*.

Ich muss einen Weg zurück zu ihm finden.

Ich schnappe mir die Haarbürste und gehe die Treppe hinunter. Ich nehme meine schmutzigen Sachen mit, damit ich sie in die kleine Waschmaschine in der Küche stecken kann. Als ich in die Küche komme, wird mir bewusst, dass ich nicht ein einziges Mal gezögert habe, als ich mich die Treppe hinunter und durch den hinteren Flur schlängelte.

Ich kannte den Weg auswendig.

Zuzu hat die Vorhänge und Rollläden an den Fenstern

in der Küche geschlossen, was sie in Dunkelheit taucht, uns jedoch Privatsphäre gibt. Niemand wird hineinschauen können. Er steht an einem riesigen Herd aus Kupfer und Emaille und schon rieche ich die leckeren Düfte meiner Kindheit.

„Da bist du ja, mein Engel." Er dreht sich um und lächelt mich an und …

Ja.

Das verletzte Kind in mir *heult* auf. Ich will nicht gehen. Ganz und gar nicht.

„Was ist los?" Er nimmt die Pfanne vom Herd, eilt zu mir hinüber und umarmt mich.

„Warum kann ich nicht bleiben?"

Ich fühle mich wieder wie ein Kind, das es jedes Mal hasste, wenn entweder er oder Dad mich im Schutze der Dunkelheit aus dem Haus drängten, damit wir nach Cardiff zurückkehren konnten. Die Tage waren voller Liebe und Licht und Lachen.

Die Nacht bedeutete oft …

Oh.

Verlassen.

Verlust.

Nun, scheiße.

Das trifft den Nagel auf den Kopf.

„Meine Süße, du gehörst in deine Welt, mit deinem Vater und deinem … Freund."

„Aber was ist mit *dir*?"

Er seufzt. „Das war immer der Plan, Engel. Schon bevor dein Vater Sorcha kennenlernte. Dein Vater *will* in deiner Welt leben. Er *liebt* es dort. Er wollte eine Chance, der herrschenden Klasse zu entkommen, und ich, nun ich wollte nur die wahre Liebe und ein eigenes Kind." Er lächelt. „Und dann kamst du und alles hat sich verändert. Unsere Leben haben sich verändert."

Sein Lächeln verblasst. „Und *Serxon*.“ Er speit die Worte aus. „Er hat alles ruiniert. Er ruinierte alles, was er anfasste, und das war schon immer so. Ein egoistischer Mann. Er musste nichts anderes tun, als zu warten. Er hatte jeden Komfort, jedes seiner Bedürfnisse wurde erfüllt. Er wäre aufgestiegen, sobald Parxon seinen Tod vorgetäuscht und ich einen anderen Gefährten gefunden hätte. Aber er konnte nicht warten, obwohl er viel besser dran gewesen wäre. Und jetzt ist er tot.“

Er bugsiert mich zum Tisch hinüber. „Komm, setz dich. Ich habe schon so lange nicht mehr für dich gekocht.“

Und … das machen wir dann auch. Er fragt mich nach meinem Leben und es fühlt sich seltsam normal an, hier zu sitzen und mit Zuzu in der Küche zu reden und ihm von Vampiren und Werwölfen zu erzählen und …

Ja. Mein verrücktes Leben.

Ein Leben, das ich verzweifelt vermisse, auch wenn ich mich danach sehne, hierzubleiben.

Er serviert das Essen auf den hübschen, kobaltblauen Tellern, an die ich mich so gut erinnern kann. Und dann weine ich wieder, während ich die köstliche, hausgemachte Mahlzeit esse …

Nun, nichts gegen Chaldis, aber er ist kein Zuzu. Zuzus Liebessprache war schon immer das Kochen und Umsorgen. Sich um seine Lieben zu kümmern.

Nachdem wir aufgegessen haben, helfe ich ihm beim Abwasch und dann gehen wir ins Wohnzimmer. Dort hocke ich mich auf denselben alten Hocker wie damals, während er auf dem Sofa sitzt, mir die feuchten Haare kämmt und mir dabei etwas vorsingt.

Vielleicht wäre das in jedem anderen Kontext unheimlich, aber das hier ist unser *Zuhause*.

„Warum verändert mein Haar die Farbe?“

Er lacht. „Weil du ein Jotnun-Alpha bist, Kleines. Nun, ein Halb-Alpha. Du bist ganz sicher das Kind deines Vaters, aber du bist genauso wunderschön wie deine Mutter. Wenn Alphas verärgert oder glücklich oder verliebt sind, können sie ihre Haarfarbe ändern.“

„Meine Haare haben sich früher andauernd verändert.“

„Besonders vor und nach Besuchen.“ Er lacht leise. „Du hast es gehasst, von hier weggehen zu müssen, oder dass ich dich alleinlasse, nachdem ich dich besucht habe. Das war eine Sache, die deine Mutter immer aufgewühlt hat. Sie wusste nicht, wie sie es den Leuten erklären sollte, also ist es gut, dass wir dich zu Hause unterrichtet haben.“

„Ich habe immer noch Katze und Hund“, gebe ich zu.

„Tatsächlich? Oh Schätzchen. Ich erinnere mich an diesen Tag. Wir hatten so viel Spaß. Das war das erste Mal, bei dem Parxon mich nach Cardiff mitnahm.“

„Erinnerst du dich an den Tag im Wald, als du zum ersten Mal ein Flugzeug gesehen hast?“

Er lacht leise. „Allerdings. Er hatte mir davon erzählt, aber ich habe ihm nicht geglaubt, bis ich es selbst gesehen habe. Dein Vater war immer so abenteuerlustig.“

„An diesem Tag hörten wir Stimmen. Wer war das?“

„Serxon.“ Er bürstet sanft einen Knoten heraus. „Ich denke, Serxon hatte damals den Ring vielleicht schon und hoffte, deinen Vater beim Übergang zu erwischen, damit er das Geheimnis aufdecken konnte. Er war uns gefolgt. Dann fragte er, wo ich sei, nehme ich an und dein Vater sagte ihm, dass ich seinetwegen nach Hause zurückgekehrt wäre. Es war kein Geheimnis, dass ich Serxon nicht mochte.“

Zuzu erzählt mir die Geschichte, wie der Bruder meines Vaters den Ring vom Onkel ihres Schöpfers stahl und ihn dann tötete. Er ließ es so aussehen, als wäre er mit seinem Boot hinausgefahren und ertrunken. Die Leiche wurde nie gefunden.

„Und auch in diesem Fall … Hätte Serxon gewartet, hätte er den Ring irgendwann vererbt bekommen. Er hatte einfach keine Geduld." Während ich dort sitze, schaue ich mich um und sehe Fotos von Dad und Zuzu zusammen. Von ganz alten bis hin zu aktuelleren.

Aber in den aktuellen Bildern ist die Last des Kummers auf dem Gesicht meines Vaters zu sehen. Tiefe Falten zerfurchen seine Stirn und Traurigkeit verdunkelt seinen Blick. Obwohl er immer noch sehr jung aussieht, so jung wie beim letzten Mal, als ich ihn sah.

„Ich brauche ein Bild von dir, Zuzu. Ich kann nicht ohne Bilder von dir und Dad zurückkehren."

„Natürlich, Liebes." Er bürstet mein Haar zu Ende und ich kuschle mich auf der Couch an ihn. Ich lege meinen Kopf auf seinen Schoß, so wie ich es früher immer getan habe.

„Warum schläfst du nicht ein wenig?", schlägt er vor.

Ich schließe die Augen und eine Welle der Erschöpfung überkommt mich. „Warum warst du heute Morgen im Wald?"

Er streichelt mein Haar. „Wenn dein Vater unterwegs ist, gehe ich immer hinaus zu den Steinen. Er hat seine Art, mit Dingen umzugehen, und ich habe meine." Er schnieft. „Und hier ist unser Engel."

All die Jahre, die ich auf der Flucht war. Hätte ich die Wahrheit gekannt, hätte ich sie gern angenommen und wäre ihr gefolgt.

Ich hoffe nur, dass mein Weglaufen mich nicht dauerhaft aus Dex' Armen vertrieben hat.

~

ICH TRÄUME.

Ich träume, dass ich wieder hinter der Bar im Club Toxic stehe und der attraktive Nicht-Ianto hereinkommt. Aber anstatt mich zu sehen, ignoriert er mich und tanzt mit einer hübschen jungen Einundzwanzigjährigen, die mit ihren Freundinnen ihren Geburtstag feiert. Er tanzt mit ihr, schiebt ihr ohnehin schon kurzes Kleid an der Hüfte hoch und fährt mit der Hand vorn über den Stoffstreifen, der sich als Stringtanga tarnt.

Ich versuche, nach ihm zu rufen und ihn anzuflehen, mich anzuschauen. Nicht mit ihr zusammen zu sein … Und dann beißt er sie. Er wiegt sie in seinen Armen und tanzt mit ihr von der Tanzfläche hinunter ins Verlies, während ich dastehe und von jedem Vampir an diesem Ort ignoriert werde.

Meine Stimme ist stumm. Ich kann nicht schreien, ich kann nicht …

„Eilidh.“

Ich reiße die Augen auf und starre in die rotumrandeten violetten Augen meines Vaters. Er weint.

„Schhh!“, warnt er mich rechtzeitig, sodass ich mir eine Hand auf den Mund drücken kann, um einen Freudenschrei zu dämpfen.

„Daddy!“

Ich stürze mich auf ihn und wir purzeln beide zu Boden, während Zuzu, der immer noch auf der Couch sitzt, lacht. „Ich bin gleich wieder da“, sagt er. „Ich muss auf die Toilette. Sie hat fast sechs Stunden lang geschlafen und ich konnte es nicht übers Herz bringen, sie zu stören.“

Dad und ich weinen beide – Gott, ich habe in den letzten Stunden buchstäblich mehr geweint als in all den letzten Jahren zusammen – und wenn das meine neue Realität ist, dann werde ich einen Weg finden, damit zurechtzukommen.

Ich würde Dexter höllisch vermissen, aber vielleicht bin ich nur der Beweis, dass er wieder lieben und über Robert hinwegkommen kann. Vielleicht war das mein einziger kurzer Zweck in seinem Leben.

Es wird eine Weile dauern, bis ich herausfinde, was *sein* Zweck in *meinem* Leben war, wenn mein Herz so sehr schmerzt, weil ich ihn vermisse.

Den Rest meines Lebens in der Gefangenschaft dieses Hauses zu leben, wäre trotz allem noch ein Segen.

„Ich hab dich so lieb, Daddy. Ich habe dich so sehr vermisst.“

„Ich habe dich auch vermisst, *Mazbushka*.“ Er setzt sich mit mir auf und hilft mir auf die Couch, wo ich mich in seine Arme kuschle, als wäre ich wieder acht Jahre alt.

Nein, es ist kein Albtraum. Das hier ist ein Traum, der wahr geworden ist, und zwar einer, den ich nie für möglich gehalten hätte.

„Zeu sagte, es gäbe eine Geschichte.“

Ich nicke und er reicht mir ein Taschentuch. „Es ist eine laaaange Geschichte.“

„Aber … wo ist der Ring?“

„Das ist Teil der Geschichte.“

Ich gehe als Nächstes auf die Toilette und erzähle ihm dann mit Zuzus Hilfe, während ich auf der Couch zwischen den beiden sitze, was sich ereignet hat.

Dad sieht nachdenklich aus, als wir fertig sind. „Dann müssen wir heute Abend hinausgehen und es versuchen.“

Er greift hinüber und zerzaust Zuzu die Haare. „Möchtest du, dass ich es jetzt sage?“

Er lächelt. „Ja, ich möchte es.“

„Du hattest recht und ich habe mich geirrt.“

Zuzu wirft den Kopf zurück. „*Ja!*“

„Heute Nacht ist jedoch kein Vollmond“, sagt Dad. „Wir werden es weiter versuchen, auch wenn es heute

Nacht nicht klappt. Aber zuerst habe ich eine Frage." Er richtet seine violetten Augen auf mich und ich nicke.

„Ist dieser Mann gut genug für dich?"

Ich schnaube. „Ja, Dad. Er ist gut genug für mich."

„Woher weißt du das?"

„Er hat fast zwei Monate damit verbracht, mich zu suchen, nachdem er mich nur ein paar Tage kannte. Und ich habe noch nie jemanden wie ihn getroffen. Er ist auf eine gute Art anders. Ich kann mir gut vorstellen, den Rest meines Lebens mit ihm zu verbringen. Ich fühle mich so sicher bei ihm."

„Woher weißt du, dass es Liebe ist und nicht nur Leidenschaft?"

„Die beiden schließen sich nicht gegenseitig aus, Parxon", neckt Zuzu. „Ich erinnere mich an einen gewissen Mann, der leidenschaftlich in eine menschliche Frau verliebt war."

Er brummt Zuzu an, konzentriert sich aber auf mich. „Liebst du ihn?"

„Das tue ich wirklich."

„Dann werden wir sehen, was wir tun können, um dich wieder zu ihm zurückzubringen."

Ich greife nach oben und reibe mir die Brust bei dem Gedanken, Dexter nie wiedersehen zu können. „Es tut körperlich weh, ihn zu vermissen", gebe ich zu.

Sie sehen mich beide finster an. „Hast du ihn denn markiert?", fragt Dad.

„Was?"

„Ihn gebissen."

„Ich …" Ich starre ihn an. „Moment. Ja, ich habe ihn gebissen." Ich erzähle ihnen davon.

Er lächelt und öffnet seinen Mund, deutet auf seine Eckzähne und zeigt auf meinen Mund. Ich öffne ihn, sodass er und Zuzu beide nachschauen können." Ja, schau mal hier", sagt Dad und zeigt darauf. „Sie sind voll da. Das passiert nur, wenn man einen Paarungsbiss gegeben hat."

Zuzu nickt. „Unser kleines Mädchen hat einen Gefährten."

„Bedeutet das … Moment, was *bedeutet* das?"

Dads Magen knurrt. „Es bedeutet, dass ich hungrig bin und wir beim Abendessen darüber reden können, Kleines."

Es stört mich nicht einmal, dass er mich so nennt.

Ehrlich gesagt, ist es der beste Klang der Welt.

~

ALS WIR MIT dem Abendessen fertig sind, habe ich mir ein paar von Zuzus alten Kleidungsstücken angezogen, die mir mehr oder weniger passen. Sie sind ein bisschen groß. Aber Dad weiß jetzt, dass Dexter ein Vampir ist.

Und … ich habe ihn *markiert*?

„Aber das ist gut", sagt er. „Dass er markiert und so mächtig ist, verbessert seine Chancen, den Ring zu benutzen. Und möglicherweise hilft es, den Virus zu neutralisieren."

„Moment … was?"

Er schaut Zuzu an. „Hast du ihr den Rangnork erklärt?"

Er nickt. „Nur kurz."

Dad konzentriert sich wieder auf mich. „Also, vorher, vor der Aussonderung, gab es die Menschen und die Hybriden. Es gab diejenigen, die für den Virus anfällig waren, und sie entsprangen auch denselben Linien wie die, die die Wandlergene trugen. Beim Rangnork ging es darum, sie alle auf die Erde zu schicken, um die Jotnun-Linien zu ‚schützen'." Er spottet. „Engstirniger Blödsinn. Davor wurde in den alten Schriften berichtet, dass, wenn sich ein Jotnun-Alpha verpaart und jemanden mit dem Virus markiert, das Gift normalerweise hilft, einige der Auswirkungen zu neutralisieren. Ich meine, es sind sehr alte Berichte, die in den geheimen Aufzeichnungen der uralten Familien überliefert wurden, die die Ringe kontrollierten. Aber es ist eine Recherche wert."

„Du meinst, es wird ihn davon heilen, ein Vampir zu sein?"

„Wahrscheinlich nicht heilen. Aber mit einigen der Symptome helfen. Besonders, wenn du ihn mehr als einmal markierst. Anstatt bei Sonnenaufgang zu Asche zu verbrennen, könnte er zum Beispiel nur noch empfindlich auf Sonnenlicht reagieren. Oder es könnte sein Bedürfnis nach Blut eliminieren. Aber es könnte auch einige seiner anderen Kräfte verändern – seine Fähigkeit, sich schnell zu bewegen, oder seine außergewöhnliche Stärke. Das ist schwer zu sagen. Das müsst ihr herausfinden."

Ich denke an die Haare an diesem Tag in meiner Wohnung zurück. Wie sie zu Asche *verpufften*. „Das wäre … wunderbar."

Es würde auch bedeuten, dass eine massive logistische Hürde … *verschwunden* wäre.

„Aber zuallererst müssen wir dich zurückbringen, Schätzchen. Das könnte einige Zeit dauern. Wahrscheinlich mehr als eine Mondphase. Hoffen wir, dass er ein geduldiger und ausdauernder Mann ist. Andererseits hast du es ohne meine Hilfe geschafft und nur durch deine Erinnerung. Du bist vielleicht stärker. Ich war …" Er verstummt kurz. „Ich habe um deine Mutter getrauert und das könnte meine Fähigkeit für den Übergang beeinträchtigt haben."

Es ist ein seltsam gutes Gefühl, wieder als Familie zu essen. Eine Familie zu *haben*. Ich schnappe mir mein Handy und schalte es ein. Ich stelle es in den Flugzeugmodus, damit es nicht so viel Akku verbraucht. Ich schieße einen Haufen Fotos und ein paar Videos von uns dreien, bevor ich es wieder ausschalte.

Wenigstens werde ich das haben, wenn ich zurückkehre.

Einen Beweis dafür, dass ich eine Familie habe.

Ich meine ... *falls* ich zurückkehre.

Sobald es dunkel ist, packt Zuzu Snacks für uns und zwei Wasserflaschen und wir machen uns auf den Weg. Jetzt, da sich mein Gehirn wieder einigermaßen gesammelt hat, erkenne ich hier und da Dinge wieder. Felsen, Vertiefungen im Weg ... Meine Kindheit fühlt sich so an, als könnte ich die Hand ausstrecken und sie berühren.

Hier konnte ich nur nachts hinausgehen, denn dann waren wir allein, ohne jemanden, der mich entdecken konnte.

Diese Nächte waren magisch, schön, lustig und voller Lachen, außer in den Nächten, in denen ich nach Cardiff zurückkehren und Zuzu verlassen musste.

Als wir uns dem Steinkreis nähern, bleibe ich stehen und starre ihn an. Ich muss es fragen. „Gibt es keine Möglichkeit für mich, hierzubleiben?"

Dad umarmt mich. „Ein Schritt nach dem anderen, Engel."

„Was soll ich tun?"

„Wir stellen uns in den Kreis", sagt er. „Ich lasse Zeuzehn zuerst versuchen, mit ihm Kontakt aufzunehmen, da er schon weiß, wie es geht. Wenn du siehst, wie er es macht, dann versuchst du es, denn du hast die stärkere Verbindung zu Dexter."

Wir versuchen es schon seit Stunden, als ich endlich ein leichtes Kribbeln spüre, so wie ich es gefühlt habe, als wir übergegangen sind. Vor uns sehe ich ein schwaches Schimmern und da ist Dex, ganz schwach, der in der Mitte der Steine steht.

Aber bevor ich ihn rufen kann, verblasst alles und der stechende Schmerz in meiner Seele kehrt zurück.

Zuzu stößt einen Schrei aus. „Das war es! Du hast es geschafft!"

„Aber woher weiß ich, dass er etwas gesehen hat?"

„Morgen Nacht ist Vollmond", sagt Dad. „Dann versuchen wir es noch einmal. Du musst dich ausruhen."

Ich fange an, ihm zu widersprechen, aber dann wird mir plötzlich verdammt schwindelig. Und ehe ich mich versehe, liege ich in seinen Armen und Zuzu tupft mein Gesicht mit einem feuchten Tuch ab.

Oh, und ich bin auf ihrem Sofa.

„Wie sind wir hierher zurückgekommen?"

„Du bist ohnmächtig geworden, Engel", sagt Dad. „Was bedeutet, dass du dich ausruhen *musst*. Es musste so kommen. Es kann am Anfang sehr anstrengend sein."

Aber ich will mich nicht ausruhen. Ich will hier sitzen und mit ihnen *reden*.

Es fühlt sich so an, als hätte man mir für eine begrenzte Zeit Zugang zum Himmel gewährt, und ich will keine Sekunde vergeuden.

Aber ich werde überstimmt. Dad trägt mich hoch in mein altes Zimmer, wo sie sich auf beide Seiten neben mir auf die Bettkanten setzen. Ich schlafe schnell ein und bin so glücklich wie schon seit Jahrzehnten nicht mehr.

Das Einzige, was das hier noch besser machen könnte, wäre Dexter hier bei mir.

Irgendwie *muss* ich es möglich machen. Denn ich will ihn auf gar keinen Fall aufgeben.

38

Dexter

So ein Mist.

Einen Moment lang, als ich dort im Steinkreis stehe und singe, fühlt es sich so an, als würde ich mich mit … etwas verbinden. Dann sehe ich das *Gwyllgi* und weiß, dass ich auf dem richtigen verdammten Weg bin.

Gefolgt von etwas, von dem ich mir sicher bin, dass es ein Blick auf Eilidh, Zuzu und einen weiteren Mann ist …

Und dann nichts mehr.

Eine Welle der Müdigkeit überkommt mich und bringt mich so ins Schwanken, dass ich einen Schritt zurücktreten muss, um das Gleichgewicht zu halten.

Verdammt.

Ich will nicht aufgeben, aber ich bin so erschöpft und fürchte, ich könnte tot und gegrillt aufwachen, wenn ich dem überwältigenden Drang nachgebe, mich hier hinzusetzen und ein Nickerchen zu machen.

Das ist in keiner Dimension ein toller Anblick.

Ich werde diesem Mädchen so dermaßen hart den Arsch versohlen, sobald ich sie zurückbekomme.

Ich weigere mich, ‚falls' zu sagen.

Es ist ‚sobald'.

Sobald ich sie zurückbekomme.

Ich werde in dieser Sache keine Niederlage akzeptieren.

Als ich zum Hotel zurückkehre, reserviere ich ein Zimmer für Garrett und Amber und lasse ihnen ausrichten, dass sie mich auf dem Zimmertelefon anrufen sollen, sobald sie ankommen. Sie befinden sich bereits in der Luft, da Garrett seine eigenen Verbindungen hat, um einen schnellen Transport zu bekommen. Sie werden irgendwann am späten Nachmittag ankommen und sobald es dunkel ist, fahren wir gemeinsam zum Steinkreis und versuchen es erneut.

Ich hatte gedacht, das *Gwyllgi*-Problem zu lösen, könnte knifflig werden, hätte mir jedoch nie erträumen lassen, dass dies der *einfache* Teil dieser Gleichung sein würde.

Ich will doch nur ein paar ununterbrochene Wochen allein mit ihr, damit ich sie fesseln, ihr den Hintern versohlen, sie vögeln und ihr *beweisen* kann, dass ich nur sie in meinem Herzen, meinem Bett und meinem persönlichen Verlies haben will. Und wenn sie mich weiter von sich trinken lässt, umso besser.

Ich denke an Chaldis und seinen Jungen und das ist es, was ich für mich und Eilidh auch will. Frieden.

Das kann doch nicht zu viel verlangt sein, denke ich.

Bevor ich ins Bett falle, rufe ich John an und berichte ihm die neuesten Entwicklungen in unserer Geschichte. Einschließlich Zuzu und dass ihr Vater lebt und was der Steinkreis ist und bewirkt.

Was ihm bestimmt schwerfallen würde zu glauben, wenn er nicht auch wüsste, dass ich ein Vampir bin und …

Nun, blablabla.

Aber er muss wissen, was vor sich geht, falls ich für ein paar Tage verschwinde. Oder länger. Damit er nicht annimmt, dass mir etwas Schreckliches zugestoßen ist.

Ich hätte gedacht, ich würde lange schlafen, aber ich bin bereits um neun Uhr morgens wach, was für mich völlig ungewohnt ist. Der Jetlag muss meine innere Uhr wirklich durcheinandergebracht haben, sodass mein Zeitplan jetzt mit der Sonne auf Kriegsfuß steht, nehme ich an.

Aber da ich hellwach bin, trinke ich einen Beutel Blut und beginne, E-Mails zu beantworten, Anrufe zu erwidern und mich um geschäftliche Dinge zu kümmern.

Nichts davon kann meine Gedanken völlig von Eilidh ablenken.

Bitte lass es ihr gut gehen.

Ich dusche, stöbere durch ihre Sachen und finde Katze und Hund.

Ich lege sie auf ihr Kopfkissen auf ihre Seite des Bettes. Das sieht besser aus. So als würden sie nur auf ihre Rückkehr warten.

Ihre baldige Rückkehr.

Als mein Zimmertelefon am späten Nachmittag klingelt, springe ich fast darauf zu. „Ja?"

„Dex? Hier ist Garrett. Danke für das Zimmer."

„Kommt rüber. Ich bin wach." Ich ziehe mir ein T-Shirt über und schiebe den Türkeil zur Seite, um sie hereinzulassen.

„Du bist aber früh wach", sagt er zur Begrüßung.

„Wem sagst du das."

Sobald sie drinnen sind, lächelt Amber. „Ich habe dir doch gesagt, dass ihr Vater noch lebt."

„Juhu. Aber wie kriege ich sie, ihn und Zuzu hierher zurück?"

Sie schließt die Augen und schweigt einen Moment lang. „Für Zuzu haben wir später noch genug Zeit." Sie öffnet die Augen. „Ich weiß, dass es beängstigend für dich ist, aber es hat ihr geholfen, so viele vergangene Traumata zu heilen. Es ist einfach unglaublich."

„Ich werde ihr den Arsch versohlen, wenn ich sie in die Finger kriege."

„Sie braucht eine Leine und ein Halsband. Das ist es, was sie braucht", scherzt Garrett.

Ich meine, ich glaube, dass er scherzt.

Irgendwie.

Obwohl es gar keine so schlechte Idee ist.

Sobald es dunkel genug ist, gehen wir zum Steinkreis zurück, wo ich Amber zuerst herumlaufen lasse. Sie berührt die Steine und neigt den Kopf, als würde sie lauschen.

„Es ist Vollmond", sagt sie und nickt. „Es wird klappen."

„Was muss ich tun?"

„Du weißt, was du zu tun hast." Sie winkt Garrett zu sich in die Mitte des Kreises und hält seine Hand. Dann streckt sie mir ihre andere Hand entgegen. „Mit unserer Hilfe."

„Bist du sicher?"

„Ja", sagt sie.

„Nein", brummt Garrett zur gleichen Zeit.

Ich kann es ihm nicht verdenken. Ich wäre an seiner Stelle auch nicht glücklich darüber, mit mir Händchen zu halten.

Ich gehe zu ihnen und nehme sie bei den Händen. „Und was jetzt?"

„Sag, was immer du sagen musst. Stehen wir an der richtigen Stelle?"

Ich schaue mich um und versuche, mich daran zu

erinnern, wie ich genau stand, als Eilidh den Übergang für uns eingeleitet hat. Andererseits hat sie mich zurückgeschickt, indem sie mich einfach nur kräftig geschubst hat, also ist es vielleicht gar nicht so wichtig, wie ich stehe.

"Lazgo mandem tanneh cahl. Fozun rostray sephiahl."

Nichts.

Ich versuche es wieder und wieder.

Und wieder.

Wir stehen da und versuchen es bereits über eine Stunde lang, als ich schließlich bereit bin, eine Pause einzulegen. Ich bin viel erschöpfter, als ich es erwartet hätte. Ich lasse ihre Hände los. „Vielleicht muss ich nur lauschen. Vielleicht senden sie eine Nachricht.“

„Nein. Hör nicht auf“, sagt Amber. „Wir werden mit dir singen.“

„Bist du dir sicher, Babe?“, fragt Garrett.

„Ja. Du wirst dir keine Vampirläuse einfangen, Garrett. Halte noch einmal seine Hand.“

Er schnaubt, widerspricht seiner Gefährtin jedoch nicht. Er streckt mir seine Hand entgegen und ich greife danach. Wir drehen unseren kleinen Kreis um und versuchen es noch einmal.

EILIDH

ICH STEHE in der Mitte des Steinkreises und halte die Hände von Dad und Zuzu, während wir singen. Sie lassen mich den Ring tragen. Wenn wir es schaffen, zu dritt überzugehen, haben wir den guten Ring, den wir benutzen können, um zurückzukehren. Wenn wir es nicht hinkriegen, versuchen wir es mit Signalen, aber ich vermute, Dexter steht irgendwo genau hier.

Ich kann es *fühlen*. Zusammen mit dem zunehmend stechenden Schmerz in meiner Brust, von dem ich weiß, dass er von der Sehnsucht kommt.

Er würde auf jeden Fall hier sein, es sei denn irgendetwas hat ihn aufgehalten. Ich weiß, dass er die erste Nacht überlebt hat, weil wir ihn gestern Nacht gesehen haben.

Als das Kribbeln beginnt, kämpfe ich gegen den Drang an, triumphierend zu schreien, weil ich den Prozess nicht unterbrechen will. *"Lazgo mandem tanneh cahl. Fozun rostray sephiahl."*

Plötzlich springe ich zurück und lasse sowohl Dads als auch Zuzus Hände los, als ich mit einem massiven und nach Wolf riechenden Mann direkt vor mir zusammenstoße, der mir den Rücken zugewandt hat.

Und wir sind immer noch … *hier*. Wir sind nicht übergegangen.

Er wirbelt herum und verkneift sich ein Knurren, das in ihm aufsteigt. „Eilidh?"

„*Garrett!*" Ich werfe meine Arme um ihn, nur um von hinter ihm ein sehr vampirisches Knurren zu hören.

„Dir, mein liebes Mädchen, werde ich unendlich lang den Hintern versohlen müssen."

Ich spähe um ihn herum und sehe Dexter dort stehen. Jetzt schreie ich wieder. Ein guter Schrei.

Außerdem stürze ich mich auf ihn. Er fängt mich auf, während ich beide Arme und Beine zu einer Umarmung fest um ihn schlinge.

„Ich liebe dich so sehr", sage ich wieder und immer wieder zu ihm. Der Schmerz in meiner Brust ist plötzlich verschwunden.

„Ich liebe dich auch, mein Schatz."

Es ist das Geräusch der Frau, die sich räuspert, das

mich in die Gegenwart zurückreißt. Amber steht da und lächelt. „Hallöchen."

„Amber!" Ich lasse Dexter los und umarme sie. „Warum seid ihr hier?"

„Wenn mein Geschäftspartner anruft und um Hilfe bittet", erklärt Garrett, „vor allem, wenn ich weiß, dass ein sehr lukrativer Immobiliendeal ins Stocken geraten ist, weil sein Mädchen mal wieder verschwunden ist, werde ich natürlich helfen." Er lächelt. „Ich werde dir ein Halsband mit Schloss besorgen, eine Leine und eine lokalisierbare GPS-Ohrmarke, die er dir als Hochzeitsgeschenk anlegen kann."

Ich lache. „Danke. Es tut mir so leid. Das hier war …" Eine Welle von Schwindelgefühl überkommt mich und ich taumele. Zuzu und Dexter fangen mich auf.

„Liebste?", fragt Dexter.

„Es ist … Es geht mir, ich bin …"

DEXTER

ALS EILIDH DIE AUGEN VERDREHT, fange ich sie auf, bevor sie auf den Boden fallen kann. Sie wird völlig schlaff in meinen Armen und ich habe mich in meinem ganzen langen Leben noch nie so hilflos gefühlt.

Außer ein anderes Mal.

Bei den Göttern, *bitte* lass es nicht genauso sein. Das würde mich völlig zerstören.

Ich nehme an, dass der fremde Mann ihr Vater ist, Parxon. Er tätschelt sanft ihre Wange. „Das ist schon in Ordnung. Sie ist es nicht gewohnt, das zu tun, und es verlangt ihr viel ab. Vor allem, drei Personen auf einmal mit einem beschädigten Ring den Übergang zu ermöglichen. Bringen wir sie zurück ins Haus."

„Zuallererst", sagt Zuzu und zieht den Ring von meiner linken Hand. Er reicht ihn Parxon. „Nimm *du* bitte *den*."

Er steckt ihn sich an den Finger. „Gute Idee."

Dann zieht Zuzu den Ring von Eilidhs Finger ab und steckt ihn sich an seinen.

Wir stürmen durch die Nacht, wobei Garrett Amber auf seinem Rücken trägt, und schaffen es schnell zurück zu …

Nun, zu einem Haus, das … *anders* ist. Genau wie Eilidh es gesagt hat. Es erinnert mich an eine Mischung aus den spanisch angehauchten Gebäuden aus Lehmstein, die ich in Tucson gesehen habe, und den Betonblockhäusern im Ranchstil, die in Florida sehr verbreitet sind. Außer, dass es zweistöckig ist.

Es ist auch groß und weitläufig und das Gelände und das Gebäude selbst sehen ordentlich und gut gepflegt aus, was wohl auf Reichtum schließen lässt.

Wir werden ins Innere gedrängt, wo Zuzu die Tür hinter uns verriegelt.

„Bringt sie nach oben in ihr Zimmer", sagt Parxon zu Zuzu, der vorausgeht. „Ich komme gleich nach." Er deutet Garrett und Amber an, ihm zu folgen, und ich nehme an, dass sie erwachsen genug sind, um sich selbst vorstellen zu können.

Das hier ist ein Kinderzimmer, aber mit einem sehr großen Bett. Ich lege sie sanft hinein und habe Angst, weil sie immer noch so tief bewusstlos ist.

„Bist du dir sicher, dass es ihr gut geht?"

Zuzu lächelt. „Ja. Sie ist gestern Abend auch in Ohnmacht gefallen, nachdem sie versucht hat, dich zu kontaktieren. Das ist schon in Ordnung. Parxon wurde früher ständig ohnmächtig, als er jünger war und bevor er lernte, die Übergänge zu meistern. Bei mir war es ebenfalls so.“

„Ihr könnt die Ringe benutzen?“

„Meistens. Mit seinem Ring ist es besser als mit diesem hier, versteht sich.“

Parxon erscheint in der Tür. „Sie haben es sich für den Moment im Wohnzimmer gemütlich gemacht. Wie geht es ihr?“ Er tritt ein und richtet seinen Blick auf Eilidh.

„Es geht ihr gut“, sagt Zuzu. „Sie ist erschöpft und schläft.“

Dann lenkt Parxon seine Aufmerksamkeit auf mich. „Du musst ihr Mann sein, Dexter.“

Wir können die Feinheiten des Ganzen später klären. „Das bin ich.“ Ich muss mich zwingen, meine Aufmerksamkeit nicht nur von Eilidh, sondern auch von Zuzu abzuwenden. Ich kann einfach nicht fassen, wie sehr er mich an Robert erinnert. Jetzt, da ich wieder sicher mit Eilidh vereint bin, kann mein Verstand diese Tatsache verarbeiten.

Der größere Mann streckt mir seine Hand entgegen. „Parxon. Eilidhs Vater.“ Er hat die gleichen violetten Augen wie sie, sieht aber kaum älter als Zuzu aus. Vielleicht dreißig, wenn überhaupt.

Ich reiche ihm die Hand. „Es tut mir leid, dass unser erstes Treffen unter solch chaotischen Umständen stattfindet.“

„Mir auch.“ Er ist genauso groß wie ich und breitschultrig mit dunkelbraunem Haar, das ihm gerade bis zur Schulter reicht und nach hinten gebunden ist. Wenn ich nicht wüsste, dass er kein Wandler ist, würde ich genau das annehmen. Einfach durch die Ausstrahlung, die er hat. Sein Duft ist fast identisch mit dem von Eilidh. „Sie war verzweifelt, als sie dachte, sie würde dich vielleicht nie wiedersehen."

„Ja, nun, damit sind wir schon zu zweit." Ich blicke auf mein schönes Mädchen hinab. „Gibt es eine Möglichkeit, sie ans Bett zu ketten?" Ich lächle und hoffe, dass er merkt, dass das ein Scherz ist.

Er gluckst. „Ich habe die Geschichte gehört." Er klopft mir auf die Schulter. „Du klingst, als würdest du sie sehr verehren."

„Ich liebe sie. Sie gehört mir."

„Aber gehörst du ihr?"

Ich atme tief ein. Ein leichter Atemzug, bei dem ihr Duft erneut in meine Lunge strömt. Mein Puls pendelt sich schließlich ein und beruhigt sich. „Für immer."

„Gut. Komm. Wir werden reden."

„Aber …"

„Sie wird sich erholen." Er deutet mit einem Nicken auf Zuzu. „Bitte, lass ihn sich um sie kümmern. Er braucht diese Zeit mit ihr. Du und ich werden ein Leben lang an ihrer Seite sein."

Was er meint, trifft mich wie der Schlag – Zuzu wird diese Welt nicht verlassen, wir aber schon. Nachdem ich mich vorgebeugt und Eilidh geküsst habe, folge ich Parxon wieder nach unten. Wir gehen ins Wohnzimmer, holen Garrett und Amber ab und versammeln uns dann in der Küche, die …

Nun, tatsächlich erinnert mich das ganze Haus an eine Art Mischung aus rustikalem Jugendstil und altem französischen Landhausstil mit einer gesunden Portion Handwerkskunst.

Parxon bittet uns, uns um den Tisch zu setzen, holt dann Schüsseln mit Essen aus dem Kühlschrank und verteilt Teller und Tassen. In einer Kanne befindet sich eine Art Tee, nehme ich an.

„Zunächst einmal vielen Dank für alles, was ihr getan habt, um ihn hierher zurückzubringen", sagt er zu Garrett und Amber. „Zweitens hoffe ich, dass ihr nicht vorhattet, heute Nacht zurückzukehren. Ich werde euch frühestens morgen Abend zurückbringen können. Ich bin zu erschöpft und Zeuzehn ebenfalls. Und Eilidh ist offensichtlich im Moment auch nicht in der Lage dazu. Aber ihr seid bis dahin sicher bei uns. Wir werden die Türen verschlossen und die Fensterläden verriegelt lassen und warten morgen bis zum Einbruch der Nacht, um euch zurückzubringen. Wir befinden uns noch in der Phase, in der mein Ring euch transportieren kann. Aber es muss morgen Abend sein, sonst sitzt ihr hier bis zur nächsten Mondphase fest."

Erleichterung macht sich in mir breit. „Ausgezeichnet."

Er lehnt sich auf seinem Stuhl zurück und studiert mich, während er ein Obst isst, das wie Weintrauben aussieht. Dann richtet er seinen Blick auf Garrett. „Du kennst diesen Mann, ja?"

Garrett scheint mit seiner Antwort zu zögern. „Es ist kompliziert."

Amber stößt ihn mit dem Ellbogen an. „Ja, wir kennen ihn. Dexter ist ein guter Mann."

„Du bist diejenige, die Dinge sehen kann?"

Sie nickt. „Das bin ich."

„Was bedeutet, er ist ein Wolf, richtig?" Er zeigt auf Garrett.

Garrett blickt finster, nickt jedoch.

„Macht euch keine Sorgen. Ich habe mein ganzes Leben lang Geheimnisse bewahrt. Ich kann es kaum erwarten, endlich zu meiner Tochter in ihre Welt zu ziehen. Ich habe so lange davon geträumt und hatte ehrlich gesagt die Hoffnung aufgegeben. Ich danke dem Schicksal und den Göttern für Zeuzehns Glauben und seine Bemühungen. Ich habe die Freundschaft dieses Mannes wahrhaftig nicht verdient."

Ich beuge mich vor. „Ach so … ja. Was das angeht. Unser Gespräch wurde neulich Abend unterbrochen. Wie steht ihr zueinander?"

„Er ist mein Ehemann, aber wir sind keine Gefährten – wir sind Freunde." Er deutet auf meine Schulter. „Lass mich sehen, wo sie dich markiert hat."

„*Was?*", fragen Garrett und ich gleichzeitig.

Amber grinst.

„Sie ist halb Jotnun-Alpha und sie hat gesagt, dass sie dich gebissen hat. Sie wusste nicht, was es bedeutet." Er zeigt auf Garrett. „Wir alle haben eine gemeinsame Abstammung, aus der Zeit vor den alten Familien. Menschen, die sich verwandeln konnten, gehörten zu den Ausgesonderten. So wie auch Menschen mit dem Virus." Er zeigt auf mich. „In unserer Welt markieren Alphas ihre Gefährten immer noch. Wir haben eine Art Gift, das unseren Gefährten an uns bindet und uns an ihn. Sie hat dich aus Instinkt markiert, weil du ihr wahrer Gefährte bist."

Garrett starrt mich schockiert an. Schließlich knöpfe ich mein Hemd auf und zeige ihnen das Mal.

Parxon nickt, nachdem er es begutachtet hat. „Das ist gut. Sie sollte dich noch ein paarmal markieren. Denn das wird deine Chancen nur verbessern, dass ihr Gift Aspekte des Virus überwinden wird." Er schiebt sich eine weitere Traube in den Mund.

„*Aspekte?*", fragen Garrett und ich.

Wir könnten als Duett auftreten.

Parxon nickt. „Wir werden es testen müssen. Es ist möglich, dass ihr Gift den Virus auf gewisse Weise neutralisiert. Den alten Geschichten zufolge, die sich im Laufe der Zeiten angesammelt haben. Aber sie ist halb Mensch.

Und deine Version des Virus ist viel älter und in vielerlei Hinsicht anders. Über eine Ewigkeit hinweg mutiert."

„Du machst Witze, oder?", fragt Garrett.

„Nein." Parxon isst noch eine Weintraube. „Wie ich ihr schon sagte, bedeutet es vielleicht nicht, dass du direktes Sonnenlicht vertragen wirst, sondern zum Beispiel nur, dass du nicht zu Asche zerfällst. Es könnte einen schlimmen Sonnenbrand bedeuten."

Fassungslos starre ich ihn an. „*Ernsthaft?*" Amber lächelt und trinkt einen Schluck, was meine Aufmerksamkeit auf sie lenkt. „Was hast du gesehen?"

Sie zuckt mit den Schultern und ein verspieltes Lächeln verzeiht ihre Mundwinkel. „Nur dich und sie, wie ihr im Sonnenlicht spaziert. Mit einem Baby im Arm."

Garrett muss auf derselben Wellenlänge denken wie ich. „Heilige Scheiße", keuchen wir im Gleichklang.

„Oder vielleicht auch nicht", sagt Parxon. „Es könnte sich auf verschiedene Arten manifestieren. Wie ich schon sagte, müssen wir es testen. Im Moment ist das Wichtigste, dass sie sich ausruht, damit wir euch alle heute Abend in eure Welt zurückbringen können."

„Was ist mit euch?", frage ich. „Kommt ihr mit uns – ich kann dich und Zeuzehn unterstützen. Ihr könnt dieser Welt den Rücken zukehren und ich kann euch überall auf der Welt eine Existenz ermöglichen. Eilidh braucht euch."

„Ich kann noch nicht verschwinden", sagt er. „Es gibt noch zu viele Dinge, um die ich mich kümmern muss. Ich bin der letzte Erbe einer der letzten alten Familien. Wenn irgendjemand herausfindet, dass die alten Mythen wahr sind und ich immer noch zwischen den Welten wandeln kann, könnte das für beide Welten verheerend sein. Es gibt einen Grund, warum dies ein streng gehütetes Geheimnis der alten Familien war, und warum es verboten und mit dem Tode bestraft wurde, sich mit der alten Magick zu beschäftigen, nachdem die Aussonderung abgeschlossen war. Sie würden Zeuzehn vernichten und die Beweise begraben, wenn wir es nicht genau vorbereiten. Ich kann nicht zulassen, dass ihm das passiert.“

„Wie wollt ihr es dann anstellen?“, frage ich. „Das *ist* so etwas wie meine Spezialität. Ich habe schon Hunderte von Leben aufgebaut. Wieder und wieder. Vielleicht kann ich euch helfen.“

„Zuerst muss ich einige Dinge aus diesem Reich in eure Welt hinübertragen. Wissen, das nicht zerstört werden darf. Aber ich kann nicht riskieren, die Aufzeichnungen hier zurückzulassen, denn wenn wir sie jemals wieder brauchen …“ Ich verstehe, was er meint.

„Wenn wir die Fähigkeit brauchen, jeden zu stoppen, der herausfindet, wie man von einer Welt in die andere übergeht?“

Er nickt. „Genau. Sobald ich mich darum gekümmert habe, kann ich Serxons Körper platzieren und ihn wie meinen eigenen aussehen lassen. Keiner weiß, dass wir ihn nicht eingeäschert haben.“ Er lächelt grimmig. „Wir haben alte Knochen ausgegraben und sie zusammen mit Rind-fleisch in den Sarg auf den Scheiterhaufen gelegt. Als mein Gefährte half Zeuzehn mir, die List umzusetzen. Wir waren die Einzigen, die Serxons Leichnam baden, pflegen und vorbereiten durften, so wie es unsere alten Bräuche sind. Wir versiegelten Serxons Körper in einer Gefrier-truhe in meinem Labor, in der Hoffnung, ihn eines Tages als meinen Körper ausgeben zu können, wenn ich endlich in eure Welt übergehen kann. Ich werde es in unserem Land inszenieren und es wird keine Untersuchung geben, weil es keine Gebärrechtsansprüche geben wird.“

„Ich werde dir in unserer Welt ein Haus kaufen“, sage ich zu ihm. „In der Nähe der Steine, damit du deine Sachen dort unterbringen kannst. Ich werde dich komplett unterstützen. Mit was auch immer du brauchst." In meinem Kopf rechne ich mir bereits aus, wie viel ich wohl ausgeben muss, um alle Grundstücke rund um den Steinkreis zu kaufen.

Für mich ist das nur Kleingeld.

Vor allem, wenn es Eilidhs Glück bedeutet.

Endlich sieht es so aus, als bekämen wir die Chance, uns niederzulassen und unser neues Leben gemeinsam zu genießen, ohne dass uns dunkle Geheimnisse im Nacken sitzen.

Parxon nickt. „Vielen Dank. Ich weiß es sehr zu schätzen."

„Gibt es irgendetwas, das wir jetzt schon mitnehmen können?", frage ich.

„Ja. Ich habe mehrere Kisten mit Notizen, Tagebüchern und alten Büchern und Schriftrollen, die aus dieser Welt gebracht werden müssen."

Garrett kratzt sich den Hinterkopf. „Niemand sonst kann zwischen den Welten wandeln, außer dir?"

„Außer Zeuzehn und Eilidh und jetzt vielleicht auch Dexter? Nicht, dass ich wüsste. Meines Wissens gibt es nur zwei weitere intakte Steinkreise in dieser Welt. Ich bin mir nicht sicher, ob sie hier oder in eurer Welt noch funktionsfähig sind oder ob es überhaupt noch Übergangsringe gibt, die ihnen entsprechen. Steinkreise funktionieren nur mit den jeweiligen Übergangsringen, die zur gleichen Zeit erschaffen wurden, um mit ihnen verwendet zu werden. Die Runen auf den Übergangsringen sind speziell für diesen Steinkreis. Jetzt, da ich meinen eigenen Übergangsring wiederhabe, besitze ich die letzten beiden Übergangsringe für diesen Kreis. Und der von Serxon ist beschädigt und unzuverlässig."

„Die Übergangsringe sind wie ein Flughafencode", sagt

Amber und klingt ehrfürchtig. „Sie wurden darauf abgestimmt."

Parxon nickt. „Genau." Er lächelt. „Bei allen Dingen, die unsere Welt erschaffen und vollbracht hat, hat mich unsere Angst vor dem Flug in der Höhe und die Weigerung, es auch nur zu versuchen, am meisten verwirrt."

„Kann ein Übergangsring auf einen anderen Steinkreis abgestimmt werden?", fragt Garrett.

„Definitiv nicht von irgendjemandem, der noch lebt. Das war Wissen und alte Magick, die mit den Schöpfern gestorben ist. Wissen, das vielleicht am besten verloren bleiben sollte, jetzt, da ich die dunkle Seite ihrer Taten sehen kann. Unsere Bevölkerung hat es wahrhaftig verdient, auszusterben. Wer hätte gedacht, dass die Ausgesonderten am Ende die Glückspilze sind?"

„Können wir Zeuzehn vertrauen?", fragt Garrett.

Parxon nickt. „Er ist unbestechlich und wird unser Geheimnis bewahren. Er ist ein Bruder meines Herzens und mein engster Freund. Außerdem ist er Eilidhs Seelenschöpfer. Ohne Zeuzehns Unterstützung hätte ich diese langen einsamen Jahre niemals überstanden und vor allem meine Trauer nicht überlebt."

Vielleicht kann er mir noch eine weitere Frage beantworten. „Vampire haben in unserer Welt normalerweise die Macht, Menschen zu bezirzen. Sie dazu zu bringen, sich zu fügen, und Dinge in ihren Erinnerungen zu löschen. Aber Eilidh ist immun dagegen. Nicht nur bei mir, sondern bei allen Vampiren, denen sie je begegnet ist. Tatsächlich kann sie es sogar ein wenig selbst mit einigen Vampiren und Menschen machen."

„Das ist eine Jotnun-Alpha Eigenschaft", sagt er. „Probiere es an mir aus."

Ich schaue in seine Augen …

Nichts.

„Alphas sind immun dagegen von anderen Alphas“, sagt er. „Ironischerweise ist ein markierter Gefährte ebenfalls immun dagegen.“

„Aber Menschen werden durch den Virus, der uns unsere Kräfte verleiht, zu Vampiren.“

„Der Virus tauchte vor sehr langer Zeit in der Geschichte auf“, sagt er. „Aber er hat damals nie die Dinge bewirkt, von denen Eilidh uns erzählt hat. Lethargie tagsüber. Ein Bedürfnis nach Blut. Der Virus entfernte sogar einige Fähigkeiten, besonders von den Alphas. Zum Beispiel reduzierte er unsere Geschwindigkeit und Kraft. Auf Omegas und andere hat er sich nicht so stark ausgewirkt. Er hatte auch keinen Einfluss auf die Fähigkeit, Kinder zu zeugen oder zu bekommen. Tatsächlich waren die Kinder derer, die den Virus hatten, meistens immun gegen ihn. Ich vermute, dass es irgendwann in der Geschichte nach der Aussonderung, als sich Hybride und diejenigen mit dem Virus verpaarten, mehr Mutationen gab. Mehr Hybride, bis es sich schließlich zu Vampirismus wandelte. Genau wie sich diejenigen weiterentwickelt haben, die schließlich zu Gestaltwandlern wurden.“

„Wow“, sagt Garrett leise. „Das ist … Heiliger Strohsack.“

„Das ist der Grund, warum ich mein Leben der Forschung gewidmet habe. Es wird nicht mehr lange dauern, bis Jotnunlm leer ist und die Ausgesonderten auf der Erde das letzte Lachen haben werden, ohne ihre wahre Geschichte zu kennen.“

39

Dexter

KURZE ZEIT später stößt Zuzu zu uns. „Sie schläft immer noch, aber es geht ihr gut. Dexter kann natürlich in ihrem Bett schlafen. Aber wollt ihr euch ein Zimmer teilen?", fragt er Garrett und Amber.

„Sie sind Gefährten, Zeu", sagt Parxon und lächelt. „Ich glaube, dass sie das wünschen werden, ja."

Zuzu gibt Parxon einen spielerischen Klaps auf den Hinterkopf. „Ich frage nur. Ohne zu mutmaßen." Dann schaut er mich an. „Die Vorhänge und Fensterläden in ihrem Zimmer werden direktes Sonnenlicht abhalten, aber es könnte trotzdem noch ein Hauch von Licht zu sehen sein. Die Fenster zeigen nach Süden, nicht nach Osten. Ist das sicher genug oder muss ich eine Bettdecke für dich darüber befestigen?"

„Solange es kein direktes Licht der Dämmerung oder ein direkter Sonnenstrahl ist, sollte es in Ordnung sein."

Ich erinnere mich, wie sich mein Robert jedes Mal Sorgen machte, wenn wir den Wohnort wechselten. Wie er in Panik verfiel, wenn ich an einem neuen Ort vor der Dämmerung auftauchte, obwohl ich ihm versicherte, dass ich wusste, was für mich sicher war und was nicht.

Diese Gedanken schiebe ich jetzt zur Seite. Ich werde sie später erkunden, wenn Eilidh und ich sicher zu Hause sind.

Die Ohrmarke klingt von Minute zu Minute nach einer besseren Idee. Vielleicht könnte ich ihr auch eins dieser Funkhalsbänder anlegen, wie sie die Bären in Yellowstone tragen.

Wir ziehen uns für den Rest der Nacht zurück. Ich gehe im Badezimmer auf die Toilette und wasche mir das Gesicht und die Hände. Ich stehe am Waschbecken und starre in den Spiegel, in dem die kunstvoll gekachelte Duschwand hinter mir zu sehen ist.

Denn ich bin es nicht. Zumindest nicht mein Körper.

Für mich ist das normal. Ich bin daran gewöhnt, mich nach Gefühl zu rasieren, meine Zähne und Haare dem Gefühl nach zu putzen, die Gegenstände in meiner Hand in der Luft schweben zu sehen oder wie sich meine Kleidung auf mysteriöse Weise in der Luft bewegt. Etwa vor einem Jahrhundert oder so habe ich bewusst damit angefangen, Menschen in öffentlichen Toiletten zu bezirzen, sobald mir klar wurde, dass es in ihnen einen Spiegel gab. Ein kurzer Blick auf jemanden, um ihm zu signalisieren, dass alles in Ordnung ist und es nichts zu sehen gibt.

Es ist erstaunlich, wie anonym man in größeren Städten mit relativ geringem Aufwand bleiben kann.

Aber Eilidh *sieht* mich. Sie hat mich von dem Moment an gesehen, als ich durch die Tür im Club Toxic trat.

Sie fühlte sich zu mir hingezogen, ohne dass ich irgendwelche Kräfte an ihr anwenden musste.

Ich brauchte nicht zu lächeln und ihr in die Augen zu sehen.

Sie liebt mich um meiner *selbst* willen.

Ich ziehe mich aus und kuschle mich zu ihr ins Bett. Welch eine Erleichterung, sie wieder in meinen Armen zu halten.

Vielleicht ist es an der Zeit, dass ich mir einen engen Freundeskreis aufbaue, und mit Eilidh als meinem Lebensmittelpunkt und Zuhause dauerhafte Wurzeln schlage. Es ist an der Zeit, dass ich aufhöre, in der Vergangenheit zu leben. Ich muss nach vorn blicken, um mir ein Leben mit ihr aufzubauen. Robert wollte, dass ich lebe und glücklich bin. Seit ich ihn verloren habe, ist mir das nur halb gelungen.

Eilidhs Auftauchen in meinem Leben bedeutet endlich, dass ich mein Versprechen an ihn, glücklich zu sein, erfüllen kann.

Sie macht mich glücklich.

Für den Rest unseres gemeinsamen Lebens – was, wie es aussieht, ein sehr langes gemeinsames Leben werden könnte – werde ich jeden Moment damit verbringen, alles zu tun, was nötig ist, um sie glücklich zu machen und ihr meine Liebe zu zeigen.

Ich weiß, dass die Morgendämmerung kommen muss, aber ich liege wach und kuschle mich an ihre Wärme.

Natürlich wird mein Schwanz hart, als sie sich im Schlaf neben mir bewegt.

Verdammt.

Ich seufze leise, aber wie zur Hölle soll ich denn hinuntergreifen, um mich selbst darum zu kümmern und riskieren, sie zu stören. Sie braucht ihre Ruhe.

Aber sie bewegt sich erneut und als sie mit der Hand über mich streift, merke ich, dass sie wacher ist, als ich dachte. Dann höre ich, wie sich ihr Atem und ihr Puls beschleunigen, als sie aufwacht und sich über mich beugt.

Sie blickt mit ihren violetten Augen auf mich herab. „Ich liebe dich, Sir", flüstert sie.

Jaaa. Das ist *alles* wert. Ich streichle ihr Haar. „Ich liebe dich auch, Mädchen."

Sie presst ihre Lippen auf meine und versucht, sich aus ihrer Kleidung zu winden.

Wie immer hilfsbereit, hake ich meine Finger in den Bund ihrer geliehenen Hose, und schon bald ist sie von der Taille abwärts nackt. Der berauschende Duft ihrer Erregung schlägt mir sofort entgegen, noch bevor sie sich in Position bringt und auf meinem Schwanz niederlässt. Sie ist nass und bereit für mich. Ihr Körper ist warm und einladend. Sie stöhnt süß, als sie sich ganz auf mich herabsenkt. Ich zucke in ihr.

Anstatt es zu kontrollieren, genieße ich das Gefühl, wie mein Mädchen meinen Körper benutzt. In den vergangenen Wochen sind meine Gefühle zwischen Jubel und Verzweiflung hin und her getaumelt. Jetzt will ich einfach nur noch *sein* und das hier in vollem Maß *genießen.*

Sie hört auf, mich zu küssen, aber nur lange genug, um sich aufzusetzen und sich das Hemd über den Kopf auszuziehen, bevor sie sich wieder zu mir beugt und mich weiter küsst. Ich könnte eine Ewigkeit damit verbringen, nur das hier zu tun. Sie zu schmecken und zu necken. Es fühlt sich an, als hätte ich noch nie zuvor irgendwen geküsst. Sie bringt mich dazu, das Staunen, das mit der Erforschung ihres Körpers einhergeht, zu genießen. Ich drücke meine Hände an ihre Hüfte und obwohl es verlockend ist, ihrem Hinterteil ein paar längst überfällige Klapse zu geben, wäre es mir lieber, ihr Vater und Zuzu würden das nicht hören.

Langsam hebt und senkt sie sich. Unsere Blicke begegnen sich und ihre Augen werden mit jedem langsamen Stoß dunkler. Ich knete ihr Fleisch, während sie mich reitet, und streiche mit meinen Händen an ihren Seiten zu ihren Brüsten hinauf, wo ich mit den Daumen über ihre Brustwarzen reibe. Sie ziehen sich unter meiner Berührung zusammen und sie beißt sich auf die Unterlippe. Sie keucht leise und ihre feuchte Hitze flattert um mich herum.

Ich packe ihre Brüste und drücke sie, zuerst spielerisch, bevor ich meine Finger tiefer in ihr Fleisch grabe, um ihre Toleranz zu testen. Mehr als die durchschnittliche menschliche Frau, so viel ist sicher. Nur weiß ich jetzt, dass sie alles *andere* als durchschnittlich ist. Als ich fester zudrücke, spüre ich, wie sie sich um mich zusammenzieht und ihr Atem schneller wird.

„Mehr, Liebste?", frage ich.

Sie nickt.

Ich ziehe sie hinunter, damit ich an ihren Brustwarzen saugen kann und streife mit den Zähnen darüber, ohne ihr Fleisch zu durchbohren. Ich will von ihrem süßen Blut trinken. Ich will Bissspuren auf ihren Brüsten hinterlassen, an der Innenseite ihrer Oberschenkel und jede süße Stelle ihres Körpers markieren, damit sie sich immer an mich und meine Liebe zu ihr erinnert.

Und doch halte ich mich zurück. Ich will sie vor unserer Heimreise nicht schwächen. Wir werden nach unserer Rückkehr genügend Zeit zum Experimentieren haben. Aber ich sauge fest und hinterlasse überall Knutschflecke, kneife mit den Fingern in ihre Brustwarzen und genieße jeden leisen, wimmernden Laut, den ich ihr entlocken kann.

Schließlich drehe ich sie um und küsse mir meinen

Weg an ihrem Körper hinunter, sodass ich ihre Schenkel spreizen und mein Gesicht dazwischen vergraben kann. Sie krallt ihre Finger in mein Haar und ich störe mich nicht daran, als sie kräftig daran zieht, um mich an sich zu drücken und ihre Muschi an meinem Mund zu reiben. Ich lecke alles auf, was ich kann. Mit der Zunge necke ich ihre Klitoris, gleite in sie hinein und entlockte ihr ein atemloses süßes Keuchen.

Ich grabe meine Finger in ihre Oberschenkel, um sie festzuhalten, und streife mit meinen Zähnen über ihre Perle. Ich zwinge mich, nicht zuzubeißen, sondern nur spielerisch zu knabbern und zu saugen. Das bringt sie um den Verstand und lässt sie zum Höhepunkt kommen.

Aber ich bin noch nicht fertig mit ihr.

Ich berühre sie sanfter und lecke leichter, schnippe mit der Zunge, aber lasse dabei nicht zu, dass sie mich wegstößt. Solange, bis sie sich wieder windet und sich begierig an mir reibt.

Aber dieses Mal lasse ich sie nicht kommen. Ich setze mich auf und erlaube ihr, mich aufs Bett zurückzudrängen, damit sie mir einen blasen kann.

Heilige Scheiße, der Mund dieser Frau ist *Perfektion*. Ich verschränke meine Hände hinter dem Kopf und beobachte sie. Während mein Schwanz zwischen ihren Lippen verschwindet, sieht sie mir in die Augen. Sie wirbelt mit der Zunge um meine Eichel herum und zeichnet jede Erhebung und Vertiefung nach. Sie leckt über den Schlitz an der Spitze und genießt die Liebeströpfchen, die bereits austreten. Ich will ihren Kopf packen und ihren Mund ficken, aber genau deshalb behalte ich meine Hände dort, wo sie sind.

Ich will nichts überstürzen.

Es gibt jetzt keine Verzweiflung mehr in unserer Leidenschaft, lediglich sich aufbauende Lust und die Jagd nach Befriedigung. Es fühlt sich an, als wäre sie ganz hier bei mir, mit mir zusammen, und das in jeder Hinsicht, ohne dass ihre Gedanken versuchen, sie in eine andere Richtung zu ziehen und ihre Aufmerksamkeit abzulenken.

Eilidh gehört ganz mir und ich werde mich nicht zu bald von ihr verabschieden müssen.

Meine hartnäckigen Ängste, sie an die Zeit zu verlieren, können endlich begraben werden, sodass ich nichts anderes tun muss, als sie zu lieben. Ich weiß, dass sie begierig einen Höhepunkt aus mir heraussaugen würde, aber bevor ich zu nah dran bin, ziehe ich sie wieder an mir hoch und lasse sie mich erneut reiten. Sie tut es mit Entschlossenheit, als würde auch sie sich schnell dem Gipfel der Lust nähern. Also beobachte ich sie, warte und genieße den Ritt. Denn, das könnt ihr mir glauben, ich *genieße* dieses einfache Vergnügen, Liebe mit der Frau zu machen, die ich liebe, so sehr. Weil es perfekt ist und nicht irgendeinem Zweck dient.

Ihre Augen werden dunkler, intensiver. Schneller, als mir bewusst werden kann, was sie tut, beugt sie sich vor, neigt meinen Kopf zur Seite und versenkt ihre Zähne tief in meiner Schulter.

Flüssiges Feuer strömt aus dem Biss und bahnt sich zügig seinen Weg durch meinen Körper. Mein Schwanz wird noch steifer, während sich meine Eier in sie entleeren. Das glühende Verlangen versengt mich und lässt mich den Rücken krümmen. Sie reitet mich immer noch weiter, bis ihr eigener Orgasmus über sie kommt und ihr Körper sich um meinen Schwanz zusammenkrampft. Sie saugt noch mehr Sperma aus mir, bis sie ihren Biss schließlich von mir löst und über die Stelle leckt.

Um mich herum wirbelt und dreht sich der Raum, als mein Mädchen glücklich seufzt und sich eng an mich schmiegt, während sie noch immer auf mir liegt.

Ich stürze in die Besinnungslosigkeit.

~

TRÄUME.

Die Dinge, die diese Frau mit mir macht, die *Träume*, die ich habe.

Dieses Mal sind wir beide in einem Wald unterwegs, den ich als den bei meinem Anwesen in Schottland wiedererkenne. Es ist ein bedeckter Tag und wir sind durch das dichte Blätterdach der Bäume zusätzlich geschützt. Eilidh sieht strahlend aus in ihrem blauen Sommerkleid. Ihre Brüste sind rund und voll über einem bereits wieder anschwellenden Bauch. Und in meinen Armen …

Ich trage ein schlafendes Baby, das noch nicht ganz ein Jahr alt ist.

Ich weiß instinktiv, dass seine Augen violett wären, wenn er sie öffnen würde. So wie ihre, so wie Parxons –

Großschöpfers

– und ihr Lachen, während sie vor mir herläuft, erfüllt meine Seele mit einer Wärme, von der ich nie zu träumen gewagt hätte, sie jemals wieder zu spüren.

Wir kommen zu einer Lichtung, an der drei Männer ein Picknick für uns alle vorbereiten. Ich erkenne Parxon und Zuzu. Obwohl ich denke, dass ich den dritten auch kennen sollte und er mir vertraut vorkommt, hat er mir jedoch den Rücken zugewandt und ich kann weder sein Gesicht sehen noch seine Stimme hören.

Aber in meinen Armen …

Ich kann den süßen Duft des Babys riechen. Es ist eine Mischung aus Eilidhs und meinem eigenen. Wir haben ihn Robert genannt und obwohl ich weiß, dass dies ein Traum ist, kann ich jetzt verstehen, warum Eilidh das Haus ihres

Vaters nicht verlassen und mit mir in unsere Welt zurückkehren will.

Diese Freude, sie macht süchtig. Es ist eine neue Obsession, der ich nachjage.

Unbegrenztes Glück. Meine Seele ist voller Frieden und heilt auf eine Weise, die ich nie für möglich gehalten hätte. So viele Unmöglichkeiten in greifbarer Nähe.

Und dann verblasst alles zu einer dunklen pechschwarzen Nacht und lässt mich in die Bewusstlosigkeit sinken.

ICH ERWACHE an diesem Nachmittag zum Schein des Sonnenlichts durch die Vorhänge, die die Fensterläden des Schlafzimmers verdecken. Zum ersten Mal seit einer gefühlten Ewigkeit verfalle ich nicht in Panik. Furcht und Schrecken erfüllen mich nicht mehr.

Und auch nicht die übliche Benommenheit, die mit der Sonne kommt. Es war einfache Erschöpfung – und vielleicht eine Auswirkung ihres Bisses –, die mich in diesen Schlummer schickten, nicht der Sonnenaufgang.

Dieses Mal nicht.

Eilidh liegt an mich gekuschelt neben mir und schläft tief und fest. Die Erschöpfung hat tiefe Falten in ihr Gesicht gezeichnet, die mir fast in der Seele wehtun. Sie verdient es nicht, sich Sorgen machen zu müssen – sie hat in ihrem Leben schon genug gelitten. Ich möchte mich um sie kümmern, sie zum Lächeln bringen und ihr jede Last abnehmen.

Ich bewege mich langsam neben ihr und stehe aus dem Bett auf ...

Und mit dem Traum noch immer frisch in meinem Kopf bete ich.

Vorsichtig ziehe ich einen der Vorhänge auf. Ein einzelner Sonnenstrahl fällt durch einen winzigen Spalt am oberen Ende der Fensterläden. Ich stehe da und beobachte ihn, wie der Staub darin tanzt und wie er über ein Regal an der gegenüberliegenden Wand spielt.

Ich greife nach oben und zucke zusammen, als ich mir ein paar Haare vom Hinterkopf ausreiße. Ich lege sie auf das Regal und schiebe sie an den Rand des Sonnenstrahls.

Ich trete zurück in die Sicherheit und warte.

Die Minuten vergehen. Zuerst kann ich es nicht glauben, als ich beobachte, wie die Haare vollständig vom Licht umspielt werden.

Sie zerfallen nicht zu Asche.

Mein Atem – *mein Atem* – entweicht mir mit einem Rauschen. Mir wird bewusst, dass ich nicht wie früher automatisch zu atmen begonnen habe, bevor ich sprechen wollte –

Ich habe … *geatmet*.

Aus dem Reflex heraus.

Und jetzt, wo ich darüber nachdenke, möglicherweise schon seit Tagen.

Als ich meine Finger an meinen Hals drücke … habe ich einen Puls. Es ist auch nicht so, dass ich mich bewusst zwinge, mein Herz schlagen zu lassen.

Es … *schlägt*. Ich kann es nicht mehr nach Belieben anhalten oder starten.

Zeit für ein Experiment. Als ich absichtlich die Luft anhalte, schmerzt meine Lunge schon bald, bis ich einen Zug frische Luft einatmen muss.

Ich tue das wahrscheinlich Dümmste in der Geschichte aller Zeiten, wie mein Mädchen sagen würde, und strecke die Hand aus, um das Sonnenlicht über meine Hand und meinen Arm strahlen zu lassen.

Ich schnappe nach Luft. Meine Sicht verschwimmt. Ich

sehe alles dreifach, als ich auf das goldene Licht starre, das sich über meinen Körper ergießt. Ich drehe meine Hand um und wieder zurück und staune über den Anblick und die Wärme auf meinem Fleisch.

„Dex?"

Ich kann nicht sprechen. Ich kann mich nicht bewegen, außer zu atmen und meine Hand hin und her zu drehen.

„Dex!" Ich höre, wie sie die Decke zurückwirft und aus dem Bett aufsteht. Plötzlich spüre ich ihre Hände an meinem Rücken.

Ihren Atem an meiner Schulter.

„Dex", flüstert sie.

Ich kann meinen Blick nicht von meinem Arm losreißen. „Schau doch nur!", flüstere ich. Ich habe solche Angst, dass dies eine Illusion ist, ein unmöglicher Traum.

„Ich sehe es."

„Bin ich wach?"

„Das bist du."

Wir starren ein paar lange schweigsame Minuten darauf, während sie mich von hinten in den Armen hält. „Was bedeutet das?", schaffe ich es schließlich, zu fragen.

„Nun, ich denke, es bedeutet, dass Dad und Zuzu recht hatten und dass meine Markierung funktioniert hat. Mein Gift war in der Lage, den Virus zu neutralisieren. Zumindest teilweise."

Ich taste mit der Zunge nach meinen Reißzähnen. Ich spüre, wie sie herausgleiten, und als mein Magen knurrt, wird mir bewusst, dass ich bereits seit über vierundzwanzig Stunden kein Blut mehr getrunken habe. „Ich bin immer noch ein Vampir. Ich brauche immer noch Blut."

„Aber … das ist *riesig*."

„Ich weiß." Ich kann nicht aufhören … zu *starren*.

Auf die Art, wie das Licht über die Haare auf meinem Arm spielt.

Sie kratzt mit ihren Eckzähnen leicht über meine Schulter, was mir sofort eine pulsierende Erektion beschert.

Bevor mir überhaupt bewusst ist, dass ich es tue, wirble ich herum, packe sie und wir landen auf dem Bett. Ich liege auf ihr und halte ihre Handgelenke über ihrem Kopf fest.

Ihre violetten Augen stehen für mich in Flammen. Sie schlingt einen Fuß um mein Bein und schafft es fast, uns umzudrehen, bis ich mich vorbeuge und seitlich in ihren Hals beiße, um ihr Fleisch zu durchbohren und von ihr zu trinken. Sie krallt und krümmt ihre Finger an meiner Schulter, während sie ihre Beine um mich schlingt und sich an meinem Oberschenkel reibt.

Der dickliche, süße Duft ihrer Erregung steigt in den Raum und mein Schwanz schmerzt regelrecht vor Sehnsucht, in sie zu gleiten, während der warme, honigsüße Geschmack ihres Blutes meinen Mund füllt. Ich dringe in ihre Muschi ein, stoße tief und hart zu, bis ich bis zum Anschlag in ihr stecke.

„Ja!", keucht sie.

Ich gluckse leise an ihrem Hals und beginne, mich langsam in ihr zu bewegen. Meine süße, strahlende Sonne.

Die außerdem so viel mehr ist, als sie zu sein scheint.

Als ich meine Reißzähne tiefer in sie bohre, explodiert sie in ihrem Höhepunkt und krampft sich so fest um meinen Schwanz, dass sie mich fast selbst über den Abgrund treibt. Also lasse ich locker und lecke über ihr süßes Fleisch, nachdem ich meine Reißzähne herausgezogen habe. Jeder Stoß, mit dem ich in sie dringe, verlängert ihr Vergnügen und entlockt ihr immer wieder dieses sexy Stöhnen, während ihre Muskeln sich um mich klammern.

Mein Magen ist glücklich, mein Schwanz ist kurz davor, glücklich zu werden …

Und mein süßes Mädchen ist *überaus* glücklich.

Ich küsse mir meinen Weg zu ihrem Ohr hinauf und beiße sanft, während ich meinen Schwanz weiter in ihr bewege. „Wir können uns nun durch Sonnenaufgänge und Sonnenuntergänge vögeln, meine Liebste." Ich stoße hart und tief in sie und entlockte ihr tatsächlich noch einen Orgasmus, bevor ich mich endlich gehen lasse und meinem eigenen Höhepunkt erliege. Eine Lust, wie ich sie noch nie zuvor gespürt habe, baut sich auf und explodiert. Sie zerreißt mich und entzündet ein Feuerwerk hinter meinen Augenlidern. Ich werde von einer Welle nach der anderen überschwemmt, während ich sie mit meinem Samen fülle, bevor ich schließlich in ihr zur Ruhe komme.

Sie zu küssen, schmeckt nach Himmel und Perfektion. Ich verschränke meine Finger mit ihren und drücke sie sanft.

„Ich liebe dich so sehr, Eilidh."

Sie lächelt. „Spricht da der Orgasmus oder der Paarungsbiss?"

„Beides. Und mehr. So viel mehr."

Wir starren uns einen Moment lang an. „Ich will für immer mit dir zusammen sein", flüstert sie. „Master. *Ehemann.*"

Es fühlt sich an, als hätte es mir den Atem verschlagen.

Seit Robert hat mich niemand mehr so genannt.

Ich lasse ihre Hände los und setze mich auf, ziehe sie mit mir hoch und nehme ihre Wangen zwischen meine Hände, während ich sie erneut küsse. „Ich liebe dich, Baby. Ich will auch für immer mit dir zusammen sein. Dich niemals wieder gehen lassen." Ich lehne meine Stirn gegen ihre. „Kein Weglaufen mehr."

Sie lächelt. „Kein Weglaufen mehr. Sieht so aus, als hätte ich eine wirklich lange Lebenszeit vor mir." Sie schmiegt sich an mich. „Ich hoffe, du bist bereit, es lange mit mir auszuhalten."

Ich grinse. „Das bin ich. Und ich freue mich auch darauf, Schwiegereltern zu haben."

Sie kichert. „Ich glaube, du hast sie für dich gewonnen."

Jeder Atemzug, den ich nehme, drängt ihren süßen Duft und das Aroma unserer gemeinsamen Leidenschaft in meine Lunge, füllt mich aus und spendet mir Leben. „Wir sollten aufstehen und etwas essen, bevor wir zurückgehen müssen."

Sie schmollt. „Müssen wir das? Zurückkehren, meine ich. In unsere Welt."

„Das weißt du doch, mein Schatz. Sie haben gesagt, es ist gefährlich hier."

„Wir könnten Garrett und Amber zurückschicken und einfach hierbleiben."

„Nein, mein Schatz, das können wir nicht. Und du weißt auch, warum. Aber wir werden uns darauf vorbereiten, dass dein Vater dauerhaft zu uns zieht, und wir werden Zuzu so oft besuchen, wie du willst."

Ihr Tonfall verrät mir, dass sie darüber nicht ganz glücklich ist, aber sie versteht, dass die Dinge eben so sein müssen. „Okay."

Wir kuscheln weiter, bis ich einen natürlichen Drang verspüre. Ich küsse sie, löse mich aus ihrer süßen Umarmung und gehe ins Bad, ohne das Licht darin einzuschalten.

Es ist das Aufblitzen einer Bewegung im Spiegel, das mich erschreckt. Ich bin nicht zu stolz, um zuzugeben, dass ich aufschreie, woraufhin sie angelaufen kommt.

„Was? Was ist los?" Sie knipst das Licht an.

„Ich ..." Ich starre in ein Paar blaue Augen und auf

einen Mann – einen nackten Mann –, der verblüffend wie Ianto aus *Torchwood* aussieht.

Ein Mann, dessen Bewegungen meine widerspiegeln.

Als ich meine rechte Hand hochhalte, hebt der Mann seine ebenfalls. Als mir vor Schreck die Kinnlade aufklappt, tut seine es auch.

Eilidh stößt ein gackerndes Lachen aus, während ich damit kämpfe, es zu verarbeiten. „Das bist *du*, mein sexy, beißfreudiger Augenschmaus!"

„Ich?" Der Mann hat zerzaustes hellbraunes Haar und sieht irgendwie grüblerisch aus.

Aber ich wette, dass ihm ein Anzug gut stehen würde. Jede Kleidung.

Abgesehen von seinem Adamskostüm.

Obwohl ich sagen muss, dass er auch nackt blendend aussieht. Ich drehe mich um, damit ich einen besseren Blick auf den Arsch des Typs werfen kann. Definitiv nicht schlecht. Ich würde ihn nicht von der Bettkante stoßen. „Das bin … *ich*?"

Sie schlingt ihre Arme um mich. „Das bist *du*, Nicht-Ianto."

Ich ziehe sie in meine Arme, während ich uns im Spiegel anstarre. Ich habe mein ganzes Leben damit verbracht, mich nie wirklich zu sehen. Nie in einem modernen Spiegel. Das letzte Mal war, am Tag bevor ich verwandelt wurde, in der Oberfläche eines ruhigen Teiches.

„Hol dein Handy, Baby", flüstere ich.

Sie huscht aus dem Bad. Jetzt, da ich die ganze Wahrheit kenne, erkenne ich, dass ihre blitzschnellen Bewegungen Teil dessen sind, was sie ist.

Eigenschaften dessen, *was* sie ist.

Vampir 2.0.

Oder ist es vielleicht akkurater zu sagen, dass ich Vampir 2.0 und sie Halb-Vampir 1.0 ist.

Sie kommt mit ihrem Handy zurück, entsperrt es für mich und reicht es mir.

Ich rufe die Kamera-App auf und mache ein Foto vom Spiegel.

„Oh, Nacktfotos", grinst sie. „Danke."

Ich schnappe nach Luft, als ich auf das Bild starre.

Wir beide.

Wir sind beide deutlich auf dem Bild zu erkennen.

Ich erinnere mich noch an meine bittere Enttäuschung, als die ersten Kameras auf den Markt kamen und ich feststellte, dass die Unschärfe auf den Bildplatten nicht nur ein Fehler war, sondern alles, was ich für den Rest der Ewigkeit von meinem eigenen Gesicht sehen würde.

Für immer.

Ich hatte eine vage Vorstellung davon, wie ich aussehe, nachdem ich mit Infrarot- und Wärmekameras experimentiert habe, aber sie liefern keine genaue Darstellung. Und auch Körperdoubles tun das nicht. Sie ähnelten mir genug, um damit bei Leuten, die mich nicht sehr gut kannten, durchzukommen, aber sie waren nicht …

Ich.

Eilidh schmiegt ihren Kopf an meine Schulter und nimmt mir das Telefon ab. Sie löscht das Bild, bevor sie das Handy neu positioniert, um ein Selfie von uns beiden zu schießen.

Vom Hals aufwärts.

Leider ohne Brüste.

Hey, seht euch das einmal an – ich habe ein anständiges Lächeln.

Ihr Lächeln ist hinreißend perfekt, genauso wie immer.

„*Das* ist der Typ, in den ich mich verliebt habe", sagt sie sanft. „Diese unwiderstehliche, leckere Sexbombe, …

mein heißer beißfreudiger Augenschmaus. Der Typ, der mein Leben auf gute Weise auf den Kopf gestellt hat. Auf *all* die besten Weisen.“

Ich ziehe sie in meine Arme und starre in ihre Augen.

Violette Augen.

Perfekte Augen.

„All die besten Weisen?“

Sie schlingt ihre Arme um meinen Hals. „Ja. *Alle*.“

40

Dexter

Wir duschen und ziehen uns an. Mir entgehen die schockierten Blicke auf Garretts und Ambers Gesichtern nicht, als wir die Küche betreten.

„Heilige Schei– … *Alter*!" Er steht auf und schreitet langsam zu mir hinüber. Dann läuft er um mich herum. „Dir ist aber *schon* klar, dass es mitten am Tag ist, oder nicht?"

Amber kichert und umarmt erst mich und dann Eilidh. „Es hat funktioniert!"

„Ja, das hat es", sagt Eilidh. „Mein Dad und Zeuzehn hatten recht. Wo sind sie?"

„Sie werden bald zurück sein", sagt Amber. „Dein Dad ist unten in seinem Labor und Zeuzehn ist schnell zum Markt gefahren."

Garrett starrt mich immer noch schockiert an und streckt seine Hand aus, um gegen meine Schulter zu stoßen.

Normalerweise würde mich das beleidigen, aber heute nicht. Nichts kann meine gute Laune heute erschüttern.

Ich grinse. „Wenn ihr glaubt, dass *das* cool ist? Schaut euch *das* mal an." Ich gehe zur Küchentür, öffne den Rollladen, der das Fenster verdeckt, und nachdem ich es zuerst an meinem Arm teste, stelle ich mich in das hereindringende Sonnenlicht, schließe meine Augen, weil es mich blendet, neige meinen Kopf zurück und genieße die Wärme der Sonne.

„*Scheeeiiiiße!*" Er keucht.

„Das muss in unserer Welt ein Geheimnis bleiben", sagt Eilidh.

Ich drehe mich um, trete wieder herein und schließe die Fensterläden hinter mir. „Warum?"

„Weil ich sonst zur Zielscheibe von Data-X und anderen werde", sagt sie. „Und du wahrscheinlich auch. Wenn du glaubst, dass sie mich in ein Labor sperren würden, um mich als Brutkasten zu benutzen, würden sie dasselbe mit dir tun, wenn sie glauben, dass dein Sperma Hybrid-Kinder zeugt, oder dass sie dein Blut benutzen können, um Vampirismus zu heilen oder auszulösen. Wenn sie dann herausfinden, dass sie dich nicht benutzen können, würden sie dich einfach töten."

Garrett fährt sich mit einer Hand durchs Haar. „Sie hat recht." Er schaut zu Amber hinüber. „Was denkst du?"

Sie schließt die Augen für einen Moment und verschränkt die Arme vor der Brust. Als sie sie schließlich wieder öffnet, nickt sie grimmig. „Es gibt immer noch geheime Programme dort draußen. Unsere Arbeit, die Labore zu schließen, ist noch nicht getan. Nicht nur Data-X, sondern auch andere. Ich kann jetzt mehr davon sehen. Viel mehr. Dinge, die vorher keinen Sinn gemacht haben, aber in diesem neuen Kontext schon."

Garrett wirft den Kopf zurück und stemmt die Hände

an die Hüfte. „Ah *scheiße*", murmelt er. „Ich habe befürchtet, dass du das sagen würdest."

Parxon kommt in die Küche und hält kurz inne, als er mich dort stehen sieht. Er nähert sich langsam und lächelt, während er mich von oben bis unten mustert. „Es hat funktioniert, nehme ich an?"

„Ja!", sagt Eilidh und strahlt mich an. „Das hat es."

Er nickt knapp. „Ausgezeichnet. Aber du darfst es niemandem erzählen."

Ich gluckse. „Das haben wir schon besprochen."

„Sie haben recht", sagt Garrett. „*Vor allem* darfst du es Lucius und den anderen Vampiren nicht erzählen. Niemand von ihnen darf jemals davon erfahren. Von dir und dem Sonnenlicht. Du darfst es ihnen *auf gar keinen Fall* sagen. Und wenn du sie jemals verwandelst und sie die Fähigkeit behält, Sonnenlicht zu vertragen, musst du das auch vor ihnen verbergen."

„Ja, ich hab's *verstanden*." Ich wende mich an Garrett. „Ich brauche deine Erlaubnis, etwas zu tun."

„Was willst du denn tun?"

„Ich muss sehen, ob ich eine bestimmte Sache immer noch kann. Ich muss es jetzt herausfinden, bevor wir zurückkehren, damit ich keinen Fehler mache und etwas tue, das wir nicht wieder gutmachen können. Und es gibt nur einen Menschen hier."

Wir sehen beide Amber an.

Sie nickt und sagt: „Okay", während Garrett gleichzeitig: „Auf keinen *verdammten* Fall!" brüllt und sich zwischen uns stellt.

Amber legt ihre Hand auf seinen Arm. „Es ist in Ordnung."

„*Nein*, das ist es überhaupt *nicht*! Ich werde *nicht* zulassen, dass du unter dem Bann eines Blutsaugers stehst!"

„*Garrett!*", weist sie ihn zurecht. „Du *weißt* selbst, dass er nicht so ist!"

„Nein." Er schüttelt den Kopf und starrt mich an. „Auf gar keinen Fall."

„Wir müssen es herausfinden", sagt Amber. „Wir *müssen* es wissen. Es ist *wichtig*."

„Zuerst wird Selene in einen Vampir verwandelt", knurrt Garrett. „Eine Wandlerin mit noch mehr Kräften, als sie ohnehin schon hatte. Wer *weiß*, was passiert, wenn sie sich gegen *uns* wendet? Und jetzt ist Dexter ein tagwandelnder Vampir? Das ist wirklich *nicht* gut, Babe."

„Dann ist es doch gut, dass wir jetzt drei neue Geheimwaffen auf unserer Seite haben, oder?" Sie deutet auf mich, Parxon und Eilidh. „Sie gehören zum Rudel. Alles, was ich über sie gesehen habe, ergibt jetzt völligen Sinn. Ich habe sie schon von Anfang an als Teil des Rudels gesehen. Ich verstand es bei ihr, aber nicht bei Dexter und natürlich wusste ich nicht, wer Parxon war, bis ich ihn traf. Es ergab für mich keinen Sinn, weshalb ich auch niemandem von diesem Teil meiner Visionen erzählt habe. Ich dachte einfach, ich läge damit falsch.

Aber ich lag nicht falsch – ich habe nur nicht richtig auf die Visionen gehört. Parxon, Dexter und Eilidh gehören zum *Rudel*. Ihre oberste Loyalität gilt uns, *nicht* Lucius und seinem Nest. Und das Überleben *aller* Wandler und Vampire hängt buchstäblich davon ab, dass wir sie als Teil des Rudels behandeln. Und Zeuzehn offensichtlich auch. Ebenso Chaldis und Corbin. Wir können ihnen vertrauen. Aber er hat recht – wir müssen wissen, ob er Menschen noch bezirzen kann."

„*Scheiße.*" Er geht im Kreis herum und hat die Hände immer noch an der Hüfte. Dann dreht er sich um und stößt mir einen Finger ins Gesicht. „Wenn du ihr wehtust, werde ich *ihr* wehtun." Er zeigt auf Eilidh.

„Ich werde ihr nicht wehtun. Das schwöre ich. Ich

werde ihre Erinnerungen überhaupt nicht anrühren. Nur ein harmloser kleiner Test."

Er kräuselt seine Lippe und knurrt, tritt aber schließlich zur Seite.

Amber tritt vor und schenkt mir ein nervöses Lächeln. „Nur zu."

Ich sehe ihr immer noch nicht in die Augen. „Ich will nur sehen, ob ich die Fähigkeit noch habe."

„Ich weiß. Ich vertraue dir."

Garrett knurrt ein wenig lauter und tiefer. „Bring es *hinter* dich", brüllt er.

Ich schaue ihr in die Augen und spüre, wie ich die Verbindung aufbaue. „*Hi*", flüstere ich in ihre Gedanken.

Sie lächelt, hebt die Hand und winkt ab. Ich löse mich sofort von ihr und wende mich ab, während Amber einen Atemzug ausstößt. Garrett stürmt vor, um sie zu untersuchen.

„Es ist alles in Ordnung", sagt sie schnell. „Es geht mir gut, Garrett. Er hat mir nicht wehgetan. Er hat nur *Hi* gesagt und mich gebeten, zu lächeln und abzuwinken."

Eilidh berührt meinen Arm. „Und?"

Ich nicke. „Ich kann es immer noch. Zumindest so weit. Es hat sich genauso angefühlt, als hätte ich diese Macht immer noch." Ich starre auf meine Hände, über die ein Sonnenstrahl tanzt, der durch einen Spalt in der Jalousie des Küchenfensters fällt.

Es ist immer noch schwer zu glauben, dass ich nicht träume. Dies ist ein Tag, von dem ich nie dachte, dass er jemals kommen würde.

Nicht, ohne dass er meinen sofortigen Tod bringt.

„Was jetzt?", fragt Garrett.

„Heute Abend bringen wir euch zurück zum Steinkreis und schicken euch nach Hause", sagt Parxon. „Bevor jemand entdeckt, dass ihr hier seid. Ich treffe euch dort bei jedem Viertel-, Dunkel- und Vollmond, um noch mehr Sachen in eure Welt zu schaffen.“

„Aber was ist damit, dass du mit uns kommst?“, fragt Eilidh. Der Schmerz in ihrer Stimme zerreißt mich.

Wenn sie bleibt, bleibe ich auch. Ich werde nie wieder von ihr getrennt sein.

Das sage ich immer wieder, aber dieses Mal meine ich es *verdammt* ernst, selbst wenn ich sie mit Handschellen an mich ketten muss.

„Ich muss erst alles vorbereiten“, sagt Parxon zu ihr.

„Wie lange wird das dauern?“ Ich hasse es, wie *verloren* Eilidh klingt.

„Nicht lange, *Mazbushka*.“ Er lächelt. „Nicht länger als ein paar Monate. Die Geschichte muss perfekt sein, um Zeuzehn zu schützen. Ich kann nicht gehen, bevor ich mir nicht sicher bin, dass er hier sicher sein wird.“

Eilidh schlingt ihre Arme um ihn. „Bitte beeile dich, Daddy“, sagt sie. „Und beschädige deinen Ring nicht. Ich würde dich nie wiedersehen.“

Okay, also, ja. Daddy-Spiele sind ein definitives *Nein*.

Parxon seufzt traurig, während er sie festhält. „*Mazbushka*, jetzt wo ich dich gefunden habe, wird mich nichts je wieder von dir fernhalten. Und außerdem wirst du den anderen Ring haben.“

„Warum können wir nicht auch Zuzu mitnehmen?“, fragt Eilidh. „Wir können uns um ihn kümmern. Bitte hilf mir, ihn zu überreden.“

„Ich bezweifle, dass er gehen würde.“ Parxon faltet seine Hände zusammen. „Im Gegensatz zu mir hat er immer noch eine Chance, hier in dieser Welt die wahre Liebe zu finden. Denn ich habe ihn nie markiert.“

„Er könnte wahrscheinlich auch in unserer Welt Liebe finden“, sagt Garrett. „Es ist eine große Welt. Jede Menge Leute. Dating-Apps.“

„Das ja, aber es ist zweifelhaft, dass er ein eigenes Kind gebären könnte. Und *das* ist sein Herzenswunsch und war es schon immer. Schon seit wir Kinder waren. Er braucht einen Alpha unserer Art, um das zu tun. Ich habe ihn nie markiert, also kann er immer noch einen anderen Alpha finden. Wenn ich hier legal für tot erklärt werde, wird Zeuzehn in die herrschende Klasse aufsteigen und die Möglichkeit haben, einen passenden Partner seiner Wahl zu finden. Oder er kann zumindest bequem und unabhängig leben.

Mein Weggang darf seinem Ruf nicht negativ anhaften und die Leute möglicherweise denken lassen, er hätte mich getötet. Vor allem, weil Serxon angeblich bei einem ‚Unfall‘ gestorben ist. Ich werde Zeu auf Reisen schicken und sicherstellen, dass er weit weg vom Anwesen ist. Mit vielen Zeugen, die bestätigen können, dass er weg ist und dass ich am Leben war. Und dann werde ich einen feurigen Unfall inszenieren.“

Parxon hat ein gutes Herz, dem Schicksal sei Dank. Ich war ehrlich gesagt besorgt, dass wir herausfinden würden, dass er ein beschissenes Arschloch ist. So wie sein Bruder. Und dass ich ihn töten müsste, um Eilidh zu beschützen.

„Sollen wir den Steinkreis zerstören, wenn du endgültig in unserer Welt bist?“, fragt Garrett.

„*Nein!*“, schreit Eilidh und bringt uns mit ihrer Vehemenz allesamt zum Schweigen. „Wie soll ich denn Zuzu sehen, wenn wir nicht zu ihm gelangen können?“

Amber schließt die Augen und wir warten, bis sie sie wieder öffnet. „Nein. Wir dürfen ihn auf keinen Fall zerstören. Wir werden ihn wieder brauchen. Für mehr als nur Besuche.“

„Warum?“, fragt Parxon.

„Ich kann noch nicht genau sagen, wen, aber wir

müssen jemanden zu seiner Sicherheit hierherschicken. Und Eilidh muss in der Lage sein, Zeuzehn zu besuchen.“

Wenn wir Zuzu nicht davon überzeugen können, mit uns in die andere Welt überzugehen, muss ich meinen Plan verwerfen. Ich wollte Bulldozer schicken, sobald ich die Ländereien um den Steinkreis besitze. Und dann einfach ‚Hoppla‘ sagen und die wahrscheinlich beträchtliche Geldstrafe irgendeiner staatlichen Denkmalschutzbehörde zahlen, die gegen mich erhoben werden würde. Oder die Steine zumindest so weit aus ihrer Verankerung bringen, dass der Kreis dauerhaft deaktiviert wird.

Es klopft an der Vordertür und bringt uns alle schlagartig zum Schweigen. Garrett treibt den Rest von uns nach oben. Wir lauschen gemeinsam am oberen Ende der Treppe, als Parxon die Tür öffnet.

Einen Moment später erscheint Parxon am Fuß der Treppe. „Es ist sicher“, ruft er nach oben. „Es ist nur Zeuzehn, der vom Markt zurück ist.“

Wir alle kehren in die Küche zurück. Der Omega lächelt, als er mich sieht. „Es hat funktioniert. Wie hast du deinen ersten Blick auf das Sonnenlicht seit Ewigkeiten genossen, mein Sohn?“

Bei seiner Betitelung macht mein Herz einen unangenehmen Salto. „Es war unglaublich, vielen Dank. Ich werde es nie wieder als selbstverständlich ansehen.“

Sein Lächeln wirkt verlegen. In einem anderen Leben, einem anderen Universum, bevor ich meine Eilidh kennengelernt habe, wäre ich in großer Versuchung gewesen, ihn zu dem Meinen zu machen. Er erinnert mich so sehr an meinen Robert, dass es mir den Atem verschlägt.

Man sollte meinen, dass ich mich nach einem so langen Leben nicht mehr an einzelne Gesichter erinnern würde, aber damit würde man sich irren.

Dieses Gesicht ist für immer in meine Seele gebrannt,

so wie auch die Gesichter meiner Kinder dort eingeprägt sind.

Die Liebe stirbt nie.

Niemals.

Parxon legt seine Hände auf die Schultern des Omegas. „Wir werden sie heute Abend zurückschicken, aber das bedeutet, dass es schließlich an der Zeit ist, unsere Pläne in die Tat umzusetzen."

Zeuzehn lächelt traurig. „Ich verstehe. Ich werde dich vermissen, lieber Freund." Er sieht Eilidh an. „Aber wenigstens ist meine *Mazbushka* zurückgekehrt. Versprich mir, dass du mich besuchen kommst."

„Das werde ich."

Parxon drückt sanft Zeuzehns Schultern. „Wir können dich mitnehmen. Du kannst bei uns leben. Wir werden uns für den Rest deines Lebens um dich kümmern und du wirst keine Sorgen haben."

„Obwohl ich gern mehr von dieser Welt sehen würde, kennst du meinen Herzenswunsch. Vielleicht kannst du mich zu einem Besuch mit hinübernehmen. Ich werde dir Briefe schreiben, mein Freund, so wie wir es früher getan haben." Er bedeckt Parxons Hände mit seinen. „Du hast die Chance, weiterzumachen und in dieser Welt eine neue Liebe zu finden. Du hast viel Zeit mit Eilidh aufzuholen. Du warst in all den Jahren mehr als gütig zu mir, aber wir wissen beide, wo mein zukünftiges Glück liegt. Und es muss *hier* sein, wenn es überhaupt sein soll. Vielleicht ändere ich meine Meinung, wenn ich zu einsam werde, keinen Erfolg habe und euch alle vermisse. Aber für den Moment möchte ich es gern versuchen."

„Ich kann nicht glauben, dass ausgerechnet ich das sage", brummt Garrett, „aber es gibt mehr im Leben, als Welpen zu haben. *Babys*, meine ich."

Amber kichert und umarmt ihn.

„Das weiß ich“, sagt Zeuzehn. „Ich habe ein erfülltes Leben, ein abgerundetes Leben, wie es nur wenige haben. Für manche ist das reichlich. Unser Einwand gegen die Pläne unserer Schöpfer für uns war nie gegen die Pläne selbst. Wir hatten etwas dagegen, dass wir nicht die Freiheit bekamen, unsere wahren Gefährten zu finden. Ich habe mir immer mehr Kinder neben Eilidh gewünscht.“

Er schaut zu Parxon auf. „Wir wussten schon bei unserer ersten Begegnung als Kinder und lange bevor wir miteinander verbunden wurden, dass wir keine Gefährtenbindung zueinander spüren. Wir hätten höchstwahrscheinlich keine lebensfähigen Erben gezeugt, selbst wenn wir die Paarung vollzogen hätten. Es gibt einen Grund dafür, dass die Geburtenrate in Jotnunlm so dramatisch sinkt. Es liegt daran, dass sich zu viele wegen des Geldes, der Bequemlichkeit oder des Familienbesitzes verpaaren, anstatt aus Liebe und instinktiver Anziehung.

Instinktive Anziehung bedeutet die höchste Chance, Kinder zu empfangen. Wir haben uns an eine … faule Art der Verpaarung gewöhnt. Das zeigt sich im Niedergang unserer Rasse. Doch unsere Herrscher haben beschlossen, alle Beweise für das Gegenteil zu ignorieren und auf die alte und ineffektive Weise zu bestehen. Durch die Erzwingung eines Klassensystems wurde die Fähigkeit zur freien Partnerwahl eingeschränkt, sodass auch die genetische Vielfalt abgenommen hat.

Die Ältesten, die damals beschlossen, dass diejenigen, die später zu Menschen, Vampiren und Wandlern wurden, vom Rest von uns isoliert werden müssen, ahnten nicht, was der Verlust der natürlichen Vielfalt eine Ewigkeit später mit unserer Art anstellen würde. Sie sorgten sich um die Fähigkeit der Hybride, sich schneller zu vermehren, als wir es können und waren besorgt, dass die Weibchen ‚schwächer‘ waren als die Männchen. Sie dachten, sie würden die Jotnun-Rasse ‚reinigen‘, indem sie uns isolierten. Aber stattdessen verdammten sie uns nur zum vermeintlichen Aussterben. Die Vermischung von dem, was wir sind, hätte uns am Ende alle nur stärker gemacht.

Und natürlich stießen sie bei den Vertretern dieser Rassen auf offene Ohren, denen man eine völlig neue Welt schenkte, die sie nach Belieben gestalten konnten, ohne sich unserer restriktiven herrschenden Klasse unterwerfen zu müssen. Bei der derzeitigen Geburten- und Sterberate unserer Bevölkerung werden wir wahrscheinlich innerhalb von tausend Jahren aufhören, Nachkommen zu produzieren, und in weniger als zehntausend Jahren vollständig aussterben. Das klingt vielleicht nach einer langen Zeit, aber wenn man bedenkt, dass unsere Lebensspanne leicht zweitausend oder noch mehr Jahre betragen kann, ist es überhaupt nicht lang. Nur ein paar Generationen. Parxon und ich sind für die Verhältnisse unserer Rasse noch sehr jung. Gerade mal erwachsen geworden.“

„Nun, *das* kommt mir bekannt vor“, wirft Amber ein. „Der Versuch, die Spezies ‚rein‘ zu halten.“ Sie wirft Garrett einen bösen Blick zu. „Dein Vater und dein Onkel würden es hier verdammt noch mal *lieben*.“

Er errötet ein wenig, als hätte sie einen Nerv getroffen, antwortet aber nicht.

Interessant.

„Serxon war jünger als ich“, sagt Parxon. „Er war unglaublich egoistisch und unreif und es hat ihn nie interessiert, ob ich glücklich bin. Alles, was ihm wichtig war, war das Prestige, endlich in die herrschende Klasse aufzusteigen. Ich musste einen legitimen Alphaerben zeugen, damit er das erreichen konnte.“

„Warum konnte er sich nicht einfach selbst verpaaren und seinen eigenen Erben zeugen?“, fragt Garrett.

„Weil ich der Älteste bin, ein Alpha, und eine registrierte Verpaarung ohne einen Alphaerben habe. Selbst wenn er sich verpaart und gezeugt hätte, würde er immer noch der allgemeinen Klasse angehören. Nur wenn er durch *mich* in die herrschende Klasse aufsteigt, wäre *jeder* Erbe, den er zeugt, ein Mitglied der herrschenden Klasse. Diese Regel wurde eingeführt, um zu verhindern, dass jüngere Geschwister versuchen, die älteren zu töten, um ihren Status zu verbessern."

„*Das* ist beschissen", sagt Eilidh.

Zeuzehn lächelt. „Ja, das ist es. Aber mit unserer sinkenden Geburtenrate trauen sich die Leute nicht, das System infrage zu stellen. Sie glauben, dass eine striktere Befolgung der Regeln die Dinge zum Besseren ändern würde, aber das ist einfach nicht der Fall. Die herrschende Klasse hält an ihrer Macht fest und das gemeine Volk glaubt fröhlich, dass es keine Veränderung geben kann."

„Es wundert mich, dass Serxon nicht von Anfang an versucht hat, dich umzubringen", kommentiere ich.

„Aufgrund unserer Gesetze", sagt Parxon, „wäre damals alles standardmäßig an Zeuzehns Familie gegangen, da er mein Gefährte ist. Aufgrund meines Testamentes und des Testaments unseres Schöpfers und seinem Recht zu gebären. Ich hatte auch viele Schutzmaßnahmen für Zeuzehn, um ihn vor Serxon zu schützen, falls er versuchen sollte, ihm zu schaden. Mein Plan war, mein eigenes Testament und meine Erklärung zum Gebärrecht so umzuschreiben, dass Serxon im Falle meines Todes erst dann aufsteigen würde, wenn Zeuzehn sich wieder verpaart hätte. Aber das wollte ich Serxon natürlich nicht sagen."

Er blickt auf den kleineren Mann herab. „Aber dann war Zeuzehn der Letzte seiner Familie und Serxon hat Sorcha ermordet. Nachdem ich Serxon getötet hatte, konzentrierten wir uns darauf, Eilidh zu finden."

„Als Letzter meiner Familie", sagt Zeuzehn, „geht aufgrund seines Testaments alles an mich über, wenn Parxon für tot erklärt wird. Einschließlich des Großteils des Vermögens meiner eigenen Familie, das Parxon als mein rechtlich anerkannter Gefährte seit dem Tod meines Vaters kontrolliert. Ohne einen Erben wird mein Status zu einem vollwertigen Mitglied der herrschenden Klasse umgewandelt, als ob ich ein Alpha wäre. Sobald ich in die Herrscherklasse aufgestiegen bin, kann ich einen Gefährten unabhängig seiner Klasse frei wählen. Derjenige wird ebenfalls in die Herrscherklasse aufsteigen, wenn er ihr nicht bereits angehört."

Parxon legt einen schützenden Arm um die Schultern des anderen Mannes und schmiegt sein Kinn an Zeuzehns Kopf. Mir tut das Herz für die beiden weh, vor allem, weil der Omega mich so stark an meinen Robert erinnert.

„Zeuzehn hat mir immer gesagt, ich solle die Hoffnung nicht aufgeben", sagt Parxon. „Er hatte recht."

„Ich bin überrascht, dass du Serxon nicht schon früher getötet hast", sagt Garrett. „Er klingt wie ein Arschloch."

„Mir war nicht bewusst, dass er etwas über die Übergangsringe wusste. Mein Schöpfer gab das Wissen vor seinem Tod an mich weiter und er war der Letzte aus seiner Generation, der es wusste, da sein Bruder gestorben war. Er trug mir auf, ich solle die andere Welt im Auge behalten, damit das Wissen nicht verloren geht. Und es an meinen ältesten Erben weitergeben. Er war Teil einer alten, geheimen Organisation, die die Ereignisse in dieser Welt beobachtete, und er übertrug diese Verantwortung mir, obwohl er, soweit er es wusste, selbst das letzte Mitglied davon war. Hätte Serxon unseren Onkel nicht getötet, hätte er seinen Ring und das Wissen an Serxon weitergegeben, da unser Onkel keinen Gefährten oder Erben hatte.

In der Nacht, in der Serxon mich und Sorcha angriff, musste ich auf unserem Anwesen sein, um die jährliche Bestandsaufnahme zu beaufsichtigen. Zeuzehn hatte mich so lange wie möglich vertreten, bis ich hierher zurückkehren konnte. In jeder Übergangsperiode hinterließ er mir Nachrichten am Steinkreis, die ich abholen konnte, damit ich wusste, wann ich anwesend sein musste. Wir erzählten den Leuten, dass ich wegen meiner Arbeit als Forscher und Historiker viel reiste. Was technisch gesehen nicht unwahr ist. Ich zahlte Serxon eine großzügige monatliche Summe, damit er sein Leben weit weg vom Anwesen in Muße leben konnte. Ich kaufte ihm ein großes schönes Haus in der Stadt, bezahlte ihm das Studium und seine Reisen.

Es funktionierte eine Zeit lang. Zeuzehn war glücklich und zufrieden damit, das Anwesen zu führen, an dem mein Bruder nie Interesse zeigte. Aber ich war mir immer sicher, dass die Art meines Bruders irgendwann dazu führen würde, dass er getötet würde. Wir wussten, wenn wir nur lange genug warteten, würde ihn sein Schicksal ereilen. Er fing immerzu Streit an, trank, spielte, wurde verhaftet und verärgerte Leute. Er war schon von klein auf so gewesen.

Ich hatte Sorcha für einen Abendbesuch mitgebracht, weil ich nicht sicher war, ob ich bis zur nächsten Übergangsphase zurückkehren konnte. Der Steinkreis befindet sich auf unserem Grundstück. Ich wusste weder, dass Serxon zurückgekehrt war und mich dabei beobachtete, wie ich Sorcha aus dem Haus schmuggelte, noch dass er uns folgte.

Er holte uns am Steinkreis ein, wo er uns angriff. Er sah ihre Paarungsmarkierung und erkannte, was geschehen war. Er hatte auch nicht damit gerechnet, dass Sorcha sich so gut verteidigen konnte. Wir konnten uns befreien, rannten davon und gingen in eure Welt über. Ich war schockiert, als er kurz darauf hinter uns erschien. Ich gab deiner Mutter meinen Ring und sagte ihr, sie solle weglaufen. Dass ich ihn zurückschleifen, seinen Ring wegnehmen und sie finden würde."

„Außerdem dachtest du, ich könnte uns irgendwann wieder zurückbringen", sagt Eilidh leise.

„Ja. Sie wusste, dass sie den Ring nicht allein benutzen konnte, aber wir wussten, dass du es kannst."

„Weil ihr mich manchmal während des Augenbindenspiels das Lied habt singen lassen", sagt sie leise.

Er nickt. „Genau. Jedenfalls kämpfte ich in dieser Nacht mit Serxon und schleppte ihn zurück in unsere Welt. Ich verlangte zu wissen, wo er den Übergangsring herhatte.

Er gab zu, dass er den Ring dem jüngeren Bruder unseres Schöpfers geraubt hatte, als Serxon ihn einige Jahre zuvor getötet hatte. Serxon machte ihn offenbar eines Nachts richtig betrunken und er gestand ihm, dass wir zu den alten Familien gehörten. Dass die Ringe zum Übergang da wären, der Geheimbund – alles. Alle dachten, mein Onkel sei bei einem Unfall auf See ertrunken. Die Leiche wurde nie geborgen.

Offensichtlich konnte Serxon niemandem verraten, dass er den Ring hatte, wie er dazu gekommen war oder woher er das Wissen besaß. Zum Glück wusste er nicht, *wie* der Übergang vonstattengeht. Als er unseren Onkel tötete, wusste er nicht, dass der Ring nur zu bestimmten Zeiten funktionierte und kannte den richtigen Spruch nicht. Da unser Schöpfer tot war, wusste Serxon, dass er mich nicht töten konnte, wenn er die Geheimnisse des Rings jemals verstehen wollte. Aber er konnte mir nicht verraten, dass er all dies wusste, denn das hätte ihn mit dem Tod meines Onkels in Verbindung gebracht.

Deine Mutter dachte wahrscheinlich, ich sei tot, weil ich geschworen hatte, Serxons Ring zu holen und zu ihr zurückzukehren. Sie wusste, dass Übergänge nur zu bestimmten Mondphasen und Zeiten möglich waren. Leider ist mein Bruder mir entkommen und hat den Ring versteckt. Er weigerte sich, mir zu sagen, wo er war. Verspottete mich. Sagte, wenn ich mein Testament ändere und meinen Tod vortäusche, um ihm das Anwesen und Zeuzehn zu überschreiben, würde er mir den Ring geben. Andernfalls erwartete er, dass ich seinen Lebensstil weiterfinanzierte. Ich hatte keine andere Wahl. Ich konnte Serxon nicht töten, ohne vorher den Ring zu haben, und er konnte mich nicht töten, weil er wusste, dass er die Geheimnisse des Übergangs dadurch verlieren würde. Ebenso wie jede Chance, aufzusteigen, das Recht zu gebären zu bekommen oder mich für finanzielle Unterstützung zu melken. Eine Pattsituation.

Wenn ich mich an ihm gerecht hätte, drohte er zu enthüllen, was er über mich wusste, was auch Zeuzehn in Gefahr gebracht hätte. Serxon und ich wussten, wenn einer von uns verrät, was wir mit den Ringen tun können, würden wir *beide* getötet werden. Es ist alte, verbotene Magick. Serxon wusste außerdem, dass ich, solange deine Mutter lebte, keinen anderen Gefährten nehmen und einen Erben zeugen würde, was bedeutete, dass er nie in die herrschende Klasse aufsteigen würde.

Er wusste jedoch nicht, dass ich schon vor langer Zeit mit Sorcha vereinbart hatte, dass sie dir, wenn du achtzehn wirst, meinen Ring geben und dir die ganze Wahrheit und die Geheimnisse des Übergangs erzählen sollte, würde mir jemals etwas zustoßen. Dass ihr euch als Männer verkleiden und in unsere Welt übergehen solltet, um sofort nach Zeuzehn zu suchen."

„Und deshalb hast du Serxon nie bei den Behörden

hier gemeldet", sagt Garrett. „Weil es zu eurer beider Zerstörung geführt hätte."

„Ganz genau. Zeuzehn und ich haben versucht, die Steine während der Zeiten möglicher Übergänge aufmerksam zu bewachen. Wie ihr euch vorstellen könnt, mussten wir unsere Handlungen geheim halten. Mein Bruder muss uns beobachtet haben und hat schließlich das Muster erkannt, dass nur bestimmte Zeiten Übergangsnächte waren. Während der Übergangszeiten können die Ringe einander rufen. Ich schätze, er muss gehört haben, wie wir darüber sprachen, als wir versuchten, Sorcha zu finden. Irgendwann schlüpfte Serxon hindurch, als wir die Steine nicht bewachten, und tötete Sorcha …"

Als seine Stimme stockt, tröstet Zeuzehn ihn. „Ich kam in jener Nacht verspätet zu meiner Wache. Ich wusste, dass etwas passiert war, denn ich fühlte einen scharfen, tiefen Schmerz, als ob meine Seele zerrissen wurde. Aber ich war da, als Serxon in der nächsten Nacht zurückkehrte. Er klang … selbstgefällig. Triumphierend. Sagte mir, dass ich Zeuzehn jetzt markieren und mich daran machen könnte, einen Erben zu zeugen, da Sorcha tot sei. In meinem Kummer und meiner Wut griff ich Serxon an und tötete ihn, aber sein Ring wurde während des Kampfes beschädigt. Zeuzehn half mir, es wie einen Unfall wirken zu lassen, und verschaffte mir ein Alibi."

„Für so eine Verschwendung einer Seele wie diesem Mann ein perfektes Transportmittel zu ruinieren", murmelt Zeuzehn düster. „Es wäre besser gewesen, er wäre gar nicht erst geboren worden, bei all dem Kummer, den er verursacht hat, dieses Biest."

～

EILIDH

. . .

Ich tue, was ich kann, während wir gemeinsam Abendessen kochen und essen. Dexter bleibt liebevoll in der Nähe, ohne sich jedoch zwischen mich und Dad und Zuzu zu stellen. Und als wir uns zum Essen setzen, sitze ich zwischen ihnen und niemand kommentiert, dass ich weine.

Ich mache viele Fotos von Bildern an den Wänden und von ihnen und von mir und mit ihnen. Ich werde sie ausdrucken, wenn wir wieder zu Hause sind.

„Oh, warte." Zuzu huscht davon und kehrt Augenblicke später mit einem kleinen Fotoalbum zurück. „Das bewahre ich im Safe auf. Es ist zu riskant, es herumliegen zu lassen. Ich kann nicht glauben, dass ich es fast vergessen hätte. Sorcha hat es mir einmal zum Geburtstag geschenkt."

Ich breche in Tränen aus, als mir bewusst wird, dass es voll von Bildern von meiner Geburt und meiner Kindheit ist.

Fotos von uns vieren zusammen. Eine Familie.

Meine Hände zittern zu sehr, um alles zu fotografieren. Dexter nimmt mir sanft das Telefon ab und übernimmt es für mich, während Zuzu und Dad mich festhalten.

Amber kommt zu mir hinüber und lächelt, während sie mich umarmt. „Ich weiß, dass es dir jetzt wehtut, Süße, aber bitte sei stark. Gute Dinge – großartige Dinge – werden für dich kommen. Ich würde dir mehr sagen, aber ich will es nicht verschreien."

„Nun, du hattest recht damit, dass Dad noch am Leben ist. Meiner Meinung nach hast du eine großartige Erfolgsbilanz."

Sobald es dunkel ist, machen wir uns auf den Weg in den Wald. Alle Männer tragen Kisten mit Notizen, Tagebüchern und anderen Gegenständen, die wir jetzt transportieren können. Ich möchte vom Weg abweichen und weglaufen, ein vertrautes Gefühl aus meiner Kindheit, aber ich weiß, dass Dexter und Garrett mich schnell einholen würden, würde ich es versuchen.

Genauso, wie Dad und Zuzu mich stets eingeholt haben und festhielten. Und wie sie versuchten, mich zu beruhigen, wenn ich weinte und flehte, nicht gehen zu müssen.

Ich wollte meine Familie doch nur die ganze Zeit zusammen haben. Das ist alles, was ich je wollte.

Ich verstehe jetzt, warum ich die Nacht so lange gehasst habe.

Ich verstehe auch, warum ich all diese Erinnerungen verdrängt habe.

Weil es wehtat.

Abschied zu nehmen, tut weh und tat es schon immer.

Ich habe es noch nicht übers Herz gebracht, ihnen von den Ringkämpfen zu erzählen, auf die Mom zurückgreifen musste, um uns über Wasser zu halten. Dad und Zuzu fühlen sich wegen allem, was passiert ist, ohnehin schon schrecklich genug.

Es war nicht ihre Schuld. Ich wünschte nur, mein verdammter Arschloch-Onkel wäre noch am Leben, damit ich selbst die Genugtuung bekäme, ihn umzubringen. Ich würde ihn mit so vielen Bleistiften erstechen, dass er wie ein Stachelschwein aussehen würde, wenn ich mit ihm fertig bin.

Als wir den Steinkreis erreichen, bleibe ich zögernd davor stehen. Zuzu lächelt, kommt zu mir hinüber und steckt mir den Ring an den Finger. „Damit kannst du mir ein Zeichen senden. Du weißt ja jetzt, wie. Du kannst mir Briefe an den Felsen legen, dort, wo der Schal versteckt war. Und dein Vater wird dir Briefe bringen und wir werden uns besuchen.“

Der Schal. Ich habe ihn in meiner Tasche. „Was ist, wenn du keine Liebe findest, Zuzu? Dann wirst du hier ganz allein sein.“

„Ich habe Freunde hier, mein Engel. Sie werden mich trösten. Und du wirst mich besuchen kommen und ich besuche euch.“

„Aber was ist, wenn du keine Liebe findest?“

Er seufzt. „Wenn ich verspreche, mich euch anzuschließen, wenn ich aufgebe, hilft dir das?“

Parxon schüttelt den Kopf. „Zeu …“

„Nein, es ist schon in Ordnung. Sie ist unsere Tochter.“ Er schließt mich in seine Arme. „Ich verspreche es dir, meine Kleine. Wenn ich jemals das Gefühl habe, dass ich bei euch glücklicher wäre, in eurer Welt, dann komme ich auf jeden Fall.“ Er lacht. „Und dann werde ich bei euch einziehen und dein Mann wird dir nie wieder den Hintern versohlen können, weil er Angst haben wird, dass ich es höre.“

Ich lache und weine mit ihm.

„Nun, er hat nicht unrecht“, scherzt Dexter. „Und wir kommen zum Dunkelmond wieder zu Besuch. Das ist bereits in zwei Wochen.“

Ohne großes Tamtam bringt Parxon Garrett und Amber und all die Kisten mit den Sachen durch den Kreis und kehrt Sekunden später zurück.

Ich habe das Gefühl, dass mein Herz von Neuem bricht. „Bitte komm mit mir mit. Bitte verlass mich nicht wieder.“

„*Schhh, schhh*, Engelchen“, sagt Dad, hält mich fest und wiegt mich. „Es wird nicht mehr lange dauern, dann werde ich immer bei dir sein.“

„Zuzu, *bitte*, komme mit ihm.“

„*Mazbushka*, ich habe dir ein Versprechen gegeben und ich werde es halten." Er küsst mich auf die Stirn und zieht mich in eine Umarmung. „Wir werden uns wiedersehen. Dies ist kein Lebewohl. Und wenn die Dinge hier nicht nach meinen Vorstellungen laufen, dann werden wir darüber sprechen, dass ich zu euch ziehe. Außerdem hast du einen Mann, den du liebst und von dem du dich versohlen lassen kannst. Er wird sich gut um dich kümmern. Er scheint ein angenehmer Kerl zu sein."

Ich spüre, wie Dexter hinter mich tritt. „Alles wird gut, Liebste."

„Kommt ihr beide mit rüber. Bitte?"

Dad nickt und Sekunden später sind wir wieder in Cardiff.

John und Mark stehen dort und unterhalten sich mit Garrett und Amber.

„Du hast deinen Ring, Engel", sagt Zuzu. „Dein Vater hat seinen. Bitte weine nicht. Freue dich, dass er bald für immer bei dir sein wird. Es ist kein Ende, sondern ein Anfang."

Ich nicke, aber es tröstet mich nicht.

„Ich hab dich lieb." Er küsst meine Stirn und meine Wangen. „Bis bald, mein kleiner Engel. Sei brav, bis ich wiederkomme." Das hat er immer zu mir gesagt.

„Ich hab dich auch lieb. Euch beide."

Dad umarmt mich fest. „Ich hab dich so lieb. Alles wird gut werden. Ich werde dich bald wiedersehen."

Ich nicke, aber ich weine zu sehr, um zu sprechen.

Nach einer letzten Umarmungsrunde treten sie zurück in den Steinkreis und … verschwinden.

Ich bin nicht zu stolz, um zuzugeben, dass ich genau dort zu Boden sinke. Ich drücke den Ring an meine Brust und schluchze meine Qualen zu den Sternen hinauf.

41

Fünf Wochen später …

DEXTER

DAS IST DER ZWEITSCHÖNSTE ANBLICK, den ich je in meinem Leben gesehen habe – der Sonnenuntergang über den Bergen westlich von Tucson an unserem ersten Abend nach unserer Rückkehr aus Großbritannien. Ich sitze vor der Glasschiebetür des Wohnzimmers, die zu unserem Balkon hinausführt, und nippe an einem gekühlten Moscato, den Eilidh für heute Abend ausgesucht hat.

Wir haben zwei bequeme Sessel hinübergezogen, damit wir die Vorstellung genießen können.

Eilidh ist mein schönster Anblick – neben ihr aufzuwachen und sie zusammengerollt an meiner Seite liegen zu sehen, während das nachmittägliche Sonnenlicht die honiggoldenen Strähnen in ihrem Haar hervorhebt.

Und dann den größten Teil einer Stunde damit zu

verbringen, ihr den Hintern zu versohlen. Ich versohle sie jeden Tag nach dem Aufwachen, um sie daran zu erinnern, zu wem sie gehört.

Ein netter Nebeneffekt davon ist, dass es sie feucht macht und ich hart davon werde, sodass es ihr nicht viel ausmacht.

In diesem Moment sind die Finger meiner rechten Hand mit den Fingern von Eilidhs linker Hand verschränkt. Wir sitzen hier direkt im Wohnzimmer und beobachten diese …

Unglaubliche Aussicht. Nur dass sie leicht verschwimmt …

„Weinst du, Sir?"

„Ich schätze schon." Ich blinzele die Tränen weg. „Noch etwas, was ich schon seit einer gefühlten Ewigkeit nicht mehr getan habe." Das letzte Mal, dass ich geweint habe, bevor ich Eilidh kennenlernte, war um Robert. Ich dachte damals, ihn zu verlieren, würde auch das letzte Stückchen Seele in mir verbrennen, das es noch gab.

Aber dann traf ich meine wunderschöne, strahlende Sonne. Sie hat mich nicht nur buchstäblich zurück ins Licht geführt, sondern auch meine Seele erleuchtet.

Sie dreht sich auf ihrem Sessel und zieht die Beine unter sich an, sodass sie mir zugewandt ist. „Wir bekommen jetzt so viele Sonnenuntergänge, wie wir wollen. Und Sonnenaufgänge ebenfalls."

Ich drücke sanft ihre Hand. Es tröstet mich, dass ihre Lebensspanne so viel länger sein wird als die eines Menschen. Ich will mich nur darauf konzentrieren, sie glücklich zu machen und Parxon zu helfen, seinen Umzug von Jotnunlm zur Erde zu vollenden.

Aber im Moment möchte ich *dieses* einfache Vergnügen genießen, einfach nur hier mit ihr zu sitzen. Es reicht fast aus, dass ich mich dauerhaft zur Ruhe setzen will, aber ich mag eine Herausforderung. Ein neues Imperium an einem neuen Ort aufzubauen.

Außerdem möchte ich nicht, dass Lucius Verdacht schöpft. Das Letzte, was ich gebrauchen kann, sind andere Vampire, die herausfinden wollen, wie man die Gefahr der Sonne beseitigt. Das würde Eilidh und mich beide in Gefahr bringen. Eine Welt kann nur so viele überlegene Prädatoren verkraften und ich will nicht, dass Lucius auf grandiose Ideen kommt und denkt, er könnte seine Macht erweitern oder das Gleichgewicht der Kräfte kippen.

Ich will auch nicht, dass irgendjemand zu genau auf Eilidh und ihre Fähigkeiten achtet. Besonders nicht meine Vampirkameraden, die einen Weg suchen, sich gegen Wandler zu behaupten. Und ich will nicht, dass die Wandler denken, sie könnten die Vampire übertrumpfen.

Was bedeutet, dass ich sehr vorsichtig sein und mir diese seltenen Momente nur dann gönnen werde, wenn ich sicher weiß, dass keinerlei Möglichkeit besteht, von anderen Vampiren oder ihren menschlichen Gefährten beobachtet zu werden. Eilidh und ich können uns auf mein Anwesen in Schottland zurückziehen und dort unter dem Tageshimmel frei herumstreifen. Dort können uns auch Parxon und Zuzu bei unseren Spaziergängen begleiten.

Währenddessen sind Garrett und das Tucson-Rudel außerhalb des Paktes, den sie mit Lucius geschlossen haben, wertvolle Verbündete geworden. Der Immobiliendeal ist abgeschlossen und ich vertraue ihnen weit mehr als fast allen Vampiren.

Einschließlich Lucius.

Obwohl Chaldis und Corbin enge Freunde werden. Das Pärchen wird noch vor dem nächsten Winter nach Tucson ziehen. Wenn mein neues Resort eröffnet, werden Chaldis und Corbin das Restaurant leiten. Ich habe ihm bereits einen Experten zur Seite gestellt, der bei der Leitung des Restaurants helfen wird. Die beiden Männer werden ein gemeinsames neues Leben beginnen, Corbin wird seine Familie öfter besuchen und Eilidh wird ihre Freunde sehen können. Sie freut sich schon darauf, den Männern im Restaurant zu helfen.

Ich glaube, sie hat die Sache gefunden, die sie tun will.

Ein Teil von mir hofft, dass wir Zuzu dauerhaft in unsere Welt locken und auch ihn im Restaurant beschäftigen können. Laut Eilidh und Parxon ist er ein bemerkenswerter Koch.

Wie dem auch sei, ich könnte nicht glücklicher sein, denn sie ist glücklich.

Wir wissen immer noch nicht, ob wir in der Lage sein werden, Kinder zu bekommen. Ob die Tatsache, dass Eilidh mich ‚markiert' hat, meinen Körper auf diese Weise verändert hat, und ob mein Traum und Ambers Vision richtig waren. Ich habe Eilidh nicht von dem Traum erzählt, den ich an dem Tag in Parxons Haus hatte, den Traum mit dem Baby.

Ich will mir nicht zu große Hoffnungen machen.

Ich schätze, wir werden es sehen. Ich hatte die melancholischen Gedanken an weitere Kinder schon vor langer Zeit abgeschüttelt, genauso wie ich gelernt hatte, der Sonne nicht mehr nachzutrauern.

Aber jetzt?

Die Welt ist lebendig und umgibt mich und meine Sinne auf eine Weise mit unausgesprochenem Potenzial, die ich mir nie hätte erträumen lassen. Das heißt, ich werde warten, bevor ich irgendetwas unternehme. Wenn sie schwanger wird, werden wir sagen, dass wir zu einer Fruchtbarkeitsklinik gegangen sind. Das ist bei Paaren in unserer Situation, mit einem Vampir und einem Menschen, nicht unüblich. Wenn ich das Gefühl habe, dass wir in Gefahr sind, ziehen wir einfach nach Schottland auf mein Anwesen. Irgendwohin, weit weg von anderen Vampiren, die zu viele Fragen stellen könnten.

Aber fürs Erste werde ich meine Liebe und unser gemeinsames Leben genießen.

In der Zwischenzeit … werden wir es uns aufbauen.

***

EILIDH

SOBALD DIE SONNE UNTERGEGANGEN IST, schließen wir die Glastüren und Jalousien und gehen gemeinsam duschen. Ich bin versucht, mich jetzt schon auf Dexter zu stürzen, aber er hat es sich in den Kopf gesetzt, heute Abend in den Club Toxic zu gehen, um dort eine Session mit mir zu machen.

Um eine Show zu veranstalten.

Um seinen Anspruch auf mich öffentlich vor allen Vampiren zu zeigen und um sicherzustellen, dass wir jeglichen Verdacht über ihn und mich aus der Welt schaffen.

„Ich dachte, du wärst dir nicht sicher, ob du jemals eine Session in der Öffentlichkeit mit mir machen könntest?", necke ich ihn.

Er packt mich beim Hals und drückt mich gegen die Duschwand. Mein Puls beschleunigt sich und eine Flut von Feuchtigkeit sammelt sich zwischen meinen Schenkeln.

Seine andere Hand gleitet dorthin und er schiebt mit Leichtigkeit zwei Finger in mich hinein, während er sich dichter an mich lehnt. „*Was* hast du gesagt, Liebste?"

Ich bin zu geil, zu begierig, und mein Körper sehnt sich nach ihm und seiner Herrschaft über mich. „Du hast mich genau gehört, Sir."

Oh ja, da ist ja das böse Lächeln. *Das* ist es, was ich wollte.

Er krümmt seine Finger perfekt in mir und reibt mit dem Daumen über meine Klitoris. Er massiert mich genau so, wie er weiß, dass ich es brauche. „Heute Abend werde ich deine Hände an ein Kreuz fesseln und deinen Rücken meine Lederpeitsche spüren lassen. Ich werde jeden Striemen lecken, den ich hinterlasse, und dir nicht erlauben, zum Höhepunkt zu kommen. Dann werde ich dich ficken und dich darum betteln lassen, dass ich dich beiße und zum Orgasmus kommen lasse." Er leckt mir über die Wange. „Jeder wird das bedürftige, geile Mädchen sehen, das bereitwillig nach meinen Striemen bettelt."

Ja, bitte!

Er zieht seine Hand zwischen meinen Beinen heraus und ich wimmere und flehe schon jetzt nach mehr, was ihn zum Lachen bringt. „Nicht jetzt. Du darfst nicht kommen, bis wir im Club sind."

Mir ist nach Schmollen zumute. Ich schätze, ich zeige ihm tatsächlich einen Schmollmund, denn noch ehe ich mich versehe, hat er mich herumgewirbelt und versohlt mir mit seiner bloßen Hand den Hintern. Jeder Schlag drängt mich gegen die Duschwand und heizt meine Begierde an.

Verdammt noch mal! Wann bin ich zur Masochistin geworden?

Offensichtlich hat er mich zu einer *nuttigen* Masochistin gemacht.

Nun ja, nuttig natürlich nur für *ihn*, versteht sich.

Ich verstehe jetzt jedes Süßblut und warum manche von ihnen süchtig nach dem Prozess werden. Ich schätze, das bin ich jetzt auch.

Nur mit diesem speziellen Vampir.

Sollte es jemand anderes probieren, würde ich ihm den

Schwanz abreißen und ihn damit füttern, bevor ich ihn mit meinem Bleistift pfähle.

Ich schätze, es ergibt jetzt auch Sinn, warum ich nie mit einem anderen Vampir außer Dexter zusammen sein wollte – weil ich im Grunde selbst ein Alpha bin. Es brauchte jemanden wie Dexter, einen sehr alten, sehr starken Vampir mit mehr als genügend Alphakräften in sich selbst, um meine natürliche Abwehr zu überwinden. Jemand, der nicht nur stark genug ist, sondern auch jemand, der sich in seiner eigenen Haut wohl genug fühlt, ohne etwas beweisen zu müssen. Jemand, der meiner würdig ist.

Ich vermisse Zuzu und hoffe, dass er genau so jemanden auch für sich finden kann. Ich habe ihm gesagt, dass wir ihm helfen könnten, ein Haus voller Kinder zu adoptieren, die sein großes Herz voller Liebe brauchen.

Ich weiß, dass Dad und Dexter recht haben, dass ich Zuzu sein Leben führen lassen muss, aber ich fühle mich, als hätte ich bereits eines gelebt und jetzt will ich ihn wieder in meinem haben.

Nach unserer Dusche zieht Dexter mich so an, wie er mich haben will – ein enges, kurzes, schwarzes Kleid mit Spaghettiträgern. Kein Höschen, kein BH. Die Jimmy Choos.

Ein Lederhalsband, das er mir um den Hals schnallt. Ein Halsband, das riesig ist, und absolut keinen Zweifel daran lässt, dass es ein Halsband ist.

Angeber.

Für den heutigen Abend ist der Ring hier im Safe in der Wohnung eingeschlossen. Auf diese Weise besteht kein Risiko, ihn zu verlieren. Ich habe die Signal- und Peilfähigkeiten mit ihm gemeistert und kann bei Vollmond sogar mit ihm übergehen.

Zu wissen, dass ich das kann, hat mir geholfen, meine

Trennungsangst von Dad und Zuzu zu lindern. Dexter hat ihnen ein Haus in der Nähe des Steinkreises gekauft und das ist vorerst ihre Anlaufstelle.

Dexters Hand klatscht scharf auf meinen Hintern. „Du denkst heute Abend nur an mich, Mädchen“, sagt er. „Du gehörst ganz und gar mir und jeder wird es sehen.“

„Ja, Sir.“

Ich habe nicht vor, ihm zu widersprechen. Das letzte Mal, als ich es versucht habe, hat er mich in die Praktik des Tease und Denial eingeführt.

Jeder der sagt, dass das keine Form der Folter ist, ist ein verdammt dreckiger Lügner.

Dexter trägt Jeans, ein schwarzes Oberhemd, die mitternachtsblaue Weste, die ich so liebe, die schwarzen Stiefel und den Gürtel.

Ohhh, der Gürtel. Neben seiner Hand wurde dieser bereits fast genauso oft an meinem Arsch benutzt.

Ich liiiieeeebe ihn.

Wir fahren in meinem neuen Audi Geländewagen zum Club Toxic. Ich habe ihm nicht erlaubt, meinen 4Runner zu entsorgen, und er steht auf einem unserer Stellplätze im Parkhaus. Ich weiß noch nicht, wo in Tucson wir unser Haus bauen oder kaufen werden.

Es ist mir auch egal. Dexter gehört dieses Gebäude jetzt und wir sind hier in Sicherheit.

Es ist Samstagabend und die Schlange reicht den ganzen Block hinunter. Aber als wir ankommen, steht Theophilus an der Tür. Er lächelt, als er das Samtseil für uns hebt. „Schau dich einmal an, Blondie. Guten Abend, Dexter.“

„Guten Abend, Theophilus“, sagt Dexter und schiebt den Riemen seiner Reisetasche über seine Schulter. „Sie ist hinreißend, nicht wahr?“

„Ja, Sir. Ich nehme an, das Halsband bedeutet, dass sie Ihr Privateigentum ist?"

„Damit liegen Sie richtig. Und ich werde jedem die Hand abhacken, der versucht, Hand an sie zu legen."

„Ja, Sir. Das kann ich Ihnen *nicht* verdenken."

Wir gehen ins Verlies hinunter, wo Lucius sofort von seinem Thron herabsteigt – verdammt dieser angeberische Kerl –, um uns zu begrüßen.

„Da ist ja unsere Ausreißerin. Du siehst hinreißend aus, meine Liebe."

„Danke, Mr. F."

„Ah! Du gehörst jetzt ihm. Ich *bestehe* darauf."

Ich schaue zu Dexter auf, der schließlich nickt.

„Danke, *Lucius*", sage ich.

Sein Lächeln strahlt. „War *das* jetzt so schwierig? Darf ich?" Er zeigt auf meine Hand und Dexter nickt erneut.

Ich spüre einen Anflug von Panik, bis mir klar wird, dass Lucius nur meine Hand küssen will. „Glückspilz", sagt er zu Dexter und schüttelt seine Hand. Lucius deutet auf das Verlies. „Du hast die freie Wahl, Neffe."

Natürlich zeigt Dexter auf ein Andreaskreuz, das praktisch in der Mitte des Raumes steht und genau so angewinkelt ist, dass Lucius es von seinem Thron aus leicht sehen kann.

Es gibt hier unten mehr als ein Süßblut und menschliche Mitarbeiter, sowie einige Vampire. Sie alle schauen uns zu, als Dexter meine Hand nimmt und mich zum Kreuz führt.

Ich hatte auf ein wenig Vorspiel gehofft, um es auszutesten, aber nein, wir machen das hier.

Sicher, ich könnte mein Safeword benutzen. Er hat mich daran erinnert, kurz bevor wir hier ankamen.

Außer ..., dass ich es nicht will.

Ich will das hier und ich will Dexter.

Wir wissen nicht, ob das, was ich mit ihm gemacht habe, nachlassen kann. Also haben wir ein Ritual entwickelt. Ich markiere ihn und dann trinkt er von mir, was uns beide zum Höhepunkt kommen lässt. Dann brechen wir in einem glitschigen, klebrigen Häufchen zusammen und schlafen stundenlang glücklich und zufrieden.

Ich habe allerdings gefragt, ob ich meine Schuhe ausziehen darf, wenn wir eine Session haben. Ich will mir keinen verdammten Knöchel brechen.

Oder einen Absatz.

Er zieht einen Geräteständer heran und nimmt schnell ein paar Gegenstände aus seiner Reisetasche, um sie daran aufzuhängen – Stöcke, Flogger, eine Einschwanzlederpeitsche und eine Vielzahl anderer Geräte.

Ich habe sie alle schon einmal auf meinem Fleisch gespürt, außer die Einschwanzlederpeitsche.

Die hat er sich für heute Abend aufgehoben.

Er zieht außerdem ein paar Ledermanschetten aus der Tasche und schnallt sie zügig an meine Hand- und Fußgelenke.

Dann lächelt er und küsst mich, geht in die Knie und greift nach dem Saum meines Kleides. Er zieht es hoch und über meinen Kopf, sodass ich nackt dastehe.

Ich konzentriere mich auf ihn und seine blauen Augen. Ich trage auch keine Augenbinde. Wenn etwas passiert, möchte ich sehen, was vor sich geht. Er hat außerdem zugestimmt, Panikhaken an den Handfesseln zu verwenden, sodass ich mich selbst befreien könnte, wenn es nötig wäre. Meine Fußfesseln bleiben offen.

Ich meine, ich vertraue Lucius und dem Clubpersonal, aber es *ist* Samstagabend. Da kann schnell etwas passieren.

Er befestigt die Panikhaken an meinen Handgelenksmanschetten, dreht mich mit dem Gesicht nach vorn gegen das Kreuz und hakt sie an den Ketten des Kreuzes ein. Das glatte, lackierte Holz und die Kunststoffpolsterung fühlen sich kühl an meinem nackten Körper an, als er sich wieder seiner Tasche zuwendet.

Dexter tritt hinter mich und presst die gesamte Länge seines Körpers an meinen. „Und für deinen Seelenfrieden, Liebste." Er schließt die Finger meiner beiden Hände um Gegenstände herum. Als ich aufschaue, erkenne ich, dass es sich um zwei angespitzte Bleistifte handelt.

Ja, ich *pruste* verdammt noch mal los, okay? Ich bin …

Nun, ich kann ja nicht sagen, dass ich nur ein Mensch bin, nicht wahr? Jetzt nicht mehr.

Er schiebt seine Finger zwischen meine Beine, wo ich immer noch feucht für ihn bin. Ich stöhne, als er mich neckt und zwei Finger tief in mich drückt. Er knabbert an meinem Ohrläppchen. „Ist das jetzt der Zeitpunkt, wo ich einen Witz darüber mache, dass es natürlich drinnen größer ist?"

Ich lache so sehr, dass meine Knie fast nachgeben. „Arschloch."

Ich hätte ihm nie *Doctor Who* zeigen sollen. Er ist immer noch sauer, dass ich ihn nicht gewarnt habe, dass sie Ianto in *Torchwood* kaltgemacht haben.

Und wie er mir den Hintern versohlt hat, als ihn diese Folge zum Weinen brachte.

Aber wir haben beide gewonnen, denn ich wurde erst versohlt und dann gevögelt. Die einzigen Verlierer in dieser Nacht waren Ianto und Captain Jack.

Mit der anderen Hand schlägt er mir auf den Hintern, und zwar hart. „*Was* hast du gesagt, Liebste?"

„Master Arschloch."

Und dann lachen wir, wenn ich nicht gerade aufschreie, während er mich fingert, versohlt und fast jedes Spielzeug an mir benutzt, was er mitgebracht hat.

Weil wir lachen.

Unglaublich *oft*.

Die ganze verdammte Zeit.

Ich weiß nicht einmal, wie lange wir schon hier sind, weil sich die Zeit irgendwie verflüchtigt, wenn er mich in die richtige Stimmung bringt.

Ja ja, ich verstehe es jetzt. Ich rümpfe meine Nase nicht mehr über die nuttigen kleinen Clubflittchen. Ich hab's *kapiert*.

Er kommt näher. Irgendwann hat er sich die Weste ausgezogen und sein Hemd aufgeknöpft, denn ich spüre seine nackte Brust an meinem Rücken. „Das war es fast, Mädchen."

Die Lederpeitsche zieht einen Feuerstreifen über meinen Rücken und die rechte Schulter und jetzt ist es mit dem Spaß vorbei. Ich stoße einen Schrei aus, bevor ich mich festklammere. Ich bin mir sicher, dass jetzt alle Blicke auf uns gerichtet sind, aber ich halte meine Augen geschlossen.

Ich will, dass es nur wir sind.

Mein Master und ich.

Der zweite Schlag trifft die Rückseite meiner linken Schulter und ist so tief und fest, dass ich mir sicher bin, das Blut fließt.

Er beugt sich vor und leckt erst über den einen und dann über den zweiten Striemen. Langsam. Jede Berührung seiner Zunge lässt meine Muschi zucken. Sie schreit danach, gefüllt zu werden.

Ich höre, wie er mit den Lippen schmatzt, als er auch die Spitze der Peitsche ablutscht, der perverse Bastard.

Noch zwei Schläge, dieses Mal auf meinen bereits empfindlichen Arsch und ja, es tut verdammt weh.

Aber er leckt den Schmerz und das Blut weg und ich weiß, was er tut.

Er will nicht, dass ich offene Wunden habe, die zu viel

Aufmerksamkeit auf mich lenken, sodass er einen Verlies-Master heranwinken müsste, um einen anderen Vampir abzuwehren.

Denn tatsächlich beißt er sich in die Innenseite seiner Wange, sodass er mit seinem eigenen Blut über mein Fleisch leckt und die Spuren heilt.

Er hält inne, um mich zu fingern, und ich stehe kurz davor zu kommen, als er seine Hand wegzieht und mir zwei weitere Peitschenhiebe verpasst. Als ich denke, dass ich es nicht länger ertragen kann, beginne ich zu betteln.

„Bitte lass mich kommen, Master!"

„*Hmm*. Da klingt aber jemand sehr bedürftig."

„Das bin ich!"

Er lacht leise an meinem Ohr. „Was wirst du mir dafür geben?"

„Alles!"

„Für immer?"

„Ja, für immer. *Bitte*! Master, ich brauche dich für immer!"

Er lockert die Finger meiner linken Hand um den Bleistift – wie zum *Teufel* habe ich es geschafft, den noch nicht fallenzulassen – und ich spüre, wie etwas Kleines und Kühles über meinen Ringfinger gleitet.

Ich reiße die Augen auf und starre auf einen riesigen Amethyst- und Diamantring.

„*Für immer*, mein Mädchen."

Er neigt meinen Kopf zurück und küsst mich. Das lenkt mich ab, sodass ich nicht merke, dass er seine Jeans geöffnet und sie hinuntergezogen hat, bis sein Schwanz bereits in mich gleitet.

Und dann bohrt er seine Zähne in den oberen Teil meiner linken Schulter.

Fuuuck! Ich verliere den Verstand und es ist verdammt gut, dass er mich an das Kreuz gefesselt hat, denn ich will mich am liebsten umdrehen und ihn ebenfalls markieren.

Ohhh, deshalb hat er sein Hemd anbehalten – um die Paarungsbisse zu verstecken.

Das ist buchstäblich der letzte zusammenhängende Gedanke, den ich habe, bevor die Welt um mich herum aus den Angeln gehoben wird und der härteste Orgasmus, den ich je in meinem Leben gespürt habe, wie eine nukleare Kettenreaktion in mir explodiert und auch ihm einen entlockt.

Und dann leckt er über meine Schulter, schlingt seinen Arm um mich und hält mich, während er meine Handschellen löst und mich an sich drückt. Von irgendwoher taucht eine weiche Decke auf und er wickelt mich darin ein. Wir kuscheln uns auf eine Couch.

Ich halte immer noch den Bleistift in meiner rechten Hand. Schließlich stecke ich ihn hinter sein linkes Ohr und schließe die Augen, während ich meinen Kopf an seine Schulter lehne.

Das amüsiert ihn sehr, denn er gluckst. „Ich liebe dich, Eilidh", flüstert er.

Das Leben ist perfekt. „Ich liebe dich auch, mein beißfreudiger Master."

Er schnaubt. „Freche Göre."

„Deine freche Göre."

Er seufzt. „Gott sei Dank."

MITTERNACHT DOMS
Alphas Blut
Ihr Vampir Master
Ihr Vampir Prinz
Ihr Vampir Held
Ihr Vampir Schuft
Ihr Vampir Rebell
Ihre Vampir Leidenschaft
Ihre Vampir Versuchung
Ihre Vampir Besessenheit
Ihr Vampir Fürst
Ihr Vampir Verdächtiger
Seine gefangene Sterbliche
Die Gefangene des Vampirs
Vampirbeute

LESEN SIE DIE BAD BOY ALPHA SERIE, DIE DEN
MITTERNACHT DOMS VORAUSGEHT

Bad Boy Alphas

Alphas Versuchung
Alphas Gefahr
Alphas Preis
Alphas Herausforderung
Alphas Besessenheit
Alphas Verlangen
Alphas Krieg
Alphas Aufgabe
Alphas Fluch
Alphas Geheimnis
Alphas Beute
(Alphas Blut)
Alphas Sonne
Alphas Mond
Alphas Schwur
Alphas Rache
Alphas Feuer

HOLEN SIE SICH IHR KOSTENLOSES BUCH!

Tragen Sie sich in meine E-Mail Liste ein, um als erstes von Neuerscheinungen, kostenlosen Büchern, Sonderpreisen und anderen Zugaben zu erfahren.

https://geni.us/jungfrauunddervampir

www.ingramcontent.com/pod-product-compliance
Lightning Source LLC
Chambersburg PA
CBHW060256100726
47907CB00002B/177